TOM CLANCY

ANSCHLAG AUF DEN PRÄSIDENTEN

TOM CLANCY

UND

MARK GREANEY

ANSCHLAG AUF DEN PRÄSIDENTEN

THRILLER

Aus dem Amerikanischen von Karlheinz Dürr
und Reiner Pfleiderer

HEYNE

Die Originalausgabe erschien unter dem Titel *True Faith and Allegiance*
bei G.P. Putnam's Sons, New York.

FSC www.fsc.org MIX Papier aus verantwortungsvollen Quellen FSC® C014496

Verlagsgruppe Random House FSC®N001967

Redaktion: Werner Wahls
Umschlaggestaltung: Nele Schütz Design, München
Herstellung: Helga Schörnig
Satz: Christine Roithner Verlagsservice, Breitenaich
Druck und Bindung: GGP Media GmbH, Pößneck
Printed in Germany

ISBN: 978-3-453-27231-6

www.heyne.de

Hauptpersonen

Regierung der Vereinigten Staaten

JACK RYAN: Präsident der Vereinigten Staaten
SCOTT ADLER: Außenminister
MARY PAT FOLEY: Direktorin der Nationalen Nachrichtendienste
ROBERT BURGESS: Verteidigungsminister
JAY CANFIELD: Direktor der CIA
DAN MURRAY: Justizminister
ANDREW ZILKO: Heimatschutzminister
ARNOLD VAN DAMM: Stabschef des Präsidenten
STUART COLLIER: CIA-Operationsleiter
BENJAMIN KINCAID: Konsularbeamter des US-Außenministeriums
BARBARA PINEDA: Analystin, Defense Intelligence Agency
JENNIFER KINCAID: CIA-Operationsleiterin
THOMAS RUSSELL: Special Agent, FBI; Leiter der Joint Terrorism Task Force, Abteilung Chicago
DAVID JEFFCOAT: Leitender Special Agent, FBI

Militär der Vereinigten Staaten

CARRIE ANN DAVENPORT: Captain, U. S. Army; Kopilotin und Bordschützin eines AH-64E Apache
TROY OAKLEY: Chief Warrant Officer 3, U. S. Army; Pilot eines AH-64E Apache
SCOTT HAGEN: Commander, U. S. Navy; Kapitän der USS *James Greer* (DDG-102)
WENDELL CALDWELL: General, U. S. Army; Befehlshaber des United States Central Command

Der Campus

GERRY HENDLEY: Direktor von Hendley Associates/ Direktor des Campus
JOHN CLARK: Operationsleiter
DOMINGO »DING« CHAVEZ: Leitender Außenagent
DOMINIC »DOM« CARUSO: Außenagent
JACK RYAN JUNIOR: Außenagent/Analyst
GAVIN BIERY: Leiter der IT-Abteilung
ADARA SHERMAN: Logistik- und Transportleiterin
HELEN REID: Pilotin der campuseigenen Gulfstream G550
CHESTER »COUNTRY« HICKS: Kopilot der campuseigenen Gulfstream G550

Weitere Personen

DR. CATHY RYAN: First Lady der Vereinigten Staaten
DR. OLIVIA »SALLY« RYAN: Tochter von Präsident Jack Ryan
XOZAN BARZANI: Kompaniechef der kurdischen Peschmerga

SAMI BIN RASHID: Sicherheitsbeamter des Golfkooperationsrats

ABU MUSA AL-MATARI: jemenitischer Staatsbürger und IS-Agent

VADIM RETSCHKOW: in den USA studierender russischer Bürger

DRAGOMIR VASILESCU: Direktor von Advanced Research Technological Designs (ARTD)

ALEXANDRU DALCA: Rechercheur bei ARTD; Fachmann für Nachrichtengewinnung aus offenen Quellen

LUCA GABOR: rumänischer Gefängnisinsasse; Fachmann für die Beschaffung personenbezogener Daten

BARTOSZ JANKOWSKI: Lieutenant Colonel (a. D.), U. S. Army; Rufzeichen »Midas«; ehemaliger Delta-Force-Angehöriger

EDWARD LAIRD: ehemaliger leitender CIA-Beamter; Vertragspartner der US-Geheimdienste

»ALGIER«: algerischer IS-Kämpfer

»TRIPOLIS«: libyscher IS-Kämpfer

RAHIM: Anführer der IS-Zelle »Chicago«

OMAR: Anführer der IS-Zelle »Detroit«

ANGELA WATSON: Anführerin der IS-Zelle »Atlanta «

KATEB ALBAF: Anführer der IS-Zelle »Santa Clara«

DAVID HEMBRICK: Anführer der IS-Zelle »Fairfax«

1

Der Name des Mannes, der mit seiner Familie in dem Restaurant saß, war den meisten Amerikanern, die einen Fernseher oder einen Internetanschluss besaßen, bekannt, aber so gut wie keiner wusste, wie er aussah – hauptsächlich deshalb, weil er es tunlichst vermied, Aufmerksamkeit auf sich zu ziehen.

Und das war auch der Grund, warum er es so verdammt merkwürdig fand, dass der anscheinend sehr nervöse Mann auf dem Gehweg ständig zu ihm herüberstarrte.

Scott Hagen war Commander in der US Navy. Das machte einen nun wahrlich nicht berühmt, doch Hagen hatte sich als Kapitän eines Lenkwaffenzerstörers hervorgetan, der nach Ansicht vieler Journalisten praktisch im Alleingang eine der größten Seeschlachten seit dem Zweiten Weltkrieg gewonnen hatte.

Das Gefecht zwischen den Vereinigten Staaten und Polen auf der einen und Russland auf der anderen Seite hatte nur sieben Monate zuvor in der Ostsee stattgefunden und dem Namen Scott Hagen damals zu einem hohen Bekanntheitsgrad verholfen. Doch Hagen hatte den Medien keine Interviews gegeben, und auf dem einzigen Foto, das in der Presse von ihm kursierte, posierte er stolz in seiner blauen Uniform mit der weißen Kapitänsmütze auf dem Kopf.

Im Gegensatz dazu trug er jetzt T-Shirt, Cargoshorts und Flip-Flops sowie einen Dreitagebart, sodass ihn eigentlich kein Mensch auf der Welt oder gar in diesem mexikanischen Gartenrestaurant in New Jersey mit dem vom Marineministerium ausgegebenen Foto in Verbindung bringen konnte.

Warum also, so fragte er sich, linste der Kerl, der im Halbdunkel neben dem Fahrradständer stand, ständig in seine Richtung?

Die Stadt hatte ein College, und der Typ war im Studentenalter und wirkte leicht angetrunken. Er trug ein Polohemd und Jeans, hielt in der einen Hand eine Bierdose und in der anderen ein Mobiltelefon, und Hagen hatte den Eindruck, dass er etwa zweimal pro Minute über die hell erleuchtete Terrasse voller Gäste hinweg zu seinem Tisch herüberglotzte.

Der Commander war nicht direkt beunruhigt, eher neugierig. Er war mit seiner Familie und der seiner Schwester hier, acht Personen insgesamt, und alle anderen am Tisch unterhielten sich und knabberten Chips mit Guacamole, während sie auf den Hauptgang warteten. Die Kinder tranken Limonade, Hagens Frau, seine Schwester und sein Schwager Margaritas. Er selbst blieb bei Mineralwasser, denn heute Abend war er damit an der Reihe, den Clan in dem gemieteten Van herumzuchauffieren.

Sie waren wegen eines Fußballturniers in der Stadt. Hagens siebzehnjähriger Neffe war der Star-Keeper seiner Highschoolmannschaft, die am folgenden Nachmittag das Finale bestritt. Morgen würde Hagens Frau den Mietwagen fahren, damit er nach dem Spiel in einem Restaurant ein paar kühle Bierchen zischen konnte.

Hagen aß noch einen Chip, sagte sich, dass er sich wegen des angetrunkenen Blödmanns keinen Kopf zu machen brauchte, und konzentrierte sich wieder auf die Runde am Tisch.

Der Militärdienst brachte viele Nachteile mit sich. Aber der größte war, dass man zu wenig Zeit für die Familie hatte. Kein versäumter Geburts- oder Feiertag, keine verpasste Hochzeit oder Beerdigung ließ sich nachholen.

Wie viele Männer und Frauen beim Militär sah auch Commander Scott Hagen seine Familie dieser Tage nicht genug. Die Gelegenheiten, bei denen er sich loseisen und mit seinen Kindern und Neffen etwas unternehmen konnte, wurden immer rarer, sodass er diesen Abend zu schätzen wusste.

Zumal er ein aufreibendes Jahr hinter sich hatte.

Nach der Schlacht in der Ostsee und der bedächtigen Heimfahrt über den Atlantik hatte er die beschädigte USS *James Greer* ins Trockendock in Norfolk, Virginia, gebracht, wo sie sechs Monate lang instand gesetzt werden sollte.

Hagen war nach wie vor ihr Kommandant, sodass Norfolk einstweilen sein Zuhause darstellte. Viele Navy-Angehörige hielten die Zeit im Trockendock für besonders beschwerlich, weil es an Bord viel zu tun gab, die Klimaanlage des Schiffes nicht regelmäßig lief und viele andere Annehmlichkeiten wegfielen.

Doch Scott Hagen würde sich nie darüber beklagen. Er hatte den Krieg aus nächster Nähe erlebt und Männer verloren, und obwohl er und sein Schiff als unbestreitbare Sieger daraus hervorgegangen waren, hatte die Erfahrung des Krieges nichts Beneidenswertes, auch nicht aus Sicht der Sieger.

Russland verhielt sich jetzt mehr oder weniger ruhig. Es kontrollierte zwar nach wie vor einen bedeutenden Teil der Ukraine, doch das Atom-U-Boot der Borei-Klasse, das es entsandt hatte, um vor der Küste der Vereinigten Staaten zu patrouillieren, war in seine Marinebasis in der nördlich von Murmansk gelegenen Sajda-Bucht zurückgekehrt und hatte sich auf der Rückfahrt absichtlich gezeigt und vor der schottischen Nordküste fotografieren lassen.

Und die russischen Truppen, die in Litauen eingefallen waren, hatten sich wieder zurückgezogen.

Die Russen hatten im Baltikum eine peinliche Schlappe erlitten, und mit Sicherheit hätte es jeden in diesem mexikanischen Gartenrestaurant in New Jersey überrascht zu erfahren, dass der Durchschnittstyp von Familienvater, der an dem großen Tisch unter Sonnenschirmen saß, dabei eine maßgebliche Rolle gespielt hatte.

Hagen war die Anonymität durchaus recht. Der Vierundvierzigjährige mochte keinen Wirbel um seine Person. Er ging nie in Uniform mit der Familie aus und erzählte nie Geschichten von Gefechten auf hoher See. Nein, im Moment faulenzte er mit seinen Kindern und Neffen und scherzte mit seiner Frau, dass er, wenn er vor dem Essen noch mehr Chips mit Guacamole esse, morgen verschlafen und das Spiel verpassen werde.

Er und seine Frau lachten, und dann sagte sein Schwager Allen zu ihm: »He, Scotty, kennst du den Typ da drüben auf dem Gehweg?«

Hagen schüttelte den Kopf. »Nein. Aber er beobachtet uns schon eine ganze Weile.«

»Kann es sein, dass er unter dir gedient hat oder so was?«, fragte Allen.

»Er kommt mir nicht bekannt vor.« Er überlegte einen Moment und sagte dann: »Aber merkwürdig ist das schon. Ich gehe zu ihm rüber und frage ihn, was das soll.«

Er nahm die Serviette vom Schoß, stand auf und durchquerte das belebte Gartenlokal.

Der junge Mann wandte sich ab, bevor Hagen die Hälfte der Strecke zurückgelegt hatte, warf seine Bierdose in einen Abfalleimer und trat auf die dunkle Straße.

Er überquerte sie eilends und verschwand auf einem belebten Parkplatz.

Als Hagen an den Tisch zurückkam, sagte Allen: »Merkwürdig. Was meinst du? Was sollte das?«

Hagen wusste nicht, was er davon halten sollte, wohl aber, was er zu tun hatte. »Der Typ ist mir nicht geheuer.

Lass uns auf Nummer sicher gehen und von hier verschwinden. Bring die anderen nach drinnen. Verlasst das Restaurant durch die Hintertür und lauft zum Van. Ich bleibe hier, bezahle die Rechnung und nehme dann ein Taxi ins Hotel.«

Seine Schwester Susan hörte alles, hatte aber keine Ahnung, was vor sich ging. Sie hatte den jungen Mann gar nicht bemerkt. »Was ist denn los?«

Allen wandte sich jetzt an beide Familien. »Alle mal herhören. Keine Fragen, bis wir am Van sind, aber wir müssen jetzt gehen. Wir lassen uns im Hotel etwas aufs Zimmer bringen.«

»Mein Bruder wird nervös, wenn er ohne einen Haufen Atomwaffen herumfährt«, bemerkte Susan.

Die *James Greer* hatte keine Atomwaffen an Bord, aber Susan war Steueranwältin und wusste es nicht besser, und Hagen war zu beschäftigt, um sie zu korrigieren, denn er fing gerade einen vorbeieilenden Kellner ab, um die Rechnung zu bestellen.

Alle ärgerten sich darüber, dass sie aus dem Restaurant gescheucht wurden, obwohl volle Teller zu ihnen unterwegs waren, begriffen aber, dass etwas Ernstes im Gang war, und fügten sich.

Als die sieben sich gerade in Richtung Hintertür in Bewegung gesetzt hatten, drehte sich Hagen um. Da war er wieder, der junge Mann. Er überquerte gerade die zweispurige Straße und steuerte auf das Gartenrestaurant zu. Er trug jetzt einen langen grauen Trenchcoat, unter dem er offensichtlich etwas verbarg.

Hagen kamen Zweifel an Allens Fähigkeit, die Familie zu führen, und auch Susan schien den Ernst der Lage nicht zu begreifen. Darum rief er seiner Frau zu: »Durchs Restaurant! Lauft! Schnell!«

Laura Hagen packte Tochter und Sohn und zog sie in Richtung Hintertür. Hagens Schwester und Schwager folgten dicht dahinter, wobei sie ihre beiden Jungs vor sich herschoben.

Hagen wollte ihnen nach, drosselte aber seine Schritte, als er zu seinem Entsetzen sah, wie der Mann eine AK-47 unter dem Trenchcoat hervorzog. Auch andere Gäste bemerkten es, denn es war kaum zu übersehen.

Schreie erfüllten die Luft.

Die Augen auf Commander Scott Hagen gerichtet, drang der junge Mann in das Gartenlokal ein und hob das Gewehr an die Schulter.

Hagen erstarrte.

Das kann nicht wahr sein. Das glaube ich einfach nicht!

Er selbst hatte keine Waffe. Er war hier in New Jersey, und obwohl er in Virginia eine Schusswaffe tragen durfte und ihm das auch in fünfunddreißig anderen Bundesstaaten gesetzlich erlaubt war, wäre er hier dafür ins Gefängnis gewandert.

Es war ihm auch kein Trost, dass dieser Wahnsinnige gegen das Gesetz verstieß, indem er mitten in der Stadt eine Kalaschnikow in Anschlag brachte. Er bezweifelte, dass es dem Kerl etwas ausmachte, dass er zusätzlich zu versuchtem Mord an rund hundert Restaurantgästen wahrscheinlich auch des unerlaubten Waffenbesitzes angeklagt werden würde.

Bumm!

Erst als der erste Schuss einen Meter links von ihm in einen gemauerten Zierbrunnen einschlug, löste sich Scott Hagen aus seiner Erstarrung. Er wusste, dass seine Familie direkt hinter ihm war, und dieses Wissen setzte den Reflex, sich zu ducken, irgendwie außer Kraft. Er machte sich groß und breit und benutzte seinen Körper, um die Seinen zu decken, aber er blieb nicht stehen.

Er hatte keine Wahl. Er rannte los, dem Gewehrfeuer entgegen.

Der Schütze gab in schneller Folge drei Schüsse ab, doch

in dem nun ausbrechenden Chaos warfen mehrere Gäste Tische und Schirme um, versperrten ihm den Weg und rempelten ihn sogar bei dem Versuch, aus dem Restaurant zu fliehen. Hagen verlor ihn aus den Augen, als ein roter Sonnenschirm zwischen ihnen umkippte, aber das trieb ihn zusätzlich an, denn wenn dem Angreifer die Sicht versperrt war, stiegen seine Chancen, den Mann zu packen, bevor er sich eine Kugel fing.

Und er schaffte es beinahe.

Der Angreifer stieß mit dem Fuß den Schirm beiseite, sah, dass sein Opfer durch eine freie Gasse im Chaos auf ihn zustürmte, und feuerte mit der Kalaschnikow. Hagen spürte, wie eine Kugel seinen linken Unterarm traf – er wurde halb herumgewirbelt und geriet, aus dem Schwung gebracht, ins Straucheln, doch er preschte weiter zwischen den Tischen hindurch.

Hagen war kein Experte im Kampf mit Handfeuerwaffen – er war Seemann und kein Soldat –, aber er spürte, dass dieser Mann kein gut ausgebildeter Kämpfer war. Der Bursche konnte zwar eine Kalaschnikow bedienen, aber er wirkte gehetzt, hektisch, hatte einen irren Blick.

Worum es ihm auch gehen mochte, es war für ihn eine sehr persönliche Sache.

Und für Hagen jetzt auch. Er hatte keine Ahnung, ob jemand aus seiner Familie verletzt worden war, er wusste nur, dass dieser Mann gestoppt werden musste.

Ein Kellner stürzte sich von rechts auf den Schützen, bekam ihn an der Schulter zu fassen und schüttelte ihn, damit er die Waffe fallen ließ, doch der Angegriffene fuhr herum, krümmte den Finger am Abzug und schoss dem mutigen jungen Mann aus einem halben Meter Entfernung mehrmals in den Bauch.

Der Kellner war tot, bevor er auf dem Boden aufschlug.

Dann richtete der Schütze die Waffe wieder auf den angreifenden Hagen.

Die zweite Kugel, die den Commander traf, richtete größeren Schaden an als die erste – sie bohrte sich oberhalb der rechten Hüfte ins Fleisch und rüttelte ihn durch –, aber er stürmte weiter, und der nächste Schuss war zu hoch. Der Kerl bekam den Rückstoß der Waffe nicht in den Griff. Der zweite und dritte Schuss jeder Folge waren zu hoch, da die Mündung nach oben gerissen wurde.

Eine Kugel jagte an Hagens Gesicht vorbei, als er sich mit einem Satz auf den Mann warf und ihn rückwärts über einen Metalltisch riss.

Die beiden Männer schlugen hart auf den Steinplatten des Gartenrestaurants auf. Hagen umschloss mit der rechten Hand den Lauf der Kalaschnikow und drückte die Mündung von sich weg. Das heiße Metall versengte ihm die Finger, aber er ließ nicht los.

Er war Rechtshänder, aber jetzt schlug er dem jungen Mann immer wieder die linke Faust ins Gesicht. Er spürte den Schweiß an den Wangen des Mannes, in seinem Haar, und dann fühlte er das Blut, als die Nase des Angreifers brach und ein roter Schwall sich über sein Gesicht ergoss.

Noch hielt der Mann das Gewehr fest, doch sein Griff erlahmte. Schließlich entriss es ihm Hagen, rollte sich von ihm herunter, stemmte sich auf die Knie hoch und richtete die Waffe auf ihn.

»Dawai!«, schrie der junge Mann. Für Hagen war es der erste Hinweis darauf, dass er es mit einem Ausländer zu tun hatte.

Der Angreifer rollte sich auf die Knie, und während Hagen ihn anbrüllte, er solle sich nicht bewegen und die Hände heben, griff der Mann in die Tasche seines Trenchcoats.

»Ich knall dich ab, verdammt!«, schrie Hagen.

Der Mann zog ein blankes Messer mit zwanzig Zentimeter langer Klinge unter dem Trenchcoat hervor und ging, einen irren Ausdruck im blutverschmierten Gesicht, zum Angriff über.

Er war nur anderthalb Meter entfernt, als Hagen ihm zweimal in die Brust schoss. Das Messer fiel zu Boden, Hagen trat beiseite, und der junge Mann stürzte, Stühle umreißend, mit dem Gesicht in von einem Tisch gefallene Speisen.

Der Anschlag war vorüber. Hagen hörte hinter sich Stöhnen, Schreie von der Straße, das Heulen von Sirenen und Autoalarmanlagen, das Weinen von Kindern.

Er zog das Magazin aus dem Gewehr und warf es weg, dann zog er den Spannhebel bis zum Anschlag zurück, damit die noch im Patronenlager steckende Patrone ausgeworfen wurde, und ließ die Waffe zu Boden fallen. Er drehte den Verletzten auf den Rücken und kniete sich über ihn.

Der Mann hatte die Augen offen – er war bei vollem Bewusstsein, aber sichtlich dem Tode nahe und jetzt so gefügig wie eine Puppe.

Hagen, der sich trotz Adrenalin wieder im Griff hatte, sah ihm direkt ins Gesicht. »Wer sind Sie? Warum haben Sie das getan? Warum?«

»Für meinen Bruder«, antwortete der blutüberströmte Mann. Hagen konnte hören, wie sich seine Lunge mit Blut füllte.

»Wer zum Teufel ist Ihr …«

»Sie haben ihn getötet. Sie haben ihn ermordet!«

Der Mann sprach mit russischem Akzent, und Hagen verstand. Bei dem Gefecht in der Ostsee war sein Schiff an der Versenkung zweier U-Boote beteiligt gewesen. »War er Seemann?«, fragte er.

Die Stimme des jungen Mannes wurde mit jeder Sekunde schwächer. »Er ist gefallen … als Held … der Russischen … Föderation.«

Da kam Hagen ein anderer Gedanke. »Wie haben Sie mich gefunden?«

Die Augen des Mannes wurden glasig.

»Woher haben Sie gewusst, dass ich mit meiner Familie hier bin?« Hagen gab ihm eine kräftige Ohrfeige. Ein Restaurantgast, ein Mittdreißiger mit blutverschmiertem Hemd, versuchte, Hagen von dem Mann herunterzuziehen. Hagen stieß ihn weg.

»*Wie,* du Hurensohn?«

Die Augen des jungen Russen drehten sich langsam weg. Hagen ballte die Faust und hob sie hoch. »Antworte mir!«

Eine Stimme dröhnte vom Empfangstisch auf dem Gehweg herüber. »Keine Bewegung!« Hagen schaute auf und erblickte einen Polizisten, der mit ausgestreckten Armen eine Pistole hielt, die auf seinen Kopf zielte. Der Mann wusste nicht, was hier vorging, nur dass inmitten von Toten und Verletzten, die in einem verwüsteten Restaurant lagen, irgendein Arschloch auf einen Verletzten einprügelte.

Hagen hob die Hände, und dabei spürte er die Wunden an seiner Seite und seinem Arm.

Alles verschwamm vor seinen Augen. Er rollte sich auf den Rücken und starrte in die Nacht.

Er glaubte, zwischen den Entsetzensschreien und Schreckensrufen seine Schwester hinter sich laut weinen zu hören. Er konnte das nicht begreifen, denn er glaubte, er habe seiner Familie die nötige Zeit verschafft, um sich in Sicherheit zu bringen.

2

Im Unterschied zu seinem berühmten Vater hatte Jack Ryan junior keine Flugangst. Tatsächlich war sein Vertrauen in Flugzeuge recht groß, jedenfalls größer als sein Vertrauen in die eigene Fähigkeit, ohne sie durch die Luft zu fliegen.

Dass er in diesem Moment an sein relativ entspanntes Verhältnis zum Fliegen dachte, lag hauptsächlich daran, dass er beabsichtigte, sich in wenigen Augenblicken vierhundert Meter über der Chesapeake Bay aus der Seitentür eines tadellos funktionierenden Flugzeugs in den blauen Himmel zu stürzen.

Jack hatte seinen Fallschirm unter Anleitung und Aufsicht von Domingo Chavez, dem leitenden Agenten seiner kleinen geheimen Einheit, eigenhändig gepackt, und er war sich sicher, dass er ihn richtig gepackt hatte. Doch sein Verstand arbeitete gegen ihn. Statt ihn in der Überzeugung zu bestärken, dass alles problemlos ablaufen würde, erinnerte er ihn daran, dass er bei seiner letzten Reise vergessen hatte, sein Lieblingspaar Laufsocken ins Handgepäck zu stopfen.

Auch damals hatte er gedacht, er hätte beim Packen alles richtig gemacht.

Das ist nicht dasselbe, Jack. Eine bescheuerte Reisetasche zu packen ist etwas ganz anderes als einen Fallschirm.

Seine Einbildungskraft schien heute Morgen entschlossen, ihm Bauchschmerzen zu bereiten.

Jack absolvierte momentan ein Fallschirmspringertraining, allerdings nicht im Rahmen einer militärischen Ausbildung oder eines normalen Kurses für Zivilisten, sondern eines Lehrgangs, den die Chefs von Jacks Organisation entwickelt hatten. Jack arbeitete für den Campus, einen kleinen, aber wichtigen inoffiziellen Nachrichtendienst, dem ehemalige Soldaten und Geheimdienstler angehörten, von denen einige bewährte Freifallexperten waren.

Und man hatte entschieden, dass Jack Ryan junior sich diese wichtige Fähigkeit ebenfalls aneignen sollte, denn er hatte seine Tätigkeit beim Campus zwar als Nachrichtenanalyst begonnen, war aber in den letzten Jahren immer mehr in eine operative Rolle hineingewachsen. Inzwischen bekleidete er zwei Funktionen: Er konnte wochen- oder monatelang in seinem Kabuff sitzen und die Finanzpraktiken eines korrupten Staatschefs oder einer Terrororganisation enträtseln, es kam aber auch vor, dass er die Tür eines Zielobjekts eintrat und sich in einen Nahkampf stürzte.

Jacks Leben mangelte es nicht an Abwechslung.

Doch in diesem Moment hatte er keine Zeit, über die Ironie seines Werdegangs nachzusinnen. Nein, denn er ging jetzt im Stillen die Liste der Dinge durch, die er tun musste, sobald er aus dem Flugzeug sprang, was in genau …

Jemand aus dem vorderen Teil des Flugzeugs rief: »Ryan! Noch vier Minuten.«

In genau vier Minuten hieß es: »Abspringen, Kopf nach vorne, Arme zur Seite, Bauchlage, Knie leicht gebeugt. Hohlkreuzhaltung einnehmen, Reißleine ziehen, sich auf Ruck gefasst machen und checken, ob Schirm gut geöffnet hat.«

Er murmelte diese hochwichtige To-do-Liste leise vor sich hin, während er auf der Bank saß, die seitlich am Rumpf des Flugzeugs entlanglief.

Dies war nicht sein erster Solosprung. Er hatte vor zwei Wochen mit der theoretischen Ausbildung begonnen, war dann im Freien mit seiner Ausrüstung von langsam fahrenden Pick-ups gehüpft und über einen Grünstreifen gepurzelt. Danach war er zwei Tage lang Tandems gesprungen und, durch Gurte mit Domingo Chavez oder seinem Cousin Dominic Caruso, dem dritten operativen Agenten des Campus, verbunden, über den Himmel gesaust. Chavez und Caruso waren beide erfahrene Freifallspringer, die sowohl HALO-Sprünge (Abkürzung für High Altitude/Low Opening; große Absprunghöhe/niedere Öffnungshöhe) als auch HAHO-Sprünge (für High Altitude/High Opening; große Absprunghöhe/große Öffnungshöhe) beherrschten und ihn Schritt für Schritt durch den Anfängerteil der Ausbildung begleiteten.

Jack tat, was von ihm verlangt wurde, sodass er rasch zu Sprüngen mit Aufziehleine überging, die Ding Chavez als *dope on a rope* bezeichnete und bei denen der Schirm automatisch öffnete, sobald man aus dem Flugzeug sprang.

In der nächsten Phase erfolgten Sprünge aus geringer Höhe in Wasser, wobei er selbst die Reißleine zog, allerdings unmittelbar nach Verlassen des Flugzeugs – die nannte Chavez *hop-and-pops*.

Bisher hatte er fünf Hop-and-pops absolviert, und alle waren planmäßig verlaufen. Und obwohl er nun wahrlich kein Naturtalent war und sich noch nicht einmal seinen ersten Freifallsprung verdient hatte, war er von John Clark, dem Operationsleiter der kleinen Organisation, schon mehrmals gelobt worden.

Und das wollte was heißen, denn John Clark kannte sich aus – vor seinem Wechsel zum Campus war er Navy SEAL, paramilitärischer CIA-Offizier und Chef einer Anti-Terror-Spezialeinheit der Nato gewesen und hatte so viele verdeckte Einsatzsprünge absolviert wie nur wenige Männer auf der Welt.

Obwohl Jack seit zwei Tagen Hop-and-pops machte, würde sich der Sprung am heutigen Morgen gründlich von den anderen unterscheiden, denn sobald er im Wasser gelandet war, sollte er zu einer in der Nähe ankernden Jacht schwimmen und zu den beiden anderen Männern des Teams stoßen, die bereits an Bord waren. Zusammen sollten sie dann einen Übungsangriff auf das Boot durchführen, in dem sich Mitarbeiter des Campus aufhielten, die den Part der gegnerischen Partei übernahmen.

Jetzt, wenige Minuten vor seinem Sprung, blickte Jack quer durch die Kabine der Cessna Grand Caravan zu den beiden anderen Männern, die an der heutigen Übung teilnahmen. Dominic Caruso war von Kopf bis Fuß in Schwarz gehüllt – selbst Fallschirmgurt, Schutzbrille und Helm waren schwarz. Seine Einsatzweste war mit 30-Schuss-Magazinen für 9-mm-Patronen gefüllt, und über seine rechte Schulter war eine SIG-Sauer-MPX-Maschinenpistole mit Schalldämpfer geschnallt.

Jack wusste, dass die Magazine für Doms Maschinenpistole und die Glock-Pistole an seiner Hüfte mit FX-Patronen gefüllt waren – Projektilen, die kein Blei, sondern Farbe enthielten, aber nichtsdestotrotz Projektile waren und beim Aufprall verdammt wehtaten.

Clarks und Chavez' Motto lautete: Je mehr du im Training schwitzt, desto weniger blutest du im Gefecht. Jack verstand den Spruch, doch Tatsache war, dass er im Training häufig geblutet hatte, wie übrigens auch in richtigen Kämpfen.

Jack war ähnlich ausstaffiert wie Caruso und Chavez, mit zwei bemerkenswerten Ausnahmen. Zum einen hatte Jack Schwimmflossen um die Brust geschnallt; die würde er anlegen, sobald er im Wasser war. Zum anderen trugen die beiden Männer, die ihm gegenübersaßen, MC-6-Fallschirme, die mit speziellen, für US-Spezialkräfte entwickelten SF-10A-Schirmen ausgestattet waren, die es ihnen gestatteten, weite Strecken zu fliegen und präzise zu landen, ja sogar ermöglichten, in der Luft langsam nach hinten zu gleiten.

Bei Jacks Fallschirm handelte es sich dagegen um ein viel schlichteres T-11-Modell, das seine Beweglichkeit sehr stark einschränkte. Er würde mit einer Geschwindigkeit von etwa zwanzig Kilometer pro Stunde fallen, und wo er landete, hing weitgehend von der Geschwindigkeit des Flugzeugs, dem Wind und der Schwerkraft ab.

Die anderen beiden würden direkt auf dem Deck der Jacht landen, während Jack nur einen Hop-and-pop hinlegen und zusehen musste, dass er die riesige Wasserfläche der Chesapeake Bay direkt unter dem Flugzeug nicht verfehlte. Jack steckte gewissermaßen noch in der »Stützräderphase«, deshalb musste er schwimmen, bevor er mit den beiden anderen das Boot entern konnte. Das war zwar etwas peinlich, doch er wusste, dass kein anderer Anfänger in der Welt des Fallschirmspringens schon in der zweiten Ausbildungswoche im Rahmen seiner Sprünge simulierte Angriffe durchführte, deshalb kam er sich nicht ganz so leichtgewichtig vor.

Ding Chavez saß Jack gegenüber neben Caruso. Im Moment hatte er ein Headset auf, damit er mit der Crew kommunizieren konnte, der Pilotin Helen Reid und ihrem Kopiloten Chester Hicks. Normalerweise flogen die beiden den campuseigenen Jet, eine Gulfstream G550, doch heute hatten sie sich in die Niederungen der Fliegerei begeben und steuerten die viel leistungsschwächere und technisch simplere Cessna Caravan, aber sie genossen die Abwechslung.

Dom Caruso bemerkte, dass Chavez über das Headset mit den Piloten sprach, und so beugte er sich zu Jack herüber und sagte vertraulich in sein Ohr: »Alles in Ordnung, Cousin?«

»Aber sicher, Mann.« Sie schlugen die behandschuhten

Fäuste gegeneinander, wobei sich Jack alle Mühe gab, sein Unbehagen zu verbergen.

Und mit Erfolg, wie es schien, denn Caruso sagte nichts von wegen, dass er kreidebleich im Gesicht sei oder dass seine Hände zitterten. Stattdessen vergewisserte er sich noch einmal, dass Chavez das Headset aufhatte und nicht hören konnte, was er und Jack sprachen. Dann beugte er sich wieder vor.

»Laut Ding werden wir es auf der Jacht mit einer unbekannten Zahl von Gegnern zu tun bekommen, aber unter uns gesagt, werden uns fünf Bösewichte dort erwarten.«

Jack legte den Kopf schief. »Wie kommst du darauf?«

»Per Ausschlussverfahren. Wer von den Campus-Mitarbeitern kann zu einer Schießerei mit uns abkommandiert werden? Adara spielt das Entführungsopfer, das ist ihr gestern herausgerutscht. Und Clark befehligt die Gegnertruppe, versteht sich. Er wartet da unten mit einer Waffe. Damit bleiben nur noch unsere vier Sicherheitsleute: Gomez, Fleming, Gibson und Henson.« Der Campus beschäftigte gründlich durchleuchtete ehemalige Militärs und Nachrichtendienstler als Sicherheitspersonal der Einrichtung. Alle waren ehemalige Green Berets oder SEALs. Darüber hinaus hatten Gibson und Henson beim Global Response Staff der CIA gedient, einem erstklassigen Sicherheitsdienst, der Einrichtungen der Agency in aller Welt schützte. Alle vier waren über fünfzig Jahre alt, aber so fit wie Olympioniken, knallharte Burschen und seit vielen Jahren mit Chavez und Clark befreundet.

Zusätzlich zu ihren Aufgaben im Objektschutz halfen die vier von Zeit zu Zeit in der Ausbildung aus, da sie Experten für Feuerwaffen, Blankwaffen und sogar für den unbewaffneten Kampf waren.

»Du könntest recht haben«, erwiderte Jack. »Aber Clark hat uns schon öfter überrascht. Vielleicht helfen auch ein paar Jungs aus der Analyseabteilung aus, die was vom Schießen verstehen. Mike und Rudy zum Beispiel. Die waren Infanteristen bei der Army.«

Caruso grinste. »Ranger waren sie, das gebe ich zu. Aber Rudy hat mich heute früh vom Büro aus angerufen. Er will vielleicht meinen Truck kaufen und hat mich gebeten, die Schlüssel unter den Sitz zu legen, damit er in der Mittagspause bei mir zu Hause vorbeischauen und eine Probefahrt machen kann. Er hat gesagt, dass Mike mitkommen würde.«

Jack überlegte, wer sonst aus ihrer Organisation die zweieinhalbstündige Fahrt vom Büro in Alexandria, Virginia, unternommen haben könnte, um heute Morgen die Schurkenrolle zu spielen. »Donna Lee war beim FBI. Sie kann mit einer Maschinenpistole umgehen.«

»Adara hat mir erzählt, dass sich Donna am Mittwoch beim Fitnesstraining das Knie verdreht hat«, entgegnete Dom. »Sie wird ein paar Wochen an Krücken gehen.«

Jetzt musste Jack grinsen. »Du hast wirklich an alles gedacht.«

»Wir beide treffen in der wirklichen Welt schon auf genügend Arschlöcher, die uns abknallen wollen. Ich habe nicht die Absicht, heute ein FX-Projektil ins Gemächt zu bekommen. Ich habe am Wochenende etwas vor. Ich trickse das System aus, wenn ich muss.«

Jetzt lachte Jack, froh über die Ablenkung, die ihn davon abhielt, ständig an seine Qualitäten als Fallschirmpacker und den bevorstehenden Sprung zu denken. »Was hast du denn am Wochenende vor?«

Dom sah so aus, als dächte er darüber nach, ob er auf die Frage antworten sollte, doch im selben Moment nahm Ding das Headset ab, und Dominic lehnte sich wieder zurück.

»Was habt ihr zwei Armleuchter für Heimlichkeiten?«

Die beiden Angesprochenen grinsten, antworteten aber nicht.

Chavez hob die Augenbrauen. »Noch zwei Minuten, Jack. Du wirst rund dreihundert Meter vom Boot entfernt abgesetzt, und zwar hinterm Heck, damit du nicht bemerkt wirst. Natürlich ist helllichter Tag, und in der wirklichen Welt würde dich jeder Wachposten beim Blick nach achtern bemerken, aber das ist eine Übung. Die Gegner an Bord konzentrieren sich auf das Boot. Du kannst unbehelligt hinschwimmen, solange du nicht zu sehr auffällst.«

»Ja«, sagte Dominic. »Paddle nicht in einer großen gelben Gummiente hin.«

Jack reckte die Daumen nach oben.

»Sobald du draußen bist, bringt uns Helen auf sechstausend Fuß. Von dort oben springen wir und segeln direkt an Deck. Auf dem Weg nach unten orten wir Ziele und versuchen, sie bei der Landung auszuschalten. Wenn wir gelandet sind und das Gurtzeug ablegen, möchte ich, dass du die Bootsleiter heraufkletterst und bereit bist, uns zu verstärken.«

»Alles klar«, sagte Jack und spähte durch das Fenster. Vor ihm lag eine anstrengende Schwimmstrecke. Das Wasser in der Bucht sah kabbelig aus.

In diesem Augenblick stemmte sich Chester »Country« Hicks aus dem Kopilotensitz und kam nach hinten zur Kabinentür. Er legte den Hebel um, und der Rollladen an der Luke öffnete sich. Ein lokomotivähnliches Dröhnen erfüllte die ohnehin schon laute Kabine, begleitet vom Rauschen der Luft, die an dem mit neunzig Knoten fliegenden Flugzeug vorbeitoste.

Hicks hielt einen Finger in die Höhe. Noch eine Minute bis zum Absprung. Jack erhob sich zusammen mit Dom. Sie stießen erneut die Fäuste aneinander, dann ging Jack zu der offenen Luke.

Dom begleitete ihn und neigte sich zu seinem Ohr. »Und nicht vergessen …«

Jack legte den Kopf schief. »Was nicht vergessen?«

»Alles«, grinste Chavez, klopfte dem Jüngeren auf den Rücken und deutete auf die offene Luke. »Ab mit dir, Jack. Du musst gerade runter wie ein Stein!«

Jack kämpfte gegen einen Anflug von Übelkeit an, wartete, bis Country das Kommando gab, und sprang dann hinaus.

3

Sieben Minuten später dümpelte Jack im Wasser vor der Bootsleiter am Heck der *Hail Caesar,* einer 21 Meter langen Nordhavn-Jacht, die einem Freund von Campus-Direktor Gerry Hendley gehörte. Das Boot ankerte vor Carpenter Point im Norden der Chesapeake Bay, ein paar Meilen östlich der Mündung des Susquehanna River.

Jack war erschöpft vom Schwimmen, was er dem Susquehanna wie auch dem North East River anlastete, die hier beide südwärts in die Bucht strömten und ihm das Vorankommen erschwert hatten. Er hatte keine Tauchausrüstung getragen, nur die Flossen und eine Tauchermaske mit Schnorcheln, sodass er den größten Teil der Strecke an der Oberfläche schwimmend zurückgelegt hatte. Wegen der Wellen hatte er sich jeden Meter erarbeiten müssen und einiges an Meerwasser geschluckt, und während er jetzt seine überschüssige Ausrüstung am Fuß der Bootsleiter verstaute und seine schallgedämpfte Maschinenpistole feuerbereit machte, würgte er ein wenig.

Ein Blick auf seine Uhr verriet ihm, dass er es gerade rechtzeitig geschafft hatte. Und dann erwachte wie auf Stichwort sein wasserdichtes Headset zum Leben, und Ding Chavez' Stimme flüsterte: »Eins in Position.«

Gleich darauf meldete Caruso über Funk: »Zwei. Planmäßig auf Zielobjekt.«

Jacks Meldung war nicht so machomäßig wie die seines Cousins. »Drei. Ich bin hier. Komme jetzt rauf.«

»Verstanden«, antwortete Chavez. »Wir sind direkt über dir.«

Jack erklomm die Bootsleiter und erblickte Ding und Dom in ihrer schwarzen Ausrüstung. Ihre Fallschirme waren zusammengerollt und unter einer dicken Taurolle auf dem Hauptachterdeck verstaut, und nur ein paar Schritte vor ihnen saß, mit dem Rücken an die Steuerbordwand gelehnt, Dale Henson, einer ihrer Sicherheitsleute und Mitglied der Gegnertruppe. Zwei rote Kleckse prangten auf der Brust seines Khaki-Overalls, und neben ihm auf dem Teakholzdeck lag eine Maschinenpistole.

Henson hatte einen Schokoriegel aus der Tasche gezogen und begann ihn jetzt zu essen, wobei er zu den drei Angreifern aufschaute, ohne sich im Geringsten den Anschein zu geben, als wollte er für die Dauer der Übung den Toten spielen.

Er zwinkerte Jack zu, dann verdrehte er die Augen und tat scherzhaft so, als hätte er gerade zwei Schüsse in die Brust bekommen.

»Nett«, flüsterte Chavez, und dann: »Fleming ist auf der Flybridge. Dom hat ihn in den Rücken gepikt, bevor er gemerkt hat, dass wir über ihm waren.«

Jack nickte. Zwei Gegner waren in aller Stille ausgeschaltet worden, und keiner war mehr dazu gekommen, über Funk eine Warnung abzusetzen.

Geräuschlos bildeten die drei Campus-Agenten eine taktische Formation und rückten auf dem Steuerborddeck zu der Tür vor, die in den Hauptsalon führte.

Ding ging voraus, Dominic direkt hinter ihm. Jack, der das Schlusslicht bildete, sah, wie Dom die rechte Hand hob und drei Finger abspreizte. Auf diese Weise teilte ihm Dom mit, dass sie es nach der Theorie, die er in der Cessna aufgestellt hatte, nur noch mit drei Gegnern zu tun hatten.

An der Luke zum Hauptsalon blieb Ding stehen und winkte Jack nach vorn. Er bückte sich tief hinab und zückte ein HHIT2 – ein tragbares Inspektionsgerät. Es handelte sich um eine Minivideokamera mit wärmeempfindlichen Sensoren und einem langen biegsamen Schwanenhals zwischen Objektiv und eigentlichem Gerät. Jack bog den Hals nach unten und blickte, während er das Kameraauge langsam unter der Tür durchschob, auf den handygroßen Monitor. Die 13 Millimeter breite Kamera zeigte Jack die Szene dahinter. Dort saßen Pablo Gomez und Jason Gibson, die beiden anderen Übungsteilnehmer, auf Stühlen und sahen fern. Beide trugen Schutzbrillen, hatten Pistolen im Hosenbund stecken und Maschinenpistolen in Reichweite liegen.

Jack hielt für Chavez und Caruso zwei Finger hoch.

Während er seine Beobachtung fortsetzte, nahm Gomez das Funkgerät vom Tisch neben sich, sprach hinein und machte dann ein besorgtes Gesicht. Wahrscheinlich, so vermutete Jack, weil die an Deck wachenden Henson und Fleming nicht antworteten.

Gomez legte das Walkie-Talkie weg, erhob sich vom Stuhl und griff zu seiner MP. Gibson verstand den Wink und folgte seinem Beispiel.

Jack richtete sich auf, verstaute das Gerät in einer Gürteltasche, die er auf dem Rücken trug, und nahm seine MPX hoch. Gleichzeitig wandte er sich Chavez zu und flüsterte in dringlichem Ton: »Sie haben was gemerkt!«

Ding griff nach der Klinke, und als Jack den Feuerwahlhebel seiner SIG auf Dauerfeuer gestellt hatte, drückte Ding die Klinke nach unten und stieß die Tür mit dem Fuß auf.

Jack gab kurze, kontrollierte Feuerstöße auf die beiden Männer ab, erledigte zuerst Gibson mit drei Schüssen gegen seine gut gepolsterte Einsatzweste und dann mit Treffern im selben Bereich auch Gomez, als der gerade seine MP3 auf die Eindringlinge richten wollte. Beide Männer sanken auf ihre Stühle zurück, legten sich die Waffen in den Schoß und hoben die Hände.

Jack schlüpfte in den Raum, schwang die Waffe herum und deckte die toten Winkel ab, während Chavez und Caruso an ihm vorbei zu der Treppe stürzten, die ins Unterdeck führte.

Jack schloss zu ihnen auf. Jetzt war Eile geboten, denn Jacks Waffe hatte trotz Schalldämpfer beträchtlichen Lärm gemacht, und an Bord befand sich eine Geisel, die durch das Geräusch bellender Feuerstöße in Gefahr gebracht wurde.

Sie kontrollierten rasch und effizient die Kabinen, teilten sich aber nicht auf, sondern nahmen sich jeden Raum zusammen vor. Vor der dritten der vier Kabinen angekommen, drückte Dom lautlos die Klinke und stieß die Tür auf. Drinnen saß auf einem Bett Adara Sherman, einen Becher Kaffee in der Hand und eine Zeitschrift auf dem Schoß.

Sie sah nicht einmal von ihrer Lektüre auf. »Juhu, ich bin gerettet!«, kommentierte sie in scherzhaft-spöttischem Ton.

Adara war unter anderem Transportmanagerin des Campus, aber heute spielte sie die Geisel, wie Dom wusste. Was er allerdings nicht wusste, war, ob sie mit einer Sprengfalle versehen oder mit einer Pistole bewaffnet war und den Befehl bekommen hatte, auf ihre Retter zu schießen, ob also ein Stockholm-Syndrom-Szenario angenommen wurde, und so hielt er seine Waffe auf ihre Brust gerichtet, als er auf sie zutrat. Er setzte dabei eine entschuldigende Miene auf und fiel für einen Augenblick aus der Rolle, gerade so lange, dass er es versäumte, die Toilette rechts neben Adara zu kontrollieren.

Der Fehler wurde ihm schon im nächsten Moment bewusst, doch da vernahm er von hinten aus dem Gang die Stimme seines Cousins: »Kontakt!«

Die Tür zur letzten Kabine flog auf, und John Clark stand da, eine MP5-Maschinenpistole im Anschlag und eine

Schutzbrille auf den Augen. Er eröffnete das Feuer, vermochte aber nur einen einzigen Schuss abzugeben, bevor ihm Domingo Chavez einen Dreier-Feuerstoß in die Brust jagte. Ding war klar, dass seine Geschosse in die dicke alte Drillichjacke einschlagen würden, die Clark über drei Thermo-Henley-Thermoshirts trug, um die Schmerzen zu mindern, die der Aufprall der FX-Geschosse verursachte.

Clark war schon häufiger von FX-Geschossen getroffen worden, und Chavez wusste, dass er kein Fan davon war.

In der Kabine mit der Geisel hörte Dom, wie Chavez draußen rief, dass die Gefahr auf dem Gang gebannt sei, worauf er die Waffe etwas sinken ließ, denn er war sich sicher, dass alle gegnerischen Schützen ausgeschaltet waren. Er wandte sich wieder Adara zu und durchsuchte sie, wie er es bei jeder befreiten Geisel tun würde.

Dabei gab ihm Jack von der Tür zwischen Kabine und Gang aus Deckung, doch Jack wusste nicht, dass die Nasszelle mit Toilette, Waschbecken und Dusche zur Linken von seinem Cousin noch nicht inspiziert worden war.

Dom kehrte der Nasszelle den Rücken zu, sodass er die Pistole nicht sah, die hinter dem Duschvorhang auftauchte, und auch Jack konnte sie nicht sehen, da die Dusche außerhalb seines Blickfelds lag.

Erst als der Knall einer Pistole die Kabine erfüllte, erkannten Dom und Jack, dass sie Mist gebaut hatten. Dom bekam den Schuss genau zwischen die Schulterblätter und fing sich sogar einen zweiten ein, bevor er zum Zeichen, dass er erledigt war, die Hände heben konnte.

Jack Ryan junior stürzte in die kleine Kabine, hechtete an Dom und Adara vorbei aufs Bett und jagte einen langen Feuerstoß in die Toilette, um die Gefahr zu beseitigen, bevor auch die Geisel getroffen wurde.

Die Projektile schlugen in den Duschvorhang ein und zerfetzten ihn, als wären es richtige Mantelgeschosse.

»*Autsch! Okay!* Du hast mich erwischt!« Die Stimme

hatte einen unverkennbaren Kentucky-Akzent, und Jack stockte das Blut in den Adern.

Gerry Hendley, der frühere *Senator* Gerry Hendley und jetzige Direktor des Campus, trat, mit roten Klecksen übersät, aus der Dusche und rieb sich einen scheußlichen roten Striemen seitlich am Hals, der in Sekundenschnelle anschwoll. »Du meine Güte, Clark hatte recht. Die fiesen kleinen Dinger tun richtig weh!«

»Gerry?«, krächzte Jack. Hendley war Ende sechzig, und wenn er mal auf etwas schoss, dann allenfalls auf ein paar Wachteln. Er hatte noch nie einer Übung des Campus beigewohnt, geschweige denn daran teilgenommen.

Jack konnte nicht begreifen, warum er hier war. »Das tut mir sehr leid! Ich wusste nicht …«

John Clark rief vom Gang: »Feuer einstellen! Übung beendet! Sichert eure Waffen!«

Jack drückte den Feuerwahlhebel mit dem Daumen nach unten auf *Sicher* und ließ die Waffe vor der Brust baumeln.

Adara erhob sich vom Bett, riss die Schutzbrille herunter und lief zu Gerry. »Mr. Hendley, lassen Sie uns nach oben zu meinem Med-Kit gehen. Ich werde die schlimmsten Schrammen reinigen und verpflastern.«

Jack versuchte es wieder mit einer Entschuldigung. »Ich bin untröstlich, Gerry. Hätte ich geahnt, dass Sie …«

Hendley hatte sichtlich Schmerzen, machte aber eine abwehrende Handbewegung. »Hätten Sie geahnt, dass ich der Gegnertruppe angehöre, hätte Ihnen die Übung nichts gebracht, oder? Sie *mussten* auf mich schießen.«

»Äh … ja, Sir.«

»Natürlich hätte ich etwas mehr Treffsicherheit begrüßt«, fügte Gerry hinzu. »Ich habe eine gepolsterte Weste angezogen, weil John mir versichert hat, dass ich ein oder zwei Schüsse in die Brust bekommen würde, aber nicht mehr.«

Jack hatte Gerry an beiden Armen, an Hals, Brust, Bauch

und an der rechten Hand markiert. Die Wunden an Hand und Hals bluteten, und sein Hemdsärmel war zerrissen.

Als Adara ihn aus der Kabine und zu der Leiter geleitete, die zum Hauptdeck hinaufführte, blickte Gerry in dem schmalen Gang zu Clark und sagte: »Auf jeden Fall haben Sie Ihr Anliegen auf verdammt drastische Weise deutlich gemacht, John.«

Jack sah zu Clark hinüber und bemerkte, dass der Siebenundsechzigjährige, der normalerweise nur schwer aus der Fassung zu bringen war, sehr betreten dreinschaute.

»Tut mir leid, Gerry. So weit hätte es nicht kommen dürfen, unter welchen Umständen auch immer.«

Jack setzte sich neben Dom aufs Bett. Die beiden jungen Männer sahen aus wie Schüler im Büro des Direktors, kurz nachdem sie beim Unterrichtschwänzen erwischt worden waren.

Chavez lehnte sich an die Kabinenwand. »Verdammt, Jack. Du hast gerade deinen Chef aus kurzer Entfernung mit einem Dutzend FX-Geschossen eingedeckt, die mit einer Geschwindigkeit von 550 Kilometer pro Stunde fliegen. Er wird sich eine Woche lang so fühlen, als wäre er in ein Hornissennest getreten.«

»Was zum Teufel hat er hier eigentlich gemacht?«, fragte Dom.

John Clark trat in die Master-Kabine und blieb an der Tür stehen. »Gerry war hier, weil ich wollte, dass er sich selbst ein Bild macht. Mit nur drei Mann kann der Campus im Feld nicht sicher operieren. Wir haben zuletzt Glück gehabt, aber dieses Glück wird nicht von Dauer sein. Entweder wir bekommen Verstärkung in der operativen Abteilung oder wir können nur noch sehr begrenzte Aufträge annehmen.«

Chavez nickte. »Ich würde sagen, das ist deutlich geworden. Dom ist tot, zwei Schüsse in den Rücken. Hast du das Klo nicht gecheckt?«

»Ich habe mit fünf bösen Jungs gerechnet«, antwortete Dom. »Als der Fünfte erledigt war, bin ich nachlässig geworden.«

»Und das bedeutet?«, fragte Chavez.

Dom sah ihn an. Er unternahm nicht den geringsten Versuch, seinen Fehler zu entschuldigen. »Das bedeutet, dass ich Scheiße gebaut habe.«

Clark war mit dem Ablauf der Übung unzufrieden und machte daraus kein Hehl. »Es hat ja ordentlich angefangen. Jacks Sprung war gut, ich habe ihn durchs Fernglas verfolgt. Ihr seid alle drei souverän auf das Boot gekommen, habt euch schnell und zielstrebig zu der Geisel vorgearbeitet, die Gegenseite überrascht und fünf Gegner ausgeschaltet. Doch das Einzige, was im Gefecht zählt, ist, wie es ausgeht, und ihr habt bei dieser Übung ein Drittel eurer Leute verloren. Deshalb habt ihr versagt, wie man es auch betrachtet.«

Niemand sagte etwas darauf.

»Reinigt eure Ausrüstung«, fuhr Clark fort. »Stellt sie in die Schränke im Campus zurück, und nehmt euch das Wochenende frei. Aber ihr bekommt Hausaufgaben. Ich möchte zwei neue operative Mitarbeiter in den Campus holen, und jeder von euch soll mir einen Kandidaten vorschlagen. Am Montagmorgen reden wir darüber. Ich sehe mir die Kandidaten an, rede mit Gerry und gebe meine Empfehlungen.«

»Einer von den Sicherheitsleuten wäre vielleicht geeignet«, sagte Caruso.

Clark schüttelte den Kopf. »Lauter Männer mit jungen Familien. Lauter Männer, die schon seit Jahrzehnten dienen. Der operative Dienst ist ein Rund-um-die-Uhr-Job, dreihundertfünfzig Tage im Jahr, dafür sind die Jungs oben an Deck ungeeignet.«

Jack teilte Clarks Urteil – sie brauchten frisches Blut und mussten sich extern danach umsehen. Clark hatte sich vor ein paar Jahren aus dem operativen Dienst zurückgezogen, und Dominic Carusos Bruder Brian, der davor dem Team angehört hatte, war bei einer Operation in Libyen getötet worden. Ihn hatte Sam Driscoll ersetzt, der dann in Mexiko umgekommen war. Seit damals hatten sie nur drei operative Agenten.

Jack nahm sich vor, am Wochenende gründlich darüber nachzudenken, wen er gern als Verstärkung in die Truppe holen würde, denn die Krisenherde der Welt wurden nicht weniger, und es lag auf der Hand, dass ein personell dezimierter Campus nicht die erforderliche Stärke hatte.

Zehn Minuten später war Jack wieder an Deck. Er hatte sich noch einmal bei Gerry entschuldigt, doch der hatte erneut abgewinkt, jetzt allerdings mit Pflastern beklebt und einer kühlen Flasche Heineken in der Hand.

Jack fühlte sich ziemlich unwohl. Gerry Hendley hatte ihm erst kürzlich die Rückkehr in den Campus erlaubt, nachdem er wegen Befehlsmissachtung sechs Monate hatte pausieren müssen.

Und jetzt das. Nicht gerade die beste Art, Gerry für das in ihn gesetzte Vertrauen zu danken.

4

Es dürfte niemand sonderlich überraschen, dass der Imam Khomeini International Airport in Teheran für Ausländer nicht der gastfreundlichste Flughafen der Welt ist, doch nach fast fünfstündigem Flug waren die Passagiere des Alitalia-Flugs 756 froh, dass sie die Maschine verlassen und sich die Beine vertreten konnten. Gewiss, für viele Geschäftsreisende, die jetzt die Gangway herabstiegen, war es keine sehr lange Etappe gewesen, aber die meisten von ihnen hatten schon einmal den internationalen Ankunftsterminal passiert und wussten, dass sie aufgrund der zeitraubenden Zoll- und Einreisekontrollen nicht so schnell in ihr Hotel kommen würden.

Mit einer Ausnahme.

Ein Mann, der jetzt von der Fluggastbrücke in den Terminal schlenderte, war regelmäßig Gast der iranischen Regierung und wusste, dass er schneller durch die Kontrollen kommen würde als seine bedauernswerten Mitreisenden. Als Geschäftsmann, der direkt mit verschiedenen Behörden der iranischen Regierung zusammenarbeitete, bekam er sofort nach Verlassen der Maschine einen persönlichen Betreuer zugeteilt. Dieser Betreuer würde ihm während seines dreitägigen Aufenthalts nicht von der Seite weichen und als Dolmetscher und Kontaktmann zu den Behörden dienen. Außerdem wusste der Reisende, dass draußen ein Mercedes der Regierung im absoluten Halteverbot parkte, dessen Fahrer darauf wartete, ihn und seinen Betreuer in den kommenden Tagen in der riesigen Stadt umherzuchauffieren.

Am Ende der Fluggastbrücke lehnte ein Iraner in den Vierzigern an der Wand. Das breite Grinsen auf seinem Gesicht wurde noch breiter, als er den großen blonden Mittdreißiger erkannte, der aus der Schlange der aus Rom kommenden Passagiere ausscherte und ihm zuwinkte.

Der Blonde zog eine Rolltasche hinter sich her und trug einen Aktenkoffer. Auf Englisch rief er: »Faraj! Es ist immer wieder schön, Sie zu sehen, mein Freund.«

Faraj Ahmadi hatte einen buschigen Schnurrbart, dichtes schwarzes Haar und trug einen dunkelblauen Anzug ohne Krawatte. Er legte sich die Hand aufs Herz und deutete eine Verbeugung an, dann streckte er dem Neuankömmling die Hand entgegen und begrüßte ihn mit einem kräftigen Händedruck. »Willkommen zurück, Mr. Brooks. Ich freue mich, Sie zu sehen.«

Das Lächeln auf dem Gesicht des Westlers wich einem gespielten Stirnrunzeln. »Also wirklich. Müssen wir das schon wieder durchkauen? Mr. Brooks war mein Vater. Ich habe Sie doch gebeten, mich Ron zu nennen.«

Faraj Ahmadi verbeugte sich noch einmal höflich. »Ja natürlich, Ron. Ich vergesse es immer. Hatten Sie einen angenehmen Flug?«

»Auf dem Flug von Toronto nach Rom habe ich die meiste Zeit geschlafen und auf dem Weg von Rom hierher gearbeitet. Ich war also auf beiden Flügen produktiv.«

»Ausgezeichnet.« Faraj nahm ihm die Rolltasche ab und schlug den Weg zur Einreisekontrolle ein. »Mittlerweile kennen Sie ja das Prozedere hier am Flughafen.«

»Ich könnte es im Schlaf durchlaufen«, erwiderte Brooks. »Ein- oder zweimal habe ich das wahrscheinlich sogar.«

Faraj grinste noch breiter. »Sie waren ziemlich regelmäßig hier, nicht wahr?«

Brooks ging mit dem Aktenkoffer neben Ahmadi her,

der seine Tasche zog. »Ich habe neulich in meinem Kalender nachgesehen. Dies ist mein sechzehnter Besuch innerhalb der letzten drei Jahre. Das macht über fünf pro Jahr.«

Wieder wurde das Grinsen unter dem dichten Schnurrbart des Iraners breiter. Ahmadi war iranischer Beamter, aber er hatte eines der fröhlichsten, angenehmsten Gesichter, die Brooks je gesehen hatte. »Wir freuen uns immer, Sie hier begrüßen zu dürfen. Wie ich weiß, sind meine Kollegen zuversichtlich, dass Sie auch künftig von Kanada aus ohne Umstände werden einreisen können.«

»Ich muss zugeben, dass mich das ganze Gerede über ein Einreiseverbot in den Nachrichten beunruhigt hat.«

Sie bogen nach links ab, und die langen Schlangen vor den Einreiseschaltern kamen in Sicht. Gut und gern dreihundert Leute warteten auf ihre Passkontrolle. Doch die beiden Männer gingen einfach weiter, schlugen einen Bogen links um die Menge herum und folgten einem leeren Gang.

»Wir hoffen alle, dass Geschäftsleute wie Sie von den Vereinten Nationen die Erlaubnis erhalten, weiterzuarbeiten wie bisher«, sagte Faraj.

»Dem kann ich mich nur anschließen«, erwiderte Brooks. »Zumindest wissen wir, wem wir die neuen Verstimmungen zwischen gewissen westlichen Ländern und Ihrem zu verdanken haben.«

Farajs Grinsen blieb unverändert, doch er nickte. »Nur zu wahr. Ich bin nur ein Kontaktmann und kein Politiker oder Diplomat, aber ich schaue mir die Nachrichten an. Offensichtlich droht der amerikanische Präsident meinem friedlichen Land wieder mit erhobenem Zeigefinger.«

»Sie möchten seinen Namen öffentlich nicht in den Mund nehmen, das verstehe ich. Aber ich werde es tun. An allem ist nur dieser verdammte Hurensohn Jack Ryan schuld.«

Jetzt lachte Faraj. »Ich glaube, wenn Sie es so ausdrücken, wird hier niemand etwas dagegen haben.«

Sie kamen an einer Toilette vorbei, und Faraj, stets einfühlsamer Gastgeber, sagte: »Die Kontrolle wird nur ein paar Sekunden dauern, aber der Verkehr auf der Tehran-Saveh-Road ist heute Morgen schlimm.« Er deutete auf die Toilette. »Wenn Sie also gerne …«

»Nicht nötig, Faraj. Ich habe mein Geschäft vor der Landung erledigt.« Brooks zwinkerte seinem Freund zu. »Deswegen nennt man mich Geschäftsmann.«

Sekunden später standen sie vor dem Einreiseschalter. Selbst der Beamte, der an dem VIP-Schalter saß, erkannte den großen Mann mit dem hellen Haar und den blauen Augen. In einem guten Englisch, das aber nicht annähernd so gut war wie das Ahmadis, sagte der weißhaarige Beamte: »Guten Morgen, Mr. Brooks. Willkommen zurück in der Islamischen Republik Iran.«

»Das Vergnügen ist ganz auf meiner Seite, Sir«, erwiderte Brooks. Er stellte nicht einmal den Aktenkoffer ab, da er schon in Sekunden den Weg zum Wagen fortsetzen würde.

Er händigte seinen kanadischen Pass mit dem Visum darin aus, trat vor die Kamera und lächelte, als er fotografiert wurde. Ein grünes Licht leuchtete an dem Fingerabdrucklesegerät vor ihm auf, und er legte den Daumen darauf, so wie er es schon fünfzehn Mal getan hatte.

»Wie lange bleiben Sie diesmal, Mr. Brooks?«, fragte der Beamte.

»Leider nur drei Tage. Es ist nur eine Stippvisite für ein paar Besprechungen.«

»In Ordnung, Sir.« Der Beamte drückte ein paar Tasten auf seiner Tastatur.

Derweil blickte Brooks zu seinem Aufpasser. »Was steht heute als Erstes auf dem Programm, Faraj?«

Faraj Ahmadi war hinter den Einreiseschalter getreten,

hier so vertraut wie ein Flughafenangestellter, da er viele Male Leute abgeholt hatte, die mit der Regierung Geschäfte machten. Er legte seine eigenen Papiere ab, blickte auf den Computerbildschirm und bereitete sich darauf vor, den Kanadier hinauszuführen. »Ich habe mir gedacht, wir könnten in dem Restaurant in der Malek-e-Ashtar-Straße, das Sie so mögen, eine Kleinigkeit essen, bevor wir ins Hotel fahren, wo Sie sich ausruhen können. An dem Dinner heute Abend ...«

Ahmadi hielt im Sprechen inne, und sein Dauerlächeln schwächelte ein wenig, als er leicht verwirrt auf den Monitor blickte. Er wandte sich an den Einreisebeamten und sagte etwas auf Farsi.

Der Uniformierte antwortete in derselben Sprache und drückte noch ein paar Tasten. Auch sein Gesicht nahm einen verwirrten Ausdruck an.

Die Männer sprachen leise miteinander, aber Brooks verstand kein Farsi und schaute nur lächelnd auf seine Uhr. Nach ein paar Sekunden blickte er wieder zu seinem Betreuer und glaubte, jetzt einen gewissen Unmut in Ahmadis Gesicht auszumachen.

Der kanadische Geschäftsmann setzte seinen Aktenkoffer auf dem Boden ab. Offensichtlich dauerte es noch einen Moment. »Gibt es ein Problem, Faraj?«

Das breite Lächeln kehrte sofort zurück. »Nein, nein. Es ist nichts.« Dann sprach Faraj wieder mit dem sitzenden Beamten, kniff ihn scherzhaft in die Schulter und riss irgendeinen Witz. Die beiden grinsten, doch Brooks bemerkte, dass der Beamte jetzt schneller tippte, den Kopf schief legte und etwas auf dem Bildschirm betrachtete.

Brooks war fünfzehn Mal hier eingereist, aber das hatte er noch nicht erlebt.

Als die beiden Iraner wieder ein paar Worte wechselten, fragte der Kanadier: »Was ist denn los, Faraj? Lässt meine Ex nach mir fahnden?«

Faraj kratzte sich am Kopf. »Nur ein Problem mit dem Fingerabdruckleser, glaube ich. Würden Sie es noch einmal versuchen?«

Ron Brooks blies theatralisch über seinen Daumen und legte ihn wieder auf das Lesegerät. »Sagen Sie mir, wer Ihnen die Scanner verkauft, und ich besorge Ihnen ein besseres Modell aus dem Ausland und unterbiete den Preis, den Sie jetzt bezahlen.«

Faraj lächelte, hielt die Augen aber auf den Bildschirm gerichtet.

Der Einreisebeamte lachte gar nicht mehr. Seine Hand glitt unter den Tisch, und Ahmadi fuhr ihn wütend an. Die Antwort erfolgte in entschuldigendem Ton, und obwohl Ron die Sprache nicht verstand, begriff er, dass der Beamte auf irgendeinen Knopf gedrückt hatte. Drei weitere Zollbeamte, einer davon in Zivil mit einem Schildchen am Revers, erschienen auf der Bildfläche und starrten auf den Monitor.

Brooks machte einen Scherz. »Ich weiß, ich hätte die Hosentasche voll Pistazien deklarieren müssen, die ich aus dem Iran mitgenommen habe, als ich im Mai hier war.«

Faraj lächelte nicht mehr und hörte dem Kanadier nicht einmal mehr zu. Der leitende Zollbeamte sagte etwas in ruhigem, dienstlichen Ton zu dem Betreuer, und Faraj antwortete auf Farsi mit größerer Erregung, als Brooks jemals bei dem gewöhnlich ruhigen und gutgelaunten Mann gesehen hatte.

Das Gespräch endete damit, dass Faraj Ahmadi sich Brooks zuwandte. »Bitte entschuldigen Sie, Ron. Unser Computer hat ein Systemproblem. Das ist noch nie vorgekommen. Wir werden das in Ordnung bringen, aber bis dahin kann Ihr Visum nicht bearbeitet werden. Würden Sie mir bitte in einen Warteraum folgen? Wir können einen Kaffee trinken, während man den Fehler behebt.«

Ron Brooks zuckte die Achseln und lächelte schwach. »Gewiss, Faraj. Meinetwegen.«

»Es tut mir leid.«

»Machen Sie sich keine Gedanken, mein Freund. Sie sollten mal sehen, was ich über mich ergehen lassen muss, wenn ich die Vereinigten Staaten besuche. So ein Haufen Arschlöcher.«

Nach einem Warteraum sah das für Ron Brooks nicht aus. Er war in ein fensterloses Kabuff geführt worden, nicht größer als fünf auf fünf Meter. Die ganze Einrichtung bestand aus einem einfachen Tisch mit drei Stühlen drum herum und einem ungerahmten Poster des Imam Khomeini Airport und einem zweiten des gegenwärtigen Präsidenten des Landes.

Ein großer Spiegel bedeckte eine Wand, und eine hoch oben in der Ecke angebrachte Kamera war auf den Tisch gerichtet.

Brooks wusste genau, wo er war. In einem Gepäckkontrollraum, in den man Schmuggler brachte, um ihr Gepäck gründlich zu durchsuchen.

Drei Polizisten im Kampfanzug mit automatischen Gewehren vor der Brust standen in der Tür. Sie betrachteten Brooks neugierig, wirkten aber weder nervös noch aufgeregt. Als Brooks sich an Faraj wandte und auf die Anwesenheit der drei Männer ansprach, erbleichte der Betreuer vor Verlegenheit. »Das sind nur die leidigen Vorschriften. Sie werden sich gleich in aller Form bei uns entschuldigen müssen, Ron. In der Zwischenzeit hole ich Ihnen einen Kaffee. So wie Sie ihn mögen. Nur mit einem Stück Zucker.«

Brooks lächelte seinen Freund an, aber das Lächeln fiel ihm jetzt schwerer. »Hören Sie, ich weiß, dass Sie nichts dafür können, aber ich bin wirklich müde und hungrig, und ich bin nicht gerade davon begeistert, dass dieses Empfangskomitee mich wie einen Verbrecher behandelt. Vielleicht könnten Sie General Rastani anrufen, damit er den Jungs hier Druck macht. Er war es schließlich, der darauf bestanden hat, dass ich diese Woche nach Teheran komme. Er wird sicher wissen wollen, was hier vorgeht.«

Ein Hoffnungsschimmer erhellte das Gesicht des Iraners. »Ja, natürlich! Das werde ich sofort tun. Zuerst den Kaffee, dann rufe ich …«

»Ich habe schon im Flugzeug einen Kaffee getrunken. Wie wär's, wenn wir nur den General anrufen?«

Faraj verbeugte sich. »Gewiss. Wir werden im Handumdrehen hier draußen sein.«

Zwei Stunden und zwanzig Minuten nachdem sein Betreuer mit dem Versprechen, die Angelegenheit zu regeln und in Kürze zurück zu sein, aus dem kleinen Gepäckkontrollraum geeilt war, saß Ron Brooks immer noch allein an dem Tisch. Faraj hatte sich nicht wieder blicken lassen, und die Tür zum Korridor war zwar nicht verriegelt worden, doch die Zahl der bewaffneten Wächter war von drei auf acht angewachsen, und jedes Mal, wenn Ron die Tür öffnete und fragte, ob jemand Englisch spreche, scheuchte ihn ein junger Mann im Kampfanzug mit einem Gewehr vor der Brust mit einer Handbewegung zurück und schlug ihm die Tür vor der Nase zu.

Ron hatte gestanden, war auf und ab gegangen, und jetzt saß er und schaute auf seine Uhr. Wütend blickte er zu der Kamera hoch oben in der Ecke hinauf und deutete auf seinen Schritt, womit er zu verstehen geben wollte, dass er pinkeln musste.

Sekunden später wollte er gerade den Kopf auf den Tisch legen, als die Tür aufging und drei Männer in schwarzen Anzügen eintraten. Keiner lächelte, keiner grüßte, keiner stellte sich vor.

Brooks sah einen nach dem anderen an und erwiderte ihre eisigen Blicke. Er hatte die Nase voll und machte aus seinem Ärger kein Hehl. »Wo ist Ahmadi? Ich brauche meinen Dolmetscher.«

Der älteste der drei Männer setzte sich. Er hatte einen grauen Bart und trug zu seinem Anzug ein kragenloses Hemd. Brooks wusste, dass Krawatten im konservativen Iran als Ausdruck westlicher Dekadenz galten. Es gab sogar Vorschriften, die sie verboten, auch wenn sich viele nicht daran hielten.

Dieser Mann und seine Kollegen aber sehr wohl.

»Sie brauchen keinen Dolmetscher«, sagte der Graubart. »Wir sprechen alle Englisch.«

»Gut. Dann werden Sie mir ja erklären können, was zum Teufel hier los ist.«

»Aber gewiss. Es gibt ein ernstes Problem mit Ihren Papieren.«

Brooks schüttelte den Kopf. »Nein, Kamerad, das kann nicht sein. Ich bin kein vertrottelter Tourist. Das ist nicht mein erster Besuch hier.«

»Es ist Ihr sechzehnter«, sagte der Graubart, was Brooks für einen Augenblick verwirrte.

»Ja … das ist richtig. Und es sind dieselben Papiere, mit denen ich die letzten fünfzehn Male ohne das geringste Problem eingereist bin.«

»Da stimme ich Ihnen zu, Sir«, sagte der Graubart. »Aber im Unterschied zu Ihrem jetzigen Besuch wussten wir bei den letzten fünfzehn Malen nicht, dass Ihr Pass mehrere falsche Angaben enthält.«

Brooks prallte zurück. »Falsche Angaben? Wo denn?«

Der Graubart beugte sich etwas vor. »Zunächst einmal in der Namenszeile.«

»Ich … ich verstehe nicht.«

Der Graubart drehte die Hände um und hielt sie entschuldigend hoch. »Sie heißen nicht Ron Brooks.«

»Was soll der Unsinn? Rufen Sie General Hossein Rastani an und fragen Sie …«

»Ihr Name ist Stuart Raymond Collier«, übertönte der Graubart den laut gewordenen Westler.

Brooks legte den Kopf schief. »Wie? Mein Freund, ich kann Ihnen versichern … Den Namen habe ich noch nie gehört.«

»Und auch Ihr angegebener Beruf stimmt nicht. Sie sind nicht der Eigentümer einer internationalen Import-Export-Firma. In Wahrheit sind Sie Mitarbeiter der CIA.«

»Der CIA … ist das Ihr Ernst?« Brooks sprang auf, sodass die drei Männer erschraken, drehte sich dann aber von ihnen weg und ging vor dem Spiegel auf und ab. »Was wird hier gespielt? Wollen Sie Geld aus mir herauspressen?«

Die drei Männer sahen einander nur an.

»Holen Sie mir einen Verantwortlichen. Ich arbeite sehr eng mit einigen wichtigen Männern in Ihrer Regierung zusammen.«

Der Graubart antwortete mit einem Achselzucken. »Und das bereitet uns natürlich große Sorge. Glauben Sie mir, wenn ich sage, dass jeder, mit dem Sie bei Ihren Besuchen in Kontakt gekommen sind, inhaftiert und ausführlich über seine Verbindung zu Ihnen verhört wird. Auch General Rastani.«

Brooks richtete vorwurfsvoll den Finger auf den sitzenden Mann. »Das ist kompletter Schwachsinn. Sie müssen mir Beweise vorlegen. Sie können nicht einfach …«

Der Graubart schüttelte den Kopf, bevor Brooks ausgeredet hatte. »Wir müssen gar nichts, Mr. Collier. Sie hingegen müssen genau das tun, was wir von Ihnen verlangen. Und jetzt verlange ich von Ihnen, dass Sie ganz ruhig bleiben, natürlich nur zu Ihrer eigenen Sicherheit.«

»Hä?«

Einer der beiden anderen öffnete die Tür zum Korridor. Die acht Polizisten in Tarnanzügen drängten in den Raum, umringten den Mann, den die Iraner Stuart Collier nannten, drehten ihn um und stießen ihn gegen die verspiegelte Wand. Er leistete keinen Widerstand, aber er schrie laut, als sie ihm Anzugjacke und Schuhe auszogen, den Gürtel abnahmen und ihn dann gründlich durchsuchten.

»Ich bin nicht Stuart Collier! He! Hört mir doch zu, ihr Hurensöhne! Ich bin nicht Stuart Collier. Ich habe den Namen nie gehört. Und ich bin nicht bei der CIA!

Faraj! Wo ist Faraj Ahmadi? Jemand muss mit Dr. Isfahani sprechen. Und mit General Rastani. Sie sollen den Typen klarmachen, dass ich nicht Stuart Collier heiße und dass ich nicht bei der CIA bin.«

Von den Sicherheitsleuten umringt, wurde er durch Seitengänge des Flughafens weggebracht. Niemand sprach ein Wort außer ihm, allerdings machten die acht glänzenden Stiefelpaare auf den Steinfliesen beträchtlichen Lärm.

Der Westler brüllte dagegen an: »Sie machen einen großen Fehler! Jemand muss die kanadische Botschaft anrufen! Ich bin Ron Brooks! Ich bin Ronald Charles Brooks aus Toronto. Ich heiße nicht Stuart Collier!«

Dann war er in einer Tiefgarage. Die Tür eines SUVs wurde geöffnet. Dutzende Männer standen drum herum, alle offensichtlich Polizisten oder Sicherheitsbeamte. Ron entdeckte Faraj, der gerade auf den Rücksitz eines anderen Zivilfahrzeugs verfrachtet wurde.

»Faraj! Sagen Sie es ihnen! Verdammt, sagen Sie es ihnen!« Bevor man seinen Kopf nach unten drückte und ihn durch die Seitentür des SUVs stieß, blickte er sich noch einmal um und brüllte: »Mein Name ist nicht Stuart Collier, und ich bin nicht von der CIA!«

5

Der Direktor der Central Intelligence Agency blickte über den Eichenschreibtisch im Oval Office hinweg in die besorgten Augen des Präsidenten der Vereinigten Staaten und sagte: »Sein Name ist Stuart Collier. Er arbeitet für die CIA.«

Jay Canfield verbarg seine Frustration nicht, als er Präsident Jack Ryan von der Verhaftung des CIA-Mannes in Teheran berichtete. »Wir wissen noch nicht genau, wie er aufgeflogen ist.«

»Ist er ein NOC?«, fragte Ryan. Die sogenannten *non-official cover operatives* waren die geheimsten Agenten im National Clandestine Service der CIA. Sie waren als Privatbürger im Ausland tätig und operierten als Spione, genossen aber nicht die diplomatische Immunität eines als Diplomat getarnten Agenten.

Canfield nickte. »Ja. Und ein verdammt guter. Er operierte unter dem Namen Ronald Brooks, Kanadier. Er hat fast vier Jahre an dieser Tarnung gearbeitet. Und seit über drei Jahren ist er in iranischen Technologiebetrieben herumgelatscht.«

Draußen vor den dicken Fenstern des Oval Office regnete es in Strömen, und der Nachmittagshimmel war dunkel. Für Ryans Geschmack passte das Wetter zu den schlechten Neuigkeiten des CIA-Direktors.

Der Präsident nahm die Brille ab und rieb sich die Nasenwurzel. »Wann ist es passiert?«

»Vor acht bis zehn Stunden. Wir haben es gerade von den Kanadiern erfahren, die es direkt von den Iranern haben.«

»Wussten die Kanadier, dass wir einen NOC unter kanadischem Decknamen im Einsatz hatten?«

»Ja. Sie haben ihm einen echten Pass ausgestellt, deshalb hat keinerlei Gefahr bestanden, dass die Iraner gefälschte Papiere bei ihm finden und seine Legende aufdecken.«

»Was hat Brooks – ich meine Collier – getan? Was für Informationen hat er gesammelt?«

»Man könnte fast sagen, er war die Speerspitze unserer Aufklärung im Iran. Seine Rolle für die Iraner bestand darin, dass er ihnen Güter mit doppeltem Verwendungszweck beschaffte, die nicht unter die derzeitigen Sanktionen fielen. Ihre Rüstungsbeschaffer gaben ihm eine Einkaufsliste mit technischen Produkten, und er sah sich im Westen um, tat Lieferanten auf, handelte Konditionen aus, organisierte den Transport und erledigte den Papierkram. Nichts Illegales, aber wir rechneten damit, dass die Iraner ihn früher oder später bitten würden, bei der Beschaffung weniger legaler Güter zu helfen.«

Ryan stutzte. »Dann hat die Agency den Iranern dabei geholfen, Militärgüter im Westen zu besorgen?«

»Sie hätten sie so oder so bekommen, und wie gesagt, es war nichts dabei, was Sanktionen unterlag. Wir haben Collier ins Spiel gebracht, weil wir auf diese Weise erfuhren, was sie bekamen, wo sie es beschafften und wie es ins Land gelangte, für den Fall, dass es uns gelang, strengere Sanktionen durchzusetzen. Und hätten sie ihn irgendwann gebeten, sanktionierte Güter zu besorgen, hätten wir als Erste davon erfahren. Wir wären in der Lage gewesen, es zu unterbinden, und hätten der UNO Beweise vorlegen können.«

Jetzt rieb sich Canfield das Gesicht. »Aber daraus wird nun nichts mehr. Die Option hat sich erledigt. Jetzt stellt sich nur die Frage …«

»… wie zum Teufel Collier aufgeflogen ist«, vollendete Präsident Jack Ryan den Satz.

»Ganz genau, Mr. President. Von der Operation wussten keine zwei Dutzend Leute, mich mitgerechnet, und wir wurden so gründlich überprüft wie in unseren Nachrichtendiensten nur irgend möglich. Die elektronischen Systeme arbeiten zuverlässig, da gab es keine Sicherheitslücke. Bislang stehen wir vor einem absoluten Rätsel. Natürlich drehen wir jeden Stein um und versuchen herauszufinden, was passiert ist.«

»Was werden sie mit ihm machen?«

»Er ist ein NOC, deshalb können sie mit ihm machen, was sie wollen. Allerdings … Mit Ihrer Erlaubnis könnten wir uns in aller Stille an ein Drittland wenden, zum Beispiel an die Schweden, und zu verstehen geben, dass der kanadische Geschäftsmann Ronald Brooks für uns von Wert ist. Aus humanitären Erwägungen, so was in der Art. Sie werden wissen, dass das Quatsch ist, aber sie werden ihm nichts tun, weil sich später mit ihm noch ein Geschäft machen lässt. Natürlich gestehen wir damit stillschweigend ein, dass er von der Agency ist, aber wenn wir es nicht tun, hängen sie ihn vielleicht an einem Baukran auf.«

Ryan nickte. »Genehmigt. Ich möchte ihn da raushaben.«

»Ja, Sir. Aber Sie wissen, wie das läuft. Sie werden ihn eine Weile festhalten und ihm und uns die Daumenschrauben anlegen. Je prekärer und miserabler seine Lage wird, desto mehr werden die Iraner von uns für seine Freilassung bekommen. Würden sie von vornherein zusagen, ihn glimpflich zu behandeln, könnten sie bei Verhandlungen weniger Druck ausüben. – Mr. President, machen wir uns nichts vor. Collier geht im Moment durch die Hölle, und auf absehbare Zeit wird das so bleiben. Wir können nicht das Geringste dagegen tun.«

Ryan lehnte sich in seinem Stuhl zurück und blickte auf

die gegenüberliegende Wand, als suchte er einen Punkt in tausend Meter Entfernung. Nach einer Weile wandte er sich wieder Canfield zu. »Sondieren Sie über inoffizielle Kanäle das Terrain. Finden Sie heraus, was es uns kosten wird, Collier zurückzuholen.«

»Ja, Sir.«

»Ist damit zu rechnen, dass die Iraner ihn in den Medien vorführen?«

»Darauf können Sie wetten, Sir.«

»Warum ist eigentlich Mary Pat nicht hier?«, fragte Ryan.

Mary Pat Foley, die Direktorin der Nationalen Nachrichtendienste, legte normalerweise Wert darauf, ins Oval Office zu kommen, wenn dem Präsidenten über eine Geheimdienstkrise dieser Tragweite berichtet werden musste. Ryan und Foley waren seit vielen Jahren beruflich und privat eng miteinander verbunden.

»Sie ist auf dem Weg in den Irak«, antwortete Canfield. »Sie nimmt persönlich an einer Operation teil.«

»Persönlich? Wieso das?«

»Anscheinend will sie den Kontakt zum menschlichen Faktor in der Geheimdienstarbeit nicht verlieren. Sie sagt, sie verbringe zu viel Zeit damit, auf Konferenzen herumzusitzen und auf Computerbildschirme zu starren.«

Ryan war darüber nicht erfreut. Er verstand zwar Mary Pats Motive und wusste sie zu schätzen, doch die Tatsache, dass sie während eines Debakels wie der Verhaftung eines CIA-Agenten in Teheran nicht hier war, bedeutete für ihn, dass er auf den unmittelbaren Beitrag des ranghöchsten Mitglieds der Geheimdienstgemeinde verzichten musste.

»Wann wird sie zurückerwartet?«

»Ich habe sie durch ihren Stellvertreter benachrichtigt. Ich nehme an, dass sie angesichts der Nachrichten aus dem Iran ihre Reise abkürzen wird. Ich kann sie für Sie ans Telefon holen.«

»Nein, soll sie ruhig tun, was sie tun muss. Sie kann mich ja anrufen, wenn sie etwas dazu zu sagen hat. Ich kann nur hoffen, dass sich ihr persönlicher Einsatz da drüben auch lohnt.« Ryan tat den Gedanken mit einer Handbewegung ab. »Halten Sie mich über die Ermittlungen auf dem Laufenden, besonders in Bezug auf die Frage, wie seine Legende aufgeflogen ist.«

Die Gegensprechanlage auf Ryans Schreibtisch piepte, und die Stimme seiner Sekretärin tönte aus dem Lautsprecher: »Mr. President, Justizminister Murray ist hier. Ob Sie ihm fünf Minuten Ihrer Zeit opfern könnten.«

Ryan blickte zu Canfield, und dieser stand auf.

»Schicken Sie ihn herein.«

Canfield begrüßte den eintretenden Dan Murray und ging an ihm vorbei zur Tür.

»Das könnte auch für Sie interessant sein, Jay«, sagte Murray. »Ich hätte gern, dass Sie bleiben, wenn der Präsident damit einverstanden ist.«

Ryan winkte beide Männer zu dem Sofa ihm gegenüber und nahm selbst wieder Platz.

»Es geht um den Vorfall in New Jersey letztes Wochenende«, begann Murray. »Die Tat war definitiv kein Zufall.«

Ryan hob die Augenbrauen. »Dass Sie Jay und mich darüber informieren, sagt mir, dass die Schießerei in dem mexikanischen Restaurant in New Jersey Auswirkungen auf die nationale Sicherheit hat.«

»Leider ja. In ein, zwei Stunden wird die Sache bekannt, aber Sie müssen es vorher erfahren. Wie sich herausgestellt hat, war der Schütze ein dreiundzwanzigjähriger Russe namens Vadim Retschkow. Er hat mit einem Studentenvisum in den USA gelebt, an einer technischen Hochschule in Oregon Computerwissenschaften studiert, dann aber das Studium abgebrochen. Die Lokalpolizei hat ihn vor ein paar Monaten wegen Trunkenheit und Ruhestörung aufgegriffen. Er hat eine Vorladung bekommen und wäre abgeschoben worden, ist aber nicht zur Verhandlung erschienen.«

»Kommt es denn vor, dass von Abschiebung bedrohte Kriminelle zur Verhandlung erscheinen?«, fragte Ryan nur.

»Nicht sehr oft, insofern ist das keine Überraschung. Die eigentliche Überraschung ist, dass der Schütze einen Bruder hatte, der Maschinenmaat auf der *Kazan* war, einem der russischen U-Boote, die von der USS *James Greer* versenkt wurden. Man hat es bisher verschwiegen, aber eines der Opfer in dem mexikanischen Restaurant war Commander Scott Hagen, der Kapitän der *James Greer*.«

»O mein Gott«, stieß Ryan hervor. Er hatte Hagen und seiner Mannschaft einen persönlichen Besuch abgestattet, als sie mit ihrem beschädigten Zerstörer der Arleigh-Burke-Klasse nach Virginia zurückgekehrt waren.

Murray fügte eilends hinzu: »Hagen wird überleben. Er hat zwei Schüsse aus einer AK-47 abbekommen. Aber sein Schwager wurde von einer Kugel in den Hinterkopf getroffen. Er ist tot, außerdem ein Kellner und ein weiterer Gast. Sechs Verletzte, Hagen mitgerechnet.«

Weder Canfield noch Ryan fragten, ob es ein Zufall gewesen sein könnte. Beide Männer waren dafür schon zu lange im Geschäft.

»Scott Hagen hat der Polizei gegenüber ausgesagt, dass er den Schützen vor dem Vorfall dabei ertappt hat, wie er ihn beobachtete«, fuhr Murray fort. »Die Sache wurde ihm so unheimlich, dass er mit seiner Familie das Lokal verlassen wollte. In dem Moment kam der Typ bewaffnet zurück und eröffnete das Feuer.«

»Hatte Hagen keine Leibwächter?«

»Als er in die Staaten zurückkehrte, stand auf Veranlassung des Verteidigungsministeriums ein paar Wochen lang ein Wagen mit zwei Agenten vor seinem Haus. Die Ortspolizei fuhr in dem Viertel häufiger Streife, und natürlich herrschen auf der Werft, wo die *James Greer* im Trockendock liegt, strenge Sicherheitsvorkehrungen. Da aber keine konkrete Bedrohung vorlag und Hagens Ausflug nach New Jersey rein privater Natur war, hat man nicht auf ihn aufgepasst. Für den Commander bestand keine unmittelbare Gefahr, und so hat das Ministerium keine über das übliche Maß hinausgehenden Schutzmaßnahmen ergriffen.«

»Dann geht man also davon aus, dass dieser Russe aus der Zeitung erfahren hat, dass Commander Hagen der Kapitän der *James Greer* war«, sagte Ryan. »Und dass er ihn dann ausfindig gemacht und versucht hat, ihn zu töten, weil er ihn für den Tod seines Bruders verantwortlich machte. Ja?«

»So hat es jedenfalls den Anschein. Und das ist merkwürdig, ehrlich gesagt. Die FBI-Ermittler haben noch nicht herausgefunden, woher Retschkow wusste, dass Hagen an diesem Abend in diesem Restaurant sein würde. Der Russe hat sich sechs Tage zuvor in Portland einen Wagen gemietet, ist dann quer durchs Land gefahren, hat sich in der Nähe von Salt Lake City die AK und Munition und später in Lincoln, Nebraska, weitere Munition und ein Messer gekauft. Wenn er jemals mit der Waffe geschossen hat, dann irgendwo am Straßenrand. Jedenfalls haben wir keinen Hinweis darauf, dass er auch nur einen Schießstand besucht hat.«

»Dann hat wahrscheinlich kein besonders ausgefeilter Plan dahintergesteckt«, sagte Canfield. »Dieser Schwachkopf hat vom anderen Ende des Landes einen Hinweis auf Hagen bekommen und dann spontan gehandelt.«

Murray nickte. »Es gibt zwar noch viel zu klären, aber so ist es unseres Erachtens gewesen.«

Jay Canfield überlegte einen Moment. »Ich kann mir nicht vorstellen, dass Moskau etwas damit zu tun hat. Nicht weil die Russen sich zu so etwas nicht hergeben würden, sondern weil dieser Attentäter offensichtlich ein Stümper war.«

»Richtig«, stimmte Ryan zu.

»Das Verteidigungsministerium hat für alle Kommandeure von Navy und Marine Corps, die in der Ostsee beteiligt waren, Personenschutz angeordnet«, sagte Murray. »Nur für den Fall, dass die Sache Teil einer größeren Verschwörung ist.«

Darauf berichtete der Präsident dem Justizminister von der Verhaftung des CIA-Agenten in Teheran.

Murray blickte zu Canfield. »Sie haben keine Ahnung, wie Ihr Mann aufgeflogen ist?«

Canfield schüttelte den Kopf. »Nicht die geringste.«

»In derselben Woche, wo unter ungeklärten Umständen in Teheran ein NOC enttarnt wird, wird unter ungeklärten Umständen ein Marineoffizier von einem Attentäter aufgespürt«, sagte Ryan. »Kommt das niemand außer mir merkwürdig vor?«

»Im Unterschied zu meinem NOC hat Hagen keine geheime Position bekleidet«, sagte Canfield. »Aber ich verstehe, was Sie meinen. Irgendwie sind seine Ausflugspläne zu einem Mordschergen gelangt, der einen Groll gegen ihn hegte.«

Ryan stieß einen tiefen Seufzer aus. »Ein schöner Schlamassel.«

6

Wäre Dominic Caruso nicht zum FBI gegangen und später zum Campus gewechselt, hätte er wahrscheinlich ein Restaurant eröffnet.

Er kochte leidenschaftlich gern. Als Kind hatte er unzählige Stunden bei seiner Mutter in der Küche gestanden und von ihr gelernt, und schon als Teenager konnte er typische italienische Gerichte zubereiten, während sein Zwillingsbruder Brian selten etwas Anspruchsvolleres zustande bekam als ein Wurstsandwich mit Mayonnaise und Schmelzkäsescheiben.

Dom war vom Kochen abgekommen, als er beim FBI war, und in seinen ersten Jahren beim Campus war er ständig unterwegs gewesen und hatte überdies niemand zum Bekochen gehabt, doch jetzt, als Single in den Dreißigern, freute er sich, wenn er Gäste zum Essen hatte.

Besonders attraktive weibliche Gäste.

Als Hauptgericht gab es heute Abend eine Auberginen-Parmigiana, die schon fast fertig war und nur noch im Ofen überbacken werden musste. Und als Ausgleich zu dem vegetarischen Hauptgang hatte er eine beeindruckend aussehende Wurstplatte vorbereitet, die in seinem Kühlschrank ein halbes Fach einnahm.

Eine gekühlte Flasche Fontanelle Mt. Veeder Chardonnay wartete im Eiskübel auf dem kleinen Tisch, den er innen vor die offene Balkontür gestellt hatte, von wo man einen schönen Ausblick auf den Washingtoner Stadtteil Logan

Circle hatte, ohne sich dem Straßenlärm und der draußen herrschenden Hitze aussetzen zu müssen.

Die Türklingel seiner kleinen Eigentumswohnung läutete um Punkt sieben, und Dom riss das Handtuch weg, das er sich als Schürze in den Gürtel gestopft hatte, warf noch einen prüfenden Blick auf den Auberginenauflauf in der Röhre und ging dann öffnen.

Adara Sherman stand in der Tür. Sie trug ein einfaches schwarzes Kleid, hochhackige Schuhe und eine modische Brille. Ihr blondes Haar war zurzeit schulterlang, und Dom konnte die Muskeln in ihrem Nacken und an ihren Schultern sehen, die von ihrem nahezu täglichen Training im CrossFit-Studio in der Nähe ihrer Wohnung in Tysons Corner herrührten.

Dom konnte es sich nicht erklären, doch er hatte sich noch immer nicht daran gewöhnt, Adara außerhalb der Arbeit zu sehen. Als Logistik- und Transportleiterin für Hendley Associates und den Campus arbeitete sie in zwei völlig unterschiedlichen Umgebungen. Bei ihrer Tätigkeit im Büro in Alexandria bevorzugte sie Businesskleidung. Doch als Flugbegleiterin in der Gulfstream G550 von Hendley Associates trug sie eine berufstypische Uniform, bestehend aus marineblauem Kostüm und weißer Bluse.

Und es hatte in den letzten Jahren Gelegenheiten gegeben, zahlreiche Gelegenheiten, bei denen sich Flugbegleiterin Adara Sherman mitten in einem Flug in eine andere verwandelt hatte. Dazu trat sie in die Bordküche der G550 und tauschte Rock und Bluse gegen eine Hose und eine dunkle Jacke von 5.11 Tactical. Dann wuchtete sie eine UMP-Maschinenpistole von Heckler & Koch Kaliber .45 aus einem Geheimfach hinter einer Küchenklappe und schob eine halbautomatische Pistole vom selben Hersteller in ein Paddle-Holster unter ihrem Hosenbund.

Adara war für die Sicherheit des Flugzeugs verantwortlich und diente als Sanitäterin für die Agenten des Campus.

Dieser Job war ihr nicht in den Schoß gefallen, sie hatte jahrelang dafür trainieren müssen. Sie hatte als Navy-Sanitäterin in Afghanistan gedient, hatte Marines im Gefecht das Leben gerettet und selbst ein M4 getragen, von dem sie mehr als einmal Gebrauch gemacht hatte.

Nein, sie war keine typische Flugbegleiterin, wie man sie in einem luxuriösen Firmenjet antraf, und nein, Dom konnte es noch immer nicht fassen, sie abends in einem sexy Outfit zu sehen, denn sie sah darin ganz anders aus als tagsüber, welche Funktion sie auch gerade bekleidete.

Die Beziehung zwischen Dom und Adara dauerte nun schon ein Jahr, doch sie hatten sie vor den anderen bei Hendley Associates geheim gehalten. Dom hegte den Verdacht, dass sein Cousin Bescheid wusste. Adara teilte diese Ansicht und behauptete, dass ihre »weibliche Intuition« in solchen Dingen unfehlbar sei.

Doch wenn Jack Bescheid wusste, so hatte er nichts gesagt, und Dominic wusste das zu schätzen.

Beziehungen zwischen Mitarbeitern waren im Campus nicht ausdrücklich untersagt, aber wahrscheinlich auch nicht gern gesehen, wie sie vermuteten. Ohnehin waren sie beruflich so eingespannt, dass von einem Zusammenleben, bei dem man abends bis zum Schlafengehen miteinander fernsah, nicht die Rede sein konnte. Nein, ihre Beziehung bestand vor allem aus gemeinsamen Abendessen und Kinobesuchen, wenn sie beide in der Stadt waren und etwas Freizeit hatten, was selten genug vorkam.

Es kam vor, dass sie wochenlang nicht von der Arbeit redeten, doch heute sprachen sie, während sie die Parmigiana und den Chardonnay genossen, über die gestrige Übung auf dem Boot in der Chesapeake Bay. Dom wurmte es noch immer, dass er sich von Gerry Hendley in den Rücken hatte schießen lassen, und noch mehr, dass er eine Situation herbeigeführt hatte, die Jack zwang, die Geisel mittels »Overkill« zu retten.

Adara hatte das Debakel quasi von einem Logenplatz verfolgt und hörte Dom jetzt zu, bevor sie ihre Meinung dazu äußerte.

»Mach dir keine Vorwürfe«, sagte sie. »Ihr seid wirklich unterbesetzt. Ihr tut euer Bestes, aber ihr braucht mehr Leute.«

»Wir bekommen zwei neue Agenten.«

»Ach was? Wen?«

»Ich weiß nicht, ob Clark schon jemand im Auge hat, aber er will, dass jeder von uns einen Kandidaten vorschlägt.«

Adara schnitt in ihre Parmigiana, aß langsam, trank langsam und wartete die ganze Zeit darauf, dass Dominic noch etwas sagte.

Als nichts von ihm kam, fragte sie: »Wen wirst du für die Stelle vorschlagen?«

Dom zuckte mit den Schultern. »Ich weiß nicht genau. Ich kenne noch eine Menge Jungs beim FBI, und vom Ausbildungskader des Campus kenne ich ein paar Typen, die früher bei militärischen Sondereinsatztruppen waren, aber die haben jetzt alle Familie, und für den Campus zu arbeiten ist für einen Vater mit kleinen Kindern schwierig. Ich glaube, ich weiß, wen Ding vorschlagen wird, und ich weiß auch, wen Jack nominieren wird. Beide würden hervorragende Agenten abgeben. Ich könnte mich einfach für einen ihrer Kandidaten aussprechen. Clark wird dann zwar vielleicht denken, ich will mir die Sache einfach machen, aber ich muss auf mein Bauchgefühl hören.«

»Das ist richtig.« Adara konnte berechnend sein, wenn die Situation es erforderte, aber sie konnte auch ziemlich direkt sein. Sie legte Messer und Gabel weg und blickte Dom über den Tisch hinweg an. »Ich habe eine Idee, wen du vorschlagen könntest.«

Dom hob die Augenbrauen, und seine Gabel kam kurz vor seinem Mund zum Stehen. »Tatsächlich? Wen?«

»Mich.«

Dom erstarrte, die Gabel noch mitten in der Luft, den Blick auf seine Freundin gerichtet.

Dann schlug er die Augen nieder.

»Ich kenne den Job«, sagte Adara. »Ich besitze den nötigen Sicherheitsstatus. Und ich war mit euch Jungs bei vielen Gelegenheiten im Einsatz, mehr oder weniger. Ich habe eine Fallschirmspringerlizenz und einen Tauchschein als Master Scuba Diver. Und ich kann schießen. Ich bin mit der Navy Expert Pistol Medal und der Navy Expert Rifle Medal mit bronzenem S ausgezeichnet worden.«

Dom erwiderte nichts, und so fuhr Adara fort: »Da du mich fragst: Das bronzene S steht für ›Scharfschütze‹. Und im Unterschied zu euch allen habe ich einen IFR-Flugschein für zweimotorige Maschinen und kann mit Booten umgehen. Und ich habe eine bessere medizinische Ausbildung als jeder andere im Campus.«

Sie lächelte. »Und ich gehe häufiger ins Fitnesstraining als du.«

Dom trank sein Weinglas leer, zog die Flasche aus dem Eiskübel und schenkte sich nach.

»Und dann wären da noch Panama und die Schweiz«, sagte Adara.

Er stellte die Flasche in den Kübel zurück, schaute Adara an und sagte: »Nein.«

Dom hatte gewusst, dass sie ihm mit Panama und der Schweiz kommen würde. Im panamaischen Dschungel hatten Adara und er Seite an Seite gekämpft, und in Genf hatten sie zusammen eine Observation durchgeführt, die etwas turbulenter als geplant geraten war. In beiden Fällen hatte sie sich bemerkenswert gut geschlagen, so gut wie jeder andere im operativen Team. Dom bestritt das in keiner Weise, aber deswegen wollte er noch lange nicht, dass sie als Campus-Agentin arbeitete.

Er bemerkte, dass ihr eine leichte Röte in die Wangen stieg, und wusste, dass Ärger drohte. »Tut mir leid, dass ich das so gesagt habe. Es ist nur so, dass …«

»Dass was?«

»Ich möchte dich nicht im Team haben.«

Adara nickte leicht und ließ den Blick in die Ferne schweifen, hinaus auf Logan Circle. Dom war lange genug mir ihr zusammen, um die Zeichen richtig zu deuten. Sie war sauer, mobilisierte ihre Kräfte und konnte jeden Moment zum Angriff übergehen. Eilends versuchte er, seinen Standpunkt zu verdeutlichen.

»Natürlich wärst du geeignet. Es hat nichts mit deinen Fähigkeiten zu tun. Es liegt an mir. Ich möchte nicht, dass du den Job übernimmst.«

»Warum nicht? Weil er zu gefährlich ist?«

»Ja, genau deshalb. Hör zu, die Stelle, für die ich dich vorschlagen soll … genau diese Stelle hat meinem Bruder das Leben gekostet. Ich war dabei und habe ihn sterben sehen. Dann kam ein anderer. Wir sind gute Freunde geworden. Und auch er ist gestorben. Wieder war ich dabei, als es passierte. Ich möchte nicht auch noch dich verlieren.« Er machte eine Pause. »Ich habe dich gern, und diese Stelle wünscht man keinem Menschen, den man gernhat.«

»Ich verstehe deine Gefühle, aber der Tod deines Bruders und Sam Driscolls hatten nichts damit zu tun, dass sie dieselbe Stelle hatten. Es lag an ihrem Beruf. An dem Beruf, den ihr alle habt. Dasselbe Schicksal könnte jeden von euch ereilen.«

»Das nehme ich in Kauf«, sagte Dom. »Nur für dich will ich es nicht.«

»Und was ich will, zählt gar nicht?«, fragte sie.

»Die Übung am Freitag ist schiefgelaufen, weil ich keine Geisel in dir gesehen habe. Ich habe meine Freundin in dir gesehen. Es war ein komisches Gefühl, eine Waffe auf dich zu richten und dich vor den anderen nach einer versteckten Sprengladung zu durchsuchen. Ich war abgelenkt und habe deshalb nicht in den toten Winkel zu meiner Linken geschaut. Woher soll ich wissen, dass ich mich im Ernstfall bei der Arbeit mit dir nicht genauso verhalte und dadurch Leben in Gefahr bringe?«

»Du triffst Entscheidungen, die dein Leben betreffen«, entgegnete Adara nur. »Aber darfst du dasselbe mit meinem Leben machen? Was wäre, wenn ich von dir verlangen würde, den Campus zu verlassen? Würdest du es tun?«

»Nein.«

»Eben. Seit wann bist du für mich verantwortlich?«

»So ist das nicht. Es ist nur …«

»Doch, so ist es. Ich weiß, dass ich dir wichtig bin. Ich weiß, dass du das Herz auf dem richtigen Fleck hast. Du willst nicht, dass mir etwas zustößt. Aber wenn ich dir wichtig bin, dann musst du mich tun lassen, was mir wichtig ist.«

Dom geriet in Zorn. »Wozu soll ich dich Clark überhaupt vorschlagen? Du kannst doch selbst mit ihm reden.«

»Ich möchte deinen Segen.«

»Warum?«

»Weil du mir wichtig bist. Und weil mir wichtig ist, was du denkst.«

Dom blickte auf die Straße hinunter. »Verlang das nicht von mir.«

»Ich verlange nichts von dir. Ich bitte dich darum.«

Er stand auf.

»Wo gehst du hin?«

Dom hörte Wut in ihrer Stimme aufwallen.

»Zum Kühlschrank. Der Wein ist alle.«

»Ach so.«

Die Diskussion verlagerte sich aufs Sofa, und aus dem Streit wurde ein Gespräch. Adara und Dom begannen, sich in die Lage des anderen zu versetzen und zu verstehen, warum sie beide so auf ihrem Standpunkt beharrten.

Nach halbstündigem Hin und Her sagte Adara: »Ich verstehe, in welche Lage ich dich bringe. Ich bitte dich nur, mir zu helfen. Sieh mal, selbst wenn du Nein sagst, werde ich zu Gerry gehen und mit ihm sprechen. Wenn du dich besser dabei fühlst, werde ich es tun. Aber ich möchte wissen, dass du an mich glaubst und dass du mich bei dir haben willst, wenn du jemand brauchst, dem du vertraust.«

»Aber ich glaube an dich. Du wärst bestimmt toll in dem Job.«

»Kennst du jemand, der besser wäre?«

In dem Moment wusste er, dass sie gewonnen hatte. Er war sich bewusst, dass er nicht anders empfand als zu Beginn des Gesprächs, aber er hatte keine Argumente mehr. Er konnte auf stur machen, oder er konnte Vernunft annehmen, selbst wenn das seinen Wünschen entgegenstand. »Nein«, antwortete er. »Ich kenne niemand, der geeigneter wäre. Ich werde deinen Namen in den Hut werfen. Dann liegt es an Gerry und John.«

»Natürlich.« Sie küsste ihn. »Ich weiß, dass dir das nicht leichtgefallen ist.«

Er bemerkte, dass ihn Adara erwartungsvoll ansah. »Was ist?«, fragte er.

»Sind wir jetzt durch mit dem Thema?«

»Ich hoffe doch. Wieso?«

Sie lächelte. »Bitte sage mir, dass du dein Tiramisu gemacht hast.«

Trotz seiner gedrückten Stimmung lächelte er zurück. »Das hab ich.«

Adara stieß die Fäuste in die Luft. »Yeah!«

Dom grinste. »Bist du meinetwegen gekommen oder wegen meines Tiramisus?«

»Hauptsächlich deinetwegen, aber du bist nicht der einzige nette, gut aussehende Typ in Washington. Es gibt noch ein oder zwei andere. Aber du bist der einzige nette, gut aussehende Typ in Washington, der ein unfassbar leckeres Tiramisu macht.«

Dom zog die Augenbrauen hoch. »Hast du die anderen alle ausprobiert?«

Adara lachte, kletterte auf seinen Schoß und küsste ihn.

7

Die steile schmale Straße wimmelte von Frauen und Kindern, die alle in Seitengassen und Hauseingänge ausweichen mussten, um den Konvoi aus großen SUVs durchzulassen. Als die Fahrzeuge vor dem Haus oben auf dem Hügel anhielten, strömten Dutzende von Frauen und Mädchen zusammen und bestaunten das Spektakel. Andere sahen mit großen Augen von Hausdächern aus zu und tuschelten verwundert miteinander.

Sechs schwarze SUVs parkten in dieser engen Straße in Sulaimaniyya im Osten der Autonomen Region Kurdistan. Ein gutes Dutzend Westler stieg aus den Wagen, große Männer in Kampfanzügen mit Schusswaffen und teuer aussehenden Sonnenbrillen und Uhren, gefolgt von einem weiteren Dutzend in Businesskleidung. Auch Frauen waren darunter. Sie trugen alle Tschadors, obwohl es sich eindeutig um Amerikanerinnen handelte.

Doch das war es nicht, was die jesidischen Frauen und Mädchen in Bann schlug.

Nein, sie staunten darüber, dass die Person, die in der Gruppe das Sagen zu haben schien, eine Frau war.

Mary Pat Foley stieg aus einem Land Rover, und sofort scharten sich Begleiter und Beschützer um sie. Sie war die Direktorin der Nationalen Nachrichtendienste, Chefin der sechzehn US-Geheimdienste, daher die strengen Sicherheitsmaßnahmen und die große Zahl von Mitarbeitern.

Ja, es stand außer Frage, dass diese Frau das Sagen hatte.

Als Nächstes stieg ihr Stabschef aus dem Wagen, ein aktiver Colonel der Air Force, der im Stehen seine blaue Uniform glatt strich. Eine junge Assistentin kam, ein Klemmbrett in der Hand, von einem anderen Fahrzeug zu Mary Pat herüber, und ihre heutige Dolmetscherin, eine fünfundvierzigjährige Kurdin, die für die Vereinten Nationen arbeitete, winkte sie zu einem weiß getünchten Haus in der Nähe.

Dieser Teil von Sulaimaniyya wurde mittlerweile Klein-Sindschar genannt, weil er vielen Jesiden, die aus ihren Ortschaften rund um den Berg Sindschar im Westen vertrieben worden waren, als Zuflucht diente. Der Islamische Staat hatte die Region Sindschar drei Jahre zuvor eingenommen, und seitdem beherbergten Lager für Binnenvertriebene in verschiedenen Teilen des Irak einen Großteil der jesidischen Weltbevölkerung.

Jesiden waren ethnische Kurden, unterschieden sich aber durch ihren Glauben von der übrigen kurdischen Bevölkerung. Allerdings sprachen sie Kurmandschi, die Sprache der Kurden im Irak, daher bot sich Kurdistan als Standort für die Vertriebenenlager an.

Die Eingangstür des weiß getünchten Hauses stand offen und war von kurdischen und jesidischen Beamten umlagert, die auf Foley und ihre Begleiter warteten. Man machte sich schnell miteinander bekannt. Einige dieser Leute hatte Mary Pat am Morgen im US-Konsulat in Erbil getroffen, bevor sie mit dem Helikopter ins östlichere Sulaimaniyya geflogen war, deshalb nahm die Begrüßung nicht viel Zeit in Anspruch.

Anschließend trat sie in einen kühleren, dunklen Raum. Darin stand eine junge Frau, die einen Tschador und ein einfaches, sauberes Gewand trug. Sie wirkte nervös, völlig verwirrt von der Aufmerksamkeit, die ihr seit dem Morgen zuteilwurde, als sie auf ihrem Schlafteppich von einer Flüchtlingshelferin geweckt und nach ihrem Namen gefragt worden war und dann von ihr ein handschriftliches Dokument vor die Nase gehalten bekommen hatte, das sie einen Monat zuvor bei ihrer Ankunft im Lager unterschrieben hatte. Nachdem sie geschworen hatte, dass alles, was in dem Papier stand, der Wahrheit entspreche, war sie aus dem Mädchenschlafsaal in dieses Haus gebracht worden, wo man ihr mitgeteilt hatte, dass Leute aus Amerika mit dem Helikopter hierher unterwegs seien, um mit ihr zu sprechen.

Mary Pat und praktisch alle ihr unterstehenden Nachrichtendienste jagten in ihrem unaufhörlichen Bemühen, Amerika vor radikalislamischem Terror zu schützen, vor allem einen Mann, und diese Jagd hatte sie und ihre Leute hierher nach Kurdistan geführt. Die Kurden waren gute Freunde Amerikas und halfen bei der Menschenjagd, aber zu sagen, dass sie im Moment viel am Hals hatten, wäre eine dramatische Untertreibung gewesen. Die Kurden befanden sich im Krieg und kämpften gegen den Islamischen Staat ums Überleben, deshalb war in dieser Woche ein persönlicher Besuch der US-Direktorin der Nationalen Nachrichtendienste nötig gewesen, um die volle Aufmerksamkeit ihrer politischen Führung zu gewinnen.

Und an diesem Morgen hatte deren Hilfe Früchte getragen. Eine junge Jesidin namens Manal hatte kurdischen Beamten einen Monat zuvor von ihren Erlebnissen berichtet, ehe sie in ein UN-Flüchtlingslager gebracht, dann von den UN-Offiziellen aus den Augen verloren und ganz plötzlich in einem Lager weit östlich der Kampflinien wieder ausfindig gemacht worden war.

Mary Pat Foley würde die erste Amerikanerin sein, die mit ihr sprach. Im Irak gab es Zehntausende vertriebene Jesiden und Hunderttausende Flüchtlinge und Binnenvertriebene. Doch für Mary Pat Foley rechtfertigte die siebzehnjährige Manal dieses hohe Maß an Aufmerksamkeit aus einem ganz entscheidenden Grund:

Sie war in Rakka mit einem IS-Funktionär namens Abu Musa al-Matari zwangsverheiratet worden.

Und für die US-Geheimdienste war der meistgesuchte Mann auf dem Planeten ein IS-Funktionär, von dem bekannt war, dass er unter genau diesem Namen in Rakka lebte.

Die junge Dame gab Mary Pat lächelnd die Hand und machte eine schüchterne Verbeugung. In auswendig gelerntem Englisch, das ihr eine UN-Mitarbeiterin kurz zuvor beigebracht hatte, sagte sie: »Es freut mich, Sie kennenzulernen. Mein Name Manal.«

Foley lächelte und verbeugte sich ihrerseits, aufrichtig dankbar für das Bemühen des Mädchens. Die Dolmetscherin trat hinzu. »Ich heiße Mary Pat und komme aus den USA. Ich habe einen Teil deiner Geschichte gehört und fühle mich sehr geehrt, eine so tapfere Frau kennenzulernen.« Die DNI wusste, dass es Manal unlängst gelungen war, ihren Entführern zu entkommen, und das allein verdiente schon Respekt.

Die Dolmetscherin übersetzte leise zwischen den beiden Frauen, und das Mädchen errötete.

Augenblicke später saßen alle drei auf Teppichen auf dem Fußboden. Der Colonel wartete draußen – er und Mary Pat waren sich darin einig gewesen, dass es für die junge Jesidin so möglicherweise angenehmer war –, aber eine von Foleys Assistentinnen blieb im Raum, um das Gespräch aufzuzeichnen und Notizen zu machen. Sie stand an der Wand, gerade so weit weg, dass sie noch mithören konnte.

Manal erzählte Mary Pat von ihrer Gefangennahme, der brutalen Ermordung ihrer Familie und wie sie dann mit einer Gruppe von Mädchen, die teilweise erst zehn waren, verschleppt wurde. Sie selbst war zu dem Zeitpunkt fünfzehn.

Mary Pat konnte in Manals nervösen Augen sehen, dass sie unbeschreibliche Schrecken durchlebt hatte.

»Man sagte mir, dass ich einem besonderen Mann zum Geschenk gemacht werden würde«, berichtete das Mädchen. »Ich habe tagelang in einer kleinen Wohnung gewartet. In dieser Zeit wurde ich nicht vergewaltigt wie all die anderen Mädchen. Ich hatte großes Glück. Schließlich kam der Mann. Er war westlich gekleidet, hatte einen sehr kurzen Bart und kurze Haare. Ganz anders als die meisten Männer vom DAESH.«

DAESH war die Abkürzung für *Al-dawla al-Islamija fi-l-Iraq wa asch-Scham,* Islamischer Staat im Irak und Al-Scham. Al-Scham war auch als Großsyrien oder Levante bekannt.

»Hat er dir seinen Namen gesagt?«

»Natürlich. Er war stolz darauf, wer er war. Er war Musa. Abu Musa al-Matari.«

»Hat dir der Name etwas gesagt?«

»Nein. Aber er war ein wichtiger Mann. Ständig kamen Leute zu ihm. Er hatte viele Telefone und Computer. Man hat ihm großen Respekt entgegengebracht.«

»Ich muss wissen, ob er der Musa al-Matari ist, den ich suche, nur leider habe ich keine Fotos von ihm. Weißt du, wo er geboren wurde?«

»Er hat gesagt, er komme aus dem Jemen, von nahe der Grenze zu Oman. Aus einem Ort am Meer.«

Foley wusste, dass der von ihr gesuchte Abu Musa al-Matari aus der Ortschaft Jadib stammte, deren Lage genau Manals Beschreibung entsprach.

»Und wie alt war er?«

»Ich ... ich weiß nicht. Viel älter.«

Mary Pat runzelte die Stirn. »Viel älter ... So alt wie ich?«

»Nein, nicht so alt«, antwortete Manal schnell. Mary Pat war über sechzig. Sie war nicht beleidigt, musste aber über das Unbehagen der Dolmetscherin schmunzeln, als diese übersetzte.

Die CIA hatte al-Mataris Alter auf fünfunddreißig bis

vierzig geschätzt. Mary Pat fragte Manal, wie alt ihr Vater gewesen sei, als er starb.

»Er war einundvierzig.« Manal nickte. »Ja, so alt könnte er ungefähr gewesen sein.«

»Wie lange warst du mit al-Matari zusammen?«

»Ein Jahr. Ich war eine Sklavin, aber er hat mich geheiratet. Ich glaube, dass er auch andere Frauen hatte, denn er war nicht die ganze Zeit in der Wohnung.«

»Und wann hat er dich gezwungen, ihn zu heiraten?«

Die junge Frau lauschte der Dolmetscherin, dann sah sie die ältere Amerikanerin lange an. Ihr Gesicht drückte Verwirrung aus. Schließlich antwortete sie, und die Dolmetscherin übersetzte: »Als ich ihn das erste Mal sah … wir wurden innerhalb von fünf Minuten getraut.«

»Ich verstehe. Hat er viel Zeit am Computer verbracht?«

»Ja«, antwortete Manal. »Er hat jeden Tag am Computer gesessen oder mit einem seiner Telefone telefoniert.«

Mary Pat wusste, dass al-Matari ein führender »Leutnant« im Emni war, einer Einheit des IS-Auslandsgeheimdienstes, deren Aufgabe es war, Kämpfer zu rekrutieren, die willens und fähig waren, im Ausland zu operieren. Al-Matari leitete die Sektion Nordamerika und war dafür zuständig, Amerikaner und Europäer anzuwerben und dazu auszubilden, für den IS in den Vereinigten Staaten terroristische Anschläge zu verüben. Neun Monate zuvor war es ihm gelungen, sechzehn US-Bürger zur Ausbildung nach Syrien zu holen, doch alle sechzehn waren entweder bei einem Drohnenangriff getötet oder bei ihrer Rückkehr in den Westen festgenommen worden. Die Zerschlagung der Zelle war vor der Presse geheim gehalten worden, hauptsächlich um Taktik, Methoden und Verfahrensweisen zu schützen, die zu dem Geheimdienstcoup geführt hatten, aber Mary Pat war überzeugt, dass durch die Operation großes Unheil von ihrem Land abgewendet worden war. Aber sie war nicht minder davon überzeugt, dass al-Matari die nötige Befähigung, Motivation und auch Unterstützung im Auslandsgeheimdienst des Islamischen Staates besaß, um es ein zweites Mal zu versuchen.

Und am meisten beunruhigte sie, dass er bereits damit begonnen haben könnte.

»Was hast du noch über ihn erfahren?«, fragte sie.

»Er hat mir erzählt, dass er vor meiner Entführung in vielen Ländern gekämpft hat. Nachdem man mich mit ihm verheiratet hat, war er häufiger fort als da. Ich glaube aber nicht, dass er irgendwo gekämpft hat. Er war kein Soldat … Er war etwas anderes. Ich weiß nicht. Einmal ist er in die Wohnung in Rakka zurückgekommen und hat mir erzählt, dass er ins Ausland reisen müsse.«

»Hat er gesagt, wohin?«

»Mir? Nein, er hat mir nicht vertraut. Ich war nur da, um seine Wohnung zu putzen, für seine Brüder und andere Verwandte und Freunde zu kochen und ihm Vergnügen zu bereiten. Aber ich habe ihn telefonieren hören. Er wollte in den Kosovo, um sich mit jemand zu treffen.«

Mary Pat nickte. »Wann war das?«

Die Dolmetscherin übersetzte die Antwort des Mädchens. »Drei Monate vor meiner Flucht. Ich bin letzten Monat geflohen. Also vor vier Monaten.«

»Und ist er aus dem Kosovo zurückgekehrt?«

»Ja, und er hat danach noch mehr gearbeitet. Und sich mit weiteren Männern getroffen, Ausländern. Ich meine … keine Iraker. Sie hatten andere Akzente. Dann, ungefähr vor vier Wochen, hat er mir befohlen, für ihn zu packen. Er hat gesagt, dass er auf eine lange Reise gehe und dass er, so Gott will, wiederkommen werde.«

»Hat er erwähnt, wohin er wollte?«

»Zu mir nicht, aber ich habe ihn wieder am Telefon gehört. Er hat davon gesprochen, in eine Schule zu gehen.«

»In eine Schule?«

»Ja. In eine Sprachschule.«

Mary Pat legte den Kopf schief. »Wo ist diese Sprachschule?«

»Das weiß ich nicht, aber ich bin mir sicher, dass sie weit weg ist. Er hatte Bücher. Bücher auf Englisch. Was das für Bücher waren, weiß ich nicht, denn ich kann kein Englisch, aber er hat sie mitgenommen, und westliche Kleidung. Seine Gewänder hat er dagelassen. Das war vier Tage, bevor ich geflohen bin.«

»Wie ist es dir gelungen zu entkommen?«

»Bei der Abreise hat er gesagt, dass sein Onkel auf mich aufpassen würde. Aber der Onkel ist nicht gekommen. Die amerikanischen Bombenangriffe auf die Stadt nahmen zu. Vielleicht ist er getötet worden, oder er hat einfach Angst gehabt, das Haus zu verlassen. Ich hatte nichts zu essen. Natürlich konnte ich in Rakka nicht allein auf die Straße gehen. Als Frau ohne Begleitung wäre ich von der Religionspolizei des IS angehalten worden. Hätten sie mich ein zweites Mal erwischt, wäre ich eingesperrt worden. Beim dritten Mal wäre ich gesteinigt worden.«

»Ich verstehe«, sagte Mary Pat.

»Aber ich bekam solchen Hunger, dass ich es irgendwann versuchen musste, wenn ich am Leben bleiben wollte. Ich hatte gehört, dass einige Leute, die in Richtung Kampflärm gegangen waren, es durch die Linien geschafft und überlebt hatten. Ich wusste nicht, ob das stimmte, aber ich hatte keine Wahl. Ich wartete bis spät in die Nacht. Ich beobachtete den Himmel, um festzustellen, woher die Blitze der Explosionen kamen, und bin dann in Richtung Kampfgebiet gelaufen. Am zweiten Tag bin ich anderen Frauen begegnet. Einige hatten Kinder. Sie taten dasselbe wie ich. Wir versteckten uns in Ruinen, bis wir über die Grenze in kurdisches Gebiet gelangten. Die Peschmerga haben uns gefunden und geholfen.«

Die Direktorin der Nationalen Nachrichtendienste spähte kurz nach hinten zu ihrer Assistentin, um sich zu vergewissern, dass sie alles mitschrieb und der Rekorder lief. Dann sagte sie: »Und jetzt helfen wir dir. Morgen werden ein paar Amerikaner kommen und mit dir sprechen. Sie möchten, dass du ihnen genau beschreibst, wie Abu Musa aussieht, damit sie ein Bild von ihm zeichnen können. Willst du das tun?«

»Ja«, antwortete Manal, schlug aber die Augen nieder und spielte mit dem ausgefransten Rand des Teppichs.

Mary Pat begriff, dass das Mädchen alles in ihrer Macht Stehende tat, um *nicht* an diesen Mann denken zu müssen. Sich bewusst sein Gesicht in Erinnerung zu rufen war bestimmt das Letzte, was sie wollte.

»Es tut mir leid, Manal. Aber es ist sehr wichtig. Wenn du uns hilfst, kannst du viele Menschenleben retten.«

»Ich werde es tun«, sagte sie leise.

»Danke. Wir können dafür sorgen, dass du nach Amerika kommen kannst, wenn du magst. Nur bis der Krieg vorüber ist, dann kannst du zum Berg Sindschar zurückkehren, wenn das dein Wunsch ist. Wir brauchen deine Hilfe, aber wir würden gern etwas für dich tun, was immer du willst.«

Manal senkte den Blick wieder auf den Teppich. Sie überlegte einen Moment, dann antwortete sie: »Ich möchte hier bleiben, bei meinen Leuten. Aber ich werde Ihnen helfen, ihn zu fangen. Er ist ein Unmensch.«

»Gut. Brauchst du hier etwas?«

»Mir geht es gut, aber könnte ich ein paar zusätzliche Decken für die älteren Frauen im Lager bekommen? Der Boden ist sehr hart, und einige Frauen klagen, dass sie nachts frieren und ihnen der Rücken wehtut.«

Foley biss sich auf die Lippe und sagte: »Ich werde das Nötige veranlassen, bevor ich aus Sulaimaniyya abreise.«

Draußen vor dem Haus ging Mary Pat Foley zu dem Konvoi der wartenden SUVs. Überall standen Sicherheitsleute mit M4-Gewehren und beobachteten mit unbewegten

Mienen die Häuser um sie herum und auf den entfernten Hügeln. Der Machtbereich des IS begann 120 Meilen westlich von hier, aber CIA-Personenschützer brauchten sich nicht in einem Kriegsgebiet aufzuhalten, um wachsam zu sein.

Foley wandte sich an ihre Assistentin. »Carla, Teppiche und Decken. Und was Sie sonst noch auftreiben können, um das Leben hier etwas erträglicher zu machen.«

»Ich werde mich darum kümmern. Die CIA kommt morgen wieder her, um nach den Angaben des Mädchens eine Zeichnung anzufertigen und ihr noch ein paar Fragen zu stellen. Ich gebe ihnen eine Lkw-Ladung Hilfsgüter mit, die die UNO dann verteilen kann.«

»Nein«, entgegnete Mary Pat Foley. »Die Beamten sollen die Sachen direkt den Jesiden aushändigen. Die UN-Leute könnten sie auf dem Markt verhökern.« Und nach einem skeptischen Blick ihrer jungen Assistentin fügte sie hinzu: »Carla, ich weiß, wovon ich rede. Glauben Sie mir, es wäre nicht das erste Mal.«

»Ja, Ma'am.«

Der Colonel grinste. »Den Leuten von der Agency wird es eine Freude sein, Wohnaccessoires an ältere Damen zu verteilen«, sagte er, und dann, an Mary Pat gerichtet: »Das ist definitiv unser Mann, und es sieht so aus, als wäre er wieder aktiv.«

»Ja, aber irgendwas stimmt da nicht.«

»Allerdings«, pflichtete der Colonel bei. »Musa al-Matari spricht schon hervorragend Englisch. Wenn er einen weiteren Anschlag plant, welche andere Sprache könnte er lernen?«

»Ich vermute, dass *Sprachschule* ein Codename ist«, sagte Mary Pat. »Nur habe ich keine Ahnung, wofür. Die Analysten sollen der Sache nachgehen. Machen Sie ihnen Dampf. Ich habe das Gefühl, dass etwas im Busch ist und dass al-Matari daran maßgeblich beteiligt ist. Irgendwo im

Westen wird etwas passieren. Und zwar bald. Und dieser Mistkerl hat einen Monat Vorsprung.« Sie blieb an der Tür des SUVs stehen, drehte sich um und winkte den Frauen und Kindern, die von den Dächern und aus den Fenstern herabsahen. Manche versteckten sich hinter Ecken oder schlüpften ins Innere der Häuser, doch andere winkten zurück.

Alle ohne Ausnahme waren von der Macht, die diese Frau besaß, fasziniert.

8

Mary Pat Foley glaubte, den Mann zu jagen, der den nächsten großen Anschlag auf amerikanischem Boden organisierte.

Doch sie irrte. Abu Musa al-Matari war zwar der operative Leiter einer Anschlagserie, die sich in der letzten Phase der Vorbereitung befand, und es war richtig, dass die US-Geheimdienste ihre ganze Kraft auf die Suche nach ihm verwendeten, um ihn noch rechtzeitig zu stoppen, doch in Wirklichkeit hatte er wenig zur strategischen Planung beigetragen.

Die US-Geheimdienste wussten von al-Mataris vorausgegangenem Versuch, Terrorzellen in die USA zu schleusen, und sie wussten, dass er wieder aktiv war, deshalb gingen sie davon aus, dass er der Kopf hinter bevorstehenden Attentaten sein würde. Und ja, er war der leitende IS-Agent bei dem Einsatz. Er war der Anführer vor Ort, und er würde als Mittelsmann fungieren, der Informationen an die einzelnen Zellen weiterleitete, wenn deren Mitglieder in ihre Heimat und ihr Leben in den Vereinigten Staaten zurückkehrten.

Doch der eigentliche Drahtzieher, der Mann, der sich die Operation ausdachte, seinen Plan den zuständigen Stellen zur Genehmigung vorlegte, die notwendigen Geldmittel beschaffte, die Fäden im Hintergrund zog und Waffen bereitstellte, war einer der letzten Leute, den diejenigen, die ihn kannten, der Unterstützung des internationalen Terrorismus verdächtigt hätten. Der einundfünfzigjährige Sami bin Rashid war ein saudi-arabischer Technokrat und nicht besonders religiös. Er trank, wenn er damit ungestraft davonkam, und ging seltener in die Moschee als die meisten Muslime.

Tatsächlich war es eine sehr befremdliche Vorstellung, dass ausgerechnet Sami bin Rashid einen IS-Anschlag auf amerikanischem Boden organisieren sollte. Erstens war er kein IS-Mitglied und hasste alle Dschihadisten mit Leidenschaft. Zweitens hatte er einen Traumjob beim Golfkooperationsrat in Dubai, einer internationalen Organisation für Politik und Wirtschaft, die gegründet worden war, um die Interessen der arabischen Staaten am Persischen Golf zu fördern.

Er war schwerlich der Typ, der sich dem islamistischen Terror verschrieb.

Doch die Operation, die al-Matari momentan vorbereitete, war zu hundert Prozent dem Kopf Sami bin Rashids entsprungen, und während sie für al-Matari erst nach einem Treffen der beiden Männer in einer konspirativen Wohnung des IS im Kosovo begonnen hatte, war die Idee dazu bin Rashid bereits mehrere Monate früher gekommen, als er durch Zufall auf einen wahren Informationsschatz gestoßen war.

Bin Rashid hatte noch nie in seinem Leben jemand getötet. Er hatte als junger Mann zwar bei der saudischen Armee gedient, den ersten Golfkrieg jedoch als kleiner Nachrichtenoffizier mitgemacht, Hunderte Kilometer vom Kampfgeschehen entfernt.

Nach dem Militärdienst blieb er im saudischen Staatsdienst, wechselte aber ins Ministerium für Energie, Industrie und Bodenschätze, wo er in einer geheimen Abteilung arbeitete, die Erkenntnisse des saudischen Nachrichtendienstes zusammentrug und in die Energiepolitik des Königreichs einfließen ließ.

Dann, nach zwanzigjähriger nachrichtendienstlicher Tätigkeit in einem quasi-unternehmerischen Umfeld, schied bin Rashid mit dem Segen des Herrscherhauses Saud aus dem Staatsdienst aus und übernahm einen Beraterposten im Golfkooperationsrat mit Sitz in der saudischen Hauptstadt Riad. Dort arbeitete er de facto als Nachrichtendienstchef, rackerte hinter den Kulissen und entwickelte Initiativen zur besseren Integration der Nachrichtendienste der GKR-Mitgliedsstaaten – ein schwieriges Unterfangen, da einige dieser Länder in der Vergangenheit gegeneinander Krieg geführt hatten.

Mit den Jahren verlagerte sich bin Rashids Aufgabenbereich, und er wurde für den GKR eine Art Troubleshooter, der bei Konflikten auf den Plan trat. Ein ruhiger Mann in einer ruhigen Dienststelle mit einem Stab von Analysten und Agenten, der Probleme aus dem Weg räumte oder auch schmutzige Kriege vom Zaun brach, wenn sie den Interessen seines Landes dienten. Tatsächlich wurde er darin so gut, dass er von Riad nach Dubai versetzt wurde, wo er ein Privatbüro bezog, das als Tarnung für seine wahre Tätigkeit diente und dem Herrscherhaus Saud eine zusätzliche Möglichkeit eröffnete, jede Verantwortung für sein Tun abzustreiten.

Er schleuste Geld, Informationen und Güter an Unternehmen, Revolutionäre und Feinde der Saudis, und zwar ohne Aufmerksamkeit auf sich oder seine Gönner zu lenken. Er hatte Freunde in der amerikanischen Ölbranche und den nahöstlichen Geheimdiensten, und er hatte Kontakte zu Terrorgruppen, die seine Freunde in Amerika liebend gern töten würden – und sogar ihn selbst töten würden, wüssten sie von seinen engen Beziehungen zu Ungläubigen und seinem Bestreben, Dschihadisten zu manipulieren und für die Zwecke des Königs in Riad zu benutzen.

Er hatte mit nigerianischen Revolutionären konspiriert,

die Bombenanschläge auf Ölverarbeitungsanlagen verübten, russische Gangster dafür bezahlt, dass sie Streiks in Häfen anzettelten, um die Verschiffung von Rohöl zu verzögern, und hundert andere Operationen ausgeheckt, um die saudische Position auf dem Weltmarkt zu stärken.

Doch so viel er auch erreichte, er war nur ein Einzelkämpfer, und die Probleme waren zu groß, als dass er sie im Alleingang hätte lösen können, denn, um es einfach auszudrücken, Saudi-Arabien versagte als Staat.

Das Königreich Saudi-Arabien war ein reiches Land, keine Frage, doch seit einigen Jahren sanken die Dollareinkünfte ebenso rapide, wie sich die Zukunftsaussichten verdüsterten. Als das Barrel Rohöl noch bei rund hundert Dollar gehandelt wurde, hatten sich die Öleinkünfte Saudi-Arabiens auf 240 Milliarden Dollar pro Jahr belaufen. Jetzt lag der Preis bei weniger als der Hälfte, und das Land fuhr ein jährliches Haushaltsdefizit von 150 Milliarden Dollar ein.

Nur konnte das Königreich seine Ausgaben nicht zügeln, denn die Konflikte im Land waren so groß, dass die Reichen nur durch massive Subventionen für die Armen ihr Überleben sichern konnten. Das Land würde innerhalb von Monaten in einem heillosen Bürgerkrieg versinken, sollte das Herrscherhaus die Zuwendungen an die breite Masse kappen, die abseits der Paläste lebte.

Leuten wie bin Rashid war klar, dass das Königreich nicht mehr sehr lange allein vom Öl leben konnte. Zum ersten Mal waren die amerikanischen Ölreserven angeblich größer als die saudischen, und dies löste im Hause Saud eine Schockwelle aus, die auch Sami bin Rashids unscheinbares, aber wichtiges Büro erfasste. Er war ihr Wundermann, und das Herrscherhaus Saud gab zu verstehen, dass es ein Wunder von ihm erwartete.

Und Geld war nicht das einzige Problem.

Die Saudis fürchteten ein Erstarken des Iran und die

Ausbreitung des schiitischen Fundamentalismus, und zwar weitaus mehr als die Ausbreitung des sunnitischen Fundamentalismus. Sie sahen es als selbstverständlich an, dass jedes neue schiitisch beherrschte Land automatisch zu einer Marionette Teherans werden würde.

Auch die wachsende Ölproduktion des Iran wurde zum Problem, und im selben Maße, wie er seine Förderung steigerte, vergrößerte er auch seinen Einfluss im Nahen und Mittleren Osten.

Bin Rashids Tage und Nächte waren von der Sorge erfüllt, dass der Ölpreis fallen und der Iran die Hegemonialmacht in der Region werden könnte.

Er hatte eine Lösung für beide Probleme, vorausgesetzt, er fand einen Weg, sie in die Tat umzusetzen.

Krieg.

Kein Krieg zwischen Saudi-Arabien und dem Iran. Der würde in eine Katastrophe münden. Die Saudis konnten den Iran alleine nicht aufhalten, und alle Armeen der sunnitischen Länder zusammen waren den schiitischen Ländern nicht gewachsen, wenn diese ein festes Bündnis schmiedeten. Und bin Rashid wusste, dass eine schiitische Koalition, die gegen die Sunniten unter Führung der Saudis in den Krieg zog, genau dies tun würde.

Nein, wenn es in der Region Krieg geben sollte, dann konnte er nicht von den Saudis selbst geführt werden. Er musste *im Namen* der Saudis geführt werden ... vom Westen.

Als Saudi war sich Sami bin Rashid darüber im Klaren, dass seine Aufgabe im Golfkooperationsrat nicht darin bestand, die Ziele aller arabischen Golfstaaten zu fördern. Nein, sie bestand darin, die Ziele des saudischen Königreichs zu fördern, und die Operation, die er vor Monaten ersonnen hatte, die Operation, die nun im Gang war und in wenigen Tagen weltweit für Schlagzeilen sorgen würde, sollte genau diesen Zweck erfüllen.

Sami bin Rashid wäre nie auf die Idee zu seinem großartigen Plan gekommen, der darin bestand, sein Land zu retten, indem er den irrsinnigen dschihadistischen Todeskult des IS dazu benutzte, den Westen wieder in einen großen Landkrieg im Nahen Osten zu verwickeln, hätte ihm nicht einer seiner Analysten vor sieben Monaten eine E-Mail geschickt.

Herr Direktor, ich bin auf etwas gestoßen, was ich Ihnen gerne in Ihrem Büro zeigen würde.

Bin Rashid rief den jungen Mann an, einen Katarer, der bereits abgemahnt worden war, weil er dazu neigte, seinen Computer für außerdienstliche Zwecke zu benutzen.

Augenblicke später trat Faisal in bin Rashids Büro, führte die Hand zur Brust und machte eine Verbeugung. »Sabah al-chair, sajid.« *Guten Morgen, Herr.*

»Um was geht es?« Der saudische Direktor hatte keine Zeit für Höflichkeiten.

»Ich habe im Internet ein Unternehmen entdeckt, das im Darknet Informationen verkauft, und ich dachte, das sollten Sie erfahren.«

»Im Darknet?«

»Ja, Herr Direktor. Im Internet gibt es verborgene Märkte, Plattformen, auf denen man bestimmte illegale, verbotene Dinge kaufen kann.«

»Und warum durchforsten Sie dieses Darknet, Faisal?«

Der junge Mann wirkte nervös. »Natürlich war mir klar, dass Sie mich das fragen würden. Ich bin durch ein von uns überwachtes Bulletin Board im Libanon darauf gestoßen. Es dient der internen Kommunikation zwischen Hisbollah-Agenten und Iranern, meist Leuten der unteren Ebene, doch es lohnt sich, ein Auge darauf zu haben. Es bietet Außenstehenden die Möglichkeit, in einem offenen Forum zu posten, und ich habe einen Post verfolgt, als der

Board-Moderator dem Nutzer Zugriff auf Daten hinter der Firewall gewährte, damit die Diskussion fortgeführt werden konnte.«

»Sie haben sich in dieses Board der Hisbollah gehackt?«

»Ja. Vor einiger Zeit.«

»Was hat dieser Außenstehende den Hisbollah-Agenten mitgeteilt?«

»Er benutzt den Codenamen INFORMER und spricht Englisch. Er hat der Hisbollah Informationen über amerikanische Regierungsbeamte zum Kauf angeboten. Und über Angehörige des US-Militärs.«

»Welche Art von Informationen?«

»Umfassende personenbezogene Zieldaten.«

»Zieldaten? Wie etwa für gezielte Operationen gegen diese Personen?«

»Ja, Herr Direktor. INFORMER behauptet, er könne Informationen über jeden derzeitigen oder früheren amerikanischen Spion oder Agenten beschaffen und der Hisbollah zukommen lassen.«

Für Sami bin Rashid klang das alles so, als hätten sich dumme Jungs westliche Action-DVDs gekauft und fantasierten jetzt in Internetforen davon, selbst wie Spione zu agieren. Doch in der Hoffnung, dass Faisal endlich auf den Punkt kam, bohrte er weiter. »Wie sollen diese Transaktionen erfolgen?«

»Mithilfe des Darknets. INFORMER hat der Hisbollah – obwohl ich vermute, dass er auch andere Gruppen kontaktiert hat – mitgeteilt, dass sie die Informationen per Bitcoin kaufen könne. Sie müsse nur eine Bestellung aufgeben und gezielte Informationen anfordern, indem sie den Namen des amerikanischen Regierungsbeamten, seinen Posten oder andere Anhaltspunkte angebe.«

»So wie man auf dem Markt Früchte aussucht.«

Faisal nickte lächelnd. »So etwas habe ich, ehrlich gesagt, noch nie gesehen. Natürlich gibt es im Darknet schon lange illegale Marktplätze. Man kann Waffen kaufen, Drogen, Bilder und Videos, die gegen die Lehre des Propheten verstoßen.« Der junge Mann schlug die Augen nieder, und bin Rashid begriff, dass er von Pornografie sprach.

»Das erscheint mir lächerlich«, sagte der Saudi. »Dieses Gespräch ist für mich ohne jedes Interesse, Faisal. Tun Sie etwas dagegen oder verlassen Sie mein Büro.«

»Nun, Herr Direktor, INFORMER hat Kostproben aus seinem Angebot serviert.«

»Kostproben?«

»Ja. Er hat zum Beispiel glaubwürdige Informationen über einen Mann geliefert, der von den Vereinigten Staaten aus Drohnen gegen Ziele in Syrien steuert. Das sind Informationen, an denen die Hisbollah wegen ihrer Verbindungen zu den Alawiten in Damaskus interessiert sein könnte.«

»Woher wissen Sie, dass die Informationen glaubwürdig sind?«

»Weil wir dieselben Informationen haben. Die saudische Armee unterhält Kontakte zu der Einheit des Mannes. Es gibt ihn wirklich, und er bekleidet den von der Quelle angegebenen Posten.«

»Woher wissen Sie, dass die Quelle, dieser INFORMER, nicht einfach nur Spione in Saudi-Arabien hat, die die Information dort gestohlen haben?«

»Weil er über diesen Mann, einen Major der Air Force, viel mehr weiß als wir. Er besitzt eine Liste seiner sämtlichen Freunde und Angehörigen. Er weiß, wo er studiert hat. Was für ein Auto er fährt, wo er wohnt, einkauft, zum Essen hingeht. Welche Schule seine Kinder besuchen. Er hat sogar seine Fingerabdrücke. Das alles haben wir – ich meine den GKR und Saudi-Arabien – nicht.«

»Wenn wir diesen Drohnenpiloten kennen, was kümmert es uns dann, wo er studiert hat?«, fragte bin Rashid.

»Nichts, Herr Direktor, aber INFORMER behauptet, er hätte solche Informationen über jeden Mann und jede

Frau, die für die amerikanische Regierung arbeiten.« Faisal sah seinem Chef in die Augen. »Über jeden Einzelnen. Er hat weitere Kostproben geliefert. Die Namen sind zwar geschwärzt, aber die Unterlagen scheinen in der Tat echt zu sein. Ich glaube, dass dieser Mann oder diese Organisation tatsächlich Informationen zum Kauf anbietet, die wir nicht haben.«

»Und wer weiß davon?«

»Das kann ich nicht sagen. Der Markt im Darknet ist nur auf Einladung zugänglich. Die Sicherheitsvorkehrungen sind sehr gut. Allerdings hat ein Trottel von der Hisbollah einem Kollegen in einer schlecht verschlüsselten E-Mail die Adresse und das Passwort geschickt. Auf diese Weise bin ich an beides herangekommen und konnte mir selbst ein Bild machen.«

Bin Rashid war immer noch skeptisch. Er hatte Zugriff auf nahezu alle Erkenntnisse sämtlicher Nachrichtendienste der GKR-Staaten, und er hatte nichts gesehen, was dem Angebot dieses mysteriösen Privatanbieters vergleichbar gewesen wäre. Er fragte: »Was für ein Interesse hat INFORMER daran, der Hisbollah zu helfen?«

»Ein rein finanzielles«, antwortete Faisal. »Er hat die Nachricht geschickt, weil er glaubt, dass die Hisbollah oder der Iran Informationen von ihm kaufen könnten.«

Bin Rashid schüttelte den Kopf. »Er ist ein Dummkopf, wenn er glaubt, dass die Gruppe tatsächlich für den Auslandsnachrichtendienst der Hisbollah spricht oder in der Lage ist, solche Informationen zu kaufen und etwas damit anzufangen.«

Faisal verteidigte seinen Standpunkt, was er gegenüber bin Rashid selten tat. »Die Hisbollah-Leute, die diese Website betreiben, sind wirklich Dummköpfe, aber mit Verlaub, Herr Direktor, unser INFORMER weiß das einfach nicht. Ich habe mir ganz genau angesehen, wie er sich im Internet versteckt. Das ist Qualitätsarbeit. Er ist kein Dummkopf. Ich kann mich für die Echtheit des gesamten Materials, das er anbietet, zwar nicht verbürgen, aber ich finde, wir sollten ihn kontaktieren und Interesse an einer Transaktion bekunden. Nur um festzustellen, was er kann.«

»Wie stellen wir das an?«

»Wir können ihn im Internet weder aufspüren noch seine Identität ermitteln, denn er benutzt virtuelle private Netzwerke, in die niemand hineinkommt, nicht einmal die Amerikaner. Ich kann aber etwas anderes tun: Ich kann das Internetforum der Hisbollah dichtmachen, jeden anderen außer mir und diesen INFORMER aussperren und direkt mit ihm kommunizieren.«

Jetzt geriet bin Rashid ins Grübeln. Er könnte diesem potenziellen Informanten auf den Zahn fühlen, ohne dass sich das zu ihm zurückverfolgen ließe. »Also gut. Tun Sie es. Das Gespräch findet nur zwischen Ihnen und der Quelle statt. Und nur zu dem Zweck, einen privaten Kommunikationskanal herzustellen.«

»Selbstverständlich, Herr Direktor. Anschließend werde ich unser Gespräch löschen und das Forum wieder öffnen. Die Hisbollah wird nie erfahren, dass wir drin waren. Sie wird annehmen, ihre Server hätten eine Störung gehabt.«

Dann fragte Faisal: »Wenn ich mit INFORMER in Verbindung trete, was soll ich über meine Identität sagen?«

»Sagen Sie ihm, dass er eine schlechte Wahl getroffen und sich an eine Gruppe von Idioten ohne Geld und mit armseligen Sicherheitsvorkehrungen gewandt hat. Und dass Sie selbst dagegen einen nichtstaatlichen Akteur vertreten, der Diskretion gewährleisten und ein lukratives Angebot unterbreiten kann, allerdings nur dann, wenn sich erweist, dass er die Informationen, über die er zu verfügen vorgibt, auch wirklich besitzt und in der Lage ist, sie sicher zu übermitteln.«

»Wie Sie wünschen, Herr Direktor.«

Faisal schien etwas verwirrt, wie Sami bin Rashid bemerkte.

»Was haben Sie?«

»Ich bin mit der Sache zu Ihnen gekommen, damit Sie wissen, dass die Hisbollah an Informationen über Amerika gelangen könnte, die sie bisher nicht hatte. Natürlich könnte das dazu führen, dass der Iran ein Druckmittel gegen Amerika in die Hand bekommt, und das würde auch unsere Arbeit tangieren. Ich dachte, wir könnten vielleicht testen, an welche Informationen dieser INFORMER herankommt, um festzustellen, welche neue Bedrohung daraus erwächst. Ich hätte offen gestanden nicht erwartet, dass wir selbst im Markt aktiv werden und Informationen über amerikanische Geheimdienstquellen kaufen. Darf ich fragen, warum wir das tun sollten?«

Bin Rashid, der immer mehrere Schachzüge vorausdachte, antwortete einfach nur: »Fühlen wir ihnen auf den Zahn. Stellen wir fest, was sie haben. Dann werden wir sehen, ob wir etwas damit anfangen können.«

Faisal verneigte sich, legte die Hand auf die Brust und versprach, bin Rashid auf dem Laufenden zu halten. Dann verließ er das Büro.

Sami bin Rashid war skeptisch, sehr skeptisch, aber sollte sich die Sache wider Erwarten positiv entwickeln, dann wusste er genau, was er mit den Informationen über amerikanische Geheimagenten tun würde.

Er würde den IS damit füttern.

Der IS konnte den Westen nach bin Rashids Überzeugung niemals besiegen, daher wirkte der Genozid, der das Herzstück der IS-Ideologie ausmachte, wie ein eingebauter Selbstzerstörungsmechanismus. Diese Dummköpfe würden Sieg um Sieg erringen, bis es dem Westen zu bunt wurde. Sie würden nie feste Grenzen für ihren Staat akzeptieren, darum würden sie weiterkämpfen, bis der Westen mit aller Macht zurückschlug.

Aber Saudi-Arabien wollte nicht warten, bis der Westen den Zeitpunkt dafür für gekommen hielt. Jack Ryan, der Präsident der Vereinigten Staaten, unterstützte mit seiner Luftwaffe, seinem Geheimdienstapparat und kleinen Einheiten von Spezialeinsatzkräften die Kurden und, in geringerem Maße, auch die irakische Armee in ihrem Kampf gegen den IS im Irak und in Syrien. Die von Amerika angeführte Koalition gewann dabei zwar an Boden, doch mit ihrem begrenzten Einsatz ließen sich weder die Ölfelder im Irak besetzt halten noch die Nachbarländer Saudi-Arabiens vor schiitischem Einfluss bewahren.

Doch wenn der IS plötzlich anfing, gezielt amerikanische Militärs und Geheimdienstler zu attackieren, konnte das die US-Regierung veranlassen, wieder ihre Streitkräfte in die Region zu entsenden, und ein totaler Krieg würde in den Ölfeldern schwere Verwüstungen anrichten. Die Iraner hatten im schiitischen Südirak größere Ölprojekte auf den Weg gebracht, die unmittelbaren Einfluss auf die finanzielle Zukunft Saudi-Arabiens hatten. Ein Krieg würde sie aus den Ölfeldern wie überhaupt aus dem Irak und Syrien vertreiben. Der Preis für saudisches Öl würde steigen und die Gefahr einer schiitischen Hegemonie in der Region sinken.

Ja, Saudi-Arabien würde in jeder Hinsicht gewinnen, wenn die Amerikaner im Nahen Osten einmarschierten.

Und der IS würde endlich zerschlagen werden, was Sami bin Rashid nur recht war.

INFORMER nahm praktisch sofort Kontakt zu Sami bin Rashid auf und stellte seinen Wert unter Beweis, indem er wertvolle kleine Informationen lieferte, Informationen, die bin Rashid bereits besaß, sodass er sich der Seriosität der Quelle gewiss sein konnte.

Es dauerte einige Zeit, bis bin Rashids Pläne so weit gediehen waren, dass er andere einweihen konnte, doch schließlich ging er zu seiner Führung, wobei er andere GKR-Mitarbeiter außen vor ließ, und erwirkte die offizielle Erlaubnis, mit den Spitzen des Islamischen Staates Gespräche aufzunehmen.

Bei seinen Verhandlungen mit dem IS erfuhr er von einer geplanten Operation, deren Ziel es war, den Kampf nach Amerika zu tragen. Eine maßgebliche Rolle sollten dabei in Amerika lebende Männer und Frauen spielen, die vom raffinierten und mächtigen Propagandaarm des Islamischen Staats radikalisiert worden waren. Es gab rund vierzig verschiedene Gruppen, die mit der Verbreitung der IS-Botschaft beschäftigt waren, und es war keineswegs übertrieben zu sagen, dass der IS die Waffe der Propaganda besser einzusetzen verstand als jede andere aus seinem Arsenal. Eine seiner wirkungsvollsten Medienorganisationen war die Globale Islamische Medienfront (GIMF). Mithilfe von Websites, Beiträgen in sozialen Medien, gut gemachten Youtube-Videos und einem Online-Magazin arbeitete die GIMF darauf hin, amerikanische Muslime so zu radikalisieren, dass sie auf die Straße gingen und wahllos terroristische Anschläge verübten. Auf diese Weise hoffte der IS, den US-Präsidenten zu einem erneuten Engagement im Nahen Osten zu bringen, ein Wunsch, den bin Rashid voll und ganz teilte.

Doch der Saudi hielt nicht viel vom Plan des Islamischen Staates. Jack Ryan war ein listiger, kühl kalkulierender Gegner, der auf eine Bedrohung nicht überreagierte. Bin Rashid wusste, dass Ryan den IS vernichten wollte, aber von Schießereien in Einkaufszentren oder Autobomben auf dem Times Square würde er sich nicht unter Zugzwang setzen lassen und das militärische Engagement im Ausland verstärken. Stattdessen würde er einfach die Sicherheitsvorkehrungen im Inland verstärken.

Nein, bin Rashids Plan war die einzige Möglichkeit, den amerikanischen Präsidenten in Zugzwang zu bringen.

Er teilte der IS-Führung mit, dass wohlhabende Gönner vom Golf bereit seien, einen Angriff gegen die Vereinigten Staaten zu planen, zu finanzieren, zu lenken und bei seiner Durchführung zu helfen. Natürlich reagierten die IS-Funktionäre skeptisch, doch bin Rashid überzeugte sie durch seine Mittelsmänner, dass er auf taktischer wie strategischer Ebene über Fähigkeiten verfüge, die ihnen abgingen. Er brauche nur einige ihrer besten Leute, ihren Segen und, selbstverständlich, ihre Tarnung.

Zu dem Zeitpunkt schwächelte der IS. Er hatte seit anderthalb Jahren auf dem Schlachtfeld keinen nennenswerten Sieg mehr errungen. Durch die Luftangriffe der westlichen Koalition war ein Großteil der Einnahmen aus dem Schmuggel irakischen Öls in die Türkei und nach Jordanien weggebrochen, und weitere Luftschläge hatten der irakischen Armee und kurdischen Truppen die Rückeroberung von Gebieten ermöglicht. Nichts brauchte der IS dringender als einen großen Sieg gegen den Westen, und wie es aussah, hatte diese geheimnisvolle Unterstützergruppe vom Golf dafür einen geeigneten Plan.

Die Führung des Islamischen Staats vereinbarte ein persönliches Treffen zwischen bin Rashid und einem ihrer Top-Agenten.

Schauplatz des Treffens sollte Podujeva sein, einc Stadt mit über 20.000 Einwohnern im Nordosten des Kosovo. Sowohl die Saudis als auch der IS unterhielten dort einen Stützpunkt, sodass die Stadt für beide Teilnehmer als sicher galt, den saudischen Vertreter bin Rashid – obwohl der eigentlich im Dienst einer regionalen Organisation stand – und den IS-Agenten, einen gewissen Abu Musa al-Matari.

Aus seinen Geheimdienstquellen wusste Sami bin Rashid alles über al-Matari. Der Jemenit hatte unlängst in Syrien amerikanische IS-Anhänger ausgebildet, um sie dann nach Amerika zurückzuschicken, wo sie für Chaos sorgen sollten.

In bin Rashids Augen war es ein kühner Plan gewesen,

leidlich gut durchdacht und im Ansatz durchaus richtig, aber auch mit vielen Mängeln behaftet.

Nicht zuletzt deshalb war er kläglich gescheitert.

Die Vereinigten Staaten spürten das Übungsgelände in Syrien auf, CIA und FBI ermittelten, wer sich dort aufhielt, und auf einen zynischen und wohl auch rechtswidrigen Befehl des US-Präsidenten Jack Ryan hin legten Kampfdrohnen das Ausbildungslager in mehreren Angriffswellen in Schutt und Asche.

Al-Matari hatte das Lager bereits verlassen, als es bombardiert wurde, und mit ihm mehrere seiner US-Bürger. Doch während er selbst nach Rakka zurückkehrte, wurden die überlebenden Möchtegern-Dschihadisten auf Flughäfen in Europa und Amerika festgenommen, der Plan war gescheitert.

Dann traf Abu Musa al-Matari im Kosovo Sami bin Rashid, und Monate später fand er sich in Mittelamerika wieder, nur Tage vor Beginn der Operation gegen den Westen, die, davon war er überzeugt, die Weltordnung in ihren Grundfesten erschüttern und ein zehntausendjähriges Kalifat hervorbringen würde.

9

Von El Salvadors geschäftiger Hauptstadt San Salvador ist es nur eine kurze Fahrt auf der Landstraße direkt nach Süden zur Pazifikküste. Für salvadorianische Verhältnisse ist es eine gute Straße, und die Strände der Provinz La Libertad gehören bei Surfern, die aus der ganzen Welt hierher kommen, zu den begehrtesten in Mittelamerika.

Aber kein Surfer landet in dem Dorf San Rafael, denn es liegt mehrere Meilen nördlich der Küste und etliche Meilen westlich der Straße. Und mit Sicherheit hat sich, wenn überhaupt, nur selten ein ausländischer Besucher in die Hügel nordöstlich der Ortschaft verirrt, in die eine felsige, gewundene Piste führt, die in der Regenzeit unpassierbar ist.

Doch sollte sich tatsächlich mal jemand dorthin verirren, würde er mitten im Dschungel auf ein verschlossenes Eisentor zu einer großen privaten Landparzelle stoßen.

Wem das Grundstück gehört, gibt den Einheimischen Rätsel auf, denn niemand in der Gegend erhebt Anspruch darauf. Die meisten hier vermuten, dass es einem Drogenkartell aus Mexiko oder Guatemala gehört. Es ist überall dort eingezäunt, wo nicht dichtes Gestrüpp, steile Felswände oder tiefe Gräben natürliche Hindernisse bilden, und niemand aus San Rafael hat es jemals betreten. Es gibt keinen ständigen Verwalter, aber wie es heißt, hat die Ortspolizei ein Auge darauf, dass niemand nahe genug herankommt, um einen Blick darauf zu werfen.

Das Grundstück war über Jahrzehnte verlassen gewesen, bis zu jenem merkwürdigen Tag vor sechs Wochen.

An jenem Sonntagnachmittag rumpelten drei große Mietgeländewagen durch San Rafael und weiter den Berg hinauf. Die Einheimischen, die das ungewöhnliche Ereignis beobachteten, bezeugten später, dass alle Fahrer und Insassen Latinos gewesen seien, jedoch Hüte, Sonnenbrillen und Bärte getragen hätten. Die Polizei behelligte sie nicht, aber gerade das ließ die Einheimischen vermuten, dass die Ordnungshüter von ihrem Kommen gewusst und Geld bekommen hatten, damit sie sie in Ruhe ließen.

In den folgenden Tagen kamen ein halbes Dutzend Männer ins Dorf – vermutlich Guatemalteken, wie alle behaupteten, die sie reden hörten – und kauften so viele Vorräte, dass ein Dutzend Menschen gut einen Monat oder länger davon leben konnte. Die Dorfbewohner hüteten sich, Fragen zu stellen, hätten aber doch gern gewusst, wie lange die Drogenhändler bleiben und ob sie während ihres Aufenthalts noch mehr Geld im Ort ausgeben würden.

Zwei Wochen später rollten kleine Konvois aus SUVs mit Allradantrieb, die offenkundig in San Salvador gemietet waren, durch San Rafael, und bald darauf ertönte in der Ferne Gewehrfeuer, das von den Hügeln leise ins Dorf herabdrang, sporadisch und unkoordiniert zunächst, dann aber immer dichter, schneller und geordneter.

Auch kleine Explosionen waren zu hören.

So ging das wochenlang, und da die Drogenhändler unmöglich so lange gegeneinander kämpfen konnten, vermuteten die Einheimischen, dass sie eine Art Schießtraining durchführten.

Auf dem Grundstück, das noch nie jemand aus San Rafael in Augenschein genommen hatte, standen eine Reihe rostiger Wellblechhütten in der heißen Sonne. Die salvadorianische Armee hatte sie während des Bürgerkriegs in den 1980er-Jahren errichtet: Baracken mit einer kleinen Landepiste, die einst die CIA genutzt hatte. Die Landepiste war längst vom Dschungel überwuchert, und die jetzigen Bewohner hatten mit Amerika, den Achtzigern und dem Bürgerkrieg nichts zu tun.

Die Dörfler hatten sich in den Besuchern geirrt: Die Guatemalteken waren keine Drogenhändler, sondern Ausbilder. Die sechs Männer waren auf das verwaiste Grundstück im salvadorianischen Hinterland gekommen, um eine provisorische Rekrutenschule aufzubauen und eine Truppe für den Kampf mit Handfeuerwaffen auszubilden.

Die sechs waren ehemalige Mitglieder der Kaibiles, einer berüchtigten Spezialeinheit der guatemaltekischen Streitkräfte. Sie hatten alle die fünfzig bereits überschritten und in den 1980ern als junge Männer nördlich von hier in Guatemala einen brutalen Krieg geführt. Seit damals verdingten sie sich als Söldner, kämpften überall in Lateinamerika oder bildeten andere aus.

Die sechs Männer hatten sich zwei Wochen Zeit genommen, um das Grundstück vorzubereiten: Sie schlossen Generatoren an, stellten eine Internetverbindung her, überprüften ihre Waffen und Munition und bauten sogar eine Regenwassersammelanlage, um den herangekarrten Wasservorrat zu ergänzen.

Das Unternehmen, das sie angeheuert hatte, war eine Briefkastenfirma in Panama. Keiner der Guatemalteken nahm die Firma genauer unter die Lupe, aber sie waren doch gespannt, wen sie ausbilden sollten. Alle sechs sprachen Englisch, was mögliche Rückschlüsse auf die Herkunft ihrer Rekruten zuließ, doch andererseits war das Englische eine internationale Verkehrssprache, und so waren sie nicht sonderlich überrascht, als auf dem Grundstück ein Araber erschien, der fließend Englisch sprach. Er nannte sich Mohammed und teilte ihnen mit, dass er eine

Einheit ausbilde, die das militärische Handwerk erlernen sollte, damit sie in den Jemen gehen und gegen die dortige Regierung kämpfen könne.

Die Guatemalteken wussten nicht viel über den Jemen und interessierten sich noch weniger dafür. Die Bezahlung war gut, die Arbeit würde keine Probleme machen, und der Araber stellte weitere Aufträge in Aussicht, wenn er mit der Zusammenarbeit zufrieden sei.

Die Rekruten – insgesamt siebenundzwanzig – trudelten innerhalb von zwei Tagen ein. Überrascht stellten die Guatemalteken fest, dass neben den erwarteten Arabern auch Gringos, Schwarze und Latinos dabei waren. Und, womit sie gar nicht gerechnet hatten, sogar weibliche Rekruten: eine Schwarze, eine Hispana und zwei, deren olivfarbener Teint auf eine orientalische Herkunft schließen ließ.

Was soll's, sagten sich die Guatemalteken. Es war ihnen egal, woher diese Leute kamen. Wenn sich eine *bruja mexicana* oder ein *gringo pendejo* unbedingt in Nahost den Arsch wegschießen lassen wollte, dann war das deren Problem.

Während die Kaibiles die Männer und Frauen ausbildeten, wachte Mohammed über das Ganze, doch tagsüber hing er die meiste Zeit an seinem Satellitentelefon und Laptop. Die Ausbilder schlossen daraus, dass er bereits kämpfen konnte oder es nicht zu können brauchte.

Die Guatemalteken fragten ihn nie.

Abends zogen sie sich zu ihren Zelten zurück, die ein paar Hundert Meter von den Baracken entfernt an einem Bach standen, doch manchmal konnten sie Mohammed und die Rekruten bis weit nach Mitternacht reden hören. Sie gewannen den Eindruck, dass er sie auf ihre Mission einschwor, ihnen möglicherweise Spezialkenntnisse beibrachte, die sie drüben im Jemen brauchen würden, aber auch das war ihnen eigentlich egal.

Was die Guatemalteken nie erfahren sollten: Mohammeds richtiger Name war Musa al-Matari. Er war neununddreißig Jahre alt, Sohn eines jemenitischen Armeeoffiziers und einer britischen Entwicklungshelferin, die zum Islam konvertiert war. Er war im Jemen und in London aufgewachsen.

Al-Matari hatte als Infanterieleutnant in der jemenitischen Armee gedient, dann aber sein Land verlassen, um mit den Dschihadisten im Irak zu kämpfen, denn beim Aufbau eines wahren islamischen Staates zu helfen war die Verwirklichung eines Traums, über den er mit niemand zu sprechen gewagt hatte bis zu dem Tag, an dem die ersten schwarzen Flaggen über dem Land wehten.

Er hatte für Al-Qaida gekämpft und dann in Syrien und im Irak für den IS. Sein Spezialgebiet wurde die Rekrutierung und Ausbildung von Märtyrerzellen, die hinter den feindlichen Linien operierten. Er wurde darin so geschickt und seine Truppe so erfolgreich, dass man ihn nach Libyen schickte, um dort Agenten auszubilden, als das Kalifat nach Nordafrika expandierte.

Seine Schützlinge in Libyen machten ihre Sache gut, und bald gelangte man im Auslandsgeheimdienst zu der Überzeugung, dass al-Matari außerhalb des Kriegsgebiets mehr bewirken konnte als innerhalb. Er schlug vor, Ausländer zu rekrutieren, militärisch auszubilden und dann in ihre Heimatländer zurückzubringen, um den Kampf vor die Haustür des Feindes zu tragen. Der Vorschlag wurde angenommen, und bald leitete er eine Gruppe von Anwerbern, die in einem Büro in Mosul für ihn arbeiteten. Über das Internet spürten sie im Westen lebende Männer und Frauen auf, indem sie Foren durchforsteten und auf Posts und Tweets bei Facebook und Twitter antworteten.

Die Auserwählten wurden zur Ausbildung nach Syrien geholt und anschließend in den Westen zurückgeschickt, um im Namen des Islamischen Staates zu töten.

Al-Mataris Rekruten führten Operationen in der Türkei und in Ägypten, dann in Tunesien und Algerien durch. Schließlich auch in Belgien, Frankreich und Österreich.

Die Führung belohnte ihn für seine Erfolge. Seine Pläne wurden kühner und ambitionierter. Für Leute, die nach Syrien kommen und kämpfen wollten, hatte er keine Zeit mehr. Er widmete sich nur noch Männern und Frauen, die aufgrund ihrer Intelligenz, Leidenschaft für die Sache und Vorkenntnisse gute Voraussetzungen für eine Agententätigkeit im Ausland mitbrachten.

Bald fasste er den Entschluss, den ganz großen Wurf zu wagen. Er wollte in Amerika lebende Rekruten ins Kalifat holen, zu Terroristen ausbilden und als IS-Kämpfer nach Amerika zurückschicken.

Er setzte das Vorhaben in die Tat um, bildete eine Truppe aus, bis sie so weit war, dass er sie nach Amerika zurückschicken konnte, und dann wurde sein Plan vereitelt.

Nachdem seine erste Operation infolge der Luftschläge gegen sein Ausbildungslager und der Verhaftung der wenigen Kämpfer, die es an Bord eines Flugzeugs in die Vereinigten Staaten geschafft hatten, in einem Fiasko geendet hatte, stand er plötzlich ohne Leute und ohne Plan da.

Aber nicht lange.

Die Führung des Auslandsgeheimdienstes wies ihn an, in den Kosovo zu reisen, um sich in einer konspirativen Wohnung mit einem Mann zu treffen. Sein Befehl lautete, sich in Ruhe anzuhören, was der Mann vorzuschlagen hatte, dann zurückzukehren und der IS-Führung zu berichten, was er davon hielt.

Al-Matari war ein Skeptiker. Das hielt ihn in seinem Beruf am Leben, doch er befolgte auch Befehle, denn davon hing sein Überleben noch mehr ab.

Er wurde in die Türkei geschleust und flog von dort in den Kosovo.

Schauplatz des Treffens im Kosovo war ein üppig begrünter Innenhof, vollständig umschlossen von einem dreigeschossigen Haus, das wiederum von IS-Kämpfern umstellt war.

Al-Matari wusste nicht, wer die Kontaktperson war, doch als er in den Hof trat, erblickte er einen Mann, der, mit einem Thawb bekleidet, allein an einem einfachen Tisch saß, vor sich ein Teeservice.

Sowie al-Matari Platz genommen hatte, goss ihm der andere Tee ein und sagte: »Dies wird das einzige Mal bleiben, dass wir uns persönlich treffen.«

Al-Matari griff nach der Tasse. Er hatte gelernt, jedem zu misstrauen, muslimische Kleidung und Gastfreundschaft hin oder her. »Ich weiß nicht einmal, worum es bei diesem Treffen geht. Ich bin hierher beordert worden.«

Der Mann nickte bedächtig. Er war älter – um die fünfzig – und wirkte sehr selbstbewusst. »Ich weiß, was aus Ihrer letzten Operation geworden ist.«

»Von mir erfahren Sie nichts. Wenn Sie glauben, etwas zu wissen, haben Sie es vielleicht von wichtigen Leuten gehört. Vielleicht aber auch von Dummköpfen. Ich weiß es nicht. Trotzdem werde ich nichts sagen, was …«

»Was Sie getan haben, findet meinen Beifall. Ich habe Respekt vor den taktischen Überlegungen, die dahinterstecken. Sie sind mutig, intelligent, und Sie haben große Pläne.« Der Mann lächelte. »Ich bin kein Taktiker, aber ich bin ein Stratege. Und in dieser Hinsicht brauchen Sie Hilfe. Ich kann Ihnen bei Ihrer nächsten Operation helfen und Ihre Erfolgsaussichten verbessern. Ich kann dafür sorgen, dass sie größere Auswirkungen hat, als Sie sich vorstellen können.«

Al-Matari nippte an seinem Tee und schaute dabei an den Mauern des alten Hauses hinauf, das sie umgab. »Ihrem Akzent nach zu urteilen sind Sie ein Saudi.«

»Ganz recht.«

»Ich mag Saudis nicht.«

Der Mann zuckte die Achseln. »Das kann ich Ihnen nicht verdenken. Saudi-Arabien hat Öl und ist wohlhabend. Der Jemen hat nur Kamele und Kamelmist.«

Al-Matari schloss die Finger so fest um die Tasse, dass sie zu zerspringen drohte.

Der Saudi fuhr fort. »Aber das ist mir eigentlich egal. Im Unterschied zu Ihnen halte ich nichts von religiösem Fanatismus gegen andere Sunniten. Ich finde, wir sollten im Kampf gegen die Ungläubigen und Schiiten zusammenstehen. Und ich glaube an den ersten Eindruck und ich mag Sie auch nicht besonders. Verständigen wir uns darauf, dass wir nicht hier sind, um Freunde zu werden, und fahren mit diesem Gespräch fort.«

Al-Matari deutete eine spöttische Verneigung an.

Der Ältere blieb ganz geschäftsmäßig. »Wenn es Ihnen gelingt, eine neue Gruppe amerikanischer Mudschaheddin zusammenzustellen, und zwar schnell, kann ich Ihnen einen sicheren Platz für ihre Ausbildung besorgen und erstklassige Ausbilder. Ich kann Ihnen Waffen, Munition und Sprengstoff beschaffen. Ich kann Ihnen zusätzliche Sicherheit bieten, indem ich diese Amerikaner von Ländern fernhalte, von denen bekannt ist, dass sie in den Dschihad involviert sind, sodass kein amerikanischer Geheimdienst Alarm schlagen wird. Vor allem aber kann ich Ihnen, wenn Ihre ausgebildeten Soldaten in die Vereinigten Staaten zurückgekehrt sind, Ziele bieten, von denen Sie selbst nur träumen können.«

Al-Matari schniefte. »Ziele? Ziele sind nicht mein Problem. Die gesamten USA sind ein Ziel. Meine Kämpfer können eine Straße entlangfahren und wahllos Leute erschießen, dann habe ich mein Ziel erreicht.«

Der Saudi schüttelte energisch den Kopf. »Hier geht es um Strategie, nicht um Taktik. Amerikanische Zivilisten zu töten ist Zeitverschwendung. Ein nutzloses Unterfangen.

Man würde Ihre Soldaten zur Strecke bringen und töten. Und wofür? Für das Leben von Müllmännern, Busfahrern und Krämern? Ich spreche von Zielen, die Amerikas Wehrhaftigkeit betreffen.«

»Inwiefern?«

»Ich habe Zugang zu den Adressen von Männern und Frauen bei der CIA. Ich kenne die Schulen, in die Air-Force-Piloten, die in Rakka über eure Köpfe hinwegfliegen, ihre Kinder schicken. Eine Bar, in der jeden Abend dienstfreie Angehörige einer amerikanischen Kommandotruppe anzutreffen sind, unbewaffnet, betrunken und wehrlos. Ich kann Ihnen die Kennzeichen der Autos nennen, die sie fahren, oder wo die Frauen von Spionen und Soldaten arbeiten.«

Al-Matari war gleichermaßen skeptisch wie verblüfft. »Wie kommen Sie an solche Informationen?«

»Das tut nichts zur Sache. Aber leicht wird das Ganze nicht, weder für Sie noch für mich. Stellen Sie sich folgende Frage, Bruder: Wollen Sie so viel Arbeit investieren, um in einer Einkaufspassage Kinder zu erschießen, oder wollen Sie so viel Arbeit investieren, um die Fähigkeit der Amerikaner, aus der Ferne Krieg gegen uns zu führen, deutlich zu schwächen? Ich sage, wir bekämpfen sie dort und zwingen sie so, zu uns zu kommen, in unser Land, wo wir sie vernichten werden.«

»Was meinen Sie mit *unser Land?*«, fragte al-Matari. »Wenn die Amerikaner kommen, werden die Kämpfe nicht in Saudi-Arabien stattfinden. Ihr Land ist auf Schmusekurs mit den Ungläubigen.«

Doch dem Saudi war es offensichtlich egal, was al-Matari sagte, denn er sah den Glanz in dessen Augen. Was er zu verkaufen hatte, war genau das, was der andere wollte. Al-Matari begriff ebenso wie sein Gegenüber, welchen Nutzen die Zerstörung militärischer und geheimdienstlicher Ziele in Amerika hätte.

»Jeder im Islamischen Staat möchte eine Reaktion aus dem Westen«, sagte der Saudi.

Al-Matari nickte. »Natürlich. Wir möchten, dass die Amerikaner in großer Zahl einmarschieren. Wir kämpfen gegen die Kurden, die Iraker und die Syrer, doch eigentlich sollten wir gegen den Westen kämpfen. Ja, der Westen fliegt hoch über unseren Köpfen, weil er Angst hat, am Boden gegen uns anzutreten und zu kämpfen. Aber wenn die Amerikaner Truppen in den irakischen Städten stationieren, wie sie es vor zehn Jahren getan haben, dann werden die Aufstände zunehmen. Aus Ländern wie Marokko und Indonesien werden scharenweise Brüder zurückkehren, und wir werden die Amerikaner schlagen und in Schande nach Hause schicken.« Al-Matari konnte sich ein Lächeln nicht verkneifen. »Das Kalifat wird sich dann auf diese anderen Staaten ausdehnen, wenn sie den Kampf in ihre Heimatländer im Nahen Osten, in Nordafrika und Südostasien tragen.«

Der Saudi nickte energisch. »Ganz genau, Bruder! Präsident Jack Ryan war selbst Spion und Soldat. Wie, glauben Sie, wird er reagieren, wenn einer Ihrer Agenten seine Spione im Bademantel vor ihrem Haus erschießt? Wie, glauben Sie, wird er reagieren, wenn wir seine Soldaten töten, wenn sie zu Mittag essen? Er wird reagieren. Amerika wird reagieren. Sie werden alle reagieren, indem sie hierherkommen, um zu kämpfen.«

Jetzt lächelte auch der Ältere. »Und denken Sie nur daran, welchen Aufwind Ihre Anhänger in Amerika bekommen werden, wenn Sie und Ihre Werkzeuge der Gerechtigkeit dort die eigentliche Schlacht beginnen. Es gibt viele junge Männer und Frauen, die sich Ihrem Kampf anschließen werden, sobald Sie erste greifbare Erfolge vorweisen können. Denken Sie an die ersten zwei Jahre des Bestehens des Islamischen Staates. Ausländische Brüder und sogar Schwestern strömten in das neue Kalifat. Das könnte wieder geschehen, nur werden sich diesmal keine dummen Jungs in den Hexenkessel Syrien stürzen. Diesmal werden Männer und Frauen in Amerika den Kampf aufnehmen, mitten im Feindesland, gut ausgebildete Kämpfer mit einer klaren Ausrichtung, die in ihre gewohnte Umgebung zurückkehren, die sie gut kennen und verstehen, besser verstehen als Sie und ich, Bruder. Sie können für unseren Kampf in Nahost eine wichtige Rolle spielen. Diese Männer und Frauen könnten dem Kalifat als Fremdenlegion dienen.«

Bevor der Jemenit etwas dazu sagen konnte, fügte der Saudi hinzu: »Und Sie, Bruder, *Sie* können den Anfang machen. In den kommenden Jahren können Sie derjenige sein, der die Wende herbeiführt.«

Für al-Matari war das alles offenbar zu schön, um wahr zu sein. »Ich kann Agenten nach Amerika schleusen. Und ich habe eine weitere Gruppe von Kontaktleuten aufgebaut, die bereits in den Vereinigten Staaten sind. Sie sind bereit, für den Dschihad zu sterben. Aber sie müssen lernen, für den Dschihad zu *töten*. Dieser Ausbildungsstandort. Wo liegt er?«

Der Saudi nippte am Tee und grinste. »Das werden Sie zu gegebener Zeit erfahren. Sie bringen mir den Beweis, dass Sie Agenten haben, Männer und Frauen mit amerikanischem Pass, einem Studenten- oder Arbeitsvisum für die USA. Dann sorge ich dafür, dass sie eine Ausbildung bekommen.«

»Ich weiß von einigen Flüchtlingen, die aus Syrien nach Amerika geschickt worden sind«, sagte al-Matari.

»Nein«, entgegnete der Saudi bestimmt. »Die stehen zu sehr unter Beobachtung. Ich möchte nur Männer und Frauen in Ihrer Truppe haben, die sich frei bewegen können und nicht übermäßig kontrolliert werden. Wenn die erste Angriffswelle Erfolg hat, wenn die Welt erkennt, dass wir keine Terroristen sind, sondern islamische Soldaten, die gegen ungläubige Soldaten kämpfen, dann werden weitere Wellen durch selbstmotivierte Kämpfer folgen. Sie werden sich unserer großen Sache anschließen und den Ertrag Ihrer guten Arbeit verzehnfachen, verhundertfachen.«

Musa al-Mataris Herz war erfüllt von einem Tatendrang, wie er ihn seit jenem Tag nicht mehr verspürt hatte, als die Amerikaner seine letzte Operation zunichtemachten, bevor sie richtig begonnen hatte.

»Inshallah«, sagte al-Matari. *So Gott will.*

»Inshallah«, erwiderte der Saudi.

Der auf amerikanischem Boden geführte Krieg gegen das Militär und die Geheimdienste der USA begann genau dort, in diesem Innenhof, in dem zwei Männer zusammen Tee tranken.

10

Abu Musa al-Matari verließ den Kosovo mit einer neuen Zielsetzung. Er kannte zwar nicht den Namen seines neuen Gönners, aber er wusste, dass die IS-Führung den Mann gründlich überprüft und das Treffen mit ihm gutgeheißen hatte. Er konnte sich zwar nicht vorstellen, wie der Saudi an die Informationen herankommen wollte, die er ihm versprochen hatte, und er verstand auch nicht seine Beweggründe, denen er grundsätzlich misstraute. Doch obwohl er mit großer Skepsis in den Kosovo gereist war, kehrte er begeisterter denn je nach Syrien zurück, bereit, eine neue Aufgabe in Angriff zu nehmen.

In den Vereinigten Staaten potenzielle Rekruten für den Dschihad zu finden war nicht schwierig. Aber Kandidaten zu finden, die auf keiner Beobachtungsliste der US-Behörden standen, noch nicht observiert wurden, sich frei bewegen und reisen konnten und auch einen flüchtigen Kontakt mit den amerikanischen Strafverfolgungsbehörden nicht zu fürchten brauchten und gleichzeitig über die Intelligenz, die Sprachkenntnisse und die soziale Kompetenz verfügten, die für operative Aufgaben in der Abteilung Emni des Islamischen Staates erforderlich waren ... nun, das war schwierig. Gleichwohl war al-Matari klar, dass er genau solche Leute brauchte.

Sie waren vielleicht schwer zu finden, aber er verfügte vor Ort über die dafür nötige Infrastruktur.

Der Durchschnittsamerikaner hatte keine Ahnung, wen

die US-Regierung unter der Anschuldigung festgenommen hatte, dem IS die Treue geschworen oder in seinem Namen sogar Anschläge in Amerika geplant zu haben. Musa al-Matari wusste es. Er kannte die jüngsten Berichte des FBI auswendig. Danach waren unter den Personen, die in den Vereinigten Staaten illegaler Handlungen im Namen des IS beschuldigt wurden, siebenundneunzig US-Bürger, acht Green-Card-Inhaber und fünf Flüchtlinge, und von denen, die keinen ständigen Wohnsitz in den USA hatten, besaßen die meisten ein Studentenvisum.

Fast ein Drittel hatte zumindest ein College besucht, 87 Prozent waren Männer, und das Durchschnittsalter betrug gerade mal 21 Jahre.

72 Prozent derjenigen, die das FBI wegen Zusammenarbeit mit dem IS verhaftet hatte, waren nicht vorbestraft.

In den meisten Fällen ging es um materielle Unterstützung, und al-Matari konnte aus dieser großen Gruppe von Sympathisanten schwerlich Leute für eine Zelle aktiver Kämpfer rekrutieren, doch es gab eine beträchtliche Anzahl von Männern und einigen wenigen Frauen, die sich aktiv darum bemühten, in den Nahen Osten zu reisen und dort im Namen des Islamischen Staates am bewaffneten Dschihad teilzunehmen.

Und es gab noch viele weitere da draußen. Was das FBI entdeckt hatte, war nur die Spitze des Eisbergs.

Die Stadt Dearborn in Michigan hatte zum Beispiel einen beträchtlichen muslimischen Einwohneranteil. Zwar hatten 99 Prozent oder mehr mit al-Mataris Zielen nichts am Hut, doch mit Sicherheit lebten in der Stadt Hunderte von unzufriedenen jungen Männern, die zu den Waffen greifen und gegen die Ungläubigen kämpfen würden. Aber natürlich konnte al-Matari nicht einfach einen Arbeitslosen von der Straße holen und nach Washington schicken, um einen Pentagon-Beamten zu töten. Nein, er musste bei der Auswahl größte Sorgfalt walten lassen.

Nach wochenlanger Suche und Beratung mit seinem Team von Online-Anwerbern hatten sie siebzig in den Vereinigten Staaten ansässige Männer und Frauen ausgewählt, die den Willen bekundet hatten, Agenten zu werden, und nach Einschätzung der Rekruteure auch die nötigen Voraussetzungen dafür mitbrachten.

Al-Matari reduzierte diese Zahl auf neununddreißig, nachdem er zweiköpfige Anwerberteams in den USA ausschwärmen und in Einzelgesprächen Bewertungen vornehmen ließ. Diese neununddreißig wussten zu dem Zeitpunkt nicht, was man mit ihnen vorhatte, nur dass sie von der Führung des IS für eine Aufgabe in der Organisation in Betracht gezogen wurden. Einige glaubten offensichtlich, sie würden nach Syrien fliegen und im Dschihad kämpfen. Andere reimten sich aus den Fragen der Rekruteure zusammen, dass sie in Amerika eingesetzt werden würden.

Al-Matari verwendete beträchtliche Zeit darauf, die verbliebenen neununddreißig auf Herz und Nieren zu überprüfen. Mehrere waren darunter, die zwar allem Anschein nach auf keiner Beobachtungsliste standen und den Behörden auch nicht als potenzielle Radikale bekannt waren, jedoch Verwandte hatten, die dschihadistische Ansichten geäußert oder eine Zeit lang unter FBI-Beobachtung gestanden hatten.

Das ging nicht. Für die geplante Operation brauchte man eine blütenreine Weste, denn sie war nicht zeitlich befristet. Er wollte nicht, dass sich das FBI für diese Personen interessierte, auch nicht nach den ersten Anschlägen.

Er strich noch ein paar weitere, weil sie die von ihm gestellten körperlichen Anforderungen nicht erfüllten.

Schließlich hatte al-Matari den Kandidatenkreis auf einunddreißig Männer und Frauen eingeengt. Seine Rekruteure in den USA trafen sich mit jedem Einzelnen und boten ihnen jeweils die Chance, dem IS zu dienen.

Siebenundzwanzig nahmen das Angebot an. Von den

vieren, die es ausschlugen, verlangten drei, an der Front im Nahen Osten zu kämpfen. Man versprach ihnen, sich bei Gelegenheit mit ihnen in Verbindung zu setzen.

Der Vierte, ein dreiunddreißigjähriger Lebensmittelhändler aus Hallandale Beach in Florida, hatte seiner Frau, einer frisch konvertierten Muslima, von seinen Gesprächen mit IS-Anwerbern erzählt, worauf sie von ihm verlangt hatte, die Leute anzuzeigen. Der Mann weigerte sich, warnte aber die Rekruteure, dass seine Frau Ärger machen könnte.

Drei Tage später fuhr ein anderes IS-Team, ausgestattet mit Skimasken, in die Stadt und erschoss den Krämer und seine Frau bei der Arbeit hinter der Ladentheke.

Und jetzt befand sich Musa al-Matari in den Hügeln westlich von El Salvador und musterte seine siebenundzwanzig Rekruten, die gerade eine einmonatige Ausbildung absolviert hatten.

Die guatemaltekischen Ausbilder waren am Vormittag abgereist, und jetzt, am Abend, bevor im Dschungel das letzte Tageslicht erlosch, hatte al-Matari seine Agenten in einem ausgetrockneten Flussbett in Sichtweite der rostigen Wellblechhütten versammelt. Er stand vor ihnen, während sie auf Steinen oder auf der Uferböschung saßen.

Al-Matari war stolz auf seine Schüler. Die Ausbilder hatten die Gruppe im Umgang mit Handfeuer- und Blankwaffen, in Taktik für kleine Einheiten und im Nahkampf gedrillt. Sie hatten ihnen beigebracht, wie man Bomben und Sprengfallen baut, und vor allem hatten sie die Gruppe für den Kampf gestählt – nur wenige hatten am ersten Tag überhaupt gewusst, wie man eine Waffe hielt, doch am Ende konnten alle sicher und schnell mit einer AK-47 Ziele in über hundert Metern Entfernung treffen, mit einer Uzi-Maschinenpistole in fünfzig und mit einer Pistole in fünfzehn Metern Entfernung. Sie konnten schnell nachladen, mit wenigen Handgriffen von Schulterwaffe auf Faustfeuerwaffe umstellen, sich in Zweier- und Vierergruppen bewegen, einander Deckung geben und während des Nachladens das Feuer aufrechterhalten.

Sie schossen aus verrosteten Autos, warfen Übungsgranaten und bauten einfache Sprengfallen und Sprengsätze.

Sie waren beileibe keine Elitekämpfer, aber nach dreißig Tagen Training hatte er eine ganz passable Truppe beisammen. Sie hatten mehr Übungsschüsse abgegeben als ein Soldat der US-Armee in seiner zehnwöchigen Grundausbildung, und ihr Drill war hundertprozentig darauf ausgerichtet, die Zielpersonen zu töten und sich anschließend in Sicherheit zu bringen, um dann ein weiteres Mal zuzuschlagen.

Als al-Matari jetzt vor ihnen stand, erkannte er einige kaum wieder. Alle hatten unter den harten Bedingungen abgenommen, aber sie waren stärker, selbstsicherer und entschlossener geworden und bereit für den bevorstehenden Kampf.

Natürlich waren einige besser als andere, doch keiner hatte komplett versagt. Ein paar würde er im Auge behalten und ihre Einsätze so gestalten, dass ihre Stärken zum Tragen kamen, doch alles in allem war er mehr als zufrieden mit den Schülern seiner Sprachschule, wie er die Anlage hier nannte.

Bis auf diejenigen, die miteinander verwandt waren, kannte kein Rekrut die Namen der anderen. Al-Matari hatte ihnen bei ihrer Ankunft Nummern zugewiesen. Mit dem Alter oder einer Rangordnung hatte das nichts zu tun. Die Erstankömmlinge hatten niedrige Nummern, und die Frau, die als Letzte eingetroffen war, trug die Nummer 27.

Er hatte sie in fünf Zellen aufgeteilt. Jede hatte einen Namen, doch den hatte er für sich behalten. Für die Gruppe nummerierte er sie einfach von eins bis fünf durch.

Die Aufteilung war nach geografischen Gesichtspunkten

vorgenommen worden, ausgehend von der Stadt, die im geografischen Zentrum der Region lag, aus der die Mitglieder der Zelle kamen. Eine hieß *Chicago* und bestand aus fünf Männern und einer Frau. Sie entstammten zwei Migrantenfamilien der zweiten Generation und waren ihm schon früh als eines der besten und fähigsten Teams aufgefallen.

Santa Clara hieß die kalifornische Zelle. Auch sie bestand aus fünf Männern und einer Frau: zwei mit pakistanischem Pass und zwei Pakistanern mit britischem Pass sowie zwei Türken mit deutschem Pass. Die Türken waren Mann und Frau. Alle sechs waren Studenten aus dem Großraum San Francisco und kannten einander nicht, sah man einmal von dem Ehepaar ab. Jetzt lebten und trainierten sie, schwitzten und bluteten zusammen.

Die Zelle *Fairfax* bestand aus fünf Männern. Vier waren US-Bürger arabischer Herkunft, aus Algerien, Ägypten, dem Libanon und dem Irak. Der Fünfte war ein Afroamerikaner namens David Hembrick. Hembrick war der Musterschüler der Sprachschule, während sich die übrigen Zellenmitglieder mit Entscheidungsfindungen schwertaten und regelmäßig in Streit gerieten. Aber sie konnten schießen, und keine andere Zelle zeigte in dieser Hinsicht so viel Engagement.

Al-Matari hätte gern eine homogenere Zelle in Hauptstadtnähe gehabt, aber er musste mit den Rekruten auskommen, die ihm zur Verfügung standen, und bei Bedarf andere Zellen zu ihrer Unterstützung nach Washington schicken.

Atlanta bestand wieder aus vier Männern und einer Frau. Bis auf einen waren alle US-Bürger, darunter ein blonder blauäugiger Dreiundzwanzigjähriger aus Alabama, der zum Islam konvertiert war und drei Jahre zuvor übers Internet mit einer Gruppe in Somalia Kontakt aufgenommen und später dort gekämpft hatte. Er hatte es in die Staaten zurückgeschafft, ohne dass die Behörden von seinem Tun Wind bekommen hatten, deshalb ging al-Matari das Risiko ein, ihn ins Team aufzunehmen, denn er war der Einzige, der bereits eine Kampfausbildung hatte. Dann war da noch eine schwarze Frau aus Alabama namens Angela Watson, eine hochintelligente College-Studentin, die heimlich mit einem tunesischen Studenten verheiratet war, der sich dem IS angeschlossen hatte, um im Nahen Osten zu kämpfen. Ursprünglich hatte sie ihn begleiten und »Söhne für den Dschihad gebären« wollen, doch dann bot sich die Gelegenheit, dem IS in Amerika zu dienen, und da sie wusste, dass niemand in ihr eine Dschihadistin vermuten würde, flog sie mit ihrem Mann in die Sprachschule, wo sie seine Leistungen in jeder Hinsicht übertraf.

Auch *Detroit* war eine starke Gruppe. Vier Männer und eine Frau. Alle waren US-Bürger oder besaßen eine unbeschränkte Aufenthaltserlaubnis. Sie gehörte neben *Chicago* zu den Zellen, denen al-Matari die anspruchsvollsten Aufgaben übertragen würde.

Al-Matari sprach jetzt auf Englisch zu ihnen, denn es war die einzige Sprache, die jeder im Lager verstand. Er sprach sie perfekt mit deutlich britischem Akzent, sodass die siebenundzwanzig Männer und Frauen annahmen, er komme aus Großbritannien.

»Es ist an der Zeit, dass ich euch mehr über eure Mission sage. Zunächst einmal müsst ihr wissen: Ihr seid jetzt Soldaten. Krieger. Mudschaheddin. In den amerikanischen Medien wird man euch als ›Terroristen‹ bezeichnen, aber eure Ziele sind nicht die Ziele von Terroristen. Ihr werdet bald erkennen, dass eure Ziele sorgfältig ausgewählt sind, denn ihr sollt Amerikas Fähigkeit schwächen, den Islam und den Islamischen Staat zu bekämpfen. Ihr werdet stolz auf euren Kampf sein, und das völlig zu Recht. Ihr seid Löwen des Kalifats. Die Vorhut des Dschihad.«

Die Gruppe brach in Jubel aus.

Einer der jungen Männer aus *Santa Clara* sagte: »Mohammed, beim Training mit den Guatemalteken haben wir die Waffen benutzt, die sie mitgebracht haben. Aber wie kommen wir mit Waffen nach Hause?«

»Denkt daran«, antwortete al-Matari. »Als ihr hierhergekommen seid, habt ihr euren Lieben gesagt, ihr würdet eine Sprachschule besuchen. Ihr habt alle ein Rückflugticket. Mit diesem Ticket werdet ihr nach Hause fliegen, und ihr werdet keine Waffen mitnehmen. Ich werde alles, was ihr braucht, nach Amerika bringen. Und ich werde es euch aushändigen, bevor eure Operationen beginnen.«

Während al-Matari über operative Details sprach, tauchte rund dreihundert Meter entfernt bei den rostigen Wellblechbaracken das Scheinwerferlicht eines Pick-ups aus der Dämmerung auf. Der Wagen hielt, und ein Mann stieg aus und blickte in die Runde. Al-Matari leuchtete mit einer Taschenlampe in seine Richtung, um ihn auf sich aufmerksam zu machen.

Der Mann setzte sich in Richtung Flussbett in Bewegung.

Al-Matari wandte sich wieder an die Gruppe. »Ihr werdet noch heute Nacht abreisen, aber vorher habe ich eine letzte Aufgabe für euch. Der Mann, der jetzt zu uns herüberkommt, ist der Eigentümer der Strohfirma, die dieses Grundstück gekauft hat. Ich habe ihn gebeten, heute Abend herzukommen, um sein restliches Geld abzuholen.« Er machte eine kurze Pause. »Er ist ein Ungläubiger. Er kann mich identifizieren, und was wir hier tun, hat sein Misstrauen geweckt.«

Die Afroamerikanerin aus Mississippi hob die Hand. »Die Ausbilder ... auch sie sind Ungläubige und wissen todsicher, was wir vorhaben.«

Al-Matari nickte und lächelte. »Heute Morgen sind eure Ausbilder aus Guatemala in einen Helikopter gestiegen, den sie in einem Hangar bei Playa El Zonte, anderthalb

Autostunden südwestlich von hier, untergestellt hatten. Sie wollten unter dem Radar fliegen und so unbemerkt nach Guatemala zurückkehren. Zwei Mitarbeiter von mir haben im Helikopter eine kleine Überraschung für sie vorbereitet. Sie waren bereits in Sichtweite der guatemaltekischen Grenze, als ihr Helikopter in siebzig Meter Höhe vor der Küste explodiert ist. Es hat keine Überlebenden gegeben.«

Niemand sagte ein Wort, aber einige Augen weiteten sich merklich.

Al-Matari deutete auf den näher kommenden Mann, der noch zweihundert Meter entfernt war.

»Alle fünf Zellen werden sich jetzt leise besprechen und jeweils einen aus ihrer Mitte bestimmen, der diesen Mann töten soll. Wählt denjenigen aus, der sich in euren Augen am besten dafür eignet, vor mir Blut zu vergießen. Euren zuverlässigsten Killer. Wenn ich die fünf Auserkorenen habe, werde ich die endgültige Auswahl treffen. Ihr habt eine Minute.«

Der Mann war noch fünfzehn Meter entfernt, als alle Entscheidungen gefallen waren. Al-Matari war stolz auf seine Führungsfähigkeiten. Bei vier Zellen hatte er korrekt vorhergesehen, wen sie auswählen würden. Die fünfte, *Atlanta,* hatte die zweiundzwanzigjährige Studentin aus Mississippi dazu bestimmt, die Tat zu vollbringen. Das überraschte ihn etwas, denn er sah in ihr eher die Logistikexpertin der Einheit, den Kopf der Gruppe. Damit konnte er trotzdem noch richtigliegen, doch dass sie auch dafür ausersehen wurde, als Erste für die Einheit Blut zu vergießen, beeindruckte ihn.

Der Mann kam jetzt bei der Gruppe an, schwitzend in der abendlichen Schwüle. Er war weit über sechzig und fühlte sich hier sichtlich unwohl. Er ließ den Blick über die Schüler wandern und sah dann zu al-Matari.

Al-Matari lächelte den Mann an, zog wortlos ein Messer

und stach zu. Der Mann reagierte überhaupt nicht auf seine Bewegung, ehe die Klinge in seine Kehle eindrang und die Luftröhre aufschlitzte.

Blut spritzte. Stöhnend und röchelnd sackte der Latino auf die Steine im trockenen Flussbett und blieb reglos liegen.

Al-Matari blickte in die Runde. Er sah den Schrecken und die Verwirrung in den Gesichtern der anderen. »Na gut«, sagte er, noch damit beschäftigt, seinen Puls wieder auf normal zu drücken. »Eure Aufgabe war nicht die, die ich beschrieben habe. Wenn ich vor Ort bin, brauche ich keine Hilfe, um einen Ungläubigen zu töten.«

Er wischte das Messer an einem Taschentuch ab und steckte es in die unter seinem Hemd verborgene Scheide zurück.

»Jede Zelle hat gerade ihren Anführer gewählt. Eure Killer sind eure Anführer. Ich möchte, dass Killer die Führung übernehmen, denn Töten ist eure erste und wichtigste Aufgabe. Habt ihr verstanden?«

Einer aus dem Atlanta-Team, der Jordanier mit Studentenvisum, sagte, indem er ins Arabische wechselte, zu Musa al-Matari: »Nein! Ich werde nicht unter einer Frau dienen. Wir haben sie vorgeschlagen, um sie auf die Probe zu stellen, nicht weil sie unsere Anführerin ist!«

Al-Matari starrte den jungen Mann zornig an. »Dann habt ihr meinen Befehl missachtet. Vielleicht werde ich ihr befehlen, euch zu töten, um ihre Führungsfähigkeit unter Beweis zu stellen.«

Al-Matari blickte zu der Frau, die keine Ahnung hatte, worüber gesprochen wurde, und sagte auf Englisch: »Nummer 27, sind Sie bereit, diese Männer in den Krieg zu führen?«

Die zweiundzwanzigjährige Angela Watson antwortete: »Oh … Jawohl, Sir. Ich werde Sie nicht enttäuschen.«

Al-Matari nickte. Der Jordanier schwieg.

»Ihr werdet jetzt nach Amerika zurückkehren. Aber nicht in eure Moscheen, nicht zu euren Freunden, nicht zu eurer muslimischen Lebensweise. Nein. Ihr werdet in konspirative Wohnungen ziehen, die wir vorbereitet haben. Ihr werdet ein unauffälliges, friedliches Leben führen, harmlose Gewohnheiten annehmen und den Menschen in eurer Umgebung nicht den geringsten Grund liefern, euch zu misstrauen. Und später, wenn ich euch aufsuche und Waffen bringe, werde ich euch Ziele zuweisen. Wenn diese Ziele vernichtet sind, *inshallah,* werde ich euch neue zuweisen und immer neue. Wenn frische Rekruten um die Erlaubnis bitten, sich dem Dschihad anzuschließen, werdet ihr, meine Brüder und Schwestern, sie mit Waffen ausstatten und ihnen den Weg weisen, direkt zu den weichen Zielen. Aber eure Hauptaufgabe wird immer die direkte Aktion gegen den militärischen und den nachrichtendienstlichen Arm Amerikas sein.«

Er lächelte. »Heute in einem Monat: Chaos. Heute in drei Monaten: Die Armeen des Westens setzen sich in Marsch, um im Kalifat zu kämpfen. Heute in einem Jahr – *inshallah*: Der endgültige Rückzug des Westens, der, geschlagen und demoralisiert, seine Toten zurücklässt und mit den Leichen unsere Felder düngt. Sie suchen das Weite und kommen nie wieder. Innerhalb von fünf Jahren besiegt das Kalifat die Schiiten, auch den Iran, und bringt ihr Öl unter seine Kontrolle. Das Kalifat vernichtet die Tyrannen in Mekka, die Saudis, legt der Kaaba den abgeschlagenen Kopf des Königs zu Füßen und übernimmt die Kontrolle über das Öl im Süden. Der Westen kann uns nicht im atomaren Feuer verbrennen, denn unsere Ölfelder überdauern noch tausend Jahre, und ohne diesen Brennstoff geht der Westen zugrunde.«

Er ballte die erhobene Faust. »Wir werden es ihnen zeigen.«

Dann ließ er die Hand sinken und beugte den Kopf.

»Wir alle werden diesen Tag nicht erleben. Wir werden mit Sicherheit im Dschihad sterben, und wir werden für uns und unsere Lieben das Paradies erringen. Wir werden aus dieser irdischen Reise etwas Gutes für alle zukünftigen Muslime machen … Denkt an den Lohn, der uns für unser nützliches Opfer zuteilwird.«

Die Zuhörer waren nun ganz eins mit ihm in seiner Ehrfurcht vor dem bevorstehenden Kampf.

»Ihr seid die Schwerter gegen die Unterdrücker und die Schilde der Unterdrückten. Es gibt nur zwei Wege in die Zukunft. Sieg oder Märtyrertod.«

Die siebenundzwanzig Schüler der *Sprachschule* brüllten: »Allahu akbar!«

Um ein Uhr morgens rumpelten die SUVs, die man einen Monat zuvor den Hügel hatte hinauffahren sehen, wieder hinunter nach San Rafael und weiter in Richtung Landstraße. Die Dorfbewohner nahmen es zur Kenntnis und fragten sich, ob das Geballere nun ein Ende habe und die Köter im Ort aufhören würden, so viel zu bellen.

11

Die drei operativen Agenten des Campus kamen am Montagmorgen um neun in John Clarks Büro zusammen, jeder mit einer dampfenden Tasse Kaffee in der Hand. Sie waren zwanglos gekleidet. In diesem Sommer war es in Washington höllisch heiß, sodass Jack und Dom Polohemden und Leinenhosen trugen, Clark ein kurzärmeliges Button-down-Hemd und Chavez ein Anzughemd, dessen Ärmel halb über seine muskulösen Unterarme gekrempelt waren.

Normalerweise wurde eine Weile scherzhaft geplaudert, bevor man zum Dienstlichen kam, doch die beiden jüngeren Männer dachten noch zerknirscht an ihre Fehler bei der Übung am Freitag in Maryland. Sie würden sich an den beiden Älteren orientieren. Sollte es bei der Besprechung Gelegenheit zum Scherzen geben, würden sich Dom und Jack hüten, damit anzufangen.

Wie schon halb erwartet, machte Clark keinerlei Small Talk, sondern kam gleich zur Sache. »Ich plane diese Personalerweiterung, seit ich aus dem operativen Bereich ausgeschieden bin und Sam tot ist. Ich wollte, dass Gerry sieht, wie unterbesetzt wir sind und wie sehr das direkte Aktionen erschwert und kompliziert. Offen gestanden hatte ich erwartet, dass ihr die Übung trotzdem erfolgreich abschließt, bei der Auswertung aber Gerry klar zu verstehen gebt, dass ein solcher Einsatz mit nur drei Leuten eigentlich zu riskant ist. Stattdessen habt ihr zwei es vermasselt. Ich sollte wohl froh darüber sein, dass auf diese Weise deutlich wurde, wie berechtigt mein Anliegen ist, aber es ist nie gut, wenn bei einer Übung herauskommt, dass man in einem entsprechenden Ernstfall ums Leben gekommen wäre.«

Keiner sagte etwas.

Clark schaute langsam in die Runde. »Gut. Meine Aufgabe ist es jetzt, euch die Verstärkung zu verschaffen, die ihr offensichtlich braucht. Ihr hattet das Wochenende über Zeit, darüber nachzudenken. Ding, fangen wir mit dir an. Wen schlägst du für einen operativen Posten vor?«

»Bartosz Jankowski«, antwortete Chavez.

Clark legte den Kopf schief. Er kannte den Namen nicht. »Wer zum Teufel ist das?«

Chavez grinste. Offensichtlich hatte er mit dieser Reaktion gerechnet. »Du kennst ihn unter seinem Rufzeichen Midas.«

Vor über einem Jahr hatte der Campus mit einer kleinen Einheit von Delta-Force-Leuten in der Ukraine zusammengearbeitet, als Russland in den Ostteil des Landes einmarschierte. Midas war der leitende Offizier der Einheit gewesen und Clark als eindrucksvolle Persönlichkeit in Erinnerung geblieben.

»Interessant. Was weißt du über ihn?«

»Ich habe mich umgehört«, antwortete Chavez. »Ich habe ein paar Kumpels hinter dem Zaun in Fort Bragg.«

Clark wusste, dass »hinter dem Zaun« eine Umschreibung war für die Zugehörigkeit zur Delta Force, die ihr Hauptquartier in Fort Bragg bei Fayetteville, North Carolina, hatte und durch einen Zaun von den anderen dort stationierten Einheiten getrennt war, zumindest nominell.

»Und?«

»Zum Glück für uns ist Midas gerade aus dem Militärdienst ausgeschieden, nach zwanzig Dienstjahren, aber er ist erst achtunddreißig. Ein Lieutenant Colonel.«

Clark rechnete im Kopf nach. »Wenn er in dem Alter schon die zwanzig voll hat und ein O war, dann muss er ein Mustang gewesen sein.«

»Genau«, bestätigte Ding.

»Jetzt redet ihr wieder Militärjargon. Was ist ein O und was ein Mustang?«

»Ein O ist ein Offizier, und jemand, der zum Militärdienst eingezogen wird und es zum Offizier bringt, wird Mustang-Offizier genannt. Irgendwann muss er aufs College und dann aus den Mannschaftsrängen zum Offizier aufsteigen. Normalerweise werden solche Leute hervorragende Os, weil sie das Militär aus der Perspektive der Männer kennengelernt haben, die sie befehligen.«

»Auf jeden Fall habe ich nur Gutes über Bartosz gehört«, sagte Chavez. »Er ist Pole der ersten Generation. Bartosz ist sein richtiger Name, aber im Zivilleben nennt er sich Barry. Seine Männer haben ihn geliebt, die anderen Offiziere respektiert, und die Delta Force hat es sehr bedauert, ihn zu verlieren.«

»Was macht er im Moment?«, fragte Clark.

Wieder grinste Ding. »Angeln.«

»Was?«

»Er hat sich bei der CIA beworben, aber das zieht sich hin, selbst bei einem ehemaligen Delta-Mann. Ich vermute, dass die vielen Ausländer in seiner Familie ein Problem sind, obwohl das Militär sich daran anscheinend nicht gestört hat, als er zur Delta Force kam.«

Clark war davon nicht überrascht. »Die CIA kann einem manchmal Rätsel aufgeben. Wie lange wird es dauern, bis die Sache geklärt ist?«

»Ich habe Jimmy Hardesty angerufen und nach dem Stand der Dinge gefragt. Er sagt, dass wir uns Midas schleunigst schnappen sollen, wenn wir ihn wollen. Ein anderer Bekannter von ihm hat mir erzählt, dass Midas auf dem Gelände von Fort Bragg ein Zelt aufgeschlagen hat und in den Seen und Flüssen angelt. Eine Art verlängerter Urlaub, bevor er wieder ranmuss.«

Clark machte sich Notizen. »Eine gute Wahl, Ding. Okay, dann zu Jack. Wen schlägst du vor?«

»Adam Yao«, antwortete Jack. »CIA-Beamter. Wir haben vor ein paar Jahren in Hongkong mit ihm zusammengearbeitet, und letztes Jahr bin ich ihm zufällig in Kalifornien wieder begegnet, als ich an der Nordkorea-Sache dran war. Ein sehr guter Mann, verdammt intelligent, unerschrocken und so voll bei der Sache, wie man es nur sein kann. Er spricht Mandarin, was nützlich sein könnte.«

»Ein junger Bursche, soweit ich mich erinnere«, sagte Clark.

»Nein, er ist auch schon in die Jahre gekommen. So Mitte dreißig.« Bei diesen Worten blitzte ein Funkeln in Jacks Augen auf. Er selbst war jünger, und Clark doppelt so alt.

Clarks Augen verengten sich. »Ich kann von hier zu dir rüberlangen, Jack. Willst du eine Ohrfeige?«

»Tut mir leid, Boss. Ich habe ein paar Nachforschungen angestellt und herausgefunden, dass er zurzeit nicht im Außeneinsatz ist. Er macht einen Bürojob in Langley.«

Clark überlegte. »Gerry wird bei Mary Pat nachfragen müssen. Wir machen ihr oder Canfield keine Mitarbeiter abspenstig. Trotzdem ein guter Vorschlag.«

Clark wandte sich an Caruso. »Okay, Dom. Wer ist dein Favorit?«

Caruso zögerte.

Die drei anderen Männer im Raum sahen ihn an. Nach einer Weile sagte Clark: »Dom, alles in Ordnung?«

»Ja. Äh … also, mein Vorschlag wäre, dass wir Adara Sherman in den operativen Dienst übernehmen.«

»Au Backe«, stieß Jack Ryan leise hervor.

Sofort sah sich Dom genötigt, seinen Vorschlag zu verteidigen, obwohl ihm am Gesicht anzusehen war, dass er selbst Vorbehalte hatte. »Hört zu, wir wissen, was sie im Einsatz geleistet hat, wir kennen ihre Vergangenheit bei der Navy. Sie ist eine exzellente Mitarbeiterin, sie ist auf Herz und Nieren überprüft worden, und sie hat jede Menge Spezialausbildungen, ja sogar welche, die unsereiner nicht hat.«

Clark schwieg eine halbe Minute. Dann blickte er mit hochgezogenen Augenbrauen zu Chavez. »Irgendwelche Gedanken dazu?«

»Der erste Gedanke, der mir dabei in den Sinn kommt, ist, wie wir sie im Flugzeug ersetzen sollen. Sie macht da im Moment einen super Job.«

Clark nickte. »Wenn unsere Hauptsorge die ist, dass sie in ihrer augenblicklichen Position hervorragende Arbeit leistet, bedeutet das wohl, dass Dom einen verdammt guten Vorschlag gemacht hat.«

Caruso hatte befürchtet, dass das jemand sagen würde.

Clark wandte sich an Jack. »Du hast ›au Backe‹ gesagt. Hast du grundsätzlich ein Problem damit, mit einer Frau zusammenzuarbeiten, oder nur speziell mit Adara?«

Jack errötete und blickte verlegen in die Runde. »Weder noch. Ich finde sie spitze. Es ist nur …«

»Nur was?«

Ryan blickte kurz zu Dom Caruso und sah dann wieder weg. »Ich glaube, sie würde sich hervorragend machen. Wirklich.«

Und dabei beließ er es.

Aber Dom wusste, was Jack dachte. Jack wusste, dass Adara seine Freundin war. Und er dachte daran, wie es für Dom wäre, noch einen Menschen zu verlieren, der ihm so nahestand.

Der US-Präsident hatte eine morgendliche Sitzung seines nationalen Sicherheitsrates einberufen, und alle wichtigen Leute waren anwesend. Überraschenderweise war die laufende Operation von Luftwaffe und Spezialkräften gegen den IS im Mittleren Osten auf der Liste wichtiger Angelegenheiten, über die Ryan unterrichtet werden musste, auf Platz drei abgerutscht. Dies lag nicht daran, dass auf dem Kriegsschauplatz nichts los gewesen wäre, ganz im Gegenteil. Die mit den Vereinigten Staaten verbündeten irakischen und kurdischen Kräfte und die mit dem Iran verbündeten schiitischen Kräfte erzielten gegen den Islamischen Staat an mehreren Fronten Fortschritte.

Doch Tag für Tag waren auch andere internationale Krisenherde für den Oberbefehlshaber von größtem Interesse, und die Entscheidung darüber, welcher ganz oben auf die Tagesordnung gesetzt wurde, oblag den Männern und Frauen, die den Presidential Daily Brief verfassten.

An diesem Morgen war Punkt eins auf der Tagesordnung, dass China Langstreckenbomber auf künstlichen Inseln landen ließ, die es im Südchinesischen Meer aufgeschüttet hatte, und nachdem man eine Viertelstunde darüber diskutiert hatte, wandte man sich den anhaltenden Versuchen Russlands zu, in Teile der Ostukraine einzurücken, die von der ukrainischen Armee nur mit Mühe gehalten wurden.

Beide Vorgänge schienen, zumindest bei oberflächlicher Betrachtung, für die nationalen Interessen Amerikas von geringerer Bedeutung zu sein als laufende militärische Operationen unter Beteiligung amerikanischer Truppen, doch aufgrund der Sonderstellung der Vereinigten Staaten und ihrer globalen Verantwortung musste der Oberbefehlshaber über alle Krisen auf dem Laufenden gehalten werden.

Rund um den Globus stellten sich täglich neue Herausforderungen, aber Ryan war klar, dass er als Präsident nichts Schlimmeres hätte tun können, als sich von der Weltbühne zurückzuziehen und den Kopf in den Sand zu stecken. Nein, die Krisen ließen sich zwar nicht alle lösen, doch mithilfe beharrlicher Diplomatie und militärischer wie geheimdienstlicher Mittel konnten sie so weit eingedämmt werden, dass die Sicherheit Amerikas und seiner Verbündeten halbwegs gewährleistet blieb.

Ryan blickte auf Punkt drei des heutigen Briefings. »Okay, Mary Pat, berichten Sie uns von Ihrer Irakreise.«

»Wie Sie ja wissen, fahnden wir nach dem IS-Topmann Abu Musa al-Matari«, begann sie. »Seit er letztes Jahr damit gescheitert ist, sechzehn gut ausgebildete Dschihadisten mit amerikanischen Pässen oder Visa in die USA einzuschleusen, gehen wir davon aus, dass er es wieder versuchen wird.«

»Um ein Haar wäre es ihm gelungen«, sagte Ryan. »Und wir hätten jetzt Killer auf amerikanischem Boden, von denen wir überhaupt nichts wüssten. Und ein Mann wie er weiß ganz genau, wie dicht er davor war. Verdammt noch mal, ja, er wird es wieder versuchen. Was haben Sie herausgefunden?«

»Ich habe herausgefunden, dass er Syrien vor sechseinhalb Wochen verlassen hat, um einen Ort aufzusuchen, den er Sprachschule nannte. Wir sind noch dabei, ihn ausfindig zu machen.«

Ryan ließ den Blick über die anderen Mitglieder seines Sicherheitsrats wandern. »Woher wollen Sie wissen, dass es sich nicht wirklich nur um eine Schule handelt, an der man eine Fremdsprache lernt?«

Mary Pat schmunzelte. »Noch können wir das nicht ausschließen, aber ich bezweifele es. Die Information stammt von einer minderjährigen Ehefrau al-Mataris, einer entführten Jesidin, mit der ich gesprochen habe. Bringen wir sie in einen Zusammenhang mit seiner sonstigen Tätigkeit und seinen Reisen, kommen wir zu dem Schluss, dass sich hinter dieser Sprachschule mehr verbirgt. Wir glauben, dass es ein Codename für einen Ort ist.«

Der NSA-Direktor schaltete sich ein: »Wir haben eine

umfangreiche Analyse mittels Data-Mining zu dem Codewort *Sprachschule* unter Akteuren des Islamischen Staates sowie verdächtigen Akteuren ihm nahestehender Organisationen und so weiter durchgeführt.«

»Mit Erfolg?«

»Wir haben den Heuhaufen gefunden, nicht die Nadel. Anscheinend reden die Leute ständig von Sprachschulen. Aber wir, oder besser gesagt, die Analysten von NSA und CIA, durchforsten die Daten jetzt manuell. Allerdings haben sie bis jetzt nichts Auffälliges gefunden. Kein einziger verdächtiger Hinweis in E-Mails, aufgezeichneten Telefonaten, Interviews, in der internationalen Kommunikation zwischen Verdächtigen. Jedenfalls noch nicht.«

»Dieselben Nachforschungen habe ich in den USA angeordnet«, ergänzte Dan Murray. »Und zwar in Bezug auf Personen, die gegenwärtig unter Beobachtung von Bundesbehörden stehen, aber nicht unter die Zuständigkeit der NSA fallen, weil es sich bei der Kommunikation um innerkontinentale Gespräche handelt. Bis jetzt dasselbe wie bei der NSA. Nichts. Aber wir graben weiter.«

»Al-Matari könnte das Wort nur im Gespräch mit der jungen Jesidin als Code benutzt haben«, sagte Mary Pat. »Was das Mädchen gehört hat, ist möglicherweise gar nicht von so weitreichender Bedeutung, wie wir gehofft haben.«

Nun meldete sich Jay Canfield zu Wort. »Doch wir haben etwas Interessantes aus Mittelamerika erfahren. Ob es etwas damit zu tun hat, wissen wir noch nicht. Jedenfalls ist vorgestern vor der Pazifikküste Guatemalas ein Helikopter abgestürzt. Es gab sechs Tote, alle ehemalige Angehörige der guatemaltekischen Spezialkräfte. Den Helikopter hatte einer von ihnen acht Wochen vor dem Absturz bei einer Firma in Guatemala-Stadt gemietet. Bei seiner letzten Sichtung ist der Helikopter auf einem Grundstück bei Monterrico an der guatemaltekischen Küste gelandet.«

Ryan legte den Kopf schief. »Das ist noch nicht alles, nehme ich an.«

Canfield nickte. »Meine lokale Station hat sich die Männer genauer angesehen, die ums Leben gekommen sind, und Dans Leute da unten haben gestern mit ihren Frauen und so weiter gesprochen. Zwei Frauen war von ihren Männern gesagt worden, dass sie nach El Salvador gingen, um einen dreißigtägigen Lehrgang in Guerillataktik zu geben.«

Ryan stellte die nächste Frage zögernd: »Wem?«

»Das wussten die Frauen nicht. Dan hat Mary Pat darüber informiert, und ich habe meine Station in El Salvador darauf angesetzt. Dabei ist nichts herausgekommen, und so habe ich auf gut Glück bei der Drogenbehörde nachgefragt, ob ihnen etwas zu Ohren gekommen sei. Die Behörde verfügt in Mittelamerika über eine gute Basis und viele Informanten. Wie sich herausgestellt hat, haben Agenten der Behörde, die an der Pazifikküste arbeiten, den Helikopter dort gesehen, als er am Boden stand. Und zwar auf einer Flugpiste bei Playa El Zonte, einer Art Hippie- und Surferdorf. Ehrlich gesagt, eine wirklich merkwürdige Gegend für eine Schulung in terroristischer Kampfführung.«

»Surfende Terroristen«, seufzte Ryan. »Fügen Sie das der Bedrohungsmatrix hinzu.« Es war ein Scherz, aber sein Stabschef Arnie Van Damm murrte vom anderen Ende des Tischs.

»Wenn die Presse davon Wind bekommt, steht sie vor Aufregung kopf.«

»Die Jungs von der Drogenbehörde haben sich das Kennzeichen notiert«, fuhr Canfield fort. »Es stimmt mit dem des Helis überein, der vor Guatemala verunglückt ist.«

Ryan fasste zusammen. »Dann haben also ehemalige guatemaltekische Kommandosoldaten irgendwo westlich von El Salvador eine Schule für Guerillakriegführung betrieben. Muss ich die Liste der Gruppen durchgehen, die sie besucht haben könnten?«

»Einheimische Aufständische«, erwiderte Canfield. »Andere mittelamerikanische Revolutionäre, südamerikanische Revolutionäre …«

Murray übernahm. »Los Zetas, das Golf-Kartell, das Sinaloa-Kartell, MS-13 …«

Mary Pat zügelte die Spekulationen. »Jede davon käme infrage. Allerdings scheint es sich um ein Ad-hoc-Projekt gehandelt zu haben, und zeitlich passt es zu dem, was wir über al-Mataris Reisebewegungen wissen. Noch haben wir keine Ahnung, ob sich al-Matari in unserer Hemisphäre aufhält und damit zu tun hat. Aber wir gehen der Sache nach, Mr. President.«

Ein paar Minuten später endete die Sitzung, und Mary Pat ging in das persönliche Sekretariat des Präsidenten und holte ihr Mobiltelefon, das sie dort immer in einem Korb ablegte, bevor sie ins Oval Office ging. Im Westflügel war das Vorschrift. In Büros und Besprechungsräumen, also praktisch überall mit Ausnahme der Korridore, waren Handys verboten.

Doch kaum war sie auf den Flur getreten, klingelte ihr Telefon auch schon. Sie ging ran, ohne nachzusehen, wer anrief.

»Foley.«

»Hi, Mary Pat. Ich bin's, Gerry.«

»Lustig, dass Sie anrufen, Gerry. Ich habe gerade an Sie gedacht. Genauer gesagt, an Ihre exzellente Private-Equity-Management-Firma.«

Hendley Associates diente dem Campus als Tarnfirma. Allerdings war die Beteiligungsgesellschaft tatsächlich auch am Markt aktiv und finanzierte mit den von ihr erwirtschafteten Gewinnen sogar Campus-Operationen.

Aber Gerry war sich ziemlich sicher, dass Mary Pat kein

Geld anlegen wollte. Nein, sie beauftragte den Campus regelmäßig mit Operationen, für die jene Behörden, die dem Direktor der nationalen Nachrichtendienste unterstanden, nicht taugten. Wenn sie an Hendleys Organisation dachte, hatte sie Spionage im Sinn.

»Können wir etwas für Sie tun?«, fragte Gerry.

»Im Moment noch nicht, aber ich würde wetten, dass ich demnächst auf einen Plausch nach Alexandria rüberfahre.«

»Wir stehen jederzeit zu Diensten. Allerdings ist das gewissermaßen auch der Grund, warum ich anrufe. Wir sind nicht so einsatzbereit, wie wir sein sollten. Wie Sie ja wissen, haben wir operative Kapazitäten eingebüßt.«

Nach einer Pause erwiderte Mary Pat: »Ich denke jeden Tag an Sam.«

»Ja, ich auch. Wir haben beschlossen, unsere Organisation durch frisches Blut zu verstärken, und sind gerade dabei, den Kandidatenkreis einzuengen.«

»Das freut mich zu hören. Wie kann ich dabei helfen?«

»Es geht um einen Mann, der vorgeschlagen wurde. Ein paar von meinen Jungs haben früher mal mit ihm zusammengearbeitet. Er arbeitet momentan unter Jay. Und natürlich würde ich mir nie erlauben, ohne Ihren Segen an ihn heranzutreten.«

»Wie heißt er denn? Wenn ich ihn kenne, werde ich Ihnen sagen, was ich von seinem Ausscheiden hielte. Wenn nicht, werde ich Erkundigungen über ihn einziehen.«

»Sein Name ist Adam Yao.«

Diesmal war die Pause, die Mary Pat machte, kurz. »Gerry, Sie wissen, dass ich alles tun würde, um Ihrem Laden zu helfen. Sie sind in den letzten Jahren ein wichtiger Teil unserer Nachrichtendienste geworden.«

»Aber?«

»Aber wenn Sie mir Adam Yao wegnehmen, fahre ich persönlich zu Ihnen rüber und gebe Ihnen eins auf die Nase.«

Gerry lachte. »Ist er so gut?«

»Er ist einer von Jays Superstars. Er hat Dinge getan, über die ich nicht reden darf, nicht einmal mit Ihnen.«

Gerry wusste, dass Yao an Operationen in Hongkong und Nordkorea beteiligt gewesen war, sprach es aber nicht an. Stattdessen sagte er: »Behalten Sie Ihren Mr. Yao. Klingt so, als wäre er bereits in einer Position, in der er das Optimale aus sich herausholen kann. Außerdem bin ich nicht scharf darauf, eins auf die Nase zu bekommen. Ich hatte eine harte Woche.«

»Ach ja? Was ist passiert?«

»Ich habe bei einer Übung mit den Agenten ausgeholfen. Aufseiten der gegnerischen Partei, wie sie es nennen. Sie ist für alle Beteiligten nicht besonders gut abgelaufen.«

»Sie sind doch nicht etwa verletzt worden?«

»Nicht so schwer, dass es sich nicht durch regelmäßigen Verbandswechsel und eine Dauerzufuhr von Small Batch Bourbon aus dem heimatlichen Kentucky beheben ließe. Ich bin von acht Kugelattrappen getroffen worden, nur leider waren die Attrappen dem Original ähnlicher, als ich es mir gewünscht hätte. Der Filius des Präsidenten war der Übeltäter.«

»Großer Gott! Wenn Sie die Rolle der gegnerischen Partei spielen müssen, müsst ihr da drüben wirklich unterbesetzt sein.«

»Ich dachte mir schon, dass Ihnen das hilft, unser Problem zu verstehen.«

»Adam kann ich Ihnen nicht überlassen«, sagte Mary Pat. »Aber ich finde Ihnen zehn andere geeignete Kandidaten, wenn Sie wollen. Im Moment bin ich zwar ziemlich beschäftigt, aber sobald …«

Gerry unterbrach sie. »Machen Sie sich keine Gedanken. Wir haben zwei weitere gute Kandidaten, die wir uns gerade ansehen, und die arbeiten zurzeit nicht im Nachrichtendienst. Mal sehen, was dabei herauskommt. Wenn ich weitere Namen brauche, komme ich auf Ihr Angebot zurück.«

»Okay«, erwiderte Mary Pat. »Aber wie gesagt: Da draußen braut sich was zusammen, und Sie können damit rechnen, dass ich mich eher früher als später melde.«

»Und wir sind immer bereit, unser Bestes zu geben.«

12

Mit wildem Blick rannte der junge Mann durch das flache Gelände, keuchend vor Anstrengung und Angst, in der Hand das schwere Gewehr – und dann prallte er jäh zurück, als Metall klatschend auf Knochen traf, wirbelte herum und stürzte tot in den Schmutz.

Vier Meter neben dem fallenden Körper stürmte Xozan Barzani weiter über das braune, karge Land, geradewegs der Gefahr entgegen, während Geschosse mit Überschallgeschwindigkeit dicht an ihm vorbeipfiffen. Männer fielen zu seiner Linken und Rechten, doch er rannte mit anderen weiter auf ihr Ziel zu. Zweihundert Meter vor ihm war eine Keramikfabrik, in der sich der Feind verschanzt hatte. Sein Befehl lautete, sie zu nehmen. Es war ein törichter Befehl, und wie es aussah, würde er bald dafür bezahlen, dass er ihn befolgte, genau wie der Tote zu seiner Linken und die anderen, die rings um ihn fielen.

Das kurdische Wort Peschmerga bedeutete so viel wie »die dem Tod ins Auge sehen«. Barzani war Hauptmann der Peschmerga und Chef einer Kompanie, die vor drei Tagen noch hundertzwanzig Mann umfasst hatte, inzwischen aber nur noch sechsundsechzig Soldaten zählte, die ein Gewehr halten und einen Abzug betätigen konnten. Die MG-Schützen der Kompanie waren tot und ihre Waffen dem Feind in die Hände gefallen, und schon in den ersten Stunden des Gefechts war ihm die Munition für sein einziges Leichtgeschütz ausgegangen.

Er und seine Männer hatten als einzige Deckung ein paar Gräben in der Erde, einige unterschiedlich steile Böschungen, von denen keine sie ganz den Blicken des Feindes entzog, und mehrere ausgebrannte Wracks von Kampffahrzeugen. Die einzige wirkliche Deckung bot die Keramikfabrik, doch die war jetzt noch knapp zweihundert Meter entfernt und in der Hand gut verschanzter IS-Kämpfer.

Schon als Junge hatte Xozan gelernt, nach Gehör zwischen anfliegenden und abgehenden Geschossen zu unterscheiden, und für ihn klang es so, als hätte der Feind weitaus mehr Waffen und schier unbegrenzte Munitionsvorräte.

Er schätzte die verbliebene Feindstärke auf weit über hundert Kämpfer, die, in Deckung und getarnt, von schweren Waffen und Fahrzeugen unterstützt wurden. Er hatte zwei russische Spähpanzer BRDM-2 mit koaxialen Maschinengewehren gesehen, und mindestens vier Technicals, Pick-ups mit aufmontiertem Maschinengewehr.

In den letzten Monaten war es für die Peschmerga, strategisch gesprochen, gut gelaufen, doch wie so oft im Krieg stellte sich die Lage vor Ort weitaus schlimmer dar als beim Blick auf die Karte. Während die Kurden mit Luftunterstützung der Nato an vielen Fronten auf das vom IS gehaltene Mosul vorgerückt waren, hatte der IS auf der Straße nach Kalak einen überraschenden Gegenangriff unternommen, dessen Ziel eine strategisch wichtige Brücke im Osten war.

Barzanis Bataillon, das nahe der Kampflinie im Nordwesten lag, war eilends in Marsch gesetzt worden.

Die Peschmerga sicherten die Brücke in Kalak, und alles war gut, bis jemand weit über Barzani beschloss, die Initiative zu ergreifen, und seinem Bataillon befahl, einen Vorstoß zu unternehmen. Dies mochte auf dem Papier gut ausgesehen haben, doch Barzanis Kompanie war ebenso wie die drei anderen des Bataillons erschöpft und beklagenswert schlecht ausgerüstet. Ohne eine ausreichende Zahl an Fahrzeugen und schweren Waffen erhielt das Bataillon den Befehl, nach

Westen auf IS-Gebiet vorzurücken und die Ortschaft Karemlash zu nehmen.

Jetzt, zwei Tage später, stellte sich Barzani vor, wie seine Leiche irgendwo dicht vor Karemlash gefunden werden würde, aber noch war er kilometerweit von der Ortschaft entfernt.

Kaum hatte der Angriff der Peschmerga begonnen, waren auf der Straße nach Mosul gepanzerte, mit selbst gebauten Sprengkörpern vollgestopfte Zivilfahrzeuge aus dem IS-Gebiet herangerumpelt und bei den Linien der Peschmerga explodiert. Der Versuch, das Massaker einzudämmen, hatte Barzanis Truppe alle restlichen RPGs gekostet, von denen die meisten gegen die rollenden Selbstmordbomben ohnehin wirkungslos gewesen waren.

Danach war es zum Nahkampf in offenem Gelände gekommen. Schließlich hatten sich die IS-Kämpfer in der Keramikfabrik verschanzt, doch Barzanis Kompanie fehlten die nötigen Waffen, um sie mit indirektem Feuer von dort zu vertreiben; und der Befehl, die Fabrik mit AK-47-Gewehren zu erstürmen, war kompletter Wahnsinn.

Barzani stolperte jetzt eine Böschung hinauf und fand sich mitten in einem vorgeschobenen Spähposten des IS wieder. Die beiden schwarz gekleideten Männer schienen über seinen Anblick ebenso überrascht wie er über ihren. Der Kurde feuerte seine AK-47 mit Schulterstütze aus der Hüfte ab, streckte aus fünf Metern Entfernung einen Bärtigen nieder, und einer seiner Feldwebel schoss dem anderen durch den Kiefer. Beide stießen röchelnd *Allahu akbar* hervor.

Im nächsten Moment spritzten Erde und Steine auf, und dem Hauptmann prasselten Steinsplitter ins Gesicht und gegen die Hände, als ein schweres Maschinengewehr, das wahrscheinlich auf dem Dach der Fabrik postiert war, das Feuer auf ihn eröffnete.

Barzani hechtete kopfüber in das Schützenloch und ging

hinter den Toten in Deckung, dann sah er sich nach seinem Feldwebel um. Der Mann lag ohne Kopf drei Meter vom Loch entfernt.

Barzani hatte sich eigentlich vorgenommen, die Strecke bis zur Fabrik durchzurennen, doch jetzt kam seine Ausbildung zum Tragen, und er blieb in Deckung, während das Maschinengewehr nur Zentimeter von seinem Kopf entfernt den Boden umpflügte.

Drei Männer lagen tot in seiner Nähe, doch als er den Blick über die pockennarbige Wüstenlandschaft schweifen ließ, bemerkte er, dass ein paar Dutzend seiner Männer noch kämpften. Alle hatten ein Loch gefunden und sich darin verkrochen. Es erfüllte ihn mit Stolz, dass er heute zusammen mit so tapferen Kämpfern sterben würde, doch er musste die ganze Zeit an Kalak denken, die kurdische Stadt zehn Kilometer hinter ihm, und die dort weilenden kurdischen Zivilisten. Frauen. Kinder. Alte. Verwundete.

Er und seine Männer würden die Fabrik niemals nehmen, und wenn sie erst einmal tot waren, konnte niemand mehr die IS-Kämpfer daran hindern, nach Kalak vorzustoßen, sich zu nehmen, was sie wollten, und alles Leben dort auszulöschen.

Genau in diesem Moment verstummte das MG-Feuer und machte dem Rumpeln schweren Geräts Platz. Barzani spähte über den Rand des Lochs. Die beiden BRDM-2 tauchten im Abstand von fünfzig Metern aus der Keramikfabrik auf und kamen in seine Richtung.

Die Spähpanzer waren mit bis zu vierzehn Millimeter dickem Stahl gepanzert, dem die Kalaschnikows der Peschmerga nichts anhaben konnten, außer dass das Prasseln der von der Wanne abprallenden Kugeln die Besatzungen nervte.

Und wegen der Maschinengewehre auf dem Fabrikdach saßen Barzanis Männer in ihren Löchern fest, sodass die

Panzerwagen kommen und sie der Reihe nach erledigen konnten.

Drei ungepanzerte Technicals erschienen hinter den Spähwagen und beförderten noch mehr Waffen und Kämpfer in ihre Richtung. An ihrer Spitze fuhr ein Toyota Hilux, auf dessen Pritsche ein .50-Kaliber-MG montiert war.

Barzani sprach so ruhig wie möglich in sein Funkgerät. Wenn er jetzt den Rückzug befahl, das war ihm klar, würden alle noch Lebenden eine Kugel in den Rücken bekommen, denn hinter ihnen lag ein Kilometer offenes Gelände. »Brüder, schießt nicht auf die gepanzerten Fahrzeuge, das wäre Munitionsverschwendung. Schießt auf die Technicals. Tötet die Fahrer, die MG-Schützen. Wir werden heute als Märtyrer sterben, und deshalb werden wir uns nicht verstecken, sondern kämpfen!«

Das Knattern von AKs aus Löchern zu seiner Linken und Rechten richtete ihn auf und machte ihm Mut, aber nur bis die beiden BRDM-2 mit ihren 14,5-mm-KPWT-MGs und ihren 7,61-mm-Koaxial-MGs das Feuer eröffneten, das Gelände bestrichen, sodass alle den Kopf einzogen, und weiteres Blut vergossen.

Barzani war klar, dass der Rest seiner Männer im Dreck sterben und Kalak am Morgen fallen würde.

Der vordere BRDM-2 war nur noch hundert Meter von ihm entfernt und wühlte mit seinen Maschinengewehren die harte Erde zu seiner Linken auf. Er versuchte, ihn zu vergessen und sein Gewehr auf die Windschutzscheibe des weißen Hilux anzulegen, der, durch die braune Landschaft hüpfend, direkt auf sein Schützenloch zuraste und dabei sein MG rattern ließ.

Doch gerade als Barzani auf den Pick-up feuern wollte, zerriss ein scheußliches Geräusch die Luft über ihm. Er wandte den Kopf und blinzelte ungläubig, als er sah, wie der erste BRDM-2 in einer Staubwolke verschwand.

Der Panzer rollte aus, hörte auf zu feuern. Der Staub

legte sich, und der Hauptmann der Peschmerga fragte sich verwirrt, was zum Teufel geschehen war.

Und dann geschah es wieder.

Das Geräusch berstenden Metalls, Einschläge von Hochleistungsgeschossen, Funken und Flammen, die aus dem Panzerwagen schlugen, und dann eine Explosion, ein Feuerball, der aus dem rund um den Panzerwagen aufgewirbelten Staub schoss.

Barzani spähte nach links und rechts zu seinen Männern, aber das hätte er sich sparen können. Er wusste besser als jeder andere in der Kompanie, dass keine Waffe aus ihrem Arsenal bewirken konnte, was er soeben gesehen hatte.

Ein Gefreiter weit zu seiner Linken deutete zum blauen Himmel im Norden. Barzani brauchte einen Moment, bis er dort einen Punkt entdeckte, der rasch größer wurde. Es war ein amerikanischer Kampfhelikopter, und Sekunden später verriet ihm das Blitzen aus dessen Bug, dass er mit seiner Chain Gun feuerte.

Barzani richtete den Blick im selben Moment auf den zweiten BRDM-2, als auch der in den braunen Staub dieser Landschaft gehüllt wurde.

Hoch oben und hinter dem ersten Helikopter tauchte ein zweiter am Himmel auf.

Es waren amerikanische Apaches der U. S. Army, und sie hatten Barzani und seinen Männern gerade die Haut gerettet.

Peschmerga-Hauptmann Xozan Barzani konnte den Funkspruch aus dem Helikopter nicht hören, der tausend Meter nördlich von ihm über die Landschaft hinwegjagte, aber hätte er ihn hören können, dürfte es ihn überrascht haben, eine ruhige Frauenstimme zu hören. »Pyro One-One an Pyro One-Two. Ziel Bravo ist erledigt. Das waren die leicht gepanzerten Fahrzeuge. Ich greife jetzt die ungepanzerten an.«

Sofort antwortete eine Männerstimme. Sie kam aus der Maschine weit über und direkt hinter dem feuernden Heli. »Pyro One-Two, Roger. Nimm dir die Technicals vor.«

»Pyro One-One greift an.«

Captain Carrie Ann Davenport war Kopilotin und Bordschützin eines Apache-Kampfhelikopters AH-64E mit dem Funkrufnamen Pyro 1-1, der jetzt 1500 Meter nördlich der Keramikfabrik in der Luft schwebte, und zwar knapp außerhalb der effektiven Reichweite der IS-Maschinengewehre, die weit unter der seiner Maschinenkanone M230 lag.

Hinter und direkt über Davenport im Cockpit des Heli saß ihr Pilot, Chief Warrant Officer 3 Troy Oakley, der jetzt in sein Headset sprach. »Schnapp dir den Bastard!«

Carrie Ann feuerte zehn Schuss ab und beobachtete das Kamerabild des Technicals auf der Multifunktionsanzeige in ihrer Konsole. Ihre Schüsse verfehlten das Ziel und schlugen hinter dem fahrenden Hilux im Boden ein.

»Verdammt, ich korrigiere.«

»Du kriegst ihn«, ermunterte Oakley sie vom Pilotensitz aus.

Davenport visierte den Technical mit leichtem Vorhalt an und betätigte erneut den Abzug. Als die Chain Gun feuerte, spie sie auf der Steuer- und Backbordseite des Bugs graue Rauchwolken fünfzehn Meter schräg nach unten. 30-mm-Geschosse spritzten aus der M230, und der 1500 Meter entfernte Hilux schlug in voller Fahrt einen Salto, schlitterte auf dem Dach und ging sofort in Flammen auf.

»Ach du Scheiße!«, rief Oakley. »Das ist ja ein echtes Highlight.«

Davenport hielt bereits nach dem nächsten Ziel Ausschau. »Uns bleiben noch siebzig Schuss. Schade, dass wir keine Hydras mehr haben. Ich könnte sie gegen die Technicals gebrauchen und die 30-mm gegen die Soldaten im offenen Gelände.«

Die Hydra-70 war eine 70-mm-Rakete mit ausklappbaren Stabilisatoren, kurz FFAR genannt. Pyro 1-1 und Pyro 1-2 waren voll bestückt von ihrer vorgeschobenen Einsatzbasis bei Erbil gestartet, hatten bei einem Angriff auf ein Waffen- und Treibstofflager des IS nördlich von Mosul jedoch alle achtunddreißig ungelenkten Raketen eingesetzt.

»Mach einfach, was geht. Der Treibstoff reicht noch für fünf Minuten.«

»Roger«, antwortete Davenport. »Ich erledige die Pick-ups, dann verschwinden wir. Mit dem Rest müssen die Peschmerga selbst fertigwerden.«

Nach der Vernichtung ihrer Hauptziele hatten sich die beiden AH-64E auf dem Rückflug zur Basis befunden, als ihnen schwere Kämpfe westlich von Kalak gemeldet wurden. Nach Lage der Dinge und angesichts zahlreicher Gefechte entlang der hundertfünfzig Kilometer langen, halbkreisförmigen Front wurde den Kämpfen bei Kalak keine große strategische Bedeutung beigemessen. Sicher, der IS drohte die dortige Brücke unter seine Kontrolle zu bringen, aber der geplante kurdische und irakische Vorstoß nach Westen sollte gar nicht auf dieser Straße erfolgen, und das strategische Ziel hatte die ganze Zeit darin bestanden, diese IS-Truppen einzukesseln und abzuschneiden.

Doch als die Pyro-Besatzungen hörten, dass sich eine Anzahl von Technicals und leicht gepanzerten Fahrzeugen einer Kompanie Peschmerga näherte, die in offenem Gelände festsaß, kontrollierten sie ihr Navigationssystem, ihren Kraftstoffvorrat und ihre Bewaffnung und kamen zu dem Schluss, dass sie genug Sprit und Munition für einen kleinen Umweg hatten.

Pyro 1-2 beteiligte sich nicht an dem Gefecht, denn er hatte keine Raketen mehr und nur noch fünfzig Schuss für die M230. Er stellte Höhendeckung, um notfalls Unterstützung zu leisten und bei der Zielerfassung zu helfen, während Pyro 1-1, der Helikopter Davenports und Oakleys, Gelegenheitsziele angriff.

Der letzte Technical wendete und raste zurück in Richtung Keramikfabrik, aber Pyro 1-1 scherte sich nicht darum, dass die IS-Kämpfer abrückten. Die Männer in dem Pickup waren noch am Leben und ihre Ausrüstung noch einsatzfähig.

»Willst du den letzten auch noch ausschalten?«, fragte Oakley.

Davenports Antwort bestand in einem Knattern der M230 unter dem Cockpit. Eine Meile entfernt verwandelte sich der Boden hinter dem Technical in Staub und Feuer, ehe das Fahrzeug selbst explodierte.

Oakley sprach jetzt über Funk: »Pyro One-One an Pyro One-Two, von hier aus ist nichts Größeres mehr zu sehen. Seht ihr noch was, oder sollen wir zur Basis zurückkehren?«

Pilot von Pyro 1-2 war ein CWO-4 namens Wheaton, dessen Stimme energisch aus Davenports und Oakleys Headsets drang. »Pyro One-One, ich …äh … ich sehe Stellungen auf dem Dach des rechteckigen Gebäudes … äh, anderthalb Kilometer südöstlich von euch. Der größere Kasten. Seht ihr ihn?«

Davenport betrachtete das FLIR-Wärmebild auf ihrem Multifunktions-Display. Oakley zog den Helikopter etwas höher, und Davenport schwenkte die Kamera auf das fragliche Dach. Die mit Sandsäcken befestigten Stellungen kamen ins Bild, und die in der Mitte blitzte auf und verursachte schwarz-warme Flecken, die sich auf dem Infrarotbild wuchernd ausbreiteten.

»Roger, One-Two«, antwortete Davenport. »Sieht nach drei Feuerstellungen aus. Zwei PK-MGs und … he, das da in der Mitte ist ein 12,7-mm-MG.«

»Wollt ihr die Burschen beharken, bevor wir abhauen?«, fragte Wheaton.

»Auf jeden Fall. Ich habe sie auf dem Schirm. Unser

Treibstoff reicht nur noch für den Rückflug zur Basis, aber wir können dreißig Schuss auf sie abfeuern, bevor wir verschwinden.«

»Ja, nur zu, One-One, und heizt ihnen ordentlich ein.«

Davenport brauchte einen Moment, um Oakley in eine Position zu dirigieren, aus der sie einen guten Schusswinkel auf die MG-Stellungen hatte, dann gab sie drei kurze Feuerstöße ab, einen auf jedes MG.

Es war ein Massaker, doch ein paar Männer krochen noch zwischen Leichen und Trümmerteilen über das Dach.

»Verpass dem Kord noch eine Salve«, sagte Oakley. »Nur um ganz sicherzugehen.« Das Kord war das russische Maschinengewehr im Kaliber 12,7 mm in der Mitte. Es war unter anderem in der Lage, einen Kampfhelikopter aus großer Entfernung abzuschießen, und kein Apache-Pilot sah es gern, wenn ein Exemplar funktionsfähig in Feindeshand blieb.

Davenport feuerte weitere zwanzig 30-mm-Geschosse auf das Dach der Keramikfabrik, zerstörte die gesamte Ausrüstung und tötete praktisch alle dort befindlichen IS-Kämpfer.

Nach kurzer Rücksprache mit One-Two wendete Oakley seinen Helikopter und flog hinter Wheaton in nordöstlicher Richtung davon.

Carrie Ann Davenport wusste, dass sie die größte Gefahr von den Peschmerga abgewendet hatte. Sie empfand kein Triumphgefühl oder auch nur eine besondere Genugtuung, sondern bedauerte es, dass sie für die tapferen Peschmerga da unten nicht mehr tun konnten. Hätten sie mehr Sprit und Munition gehabt, hätten sie praktisch einen Sicherheitsstreifen durch die IS-Festung in der Fabrik ziehen können.

Eine Stunde später schob Hauptmann Barzani sein letztes volles Magazin in seine AK, lud sie durch und stellte den Feuerwahlhebel mit dem Daumen auf *Sicher*.

Er stand mitten in der Keramikfabrik.

Das Gefecht war vorbei.

Mit dem Auftauchen der amerikanischen Helikopter hatte sich das Blatt augenblicklich gewendet, und mittlerweile waren die letzten IS-Kämpfer wieder in Richtung Westen verschwunden. Und zwar zu Fuß, was Barzani große Freude bereitete, denn er hatte mit eigenen Augen gesehen, wie schwarz gekleidete, bärtige Männer aus den Pick-ups gesprungen und davongerannt waren, als wären die Fahrzeuge tickende Zeitbomben, so überzeugt waren sie davon, dass die Helikopter alles westlich der Peschmerga-Linie, was vier Räder hatte, aufs Korn nehmen würden.

Barzani ging zu einem braunen Pick-up, der auf der Straße stand, die durch die Fabrikanlage führte, legte die Hand auf das Dach und strich bewundernd darüber. Er spähte ins Führerhaus. Der Schlüssel steckte. Dies war kein Technical – auf der Ladefläche war keine schwere Waffe montiert –, aber ein gutes, solides Fahrzeug. Und auf dem Beifahrersitz lag ein leichtes Maschinengewehr vom Typ RPK mit einem Trommelmagazin für 75 Schuss und auf dem Boden davor eine Leinenschultertasche mit drei weiteren vollen Magazinen.

Barzani war froh, dass die Amerikaner diesen Pick-up verschont hatten.

Den eingehenden Berichten seiner Gruppenführer entnahm er, dass von den hundertzwanzig Mann seiner Kompanie, mit denen er drei Tage zuvor in Kalak eingetroffen war, nur noch einundfünfzig am Leben waren. Er würde am Nachmittag um diese Märtyrer trauern, wenn er Zeit dazu hatte. Jetzt aber gab er erst einmal den Befehl, jede Waffe, jede Patrone, jedes Messer und jeden Informationsfetzen einzusammeln, die sich bei den Leichen finden ließen. Anschließend wollte er mit seinen Leuten in ihre mit Sandsäcken gesicherten Stellungen bei Kalak zurückkehren. Er konnte nur hoffen, dass der IS einige Zeit brauchte, um sich neu zu formieren, ehe er wieder angriff.

Am liebsten hätte er die Keramikfabrik gehalten, doch sie lag zu abgeschieden und ließ sich mit nur fünfzig Mann ohne schwere Waffen nicht verteidigen. Er wollte nicht darauf angewiesen sein, dass beim nächsten Mal wieder amerikanische Helikopter über dem Schlachtfeld auftauchten.

13

Adara Sherman saß am Besprechungstisch in Gerry Hendleys Büro John Clark und Gerry gegenüber. Ihr wichtiges Bewerbungsgespräch stand an, und sie war nervös, obwohl die beiden Männer sich alle Mühe gaben, eine lockere, freundliche Atmosphäre zu verbreiten.

Es war ein ernstes Gespräch, in dem es um einen ernsten Job ging, doch die beiden behandelten sie so, wie sie es an jedem anderen Tag getan hätten.

Adara fühlte sich fit für den Job. Sie wollte ihn. Sie war bestens für jede Prüfung und Übung gewappnet, die sie ihr abverlangen konnten. Obwohl schon gut über dreißig, war sie in besserer Verfassung als damals in Afghanistan, wo sie als Sanitäterin im Hindukusch herumgeklettert war und Marines auf ihren Einsätzen begleitet hatte, und sie wusste es.

Sie wusste auch, dass sie nur in diesem Gespräch zu bestehen brauchte, und sie hätte den Job, von dem sie träumte, seit ihr klar geworden war, um was es in diesem mysteriösen Campus eigentlich ging.

Clark beendete das Vorgeplauder und kam zur Sache, indem er sagte: »Wir kennen Sie natürlich. Wir wissen, wie kompetent Sie sind, was für eine intelligente, junge Frau Sie sind. Sie sind unerschrocken, vertrauenswürdig, hoch motiviert und absolut in der Lage, selbstständig zu arbeiten.«

»Teufel auch«, sagte Gerry. »Wir könnten alle nach Hause gehen, und Sie würden dafür sorgen, dass der Laden besser läuft als jetzt.«

Adara lächelte. »Das ist sehr freundlich, entspricht aber nicht den Tatsachen.«

»Allerdings ist da eine Sache, die uns Sorge bereitet«, fuhr Gerry fort.

Irgendwie schaffte sie es, sich noch aufrechter hinzusetzen. »Und die wäre, Gerry?«

Die beiden älteren Männer sahen einander an. Ihre Verlegenheit verursachte ihr Unbehagen. Schließlich sagte Hendley: »Es geht um Dominic.«

Adara rutschte der Magen in die Kniekehlen. Sie blinzelte etwas langsamer und etwas fester, als ihr lieb war. »Und … um was genau?«

Clark übernahm jetzt das Reden. »Ihre Beziehung zu Dom stellt unser Unternehmen vor eine besondere Herausforderung. Wir hatten so einen Fall noch nie.«

Adara Sherman schlug die Augen nieder. »Dann wissen Sie also Bescheid.«

»Ja«, sagte Clark. »Es ist offensichtlich, so wie Sie miteinander umgehen.«

Sie zog die Schultern zurück. »Entschuldigen Sie, aber da muss ich widersprechen. Ich bin mir sicher, dass ich mich jederzeit allen Mitarbeitern der Organisation gegenüber korrekt verhalte, Dom Caruso eingeschlossen.«

Gerry hob die Hände. »Selbstverständlich. Aber wenn Dom im Raum ist, geben Sie sich alle Mühe, ihn nicht anzusehen, und Sie gehen nicht so zwanglos mit ihm um wie mit den anderen. Für ihn gilt dasselbe. Sie sind beide angespannt und förmlich in Gegenwart des anderen.« Und er setzte hinzu: »Sie wollten Ihre Beziehung geheim halten, aber selbst ich habe es gemerkt. Und ich bin hier der Einzige, der kein Spion ist.«

Adara nickte langsam. Sie war nicht mehr so zuversichtlich wie noch vor einer Minute, aber sie begriff, dass sie ihren Chefs eine Erklärung schuldete. »Wir haben unsere Beziehung nur deshalb verheimlicht, weil wir wussten, dass sie sich nicht störend auf die Arbeit auswirken würde, und wir hätten es unprofessionell gefunden, sich dem anderen gegenüber anders zu verhalten. Hier ist Dom nur ein Agent wie die anderen, und ich bin Mitglied des Flugpersonals und Logistik- und Transportleiterin des Campus. Wir wollten niemand täuschen, wir wollten nur diskret sein.«

»Niemand macht Ihnen einen Vorwurf«, beschwichtigte Clark. »Bei uns gibt es keine Verhaltensregeln. Als Sie zum Team gestoßen sind, hat Gerry den Jungs zwar gesagt, dass sie die Finger von Ihnen lassen sollen, aber das war nur als Warnung und nicht als offizielle Verhaltensmaßregel gemeint.«

Gerry schmunzelte. »Gott sei Dank hat sich nur einer von den Junggesellen an Sie herangemacht.«

Adara runzelte scherzhaft die Stirn. »Wer sagt denn, dass *Dom* sich an *mich* herangemacht hat?«

Gerry sah sie groß an und räusperte sich nervös.

Clark unterdrückte ein Grinsen. »Auf jeden Fall habe ich in Ding, Dominic und Jack ein hervorragendes Team, und der innere Zusammenhalt ist von entscheidender Bedeutung. Ich habe keine Zweifel, dass Sie zu den Jungs passen. Das sehe ich ja, seit Sie hier angefangen haben. Aber offen gestanden frage ich mich, ob Dominic anders agieren wird, wenn Sie als Agentin größeren Gefahren ausgesetzt werden. Ich würde Sie sehr gern ins Team aufnehmen. Aber nicht, wenn ich Dom dann als effektiven Agenten verliere.«

»Wir haben darüber gesprochen«, sagte Adara. »Und er steht voll und ganz hinter meiner Bewerbung für den Job im operativen Bereich.«

Clark schüttelte den Kopf. »Nein, das tut er nicht. Ich

habe es ihm an den Augen angesehen, als er Sie vorgeschlagen hat. Er hat Angst, dass Ihnen etwas zustößt. Und nach dem, was passiert ist, sollten Sie ihm deswegen keinen Vorwurf machen.«

»Ich mache ihm keinen Vorwurf. Natürlich weiß ich das mit seinem Bruder, obwohl das vor meiner Zeit war. Ich war mit Sam befreundet, und ich weiß, dass er und Dom dick miteinander waren. Aber ich möchte ihm und Ihnen allen beweisen, dass ich die Richtige bin.«

»Es wäre ein Segen für unser Unternehmen, wenn wir Sie vier einsetzen könnten«, fuhr Clark fort. »Allerdings nicht gleichzeitig. Ich möchte, dass Sie eines wissen: Wenn wir Sie an Bord holen, werden wir Sie nie mit Dom zusammenarbeiten lassen. Ich denke, das ist für alle Beteiligten besser.«

»Wir nehmen auch darauf Rücksicht, dass Jack der Sohn des Präsidenten ist«, sagte Gerry. »Mit Ihnen würden wir genauso verfahren. Bestimmte Einsätze kämen für Sie nicht infrage.«

»Natürlich.« Sie nickte beflissen, denn sie spürte, dass sich das Blatt wieder zu ihren Gunsten wendete.

»Und dann wäre da noch das Training. Sie können einiges, aber einiges können Sie auch nicht. Sind Sie bereit, sich einem monatelangen harten Training zu unterziehen?«

»Ich freue mich sogar darauf.«

»Das Überwachungstraining beginnt, sobald wir einen zweiten neuen Mitarbeiter rekrutiert haben.«

Adara blinzelte. »Augenblick mal … haben Sie mir gerade den Job angeboten?«

Clark und Gerry tauschten einen Blick, und Gerry sagte: »Sie haben sich eine Beförderung redlich verdient, und da wir kein größeres Flugzeug haben, in das wir Sie versetzen könnten … ja. Sie absolvieren das Training, und danach sind Sie Agentin des Campus.«

Adara streckte den Männern die Hand entgegen.

Als Clark einschlug, sagte er: »Ich bin es Ihnen schuldig, dass wir das Training sehr realistisch und hart gestalten.«

»Ich werde hundert Prozent geben, jeden Tag.«

Sie wandte sich zum Gehen, doch als sie an der Tür war, rief ihr Gerry nach: »Adara, wir bitten jetzt gleich Dom zu uns und sagen es ihm. Er wird sich unbekümmert geben, aber es wird ihm innerlich zu schaffen machen. Ich will Ihnen nicht vorschreiben, wie Sie zu leben haben, aber ich hoffe, Sie verstehen, dass er so empfindet, weil Sie ihm wichtig sind.«

Sie nickte. »Ja. Ich danke Ihnen beiden für Ihr Verständnis. Und ab sofort wird es keine Heimlichkeiten mehr bei mir geben.«

Mary Pat Foley hatte bis spät am Abend im Büro gearbeitet und sich dann nur eine Stunde mit ihrem Mann unterhalten, ehe sie zu Bett gegangen waren, und jetzt wurde sie vom Klingeln ihres Mobiltelefons geweckt, das neben ihrem Kopf auf dem Nachttisch lag. Ed, ihr Mann, früher selbst ein hoher Beamter im US-Geheimdienst, hatte vierzig Jahre lang mitten in der Nacht Anrufe bekommen, doch im Unterschied zu ihm war Mary Pat noch im Staatsdienst, und so setzte er sich nur neben ihr auf, während sie mit dem Telefon hantierte.

»Foley.« Sie blickte auf den Wecker. Es war halb fünf. Sie würde heute auf ihre letzten vierzig Minuten Schlaf verzichten müssen.

Die Verbindung war, wie sie wusste, verschlüsselt, denn der Anrufer war der Direktor der CIA.

»Guten Morgen, Mary Pat«, sagte Jay Canfield.

»Morgen, Jay.«

Sie wartete einfach ab. Sie brauchte ihn nicht zu bitten, zur Sache zu kommen.

»Sie wissen, wie gerne ich Ihnen Lösungen für Ihre Probleme präsentiere, doch bedauerlicherweise habe ich ein ganz neues Problem für Sie, das völlig unerwartet aufgetaucht ist.«

»Was ist es diesmal?«

»Wir haben in Indonesien ein Telefongespräch abgehört. Ein US-Konsularbeamter in Jakarta schickt sich an, Nordkoreanern irgendwelches Geheimmaterial zu übergeben.«

Mary Pat rieb sich die Augen. »Allmächtiger! Was für ein Idiot. Die Nordkoreaner zahlen doch noch nicht einmal.«

Natürlich wusste Canfield, was sie meinte. Warum sollte ein Amerikaner für Nordkorea spionieren? Sie vertraten eine Ideologie, der niemand, aber auch wirklich niemand außerhalb der Demokratischen Volksrepublik Korea etwas abgewinnen konnte, und sie waren beim Kauf von Geheiminformationen notorische Geizkragen.

»Ja, seltsam ist das schon, keine Frage«, räumte Canfield ein.

»Wer ist der Mann?«

»Wir haben seinen Namen noch nicht. Wir haben die nordkoreanische Seite des Telefongesprächs abgehört. Aus dem Zusammenhang geht hervor, dass sie mit einem US-Beamten in der Botschaft sprechen. Die Verbindung ist nicht besonders gut. Ihre vorausgegangenen Kontakte müssen entweder auf persönlicher Ebene oder mittels anderer Kommunikationsmittel erfolgt sein. Vielleicht per E-Mail. Sie haben dem Amerikaner mitgeteilt, wo er ihnen das verlangte Material übergeben soll. Um was es sich handelt, wissen wir nicht. Nach dem Gespräch zu urteilen, macht der Amerikaner nicht freiwillig mit, ist zu dem Geschäft aber bereit. Ich glaube, dass er die Sache durchziehen wird.«

»Klingt nach Erpressung«, sagte Mary Pat. »Sie haben

Fotos von ihm, die sein Leben zerstören könnten. Irgendwas in der Richtung.«

»Ganz meine Meinung. Ich habe bereits Dan kontaktiert. Dafür ist das FBI zuständig.«

»Wann soll die Übergabe stattfinden?«

»In achtundvierzig Stunden. Sie geben dem Spion etwas Zeit, um das verlangte Material zu beschaffen. Dan Murray schickt ein Team nach Indonesien, das am Treffpunkt Stellung beziehen und die Übergabe verhindern soll, aber es muss undercover einreisen. In einem solchen Notfall mit den Indonesiern zusammenzuarbeiten ist praktisch unmöglich, und wir müssen diesen Typen schnell und unauffällig aus dem Verkehr ziehen. Dans Jungs fliegen von Hongkong aus hin. Sie müssten heute gegen elf Uhr Ostküstenzeit vor Ort sein, sodass ihnen anderthalb Tage bleiben, um die Aktion vorzubereiten. Wir werden ihnen beratend zur Seite stehen.«

»Okay«, sagte Mary Pat. »Halten Sie mich auf dem Laufenden.«

Sie unterbrach die Verbindung und blickte zu Ed hinüber. Er erwiderte ihren Blick im Dunkeln. »Was Schlimmes?«

»Mit der Fahndung nach Musa al-Matari hat es nichts zu tun. Ein Konsularbeamter ist im Begriff, Nordkorea Geheiminformationen zuzuspielen.«

Ed nickte. »Bestimmt ein Fall von Erpressung.«

»Genau. Dan Murray hat ein Spezialteam losgeschickt, das sich darum kümmert. Ich werde früh ins Büro gehen, um ein paar unerledigte Dinge vom Schreibtisch zu bekommen, denn ich bin mir sicher, dass es heute noch eine Besprechung wegen der Sache geben wird.«

»Ich mach schon mal Kaffee«, sagte Ed mit einem müden Lächeln.

Beide kletterten aus dem Bett.

»Armer Junge«, sagte Mary Pat mit aufrichtigem Mitgefühl, als sie ins Bad ging. »Du hast gedacht, du könntest endlich ausschlafen, wenn du im Ruhestand bist.«

»Überhaupt nicht, Liebes. Ich bin ein ziemlich kluger Bursche, deshalb war mir immer klar, dass ich erst ausschlafen kann, wenn *du* im Ruhestand bist.«

14

John Clark spähte zu dem Ein-Mann-Campingplatz hinüber und wünschte, er könnte dort ein paar Tage bleiben, denn das Plätzchen war ganz nach seinem Geschmack, einfach und schlicht: ein Zweimannzelt, ein heruntergebranntes Lagerfeuer, eine Kühlbox zum Draufsitzen und Angelzeug, das an einem Baum lehnte. Und keine fünfundzwanzig Meter entfernt ein herrlicher See, umgeben von Kiefern, die einen würzigen Duft verströmten, und obwohl Sommer war, lag heute Morgen noch eine leichte Kühle in der Luft.

Clark beobachtete den Lagerplatz aus hundert Metern Entfernung von einem Hügel aus durch sein Fernglas und vermutete, dass der Bewohner des Zeltes gerade beim Fischen war.

Es war erst elf Uhr und ein trüber Tag, und als er zu seiner Linken ein Grollen am Himmel vernahm, dachte er zuerst, es sei ein Donner, doch als er in die Richtung blickte, bemerkte er zwei C-17 Globemaster, mächtige Transportflugzeuge der U. S. Air Force, die in wenig mehr als dreihundert Metern Höhe über das Gelände flogen. Noch während er sie beobachtete, sprangen Menschen gleichzeitig aus beiden Maschinen. Sofort öffneten sich runde Fallschirme.

»82. Luftlandedivision«, murmelte Clark vor sich hin. Schließlich war hier Fort Bragg, der Standort der Division. Fallschirmsprünge waren hier fast an der Tagesordnung.

Am liebsten hätte er sich hingesetzt und sich das Schauspiel in Ruhe angesehen, denn er hatte von hier einen fantastischen Blick, doch er hatte zu tun, und so begann er zu dem kleinen Lagerplatz hinabzusteigen. Er wollte den Camper auf keinen Fall überrumpeln, daher rief er für den unwahrscheinlichen Fall, dass er noch im Zelt lag, aus vierzig Meter Entfernung mit lauter Stimme:

»Hallo? Jemand zu Hause?«

Doch der Lagerplatz war verlassen.

Er ging weiter zwischen den Kiefern hindurch zum Mott Lake, spähte übers Wasser und hielt nach einem Anglerboot Ausschau, doch auch der See lag still und verlassen da.

Keine Menschenseele in Sicht.

In diesem Moment ertönte keine zehn Meter hinter ihm eine Stimme. »Bei unserer letzten Begegnung waren wir am anderen Ende der Welt.«

Clark wirbelte nicht herum. Er kannte den Mann nicht besonders gut, und umgekehrt galt dasselbe. Deshalb wollte er nichts tun, was den Mann beunruhigen könnte.

Er setzte ein Lächeln auf und drehte sich langsam um, wobei er die Hände vom Körper weg hielt. »Ukraine. Dort war es etwas urbaner und deutlich lauter als hier.«

Der bärtige Mann mit der Baseballkappe sagte nichts.

»Wie ist es Ihnen ergangen?«, fragte Clark.

»Ganz ordentlich«, erwiderte der Mann ausdruckslos. Und dann: »Sie werden mir hoffentlich nicht weismachen wollen, dass wir uns zufällig hier über den Weg laufen.«

Der ehemalige Delta-Force-Offizier Barry Jankowski stand, an einen Baum gelehnt, im Unterholz. Er trug Cargoshorts und ein T-Shirt der US-Armee, unter dem sich, wie Clark bemerkte, eine Pistole in einem Hosenbundholster abzeichnete. Die rechte Hand des Mannes schwebte so dicht daneben, dass er die Waffe blitzschnell ziehen konnte, wenn er Grund dazu hatte.

»Nein, Barry«, sagte Clark. »Ich bin hergekommen, um mit Ihnen zu reden. Um persönlich mit Ihnen zu reden, und ich hatte das Gefühl, dass wir hier ungestört sind.«

»Ja, ungestört ist man hier. Keine Touristen, keine Angler. Und übrigens auch keine Fische.«

»Beißen sie nicht?«

»Ich schiebe es auf die C-17 da drüben über der Luzon-Absprungzone. Die Fische spüren das Gedröhne, es erschreckt sie.«

Clark legte den Kopf schief.

»Nur so eine Theorie«, sagte Jankowski. »Man könnte es auch eine Ausrede nennen.«

»Sie sind mit der Waffe schneller als ich«, sagte Clark. »Deshalb stimme ich Ihnen voll und ganz zu.«

Barry grinste. »Ich bin nicht so schreckhaft, wie Sie glauben.«

»Ich störe nur ungern einen Mann, der die Ruhe hier genießt.«

»Nennen Sie mich Midas. Ich bin nicht mehr bei der Army, und in Bragg hat mich niemand mehr Barry genannt, seit … seit einer Ewigkeit.«

»Was ist mit Bartosz?«, fragte Clark.

»Wie ich sehe, haben Sie mich gründlich unter die Lupe genommen.«

»Ich wäre Ihnen dankbar, wenn Sie mir ein paar Minuten Ihrer Zeit opfern. Vielleicht beißen sie besser, wenn wir miteinander geredet haben.«

»Vor ein paar Tagen hat man mich vorgewarnt, dass Ihr Kumpel Chavez Erkundigungen über mich eingezogen hat. Muss ich mir Sorgen machen oder soll ich mich geschmeichelt fühlen?«

»Haben Sie ein Bier in der Kühlbox da drüben?«

»Ja, mehrere. So jung kommen wir nicht mehr zusammen. Kommen Sie.«

Ein paar Minuten später saßen die beiden Männer, der eine Ende dreißig, der andere Ende sechzig, auf Baumstümpfen und nippten an zwei Dosen Miller High Life. Sie unterhielten sich eine Weile über Fort Bragg und schlugen dabei diverse Stechmücken tot, bis Midas genug davon hatte, um den heißen Brei herumzureden.

»Also«, sagte er. »Was führt Sie her?«

Clark stellte seine Bierdose zwischen den Kiefernnadeln am Boden ab. »Sie haben sich bei der Agency beworben.«

»Soweit ich mich erinnere, sind Sie nicht mehr bei der Agency. Nach der Geschichte in der Ukraine hatte ich sogar Besuch von ein paar ernst dreinschauenden Typen, die mir gesagt haben, dass Sie und der Rest von Ihrem Haufen überhaupt nicht existieren.«

»Wo wäre dieses Land ohne die ernst dreinschauenden Typen, die herumschleichen und den Leuten sagen, dass das, was sie gerade erlebt haben, überhaupt nicht passiert ist?«

»Eine berechtigte Frage«, sagte Midas und nippte an seinem Bier. »Ja, ich habe mich beworben. Ich schätze, es dauert eben länger, wenn man Bartosz Jankowski heißt und nicht Jack Ryan.« Midas hob die Augenbrauen. »Wobei Jack Ryan junior natürlich auch nicht bei der Agency ist.«

»Auch so einer, der nicht existiert«, sagte Clark.

»Hat man mir gesagt.«

»Hören Sie, Midas. Meine Gruppe – die Leute, die Sie kennengelernt haben, minus einem, der nicht mehr bei uns ist –, wir sind eine Truppe, die interessante Aufträge bekommt. Wichtige Aufträge. Vielleicht würden Sie ja lieber für uns als für Langley arbeiten. Ich kann Ihnen eine Liste von Leuten geben, die wissen, wer wir sind und was wir tun. Einige Namen werden Sie kennen.«

Midas verhehlte seine Enttäuschung nicht. »Tun Sie das, weil die CIA mich nicht nimmt?«

»Ganz und gar nicht«, antwortete Clark. »Ich will nicht lügen: Ich habe gehört, dass man Ihnen früher oder später einen Job im National Clandestine Service anbieten wird. Ich bin nicht hier, weil man Sie nicht nehmen würde. Ein Job in meiner Organisation ist kein Trostpreis. Wir sind keine Truppe, bei der man sich bewirbt. Wir kommen zu den Leuten, wenn uns jemand gefällt.«

Midas nickte nachdenklich, fing so schnell, dass Clark beeindruckt war, mit der Hand eine Stechmücke aus der Luft und fragte: »Wie groß ist Ihre Truppe eigentlich?«

»Eine kleine Abteilung für Informationstechnologie und Analyse, eine kleine Verwaltungsabteilung. Im operativen Bereich? Drei.«

»Dreihundert?«

Clark schüttelte den Kopf.

Midas' Augen weiteten sich. »Dreitausend?«

Erneutes Kopfschütteln. Clark hob die rechte Hand und spreizte drei Finger ab.

Midas starrte auf die Hand. »Oh. Einfach nur drei ohne alles.«

»Ja, einfach nur drei. Wir wollen auf fünf aufstocken. Wir sind klein, aber wir spielen in der ersten Liga mit. Wir haben ein starkes Analystenteam, und unsere Logistik- und IT-Komponente ist einsame Spitze.«

»Schon gut. Die brauchen Sie mir nicht anzupreisen. Ich habe ja gesehen, was Ihre Leute draufhaben. Ohne Ihre Hilfe wären wir in Sewastopol todsicher überrannt worden, und in Kiew hätten wir eine Menge Jungs verloren, wenn Sie nicht an unserer Seite gekämpft hätten.«

»Ich kann Ihnen Action versprechen«, sagte Clark. »Ich kann Ihnen Operationen versprechen, die für die Sicherheit der Vereinigten Staaten von großer Bedeutung sind, und ich kann Ihnen ein großartiges Team von engagierten Leuten versprechen, mit denen Sie jeden Tag zusammenarbeiten würden. Sie wären ein Agent auf strategischer Ebene. Ach ja … und wir zahlen besser als die Regierung.«

»Das lässt sich kaum vermeiden, aber die Bennies läppern sich, wenn man alt genug wird, sie in Anspruch zu nehmen.« *Bennies* war ein Slangausdruck für Nebenleistungen. Militärangehörige wussten ihre beträchtlichen Renten- und Krankenversicherungszulagen zu schätzen, da ihr monatlicher Nettoverdienst kaum Anlass zu Begeisterungsstürmen bot.

»Ich kann nicht allzu sehr ins Detail gehen, solange ich nicht weiß, ob Sie einsteigen wollen«, fuhr Clark fort. »Aber Sie würden wahrscheinlich das Zweieinhalbfache von dem verdienen, was Sie bei der CIA als Einstiegsgehalt bekommen. Und Sie würden Zusatzleistungen bekommen, die weit über denen im Staatsdienst liegen. Und Sie hätten das befriedigende Gefühl, den Interessen der Vereinigten Staaten zu dienen, ohne sich mit dem ganzen bürokratischen Mist herumschlagen zu müssen.«

»Wie zum Beispiel, dass man als Delta-Force-Offizier aus der Armee ausscheidet und dann sechs bis zwölf Monate warten muss, bis man erfährt, ob die CIA einen nimmt?«

»Ja, genau das meine ich. Wenn Sie heute Ja sagen, können Sie morgen anfangen.« Clark zuckte die Achseln. »Sie haben gesagt, dass die Fische nicht beißen.«

Midas lächelte wieder. »Sie haben gesagt, dass einer von den Jungs, die ich drüben in der Ukraine kennengelernt habe, nicht mehr bei Ihnen ist. Hat er seine Zusatzleistungen bekommen, als er gegangen ist?«

Clark blickte auf den See hinaus. »Nein … aber seine Mutter.«

»Scheiße. Der kleine Jack war es nicht, sonst hätte ich davon gehört.«

»Es war Sam.«

Midas nickte. »Ich erinnere mich an ihn. Netter Kerl. Ist es im Einsatz passiert?«

Clark schaute immer noch zwischen den Kiefern hindurch aufs Wasser. Er nickte. »In Erfüllung seiner Aufgabe. Bei dem Versuch, etwas zu bewegen.« Er wandte sich wieder Midas zu. »Sie würden ihn ersetzen. Außerdem prüfen wir eine interne Beförderung.«

»Wie genau haben Sie mich unter die Lupe genommen?«, fragte Midas. »Kennen Sie alle meine Geheimnisse?«

»Für eine Gruppe wie uns ist es ein Leichtes, hinter Geheimnisse zu kommen«, antwortete Clark. »Aber was wir nicht herausgefunden haben, ist, wie Sie zu Ihrem Rufzeichen gekommen sind. War Midas nicht der Typ, dem alles, was er berührte, zu Gold wurde?«

»Ja. Bei der ersten Invasion im Irak war ich Sergeant in der 5. Gruppe der Special Forces. Irgendwann verbrachte ich ein paar Nächte im Palast von Uday, einem der Söhne Saddams. Es war ein großes vergoldetes Zimmer. Ein paar Tage später war ich in Faw und übernachtete in einem Palast Saddams. Wieder landeten mein A-Team und ich in einem Raum mit diesem bescheuerten Blattgold überall. Dann, oben in Tikrit, wurden wir im Palast von Saddams Mutter einquartiert. Ich selbst weiß gar nicht mehr, ob das Zimmer ebenfalls vergoldet war, aber andere behaupten es. Ein paar Jahre später, als ich meinen Offizier gemacht hatte, durchlief ich bei der Delta Force ein Auswahl- und Bewertungsverfahren. Einer aus dem Stab erinnerte sich, dass er mich und mein A-Team ständig in goldenen Zimmern angetroffen hätte. Er sagte, ich müsste die Gabe des Midas gehabt haben, denn er und die anderen D-Boys hätten immer in irgendwelchen beschissenen Betonbuden hausen müssen.«

Clark lachte. »Lassen Sie mich raten: Seit Sie Midas heißen, sind Sie nie wieder in einem goldenen Zimmer gewesen.«

»Richtig«, sagte Midas. »Nur in beschissenen Betonbuden.« Er sah Clark an. »Sie waren bei den SEALs, stimmt's?«

»In einem anderen Leben.«

»Wie hat man Sie damals genannt?«

»Kelly«, antwortete Clark ausdruckslos.

»Warum?«

»Weil ich damals so hieß.«

Midas entnahm seinem Tonfall, dass er wohl eine Frage zu viel gestellt hatte, deshalb beließ er es dabei.

»Ich habe Ihr Foto vom Verteidigungsministerium gesehen«, sagte Clark. »Jack junior vielleicht ausgenommen, ist mir noch nie jemand untergekommen, der mit Bart so anders aussieht als ohne.«

Midas grinste. »Irgendwie sehe ich darauf wie ein Banker oder so aus.«

»Ich wollte schon sagen, wie ein Computertechniker.«

Midas nickte. »Ja, das kommt hin. Ich sehe meinen Bruder und seine Familie etwa einmal im Jahr. Wenn ich meinen Bart trage, heult sich meine kleine Nichte die Augen aus.«

Die beiden Männer nippten schweigend an ihrem Bier, dann sagte Clark: »Sie müssten ein Training absolvieren, aber nichts im Vergleich zu dem, was Sie durchlaufen haben, um in die Delta Force reinzukommen.«

»Das ist gut«, sagte Midas. »Auf einem Hügel irgendwo in West Virginia habe ich mir beide Fußsohlen durchgelaufen.«

»Das Training bei den SEALs war schon verdammt hart, aber das Auswahlverfahren bei der Delta hört sich einfach brutal an.«

Midas zuckte die Achseln. »Sie versuchen, die geistig Gesunden auszusondern, indem sie die Leute so rannehmen, dass nur Verrückte durchhalten, und aus denen, die übrig bleiben, werden dann die Oberirren ausgesiebt. Das ergibt dann das Maß an Verrücktheit, das am besten zur Delta passt.«

»Zur Sache. Ich möchte, dass Sie bei uns arbeiten. Sind Sie interessiert?«

»Angenommen, ich sage Ja«, antwortete Midas. »Angenommen, ich steige ein und es funktioniert nicht. Keine Ahnung, warum, vielleicht weil ich ein Jahr lang Däumchen drehe und nicht das Gefühl habe, etwas zu bewirken. Wird das meine Chancen schmälern, in die Agency reinzukommen?«

»Überhaupt nicht. Wenn Sie tatsächlich irgendwann aussteigen wollen, werde ich ein gutes Wort für Sie einlegen, egal wohin Sie wollen.«

Midas zuckte die Achseln. »Also gut, Mr. Clark. Sie haben gerade einen Fisch gefangen. Mal sehen, worum es hier überhaupt geht.«

Die beiden erhoben sich von den Baumstümpfen und gaben einander die Hand.

15

Das Büro der Direktorin der Nationalen Nachrichtendienste liegt in Tyson Corner, Virginia, zehn Autominuten südlich vom CIA-Hauptquartier und dreißig Minuten westlich vom Weißen Haus, wenn wenig Verkehr herrscht, was praktisch nur mitten in der Nacht der Fall ist.

Der Verwaltungskomplex, der die Organisation beherbergt, heißt Liberty Crossing oder im Amtsjargon kurz LX und ist in zwei Hauptsektionen unterteilt: Das National Counterterrorism Center nimmt LX1 ein und das Büro der DNI LX2.

Im Obergeschoss von LX2 kehrte Mary Pat Foley gegen Mittag von einer Besprechung in ihr Büro zurück. Ein Salat mit Cranberrys und Huhn sowie ein Eistee standen auf dem Schreibtisch für sie bereit, damit sie in der Mittagspause durcharbeiten konnte, und sie hatte sich gerade gesetzt, als die Stimme ihrer Sekretärin aus der Gegensprechanlage ertönte.

»Madam, ich habe CIA-Direktor Canfield und Justizminister Murray in einer Konferenzschaltung am Telefon.«

Mary Pats Schultern sackten ein Stück tiefer. Der Salat sah gut aus, und jetzt würde sie ihn beim Telefonieren die ganze Zeit anstarren müssen.

Der Anruf wurde durchgestellt, und Dan Murray ergriff als Erster das Wort: »Es geht um meinen Greiftrupp, die Jungs, die von Hongkong nach Indonesien geflogen sind, um sich den Botschaftstypen zu schnappen, der für Nordkorea spioniert. Sie sind gerade am Flughafen von Jakarta festgenommen worden.«

Mary Pat fühlte sich sofort an etwas erinnert. »*Festgenommen*? Wieso?«

»Dasselbe wie im Iran«, antwortete Canfield. »Wir wissen es nicht, aber angeblich hat es etwas mit dem Fingerabdruckscanner zu tun.«

»Ihre Tarnung war gut«, fügte Murray hinzu. »Perfekt. Die biometrischen Daten dieser Männer stimmten mit ihren Pässen überein. Irgendwoher kannten die Indonesier ihre wahre Identität.«

»Wie ist das möglich?«, fragte Foley und beantwortete die Frage gleich selbst. »Es muss irgendwo ein Datenleck gegeben haben, das jetzt von mehreren Parteien ausgenutzt wird.«

»Aber das ergibt doch keinen Sinn«, wandte Canfield ein. »Im Iran, das war mein Mann. CIA. In New Jersey war es ein Offizier der Navy. Und jetzt … jetzt sind es Jungs vom FBI. Wie um alles in der Welt sollen Russen, Indonesier und Iraner gleichzeitig hinter die wahre Identität so unterschiedlicher Leute aus unterschiedlichen US-Behörden kommen?«

»Ich habe keine Ahnung«, sagte Mary Pat. »Aber wir müssen herausfinden, was diese drei Fälle gemeinsam haben. Außerdem müssen wir uns ein Bild von der Tragweite machen. Wir haben viele Agenten im Einsatz und keine Ahnung, wer aufgeflogen sein könnte.«

»Das ist ja alles richtig« sagte Dan Murray. »Aber lassen wir den Punkt für einen Moment beiseite. Ich brauche dringend jemand in Jakarta.«

»Haben Sie denn niemand in der Botschaft, der sich darum kümmern kann?«, fragte Canfield.

»Nicht direkt. Ich habe Special Agents dort, aber das sind keine Spezialisten für Spionageabwehr. Man kann sich nicht darauf verlassen, dass sie den unbekannten Verräter identifizieren und den Nordkoreanern vor der Nase wegschnappen, ohne ein Riesenchaos anzurichten.«

Mary Pat hatte eine Antwort: »Wir brauchen Leute, die nicht für eine US-Behörde arbeiten. Diskrete, kompetente Leute.«

»Sie meinen Hendleys Leute«, sagte Dan Murray, der sich unlängst über den Campus und seine Zusammenarbeit mit den US-Nachrichtendiensten im Ausland informiert hatte.

»Ja«, antwortete Mary Pat.

Es entstand eine kurze Pause, dann stieß Direktor Murray einen Seufzer aus. »In Ordnung. Ich wüsste nicht, welche Alternativen wir hätten. Ich werde alles, was ich über den Fall habe, direkt an Sie schicken. Ich nehme an, Sie können es weiterleiten.«

»Ich werde mich persönlich darum kümmern.«

Zwei Minuten später war Foleys Salat immer noch unberührt, denn sie telefonierte jetzt mit Gerry Hendley. »Wir haben einen Notfall in Jakarta. Wäre Ihr Team einsatzbereit, um uns aus der Patsche zu helfen?«

»Wann brauchen Sie uns dort?«

»Sofort, um ehrlich zu sein.«

Gerry sprach schnell. »Die Gulfstream steht auf dem Reagan-Airport, zehn Autominuten vom Büro entfernt. Die Besatzung hält sich momentan auf dem Flughafen auf, und alle drei Agenten sind hier im Haus. Mit dem Minivan könnten sie in einer Viertelstunde dort sein. Ich nehme an, dass die Maschine unterwegs auftanken muss, aber ich kenne die Flugdauer nicht.«

»Ab Andrews Base beträgt sie zweiundzwanzig Stunden, Zwischenlandung zum Nachtanken mitgerechnet. Ab Reagan-Airport dürfte sie praktisch identisch sein.«

»Dann könnten Chavez, Caruso und Ryan ungefähr morgen um diese Zeit dort sein. Wäre Ihnen das eine Hilfe?«

»Es wäre noch innerhalb meines Zeitfensters, wenn auch knapp«, antwortete Mary Pat. »Bitte, setzen Sie sie in Marsch. Sie bekommen detaillierte Informationen, wenn alles angelaufen ist.«

»Alles klar. Müssen sie irgendeine Spezialausrüstung mitnehmen?«

Mary Pat überlegte kurz. »Einfaches Überwachungsgerät. Und Waffen zur Selbstverteidigung. Möglich, dass eine feindliche Partei mitmischt und Widerstand leistet.«

»Verstanden.«

Gerry beendete das Gespräch und wollte gerade in Clarks Büro anrufen, als ihm einfiel, dass Clark in North Carolina weilte, um Barry Jankowski aufzuspüren. Also rief er Chavez an, unterrichtete ihn von dem Noteinsatz und bat ihn, die anderen zu verständigen. Schließlich kontaktierte er Helen Reid und Chester Hicks.

Eine knappe halbe Stunde später trugen die drei Agenten des Campus ihre Taschen die Treppe zur Gulfstream G550 hinauf. Die Cockpitbesatzung war bereits an Bord, und die beiden Turbofan-Triebwerke von Rolls-Royce liefen. Bislang wussten die Campus-Agenten nur, wohin sie flogen, nicht aber, warum und was sie tun sollten, wenn sie dort waren.

Niemand verbringt gern zweiundzwanzig Stunden in der Luft, aber wenigstens würden sie stilvoll reisen. Die G550 war so edel und komfortabel ausgestattet wie alle Businessjets. Überall waren Multifunktionsmonitore, auf denen man die Flugroute verfolgen, im Internet surfen oder sich die neuesten Filme ansehen konnte, und die Kabinensitze ließen sich komplett flach stellen. Außerdem stand hinten ein Schlafsofa zum Ausklappen.

Das war angenehm, doch diesmal würde die Reise weniger angenehm werden, wie den Männern in dem Moment klar wurde, als ihnen Kopilot Chester »Country« Hicks in der Kabine entgegenkam. Normalerweise wurden sie von Adara Sherman empfangen, die ihnen das Gepäck und die Mäntel abnahm, sie auf den Flug einstimmte, ihnen etwas zu trinken brachte und auf jede erdenkliche Weise zur Hand ging.

Doch Adara hatte den Tag freibekommen, um sich auf den Beginn von Clarks Trainingsprogramm vorzubereiten. Was bedeutete, dass niemand da war, der sie herzlich begrüßte, Auskunft über Flugzeit und Reiseroute gab, unterwegs Hotelzimmer und Mietwagen für sie reservierte, ihnen mehrere Gerichte zur Auswahl anbot und die Taschen abnahm.

»Country« bedachte die drei nur mit einem knappen Nicken, forderte sie auf, ihren Scheiß zu verstauen, ihre Ärsche in die Sitze zu pflanzen und sich anzuschnallen, damit sie starten könnten.

Die Flugstrecke der Hendley-Associates-Gulfstream von Washington nach Jakarta in Indonesien betrug 8833 Seemeilen, und die drei Männer machten lange Gesichter, als sie die Zahl auf ihren Monitoren sahen. Sie quittierten die Nachricht mit hängenden Schultern und deprimierten Seufzern. Sie würden den ganzen nächsten Tag in diesem luxuriösen, aber kleinen Raum zusammen verbringen.

»He, Country«, sagte Dom. »Ich nehme einen Gin Tonic mit Limette. Und kann ich eins von diesen superflauschigen Kissen haben?«

Dom scherzte, und Jack unterdrückte ein Grinsen.

Hicks knirschte mit den Zähnen, bevor er sagte: »Wenn Clark hier wäre, würde ich es ihm ins Gesicht sagen. Adara wird sich in eurem kleinen Verein vielleicht gut machen, aber wir sind nicht glücklich darüber, dass sie weg ist. Sie hat uns die Arbeit in jeder Hinsicht angenehmer gemacht.«

»Gerry weiß, dass er Ersatz beschaffen muss«, erwiderte Chavez. »Wahrscheinlich sucht er schon, nur ist die Sache in Indonesien dazwischengekommen. Keine Bange, wir sorgen hier hinten schon für uns selbst und werden unterwegs auch die logistischen Vorbereitungen für unseren Aufenthalt in Jakarta treffen.«

Der Kopilot schien etwas beruhigt. Er nickte Chavez und Ryan zu, verdrehte in Richtung Caruso die Augen und trat den Rückzug ins Cockpit an. »Wir haben jede Menge Tiefkühlgerichte an Bord, aber ich weiß nicht mal, wie man die Mikrowelle bedient. Getränke und so weiter findet ihr in der vorderen Bordküche. Wenn ihr eure Telefonate führt, könnt ihr doch sicher auch dafür sorgen, dass Frischfutter ins Flugzeug geliefert wird, wenn wir in Van Nuys zum Auftanken zwischenlanden.«

Dann fügte er hinzu: »Schnallt euch an. Wir kommen durch den Zoll und rollen in ein paar Minuten an.«

»Echt keinen Drink?«, fragte Dom. Er scherzte immer noch, bereits auf dem Weg in die Bordküche, um für Chavez, Jack und sich eine Runde zu holen.

Die Maschine war erst zwanzig Minuten in der Luft, als die drei Agenten mitten in der Kabine einen Tisch mit einem Freisprechtelefon umlagerten, aus dem Mary Pat Foleys Stimme quäkte. Sie teilte ihnen mit, was sie über die Lage in Jakarta wusste, und schickte ihnen mehrere Dateien, die sie von Dan Murray erhalten hatte und die jetzt auf dem Monitor an der Wand neben dem Tisch einsehbar waren.

Als sie ihnen sagte, dass sie in Indonesien dringend gebraucht würden, um einen Unbekannten an der Übergabe von Geheimmaterial zu hindern, fragte Chavez: »Ist denn niemand in der Botschaft, den Sie anrufen können? Soldaten von der Marine Security Guard, irgendein Gesandter oder so? Die könnten den Kerl doch einfach zur Rede stellen und sagen: ›Wir wissen Bescheid.‹«

»So einfach ist das nicht. Wir wissen nicht, wer der Verräter ist, und wir wollen vor dem Botschaftspersonal nicht rumposaunen, welche SIGINT-Quelle wir benutzt haben, um das Gespräch abzuhören. Wir haben erwogen, den Ort der Übergabe mit Marines zu umstellen und uns dabei auf eine Bombendrohung oder dergleichen zu berufen, aber wir wissen nicht, ob die Nordkoreaner mit dem Verräter auf irgendeine Weise kommunizieren, von der wir nichts wissen, und umdisponieren. Es gibt nur einen sicheren Weg, die Sache zu unterbinden: Jemand muss die Person vor Ort identifizieren, wenn sie auftaucht, um die Übergabe abzuwickeln.«

»Das leuchtet ein«, sagte Chavez. »Mir ist zwar nicht wohl bei dem Gedanken, nach einem 24-Stunden-Flug aus dem Flugzeug zu springen und mich in eine unbekannte Situation zu stürzen, aber ich verstehe Ihr Dilemma.«

»Dan Murray schickt seinen Agenten vor Ort zu dem Treffpunkt«, erwiderte Mary Pat. »Er wird ein paar Videos für Sie aufnehmen, damit Sie sich ein Bild von der Örtlichkeit machen können. Ich schicke sie Ihnen in ein paar Stunden. Das dürfte Ihnen eine Hilfe sein.«

»Eine enorme Hilfe«, bestätigte Chavez. »Okay, Sie wissen ja, wo Sie uns in den nächsten vierundzwanzig Stunden finden. Sie können sich jederzeit an uns wenden, wenn es etwas Neues gibt.«

»Das werde ich«, sagte Mary Pat. »Nebenbei bemerkt: Wie weit sind Sie mit Ihrer Blutauffrischung?«

»Wir holen zwei neue Agenten ins Team. Sie dürften gut zu uns passen, wenn wir sie angelernt haben.«

»Ehemalige Soldaten?«

»Ja, beide. Ein Lieutenant Colonel von der Army namens Bartosz Jankowski, ein Ex-Delta-Force-Mann. Und eine ehemalige Navy-Sanitäterin, die in Afghanistan mit Marines im Einsatz war. Sie heißt Adara Sherman. Sie ist schon seit Jahren bei uns, als Transportmanagerin und Flugbegleiterin in unserer Gulfstream. Sie hat mehr als einmal praktisch als Agentin an unserer Seite gearbeitet.«

»Ausgezeichnet«, sagte Mary Pat. »Es freut mich, dass

der Campus wächst. Was immer hinter der Sicherheitslücke steckt, mit der wir es gerade zu tun haben, ich ahne schon jetzt, dass der Geheimdienstapparat Verstärkung und Unterstützung von außerhalb brauchen wird.«

»Wir stehen zu Diensten«, erwiderte Chavez. »Wir bitten nur darum, dass Sie uns möglichst schnell alle Informationen zukommen lassen, die Sie haben. Stand jetzt haben die bösen Jungs alle Vorteile auf ihrer Seite.«

16

Abu Musa al-Matari stand im Regen und blickte über den flachen Dschungel von Guyana, als die Lichter eines nahenden Flugzeugs aus dem abendlichen Dunkel auftauchten.

Sekunden später kam die Maschine zwischen Wolken und Bäumen in Sicht und setzte perfekt auf der Landebahn auf, wobei Regenwasser und loser Schotter hinter den Rädern aufspritzten.

Al-Matari kannte sich mit Flugzeugen nicht besonders aus, hatte sich aber sagen lassen, dass die Maschine genau die richtige für die anstehende Aufgabe war. Der geheimnisvolle Saudi hatte alles arrangiert und ihm mitgeteilt, dass eine bolivianische Chartergesellschaft diese dreißig Jahre alte Antonow An-32 von einem Frachtunternehmen in Lima gekauft hatte. Das Flugzeug war zwar größer, als für seine Zwecke erforderlich gewesen wäre, konnte aber dank seiner Reichweite mit nur einer Zwischenlandung zum Auftanken von hier zu seinem über zweitausend Meilen entfernten Bestimmungsort fliegen.

Al-Matari drehte sich um. Hinter ihm standen zwei seiner Spitzenleutnants, die ihn in die USA begleiten würden. Beide hießen Mohammed, da jedoch einer aus Libyen und der andere aus Algerien stammte, nannte er sie Tripolis bzw. Algier.

Sie sollten ihm als Leibwächter dienen und würden dank ihrer jahrzehntelangen Erfahrung im militärischen und subversiven Kampf eine Bereicherung für die anderen Zellen in den Vereinigten Staaten darstellen. Außerdem waren beide versierte Bombenbauer und verfügten über Führerscheine und sonstige Papiere, die so gut gefälscht waren, dass sie einer Überprüfung durch die amerikanische Polizei standhielten, solange diese nicht allzu genau hinschaute.

Und für den Fall, dass sie einmal allzu genau hinschaute, waren Algier und Tripolis gnadenlose Killer.

Hinter al-Matari und den beiden Maghrebinern stand ein Sattelanhänger im Regen, dessen Türen noch geschlossen waren. Er hatte die gesamte Ausrüstung geladen, die sie in die USA mitzunehmen gedachten, verstaut in verschlossenen Kunststoffbehältern zu jeweils fünfundzwanzig Kilo. Ein Dutzend Behälter für jede Zelle, rund dreihundert Kilo Waffen pro Gruppe.

Der Anhänger war Minuten zuvor von einer Zugmaschine abgekoppelt worden, die, nachdem ein hier wartender leerer Trailer angehängt worden war, den Flugplatz wieder verlassen hatte und in Richtung Westen davongefahren war.

Die weiße An-32 rollte aus und kam vor den drei Männern und ihrer Fracht zum Stehen. Eine Leiter wurde herabgelassen und tauchte spritzend in eine tiefe Pfütze. Der Kopilot kletterte herab und schob Klötze unter die Räder, während der Pilot die Triebwerke abstellte.

Pilot und Kopilot kamen zu den drei Männern herüber, die im Regen standen, und gaben ihnen die Hand. »Es regnet sehr stark, *señores*«, sagte der Pilot auf Englisch mit starkem Akzent. Al-Matari hielt ihn für einen Bolivianer.

In Guyana herrschte momentan Regenzeit, daher wusste al-Matari, dass der Regen eigentlich niemand überraschen sollte, schon gar nicht einen südamerikanischen Frachtpiloten.

Die Piste war einen Kilometer lang, also mehr als genug,

soweit al-Matari wusste, denn er hatte sich sagen lassen, dass die voll beladene Maschine für den Start höchstens neunhundert Meter brauchte.

Doch der weißhaarige Pilot hielt den Blick unverwandt auf den Anhänger gerichtet. Offensichtlich sah er ein Problem. »Wie hoch ist das Gesamtgewicht der Fracht?«

»1850 Kilo.«

Der Pilot schüttelte den Kopf. »Damit können wir bei dem Regen unmöglich starten.«

Al-Matari wäre ihm fast an die Gurgel gegangen. »Was reden Sie da? Flugzeuge fliegen ständig im Regen.«

Der Mann schüttelte abermals den Kopf und deutete auf das Rollfeld hinter ihm. »Das ist eine Schotterpiste, mein Freund. Schotter! Wenn ich mit dem Gewicht an Bord den Start abbrechen muss, sind meine Bremsen nutzlos. Ich werde nicht vor dem Ende der Rollbahn zum Stehen kommen. Dafür gibt's einfach nicht genug Platz.«

Al-Matari ließ das nicht gelten. »Dann schlage ich vor, Sie brechen den Start nicht ab.«

Der Pilot verdrehte die Augen, aber al-Matari blieb hart. »Wir werden nicht auf besseres Wetter warten. Wir starten jetzt, oder Sie kriegen kein Geld.«

»Dann möchte ich mehr Geld.« Er deutete mit dem Daumen auf den Kopiloten. »Wir beide möchten mehr. Fünftausend Dollar mehr pro Nase.«

Al-Matari hatte mit so etwas gerechnet. Er zog in Erwägung, die beiden unmittelbar nach der Landung in den USA zu töten, aber das würde nur ihre Mission gefährden.

Er schluckte seine Wut hinunter und sagte: »Ich lege fünftausend drauf. Insgesamt. Sie können sich die Summe teilen oder darum streiten. Das ist mir egal. Aber jetzt wird geladen und dann geflogen. Haben Sie verstanden?«

Der Pilot sah al-Matari einen Moment lang ärgerlich an, dann gab er den Männern ein Zeichen, mit dem Beladen der Maschine zu beginnen.

Mit vereinten Kräften verfrachteten sie die Hartplastikkisten in das Flugzeug. Die Kisten waren auf den Deckeln von eins bis fünf durchnummeriert, sodass al-Matari keine würde öffnen müssen, um festzustellen, an welche Zelle sie ging.

Der Kopilot sicherte die Ladung, während die drei vom Regen durchnässten Männer ihr Gepäck holten und mit Rollkoffern und großen Rucksäcken an Bord kletterten.

Die An-32 hob in Richtung Norden ab – der befürchtete Startabbruch blieb aus –, und als sie die Wolken durchstieß, hatte sie bereits den guyanischen Luftraum verlassen und flog hinaus auf das Karibische Meer.

Musa al-Matari hatte in den folgenden Stunden nichts weiter zu tun, als dazusitzen und die nächste Phase der Operation abzuwarten, und so ging er, sobald die Maschine Reiseflughöhe erreicht hatte, nach hinten in den Frachtraum und inspizierte die mit Spanngurten gesicherte Ladung.

Bei den meisten im Namen des IS von sogenannten »ferngesteuerten« Attentätern in Amerika verübten Anschlägen waren in den Staaten gekaufte Waffen verwendet worden. Schließlich waren Handfeuerwaffen dort weit verbreitet. Man konnte in einen Laden gehen und zwanzig Minuten später wieder mit einer Schusswaffe hinausspazieren. Für tausend Dollar bekam man ein Karabinergewehr guter Qualität, allerdings konnten Zusatzfeatures wie holografische Visiere, optimierte Griffe für bessere Rückstoßkontrolle, Flashlights, die vorn an der Waffe montiert wurden, und zusätzliche Magazine den Preis leicht verdoppeln. Und für fünfhundert bis achthundert Dollar konnte man genau die gleiche Handfeuerwaffe erwerben, die ein Großteil der amerikanischen Strafverfolgungsbehörden und viele der besten US-Spezialeinheiten benutzten.

Doch anders, als viele Laien glauben, sind solche Käufe

mit Formalitäten verbunden. Der Käufer muss sich ausweisen und ein Formular ausfüllen, worauf seine Angaben innerhalb von Minuten mit einer FBI-Datenbank abgeglichen werden, in der jene Personen verzeichnet sind, an die keine Schusswaffen verkauft werden dürfen.

Es gab Möglichkeiten, dies zu umgehen: Erwarb man eine Waffe von einem privaten Verkäufer in seinem Heimatstaat, fielen diese bürokratischen Hürden weg, die man nehmen musste, wenn man zu einem staatlich lizenzierten Waffenhändler ging. Doch auch Privatkäufe waren gesetzlich geregelt und erforderten obendrein die Kontaktaufnahme zu Unbekannten, die sich möglicherweise an die Gesetze hielten oder den Kaufinteressenten so suspekt fanden, dass sie ihn dem Amt für Alkohol, Tabak, Schusswaffen und Sprengstoffe meldeten.

Obwohl kein Mitglied von al-Mataris Zellen vorbestraft, für geisteskrank erklärt worden oder, jedenfalls soweit er wusste, ins Visier von Strafverfolgungs- oder Geheimdienstbehörden geraten war, hielt er es für zu gefährlich, in den USA legal Waffen zu kaufen. Jedes Mal, wenn sie einen Waffenladen betraten und sich eine AR-15, eine AK-47, eine Pumpgun oder auch nur eine Faustfeuerwaffe ansehen wollten, würden sie prüfende Blicke auf sich ziehen, und die galt es zu vermeiden.

Zwei Drittel seiner Leute sahen arabisch aus, ob sie in den USA geboren waren oder nicht, und al-Matari vermutete, dass der Durchschnittsamerikaner jedem Araber misstraute und das FBI auf den Hals schickte, wenn er eine Waffe kaufen wollte.

Zudem war der Erwerb vollautomatischer Waffen in den USA mit langen Wartezeiten, Formalitäten und zusätzlichen Überprüfungen verbunden. Dies galt im Übrigen auch für kurzläufige Gewehre, die viel leichter zu verbergen waren als eine große AR-15 oder Gewehre in der Bauart der AK-47.

Aus all diesen Gründen hatten er und seine beiden Untergebenen beschlossen, die Waffen aus dem Ausland mitzubringen und unter den siebenundzwanzig Zellenmitgliedern zu verteilen.

Der Saudi hatte die Ausrüstung beschafft und dabei, wie der Jemenit zugeben musste, hervorragende Arbeit geleistet. Ursprünglich hatte der Saudi beabsichtigt, die Waffen von mexikanischen Drogenkartellen zu kaufen, dann aber eine bequemere und bessere Quelle aufgetan. So hatte er al-Matari mitgeteilt, dass es ihm gelungen sei, einen Posten militärischer Kleinwaffen zu organisieren, der von Venezuela aus über die Grenze zu einem nahen Flugplatz in Guyana gekarrt wurde. Mit ein paar Tausend Dollar habe er dafür gesorgt, dass der Flugplatz in der fraglichen Nacht geschlossen bleibe und der dortige Sicherheitsbeamte versehentlich das Tor offen lassen werde.

In Venezuela herrschte Nahrungsmittelknappheit und ein Defizit an Demokratie, dafür blühte die Kriminalität, und es gab Waffen im Überfluss. Auf der Liste der größten Waffenkäufer der Welt rangierte das Land auf Platz 18, und die Kontrolle des venezolanischen Militärs über diese Waffen war in den letzten Jahren lax geworden.

Ein Oberst, der angesichts der katastrophalen Wirtschaftslage dringend Geld brauchte, erklärte sich bereit, dem geheimnisvollen Mann, der ihn per E-Mail kontaktiert hatte, Kleinwaffen und Sprengstoffe jeder gewünschten Art zu besorgen. Geld wurde auf einem Offshore-Nummernkonto deponiert. Der Oberst erhielt die Nummer und die Zusicherung, dass die restliche Summe überwiesen werde, sobald die Waffen geliefert seien.

Die Waffen waren in einem Trailer eingetroffen, dann von al-Matari und seinen beiden Helfern inspiziert und in einem Lagerhaus neben dem Flugfeld in Guyana aufgeteilt worden.

Als al-Matari jetzt den Frachtraum der An-32 durchschritt, wusste er beim Anblick jeder Kiste, was sie enthielt. Insgesamt waren es fünfundzwanzig Uzi-Maschinenpistolen Kaliber 9 mm und fünfundzwanzig AK-103-Gewehre. Die Awtomat Kalaschnikowa AK-103 war eine viel leistungsstärkere Waffe als die Uzi, allerdings auch doppelt so lang und darum viel schwerer zu verstecken. Die Kaibiles aus Guatemala hatten ähnliche Versionen beider Waffen mit in die »Sprachschule« gebracht, sodass alle Schüler mit ihrer Handhabung vertraut waren.

Zudem gab es für jede Zelle eine Kiste mit Handgranaten sowie C4-Sprengstoff, militärtauglichen Zündern und anderen Utensilien für den Bombenbau.

Der Saudi hatte außerdem vier AT4, in den USA hergestellte Panzerabwehrhandwaffen, und acht RPG-7-Granatwerfer mit sechsunddreißig Granaten gekauft, dazu vier Igla-S, in Russland hergestellte tragbare Luftabwehrsysteme oder MANPADS. Dabei handelte es sich um schultergestützte Flugabwehrraketen, mit denen man einen Jumbojet abschießen konnte.

Bedauerlicherweise – aus Sicht al-Mataris und seiner Schüler – hatten die Kaibiles nie eine Igla-S benutzt, und in der Schule hatte nicht einmal eine Übungsattrappe zur Verfügung gestanden, doch zum Glück für die IS-Agenten fanden sich auf Youtube Videos, in denen gezeigt wurde, wie die Waffe sachgemäß feuerbereit gemacht, ausgerichtet und abgefeuert wurde.

Das war zwar nicht so gut wie richtiges Training, aber die Videos erwiesen sich als wahre Fundgrube für Terroristen, die zum ersten Mal MANPADS verwendeten.

Statt die vier schultergestützten Raketen auf vier verschiedene Teams zu verteilen, hatte al-Matari beschlossen, sie vorläufig einzubehalten und erst auszugeben, wenn die Zeit gekommen war. Tripolis und Algier würden die Waffen abfeuern, vielleicht sogar er selbst.

Für jeden »Sprachschüler« lag an Bord des Flugzeugs

eine Glock 17 bereit. Die Pistole war die Ordonnanzpistole des venezolanischen Militärs, und obwohl groß für eine Faustfeuerwaffe, ließ sie sich sehr leicht verstecken und konnte achtzehn Schuss abgeben, bevor nachgeladen werden musste. Für al-Matari hieß das, dass eine fünfköpfige Zelle, wenn ihre Mitglieder gut aufeinander abgestimmt operierten, in ungefähr zehn Sekunden neunzig Geschosse auf ein einziges Ziel abfeuern konnte – auf ein Wachhäuschen etwa, einen Tisch voller Navy-Piloten oder ein Podium, auf dem ein amerikanischer Geheimdienstbeamter gerade eine Ansprache hielt.

Neunzig Geschosse! Seine Kämpfer brauchten keine Scharfschützen zu sein, nur mutig und entschlossen.

Die Glocks und die Uzis würden hauptsächlich bei Anschlägen aus nächster Nähe zum Einsatz kommen, die Gewehre hingegen bei Angriffen aus größerer Entfernung und gegen größere Personengruppen. Die Sprengstoffe, Granaten und Raketen wiederum waren dafür gedacht, Fahrzeuge und andere große Objekte auszuschalten.

Das Flugzeug beförderte auch dreißig Kevlarwesten. Sie boten Schutz vor Faustfeuerwaffen, allerdings nicht vor einem Gewehr.

Die Kisten enthielten weitere dreißig Westen anderer Art. Die kamen nicht aus Venezuela, sondern waren direkt nach Guyana eingeflogen worden. Es handelte sich um Sprengstoffwesten. Sie ließen sich per Fernauslöser oder durch Druck auf einen Schalter zünden, den man an einem Kabel durch den Hemdsärmel ziehen und in der Hand halten konnte.

Er würde seine Männer und Frauen mit Kevlarwesten unter den Sprengstoffwesten losschicken. Und er würde sie nach Kräften schützen bis zu dem Moment, in dem er das tun musste, was nötig war, um sie zu Märtyrern zu machen und seine Ziele zu erreichen.

Al-Matari hatte es so eingerichtet, dass die komplette

Ausrüstung eines Teams in einen Van oder großen SUV passte und noch genug Platz für den Fahrer und einen Beifahrer blieb. Die Zellen sollten sich nicht dadurch verraten, dass sie in mehreren Fahrzeugen haufenweise militärisches Gerät durch die Gegend karrten.

Schließlich kehrte Abu Musa al-Matari zu seinem Sitz zurück und blickte zu Algier und Tripolis hinüber. Die beiden Männer sprühten vor Tatendrang, waren sich aber auch darüber im Klaren, dass es von dieser Reise kein Zurück für sie gab. Sie würden in Amerika bleiben, bis sie den Märtyrertod starben. Sie beteten dafür, dass es dazu erst kam, wenn sie die letzte Patrone verschossen, die letzte Granate geworfen und die letzte Rakete abgefeuert hatten, die jetzt alle noch hinter ihnen im Frachtraum lagerten.

17

Während sich ein Flugzeug von Süden den Vereinigten Staaten näherte, flog ein anderes quer über das Land und landete dann auf dem Van Nuys Airport bei Los Angeles, um aufzutanken. Eine halbe Stunde später war es wieder in der Luft und nahm die längste Etappe der Reise in Angriff. Die drei Männer vom Campus hatten den ganzen bisherigen Flug über gearbeitet, auch jetzt, auf dem längsten Teilstück von Kalifornien nach Korea, arbeiteten sie, versuchten allerdings auch ein wenig zu schlafen. Während des fünfzigminütigen Aufenthalts in Seoul stiegen sie zwar aus, passierten aber nicht den koreanischen Zoll und entfernten sich nicht weiter als zwanzig Meter von der Maschine. Sie machten Dehnübungen und rannten auf der Stelle, doch die meiste Zeit schlenderten sie nur umher, übermüdet und gelangweilt, wie sie es schon im Flugzeug gewesen waren.

Nach dem erneuten Start nutzten die drei Agenten den letzten Teil des Flugs, um einen konkreten Plan zu schmieden. Sie hatten von CIA und FBI weitere Informationen über die Verhältnisse vor Ort erhalten, was ihnen höchst willkommen war in Anbetracht der Tatsache, dass sie gegen fünf Uhr morgens ankommen würden, um dann vom Flugzeug zu einem wartenden Mietwagen zu eilen, auf direktem Weg ins Hotel zu fahren und einen letzten Kommunikations- und Ausrüstungscheck vorzunehmen. Das Treffen zwischen den nordkoreanischen Agenten und dem unbekannten Mitarbeiter der US-Botschaft war für neun Uhr angesetzt.

Sie landeten planmäßig in Jakarta und passierten den Zoll, wobei ihr Gepäck gründlich gefilzt wurde. Helen und Chester rollten dann die Maschine in einen Hangar und ließen sich dabei viel Zeit, da die drei Agenten währenddessen Geheimfächer in der Bordküche freilegten, um ihre Ausrüstung an sich zu nehmen: unter anderem Smith-&-Wesson-M-&-P-9-mm-Pistolen, Hosenbundholster, Ersatzmagazine, supermoderne Ohrhörer, Erste-Hilfe-Sets, was sie so bei der Operation brauchen würden.

Domingo, Dominic und Jack ergriffen dann ihr Handgepäck und eilten zu dem wartenden Mietwagen, während Chester und Helen das Büro des Flughafenbetreibers aufsuchten und Formulare ausfüllten. Sie würden die Maschine sofort wieder für den Rückflug auftanken, mit Vorräten versehen und es sich anschließend in einem Kabinensessel oder hinten auf dem Sofa bequem machen und versuchen, ein wenig zu schlafen, sich aber für einen überstürzten Aufbruch bereithalten.

Sie rechneten frühestens in fünf Stunden damit, aber ihnen war klar: Wenn der Anruf kam, dass das Team auf dem Weg zum Flugplatz sei, würden sie höchstwahrscheinlich in aller Eile die Vorflugkontrolle durchführen und den Zoll abwickeln müssen, weshalb ein wenig Schlaf in der Zwischenzeit nicht schaden konnte.

Um sechs Uhr früh fuhren die drei Amerikaner zu einer rund um die Uhr geöffneten Apotheke und kauften einen ganzen Korb voller Artikel. Hauptsächlich Wasser, Snacks und anderen Kleinkram. Außerdem erstand Ding einen Karton Chirurgenmasken aus Papier, die hier aus Angst vor ansteckenden Krankheiten und wegen der hohen Luftverschmutzung viel getragen wurden.

Wieder im Wagen, reichte Ding den beiden anderen jeweils eine Handvoll Masken.

»Wollen wir eine ganze Woche hierbleiben?«, witzelte Dom.

»Du wirst rennen, schwitzen und schnaufen. Die Dinger weichen schnell auf und fallen dir vom Gesicht.«

»Alles klar«, sagte er. »Vielleicht sollte ich zwei gleichzeitig aufsetzen.«

»Nicht wenn du ungehindert atmen willst.«

»Der Treffpunkt liegt in einem Fußgängerbereich, der für Autos gesperrt ist, nicht aber für Fahrräder und Motorroller«, gab Jack zu bedenken. »Sollten wir uns nicht einen Roller besorgen, nur damit wir einen parat haben?«

Chavez fädelte wieder in den Verkehr ein und fuhr in Richtung Innenstadt, wo sie nur wenige Blocks vom Treffpunkt der Nordkoreaner mit dem unbekannten Botschaftsmitarbeiter entfernt Hotelzimmer reserviert hatten. »Ich denke, wir sollten uns zwei Roller besorgen. Zusätzlich zu dem Wagen. Dann haben wir mehrere Optionen. Wie schon im Flugzeug besprochen, werden wir diesmal improvisieren müssen. Je flexibler wir sind, desto besser.«

Um sieben checkten sie im Hotel ein und beauftragten den Portier, zwei Motorroller zu mieten und neben ihrem Mietwagen abstellen zu lassen. Dann gingen sie auf ihre Zimmer, kontrollierten nochmals ihre Ausrüstung und zogen sich um. Sie legten Kleidung an, in der sie aussahen wie Jogger oder sehr salopp angezogene Touristen.

Das Treffen sollte auf dem Medan Merdeka im Zentrum Jakartas stattfinden, am Fuß des Nationalmonuments, eines über hundertdreißig Meter hohen Turms, der zum Gedenken an den Kampf um die Unabhängigkeit Indonesiens errichtet worden war. Ihr Hotel lag nur ein paar Straßen westlich des Platzes, sodass ihnen noch Zeit blieb, abgefülltes Wasser zu trinken, Eiweißriegel zu knabbern und sich Ferngläser umzuhängen und unter ihren Hemden zu verstecken.

Während sie sich fertig machten, besprachen sie noch einmal ihre Vorgehensweise, warfen einen letzten Blick in den Stadtplan und versuchten, den aufkommenden Jetlag zu vertreiben und sich auf den bevorstehenden Einsatz zu konzentrieren.

Um acht Uhr trafen die Männer an drei verschiedenen Ecken des Platzes ein. Chavez parkte den Wagen an der Nordwestseite, Dom seinen Motorroller an der Südwestseite, und Jack behielt den Helm auf und fuhr mit seinem Roller direkt zum Nationalmonument.

Es war ein riesiger Platz mit freien Rasenflächen, Fontänen und Standbildern, breiten Pflasterwegen, auf denen Motorroller dahindüsten, und einer beträchtlichen Anzahl von Fußgängern, die ihn auf dem Weg zur Arbeit überquerten. Der Turm selbst thronte genau in der Mitte auf einer grasbewachsenen Anhöhe, und trotz der frühen Stunde drehten schon Touristen ihre Runden. Gut fünfzig Meter breite Steinstufen führten die zehn Meter zum Fuß des Turms hinauf.

Aus Sicht der Nordkoreaner bot es sich an, die Übergabe hier vorzunehmen, da die US-Botschaft an der Südostecke des Platzes lag. Doch andererseits schien der Ort für die Abwicklung eines Geheimgeschäfts eher schlecht gewählt, denn direkt an den Platz grenzten auch das indonesische Innenministerium und die Heeresverwaltung.

»Verdammt groß, der Platz«, brummte Jack.

»Dom und ich werden wohl joggen müssen«, erwiderte Chavez. »So decken wir eine größere Fläche ab.«

Dom stöhnte. »Sollen wir etwa eine Stunde lang hier rumrennen, bevor wir uns mit den nordkoreanischen Agenten anlegen?«

»Wenn wir sie rechtzeitig identifizieren, können wir ihnen vielleicht aus dem Weg gehen«, entgegnete Chavez. »Lauf ein paar Minuten, leg eine Pause ein und sieh dich um, dann lauf weiter. Wir joggen unabhängig voneinander los, aber bleiben in Kontakt.«

Jack fuhr knatternd auf dem gepflasterten Weg über den umzäunten Platz. »Wenn du plötzlich einen Krampf kriegst, Cousin, kann ich zu dem Laden fahren und dir Bengay-Salbe besorgen.«

»Leck mich«, knurrte Dom.

Während die Agenten verschiedene Bereiche des Platzes querten und sich dabei dem Nationalmonument mit der Treppe davor langsam näherten, sinnierten sie per Funk darüber, warum die Übergabe des Geheimmaterials in aller Öffentlichkeit stattfinden sollte. Heutzutage erledigte man solche Dinge nämlich auf elektronischem Weg, deshalb erinnerte das Ganze an einen Spionagethriller aus den Achtzigerjahren.

Dominic wartete als Erster mit einer plausiblen Antwort auf. »Wisst ihr, was ich glaube? Wenn dieser Blödmann Dokumente per E-Mail verschickt, kann er die Sache jederzeit abstreiten. Er behauptet einfach, dass er es nicht war, dass jemand sein Passwort gehackt und ihn hereingelegt hat. Es ist schwer, jemand auf frischer Tat dabei zu ertappen, wie er auf *Senden* klickt.«

Chavez spann den Gedanken weiter. »Die Nordkoreaner wollen Fotos von der Übergabe machen.«

»Ganz genau«, stimmte ihm Jack zu. »Dann haben sie ihn nämlich weiter in der Hand. Und können ihn mit den Fotos zwingen, noch mehr Informationen zu liefern.«

Chavez stieg sofort darauf ein. »Okay, Jungs, gehen wir von dieser Annahme aus und halten nach dem Mann Ausschau, der das heutige Geschehen dokumentieren soll. Wir suchen jetzt eine Stelle, die mindestens zweihundert Meter entfernt ist und von der aus man mit einem Teleobjektiv die Übergabe fotografieren kann. Hier im Freien ist es natürlich schwer, den Fotografen aufzuspüren, aber seine Identifizierung ist für uns genauso wichtig wie die der anderen Beteiligten. Wir wollen doch nicht, dass sie Glamourfotos von uns bekommen, selbst wenn wir die Papiermasken aufhaben.«

Sofort machten sich Dominic und Jack daran, die Umgebung abzusuchen.

»He, Ding«, sagte Jack. »Hast du die Infos über den Platz gelesen? Er ist fünfmal so groß wie der Tian'anmen.«

»Ja, hab ich gelesen«, antwortete Chavez. »Außerdem habe ich Augen im Kopf. Zu dritt können wir ihn unmöglich vollständig absuchen.«

»Jetzt könnten wir Gavin mit einer Drohne gut gebrauchen«, sagte Dom.

»Wir schaffen das auch so«, erwiderte Chavez. »Wir müssen nur nach dem Ausschlussverfahren vorgehen. Die Übergabe soll an der Treppe auf der Nordseite des Monuments stattfinden. Der Fotograf könnte den Trottel aus der Botschaft zwar so ziemlich aus jeder Richtung knipsen, aber wahrscheinlich hat er die Order, sich nördlich davon aufzuhalten. Damit halbiert sich das Terrain, das wir absuchen müssen. Außerdem wird er nicht sehr weit hinten zwischen den Bäumen stecken, und da der halbe Platz voller Bäume ist, halbiert das die Fläche noch mal.«

»Oben auf dem Monument ist eine Aussichtsplattform«, gab Jack zu bedenken.

»Die eignet sich nicht für gute Fotos«, erwiderte Chavez. »Außerdem kommt man von da oben verdammt schlecht weg. Ich würde dort jedenfalls keinen Beobachter postieren, und ich bezweifele, dass es die Nordkoreaner tun.«

Die drei Männer streiften auf der Nordseite des Monuments umher. Nach ein paar Minuten sagte Jack: »Wir wissen nicht, wo an der Treppe das Treffen stattfinden wird, und das Monument ist groß. Doch wenn ich es mir genau überlege: Die US-Botschaft liegt im Südosten, deshalb könnte es sein, dass sie sich mit dem Amerikaner im Nordwesten treffen wollen, nur für den Fall, dass auf dem

Dach der Botschaft ein Beobachter sitzt und über die Bäume linst. Sie müssen die Möglichkeit, dass der Typ die amerikanischen Stellen ins Vertrauen gezogen hat, zumindest in Betracht ziehen.«

»Das leuchtet mir ein«, sagte Chavez. »Und es bringt mich auf den Gedanken, dass sie das Monument zwischen der Botschaft und dem Fotografen haben wollen. Du hast einen fahrbaren Untersatz, Jack. Fahr doch mal zur Nordwestecke und sieh nach, ob an der Theorie was dran ist.«

Ryan fuhr auf dem langen geraden Weg in Richtung Ausgang an der Nordwestecke des umzäunten Platzes. Er hatte zwei Drittel der Strecke zurückgelegt, als er rechts hinter einer Reihe getrimmter Bäume zwei Männer entdeckte, die dem Aussehen nach Nordkoreaner sein könnten, mit einer Kamera auf einem Stativ. Die Kamera hatte ein Teleobjektiv mit mindestens 500 mm Brennweite. Im Moment war sie nicht auf das Nationalmonument, sondern genau nach Süden gerichtet, doch so weit hinten zwischen den Bäumen eine Kamera aufzustellen ergab eigentlich keinen Sinn.

»Ich glaube, ich bin fündig geworden. Zwei Typen, rund dreihundert Meter vom Monument entfernt, vielleicht etwas weiter. Sie haben ein Objektiv, mit dem sie gute Fotos machen können, wenn sie auf den Weg hinaustreten.«

»Gut«, erwiderte Chavez. »Aber denk daran, wir sind nicht wegen der Nordkoreaner hier. Wir wollen die Identität des Diplomaten feststellen, uns den Mann greifen, bevor er Kontakt aufnimmt, und wenn möglich von hier fortschaffen.«

Dom hatte sich der Treppe zum Nationalmonument genähert und war jetzt nur noch rund fünfzig Meter von der Nordwestecke entfernt, wo nach ihrer Vermutung die Übergabe geplant war. »Ich bin jetzt so nah dran, dass ich den Typ im Moment der Übergabe aufhalten könnte. Aber wenn er so nahe herankommt, hängt es von den Nordkoreanern ab, wie viel Wirbel das Ganze machen wird.«

Chavez joggte gerade an einem Springbrunnen hundert Meter westlich des Denkmals vorbei. Er drosselte das Tempo, blieb stehen, setzte sich auf eine Bank und beugte sich vor, als wäre er erschöpft. Dabei zog er sein kleines Fernglas unter dem Hemd hervor und führte es, in den Händen versteckt, an die Augen. »Ich sehe sechs, ich wiederhole, sechs Männer, die sich zusammen dem Brunnen nähern. Es könnten Koreaner sein, aber das ist schwer zu sagen. Sie tragen alle Zivilkleidung, bieten kein einheitliches Erscheinungsbild, haben aber alle einen Rucksack oder Aktenkoffer dabei.« Nach ein paar Sekunden fügte er hinzu: »Sie haben den Park zusammen betreten, teilen sich jetzt aber in Zweiergruppen auf.«

»Wie bescheuert sind die denn, dass sie im Rudel hier aufkreuzen?«, sagte Ryan.

Dom hatte darauf eine Antwort. »Das lässt vermuten, dass noch mehr Beobachter um uns herum sind. Allem Anschein nach haben sie uns noch nicht bemerkt, deshalb haben sie den Typen grünes Licht gegeben und sie zum Treffpunkt beordert.«

Chavez teilte diese Meinung. »Es sind noch zwanzig Minuten. Mit diesen sechs, den beiden, die Jack entdeckt hat, und den Unbekannten, die grünes Licht gegeben haben, ist die Gegenseite zahlenmäßig stark vertreten.«

»Wie wäre es, wenn wir etwas völlig Verrücktes tun, um die Übergabe zu verhindern?«, sagte Jack. »Wir werden dann zwar die Chance verspielen, den Amerikaner zu schnappen, aber wenigstens werden wir die Weitergabe von Geheimmaterial verhindern. Einer von uns könnte einen Polizisten anhalten und ihm erzählen, er hätte eine Bombe entdeckt.«

Doms Stimme kam übers Netz. »Nee, lieber nicht!«

Chavez dachte kurz darüber nach. »Wir warten erst mal

ab. Wir versuchen den Amerikaner zu identifizieren. Wenn sich die Gelegenheit bietet, ihn vor der Übergabe zu schnappen, tun wir es, aber wenn es so aussieht, als könnte er es bis zu den Nordkoreanern schaffen, zieht einer von uns seine Knarre und jagt ein volles Magazin in den Boden. Das dürfte die Party beenden.«

Ein paar Polizisten auf Motorrädern patrouillierten zwar in der Nähe, aber der Platz war so groß, dass Chavez glaubte, eine direkte Konfrontation mit der Polizei vermeiden zu können.

Jedenfalls hoffte er es inständig.

»Verhaltet euch weiter unauffällig«, sagte er. »Und haltet die Augen offen. Wichtig ist nur, dass wir den Typ erwischen, bevor er den Nordkoreanern zu nahe kommt, und dann von hier verschwinden, bevor die Indonesier sich einmischen.«

18

Dominic Caruso war in den letzten zwanzig Minuten etwas mehr als zwei Kilometer gejoggt, keine Distanz, mit der man groß prahlen sollte, aber er wollte frisch sein, wenn es um neun Uhr richtig losging. Unterwegs legte er jede Menge Pausen ein, ging ein Stück in normalem Tempo, band die Trainers fester, streckte sich und gab sich überhaupt alle Mühe, möglichst unauffällig zu bleiben und sich dem Alltagsleben hier am Medan Merdeka anzupassen. Außerdem trug er schon seine zweite Papier-Atemmaske; die erste hatte all dem Schweiß und seinem keuchenden Atmen nicht lange standgehalten.

An den westlichen Stufen des Nationalmonuments streckte er die Beine, blickte kurz auf die Uhr und sagte leise: »Es ist genau neun, Leute. Von meiner Seite nichts zu melden.«

Jack befand sich weiter nordwestlich und kurvte immer noch mit dem Roller durch den dichter werdenden Verkehr der Zweiräder und Fußgänger. »Ich habe ein paar unserer Nordkoreaner im Blick. Die Kameracrew ist im Moment immer noch bei den Bäumen, deshalb vermute ich, dass auch die Koreaner ihr Ziel noch nicht identifiziert haben.«

Chavez befand sich an der weiter entfernten nordwestlichen Seite des Platzes, schräg gegenüber der US-Botschaft, in der die Zielperson arbeitete.

Er beobachtete einen groß gewachsenen Mann, der allein auf dem Gehweg in Richtung des Nationalmonuments ging; Chavez blieb ungefähr fünfzig Meter hinter ihm. Der Mann trug einen schwarzen Trenchcoat; ein schwarzer Rucksack hing lässig über einer Schulter.

»Ich hab hier möglicherweise eine Zielperson. An der Nordwestseite, immer noch rund zweihundert Meter vom Monument entfernt. Er geht in südlicher Richtung auf der Ostseite der Straße.«

Dom befand sich inzwischen an der Südseite des Monuments, konnte deshalb den Mann nicht sehen, aber Jack wendete den Roller und näherte sich von der nordöstlichen Seite. Er holte das Fernglas heraus und suchte nach dem Mann im Trenchcoat.

Er entdeckte ihn sofort. Der Mann ging in normalem Tempo, beide Hände in den Manteltaschen, leicht nach vorn geneigt und den Blick auf den Boden gerichtet. Doch durch das Fernglas sah Jack, dass der Mann die Umgebung sehr genau beobachtete und sich sogar einmal kurz umblickte.

»Yeah …«, sagte Jack. »Der könnte es sein.«

Chavez witzelte: »Soll ich mal was riskieren und ihm klarmachen, dass er sich bei diesem Spionagescheiß wie ein blutiger Anfänger aufführt?«

»Jeder von uns war mal ein blutiger Anfänger«, gab Dom zurück.

Chavez trat zwischen den Bäumen hervor und machte sich an die Verfolgung. Er joggte langsam näher an den Mann heran, blieb aber auf Abstand und ging im Schritt weiter, bis der Mann beim Monument ankam.

»Okay, unser Ziel ist identifiziert«, meldete er. »Checken wir mal, wie viel Opposition wir hier entdecken können.«

So weit Jack, Dom und Chavez den Platz überblicken konnten, zählten sie insgesamt zehn Männer, die nordkoreanische Operative sein mochten. »Scheiße«, kommentierte Chavez, als die beiden anderen die Zahl bestätigten. Er überlegte kurz: Wenn Clark hier wäre, würde er die weiteren Entscheidungen einfach ihm überlassen, aber hier war er der Operationsleiter, deshalb musste er die Entscheidungen treffen. Er betrachtete die Nordkoreaner genauer, die er von seiner Position aus sehen konnte, und hatte den Eindruck, dass er diese Typen ernst nehmen musste. Die Tatsache, dass mindestens zehn Agenten involviert waren, sagte ihm, dass diese Aktion für die Nordkoreaner verdammt wichtig sein musste. Chavez war sich im Klaren, dass er den amerikanischen Diplomaten nicht einfach am Arm packen und zum Auto zurückschleppen konnte: Die Nordkoreaner würden sofort dazwischengehen, womöglich sogar von ihren Waffen Gebrauch machen.

Chavez wollte den Verräter haben, er brauchte die Intel, die der Mann bei sich hatte, aber er wollte auch sich und seine Leute heil und lebendig aus der Sache herausbringen.

Die Operation hatte plötzlich eine ganz andere Dimension und Wichtigkeit bekommen.

»Jack, wir machen das folgendermaßen«, sagte er. »Du fährst sofort zum Auto zurück. Es steht hinter mir. Fahr dicht an mir vorbei, ich werfe dir dann den Schlüssel zu. Bring den Wagen hierher, wir brauchen ihn, um uns möglichst schnell vom Schauplatz absetzen zu können.«

Ryan drehte den Gasgriff des Rollers voll auf und raste in Dings Richtung. Das bedeutete, dass er direkt am Monument vorbeifahren musste, das zu seiner Linken war, während die Nordkoreaner in der Nähe standen und der amerikanische Diplomat auf Jacks rechter Seite in südlicher Richtung auf die Koreaner zuging.

Aber obwohl er Dings Befehl sofort befolgte, sagte er: »Du weißt aber, dass der Platz für den Autoverkehr gesperrt ist? Bestimmt werden sich die Stadtbullen ein bisschen wundern, wenn ich mit dem Auto durch die Holzsperren pflüge, um hierher zurückzukommen.«

»Weiß ich«, gab Ding zurück. »Aber mach dich auf einen Fast-and-Furious-Stunt gefasst, die Sache wird nämlich nicht sehr angenehm.«

»*Das* ist ja mal was ganz Neues«, murmelte Caruso ironisch.

Chavez fuhr fort: »Wenn es richtig losgeht, wird sich hier keiner mehr darüber aufregen, dass ein Auto durch die Fußgängerzone fährt, das kann ich euch versichern.«

Jack fuhr an der Zielperson vorbei, die jetzt den Blick auf die Nordwestecke der Treppe am Monument gerichtet hielt. Er ging jetzt etwas aufrechter und blickte scharf zum Monument hinüber, von dem er noch rund hundertfünfzig Meter entfernt war.

Fünf Sekunden später fuhr Jack an Chavez vorbei, der in seiner schwarzen Warm-up-Hose und schwarzem Reißverschluss-Hoodie locker auf dem Gehweg entlangjoggte. Jack streckte die Hand aus, und Chavez warf ihm den Autoschlüssel zu. Geschickt fing Jack den Schlüssel auf und fuhr weiter zum nordwestlichen Ausgang des Platzes.

Chavez schloss langsam zur Zielperson auf. Er war jetzt nur noch ungefähr dreißig Meter hinter dem Mann und wusste, dass er noch genug Zeit haben würde, die Waffe zu ziehen, den Mann zu packen und ihn vom Monument wegzuzerren, wo die Nordkoreaner auf ihn warteten. Er beschloss, genau das zu tun, aber bevor er es tat, forderte er noch Unterstützung an.

»Dom, ich greife ihn in einer Minute, damit Ryan genug Zeit hat, den Wagen zu holen. Wir werden genau gegenüber der breiten Straße im Norden des Monuments sein, aber dort sind wir völlig ungeschützt. Keine Frage, dass uns die Nordkoreaner sofort sehen werden, und die Sache wird ihnen bestimmt nicht gefallen.«

Dom antwortete: »Roger. Ich stehe hinter der Aktion auf der südlichen Seite und habe die bösen Buben im Blick. Ich werde nicht beobachtet, könnte mich also um sie kümmern, falls sie blankziehen.« Nach kurzer Pause fügte er hinzu: »Würde ich aber lieber nicht tun, es sind nämlich ziemlich viele.«

»Waffe stecken lassen. Berichte einfach nur, was sie machen.«

»Verstanden.«

Ding fuhr fort: »Sobald ich die Zielperson habe, schleppe ich ihn zu den Bäumen an der Nordseite. Die bieten ein wenig Deckung. Ich halte mit Jack Verbindung, wenn er mit dem Auto kommt. In der ersten Phase müssen wir also mit einer Verfolgungsjagd zu Fuß rechnen.«

Dom stöhnte. »Warum müssen ausgerechnet heute Morgen so viele Leute über den Platz laufen?«

Jack Ryan junior raste mit dem Roller zwischen den rotweißen Barrieren aus Holz und Plastik hindurch, die die Zufahrtsstraße zum Platz für Autos sperrten. Er fuhr in Richtung des Parkplatzes, an dem Chavez das Mietauto geparkt hatte. Unterwegs verfolgte er den Funkverkehr zwischen Chavez und Dom, und so bekam er mit, dass der Zugriff auf die Zielperson in weniger als einer Minute erfolgen würde. Aber während er zuhörte, bemerkte er einen schwarzen Mitsubishi Pajero, der mit laufendem Motor im Halteverbot stand, unmittelbar neben der Zufahrt zum Platz. Nur der Fahrer saß in dem Wagen, ein Asiate mit Sonnenbrille.

Es befanden sich auch andere Autos in der Nähe, aber keines in der Halteverbotszone. Der Mann konnte durchaus ein Nordkoreaner sein, vielleicht hatte er gerade die sechs Burschen hier am Eingang des Platzes abgesetzt und wartete nun darauf, dass sie nach dem Austausch wieder zurückkamen.

»Ding«, sagte Jack hastig. »Wie wäre es, wenn ich uns ein Auto besorgen könnte, das die Polizei nicht zu unserer Mietwagenfirma zurückverfolgen kann?«

»Wir mieten Fahrzeuge durch Strohfirmen, das weißt du doch«, antwortete Ding. Dann setzte er hastig hinzu: »Funkstille. Wir greifen das Arschloch in dreißig Seks.«

Ryan versuchte es noch einmal. »Wie wäre es, wenn ich den Nordkoreanern das Fahrzeug wegnehmen würde?«

Als Ding »Funkstille« sagte, meinte er es auch, denn er gab keine Antwort mehr. Er war inzwischen dem Amerikaner auf dem Gehweg zu nahe und wollte nicht, dass ihn der Mann in das Mikro reden hörte, während er doch als harmloser Jogger posierte. Aber Dom Caruso meldete sich. »Das musst du selbst entscheiden, Kumpel. Aber bau keinen Scheiß und fange keinen neuen Streit an.«

Aber Jack hatte bereits entschieden. Der Mann hinter dem Lenkrad des Pajeros hob ein Walkie-Talkie an den Mund; jetzt war Jack noch sicherer, es mit einem nordkoreanischen Agenten zu tun zu haben.

Er zog den Roller mitten durch den Morgenverkehr in eine enge U-Kurve, hielt hinter dem Pajero und stieg vom Sattel.

Links fuhren zahlreiche Roller vorbei, dazwischen auch ein grüner Truck mit der Aufschrift POLISI auf der Seite. Der Truck fuhr an ihm vorbei und bog in die Zufahrt zum Park ein.

Jack wurde klar, dass er bei dieser Sache nicht darauf hoffen konnte, unsichtbar zu bleiben. Er musste sie also sehr schnell durchziehen.

Domingo Chavez griff nicht nach der Pistole. Der Mann vor ihm hatte inzwischen die Hände aus den Manteltaschen gezogen und schlenkerte sie beim Gehen. Ding wusste, dass er ihn davon abhalten konnte, in die Tasche zu greifen, falls der Mann tatsächlich eine Waffe bei sich trug, was er aber bezweifelte. Ding beschleunigte seinen Lauf ein wenig, bis er sich neben dem Mann befand. Sie waren jetzt noch rund sechzig Meter vom Nationalmonument entfernt, wo sich die Nordkoreaner in zwei Gruppen aufgeteilt und unter die Touristen gemischt hatten.

Ding packte den Mann grob an der Schulter.

Der Mann zuckte erschrocken zusammen.

Ding sagte mit harter Stimme: »Ein Wort und du bist tot.«

Er drehte den Mann zu sich herum und führte ihn rasch vom Gehweg herab und zu den Bäumen hinüber, die um den Platz standen.

Der Mann war still, offenbar in Panik. Ding sprach in das Mikro: »Was machen sie?«

Caruso antwortete sofort: »Scheiße, Ding. Sie kommen auf dich zu. Sie gehen … Warte … Nein, die Sache ist ihnen jetzt klar, sie rennen.«

»Wie viele?«

»Alle acht Mann.«

»Scheiße!« Ding packte den größeren Mann um die Hüfte und riss ihn mit sich zu den Bäumen hinüber.

Dom Caruso spurtete über die Straße, die um das Nationalmonument herumführte. Er jagte im Abstand von ungefähr fünfzig Metern hinter den acht Nordkoreanern her, die gerade zwischen den Bäumen verschwanden. Chavez hatte einen Vorsprung von einer halben Minute auf seine Verfolger, aber Dom wusste, dass er so schnell wie möglich näher herankommen musste, falls die Sache laut wurde.

Er beschloss, direkt zu der Straße im Nordwesten zu rennen, die links an den Bäumen entlangführte. So kam er schneller voran, konnte die Koreaner überholen und eine bessere Position einnehmen, wenn Chavez aus den Bäumen auftauchte und zum Auto lief, das Jack hoffentlich in diesem Augenblick besorgte.

Dom rannte, so schnell er konnte. Vor Anstrengung pumpten seine Arme und Beine wie eine Maschine. Auf der anderen Straßenseite parkte ein Streifenwagen, doch er stand in entgegengesetzter Richtung. Im Moment wollte sich Dom über indonesische Polizisten keine großen Gedanken machen, die in einem geparkten Streifenwagen ihre Stunden absaßen; er rannte einfach weiter.

Chavez zerrte den Mann im Trenchcoat gute hundert Meter zwischen den Bäumen hindurch, was ziemlich anstrengend war. Dem amerikanischen Verräter war offenbar inzwischen klar geworden, dass er aufgeflogen war, und setzte erneut alles daran, sich von Chavez loszureißen. Chavez brüllte ihn an, denn er wusste, dass die Feinde nicht weit zurück waren. »Komm schon, Mann, lauf!«

Aber der Mann im Trenchcoat versuchte, sich loszureißen. »Nein!«, schrie er.

Chavez zog die Smith & Wesson mit der rechten Hand, während er den Mann mit der linken festhielt. Ohne den Schritt zu verlangsamen, bellte er ihn an: »Ich sage Ihnen das nur einmal!«

Der Mann sah völlig verstört aus, stieß aber dennoch hervor: »Nein! Ich *kann* nicht! Ich muss …«

»Du kannst, und du wirst!«, blaffte ihn Chavez an, rammte ihm die Pistole in die Rippen und lief sogar noch schneller. »Wo bleibst du mit dem Auto?«, fragte er Jack über Funk.

»Was?«, fragte der Amerikaner.

»Ich rede nicht mit dir, Arschloch. Lauf einfach weiter!«

Jetzt hörte der Trenchcoat das Gebrüll zwischen den Bäumen hinter sich, als die Nordkoreaner aufholten.

Zu Chavez' Verblüffung brüllte der Mann den Verfolgern zu: »Hier bin ich! Helft mir!«

Chavez gab ihm einen harten Schlag auf die Nase, während er ihn weiterzerrte. Der Mann hörte auf zu rufen. »Mach das noch einmal und ich jage dir eine Kugel ins Knie, auch wenn ich dich dann tragen muss.«

Jack ging zügig zur Fahrerseite des Pajeros. Ihm war klar, dass er im Rückspiegel zu sehen war und auch vom vorbeifließenden Verkehr beobachtet werden konnte. Viel lieber hätte er sich auf der anderen Seite genähert, aber der Fahrer hatte sein Seitenfenster teilweise geöffnet, und Jack brauchte den schnellen, ungehinderten Zugriff auf den Fahrer, wenn er das hier erfolgreich durchziehen wollte.

Er überraschte den Mann, der gerade sein Walkie-Talkie wieder weglegen wollte. »Entschuldigen Sie – wissen Sie, wie ich nach San José komme?«

Der Fahrer griff schnell zum Beifahrersitz. Jack entdeckte dort eine schwarze halbautomatische Pistole. Das war für Jack der Beweis, dass er tatsächlich das Fluchtauto der nordkoreanischen Agenten identifiziert hatte.

Er drückte dem Fahrer die eigene Waffe an die Schläfe. »Keine Ahnung, ob du Englisch verstehst, aber du weißt bestimmt, was so eine Kugel anrichten kann. Lass die Waffe liegen, sonst verspritze ich deine Hirnmasse übers Armaturenbrett.«

Der Mann legte die Hände in den Schoß.

Jack befahl ihm auszusteigen und blickte sich rasch nach beiden Richtungen um, aber kein Polizist war in der Nähe, der ihn hätte beobachten können. Jack stieg ein, ließ den Agenten einfach am Straßenrand stehen, startete den Motor und fuhr los. Nach einer harten Rechtskurve pflügte er mitten durch die Absperrungen aus Plastikelementen und Holzsperren.

»An alle – Achtung. Der schwarze SUV, der gerade über den Platz auf euch zurast, bin ich! Nicht schießen!«

Ding Chavez hörte die Nordkoreaner näher kommen, sie waren jetzt höchstens noch fünfundzwanzig Meter hinter ihm. Die Bäume standen dicht, aber nicht undurchdringlich, und Chavez war vollkommen klar, dass ihn die Gegner innerhalb von Sekunden einholen würden, zumal er den widerstrebenden Mann mit sich zerren musste.

Nach Jacks Meldung teilte ihm Ding mit, dass er sich nach links zur Straße durchkämpfen wolle; sie könnten sich dann auf halber Strecke zwischen dem Nationalmonument und dem Nordwest-Ausgang des Medan treffen. Er riss seinen Gefangenen grob nach links und stieß ihn in Richtung Straße.

Der Verräter sagte: »Sie müssen mir zuhören! Ich kann nicht zulassen ...«

Zwischen den Bäumen hinter ihnen krachte ein Schuss; das Geschoss ging keine zwei Meter über sie hinweg durch die Äste.

»Scheiße!«, brüllte Ding.

Dom Carusos Stimme kam scharf und gestresst aus dem Ohrstöpsel. »He! Jemand schießt!«

»Was du nicht sagst«, gab Ding trocken zurück. »Einer der Typen auf unserer Sechs hat über unsere Köpfe geballert.«

Wieder knallte ein Schuss. Diese Kugel hörte Ding noch dichter vorbeigehen. Sein Gefangener riss geschockt die Augen auf.

Jack Ryan meldete sich. »Bin da. Halte Ausschau nach euch, Jungs.«

»Wir sind noch in den Bäumen«, antwortete Ding. »Keine Ahnung, wie lange wir noch ...«

Doch im selben Augenblick stürmten er und der Gefangene zwischen den Bäumen hervor ins Freie, in direkter Linie zum schwarzen SUV, der keine hundert Meter entfernt auf der Straße wartete.

»Sehe euch!«, schrie Jack. Er schob den Ganghebel auf Parken und stieg aus.

Zwei Schüsse zischten dicht an Chavez und seinem Gefangenen vorbei, doch der dritte Schuss traf den Mann im Trenchcoat in die linke Wade. Der Mann taumelte und fiel ins Gras.

Chavez wirbelte herum, ging auf ein Knie und hob die Waffe. Gleichzeitig rief er: »Dom! Gib Feuerschutz!«

Dom Caruso rannte ungefähr fünfzig Meter auf dem Gehweg entlang. Er befand sich südwestlich vom SUV und konnte Chavez sehen, der gerade mit der Pistole in Richtung der Bäume zielte. Neben ihm wälzte sich der verwundete Gefangene im Gras.

Dom ließ sich ebenfalls auf ein Knie fallen, hob die Smith & Wesson und zielte auf den Rand der Baumreihe. Ziemlich unwahrscheinlich, dass er mit seiner Kompaktpistole jemand aus dieser Entfernung treffen könnte, vor allem auch angesichts der Tatsache, dass er einen über eine Minute langen Höchstsprint hinter sich hatte und sein Herz daher raste, sodass das Korn auf dem Lauf mit seinem Herzschlag hüpfte und bebte. Aber sein Job war, Feuerschutz zu geben, um den Feind ein wenig abzulenken.

Schließlich wollte er hier keinen Scharfschützenwettbewerb gewinnen.

Kaum sah Dom eine Bewegung in den Bäumen – ein Mann in T-Shirt und Shorts mit schussbereit erhobener Waffe –, als er auch schon abdrückte. Weiter links feuerte nun auch Ding.

Jack warf sich den verletzten Gefangenen über die Schulter – mit dem sogenannten Gamstragegriff –, während Chavez die Typen zwischen den Bäumen mit weiteren Schüssen in Schach hielt. Jack schleppte den Verräter so schnell er konnte zum SUV zurück und versuchte, einfach nicht auf die Schießerei zu achten, die nun hinter ihm losging. Er warf den Mann buchstäblich über die Schulter durch die offen stehende Tür des Geländewagens, zog die Pistole und zielte ebenfalls auf die Bäume.

»Ding! Ich gebe dir Feuerschutz! Rückzug!«

Jack feuerte drei Schüsse auf das Mündungsfeuer ab, das

zwischen den Bäumen aufgeblitzt war. Im selben Moment wurde ihm klar, dass der Trenchcoat den Rucksack nicht mehr bei sich hatte. »Ding! Der Rucksack!«

Vor ihm, etwas weiter rechts, war Ding gerade in Richtung SUV losgesprintet. Ohne langsamer zu werden, streckte er den Arm aus und fegte den Rucksack aus dem Gras. Er sprang mit einem Satz auf den Rücksitz zu dem Verwundeten, während Jack den Rest seines Magazins auf die dunklen Gestalten zwischen den Bäumen abfeuerte. Er war sich nicht sicher, ob er einen der Typen getroffen hatte, aber jetzt war sein Job, den Wagen außer Schussweite zu bringen.

Als er sich hinter das Lenkrad schwang, sah er Dom Caruso auf dem Gehweg, knapp fünfzig Meter vor ihm, der gerade das leere Magazin auswarf, ein neues einschob und weiter auf die Nordkoreaner feuerte. Jack sagte: »Bin in zehn Sekunden bei dir!«, und trat den Gashebel durch.

Kugeln schlugen in die Metallkarosserie ein, als Jack losraste, und von hinten hörte er Glas splittern.

»Alles okay bei euch?«, fragte er, hütete sich aber, vor dem Gefangenen Namen zu nennen.

Chavez antwortete sofort. »Ja, alles okay, aber bring uns hier raus. Er hat eine Schusswunde am Bein, aber die wird er überleben.«

Jack sah Dom Caruso, der sich jetzt aufrichtete und dem Wagen entgegenrannte, der direkt auf ihn zuhielt. Aber Jack sah etwas, das Caruso nicht sehen konnte: Links hinter Caruso raste ein POLISI-Streifenwagen über die Straße daher und näherte sich Caruso von links. Die Polizisten wollten offenbar diesem schießwütigen Typen den Weg abschneiden.

Jack brüllte: »Warte noch!« Er riss das Lenkrad nach rechts, raste an dem verblüfften Caruso vorbei und rammte den Streifenwagen am vorderen linken Kotflügel, sodass dieser um fünfundvierzig Grad herumgeschleudert wurde, wobei der linke Vorderreifen platzte.

Jacks Airbag schoss heraus und prallte ihm ins Gesicht. Die Bullen im Streifenwagen würden wahrscheinlich von dem harten Aufprall nicht nur für ein paar Sekunden benommen, sondern auf jeden Fall auch ganz schön sauer sein, aber das war immer noch weit besser, als zu riskieren, dass das Campus-Team verhaftet und wegen Waffenbesitz und Kidnapping in Indonesien angeklagt würde.

Dom drehte abrupt um, rannte zum Mitsubishi und warf sich durch die Hintertür, die Ding aufgestoßen hatte. Er landete praktisch auf Ding und dem Gefangenen, der mit dem Gesicht nach unten im Fußraum eingezwängt lag. Dom schmetterte die Tür hinter sich zu, Jack wedelte den Kalkstaub weg, der bei der Entfaltung des Airbags aufgestiegen war, und gab Gas. Er rammte den Streifenwagen noch weiter zur Seite, während weitere Pistolenschüsse auf der Seite des SUVs einschlugen.

»Köpfe runter!«, brüllte Jack.

Im Vorbeifahren warf er einen Blick auf die Polizisten, die verblüfft und geschockt durch die zersplitterte Windschutzscheibe zu ihm hochstarrten.

»Sorry, Jungs«, sagte Jack, aber natürlich konnten sie ihn nicht hören.

Jack stieg auf das Gaspedal und fuhr in Richtung Osten, bog aber dann scharf nach links ab und raste zum nordöstlichen Ausgang des Platzes.

Chavez und Caruso zerrten den Gefangenen auf den Rücksitz, sodass er aufrecht sitzen konnte. Er stöhnte kurz auf vor Schmerzen, doch dann brüllte er: »Hört mir zu! Ihr müsst mir …«

Chavez schob ihm den Lauf der Pistole in den Mund. »Glaub mir, es gibt eine Menge Leute, die sehr gern hören wollen, was du zu sagen hast. Aber ich gehöre nicht dazu.«

Chavez wandte sich an Dom. »Der Bursche ist ein Schreihals. Er hat versucht, die nordkoreanischen Schläger zu uns in die Bäume zu locken.«

Dom Caruso nickte. »Klar. Klebeband?«

»Ganz genau«, antwortete Chavez.

Dom nahm eine Rolle Isolierband aus seinem Erste-Hilfe-Pack, und schon ein paar Sekunden später hatte er dem Mann den Mund zugeklebt. Ding rollte den Gefangenen auf den Bauch und untersuchte die Wadenwunde genauer. Die Blutung stoppte er mit Gaze und Klebeband aus seinem eigenen Med-Pack. Es war keine sehr schwere Verletzung, konnte aber problematisch werden, wenn die Blutung nicht gestoppt wurde.

Jack hatte kurz nachgedacht. »Mir ist da grade was eingefallen. Entweder habe ich einen Glückstreffer gelandet, als ich diesen Wagen hier zufällig an dem Ausgang fand, durch den ich mit dem Roller gefahren bin, oder sie haben noch weitere Fahrzeuge an anderen Stellen rund um den Platz geparkt. Das würde bedeuten, dass ein paar von den Burschen mobil sind und uns verfolgen können.«

Chavez nickte. »Und inzwischen wissen sie auch, dass wir in einem von ihren eigenen Fahrzeugen unterwegs sind.«

»Genau«, sagte Jack. »Ich fahre zum Parkplatz im Westen zurück. Wir steigen in unseren Mietwagen um und fahren damit zum Airport.«

»Mach das, aber pass auf.«

»Na klar doch«, witzelte Jack. »Wir wollen doch nicht, dass hier was Schlimmes passiert.«

19

Die Firmenmaschine von Hendley Associates, eine Gulfstream G550, hob, nur 51 Minuten nachdem Jack Ryan in den Streifenwagen der Polizei von Jakarta gekracht war, vom Soekarno-Hatta International Airport ab.

Die Maschine war noch im Steigflug nach Nordosten und befand sich gerade erst dreihundert Meter über dem Boden, als Chavez, Ryan und Caruso die Sicherheitsgurte lösten und sich zu dem gefesselten Amerikaner setzten. Seine Wunde war versorgt und verbunden worden, aber sein Mund war noch immer mit dem Klebeband zugeklebt.

Während der Fahrt zum Flughafen hatten sie ihn durchsucht, aber keine Ausweise, Karten oder überhaupt irgendetwas gefunden, womit sie seine Identität hätten feststellen können. Sicherlich hatte er seine Brieftasche in der Botschaft oder in seiner Wohnung zurückgelassen, für den Fall, dass bei dem Austausch mit den Nordkoreanern etwas schiefging.

In seinem Rucksack fanden sie drei Aktenmappen mit Dokumenten. Alle Mappen waren eindeutig als vertraulich gekennzeichnet, aber die Akten, in denen Jack kurz geblättert hatte, waren ebenfalls nur als vertraulich gekennzeichnet, der niedrigsten Geheimhaltungsstufe.

Jack und die beiden anderen Campus-Männer waren überrascht, als sie feststellten, dass es bei der ganzen aufwendigen Operation um Dokumente gegangen war, die nicht einmal als streng geheim klassifiziert waren.

Sie nahmen sich ein paar Minuten Zeit, um die Papiere durchzublättern, doch dann riss Chavez dem Mann das Isolierband vom Mund. Bevor der Gefangene auch nur ein Wort hervorbringen konnte, blaffte Chavez ihn an: »Name?«

Der Mann blickte ihn verwirrt an. »Ben. Ben Kincaid. Benjamin Terrance Kincaid. Haben Sie …«

»Mehr will ich nicht wissen.« Chavez klebte ihm wieder den Mund zu. »Es ist ein langer Flug, versuchen Sie zu schlafen«, riet er dem Gefangenen.

Bevor er das Band vollends festkleben konnte, schob Kincaid es jedoch mit der Zunge weg, sodass er noch etwas hervorstoßen konnte. »Jennifer! Ich muss mit ihr reden …«

Chavez hielt inne. Eher aus Neugier ließ er die Klebebandrolle sinken.

»Jennifer?«

Kincaid nickte. »Bitte, Sir! Ich muss wissen, ob sie in Sicherheit ist.«

Chavez, Jack und Dom blickten sich verwundert an, dann starrten alle Kincaid an. »Wer zum Teufel ist Jennifer?«, fragte Chavez.

Kincaid riss die Augen auf und blickte die drei Männer der Reihe nach entsetzt an. »Wer Jennifer ist? Wer wohl! Meine Frau natürlich.«

Chavez verdrehte die Augen. »Hör mal, Kumpel, bis vor zwei Minuten wussten wir nicht mal, wie du heißt! Wir wussten nur, dass die Nordkoreaner irgendeinen Scheißkerl aus der Botschaft treffen wollten, der ihnen geheime Informationen verraten wollte.«

Kincaids Miene verwandelte sich in schieres Entsetzen. »Aber das heißt … dass Sie … Sie haben sie doch herausgeholt, oder nicht? Sie haben Jennifer herausgeholt? Sagen Sie es mir! Sagen Sie mir, dass sie in Sicherheit ist!«

Wieder blickten sich die Campusagenten verwirrt an.

»Beruhigen Sie sich!«, sagte Chavez scharf. »*Wo* herausgeholt?«

Kincaid begann zu schreien und riss wie wild an seinen Fesseln. »Fuck! Scheiße! Ihr habt keine Ahnung, was wirklich los ist! Jennifer ist bei der CIA! Als verdeckte Ermittlerin, bei einer inoffiziellen Operation! Sie ist in Gefahr!«

Chavez blinzelte ein paarmal. »Ihre Frau ist bei der CIA?«

»Verdammt, ja! Zum Teufel mit euch! Sie ist irgendwo in Weißrussland, und nach dem, was hier passiert ist, werden sie sie umbringen!«

Das ergab für Jack keinen Sinn. »Wenn Ihre Frau als verdeckte Ermittlerin operiert, woher wissen Sie dann, wo sie sich aufhält? Das darf sie Ihnen doch gar nicht sagen!«

»Seid ihr Typen total bescheuert? Natürlich hat sie es mir nicht gesagt! Ich habe seit drei Monaten nichts mehr von ihr gehört! Sie hat mir nur erzählt, dass der Einsatz sechs Monate dauern würde.«

»Aber woher wussten Sie dann, wo …«

»Weil mir diese abgefuckten Scheißkerle in Jakarta Fotos von ihr zeigten, die während ihrer Feldarbeit aufgenommen worden waren. Dieselben Typen, die Sie als Nordkoreaner bezeichnet haben! Sie sagten, ein Anruf würde genügen, dann würde Jennifer von der Gruppe eliminiert, die sie infiltriert hat. Die Typen in Jakarta behaupteten, Jennifer sei als Buchhalterin für irgendeine undurchsichtige Organisation in Weißrussland tätig, die zur Mafia gehört. Sie haben mir gedroht, wenn bei dem Austausch heute Morgen nicht alles genau nach Plan verläuft, würden sie die Weißrussen anrufen, und die würden sie dann …«

Chavez sprang auf. »Bin gleich wieder da!«

Im vorderen Teil der Kabine, direkt vor der Galley, rief Chavez Mary Pat Foley an. Sie meldete sich schon nach wenigen Sekunden. »Ich habe gehört, in Jakarta hätte es eine Schießerei gegeben. Seid ihr alle okay?«

Chavez begann sehr schnell zu reden. »Hören Sie mir genau zu. Dieser Mann heißt Ben Kincaid. Seine Frau ist …«

Mary Pat schnappte hörbar nach Luft. »Jen Kincaid! Großer Gott. Sie ist eine von Canfields Topagenten.«

»Ja, genau. Die Nordkoreaner haben Ben klargemacht, dass sie ihre wahre Identität herausgefunden haben und wissen, wo sie arbeitet. Sie sagten, wenn Ben heute nicht mitspielt, würden sie die Typen in Jennifers Umgebung informieren und dafür sorgen, dass sie eliminiert wird. Keine Ahnung, ob das alles nur Bullshit ist oder ob es stimmt.«

Mary Pat fragte hastig: »Haben sie gesagt, wo Jennifer ist?«

»Irgendwo in Weißrussland, sie arbeitet bei einer …«

Mary Pat unterbrach ihn hastig. »Bleiben Sie dran, ich checke das mit Jay.« Es klickte im Hörer. Mary Pat war sich anscheinend über den Ernst der Lage vollkommen im Klaren.

Er ließ das Telefon sinken; in seinem Magen regte sich ein ungutes Gefühl. Von weiter hinten in der Kabine hörte er Kincaid, der abwechselnd in Tränen ausbrach und Jack und Dom aufs Übelste beschimpfte.

Die beiden Campus-Agenten schauten zu Chavez hinüber, offenbar hofften sie inständig, dass sie mit ihrer Operation in Jakarta eine schlimme Situation nicht noch schlimmer gemacht hatten.

Mary Pat meldete sich nach einer Minute wieder. »Canfield hat es bestätigt. Jennifer Kincaid ist derzeit in Minsk. Sie arbeitet tief verdeckt in einer legitimen Firma, die im Besitz einer sehr gefährlichen kriminellen Organisation ist.«

»Scheiße. Wie zum Teufel haben das die Nordkoreaner herausgefunden?«

»Das wissen wir nicht, aber in den vergangenen paar

Wochen hatten wir mehrere ähnliche Hackerangriffe, kennen aber die Urheber nicht. Es gibt hier offenbar einen breit angelegten und immer noch aktiven Geheimnisverrat, über den wir so gut wie nichts wissen.«

»Was ist mit Jennifer?«

»Wir können hier nicht das normale Verfahren anwenden. Canfield hat sofort Leute dorthin gehetzt, um sie herauszuholen. Ihre Deckung ist jetzt nicht mehr wichtig, auch nicht ihre weitere Karriere in verdeckten Operationen. Wir werden ein paar Teams um sie gruppieren und sie herausholen, bevor ihr etwas zustoßen kann.«

Chavez warf einen Blick auf die Uhr. »Verdammt, Mary Pat. Wir haben diesen Burschen seit über einer Stunde in unseren Händen. Er widersetzte sich, und unsere größte Sorge war, aus dem Land zu verschwinden, bevor er uns kompromittieren konnte. Deshalb haben wir ihn geknebelt. Die Nordkoreaner sind uns also eine Stunde voraus.«

»Das konntet ihr nicht wissen«, sagte Mary Pat leise. »Schauen Sie, Sie wissen doch, wie so etwas läuft. Die Operationsleiter, mit denen ihr in Jakarta zu tun hattet, sind nicht diejenigen, die Jen in Minsk auffliegen lassen. Sie würden zuerst einmal ihre Agentenführer anrufen, und die werden die Sache nach oben weiterreichen. Der Kontakt mit der weißrussischen Gruppierung kann unmöglich in weniger als einer Stunde erfolgt sein.«

Chavez meinte: »Ich wünschte nur, Sie würden so überzeugend klingen wie das, was Sie sagen.«

Mary Pat zögerte, dann sagte sie: »Ja … Wir können im Moment nichts anderes tun als zu beten, dass Jays Männer rechtzeitig zu ihr kommen.«

Chavez beendete das Gespräch, setzte eine zuversichtliche Miene auf und kehrte zu den anderen zurück.

Kincaid schaute ihn an; Tränen liefen ihm übers Gesicht. »Was ist los?«

»Man kümmert sich darum.«

»Was zum Teufel soll das heißen?«

»Es heißt, dass Langley in diesem Moment dabei ist, Ihre Frau herauszuholen.«

Kincaid nickte langsam und ohne rechte Überzeugung, dann blickte er einen Moment lang aus dem Fenster. »Das Material, das ihr unbedingt schützen wolltet. Das Zeug, das ich der anderen Seite übergeben wollte. Wisst ihr überhaupt, was das war?«

»Spielt jetzt keine Rolle mehr«, sagte Dom.

»Es spielt eine verdammt große Rolle! Ich habe keine Geheimcodes weitergegeben. Auch keine Informationen über die Dienstreisen des Botschafters. Nein ... Es war eine Medienliste. Eine Scheißliste mit den Namen der Journalisten und Medienproduzenten in Jakarta, die wir normalerweise kontaktieren, wenn wir den Medien Hintergrundinformationen zukommen lassen wollen. Die meisten Namen und Organisationen in diesen Akten kann man leicht aus ihren Zeitungen oder Magazinen herausfischen. Die Informationen sind nichts wert! Nichts! Außerdem haben die Leute, die mich kontaktierten, behauptet, sie seien Südkoreaner.«

Dom schüttelte ungläubig den Kopf. »Warum sollten Südkoreaner Ihre Frau töten wollen?«

»Sie behaupteten, sie hätten hier in Jakarta gewisse geschäftliche Kontakte, die sich um politische Ämter bewerben wollten. Mir war klar, dass die Burschen gefährlich waren, aber ich hatte *nicht die geringste* Ahnung, dass sie aus Nordkorea kamen.«

»Spielt keine Rolle«, warf Jack ein. »Sie wollten vertrauliches Material weitergeben.«

»Völlig unwichtiges Material, um das Leben meiner Frau zu retten!«

Jack zuckte die Achseln. »Wie auch immer – sie wollten Sie am Haken haben. Nur darum ging es. Wenn Sie erst einmal Material weitergegeben hätten, egal welches Material, wären sie immer wieder auf Sie zurückgekommen und hätten Ihnen gedroht, diesen ersten Geheimnisverrat öffentlich zu machen, und dann hätten sie den Druck immer weiter gesteigert.«

Chavez nickte. »Genau so funktioniert das, Ben. Und jetzt lehnen Sie sich mal zurück und ruhen Sie sich aus. Wir geben Ihnen Bescheid, sobald wir erfahren, dass Ihre Frau in Sicherheit ist.«

Sie hatten gerade nach einem Tankstopp in Tokio abgehoben, als das sichere Telefon im vorderen Kabinenteil dudelte. Chavez meldete sich und setzte sich.

Vom mittleren Kabinenteil aus beobachteten ihn alle anderen und versuchten, aus seiner Körpersprache zu lesen, dass es gute Nachrichten gab.

Es fiel ihnen nicht schwer zu erraten, was Chavez hörte. Chavez senkte den Kopf und rieb sich langsam die Augen. Schließlich nickte er, legte auf und blieb nur einfach unbeweglich sitzen und starrte vor sich hin.

Alle Blicke blieben auf ihn geheftet.

Nach ein paar Augenblicken sagte Chavez: »Dom, tu mir den Gefallen und binde ihn los. Mr. Kincaid, würden Sie bitte zu mir kommen?«

Ben Kincaids Miene versteinerte. Tränen traten ihm in die Augen, aber er sagte nichts. Dom schnitt die Plastikfesseln durch, mit denen er an seinen Sitz gefesselt war. Kincaid stand auf und ging langsam zum vorderen Kabinenteil, schwerfällig wie ein Mann auf dem Weg zum elektrischen Stuhl.

Dom und Jack mussten sich nicht erst ansehen. Sie saßen nur still da, bis Jack schließlich sagte: »Scheiße.«

Dom nickte. »Ja. Eine riesige, verdammte Scheiße.«

Zehn Minuten später kam Chavez zum hinteren Kabinenteil und setzte sich zu Dom und Jack. Kincaid blieb vorne;

er saß zusammengekrümmt im Sitz und weinte leise. Chavez schaute seine Freunde bedrückt und traurig an. Es war, als hätte er eine Freundin verloren. »Jennifer Kincaids Leiche wurde vor der amerikanischen Botschaft in Minsk aus einem Auto geworfen. Man hat ihr die Kehle durchgeschnitten; die Schnitte waren so tief, dass ihr Kopf kaum noch am Rumpf hing.«

»Möge sie in Frieden ruhen«, sagte Dom leise.

Jack blickte durch das Fenster auf die Wolkendecke unter ihnen. »Das geht auf uns. Unser Fehler. Sie haben sie getötet, weil wir uns eingemischt haben.«

Chavez seufzte. »Unvollständige Intel, Jack. Wir waren die Speerspitze, aber der Speerschaft hat uns im Stich gelassen. Wenn wir mehr gewusst hätten, wenn wir mehr Zeit gehabt hätten, dann hätten wir etwas unternehmen können …«

Jack unterbrach ihn mit tonloser Stimme. »Kann sein, aber der Speerschaft war nicht schuld, dass sie starb. Das waren wir.«

»Mary Pat sagte, es habe irgendeinen Geheimnisverrat gegeben, aber sie wissen noch nichts Genaues. Das hier passt dazu. Die Frau starb im selben Moment, als die CIA herausfand, dass die Nordkoreaner Dokumente von den USA erhalten würden.«

»Fuck!«, sagte Jack und schlug die Faust auf den Tisch.

Chavez überließ die jungen Männer ihren Gedanken und ging zu Kincaid zurück. Der Mann war immer noch ein Gefangener, und im Moment war er so verstört und verbittert, dass ihm auch irgendeine Dummheit zuzutrauen war. Es war entschieden besser, wenn ein vernünftiger und verständnisvoller, aber auch fähiger Mensch für den Rest des Flugs nach D. C. in seiner Nähe blieb.

Sie hatten noch dreizehn Stunden Flug vor sich, aber Chavez bezweifelte, dass einer von ihnen große Lust zum Reden hatte.

Nach einem Tankstopp in Mexico City, der sich wegen schlechten Wetters zu einem vierundzwanzigstündigen Aufenthalt ausgewachsen hatte, landete die alte Antonow mit Abu Musa al-Matari, seinen beiden Untergebenen und einer ansehnlichen Materialladung um 22 Uhr auf dem Ardmore Downtown Executive Airport, Oklahoma. Ein einzelner Zollbeamter erwartete die Maschine, und der Tower war nur mit einem einzigen Fluglotsen besetzt, um diesen NAFTA-Flug aus Südamerika sicher zur Landung zu leiten.

Die nötigen Dokumente und Formulare waren schon vorab eingereicht worden, in denen die Fracht als Rücksendung von funktionsunfähigen landwirtschaftlichen Maschinen deklariert wurde.

Der Zollbeamte hatte nichts anderes zu tun, als kurz an Bord zu gehen, die Papiere der Crew einschließlich ihrer Reisepässe zu checken und eine oberflächliche Überprüfung der Fracht vorzunehmen.

Der Fluglotse im Tower, der Zollbeamte, das Tankteam des Flughafenbetreibers und ein einzelner Sicherheitsmann in einem Patrouillenwagen, der auf der entfernten Seite des Flughafengeländes parkte, bildeten das gesamte Bodenpersonal – wenn man von den Insassen zweier Fahrzeuge absah, die das Flugzeug ebenfalls erwarteten.

Für den Rückflug nach Südamerika reichte der Tankinhalt der An-32 nicht aus, und das Tankteam begann mit dem Betanken, noch bevor die Falttreppe und die Laderampe herabgelassen worden waren.

Ein Umzugs-Lkw der Mietfirma U-Haul mit einer Nutzlast von 7,5 Tonnen rollte zum Heck der Propellermaschine. Neben dem Truck hielt ein Ford Explorer. Eine Frau und fünf Männer stiegen aus den Fahrzeugen und gingen zur Laderampe.

Der Zollbeamte stieg vorne in das Flugzeug, wo er vom Piloten und dem Kopiloten begrüßt wurde. Er schüttelte beiden Männern die Hand, übergab ihnen die abgestempelten und unterschriebenen Papiere und überprüfte, ob die Ladung in den Dokumenten ordnungsgemäß aufgeführt war und auch die Papiere der beiden Piloten in Ordnung waren.

Die Ladung selbst inspizierte er nicht, weshalb er weder Granatwerfer noch Maschinengewehre oder Bombengürtel zu sehen bekam. Er blickte auch nicht in die Bordküche im hinteren Teil des Flugzeugs, weshalb er auch die drei Agenten des Islamischen Staates nicht bemerkte, die in der Bordküche hockten und nervös an den Glock-17-Pistolen in ihrem Schoß herumfingerten.

Dem Zollbeamten wurde ein Umschlag mit 25.000 Dollar übergeben, den er schnell einsteckte, bevor er die Gangway hinunterstieg. Auch dem runden halben Dutzend Leute, die gerade mehrere 25-Kilo-Kisten vom Laderaum in den U-Haul-Truck verluden, schenkte er keinen einzigen Blick.

Er wollte definitiv *nicht* wissen, was da vor sich ging.

Um vier Uhr morgens stieg die in Russland gebaute und in bolivianischem Besitz befindliche Antonow bereits wieder in den Morgenhimmel. Die gesamte Chicago-Zelle sowie Tripolis, Algier und Musa al-Matari verließen Ardmore in zwei Fahrzeugen. Zwei Tonnen todbringenden Materials hatten sicher und ungehindert ihren Weg in die Vereinigten Staaten von Amerika gefunden.

Die Fahrzeuge fuhren nicht nach Chicago. Nein – vielmehr machten sie sich auf eine lange Kreuzfahrt durch das Land, die mehrere Tage dauern sollte. Die Ausrüstung musste unter den übrigen vier Teams verteilt werden. Als sicherste Methode hatte man sich dafür entschieden, das Material in Städten zu deponieren, die ein paar Autostunden von den jeweiligen Standorten der Zellen entfernt lagen. In diesen Städten hatten sie Lagerräume angemietet, in denen sie nun einfach die Kisten zwischenlagerten. Die Schlüssel würden dann per FedEx an die jeweiligen Zellenführer geschickt.

Bis zum Nachmittag hatte der Truck schon ein Dutzend Kisten in Alpharetta, Georgia, deponiert, und gegen Mittag am folgenden Tag stand ein Dutzend schwarze Plastikbehälter in einem drei mal drei Meter großen Mietlagerraum in Richmond, Virginia. Weitere Kisten lieferten sie nach Ann Arbor und schafften ihre eigenen Kisten nach Naperville, Illinois. Hier trennten sich al-Matari, Algier und Tripolis von der Gruppe und machten sich auf den Weg zu einer sicheren Wohnung, die sie in der Nähe des Lincoln Square in Chicago angemietet hatten.

Die Chicago-Zelle fuhr nach San Francisco weiter, um dort die letzten Pakete, eine Waffenlieferung für die Santa-Clara-Zelle, zu deponieren.

Man hatte al-Matari mit einem Führerschein ausgestattet, der auf einen bärtigen, bebrillten achtunddreißig Jahre alten amerikanischen Staatsbürger palästinensischer Herkunft ausgestellt war. Nachdem er sich einen Bart hatte wachsen lassen, musste er zugeben, dass der Mann auf dem Foto sein Doppelgänger hätte sein können. Mit dem Führerschein und den Kreditkarten, die ebenfalls auf den Namen des Mannes ausgestellt waren, konnte sich al-Matari frei bewegen. Auch seine beiden IS-Agenten waren mit entsprechenden Dokumenten ausgestattet worden, obwohl sie eigentlich nicht damit rechneten, in eine Polizeikontrolle zu geraten.

Schon oft hatten sie im Verlauf ihrer »Karriere« im Untergrund gearbeitet und hatten auch lange genug in Europa gelebt, um sich westliches Verhalten anzugewöhnen und auch ihr Aussehen entsprechend anzupassen. Sie würden sich größte Mühe geben, nicht ins Visier der Behörden zu geraten, aber falls sie doch einmal in eine Kontrolle gerieten und befragt würden, konnten sie absolut plausible und abgesicherte Legenden vorweisen. Außerdem gab es andere Leute im Land, die für sie bürgen würden.

Al-Matari hatte zu hart gearbeitet, um irgendetwas dem Zufall zu überlassen. Wenn für seine Männer und Frauen der Zeitpunkt der Angriffe näher rückte, würde er bestens vorbereitet sein; auch eine Zufallsbegegnung mit einem Cop würde seinen Plan nicht aus dem Gleis werfen können.

20

Eine Besprechung im Oval Office hatte eigentlich nicht im Terminkalender des Präsidenten gestanden, aber Jack Ryan hatte schon um sechs Uhr einen Anruf von seinem Stabschef Arnie Van Damm erhalten. Arnie hatte ihn informiert, dass ihn Mary Pat Foley, Jay Canfield, Dan Murray und Verteidigungsminister Robert Burgess dringend sprechen wollten, so schnell er es einrichten könne. Als der Anruf kam, saß Ryan gerade mit Cathy beim Frühstück. Sie musste heute sehr früh zu einer Operation im Johns Hopkins in Baltimore aufbrechen, und er selbst würde am Nachmittag nach Kalifornien fliegen, um sich ein Bild von der Zerstörungswut einer ganzen Reihe von Wald- und Buschbränden zu verschaffen, die man noch nicht unter Kontrolle hatte bringen können.

Ryans jüngste Kinder, Katie und Kyle, besuchten die Highschool, und das bedeutete, dass sie immer noch fest schliefen. Sie würden bis zur letzten Sekunde im Bett bleiben, lange nachdem ihnen ihre Wecker klargemacht hatten, dass sie aufstehen und sich fertig machen sollten.

Ryan erklärte Arnie, dass er sich mit seinen Beratern um sieben Uhr treffen wolle, wenn alle es einrichten konnten. Die Gruppe umfasste praktisch seinen gesamten Nationalen Sicherheitsrat, aber Ryan hatte in den Frühnachrichten auf CNN keinen Hinweis entdecken können, weshalb sie ihn so dringend sprechen wollten, deshalb war er sehr gespannt.

Er hatte jedoch viel Erfahrung in diesem Geschäft, und die sagte ihm, dass das, was er in einer Stunde erfahren sollte, keine gute Nachricht sein würde.

Eine Viertelstunde nach Beginn der Besprechung saß Präsident Ryan am Tisch, Ellbogen auf der Tischplatte, den Kopf in die Hände gestützt. Mary Pat Foley, Dan Murray und Jay Canfield hatten ihm gerade geschildert, was in Jakarta geschehen war und welche Folgen die Operation gehabt hatte.

Nach langer Pause blickte der Präsident auf. »Ihr Mann weiß offenbar, dass sie tot ist. Gibt es weitere nahe Familienangehörige?«

Canfield schüttelte den Kopf. »Sie haben keine Kinder. Ihre Eltern sind verstorben. Ben und Jen hatten geplant, in die Staaten zurückzukehren; sie sollten beide nach D. C. versetzt werden. Sie wollten hier eine Familie gründen. Wir hätten Jen in ungefähr drei Monaten herausgeholt, es wäre ihr letzter verdeckter Einsatz gewesen.«

»Warum hat uns Ben Kincaid nicht informiert? Sofort nachdem er die Drohungen erhalten hatte?«

Murray zuckte die Achseln. »Ich hatte noch keine Gelegenheit, mit ihm zu sprechen. Das Privatflugzeug, mit dem er hierhergebracht wird, ist gerade erst auf dem Reagan Airport gelandet. Aber ich habe genug Erfahrung mit derartigen Gegenspionagefällen, dass ich mir denken kann, welche Gründe er dafür hatte. Er hatte schlicht Angst. Wahrscheinlich dachte er, es sei gefährlicher, uns über die Leute zu informieren, die ihn unter Druck setzten, weil er dann das Risiko eingehen würde, dass die Koreaner ihre Drohungen wahr machen und seine Frau umbringen würden. Er wusste, dass die Koreaner seine Frau in der Hand hatten. Aber sie führten sich relativ harmlos auf, und auch das, was sie von ihm verlangten, klang relativ harmlos. Und das Material, das sie haben wollten, war nur mit einer unteren Geheimhaltungsstufe gekennzeichnet. Er dachte, wenn er die Informationen übergab, würde seine Frau schon sehr bald wieder außer Gefahr sein.«

»Ziemlich naiv«, meinte Ryan kritisch, beließ es aber dabei. Der Mann war in eine schlimme Sache gestolpert und tat ihm leid.

Murray sagte: »Der Bursche ist kein Spion. Etwas Derartiges war ihm noch nie zugestoßen. Er hat darauf reagiert, und er hat schlecht reagiert.«

Der Präsident nickte bedrückt. »Und ich denke, auch wir haben schlecht reagiert.«

Murray nickte ebenfalls. »Als wir das erste Team nicht ins Land bringen konnten, ohne seine Aufdeckung zu riskieren, hätten wir uns vielleicht mehr mit der Ursache und dem Ausmaß des Verrats beschäftigen müssen, statt uns darüber Sorgen zu machen, dass Kincaid aufgedeckt werden könnte.« Er zuckte die Achseln. »Hinterher ist man immer schlauer. Und es waren Nordkoreaner. Sie hätten die Situation immer weiter ausgenutzt, weit über die paar Akten hinaus, die er ihnen zuspielen sollte.«

Ryan fragte: »Wird er angeklagt?«

»Ich werde darüber mit Adler sprechen«, antwortete Murray. »Eins ist sicher: Im Außenministerium ist er erledigt. Aber es ist niemand geholfen, wenn wir daraus eine große Sache für die Bundesanwaltschaft machen. Am besten wird es sein, uns auf die nächsten Schritte zu konzentrieren.«

Canfield nickte. Auch ihn hatte die Nachricht von Jennifer Kincaids Tod tief erschüttert. »Es war richtig, die Übergabe zu verhindern. Jetzt müssen wir schleunigst aufdecken, wer zum Teufel aller Welt die Identitäten und Einsatzorte unserer verdeckten Agenten verrät.«

»Und was unternehmen wir in dieser Richtung?«, wollte Ryan wissen.

Canfield beugte sich vor, jetzt wieder sachlich und fokussiert. »Die NSA ist scharf an der Sache dran. Wir geben ihnen alle Informationen, die sie brauchen.«

Murray nickte. »Wir auch.«

Mary Pat ergriff das Wort. »Ich erhalte täglich einen Bericht. Bisher haben sie noch keine Gemeinsamkeiten zwischen den Agenten entdecken können, die kompromittiert wurden, jedenfalls nichts, was relevant erscheint. Diese Leute kannten einander nicht einmal, gehörten auch nicht denselben Organisationen an, mit Ausnahme der beiden CIA-Agenten, die bislang involviert waren. Sie durchliefen nicht dieselben Ausbildungskurse, sie wohnen nicht in denselben Städten und waren auch keine Kommilitonen an den Unis.«

»Es gibt doch Datenbanken, in denen die Personaldaten aller staatlichen Beschäftigten erfasst sind?«

»Sicher gibt es die, aber wir haben noch keine Hinweise gefunden, dass sie schon einmal gehackt worden wären. Und selbst wenn es so wäre, sind die Daten für gewisse verdeckt arbeitende Jobs auf eine bestimmte Weise gespeichert. Ein böswilliger Hacker müsste sich buchstäblich durch Millionen Datensätze wühlen. Zum Beispiel sind CIA-Agenten, die in inoffiziellen verdeckten Operationen arbeiten, nicht unter ihren jeweiligen Namen bei den Steuerbehörden erfasst. Damit ließe sich also nicht erklären, wie man die Fingerabdrücke für die Scanner im Iran oder im Irak erhalten konnte oder wie zum Henker Jen Kincaid in Belarus aufgedeckt werden konnte oder wie man Commander Hagen in einem Restaurant in New Jersey aufspüren konnte. Nein … Was immer hier abläuft, scheint kein Computerhack zu sein.«

Ryan nickte, aber er war nicht ganz bei der Sache. Er schaute Canfield an. »Ich will bei der Gedenkfeier dabei sein.« Damit meinte er die sogenannte Star Ceremony, mit der gefallene Agenten im CIA-Hauptquartier geehrt wurden.

Canfield war nicht sehr angetan von der Idee. »Mr. President, sie war als inoffizielle verdeckte Operative aktiv. Wir können nicht …«

»Ich weiß, dass wir ihren Namen nicht öffentlich machen dürfen. Ich will dabei sein, aber unauffällig. Keine Medien, kein Aufheben. Und ich will, dass auch Ben Kincaid dabei ist.«

Murray hob abrupt den Kopf. »Jack… er ist immer noch ein Gefangener.«

»Mit dem wir nachsichtig umgehen. Er wird zur CIA kommen, unter eurer Obhut.«

»Aber …«

»Dan«, sagte Ryan nur. Murray wusste, dass jeder weitere Widerspruch sinnlos war.

Bald danach standen alle auf und verließen still den Raum. Das Meeting hatte nichts bewirkt, von den schlechten Nachrichten abgesehen, aber als alle zur Tür gingen, stellte Ryan aus schierer Neugier noch eine letzte Frage.

»Was für ein Team war es, das Kincaid herausgeholt hat?«

Mary Pat drehte sich zum Präsidenten um und blinzelte ein paarmal. Schließlich sagte sie: »Macht es Ihnen etwas aus, wenn ich noch einen Moment hierbleibe?«

Ryan schüttelte den Kopf, und nachdem sich die Tür hinter Canfield, Burgess und Murray geschlossen hatte, kam Mary Pat zum Schreibtisch des Präsidenten zurück.

Ryan brauchte gar nicht weiter nachzufragen. Aus ihrem Verhalten konnte er erkennen, dass sein Sohn involviert gewesen war.

»Geht es ihm gut?«

»Jack geht es gut, Mr. President. Alle blieben unverletzt. Ich bin mir sicher, dass sie sich intern mit den Auswirkungen der Operation auseinandersetzen. Aber im Hinblick auf das, wofür wir sie dorthin geschickt haben, ist die Operation als solche erfolgreich verlaufen. Niemand vom Campus ist ein Fehler unterlaufen.«

Ryan nickte geistesabwesend.

Mary Pat fügte hinzu: »Aber wenn wir gewusst hätten, wen wir dort drüben aufgreifen würden, wären wir natürlich anders vorgegangen.«

»In Ordnung«, sagte Ryan. »Danke, Mary Pat.« Er blickte ernst zu ihr auf. »Findet die undichte Stelle und findet diesen Musa al-Matari. Wenn euch beides gelingt, wird Amerika wieder sicherer sein.«

»Das werden wir, Mr. President.«

Mary Pat ging, und der Präsident der Vereinigten Staaten griff zum Telefon.

In seinem Apartment in Old Town, Alexandria, Virginia, lag Jack Ryan junior in tiefem Schlaf. Der Flug um die halbe Welt hatte erst vor zwei Stunden geendet; der Gefangene war im Morgengrauen einem Team von Dan Murrays Jungs übergeben worden. Jack hatte sich von seinen Kollegen verabschiedet und sich von einem Taxi zu seiner Wohnung am Ufer des Potomac fahren lassen.

Eine Viertelstunde hatte er unter der Dusche verbracht, eine weitere Viertelstunde hatte er sich die Sportnachrichten auf ESPN angeschaut, dann hatte er sich auf die Matratze fallen lassen.

Jetzt wurde er durch sein Handy geweckt, das direkt neben seinem Kopf vibrierte. Stöhnend tastete er danach und sah, dass es noch nicht einmal acht Uhr war – er hatte kaum mehr als eine Stunde geschlafen.

Immer noch halb im Schlaf meldete er sich. »Ryan?«

»He, Kumpel.« Sein Vater.

Jack setzte sich aufrecht, rieb sich die Augen und überlegte, was geschehen sein mochte. Sein Vater rief nur höchst selten an, aber niemals so früh am Morgen. Schließlich war er der Präsident. Bestimmt hatten Präsidenten wichtigere Dinge zu tun, wenn sie morgens zu arbeiten anfingen.

»Ist was passiert?«, fragte Jack deshalb.

»Nein, bei uns ist alles in Ordnung. Wie geht's?«

Jack wusste, dass er mit seinem Vater nicht über seine Operationen mit dem Campus reden durfte. »Mir geht's gut. Ich habe … äh, heute einen Tag freigenommen, deshalb wollte ich ein wenig länger schlafen.«

»Dann habe ich dich wohl aufgeweckt, tut mir leid.« Eine kurze Pause. »Solche Langstreckenflüge können ziemlich anstrengend sein.«

Dann wusste sein Vater also Bescheid. Offensichtlich war er von Mary Pat informiert worden, was wiederum bedeutete, dass der Präsident sie direkt gefragt hatte, denn normalerweise würde sie sich hüten, dem Präsidenten zusätzlichen Stress zu bereiten.

Jack sagte: »Ja. Was passiert ist, hat uns alle tief betroffen.«

»Manchmal läuft alles schief, mein Junge, auch wenn man die besten Absichten hat.«

»Dad, ich glaube, es ist besser für uns beide, wenn ich darüber nicht …«

Jack senior unterbrach ihn. »Das ist mir völlig egal. Ich mache mir Sorgen um dich. Ich kann mir vorstellen, welche Wirkung das alles auf dich hat. Du gibst dir selbst die Schuld an dem, was passiert ist, und machst dir Vorwürfe.«

»Ich bin mitschuldig. Es geht nicht darum, die Schuld zu leugnen. Sondern sie zu akzeptieren und mir zu überlegen, was ich nächstes Mal besser machen kann.«

»Die Intel hat dich im Stich gelassen, sie war unzureichend. Du hattest kein vollständiges Bild.«

»Ja, das sagen alle. Ich weiß natürlich, dass es stimmt, aber ich weiß auch, dass ich ursprünglich nur als verdammter Analyst in diese Sache eingestiegen bin. Ein Bursche, der sich die beste Intel beschafft, die er kriegen kann, um solche Katastrophen zu vermeiden. Aber irgendwann wurde ich ein anderer Typ. Vielleicht habe ich mich einfach in die operative Welt hineinsaugen lassen. Ich fing an, mich als Teammitglied zu sehen, während ich doch eigentlich das hätte tun sollen, was ich am besten kann. Und im Moment mache ich mir Vorwürfe – nicht wegen dem, was ich in Jakarta gemacht habe, sondern wegen dem, was ich hier zu Hause nicht getan habe. Vielleicht hätte ich die Situation besser analysieren sollen, statt auf Nordkoreaner zu schießen, und vielleicht hätte ich dann …«

Ryan senior fiel ihm ins Wort. »Du hast auf Nordkoreaner *geschossen?*«

O Scheiße, dachte Jack. »Ich habe angenommen, dass du Bescheid weißt? Es blieb uns nichts anderes übrig. Aber es war keine große Sache.«

»So etwas ist *immer* eine große Sache, mein Junge.«

»Was ich damit sagen will, ist, dass ich vielleicht besser wieder meine Arbeit als Analyst machen sollte. Vielleicht könnte ich damit eine wichtigere Rolle spielen.«

Dem Vater wäre nichts lieber, als dass sein Sohn die operative Welt hinter sich lassen und wieder als Analyst hinter seinem sicheren Schreibtisch im Büro irgendwo in D. C. sitzen würde. Aber er wusste auch, dass er nicht die richtige Person war, Jack junior dazu zu drängen. Schließlich hatte er selbst früher einmal als Lehrer begonnen, war dann Analyst geworden und schließlich … *was?* Ein operativer Agent wider Willen? Aber war er wirklich wider Willen zum Agenten geworden? Auch er, der ältere Ryan, verstand, wie verlockend es war, direkt dabei zu sein. Die Adrenalinschübe, diese einzigartige, absolute Konzentration auf ein Ziel in Situationen, in denen es um Leben und Tod ging.

Ja, nur allzu gern hätte er Jack junior geraten, diese Dinge hinter sich zu lassen, bevor ihm etwas Schlimmes passierte. Aber das war eine Entscheidung, die nur sein Sohn selbst treffen konnte.

»Deine Mutter, ich, Sally, Katie, Kyle … wir alle lieben

dich und unterstützen dich, was immer du auch tust. Du weißt, dass ich nur will, dass du in Sicherheit bist, aber ich will auch, dass du glücklich bist. Dass du spürst, deine Mission im Leben gefunden zu haben, egal wofür du dich entscheidest. Deine Mama und ich vertrauen darauf, dass du das Richtige tust. Was gestern geschehen ist, hatte furchtbare Folgen. Ich rufe nur an, weil ich dir sagen will, dass ich weiß, wie du dich fühlst, aber du musst darüber hinwegkommen.«

Nach kurzer Pause fragte Jack junior: »Wer zum Teufel hat seine Deckung auffliegen lassen und den Nordkoreanern verraten?«

Ryan senior seufzte. »Das wissen wir nicht, aber eins wissen wir: Die Sache geht weit über Nordkorea, unsere Botschaft in Jakarta und über das Außenministerium hinaus. Wir müssen der Sache auf den Grund gehen, das hat jetzt für uns absolute Priorität.« Er zögerte kurz. »Oder jedenfalls hoffe ich das. Irgendetwas geht vor sich, etwas, das äußerst wichtig zu sein scheint und vielleicht nicht direkt mit dieser Sache zusammenhängt, aber eine Menge Ressourcen beanspruchen könnte.«

Jack junior wusste, dass er seinem Vater nicht zu viele Fragen stellen durfte, und er durfte auch seinen eigenen Boss nicht einfach übergehen und Dinge versprechen, die der Campus tun würde oder tun könnte, um zu helfen. Stattdessen sagte er nur: »Na gut … Du machst einen verdammt guten Job, Dad. Mach einfach weiter so. In ein paar Jahren sitzen wir irgendwo in einem Boot beim Angeln und reden darüber, wie cool und wichtig wir mal waren.«

Jack senior lachte. Es tat ihm gut zu hören, dass sein Sohn den Humor noch nicht verloren hatte. »Ja, darauf freue ich mich jetzt schon.«

»Ich auch.«

»Komm uns doch mal wieder besuchen.«

»Das mache ich.«

Es war ein Versprechen, das Jack schon öfter gegeben als eingelöst hatte, aber wie immer nahm er es sich ehrlich vor.

Er beendete das Gespräch und blieb eine Weile reglos liegen. Er musste mit John und Gerry darüber reden, wie er mithelfen könne herauszufinden, wer zum Teufel für die undichte Stelle verantwortlich war.

Er würde den Hundesohn finden, der an Jen Kincaids Tod schuld war – in seiner Funktion als Analyst, aber wann immer er konnte, würde er auch wieder als Feldagent aktiv werden und persönlich diesen Hundesohn ausschalten.

21

Jack Ryan junior konnte es zwar zu diesem Zeitpunkt noch nicht wissen, aber der Mann, den er unbedingt persönlich töten wollte, war ein neunundzwanzigjähriger Rumäne namens Alexandru Dalca.

Schon lange – eigentlich schon seit seiner Kindheit – hatte Dalca den Ruf, ein Schwindler und Betrüger zu sein. Bereits als kleiner Junge hatte er gestohlen und betrogen, als wäre er eine der Figuren aus *Oliver Twist;* jetzt war er zwar immer noch in den Zwanzigern, fuhr aber bereits einen Porsche und wohnte in einem Apartment im schicken Sektor I von Bukarest, für das er eine glatte Million hatte hinblättern müssen – Dollar, wohlgemerkt.

Vor gerade mal einem Jahr war Dalca durch das große Tor des Gefängnisses Jilava in den Regen hinausmarschiert, als freier Mann, aber vollkommen gefühllos und leer. Sechs Jahre zuvor war er in das Gefängnis eingeliefert worden. Damals war er ein Mensch mit großen psychischen Problemen gewesen, aber auch mit beachtlichen Fähigkeiten, die er zum eigenen Nutzen und zum Schaden anderer einzusetzen wusste. Doch der Mann, der vor einem Jahr, an jenem feuchtkühlen Morgen, aus dem Knast entlassen wurde, war unendlich gefährlicher als zum Zeitpunkt seiner Einlieferung: Erst im Gefängnis hatte er sich die restlichen Werkzeuge verschafft, die nötig waren, um ein wahrhaft meisterhafter Krimineller zu werden.

Wie ihm versprochen worden war, hatte vor dem Gefängnistor ein Auto auf ihn gewartet. Er hatte den Regen abgeschüttelt und sich auf den Rücksitz gesetzt, ohne sich auch nur die Zeit zu nehmen, die köstliche frische Luft einzuatmen oder den ersten freien Blick auf die grünen Felder im Osten zu genießen.

Nein – seine Gedanken drehten sich nur um seine Zukunft, um seinen Plan.

Um seine Vergeltung. Eine Vergeltung in der Form persönlicher Bereicherung, die er sich durch das verdient hatte, was ihm Amerika angetan hatte.

Dalca wurde 1989 in der Stadt Râmnicu Vâlcea geboren, im selben Jahr, in dem der rumänische Diktator Nicolae Ceaușescu und seine Frau Elena, die auch Stellvertretende Ministerpräsidentin war, abgesetzt, Sekunden später vor eine Backsteinmauer gestellt und von hundertzwanzig Kugeln durchsiebt worden waren.

Alexandru wuchs in der Nachrevolutionszeit auf; sein Charakter wurde von dieser Zeit geprägt. Es wäre daher völlig falsch, würde man das Leben, das er in seinen frühen Jahren führte, als echte Kindheit beschreiben. Seinen Vater hatte er nie gekannt – seine Mutter hatte nie zugegeben, dass es den Mann überhaupt gab. Sie selbst kam bei einem Fabrikbrand ums Leben, als Alex gerade erst fünf Jahre alt war. Man steckte ihn in ein grauenhaftes Waisenhaus, wo er wenig zu essen und noch weniger Erziehung und Förderung erhielt, und so dauerte es nicht lange, bis er die Straßen der Stadt für sich entdeckte. Für ihn war es ein günstiger Umstand, dass Râmnicu Vâlcea ein ansehnliches Touristenziel war, denn die Stadt lag nur ein paar Stunden mit dem Zug von Bukarest entfernt in den schönen Bergen der südlichen Karpaten. In den 1990er-Jahren strömten Rucksacktouristen mit wenig Geld auf der Suche nach Billigurlaub nach Rumänien. Der junge Alexandru erlernte beim Anbetteln der Touristen ein wenig Englisch, bot für ein paar Münzen seine Dienste als Schuhputzer an oder verhökerte alles, was er und seine Gassenkumpel von den Marktständen und Souvenirläden geklaut hatten.

Ein paar junge Engländerinnen, die sich eine Woche lang in der Stadt aufhielten, schlossen den hübschen Jungen ins Herz; sie adoptierten ihn gewissermaßen, nahmen ihn mit in ihr Youth Hostel, gaben ihm etwas zu essen und ließen ihn in einem richtigen Bett schlafen.

Damals war er sieben, und als die Mädchen nach Hause zurückkehrten, blieb Alexandru einfach im Hostel. Dort gab es ein beliebtes Internetcafé; in der Frühzeit des World Wide Web war es das einzige in Rumänien außerhalb der Hauptstadt Bukarest. Der Junge hatte noch nie einen Computer zu sehen bekommen. Nun verbrachte er endlose Stunden, indem er anderen Leuten über die Schulter schaute, sich neben sie setzte und sich in seinem miserablen Englisch mit ihnen unterhielt. Er schaute zu, wie sie Computerspiele spielten und mit ihren Freunden und Angehörigen auf der ganzen Welt kommunizierten, und er löcherte sie erbarmungslos mit seinen Fragen über dieses erstaunliche Gerät. Währenddessen klaute er ihnen oft ein paar Geldscheine aus ihren Börsen oder Rucksäcken, aber nur immer ein paar Scheine, denn er wollte nicht, dass man ihn als Dieb erwischte und aus dem Hostel warf.

Dalca wurde gewissermaßen zu einem festen Bestandteil der Herberge. Er erledigte kleinere Jobs im Hostel und im Café, und bei alledem wurde er immer geschickter darin, den Gästen mal ein wenig Essen, mal ein wenig Wechselgeld abzuknöpfen. Durch seine ständigen Unterhaltungen mit den Touristen verbesserte sich sein Englisch, aber er lernte es auch durch die Videos, die ständig im Aufenthaltsraum liefen.

Nach ein paar Jahren erweiterte Dalca sein kriminelles Betätigungsfeld. In seiner Freizeit tat er sich mit ein paar älteren Jugendlichen zusammen, die ein Betrugsgeschäft mit einer neuen Website namens eBay aufgezogen hatten – sie boten, vor allem Amerikanern, Waren an, für die vorab bezahlt werden musste. Natürlich wurden die Waren niemals verschickt; die jungen Rumänen strichen nur das Geld dafür ein. Wurde dann ihr alter eBay-Shop als Betrug gesperrt, eröffneten sie ein neues Konto und zogen denselben Trick unter einem anderen Namen erneut durch.

Gutes Englisch war für diese Betrüger unverzichtbar, und Dalcas Sprachkenntnisse hatten sich inzwischen enorm verbessert. Kaum hatte Alex den Stimmbruch hinter sich, als ihm die Bande den Telefondienst für Dutzende und Aberdutzende von Betrügereien übertrug. Zwölf Stunden am Tag hockte er in dem stickigen Telefonkabuff neben dem Internetcafé, zog seine kleinen Deals durch und erfand immer neue Ausreden, wenn die zunehmend irritierten oder wütenden Kunden Dalcas »Hotline« anriefen und wissen wollten, wo zum Teufel denn die Ware blieb, die sie für ihr Geld ersteigert oder gekauft hatten.

Alex hatte schon nach kurzer Zeit den kühlen, entspannten Ton drauf, mit dem er seinen Kunden überzeugend versicherte, dass alles in Ordnung sei, und tatsächlich *war* auch alles in Ordnung.

Denn für Alexandru und die Jungs, mit denen er zusammenarbeitete, war alles sogar in *allerbester* Ordnung. Sie erhielten Geld, ohne arbeiten zu müssen, nur durch leere Versprechungen.

Inzwischen war Alex vierzehn Jahre alt.

Nach einer Weile kapierten die eBay-Käufer, dass sie bei Waren vorsichtig sein mussten, die ihnen aus gewissen ost- und südosteuropäischen Ländern angeboten wurden. Die Bande musste deshalb ihr Geschäftsmodell entsprechend anpassen. Alex wurde ein sogenannter »Geld-Maulesel«, ein Geldschleuser. Die eBay-Betrügereien wurden optimiert – die Zahlungen erfolgten nun über Geldtransferbüros und Postschließfächer in ganz Westeuropa. Alexandru und andere Jungen wie er verbrachten Tage in Bussen und Zügen, reisten von einem Land ins andere, holten Geldbeträge in solchen Transferbüros oder Geldschecks aus Schließfächern ab und schickten sie sofort an ihre Bande.

Doch der Onlinehandel veränderte sich rapide, und mit ihm veränderten sich auch Alexandru Dalcas Operationen im Internet. Die Arbeitsmoral, die er als hungernder Vollwaise erlernt hatte, und die Englischkenntnisse, die er sich im Youth Hostel angeeignet hatte, machten ihn schon mit sechzehn Jahren zum Hirn des Business, und mit neunzehn bretterte er bereits in einem gebrauchten Porsche 911 durch die Stadt.

Es gab keinen Zweifel, dass er schon mit Mitte zwanzig eine eigene größere Operation managen würde – wenn die Amerikaner nicht gewesen wären.

Eines Nachts trat das FBI Dalcas Apartmenttür in Bukarest ein. Die FBI-Agenten brachten eine rumänische Ermittlungseinheit mit, die auf Cyberkriminalität spezialisiert war. Weil den Behörden bekannt war, dass Dalca als Geldschlepper für einen großen Internet-Betrügerring arbeitete, der Tausende Amerikaner abgezockt hatte, wollten die Rumänen mit ihm ein Exempel statuieren und schickten ihn für sechs Jahre in das Gefängnis von Jilava in der Nähe von Bukarest.

Dalca hatte schon vorher für niemand sonderlich große Zuneigung empfunden, doch jetzt entwickelte er einen leidenschaftlichen Hass auf die Amerikaner.

Im Gefängnis von Jilava gab es drei Dinge, die aus Alexandru Dalca im Verlauf der nächsten sechs Jahre einen mächtigen und gefährlichen Mann machten: eine Bücherei, Dutzende und Aberdutzende anderer Betrüger … und einen Spion.

Der Spion hieß Luca Gabor und war ein früherer Führungsoffizier des rumänischen Geheimdienstes. Gabor besaß ausgeprägte soziale Kompetenz und unzählige Fähigkeiten, die gewissermaßen doppelt verwertbar waren – im alten politischen System als Führungsoffizier, der seine Agenten geschickt anleitete, und nach der Revolution als Schwindler und Betrüger. Das waren genau die Qualifikationen, die auch die auf Internetbetrug spezialisierte Firma benötigte, von der Gabor angeheuert wurde.

Gabor hatte vier seiner sechzehn Jahre abgesessen; in dem einundzwanzigjährigen Dalca sah er eine hervorragende Möglichkeit, seine Fähigkeiten an jemand weiterzugeben, dem sie später draußen nutzen konnten. Als Gegenleistung sollte Dalca einen gewissen Anteil seiner Einnahmen an die minderjährige Tochter des Spions weiterreichen.

Gabor konnte auf Dalcas bereits eindrucksvolle Fähigkeiten aufbauen. Er brachte ihm bei, wie man praktisch jeden zu praktisch allem überreden konnte. Aber was noch wichtiger war: Er lehrte Dalca, wie man frei zugängliche personenbezogene Informationen nutzen konnte, um die Geheimnisse anderer Leute aufzuspüren.

Dalca wiederum zog sich jedes Buch und jede Veröffentlichung über Computer, Software, Apps und soziale Netzwerke rein, die er in der kleinen Gefängnisbücherei finden konnte.

Als Vorbereitung auf Dalcas Entlassung stellte ihm sein Geheimagentmentor eine Liste von Literatur und Websites zusammen, die er durcharbeiten sollte. Außerdem versprach er Dalca, ihm einen Job in Gabors alter Firma zu verschaffen und ihm so seinen Start in ein freies Leben zu erleichtern.

Und so trat Dalca an diesem regnerischen Morgen durch das Gefängnistor von Jilava und wurde von einer schwarzen Mercedes-Limousine erwartet. Wie es Gabor arrangiert hatte, wurde Dalca von seinem neuen Arbeitgeber zu einem Apartment im Stadtzentrum von Bukarest gefahren.

Für Alex Dalca begann damit ein neues Leben, ausgestattet mit Fähigkeiten, die er sowohl im Guten wie im Schlechten anwenden konnte. Für jeden Geheimdienst der Welt wäre er ein unschätzbarer Gewinn gewesen, einschließlich der Geheimdienste der Vereinigten Staaten, wenn da nicht ein fataler Charakterfehler gewesen wäre: Alexandru ging es nur ums Geld, und er hatte absolut keine Vorstellung davon, welches Leid und Unglück er anderen durch seine Geldgier zufügte.

Durch seine Kindheit war er zu einer Person geworden – und das Gefängnis hatte diese Einstellung noch verstärkt –, der es völlig an Interesse an anderen Menschen mangelte, trotz seiner unglaublichen Fähigkeiten, andere zu manipulieren.

Das lag nicht einfach daran, dass es ihm völlig an Empathie und Verständnis für andere Menschen fehlte.

Es war schlimmer als das: Alexandru Dalca *begriff* einfach nicht, dass es da etwas gab, das er hätte verstehen müssen.

Für Dalca gab es weder gut noch böse. Es gab nur Alexandru Dalca auf der einen und den Rest der Menschheit auf der anderen Seite. Er stand in einem permanenten Konkurrenzkampf mit allen anderen Lebensformen auf dem Planeten Erde. Er war hier, um seinen eigenen Gewinn zu maximieren; dass das zwangsläufig zulasten anderer Menschen ging, war ihm nicht einmal bewusst.

Dalca war, jeder klinischen Definition zufolge, ein Soziopath.

Erfolg bedeutete für ihn, das unmittelbar vor ihm liegende Ziel zu erreichen und dabei weiteren Reichtum anzuhäufen. Er war nicht verheiratet und hatte kein Interesse an Sex, von der gelegentlichen Befriedigung eines biologischen Bedürfnisses abgesehen.

Nein, Dalca arbeitete Tag und Nacht für das Unternehmen, für das auch schon sein Gefängnismentor gearbeitet hatte, eine Firma namens Advanced Research Technological Designs, kurz ARTD.

Es gibt Firmen, die von außen betrachtet wie völlig normale legale Unternehmen aufgebaut sind, aber ausschließlich illegale Aktivitäten betreiben. Ihre Operationen und Praktiken verstecken sie hinter unauffälligen Bezeichnungen und harmlosen Beschreibungen ihres Geschäftsmodells.

Ein solches Unternehmen war auch Advanced Research Technological Design. So lange und gründlich man auch durch ihre langweilige Firmenwebsite surfte, man konnte doch nichts darüber erfahren, was genau diese Firma machte, welche Dienstleistungen sie anbot oder welche Güter sie produzierte. Sicher, man würde ein Formular für einen E-Mail-Kontakt finden und eine Anschrift für ein Schließfach in einem Postamt der Royal Mail in London – aber keinerlei Informationen darüber, wo genau das Backsteingebäude stand, in dem sich das Hauptquartier von ARTD befand.

Und obwohl die Mails des Unternehmens tatsächlich nach London gingen, gab es auf der Firmenwebsite kein Foto ihres Glas-und-Stahl-Hauptquartiers, aus dem einfachen Grund, weil das Glas-und-Stahl-Hauptquartier in London nicht existierte.

ARTD hatte zwar ein Hauptquartier, aber dabei handelte es sich um ein vierstöckiges graues Betongebäude aus kommunistischer Zeit, das an der Strada Doctor Paleologu im Stadtzentrum von Bukarest stand.

In diesem trostlosen Bau arbeiteten ein Teil der rumänischen Hackerelite, aber auch eine Menge Männer und Frauen, die als »Forscher« bezeichnet wurden. Das waren die Leute, die dafür sorgten, dass die Betrügereien funktionierten, die Fremde auf der anderen Seite des Globus dazu brachten, ihre Passwörter oder Bankkontendaten preiszugeben oder andere Informationen zu verraten, die den Hackern nützlich sein konnten.

Schon ein paar Monate nach seiner Entlassung war Alexandru Dalca der beste »Forscher« des Unternehmens.

Er selbst war kein Computerhacker. Er verstand zwar sehr viel von Computern, war aber kein Programmierer. Dieser ganze Hokuspokus und Programmierkram langweilte ihn.

Aber Dalca war gut darin, Menschen von bestimmten Dingen zu überzeugen, Vertrauen aufzubauen, ein Lächeln in seine Stimme zu legen, Zuversicht zu verbreiten – und das zu bekommen, was er haben wollte.

Für ein Unternehmen, das im Internet als Troll auftrat und ständig nach neuen Opfern angelte, war natürlich ein guter Betrüger weit wichtiger als ein guter Computerhacker.

Und Alexandru Dalca war nun mal der Beste.

Bei diesem Job lernte er mehr, als nur andere Leute um ihr Geld zu betrügen. Seine Arbeit bestand darin, sich durch soziale Manipulation die Passwörter seiner »Kunden« zu erschleichen, und eine Schlüsselkomponente dieser Arbeit war, eine Beziehung zur Zielperson aufzubauen. Wenn ihm beispielsweise die Aufgabe zugewiesen wurde, in das Netzwerk einer Bank in Zypern einzudringen, reichte es nicht, dass er den Namen des Finanzdirektors der Bank herausfand – er musste auch wissen, dass der Mann Tennis spielte, mit wem er fremdging, wo der Ehemann der Sekretärin arbeitete, die er vögelte, und wo dieser Ehemann normalerweise zu Mittag aß, damit man sich mit ihm mal ein bisschen unterhalten konnte.

Diese Art von Ermittlungen wurde zu Dalcas Alltagsgeschäft. Schon früh in seiner Karriere als Internetbetrüger hatte er erkannt, dass die aus sozialer Manipulation gewonnenen Erkenntnisse das wichtigste Betriebskapital überhaupt waren.

Dalca war ein Meister des OSINT, der sich immer weiter entwickelnden Wissenschaft und Kunst der »Open Source Intelligence«. Der Begriff stammt ursprünglich aus der Welt der Nachrichtendienste und bezeichnet mittlerweile allgemein die Technik, Informationen aus frei verfügbaren, offenen Quellen zu sammeln und daraus verwertbare Erkenntnisse zu gewinnen.

Wenn er gerade mal nicht mit Betrügereien beschäftigt war, las er jede Menge Bücher über das Thema, oder er bearbeitete seine Hackerkollegen in der Firma, ihm Informationen zu beschaffen, an die er selbst nicht herankam.

Alex lernte schnell, dass ihm schon sehr wenig Wissen über enge Freunde oder Bekannte einer Zielperson ausreichte, um diese Bekannten aufzuspüren und sie wie ein Weihnachtsgeschenk auszupacken, egal wie sorgfältig jemand darauf achtete, die eigene Online-Identität geheim zu halten.

Doch heutzutage hatte jeder irgendwelche Freunde oder Bekannte, die in den sozialen Medien und Netzwerken aktiv waren und sich gern mitteilten. Joe mochte beim CIA arbeiten und hervorragend darin sein, seine persönliche Sicherheit zu schützen, aber die Mitbewohnerin seiner Schwester im College, die, sagen wir, in Reston wohnte, laberte ständig in unverschlüsselten E-Mails über den »süßen Typen«, den sie durch ihre Mitbewohnerin kennengelernt hatte – und berichtete darin auch, dass dieser Typ alles über Paris wisse, weil er dort mal für das Außenministerium gearbeitet habe. Wenn nun Alex zu graben anfing, entdeckte er vielleicht jemand in der amerikanischen Botschaft in Paris, der mal etwas über Joes Einstandsparty als Konsularbeamter gepostet hatte. Dieser Spur konnte Alex weiter nachgehen, bis zu dem Zeitpunkt, an dem Joes Accounts in den sozialen Netzwerken gründlich gereinigt worden waren – was bei Beschäftigten des Außenministeriums normalerweise nicht gemacht wurde.

Und das wiederum hieß, dass Joe ein Spion war. Wenn er jetzt ein Girl datete, das in Reston, Virginia, wohnte, bedeutete das, dass er inzwischen wahrscheinlich wieder im CIA-Hauptquartier in Langley arbeitete.

In der Welt der Geheimdienste hatte diese Art der personenbezogenen Datenerhebung einen Namen: IDENTINT – Identity Intelligence. Obwohl Dalca nicht im geheimdienstlichen Bereich arbeitete, konnte er mit einem Computer, einem Telefon und ein bisschen Zeit praktisch für jedermann Erkenntnisse über eine bestimmte Zielperson beschaffen, egal wo sich die Zielperson aufhielt.

Und genau das war sein Job. Er konnte einen Burschen wie Joe sogar bei einem Angelausflug lokalisieren, obwohl Spione nicht Dalcas Zielgruppe darstellten. Aber das alles änderte sich für den jungen Rumänen an dem Tag, an dem man ihn ins Büro seines Direktors rief und darüber informierte, dass eine Firma namens Seychelles Group Dalcas ARTD einen ganz spezifischen Auftrag erteilt habe.

Es wäre stark übertrieben zu behaupten, dass die Volksrepublik China dazu übergegangen sei, ihre Attacken im Cyberkrieg outzusourcen, tatsächlich aber war der Auftrag, der Advanced Research Technological Designs erteilt wurde, keine Ausnahme. In den letzten Jahren war China in mehrere hochgradig bedeutsame Hackeroperationen verwickelt gewesen. Manche dieser Angriffe durch Privatunternehmen mit hochqualifizierten Computerexperten durchführen zu lassen bot den Chinesen die Möglichkeit, ihre Beteiligung plausibel abstreiten zu können, und war aus ihrer Sicht daher ausgesprochen sinnvoll.

Längst hatten die Chinesen erkannt, dass solche Firmen – von denen sich einige in Indien, andere in Mittel- und Osteuropa befanden – ausschließlich finanziell motiviert waren, und die Preise, die sie für ihre Dienstleistungen verlangten, konnte die Volksrepublik China praktisch aus der Portokasse bezahlen, natürlich immer über Mittelsmänner. Für die riesige Volksrepublik waren die Kosten verschwindend gering im Vergleich zu dem Gewinn an Sicherheit, den das Verfahren bot.

Die ARTD-Hacker hatten schon mehrfach versucht, in verschiedene US-Regierungsserver zu gelangen. Dabei fassten sie vor allem Privatfirmen ins Auge, die mit der Regierung geschäftliche Beziehungen unterhielten, welche bestimmte Zugriffsrechte auf Daten in Regierungsservern erforderten. ARTD nutzte diese Datenverbindungen, um gewissermaßen »upstream« in militärische, geheimdienstliche oder andere Netzwerke zu »schwimmen«.

Damit hatte sich das Unternehmen schon seit über einem Jahr befasst, aber Dalca hatte mit diesem Bereich bisher noch nicht zu tun gehabt – bis er an diesem Morgen überraschend zum Direktor zitiert wurde.

»Dalca«, begann Dragomir Vasilescu ohne weitere Einleitung. »Ich entbinde Sie ab sofort von sämtlichen Aufträgen, an denen Sie gerade arbeiten. Ich habe eine andere Aufgabe für Sie.«

»Hoffentlich etwas Spannenderes als der Petrobras-Account, an dem ich arbeite. Die Brasilianer wollen, dass ich das Privatleben von ein paar Topmanagern von Exxon auskundschafte, die langweiligsten reichen Leute auf der Welt. So etwas mache ich mit einem Telefon, einem Finger und ein bisschen Google-Recherche. Wirklich, Chef, mein Job wird allmählich zu leicht und zu langweilig.«

Vasilescu lächelte. Alexandru konnte praktisch jeden für sich einnehmen, sogar den Direktor seiner Firma. Andererseits kannte Vasilescu Dalcas Fähigkeiten sehr gut und fürchtete sich manchmal sogar ein wenig vor dem jungen Mann. Er konnte sich durchaus vorstellen, dass Dalca sogar in diesem Moment sein manipulatives Geschick nutzte, um in den innersten Gedanken des Direktors herumzuschnüffeln.

Vasilescu nickte. »Die Sache könnte tatsächlich eine größere Herausforderung sein. Unsere Techniker haben sich Zugriff auf eine Datenbank der amerikanischen Regierung verschafft.« Er blickte auf den Ausdruck, der vor ihm lag. »Sagt Ihnen das Kürzel OPM etwas?«

Als Dalca stumm den Kopf schüttelte, fuhr der Direktor fort: »OPM heißt Office of Personnel Management – es handelt sich um das Amt für Personalverwaltung der Vereinigten Staaten. Die Behörde verwaltet die Personalakten der Männer und Frauen, die im Öffentlichen Dienst der US-Bundesregierung arbeiten, einschließlich sämtlicher Anträge auf Sicherheitsüberprüfung.«

Dalca hob die Augenbrauen. »Um wie viele Personalakten handelt es sich?«

»Über zwanzig Millionen. Alles Raw Data. Bewerbungsformulare, Fingerabdrücke und so weiter.«

»Das klingt vielversprechend. Wie haben wir das geschafft?«

Vasilescu lachte. »Wir haben die Server einer indischen Cybersecurity-Firma gehackt, die vor fünf Jahren mit der US-Regierung unter Vertrag stand. Die Inder sollten Penetrationstests der amerikanischen Rechner durchführen, um Sicherheitslücken zu identifizieren. Den Indern gelang es tatsächlich, bei ihren Testläufen diese Datenbanken zu exfiltrieren, aber anscheinend haben sie vergessen, sie von ihren Servern zu löschen, nachdem der Auftrag abgeschlossen war. Sie haben sie seither nicht mehr aufgerufen. Wir haben uns die Daten *ausgeliehen,* um herauszufinden, ob sie uns bei unseren Phishing- oder Spoofing-Operationen etwas nützen könnten. Das Beste daran ist, dass die Amerikaner nie herausfinden werden, dass wir uns den Zugriff verschafft und die Daten exfiltriert haben, weil wir sie von einer Cybersecurity-Firma haben, die gar nicht mehr weiß, dass sie diese Datenbestände immer noch auf dem Server hat.«

»Beton«, sagte Dalca. Das rumänische Wort für *Beton* war gleichzeitig auch ein Slangausdruck für *cool*. Dalca hatte sofort erkannt, dass diese Sache vielleicht auch Möglichkeiten enthielt, die freien Dateien in Geld umzumünzen. »Und was soll ich machen?«, fragte er.

»Unser Klient hat uns beauftragt herauszufinden, ob wir diese Rohdaten benutzen können, um ihm umfassende Erkenntnisse über die Männer und Frauen zu verschaffen, die in der amerikanischen Botschaft in Beijing arbeiten.«

»Dann ist also China unser Auftraggeber?«, fragte Dalca.

»Natürlich nicht. Wir arbeiten für ein Unternehmen, das auf den Seychellen registriert ist, die Seychelles Group – ein ziemlich einfallsloser Name.« Vasilescu schmunzelte. »Aber natürlich ist das eine Strohfirma des chinesischen Geheimdienstes. Deshalb will ich, dass Sie durch diese zwanzig Millionen Dateien waten und alles herausfiltern, was mit den Leuten zu tun hat, die in Beijing für die Vereinigten Staaten schnüffeln. Ich bin mir sicher, dass die Chinesen diese Spione identifizieren wollen, um sie aus dem Land werfen zu können, oder vielleicht wollen sie die Daten auch für Erpressungsversuche nutzen. Außerdem enthalten die Personaldateien auch Hinweise auf ausländische Aufträge, mit denen diese Leute befasst waren. Ich nehme daher an, dass die Chinesen durch die Dateien auch herausfinden wollen, welche ihrer eigenen Leute im Land spionieren.«

»Ich will zuerst einmal einen Blick auf die Dateien werfen, um zu sehen, womit ich es zu tun habe. Aber es klingt so, als würde ich damit keine Probleme haben.«

»Gut«, sagte Vasilescu. »Ich gebe Ihnen einen Monat, um sich mit den Makrodaten der Dateien vertraut zu machen. Finden Sie erst einmal heraus, was da alles drin ist. Entwerfen Sie eine Art Schablone, wie wir die Dateien so durchforsten und ausbeuten können, dass wir unserem

Klienten konkrete Ergebnisse liefern können. Legen Sie meinetwegen Arbeitsmappen und Tabellen an, richten Sie neue Datenbanken ein oder was auch immer. Auf jeden Fall haben Sie vollen Zugriff auf jeden Mitarbeiter und sämtliche Ressourcen, über die wir hier bei ARTD verfügen. Danach will ich, dass Sie ein Team von Forschern zusammenstellen, die unter Ihrer Leitung an nichts anderem als an diesem Projekt arbeiten. Sie werden jeden Befehl ausführen, den Sie geben, um die Daten auszubeuten. Wir haben unserem Klienten versprochen, in drei Monaten erste Ergebnisse zu liefern.«

Dalca brauchte den Rest des Tages, um seine aktuellen Aufträge vom Tisch zu räumen und an andere zu delegieren. Gegen Abend übernahm er den neuen Auftrag und verschaffte sich zunächst einmal Zugang zum gesamten Datenbestand, den ARTD vom Server der indischen Cybersecurity-Firma abgeräumt hatte. Die Roh- oder Primärdaten wurden nur lokal direkt im ARTD-Gebäude gespeichert, auf einem besonderen Rechner, der in einem speziellen Raum stand, in dem es weder einen Internetzugang noch irgendwelche anderen Rechner oder elektronischen Peripheriegeräte gab. Nichts wurde auf einem externen Server gespeichert, auch der Klient selbst hatte keinen Zugriff auf die Daten.

Dalca erhielt den Zugangscode für den Raum. Um zwanzig Uhr griff er zum ersten Mal auf die Daten zu; und am nächsten Morgen war ihm vollkommen bewusst, worauf er und niemand sonst mit Ausnahme der Regierung der Vereinigten Staaten Zugriff hatte.

Am nächsten Morgen saß Dalca bereits im Büro seines Direktors, als Dragomir Vasilescu zur Arbeit kam.

Vasilescu stellte seinen Aktenkoffer auf den Tisch und betrachtete seinen neunundzwanzigjährigen Forscher.

»Scheiße, Dalca. Sie sehen aus, als hätten Sie die ganze Nacht durchgearbeitet.«

»Hab ich auch.«

»Aha. Und – was sagen Sie dazu?«

»SF-86«, sagte Dalca nüchtern.

»Sagt mir nichts.«

»SF-86 ist ein Formular mit 127 Seiten Umfang. Das muss jeder ausfüllen, der einen Antrag auf Sicherheitsüberprüfung stellt. Es umfasst sämtliche Rohdaten über den Antragsteller zum Zeitpunkt des Antrags. Wir haben jeden einzelnen Antrag, der von der zuständigen amerikanischen Behörde seit 1984 bearbeitet wurde – bis zu einem Zeitpunkt vor ungefähr fünf Jahren, als die Inder die Daten exfiltrierten. Ist Ihnen klar, was wir mit all diesen Informationen machen könnten?«

Der Direktor nickte. »Natürlich ist mir das klar. Wir könnten die Daten zum Beispiel benutzen, um genau die Informationen zu gewinnen, die unsere Klienten von uns haben wollen.«

»Aber die Sache ist doch viel größer als das!«

»Nein, Alexandru. Sie ist *genauso groß* und nicht größer, denn das ist alles, was die Seychelles Group haben will.«

Dalca lächelte. »Die denken nicht in besonders großen Maßstäben, habe ich recht?«

»Was wollen Sie damit sagen?«

»Die Daten nur zu benutzen, um Verräter in den eigenen Reihen aufzuspüren? Das sind doch Peanuts im Vergleich zu dem, was die Daten wirklich wert sind.«

»Ich bin mir sicher, dass sie damit auch die Amerikaner identifizieren wollen, die in China spionieren.«

»Ja, klar, aber warum nur das? Sie könnten damit doch sämtliche amerikanischen Spione, wo auch immer, identifizieren!«

»Erstens sind es fünfundzwanzig Millionen Personaldatensätze und 99,9 Prozent dieser Leute sind keine Spione.

Zweitens steht hinter der Seychelles Group eindeutig der chinesische Geheimdienst. Warum sollten sie sich für einen Spion in, sagen wir mal, Rumänien oder Island interessieren?«

Dalca zuckte die Achseln. »Scheint mir nur einfach so, als wären wir hier auf eine Goldader gestoßen. Wenn wir die Datensätze richtig analysieren, könnte das für uns sehr profitabel sein.«

»Schön und gut, aber richtig analysieren heißt in diesem Fall, genau das zu tun, was unser Klient von uns erwartet, und nichts anderes. Alexandru, wir haben hier einen glasklaren Auftrag. Konzentrieren wir uns auf die chinesischen Kontakte dieser Amerikaner und fangen wir endlich damit an. Wenn wir versuchen, die Datensätze auf andere Weise auszubeuten, riskieren wir, dass unser Klient auffliegt. Und der zahlt uns eine Stange Geld, aber nicht nur für unsere Kompetenz, sondern auch für unsere Diskretion. Und sie werden uns noch viel mehr zahlen, wenn wir die Daten knacken und sie die Informationen bekommen, die sie haben wollen. Wenn wir diesen Job gut machen, erteilen sie uns vielleicht auch noch weitere Aufträge. Es geht hier schließlich um China. ARTD kann ihnen vielleicht auch bei anderen Dingen helfen, die weit über das Herumfischen im Leben von ein paar amerikanischen Spionen hinausgehen.«

Dalca nickte und sagte: »Sicher. Alles klar, Chef.«

Doch kaum war Dalca aus dem Direktorenzimmer, als in seinem Kopf schon ein Plan Gestalt annahm. Was er, Alexandru Dalca, mit den Informationen anfangen konnte, war weit größer, als sein Arbeitsauftrag vorsah. Verdammt, es war viel größer als ARTD. Und womöglich größer als die Chinesen.

Dalca machte sich an die Arbeit. Er stellte Dateien zusammen und ergänzte sie durch Querverweise zu Gesundheitszeugnissen, Krankenakten, Versicherungsformularen,

Immobilienbesitz und so weiter. Vieles davon erschloss sich ihm, indem er unverbundene Datenpunkte herausfilterte oder durch die Analyse der digitalen Daten nach bestimmten Hinweisen auf andere Bezugspunkte suchte.

Die Dateien, die die Inder damals vom amerikanischen Server heruntergeladen hatten, enthielten auch etwas, das sich »Informationen zur Freigabeentscheidung« nannte. Dazu gehörten potenziell negative Erkenntnisse, zum Beispiel abweichendes Sexualverhalten, das Risiko, von ausländischen Stellen unter Druck gesetzt werden zu können, oder Informationen mit Bezügen zu den Aussagen, welche die betreffende Person bei mündlichen Befragungen über ihre Lebensumstände gemacht hatte.

Und sogar Fingerabdrücke.

Alex wusste, dass diese Dateien eine verdammte Goldmine waren.

Klar, eine Goldmine, die ringsum von dicken Gesteinsschichten umgeben war, aber Dalca war nun mal der beste Schürfer, wenn es darum ging, in diese Datenbanken einzudringen und die wichtigsten Datenelemente durch OSINT herauszuholen.

Weltweit gab es Hunderte Akteure, die liebend gern an detaillierte Informationen über amerikanische Zielpersonen wie Soldaten, Spione, Politiker und Diplomaten herankommen würden.

Und Dalca wollte derjenige sein, der diesen Suchenden die Informationen lieferte.

Er beschloss, die Informationen selbst zu verarbeiten und sie an den Meistbietenden zu verhökern.

Allerdings hatte er so etwas noch nie getan. Sicher, er könnte Dateien über diese Personen anlegen, könnte sie als Spione outen oder als Personen, die in gewisse Geheiminformationen eingeweiht waren. Aber was dann? Er hatte keine Möglichkeit, mit den Russen in Kontakt zu treten oder mit den Kubanern oder wer auch immer dieses Zeug haben wollte, um es ihnen zu verkaufen. Sicherlich nicht, ohne dass die falschen Leute herausfinden würden, was er da tat.

So war es … Aber vielleicht gab es noch eine *andere* Möglichkeit.

Das Dark Web.

Nachdem er eine Weile eruiert hatte, entdeckte er, dass er im Dunklen Netz eine kommerzielle Firma gründen konnte, von der aus er mit Leuten Kontakt aufnehmen konnte, die womöglich an seinem Angebot interessiert waren.

Er brauchte ein paar Monate, bis er sich genügend eingearbeitet hatte, und noch mehr Zeit, um die ganze Sache aufzubauen, und das tat er, während er den Auftrag der Seychelles Group ausführte.

Doch während er seiner Arbeit nachging, entdeckte er auch einen Weg, seinen Plan zu testen – den Plan, wie er selbst finanziell davon profitieren konnte, die geklauten amerikanischen Dateien auszubeuten.

Dalca hatte schon eine Menge Zeit auf einer Website namens Reddit verbracht. Für seine Arbeit, den Leuten durch soziale Manipulation Informationen zu entlocken, waren solche Webangebote unerlässlich. Bei Reddit handelt es sich um einen sogenannten Social-News-Aggregator, also eine Website, auf der registrierte Benutzer eigene Inhalte, Links oder Textbeiträge einstellen oder anbieten können. Auf den Bulletin Boards, Subreddits genannt, wurde praktisch über jedes wichtige Thema auf der Welt lebhaft diskutiert, und Dalca wusste, dass die registrierten Nutzer keineswegs vor Kontroversen zurückschreckten. Deshalb durchforschte er die Beiträge und Posts nach einem geeigneten Fall, an dem er die gestohlenen OPM-Daten testen konnte. Der amerikanische Land- und Seeangriff im Baltikum lag erst ein paar Monate zurück, deshalb fand Dalca auf Reddit Hunderte Posts, die sich mit dem Konflikt befassten. Viele waren zwar russisch, aber es gab auch einige englischsprachige antiamerikanische Boards, für die sich Dalca besonders interessierte.

Er suchte nach einer Möglichkeit, sein Konzept mit möglichst geringem Risiko zu testen. Nach wochenlangem Suchen, vielen Sackgassen und geduldigem Warten entdeckte er schließlich einen Reddit-User, der behauptete, der Bruder eines Schiffsmechanikers zu sein, der auf der *Kazan* gedient habe – dem russischen U-Boot, das in der Seeschlacht versenkt worden war. Der Tod seines Bruders hatte den Mann offenbar nicht nur verstört; er erging sich in langen Hasstiraden gegen Amerika und ließ irgendwann auch durchsickern, dass er sich aktuell als Student mit einem in Kürze ablaufenden Visum in den USA aufhielt. In öffentlichen Foren brachte der Mann über viele Tage hinweg seine Wut zum Ausdruck.

Alexandru Dalca rief einen Newsfeed auf, in dem der Kapitän des amerikanischen Zerstörers erwähnt wurde, dem nicht nur die Versenkung des U-Boots zugeschrieben wurde, sondern der wohl auch die Polen bei der Versenkung eines weiteren U-Boots unterstützt hatte. So erfuhr er den Namen des Schiffes – die USS *James Greer* – und den ihres Kapitäns, Scott Hagen. Er rief eine Website des US-Marineministeriums auf, in der sämtliche Schiffe und ihre Kapitäne aufgelistet waren, und fand dort die Bestätigung, dass Hagen ein vierundvierzig Jahre alter Commander der Navy war. Danach rief Dalca die OPM-Datenbank auf und fand dort, so sicher wie das Amen in der Kirche, einen vor einundzwanzig Jahren gestellten Antrag auf Zugangsberechtigung zu geheimen Informationen, der vom damals dreiundzwanzigjährigen Junioroffizier Scott Robert Hagen eingereicht worden war, der gerade erst die Marineakademie in Annapolis, Maryland, verlassen hatte.

Als Nächstes durchsuchte er eine Reihe von Landregistern und Archiven, eine ziemlich aufwendige Arbeit, da es in den USA kein Grundbuch gab, und fand heraus, dass Hagen ein Haus in Virginia Beach besaß. Außerdem hatte er eine Eigentumswohnung in North Carolina. Beides war auf gemeinsamen Besitz mit Laura Hagen eingetragen, Hagens Ehefrau, wie Dalca vermutete. Dalca notierte sich die Adressen, und da er wusste, dass die Position eines Fregattenkapitäns in den USA normalerweise keiner Geheimhaltungspflicht unterlag, suchte er in Google nach Hagens Aktivitäten vor dem Einsatz im Baltikum. Er entdeckte eine Reihe von Zeitungsberichten, Bildern und Videos, die sich auf Hagen bezogen und sich über fünfzehn Jahre erstreckten, fand heraus, dass er Trainer des Basketballteams seines Sohnes gewesen war und dass er bei einem Fest in Italien vor einem Jahr oder so Eiscreme eigenhändig in Hörnchen gefüllt und an seine Besatzung und deren Familien verteilt hatte.

Besonders aufmerksam betrachtete Dalca ein bestimmtes Foto, das Hagen mit seiner Frau bei einem Ball zeigte. Er studierte das Gesicht von Laura Hagen genau, dann rief er Facebook auf.

Zuerst checkte er, ob Hagen selbst ein aktives Facebook-Konto besaß. Das war nicht der Fall. Hagens Frau Laura war zwar registriert, aber seit der Schlacht vor der polnischen Küste vor sieben Monaten war ihr Konto deaktiviert und nicht mehr benutzt worden. Aber das konnte Dalca nicht aufhalten. Er kehrte wieder zu den OPM-Dateien zurück.

Zwar mochten einundzwanzig Jahre alte Informationen nicht besonders relevant erscheinen, um das Leben eines Menschen in der Gegenwart auszuforschen, aber Dalca befasste sich nun auch mit den Namen anderer Familienmitglieder. Er konzentrierte sich schließlich auf Hagens Schwester, die in Indiana lebte. Sie war damals noch unverheiratet gewesen, aber Hagens Antrag enthielt auch ihre Sozialversicherungsnummer, die in den USA die Funktion eines allgemeinen Personenkennzeichens hat. Mit ihr durchsuchte Dalca eine Datenbank, die er häufig für seine Recherche in frei verfügbaren, offenen Quellen verwendete und in der alle in den USA ausgestellten Heiratsurkunden erfasst waren.

Susan Hagen hatte in den Neunzigerjahren in Bridgeport, Connecticut, einen gewissen Allen Fitzpatrick geheiratet; in der Datenbank war keine Scheidung erwähnt.

Mit der Information über Hagens Schwester kehrte Alexandru wieder zu Facebook zurück. Er war darauf gefasst gewesen, ihre gesamten Facebook-Einträge mit Detailsuchen nach einer Erwähnung ihres Bruders Scott zu durchforsten, entdeckte jetzt aber, dass schon die Eingabe des Wortes »Bruder« genügte. Er durchsuchte damit all ihre Posts, und schon nach einem kurzen Blick auf den zweiten Post begann er zu lächeln.

Susan Fitzpatrick erwähnte, wie aufregend sie es fand, dass sich die Gelegenheit ergeben habe, im Sommer nach Princeton, New Jersey, zu fahren, um ihren Sohn beim Fußballturnier zu sehen. Und dass ihre Freude noch größer würde, weil sie dabei auch wieder mit der gesamten Familie ihres Bruders zusammentreffen würde, die sie seit geraumer Zeit nicht mehr gesehen habe.

Dalca recherchierte weiter und entdeckte, dass Susan Fitzpatrick zwei Brüder hatte: Scott, auf den sich Dalca konzentrierte, und Raymond, der in Winter Haven, Florida, lebte. Bei einem kurzen Rechercheschwenker zu Raymond Hagen stellte er fest, dass Raymond zwei Töchter hatte, die aber beide noch im Teenageralter waren.

Fall geklärt. Commander Scott Hagen, Fregattenkapitän der USS *James Greer,* der Mann, der die Versenkung der *Kazan* vor der polnischen Küste zu verantworten hatte, würde in sechs Wochen seine Schwester in Princeton, New Jersey, treffen.

Nachdem er Susan Fitzpatrick eine weitere Stunde lang

noch intensiver online ausgekundschaftet hatte, entdeckte er, dass sie auf ihren Reisen gewöhnlich in Häusern der Hampton-Hotelkette abstieg. Dalca rief das Hampton-Hotel an, das dem Fußballstadion am nächsten lag, in dem das Turnier stattfinden sollte. Er meldete sich unter Scott Hagens Namen, in der Annahme, dass auch Scotts Familie in diesem Hotel absteigen würde. Mit seinem besten amerikanischen Akzent erklärte er, er habe eine Zimmerreservierung Freitag bis Sonntag vorgenommen und wolle sich erkundigen, ob er noch den Montag anhängen könne.

Die Hotelangestellte korrigierte ihn sofort. Er habe nur Freitag bis Samstagabend gebucht, und fragte, ob sie ihm den Zimmerpreis für Sonntag und Montag nennen solle.

Dalca lächelte, erklärte der hilfsbereiten Hoteldame, dass er noch einmal mit seiner Frau sprechen müsse, und legte auf.

Als Nächstes kontaktierte Dalca den russischen Reddit-User. Nach ein paar E-Mails ließ er ihn wissen, dass er ihm das Hotel nennen könne, in dem der Kapitän der USS *James Greer* an einem spezifischen Tag wohnen würde, und übermittelte ihm Fotos von Hagen und seiner Frau Laura sowie von seiner Schwester und seinem Schwager.

Er fügte die Bemerkung hinzu, wenn Hagen etwas zustoße, würde es diesem Bastard nur recht geschehen.

Der Russe war offenbar fasziniert, behauptete aber, nicht genug Geld zu besitzen, um die Informationen zu kaufen. Dalca erklärte ihm, er gebe ihm die Informationen kostenlos. Tatsächlich war Dalca in diesem spezifischen Fall nicht an Geld interessiert. Diese Sache sollte der Härtetest für sein System werden. Er wollte sich selbst beweisen, dass er den OPM-Hack für seine eigenen Zwecke ausbeuten konnte und dass selbst Anträge, die vor über zwanzig Jahren gestellt worden waren, benutzt werden konnten, um jetzt, in der Gegenwart, Echtzeitzieldaten zu kreieren.

Dalca schickte dem Reddit-User das gesamte Infopaket. Dann richtete er ein Google Alert für den Suchbegriff Scott Hagen ein, um eine E-Mail-Benachrichtigung zu erhalten, sobald der Name des Commanders in irgendwelchen Nachrichten erwähnt wurde.

Und danach vergaß er die ganze Sache bis auf Weiteres, denn er hatte schließlich noch andere Dinge zu tun.

Sechs Wochen später las er online eine Zeitungsmeldung über einen Irren, der in einem mexikanischen Restaurant in New Jersey eine Schießerei veranstaltet hatte. Der Link zu dem Artikel war Dalca per E-Mail übermittelt worden, weil ein Marinekapitän namens Scott Hagen bei der Schießerei verwundet worden war.

Vadim Retschkow, zweifellos der Reddit-User, hatte drei Menschen das Leben genommen und mehrere verwundet und war dann selbst erschossen worden.

Dalca waren die Toten und Verwundeten egal.

Denn inzwischen war er mit seinem Dukatenesel im Darknet online gegangen und hatte bereits über seine Website spezifische Erkenntnisse an staatliche Behörden in Indonesien, Nordkorea und im Iran verkauft.

Außerdem hatte er bereits einen ganz neuen Fisch an der Angel. Er war durch eine Mailadresse kontaktiert worden, die einer Terrorgruppe im Libanon gehörte, an die er sich mit seinem Dienstleistungsangebot gewandt hatte. Sie informierten ihn, dass auch eine andere Gruppierung Kenntnis von seinen Mails bekommen habe, und dass diese sehr an seinem Angebot interessiert sei.

Dalcas Plan hatte vorgesehen, mit seinem Angebot für auf die USA zielende Informationen direkt unterschiedliche Akteure auf diesem geheimen Markt anzusprechen. Doch nun hatte einer seiner Kontakte das Angebot weitergereicht; Dalca musste daher befürchten, dass der Schuss nach hinten losgehen könnte, nur weil es einer seiner

Kontakte mit der Geheimhaltung nicht allzu genau genommen hatte. Das war zwar ärgerlich, aber er machte sich trotzdem keine großen Sorgen. Denn bei der Kontaktaufnahme mit der Gruppierung im Libanon waren seine Sicherheitsriegel absolut undurchdringlich gewesen. Den Beweis dafür lieferte ihm die Tatsache, dass ihn diese neue Schattengruppe über genau die Kanäle kontaktieren musste, die er selbst eingerichtet hatte, statt sich direkt an ihn zu wenden.

Nein – sie konnten nicht wissen, wer er war. Er konnte sich jederzeit wieder zurückziehen und diese Leute nie mehr kontaktieren. Aber ihr Angebot war verlockend. Sie waren eindeutig daran interessiert, mit ihm ins Geschäft zu kommen, und sie redeten über den Erwerb riesiger Mengen von Informationen über das Personal der US-Streitkräfte und Geheimdienste.

Es dauerte nicht lange, bis Dalca durch verschlüsselte E-Mails und Textnachrichten direkt mit der Gruppe verhandelte. Und schon nach ein paar Wochen hatte er eine Geschäftsbeziehung zu der Gruppe aufgebaut, die er »seine IS-Jungs« nannte. Die Bezeichnung hatte er der Gruppe gegeben, weil sie sich für zielgerichtete Informationen spezifisch über Amerikaner interessierte, die in Syrien und im Irak aktiv waren. Wer sonst außer dem »Islamischen Staat« hätte dahinterstecken können? Immer breiter waren die Informationsanforderungen gestreut, die sie ihm schickten, und sie zahlten ihm hohe »Vertrauensvorschüsse«, um ihm ihr Interesse zu beweisen. Das führte dazu, dass er es fast vernachlässigte, auch mit anderen Akteuren dort draußen ins Geschäft zu kommen. In den letzten Wochen hatte er Anfragen aus Nordkorea und von den Iranern ignoriert; ihm war klar geworden, dass diese Leute offensichtlich nicht bereit waren, größere zielgerichtete Informationsaufträge zu erteilen und dafür wirklich viel Geld in die Hände zu nehmen.

Aber die »IS-Jungs« hatten tiefe Taschen und, wie Dalca bald klar wurde, den Plan, eine Menge amerikanischer Soldaten und Spione zu töten.

Er beschloss, diese Beziehung zu pflegen; er würde aus diesen Jungs jeden Cent herausquetschen, den sie hatten, und ihnen im Gegenzug einen wahren Goldschatz an Zielpersonen liefern. Dalca wollte das Geld, aber er wollte auch eine Menge Amerikaner sterben sehen, wenn er die Nachrichten anschaute.

22

Bartosz »Midas« Jankowski und Adara Sherman trafen sich zum ersten Mal um fünf Uhr morgens in der Tiefgarage unter dem Gebäude, in dem Hendley Associates residierte.

John Clark machte die beiden neuen operativen Trainees miteinander bekannt; kurz danach parkten auch Chavez, Caruso und Ryan junior ihre Autos in ihren reservierten Parkbuchten und stiegen aus. Alle trugen Joggingklamotten für den gemeinsamen Morgenlauf. Clark stellte Midas auch den übrigen Teammitgliedern vor.

Fünf Minuten später liefen sie bereits auf dem Mount Vernon Trail, einem Jogging- und Radweg, der am Westufer des Potomac entlangführte. Auch John Clark lief mit. Sie schlugen ein leichtes, lockeres Tempo an, unterhielten sich lebhaft und liefen rund acht Kilometer. Clark beteiligte sich auf den letzten zwei Kilometern nicht mehr an der Unterhaltung, zum einen deshalb, weil ein Acht-Kilometer-Lauf in seinem Alter keine geringe Leistung war, zum anderen aber auch, weil er den Gesprächen der anderen zuhören wollte, um sich ein erstes Bild machen zu können, wie gut sie miteinander zurechtkamen.

In Clarks Ohren klangen die Gespräche ein wenig gezwungen, aber er wusste, dass das nichts damit zu tun hatte, wie gut sich die neuen Rekruten Adara und Midas in das Team einfügten. Nein – vielmehr hatten die drei Campus-Agenten, die gestern Morgen aus Jakarta zurückgekehrt waren, offenbar die schlimmen Nachwirkungen ihrer Mission noch nicht überwunden.

Jack schien am meisten darunter zu leiden. Er war heute sehr still, redete nur, wenn er direkt angesprochen wurde; Clark wusste, dass Jack normalerweise neuen Kollegen am ersten Arbeitstag so offen und freundlich gegenübertrat wie sonst niemand im Team.

Clark war klar, dass er Jack sorgfältig beobachten musste. Er würde ihm helfen müssen, seine Schuldgefühle zu verarbeiten. Auf keinen Fall durfte Clark zulassen, dass der Tod der CIA-Agentin in Minsk Jacks Fähigkeit in irgendeiner Weise beeinträchtigte, seinen Job ordentlich zu erledigen.

Bei Sonnenaufgang waren sie wieder in der Tiefgarage. Midas holte seine Sporttasche aus dem Pick-up und folgte den anderen nach oben in das Gebäude. Man wies ihm ein Schließfach zu und zeigte ihm die Duschen, damit er sich frisch machen und umziehen konnte.

Auch Jack, Dom und Ding duschten und gingen zum Frühstück in ein Café in der Nähe. Adara ging nach dem Duschen direkt nach oben in den Konferenzraum, wo, wie sie wusste, Kaffee, Obst und Cornflakes bereitstanden.

Als sie in den Raum trat, hatte Midas bereits seine erste Tasse Kaffee geleert und goss sich gerade eine zweite Tasse ein.

Als Adara sich bediente, kam Clark herein, ebenfalls frisch geduscht und bereit für den Tag. »Midas, ich muss Ihnen etwas über heute Morgen erklären.«

»Ist schon okay, Mr. C. Ich hab's schon öfter erlebt, dass mich am ersten Tag niemand besonders leiden konnte. Die Jungs werden mich schon mit der Zeit akzeptieren, spätestens wenn sie sehen, was ich draufhabe.«

»Nein, nein, das hat nichts mit Ihnen zu tun. Die drei sind vor knapp vierundzwanzig Stunden von einer Operation zurückgekommen. Sie müssen über die Einzelheiten gar nicht Bescheid wissen, nur so viel: Die Jungs haben alles richtig gemacht – aber die indirekten Folgen ihrer Mission waren trotzdem äußerst negativ. Niemand im Campus hat sich etwas vorzuwerfen, aber es kann sein, dass unsere Feldagenten in den nächsten Tagen ein wenig stiller sind als sonst, vor allem Jack.«

Midas nickte. »Verstanden. Hab das schon selbst ein paarmal erlebt.«

Während der nächsten Dreiviertelstunde erklärte Clark den beiden neuen Agenten den sechswöchigen Ausbildungsplan. Punkt acht Uhr trat Gerry Hendley in den Konferenzraum, um Midas kennenzulernen. Sie unterhielten sich eine Weile über die Geschichte von Hendley Associates und die besonderen Beziehungen der Firma zur Regierung. Als sich Gerry wieder verabschiedet hatte, begann Clark mit dem eigentlichen Training.

Um für den Campus arbeiten zu können, musste man wissen, wie er funktionierte, aber auch, was es mit der Tarnfirma auf sich hatte, bei der Midas jetzt offiziell angestellt war.

Clark führte Midas und Adara durch das Gebäude. Zuerst stellte er ihnen das Investment- und Finanzanalyseteam vor, die »weiße Seite« von Hendley Associates, danach auch die übrigen Analysten, Computerhacker, Ausrüstungseinkäufer, Logistikexperten und so weiter, die für die »schwarze Seite«, den Campus, arbeiteten. Adara hatte zwar schon seit Jahren hier gearbeitet, kannte aber aufgrund ihrer bisherigen Funktionen die meisten ihrer Kolleginnen und Kollegen nicht sehr gut. Das hatte damit zu tun, dass sie rund die Hälfte ihrer Arbeitszeit an Bord der Gulfstream oder in einem winzigen Büro verbracht hatte, das die Firma bei einem FBO, einem Fixed-Base Operator, unterhielt. Früher hatte sich das Büro am BWI-Airport in Baltimore befunden, war aber kürzlich zum Reagan National transferiert worden, der nur zehn Autominuten vom

Hauptquartier von Hendley Associates in Arlington entfernt lag.

Heute arbeiteten knapp über achtzig Angestellte im Gebäude, und Clark machte die beiden Neuen mit fast allen bekannt.

Der nächste Teil war für Adara genauso aufschlussreich wie für Midas. Clark erläuterte ihnen anhand einer recht komplizierten Liste, wer genau in der Geheimdienstszene über die geheime Aufklärungsarbeit Bescheid wusste, die am Campus geleistet wurde. Von der Direktorin der Nationalen Nachrichtendienste bis zum Justizminister und, natürlich, dem Präsidenten der Vereinigten Staaten umfasste die Liste ausgesprochen hochrangige Persönlichkeiten und war insgesamt recht kurz. Die inoffizielle Organisation war in den vergangenen Jahren bei mehr als einem Dutzend spezieller Missionen zum Einsatz gekommen, was bedeutete, dass viele weitere Personen zwangsläufig in Kontakt mit den Campus-Agenten gekommen waren, aber Gerry Hendley und sein Stab hatten alles Denkbare unternommen, um die Gefahr der Enttarnung so gering und die Verbindungen des Campus so undurchsichtig wie möglich zu halten.

Midas kannte das aus eigener Erfahrung. Er war ein paar Jahre zuvor Offizier in einer Militäreinheit gewesen, die unter höchster Geheimhaltungsstufe in einem Kampfgebiet operiert hatte. Irgendwann im Verlauf des Einsatzes wurde er mit einer Gruppe Männer bekannt gemacht, wobei man ihn wissen ließ, dass er keine Fragen stellen dürfe, wer diese Leute waren und für wen sie arbeiteten. Zu der Zeit war ihm das reichlich seltsam vorgekommen, aber jetzt, nachdem er sozusagen hinter den Vorhang blicken durfte, war es für ihn nachträglich eine Erleichterung zu wissen, dass es doch noch genügend Personen im Umkreis der Regierung gab, die sich für den Campus einsetzten, und dass die Einsätze der Organisation durch eine Art halboffizielle Billigung gedeckt waren.

Am späten Nachmittag führte Clark sein Team in die Schießanlage auf Ebene B3 hinunter, direkt unter der Tiefgarage. Die Anlage verfügte über zwei Schießbahnen. Während der folgenden zwei Stunden trainierten sie mit der Heckler-&-Koch-MP5-Maschinenpistole, dem Colt-M4-Karabiner und der SIG Sauer MPX, einer neuen Maschinenpistole, die das Team derzeit testete, um herauszufinden, ob es die H&K UMP ersetzen könne, die als Verteidigungswaffe hauptsächlich bei Kämpfen auf nähere Distanz eingesetzt wurde und im Waffenversteck in der Gulfstream aufbewahrt wurde.

Adara hatte mehr Praxis mit der SIG MPX als Midas. Die Delta-Spezialeinheit der US-Armee, in der Midas gedient hatte, bevorzugte die H&K MP7 PDW mit ihrem kurzen Lauf, während der Campus seit ein paar Monaten die neue SIG testete.

Trotzdem zeigten die Schießscheiben für Midas und Adara fast identische Resultate.

Als Schützin würde Adara zwar nie an Midas herankommen, aber eine kleine mobile Einheit wie der Campus benötigte überlappende Expertise. Adara hatte eine bessere medizinische Ausbildung als Midas, war eine hervorragende Logistikerin und verfügte über umfassende Kenntnisse der weltweiten Luftfahrt. Sie war Pilotin, was Midas nicht war, aber beide hatten sehr viel Erfahrung mit Schiffen und Booten.

Clark stellte befriedigt fest, dass Midas kein Problem damit hatte, das Training zusammen mit einer Frau zu absolvieren. Er konnte sich an frühere Zeiten erinnern, als es ihm selbst ausgesprochen seltsam vorgekommen wäre; damals hätte es ihn vermutlich abgelenkt, gemeinsam mit einer Frau zu kämpfen und zu schießen, aber das war vor langer Zeit gewesen. In den letzten fünf Jahren war Adara für ihn so etwas wie eine Tochter geworden. Er musste sich ständig selbst ermahnen, immer professionell zu bleiben und sie im Training nicht weniger streng zu fordern, als er das bei Midas tat.

Nach den Schießübungen legten sie eine einstündige Pause ein und gingen zum Abendessen in ein nahe gelegenes Grillrestaurant. Danach fuhren sie für die Nachtschießübungen zu einer Outdoor-Schießanlage in Springfield. Sie setzten Nachtsichtgeräte auf. Für das Training benutzten sie nachtsichtfähige, mit holografischer optischer Sichtung ausgestattete Waffen. Während der Übung sicherten sie auch nacheinander die vier Übungsräume der Anlage.

Auch dabei behauptete sich Adara gut; Midas schoss, bewegte sich und kommunizierte so wie noch vor ein paar Monaten, als er noch ein hochrangiger Offizier der Delta Force gewesen war.

Das bedeutete, dass ihm diese Fähigkeiten praktisch in Fleisch und Blut übergegangen waren.

Adara war müde bis in die Knochen, als John Clark kurz nach elf Uhr abends schließlich das Zeichen gab, die Waffen für heute ruhen zu lassen.

Clark nickte den beiden Trainees anerkennend zu. »Ihr habt euch heute gut geschlagen, alle beide. Aber heute war ja auch nur der Anfang, der leichteste Tag. Morgen wird es härter und übermorgen noch härter.«

Adara glaubte ihm aufs Wort. Und es war ihr auch vollkommen klar, dass John genau diesen Spruch in den nächsten sechs Wochen jeden Tag herbeten würde.

23

Bald nachdem der sogenannte Islamische Staat seine weltweiten Operationen gestartet hatte, wurden amerikanische Soldaten in Massen in den Nahen Osten zurückbeordert. Der Konflikt wurde jedoch nicht von den Kämpfern eingeleitet, die von Sami bin Rashid und Musa al-Matari angeführt wurden. Vielmehr begann er in Sizilien und wurde von drei jungen IS-Spitzeln ausgeführt, die man in den Strom der Kriegsflüchtlinge aus Syrien eingeschleust hatte.

Die jungen Männer waren in einem geheimen IS-Trainingscamp in Rakka ausgebildet worden, hatten sich dann der Massenflucht aus Syrien in die Türkei angeschlossen und waren durch Bulgarien und Rumänien weitergezogen, bis sie sich schließlich vom Flüchtlingszug getrennt hatten und illegal über die Grenze nach Ungarn geschlichen waren. Als sie in Slowenien ankamen, wurden sie von weiteren IS-Agenten erwartet, die bereits in Europa lebten und arbeiteten und nun die drei jungen Männer für ihre Operation ausrüsteten.

Insgesamt sechs Operative, einschließlich der drei Neuankömmlinge, überquerten die italienische Grenze. Einen vollen Tag lang fuhren sie auf den Autobahnen nach Süden. In Reggio Calabria, an der Südspitze des italienischen Stiefels, klauten sie ein 18 Meter langes Fischerboot, an dem ein kleines Festrumpfschlauchboot vertäut war, und fuhren über die Straße von Messina nach Sizilien.

Während des restlichen Tages ankerten sie in einer stillen Bucht; am späten Abend fuhren sie wieder auf das Mittelmeer hinaus. Anhand genauer Geo-Koordinaten und Anweisungen, die sie auf ihre Handys bekommen hatten, fuhren sie zu einem bestimmten Punkt vor der Küste von Fontanarossa, einer verschlafenen sizilischen Ufergemeinde. Hier stiegen die drei jungen Syrer in das Schlauchboot und fuhren durch die stockfinstere Nacht in westlicher Richtung zum Strand.

Der Militärflugplatz Sigonella, fünfzehn Autominuten westlich von Fontanarossa gelegen, beherbergt auch einen Stützpunkt der U. S. Navy. Wegen seiner strategischen Lage im zentralen Mittelmeer dient er nicht nur als Marinefliegerbasis, sondern auch als Logistikdrehscheibe für die amerikanischen Operationen gegen IS-Ziele in Syrien, im Irak und in Libyen sowie für weitere Operationen der Amerikaner, die sich gegen Al-Qaida und deren Verbündete in Nordafrika richten. Die Flugzeit von Sigonella nach Syrien beträgt ungefähr zweieinhalb Stunden; für Flüge zu den IS-Positionen in Libyen wird nicht mal ein Viertel dieser Zeit benötigt.

Die Marinefliegerbasis war gut geschützt: Gewehre, Tore, Wachpersonal und die lokale Polizei hielten ständig Ausschau nach Anzeichen, die auf eine Bedrohung der amerikanischen Besatzung des Stützpunktes hinwiesen. Aber an diesem frühen Morgen war das Mittelmeer östlich der Basis absolut ruhig – von dem heranfahrenden Schlauchboot abgesehen. Mit abgeschaltetem Motor trieb das Boot an den Strand. Die drei Männer stiegen ins hüfttiefe Uferwasser; die Paddel warfen sie ins Boot zurück.

Sie machten sich weder die Mühe, das kleine Festrumpfschlauchboot am Ufer oder an einem Landesteg zu vertäuen, noch legten sie es vor Anker.

Sie taten nichts dergleichen, denn sie würden das kleine Boot nicht mehr brauchen.

Alle drei waren mit einer H-&-K-Maschinenpistole und mehreren Reservemagazinen ausgerüstet; außerdem waren sie mit Sprengstoffgürteln ausgestattet, die sie zweifach mit Plastikmüllsäcken gegen Nässe geschützt hatten. Die Ausrüstung hatten sie von den drei IS-Agenten bekommen, die bereits in Europa gelebt hatten, und diese wiederum hatten die Waffen und die Ausrüstung wie ihren eigenen Augapfel bewacht, seit sie ihnen in Slowenien übergeben worden waren.

Minutenlang beobachteten die drei Syrer den Strandabschnitt, der vor ihnen lag; erst als niemand zu sehen war, wateten sie aus dem Wasser, rannten über den Sandstrand und gingen im hohen Gras neben der Straße in Deckung. Auf der anderen Straßenseite sahen sie genau das, was sie erwartet hatten: eine stille Gemeinde mit ein- oder zweistöckigen Häusern und ziegelgedeckten Dächern.

Einer der drei Syrer trug das Smartphone bei sich, auf dem sie Google Maps aufrufen konnten; er galt daher als inoffizieller Anführer. Er zog das Gerät aus dem wasserdichten Beutel und überprüfte ihre Position. Er brauchte einen Moment, um sich zu orientieren, doch dann wurde ihm klar, dass sie mit dem Schlauchboot zu weit nach Süden abgetrieben waren. Er deutete nach rechts und sagte leise: »Zwei Querstraßen weiter in dieser Richtung.«

Sie legten die Sprengstoffwesten an und prüften gegenseitig, ob alles korrekt saß und funktionsbereit war. Dann standen sie auf und marschierten die Uferstraße entlang.

An der Einmündung der Via Pesce Falco bog das kleine Killerkommando nach links ab und rannte an den Zäunen und Toren der Höfe und Gärten entlang, wobei sie versuchten, sich so gut wie möglich aus dem Lichtschein der Straßenlaternen zu halten. Aber Schnelligkeit war jetzt wichtiger als Deckung. Als Letzter lief der Mann mit dem Handy, das er ständig vor das Gesicht hielt, und suchte auf der Karte nach einem ganz bestimmten Haus.

Ungefähr auf halber Strecke blieb er plötzlich stehen, während die beiden Männer vor ihm noch gut zehn Meter weiter rannten, bis sie ihren Irrtum bemerkten und zurückkehrten. Sie kauerten sich am dunklen Straßenrand nieder.

Das Haus, das rechts von ihnen stand, sah aus wie alle anderen, die die Via Pesce Falco säumten. Das Grundstück daneben war unbebaut, kaum mehr als ein Sandplatz mit hohem Küstengras, das ihnen gute Deckung bot, als sie zur Rückseite des Hauses schlichen. Dort sprangen sie über den niedrigen Zaun; der erste Mann huschte geduckt zur Glasschiebetür an der Rückseite des Hauses und wartete dort, bis seine beiden Kollegen neben ihm standen. Er versuchte die Tür zu öffnen, aber sie war verschlossen. Er wischte sich den Schweiß von der Stirn.

Nachdem er seinen Partnern kurz zugenickt hatte, drehte er die MP5 um und schlug mit dem Schaft das Glas neben dem Türgriff ein.

Er griff hinein und schob die Tür auf. Die drei Terroristen drangen in das dunkle Haus ein.

Das Haus war ein Mietshaus mit vier Schlafzimmern. Gegenwärtig diente es als Wohnquartier für vier Marineoffiziere der U. S. Navy, die nicht in den Quartieren innerhalb der Basis untergebracht worden waren. Alle waren Leutnants und Mitte bis Ende zwanzig, alle waren Junggesellen und dienten als Piloten von F/A-18 Hornets, eines zweistrahligen, trägergestützten Mehrzweckkampfflugzeugs.

Nicht nur italienische Gesetze, sondern auch die internen Navy-Verhaltensvorschriften untersagten das Mitführen von Waffen außerhalb der Basis, aber der sechsundzwanzigjährige Leutnant Mitch Fountain schmuggelte immer seine Beretta M9 nach draußen, wenn er nach Hause ging. Er wusste, dass er eine strenge Verwarnung bekommen würde, wenn man ihn dabei erwischte, aber das hielt ihn nicht davon ab. Er stammte aus South Dakota und war mit Waffen in seinem Umfeld aufgewachsen so wie andere Jungen mit Fußball. Der Gedanke, im Antiterrorkrieg zu kämpfen, ohne nachts eine Pistole neben sein müdes Haupt legen zu dürfen, störte ihn gewaltig.

Mitch war der Einzige im Haus, der das tat, weshalb ihm, als er splitterndes Glas im Erdgeschoss hörte, sofort klar war, dass es an ihm lag, der Sache nachzugehen. Er schnappte seine Beretta vom Nachttisch, entsicherte sie und rannte aus seinem kleinen Zimmer zur Treppe.

Dort angekommen, sah er drei Männer die Treppe heraufkommen, durch ein Nachtlicht schwach beleuchtet, das in einer Steckdose unten neben der Treppe steckte.

Als ihm klar wurde, dass alle drei Maschinenpistolen mit Schulterstütze trugen, zögerte er keine Sekunde.

Fountain feuerte drei Geschosse auf die im schummrigen Licht vagen Umrisse der drei Angreifer und traf einen von ihnen in die Kehle, ins Kinn und in die Stirn.

Doch dann starb Marineleutnant Mitch Fountain durch einen Feuerstoß, den der zweite Angreifer mit seiner MP5 abgab.

Der zweite Angreifer drehte sich um und rannte seinem toten Kollegen nach, der die Treppe hinunterstürzte. Unten machte er sich daran, dem Toten den Sprengstoffgürtel abzunehmen, während der dritte Terrorist zum Obergeschoss hinaufstürmte.

Die drei anderen Amerikaner waren noch nicht völlig wach, denn das ursprüngliche Geräusch, das Splittern der Terrassenglastür, war erst vor knapp zwanzig Sekunden zu hören gewesen, aber jetzt sprangen sie auf, griffen nach der nächstbesten Waffe – einem Tennisschläger, einem Baseballschläger und einem taktischen Klappmesser – und rannten aus ihren Zimmern.

Der IS-Angreifer sah alle drei Männer gleichzeitig aus den Zimmern stürmen. Er ließ seine Maschinenpistole fallen und griff nach dem Druckschalter, der an seinem linken Arm baumelte.

Blitzschnell schob er den Sicherungshebel zurück und drückte auf den Auslöser – im selben Moment, in dem der erste Amerikaner einen Baseballschläger auf seinen Kopf niedergehen ließ. Doch der Terrorist hatte seinen Job bereits erledigt.

Das gesamte Obergeschoss des kleinen Wohnhauses flog mit einem enormen Feuerball in die Luft; alle vier Männer waren auf der Stelle tot.

Der dritte Terrorist im Erdgeschoss wurde von der Druckwelle auf seinen toten Kameraden geschleudert, konnte ihm aber dennoch die letzten Ösen des Sprengstoffgürtels lösen und den Gürtel an sich nehmen. Er hielt ihn in der linken Hand, als er aus der Haustür und auf die Straße hinausstürmte und in westlicher Richtung davonrannte.

Man hatte ihm gesagt, dass viele der Häuser an dieser Straße den Amerikanern von der Basis als externe Wohnquartiere dienten, aber ein sekundäres Anschlagsziel war ihm nicht genannt worden. Während in den umliegenden Häusern die Lichter angingen und Autoalarmanlagen losheulten, die von der Druckwelle ausgelöst worden waren, rannte er weiter durch die Dunkelheit und hielt nach anderen amerikanischen Soldaten Ausschau, die er töten könnte.

Nur fünfundvierzig Sekunden, nachdem er aus dem Anschlagsziel auf die Straße gerannt war, fasste er das größte Haus an der Straße ins Auge. Er stürmte die Zufahrt hinauf und kam an der Haustür an, die genau im selben Augenblick von innen aufgerissen wurde. Vor ihm stand ein Mann im Morgenmantel, der offenbar nach der Ursache der Explosion schauen wollte, aber der junge Terrorist zögerte keine Sekunde und schlug ihn nieder.

Beide Männer stürzten zu Boden, während weitere Hausbewohner auf der Treppe neben ihnen heruntergerannt kamen. Der Terrorist legte die Daumen auf die Detonationsauslöser der beiden Bombengürtel und drückte sie gleichzeitig nieder.

Der Präsident der Vereinigten Staaten saß im Konferenzraum der Air Force One und blickte auf die vier Monitore an der Wand. Während 11.000 Meter unter ihm Nebraska vorüberzog, beriet er sich über eine Konferenzschaltung mit dem Verteidigungsminister, dem Außenminister, dem Justizminister und der Direktorin der Nationalen Nachrichtendienste, die auf den vier Monitoren zu sehen waren.

Im Konferenzraum selbst saß noch sein Stabschef Arnie Van Damm.

Verteidigungsminister Burgess gab gerade einen Überblick über die Ereignisse. »Elf unschuldige Menschen sind ums Leben gekommen, darunter sieben Amerikaner. Fünf nachrangige Offiziere der U. S. Navy, von denen vier als Hornet-Piloten dienten. Ihre Staffel fliegt derzeit Einsätze zur Unterstützung unserer Bodentruppen in Libyen und Syrien. Außerdem ein Korvettenkapitän und seine Frau. Er war der neue Leiter der Flugsicherung auf der Basis und erst seit drei Tagen in Sigonella. Er hatte noch keine eigene Wohnung, deshalb wohnten er und seine Frau in einer Pension in der Nähe des Strands, nur ein paar Häuser vom Extern-Quartier der vier Piloten entfernt.«

Nach einer Pause fügte Burgess hinzu: »Die beiden anderen Opfer waren ein österreichisches Ehepaar, das dort Urlaub machte. Außerdem sind zwei Italiener ums Leben gekommen. Fünf Personen wurden verwundet, zwei davon schwer.«

Mary Pat Foley ergänzte: »Auf einer Website des Islamischen Staats, die wir für glaubwürdig halten, wurde der Angriff schon Minuten nach den ersten Berichten bestätigt, zusammen mit den Testament-Videos der Angreifer. Auf der Website wird sogar der Name eines der toten F-18-

Piloten erwähnt. Für uns gibt es keinerlei Zweifel, dass es sich um eine IS-Operation handelte, und wir haben auch keinen Zweifel daran, dass die Planer sehr spezifische Informationen über ihre Anschlagsziele hatten.«

Der Präsident fragte: »Woher zum Teufel wussten sie die genaue Adresse des Piloten? Und woher wussten sie, dass der Korvettenkapitän in einer Pension ein paar Häuser weiter wohnte?«

Foleys Frustration war offenkundig. »Das wissen wir noch nicht. Das Verteidigungsministerium und die gesamte Community der Nachrichtendienste testen derzeit sämtliche Netzwerke und suchen intensiv nach Hinweisen, dass jemand in unsere Systeme eingedrungen sein könnte. Bisher wurde noch nichts gefunden.«

Ryan schüttelte den Kopf. »Das ähnelt dem Vorfall mit Commander Hagen, ein Angriff auf die Navy.«

Burgess wandte ein: »Nur dass es sich dieses Mal um IS-Angreifer handelt, nicht um einen gescheiterten russischen Studenten. Aber sonst – ja, die Informationen, die sie hatten, waren genauso gut wie bei Hagen in New Jersey und genauso schwer nachzuverfolgen.«

»Okay«, sagte der Präsident. »Das ist jetzt unsere unmittelbare Bedrohung im Ausland. Gibt es irgendwelche Hinweise, dass sich al-Matari in Europa aufhalten könnte und nicht, wie wir bisher befürchteten, auf dem Weg hierher in die Staaten ist?«

»Das bezweifeln wir«, antwortete Mary Pat Foley. »Der IS unterhält eine eigene Art von Auslandsgeheimdienst, und dessen Büro in Europa hat eine eigene operative Führung. Diese Leute leben und arbeiten dort. Und die meisten wurden sogar dort geboren. Es gibt also genügend gleichrangige Leute, die sich dort gut auskennen. Dagegen würde sich al-Matari in Europa in einem Umfeld bewegen müssen, das ihm völlig fremd ist.«

»Das leuchtet ein«, meinte Ryan.

»Außerdem haben wir auch Neuigkeiten über Musa al-Matari«, sagte Mary Pat.

»Gute oder schlechte Nachrichten?«, wollte der Präsident wissen.

»Keine guten«, mischte sich Dan Murray ein. »Wir haben versucht, diese ›Sprachschule‹ zu identifizieren, die al-Matari laut jenem Jesidenmädchen erwähnt hat, und wir glauben sie gefunden zu haben – im Dschungel von El Salvador, nicht weit von der Stelle entfernt, zu der die guatemaltekischen Ex-Spezialkommandos reisten, um irgendwelche Leute auszubilden.«

»Wie bitte?«, fragte Ryan. »Eine Gruppe von Dschihadisten taucht in El Salvador auf und die örtlichen FBI-Agenten merken nichts?«

»Offenbar nicht, aber der Ort liegt wirklich sehr abgeschieden im Dschungel.« Murray legte die Stirn in Falten. »FBI-Agenten haben den Ort gestern untersucht. Er war bereits verlassen, anscheinend sehr gründlich geräumt, aber es lagen noch jede Menge Patronenhülsen herum. Wir müssen daher annehmen, dass dort ein wirklich intensives Training stattgefunden hat.«

»Mit welchen Waffen?«

»Wir haben Hinweise auf Pistolen, Gewehre und kleinere Sprengsätze gefunden. Aber nur weil wir nichts anderes gefunden haben, heißt das noch lange nicht, dass sie nicht auch mit größeren Waffen trainiert haben.«

»Wie groß war das Lager?«

»Schwer zu sagen, weil es sich um feste Gebäude handelt, die schon seit den Achtzigern dort stehen. Sie wurden nicht eigens für die Gruppe errichtet. Aber aus den Überresten in den Brandgruben können wir gewisse Folgerungen ziehen, außerdem berichten die Einheimischen, dass sie ungefähr drei oder vier Wochen lang unzählige Schüsse hörten. Aus all dem lässt sich ableiten, dass es zwischen fünfundzwanzig und fünfzig Personen waren.«

Der Justizminister fuhr fort: »Wenn sie hierher kommen, werden sie sich natürlich aufteilen, ich denke, in Gruppen von vier bis acht Leuten. Aber die gute Nachricht ist, dass es sich offenbar nicht um eine aufgesplitterte Operation handelt, in der die einzelnen Teile voneinander abgeschottet sind. Wenn es uns gelingt, auch nur einen dieser Terroristen auszuheben, wird er wissen, wer die Mitglieder der anderen Zellen sind.«

»Aber warum trainieren sie alle zusammen?«, fragte Ryan.

Jetzt meldete sich wieder Mary Pat zu Wort. »Das ist eine gute Frage. Das widerspricht nämlich völlig der normalen Praxis. Aber al-Matari ist clever – so ein Fehler würde ihm ganz sicher *nicht* unterlaufen. Er hatte einen ganz bestimmten operativen Grund, alle an einem Ort zusammenzubringen.«

»Ich habe meine ursprünglichen Ermittlungen stark ausgeweitet«, ergänzte Dan Murray. »Wir sind gerade dabei, noch einmal alle zu überprüfen, die in den letzten fünf Jahren auf einer Terrorbeobachtungsliste standen, auch jene Männer und Frauen, die nicht mehr unter Beobachtung stehen. Dabei stießen wir fast sofort auf etwas Seltsames. Im letzten Monat wurde in Hallandale Beach, Florida, ein Bursche ermordet, den wir schon einmal überprüft hatten. Er betrieb einen 7-Eleven-Laden. An dem Tag stand er zusammen mit seiner Frau hinter der Theke, als beide erschossen wurden. Aber es wurde nichts gestohlen. Die zuständige Polizei hielt es für einen Raubüberfall, der irgendwie fehlgeschlagen war, aber wir haben ein paar Leute hingeschickt und die anderen Angestellten noch einmal intensiv vernehmen lassen. Einer von ihnen meinte, sein Boss habe davon geredet, eine Zeitlang freizunehmen, um eine Sprachschule in Guatemala zu besuchen. Kurz bevor er erschossen wurde, erzählte er seinem Mitarbeiter, seine Frau habe die Sache für Schwachsinn gehalten und ihm den Trip verboten.«

Ryan runzelte die Stirn, aber nicht, weil ihn die Sache besonders interessierte. Er hatte selbst einmal als Geheimagent gearbeitet und wusste, dass das, was sie hatten, nicht gerade viel war.

Und Murray wusste, dass Ryan von dieser Sache allein nicht beeindruckt sein würde.

»Wir haben einen weiteren Burschen gefunden«, fuhr er fort und warf einen Blick auf sein I-Pad. »Einen namens Kateb Albaf. Türkischer Staatsangehöriger. Besuchte die Universität in Santa Clara. Er stand vor ein paar Jahren auf unserer Beobachtungsliste, weil er bei einer Kundgebung einem Reporter gegenüber ziemlich radikale Ansichten vertreten hatte. Das war vor zwei Jahren gewesen. Nach einer intensiven Vernehmung hatten wir ihn ein paar Monate lang unter weiche Beobachtung gestellt, fanden aber keine Anhaltspunkte, dass er etwas anderes als ein Student sein könnte. Er hat nie bemerkt, dass wir uns für ihn interessierten.«

»Wo ist er jetzt?«, fragte Ryan.

»Bis vor einem Monat war er wieder in Kalifornien, genau dort, wo wir ihn zuletzt gesehen hatten. Aber jetzt haben wir herausgefunden, dass er kürzlich nach Honduras gereist ist.« Murray hob den Blick von seinem I-Pad und schaute den Präsidenten bedeutungsvoll an. »Einer seiner Kommilitonen sagte aus, Albaf wolle für sechs Wochen eine Sprachschule besuchen – er hätte plötzlich Interesse gezeigt, Spanisch zu lernen. Wir schauten uns seine Flugbuchungen an: Die Flugzeiten stimmen ungefähr mit den Zeiten überein, während derer die guatemaltekischen Ex-Kommandos von zu Hause abwesend waren.«

»Da kann man sich doch nur fragen, wie gut er inzwischen Spanisch gelernt hat«, sagte Ryan.

Dan Murray brummte: »Bestimmt nicht so gut, wie er gelernt hat, einen Bombengürtel zu basteln.«

Ryans Blick glitt zwischen Mary Pat und Dan hin und her. »Ach, kommt schon. Ist das schon alles? Bestimmt habt ihr noch mehr, oder?«

»Ja, das haben wir«, antwortete Mary Pat. »Wir sind auf einen weiteren Mann gestoßen, der früher auf unserer Beobachtungsliste stand. Ein gewisser Mustafa Harak, sechsundzwanzig Jahre alt, Gebrauchtwagenhändler in Atlanta. Er soll Bekannten erzählt haben, dass er für ein paar Wochen eine Sprachschule in Mittelamerika besuchen wolle, in Guatemala. Seine Reisedaten passen ziemlich genau zu denen des Türken.«

Ryan rollte den Kopf vor und zurück, um die Muskeln zu entspannen. Allmählich erkannte er deutliche Verbindungslinien zwischen den verschiedenen Punkten. »Guatemala und Honduras grenzen an El Salvador. Sie flogen in diese anderen Länder, reisten mit Bussen nach El Salvador und lernten dort, wie man Menschen erschießt und Häuser in die Luft jagt. Ihr habt wahrscheinlich recht: Wir sollten diese Männer sorgfältig beobachten.«

Murray nickte, wandte jedoch ein: »Leider können wir weder Albaf noch Harak beschatten, weil keiner von beiden zu Hause ist. Ihre Autos stehen noch da, aber sie selbst sind verschwunden.«

»Kreditkarten?«, fragte Ryan.

»Keine ihrer Kreditkarten wurde in letzter Zeit benutzt, schon kurz vor ihrer Abreise nach Mittelamerika nicht mehr. Und bei Kateb, dem Burschen in Kalifornien, haben wir noch etwas entdeckt: Seine Frau Aza ist ebenfalls verschwunden.«

»Mist!«, schimpfte Ryan. »Sie haben ihr Handwerk erlernt, jetzt beziehen sie schon ihre Einsatzpositionen.«

Foley nickte. »So ist es.«

Ryan fuhr fort: »Al-Mataris ersten Anschlag gegen die

Vereinigten Staaten konnten wir verhindern, weil sein Trainingslager in Syrien auf Satellitenfotos entdeckt wurde. Dieses Mal hat er das Training nach El Salvador verlegt.«

Mary Pat erklärte: »Wir haben ein Auge auf Schiffsbewegungen aus La Libertad, dem nächstgelegenen Hafen, nur fünfundzwanzig Kilometer entfernt. Und natürlich überwachen wir auch alle Flüge, die von San Salvador abgehen. Charterflüge, Cargoflüge, alles, was in den letzten zehn Tagen von dort in die Staaten ging.«

Murray fügte hinzu: »Sie hätten natürlich auch von anderswo abfliegen und unterwegs Umsteigestopps einlegen können. Aber das ist nun mal alles, was wir haben.«

»Allein in Miami International müssen Hunderte Flüge gelandet sein, die zu der Beschreibung passen«, meinte Ryan. »Wenn man dann noch Houston, L. A. oder Atlanta dazunimmt … Großer Gott.«

Mary Pat nickte. »Ja, aber mit Blick auf das Ausland bleiben Jay und ich dran, und Dan macht auf der inländischen Seite Druck. Wir haben bereits die Homeland Security informiert, dass sie einen Fahndungsbefehl für diese Burschen herausgeben sollen.«

Ryan blickte auf das Phantombild, das der Polizeizeichner nach den Angaben des Jesiden-Mädchens angefertigt hatte. »Höchste Zeit, Musa al-Mataris Gesicht überall bekannt zu machen.«

Murray nickte. »Das meine ich auch. Und ergänzend dazu werden wir sagen, dass wir glauben, er halte sich in den Vereinigten Staaten auf, dass er gefährlich sei und vermutlich mit dem IS in Verbindung stehe. Das dürfte dafür sorgen, dass wir das Medienecho bekommen, das wir brauchen, aber natürlich wird es diesem Burschen nicht schwerfallen, sein Aussehen zu verändern.«

Außenminister Scott Adler hatte sich minutenlang nicht an der Diskussion beteiligt, doch nun meldete er sich zu Wort.

»Mr. President, ich möchte noch einmal auf den Angriff in Sigonella zu sprechen kommen. Es gibt da noch etwas, das Sie wissen sollten. Das ist vielleicht nicht der günstigste Zeitpunkt, es zur Sprache zu bringen, aber wir müssen damit rechnen, dass man Ihnen bei der Pressekonferenz nach Ihrer Landung dazu Fragen stellt.«

Bei dieser Bemerkung Adlers verzog Verteidigungsminister Burgess das Gesicht und schnaubte. Die beiden Männer konnten einander auf den Monitoren nicht sehen, aber Ryan bemerkte Burgess' Reaktion. Sie sagte ihm, dass Burgess bereits wusste, was Adler nun als Nächstes sagen würde, und dass er darüber nicht erfreut war.

»Worum geht es, Scott?«, fragte Ryan.

»Einer der Marineoffiziere, die ums Leben kamen, hatte offenbar seine Pistole bei sich.« Eine Pause. »Außerhalb der Basis. Das verstößt gegen italienische Gesetze. Und auch gegen unsere eigenen Vorschriften.« Wieder eine Pause. »Die Pistole wurde am Tatort gefunden. Einer der Terroristen wurde damit erschossen.«

Ryan schüttelte den Kopf. »Scott ...«

»Sir, ich bin nur der Bote. Die Italiener sind stocksauer, aber ich werde ihnen sagen, natürlich in freundlicheren Worten, dass sie mich mal können. Wenn sie unser Militärpersonal in ihrem eigenen Land nicht schützen können, dann muss sich unser Personal eben selbst schützen.«

Burgess entspannte sich wieder ein wenig, wie Ryan sofort bemerkte.

Der Präsident hob die Hand, und sein Außenminister unterbrach sich. »Nein, Scott. Danke, dass Sie das aussprechen, was auch ich denke, aber nein. Sie sind der Chefdiplomat und müssen auch so auftreten. Ich werde mit Präsident Morello sprechen und die Sache glattbügeln. Wenn mich ein Journalist zu der Sache befragt, werde ich sagen, dass ich zu den Ermittlungen keinen Kommentar abgeben kann.« Er zuckte die Achseln. »Und dann werde ich sagen, dass ich persönlich froh bin, dass es unserem Navy-Piloten noch gelungen ist, einen dieser Hunde zu erschießen.«

Ryan warf Arnie Van Damm einen Seitenblick zu, doch Van Damm schwieg.

Burgess sagte: »Natürlich richtet sich jetzt unsere Hauptsorge auf unser militärisches Personal, das basisextern rund um Sigonella wohnt.«

»Und auf andere Orte, die in unsere Aktionen gegen den IS involviert sind. Bahrain, Frankfurt, Incirlik. Scheiße – wir haben Basen überall in Europa, und in unterschiedlichem Maß sind sie alle in unsere Aktionen im Nahen Osten eingebunden.«

»Das ist richtig«, bestätigte Burgess. »Und in den Stützpunkten haben wir nicht genug Platz, um alle samt ihren Familien unterzubringen. Externe Unterkünfte sind also absolut notwendig und unvermeidlich.«

Ryan nickte. »Gut, aber soweit ich sehen kann, sind die Piloten besonders gefährdet. Ich will, dass alle Piloten in den Stützpunkten wohnen. Ferner alle Spezialeinheiten und hochrangigen Offiziere. Und was Sigonella angeht, werde ich Präsident Morello bitten, uns zu gestatten, Wachpersonal außerhalb der Basis in Stellung zu bringen, also MPs, jedenfalls so lange, bis wir all unsere Männer und Frauen in Sicherheit gebracht haben.«

Burgess warf ein: »Tut mir leid, Sir, aber das klingt wie eine Kapitulation vor den Terroristen.«

»Es ist keine Kapitulation vor Terroristen«, gab Ryan zurück. »Es ist eine Kapitulation vor dieser verdammten Sicherheitslücke, die an alldem schuld ist! Solange wir nicht wissen, wie groß und tief die Lücke ist, werde ich mich nicht einfach zurücklehnen und abwarten, bis noch mehr unserer Mannschaften von etwas getroffen werden, über das wir noch nichts wissen.«

Burgess nickte. »Jawohl, Sir.«

Die Videokonferenz endete ein paar Augenblicke später, und Arnie Van Damm zog sofort seinen Stuhl näher an Ryans Schreibtisch.

»Die Sache wird die Feindseligkeiten gegen unsere Politik im Nahen Osten wieder richtig aufflammen lassen.«

Ryan nickte. »Vor ein paar Jahren wollte niemand eine weitere Bodeninvasion im Irak. Und *niemand* wollte, dass wir unsere Truppen jemals nach Syrien schicken. Diesen Krieg tragen wir mit Spezialkommandos und Luftunterstützung aus, und zusammen mit den Kurden und der irakischen Armee werden wir den Job erledigen.«

»Das meine ich auch, aber sobald der IS anfängt, unsere Stützpunkte in Europa, oder, Gott steh uns bei, hier in den Staaten aufs Korn zu nehmen, wirst du von den Rechten eine Menge Druck bekommen, noch mehr zu tun und noch schneller zu reagieren. Und die Linken werden ebenfalls Druck machen. Sie werden darin eine offene Flanke sehen, haben aber selber nichts anzubieten, um sie zu füllen.«

Jack nickte. »Ich vertraue auf unsere Politik. Als Preis für mein Vertrauen muss ich eben diese Schläge einstecken.« Der Präsident blickte einen Moment lang auf Iowa hinunter, das unter der Air Force One hinwegglitt. Er musste die Wut niederringen, die in ihm aufstieg, geboren aus der Frustration darüber, dass er nicht gegen etwas kämpfen konnte, das er nicht verstand, und bisher hatte ihm niemand eine plausible Erklärung liefern können, wie groß das tatsächliche Ausmaß der Bedrohungen seines Landes war, zumal die Terroristen die Anschlagsziele offenbar willkürlich auswählten. Es war, als hätte sich ein Krebsgeschwür festgesetzt, das sich anfangs langsam ausgebreitet hatte, jetzt aber immer schneller Metastasen bildete.

Seine größte Sorge war, dass Sigonella nur die nächste Phase, das nächste Stadium der Krankheit gewesen war, die sich weiter ausbreiten und unbeherrschbar werden würde, wenn seine Leute sie nicht bald in den Griff bekamen. Er wusste, Musa al-Matari war irgendwo dort draußen, aktiv, zu allem fähig, und er fragte sich, ob nicht vielleicht sogar das friedlich unter ihm dahinziehende Iowa die nächste Frontlinie dieses Kampfes war.

24

Jack Ryan junior war an diesem Morgen früh zur Arbeit gekommen, um sich dem Teamlauf anzuschließen, und wie am Vortag war er auch heute im Umgang mit den anderen still und in sich gekehrt. Seine Gedanken drehten sich immer noch um Indonesien und um alles, was dort geschehen war, und vor allem um das, was nur deshalb geschehen war, *weil* alles andere geschehen war.

Midas lief eine Weile neben ihm her und versuchte, ein Gespräch in Gang zu bringen. Der Ex-Delta-Offizier war ein paar Jahre älter als Jack, aber Jack hatte sofort gemerkt, dass der Mann offenbar körperlich topfit war: Er hielt auch in den vielen Schnelllaufphasen mit, in denen sie das Tempo steigerten und eine Meile in unter acht Minuten liefen – und schaffte es sogar, das Gespräch weiterzuführen, als würde er locker bei einem Cocktail in einer Hotellounge plaudern.

Aber Jack war nicht in Plauderlaune. Seine Gedanken kreisten unablässig um die Frau, die er niemals kennengelernt hatte und die allein und auf furchtbare Weise in Minsk ums Leben gekommen war – woran er sich die Hauptschuld gab.

Deshalb achtete Jack kaum auf das, was Midas sagte, bis dieser schließlich aufgab, den Schritt beschleunigte und allein weiterlief.

Nach dem Morgenlauf duschte Jack und ging in sein Büro, wo er zunächst ein paar E-Mails las, gleichzeitig aber auch auf die Nachrichten achtete, die an diesem Morgen aus Italien eintrafen. Natürlich teilte auch er die Wut und Trauer der meisten Amerikaner angesichts des Angriffs in Italien. Aber davon abgesehen, musste Jack unwillkürlich wieder an das denken, was sein Vater gesagt hatte: dass es im Moment eine dichte Abfolge von Lecks unbekannter Art gebe und dass die Möglichkeit bestehe, dass eines dieser Lecks auch den Tod von Jennifer Kincaid verursacht habe. Jack hatte keine Insiderinformationen über die Ereignisse in Sigonella; die Medien stellten den Angriff auf das Personal der U. S. Navy als Terroranschlag dar, und CNN hatte nicht berichtet, dass der Anschlag explizit gegen bestimmte Personen gerichtet gewesen sei. Sämtlichen Berichten zufolge hatten ein paar antiamerikanische Terroristen zwei Mietshäuser in der Nähe des Stützpunktes überfallen, auf die Bewohner geschossen und die Häuser in die Luft gejagt, offenbar in der plausiblen Annahme, dass sie dabei auch ein paar Amerikaner töten würden.

Um acht Uhr wurde Jack in Hendleys Büro gerufen. Gerry erwartete ihn bereits; ein kleines Tablett mit Kaffee, Gebäck und frischem Obst stand auf dem Besprechungstisch. Am Tisch saß Gavin Biery, der IT-Direktor des Campus, ein untersetzter Mann nahe sechzig, wie immer in zerknitterter Kleidung. In der ganzen Firma war Gavin bekannt dafür, dass er niemals an einer Schachtel Donuts vorbeiging, ohne mindestens einen Donut herauszufischen, weshalb Jack zu seinem Erstaunen bemerkte, dass Gavin bei diesem Arbeitsfrühstück nur eine Flasche Wasser und eine halb gegessene Orange vor sich hatte.

Jack kommentierte das nicht, sondern hob nur eine Augenbraue und goss sich eine Tasse Kaffee ein, schwarz natürlich.

Aber Gavin war ein aufmerksamer Bursche. »Bin auf Diät, Ryan. Nicht jeder kann sich jeden Tag vier Stunden Training leisten.«

Es stimmte, dass Ryan hervorragend in Form war und dass er regelmäßig trainierte, aber vier Stunden Training an einem Tag hatte er noch nie im Leben absolviert. Er verbiss sich den Hinweis, dass auch er nicht die Zeit hatte, jeden Tag in der Woche ins Fitnesscenter zu gehen. Stattdessen sagte er nur: »Gut für dich, Gavin. Ich hoffe, du lebst ewig.«

»Das hoffst du nur, weil ich all eure technologischen Probleme löse, und von denen habt ihr ja nicht wenige.«

Jack setzte sich. »Eigentlich sind es deine zwischenmenschlichen Fähigkeiten, die mir am meisten fehlen.«

Das TV-Gerät an der Wand war eingeschaltet. CNN brachte eine Live-Schaltung aus Sigonella; ein noch immer qualmendes Haus war zu sehen, vor dem ein Dutzend Rettungs- und Einsatzfahrzeuge parkten. Der Ton war auf stumm geschaltet, aber das Nachrichtenband am unteren Bildschirmrand lautete: ZWÖLF TOTE, FÜNF VERWUNDETE BEI TERRORANGRIFF AUF STÜTZPUNKT DER U. S. NAVY.

Gerry und Gavin hatten die Nachrichten verfolgt, während sie auf Jack warteten, doch jetzt wandte sich Gerry vom Monitor ab, nahm seine Kaffeetasse, kam zum Besprechungstisch herüber und setzte sich zu den beiden Männern.

»Gavin, Jack hat mich gestern gefragt, ob wir der Direktorin der Nationalen Nachrichtendienste nicht unsere Unterstützung anbieten könnten. Es geht darum, sie bei der Suche nach dem Sicherheitsleck in den staatlichen Behörden zu unterstützen. Gestern Abend habe ich mit Mary Pat gesprochen und unsere analytische Mitwirkung bei der Suche nach der vermuteten Sicherheitslücke angeboten, die für die Aufdeckung und die furchtbare Ermordung von Jennifer Kincaid verantwortlich war.«

Gavin war über die Ereignisse in Indonesien und deren tragische Folgen informiert.

»Wie hat Foley darauf reagiert?«, fragte Gavin und nahm einen Orangenschnitz.

»Sie ist einverstanden, uns informell einzubeziehen.«

Jack ballte zufrieden die Fäuste. »Das ist großartig, Gerry. Danke.«

Gavin fügte hinzu: »Klingt wie ein recht interessantes Puzzle.«

»Dan Murray schickt uns einen Packen Informationen herüber, Details über eine bereits ziemlich große Sicherheitslücke, die in den letzten Wochen entdeckt wurde. Sollte inzwischen auf unserem Server angekommen sein. Ihr bekommt alle Daten, die sie bis dato gesammelt haben. Sollten wir etwas entdecken, werden wir umgehend Foley und Murray informieren.«

Gavin Biery fragte: »Sie haben mir erzählt, was der armen CIA-Agentin in Minsk zugestoßen ist. Aber weiß man, welchen Umfang das Leck hat?«

»Nach dem, was mir Mary Pat gesagt hat, weiß zu diesem Zeitpunkt niemand genau, wie tief und breit diese Sache ist. Alle paar Tage stoßen sie auf Informationen, die nach außen gesickert sind.«

»Hm«, machte Biery. »Könnte das in irgendeiner Weise mit dem zusammenhängen, was die Chinesen vor ein paar Jahren taten? Wie Sie sich bestimmt erinnern, sind die Chinesen damals in JWICS eingedrungen.« Das Joint Worldwide Intelligence Communications System war ein weltweites Netzwerksystem von miteinander verbundenen Backbone-Routern, das auch von der Intelligence Community der Vereinigten Staaten genutzt wurde. Damit war die Kommunikation zwischen amerikanischen Spionen aufgedeckt worden, was kurzfristig in der gesamten Geheimdienstszene Panik ausgelöst hatte. Glücklicherweise war es dem Campus – unter Leitung des MIT-Absolventen Gavin Biery – gelungen, die Verursacher des Cyberangriffs zu lokalisieren und die Krise zu beenden.

»Das war auch meine erste Frage«, antwortete Gerry. »Mary Pat meinte, die neue Situation könne nichts mit dem damaligen Hackerangriff zu tun haben. Der neue Angriff richtet sich gegen Mitarbeiter des Justizministeriums, des Außenministeriums, der Navy und der CIA. In den meisten Fällen gibt es keine offensichtlichen Gründe, warum die Daten dieser Leute durch das JWICS übermittelt werden sollten.«

»Wieso geht man dann von einem einzigen Leck aus?«, fragte Jack. »All die Behörden und Organisationen, die Sie gerade erwähnt haben – sie benutzen nicht dasselbe Netzwerk, wenn sie vertrauliche Informationen weitergeben. Hinzu kommt, dass ihre unterschiedlichen Netzwerke in den SCIFs überwacht werden.« Mit Sensitive Compartmented Information Facility bezeichnen die Sicherheitsbehörden in den USA bestimmte gesicherte Räumlichkeiten oder Bereiche, die zur Speicherung und Verarbeitung sensibler und geheimer Informationen genutzt werden.

Gavin sagte nichts dazu, was Jack überraschte, weil er sonst immer irgendeine Antwort parat hatte. Der Mann war schlicht brillant und vermutlich sogar die wichtigste Person im ganzen Campus, und normalerweise zögerte er nicht, das allen anderen immer wieder klarzumachen.

Auch Gerry bemerkte, dass Gavin geistesabwesend in die Ferne blickte. »Gavin, stimmt was nicht?«

»Versuche nur gerade, Ryans Frage zu verarbeiten. Ich würde zuerst gerne einen Blick auf die Details werfen, die das Leck betreffen, oder jedenfalls auf das, was das Justizministerium bisher über diese Sicherheitslücken herausgefunden hat, die Sie erwähnten. Jack und ich werden gemeinsam versuchen herauszufinden, wie die Hacker an die Informationen gekommen sind. Mit wie vielen Fällen haben wir es zu tun?«

»Nicht einmal das weiß das Justizministerium mit Sicherheit«, antwortete Hendley. »Da ist zum einen der Kincaid-Zwischenfall, ferner die FBI-Agenten, die als Reaktion darauf zuerst auf Jakarta reagierten, ein CIA-Agent, der im Iran festgehalten wird, und ein Commander der Navy, der offenbar aufgrund ganz spezifischer Informationen zur Zielperson wurde, aber möglicherweise war nichts davon wirklich geheim.«

Jack nickte. »Also entweder drei oder vier Fälle.«

»Soweit sie wissen. Das sind aber nur die Fälle, die in den letzten paar Wochen ans Licht gekommen sind. Es ist denkbar, dass es noch weitere Fälle gibt oder dass noch mehr dahintersteckt.«

Gerrys Sekretärin meldete sich über die Telefonanlage. »Herr Direktor? Justizminister Murray möchte Sie dringend sprechen.«

Der Campus-Direktor wusste, dass der Justizminister in diesen Tagen einer der am meisten beschäftigten Menschen auf der Welt sein musste, deshalb griff er sofort nach dem Hörer und meldete sich knapp.

»Hi, Dan.« Er gab den beiden Campus-Männern ein Zeichen, sitzen zu bleiben, und hörte seinem Gesprächspartner eine Weile mit angespannter Miene zu.

Schließlich sagte er: »Ja, ich habe es gesehen.« Dann: »Wie sicher sind Sie?«

Als er eine Minute später den Hörer auflegte, blickte er seine beiden Mitarbeiter ernst an. »Sigonella in Italien, heute Morgen. Die Terroristen hatten offenbar Zugriff auf spezifische sicherheitsrelevante Daten über ihre Ziele. Dan meint, auch Sigonella könne mit den derzeit bestehenden, unbekannten Sicherheitslücken zusammenhängen.«

Gavin murmelte: »Ein Schlag folgt auf den anderen.«

»Dann sollten wir sofort anfangen«, sagte Jack.

Gerry blickte ihn an. »Ich weiß, dass Sie diese Sache sehr persönlich nehmen, nach dem, was neulich in Jakarta passiert ist.«

Jack nickte. »Ja, es ist eine persönliche Sache. Aber das hilft mir, mich darauf zu konzentrieren. Es wird mich nicht von meiner Arbeit ablenken.«

Gerry hielt seinen Blick noch ein paar Sekunden lang fest. »Das ist alles, was ich hören wollte. Ich danke Ihnen beiden. Melden Sie sich, falls es etwas gibt, womit ich Ihnen helfen kann. Mit einem Anruf bei Dan oder Mary Pat oder Jay kann ich Ihnen vielleicht mehr Informationen oder Ressourcen beschaffen.«

Stunden später waren Jack und Gavin in die Daten vertieft, die ihnen vom Justizministerium auf ihre gesicherten Laptops geschickt worden waren. Sie saßen sich im Konferenzraum im zweiten Stock an einem langen Tisch gegenüber und taten im Grunde nichts anderes, als erst einmal alles durchzulesen, was über die einzelnen Vorfälle bekannt war. Außerdem befassten sie sich mit den Berichten über das, was unternommen worden war, um herauszufinden, wie die Täter an die Informationen über die Opfer herangekommen waren.

Gleich zu Beginn der Arbeit hatten sie sich darauf verständigt, die Evaluation und Analyse aufzuteilen. Gavin sollte sich auf die Aktivitäten im Bereich der Cyberabwehr konzentrieren, also auf die bisher angestellten Ermittlungen, um mögliche Hacks oder nicht autorisierte Datenzugriffe aufzudecken, bei denen sich irgendeine Verbindung zu den Anschlagsopfern feststellen ließ.

Jack wiederum fokussierte seine Aufmerksamkeit auf alle Ermittlungsergebnisse, die nichts mit Cyberaktivitäten zu tun hatten. Spione, Drohungen gegenüber Leuten, die über Insiderwissen verfügten, nicht autorisierte Weitergabe von geheimdienstlichen Erkenntnissen durch Organisationen anderer Nationen, mit denen die Nachrichtendienste der Vereinigten Staaten gute Beziehungen pflegten, überhaupt alles, das entweder zufällig oder absichtlich dazu beigetragen haben mochte, dass die Namen der Anschlagsopfer an die Öffentlichkeit gelangten.

Während er noch einmal die Berichte über die Vorfälle durchlas, dachte Jack auch darüber nach, was genau man über jede der betreffenden Personen wissen musste, um sie als Zielperson auszuwählen. Das, fand er, war der interessantere Teil des Problems. Denn er hatte den Eindruck, dass jemand sehr intensiv daran gearbeitet hatte, aus der Masse relevanter Informationen genau diese Zielpersonen herauszufiltern.

Der Anschlag auf Scott Hagen hatte sich zuerst ereignet; danach war ein CIA-Agent, der unter *non-official cover* (NOC) arbeitete, bei der Einreise in den Iran verhaftet worden.

Im staatlichen Fernsehsender hatten die Iraner behauptet, sie könnten beweisen, dass der Mann Collier heiße und dass er seit elf Jahren als amerikanischer Spion arbeite. Die CIA wiederum hatte herausgefunden – durch Quellen und Methoden, die allerdings in den übermittelten Dateien nicht offengelegt wurden –, dass die Iraner mithilfe eines Fingerabdruckscanners festgestellt hatten, dass Stuart Collier für die CIA arbeitete.

Das kam Ryan nun reichlich seltsam vor. Er konnte sich an kein einziges Szenario erinnern, in dem Unbefugte Zugriff auf die Fingerabdrücke eines CIA-Agenten bekommen hätten – und natürlich die Iraner erst recht nicht.

Während er und Gavin den ganzen Nachmittag an den Akten und Dateien arbeiteten, schickte Jack ein paar Anfragen an andere Analysten, die bei Hendley beschäftigt waren. Auch Gavin hielt seine Mitarbeiter in der IT-Abteilung mit kleinen Arbeitsaufträgen auf Trab.

Gavin stellte zunächst fest, dass die Bemühungen der NSA, mögliche Sicherheitslücken in bestimmten geheimen Netzwerken aufzudecken, noch in der Anfangsphase steckten. Sie hatten erst seit ein paar Tagen nach diesen potenziellen Lecks gefahndet, aber bisher noch keinerlei Hinweise auf neue erfolgreiche Cyberangriffe auf amerikanische Regierungsbehörden gefunden, die auf irgendeine Weise dazu beigetragen haben könnten, dass diese Informationen hinausgesickert waren.

Am Nachmittag legten sie eine Pause ein, um ein spätes Mittagessen einzunehmen. Gavin holte eine Dose Salat heraus, die er von zu Hause mitgebracht hatte, Jack hatte sich ein Sandwich mit gegrilltem Hähnchenfleisch von einem Feinkostladen in der Nähe kommen lassen.

Während sie aßen, erzählte Jack seinem älteren Kollegen, was er bisher herausgefunden hatte. »Anscheinend gehen die Geheimdienste, oder jedenfalls die Leute, die mit diesem Geheimnisverrat befasst sind, davon aus, dass das Leck nur eine Person umfasst, die alle Leute kennt, die durch das Leck aufgedeckt wurden.«

Gavin zuckte die Achseln. »Hochgradig unwahrscheinlich.«

Mit Gavins ablehnender Reaktion hatte Jack gerechnet. Gavin war ein Computernerd; Jack war sich sicher, dass Gavin von Anfang an überzeugt gewesen war, dass es sich um irgendeine Sicherheitslücke in den Computernetzwerken handeln müsse. »Mary Pat sagt, die NSA habe eine Sicherheitsüberprüfung sämtlicher Netzwerke durchgeführt, die von den betroffenen Organisationen betrieben werden, und keine Schwachstellen gefunden. Außerdem könnten völlig unterschiedliche Gruppierungen an derartigen Informationen interessiert sein; deshalb glauben unsere Behörden nicht, dass ein bestimmtes Land oder ein bestimmter Geheimdienst die Informationen klaut. Es gibt sowieso nicht sehr viele Länder, die das potenzielle Know-how hätten, um in die Netzwerke unserer Geheimdienste einzudringen, und die, die es könnten, würden doch ihre Erkenntnisse niemals mit so vielen anderen Gruppierungen teilen! Aus Mary Pats Sicht sieht es eher danach aus, als hätten wir es mit einem Maulwurf in einer unserer Behörden zu tun, der die Informationen an viele andere Parteien verscherbelt.«

»Na schön, dann hat also die NSA eine Überprüfung durchgeführt und keine Hinweise auf eine Sicherheitslücke gefunden.« Gavin zuckte die Achseln. »Na und?«, sagte er leicht höhnisch. »Damit schließen sie praktisch aus, dass es einen Hackerangriff gegeben haben könnte. Natürlich werden sie noch ein bisschen tiefer graben, aber ihre Anfangserkenntnisse sorgen dafür, dass sie hauptsächlich in andere Richtungen ermitteln, von ein paar Eierköpfen bei der NSA abgesehen.« Er schüttelte den Kopf. »Ich glaube immer noch, dass es hier um eine Art Cyberspionage geht. Nur weil die NSA oder die anderen Geheimdienste bisher keine Datenkompromittierung feststellen konnten, heißt das noch lange nicht, dass es keine gegeben hat.«

Jack sorgte sich, dass sich Gavin vielleicht zu sehr in seine Theorie verstieg, aber er ließ es auf sich beruhen. Das Letzte, was er wollte, war, den IT-Direktor des Campus in dieser oder jener Richtung einzuengen. Gutes analytisches Denken setzte einen offenen Verstand voraus, und Jack war selbst noch nicht an einem Punkt, der es ihm erlaubt hätte, bestimmte Folgerungen zu ziehen und sich anderen Argumenten zu verschließen.

Nach vier Stunden, die Jack hauptsächlich mit dem Durcharbeiten der Berichte verbracht hatte, rieb er sich die Augen und lehnte sich zurück. Gerade wollte er Gavin vorschlagen, die Arbeit für eine Weile zu unterbrechen und irgendwo draußen zu Abend zu essen, um danach bis in die Nacht weiterzuarbeiten. Doch als er zu seinem Kollegen am anderen Tischende hinüberblickte, stellte er fest, dass Gavin ihn mit breitem Grinsen im Gesicht anschaute.

»Hm … geht's dir gut, Gav?«

Gavin zögerte ein wenig mit der Antwort. »Na ja … ich habe da so eine Theorie.«

»Schon wieder? Lass hören.«

»E-QIP.«

»Aha.« Jack hatte keine Ahnung, was Gavin damit meinte. »Und was ist e-QIP?«

Gavins leicht bebende Stimme verriet, wie aufgeregt er war. »Das ist eine bundesstaatliche Datenbank, in der sämtliche Anträge auf Sicherheitsüberprüfung gespeichert sind. Sämtliche SF-86. Egal ob du bei der Armee, für den DNI, bei der NSA, beim Handelsministerium, beim FBI arbeitest … oder meinetwegen als Unternehmer für die Armee einen neuen Kipplaster konstruierst … Jeder, der in Positionen arbeitet, wo nationale Sicherheitsinteressen berührt werden, muss das Standardformular 86 ausfüllen. Das ist ein unglaublich langer Fragebogen, ungefähr hundertzwanzig Seiten lang. Sämtliche Daten werden dann in einer einzigen Datenbank gespeichert. Wenn du mir sagst, dass wir es hier mit den verschiedensten Personen zu tun haben, die in allen möglichen Agenturen oder Bereichen der Streitkräfte arbeiten und deren Daten kompromittiert wurden, dann sage ich dir: Schau zuerst dort nach.«

Jack ließ sich das durch den Kopf gehen. »Du meinst also, wenn wir eine Gemeinsamkeit finden wollen, müssen wir ganz weit zurückgehen – nämlich zu dem Punkt, an dem all diese kompromittierten Personen in sicherheitsrelevante Bereiche eingetreten sind? Also bis zu ihren Anträgen auf Zugang zu sensiblen Informationen?«

Gavin nickte. »Genau das meine ich. Nachdem der Antrag auf Sicherheitsfreigabe gestellt wurde, werden die Daten an die jeweilige Behörde weitergeleitet, die über die Freigabe entscheidet. Also beispielsweise an das Ministerium für Verteidigung, Justiz oder Äußeres und so weiter. Aber die erste Datei, die für jeden Antragsteller angelegt wird, bleibt bei der Antragsbehörde gespeichert.«

»Und wer managt dieses e-QIP?«

»Das OPM – das Office of Personnel Management.«

Ryan dachte ein paar Sekunden lang darüber nach. »Dein Gedankengang gefällt mir, Gavin, aber du willst doch nicht im Ernst behaupten, dass bisher noch niemand bei der NSA, der CIA oder der DIA auf die Idee gekommen ist, auch diese Möglichkeit zu überprüfen?«

»Bestimmt sind sie schon darauf gekommen, aber dabei haben sie sicherlich nur überprüft, ob das e-QIP gehackt wurde. Und als sie keine Hinweise für einen Hackerangriff fanden, haben sie die Sache abgehakt und mit anderen Dingen weitergemacht.«

»Und du glaubst, dass sie dabei etwas übersehen haben könnten?«

»Absolut. Es gibt keine andere Verbindung zwischen den Zielpersonen der Anschläge, und für mich bedeutet das, dass die lieben Kollegen etwas übersehen haben müssen. Passiert eben manchmal.«

»Und was ist mit der These, dass ein Maulwurf im Staatsdienst all diese Informationen gesammelt und versilbert hat? Nur weil verschiedene Behörden und Organisationen involviert sind, schließt das doch nicht aus, dass da ein Maulwurf aktiv ist, oder? Nehmen wir zum Beispiel Chavez. Er kennt praktisch jeden. Du könntest ihn fragen, er würde dir jede Menge Namen von Leuten nennen können, die eine Sicherheitsfreigabe haben – verdeckt arbeitende CIA-Agenten, SEALs, Typen, die für das Handelsministerium Fälle von Wirtschaftsspionage aufklären, Piloten der Luftwaffe und Dutzende weiterer Personen.«

Gavin schüttelte den Kopf. »Nein. Das hier ist ein Datenhack, darauf wette ich meinen Kopf. Hier geht es nicht um einen einzelnen Burschen, der ein paar Geheimnisse über seine Kumpel weitergibt, die beim Staat arbeiten.«

Jack zuckte die Achseln. »Ich sage nicht, dass ich dir diese Theorie abkaufe, Gavin, aber nehmen wir mal an, du hast recht. Welches Land hätte denn die Fähigkeit, das OPM-Netz zu hacken?«

Darüber dachte Gavin längere Zeit nach. Schließlich sagte er: »Das passt nicht zu der Art von Cyberangriffen, die wir bisher von den Chinesen zu sehen bekommen haben. Auch nicht von der russischen Regierung. Diese beiden Länder würden wahrscheinlich am leichtesten in das OPM-Netz kommen können, ohne bemerkt zu werden, aber sie haben mit diesen Angriffen ganz bestimmt nichts zu tun.«

»Stimmt«, nickte Ryan. »Aber die Russen könnten in unsere Netze hacken und dann die geklauten Infos ganz oder teilweise an den Iran weitergeben. Oder China könnte Teile der geklauten Info an Nordkorea weitergeben. Aber weder Russland noch China würden zielrelevante Informationen über einen amerikanischen Stützpunkt in Italien an den Islamischen Staat weiterleiten. Man könnte zwar annehmen, dass China so etwas machen würde, um unsere Regierung hier im Inland in Schwierigkeiten zu bringen, aber auch für China würde das Risiko in keinem Verhältnis zum Nutzen stehen. Es wäre ihnen vollkommen klar, wie unsere Reaktion ausfallen würde, wenn wir herausfänden, dass sie hinter der Sache stecken.«

»Ich muss die Suche nach dem Schuldigen eingrenzen«, murmelte Gavin nachdenklich. »Und zwar durch eine Nachkonstruktion des Vorgangs. Gib mir noch ein wenig Zeit, um herauszufinden, was man braucht, um in die e-QIP-Datenbanken des OPM einzudringen. Ich muss zuerst einmal feststellen, wie das jemand von außen schaffen konnte. Erst dann kann ich nach bestimmten Merkmalen der Angriffe suchen, die mir vielleicht einen Hinweis geben, wer darin involviert war. Damit können wir den Kreis möglicher Übeltäter eingrenzen.«

»Okay – das ist dein Revier, Gavin. Kann ich dabei irgendwie helfen?«

Gavin blickte auf seinen Laptop. »Ich werde noch eine Weile weiterarbeiten, Jack. Du könntest mir etwas zu essen besorgen … aber nicht zu kalorienhaltig …«

Jack lachte. »Zwei Fragen: Wer bist du, und was hast du mit dem Fresssack Gavin gemacht?«

Aber Gavin Biery war bereits wieder hinter seinem Computer abgetaucht und hob nur die Augenbrauen.

»Okay, okay. Einmal Kohlsalat, kommt sofort.«

»Bin kein Vegetarier, Jack! Versuche nur, beim Essen ein bisschen kürzerzutreten. Das heißt nicht, dass du mich umbringen sollst.«

Jack lachte und ging zur Tür. »Mach einfach weiter. Ich kümmere mich um dein leibliches Wohl.«

25

Abu Musa al-Matari verbrachte den Vormittag vor dem Fernseher im Wohnzimmer des sicheren Hauses, einem Reihenhaus an der North Winchester Avenue, nahe des Lincoln Square in Chicago. Er verfolgte die Reportagen über Sizilien in den Nachrichten, zusammen mit Algier, Tripolis und Rahim, dem vierunddreißigjährigen Führer der Chicago-Zelle.

Die übrigen Zellenmitglieder waren in der Stadt unterwegs, um verschiedene Ausrüstungsgegenstände zu besorgen – Taschenlampen, Handys, Verpflegung und Wasser, außerdem Düngemittel und Nägel, um improvisierte Sprengsätze zu basteln, sowie Erste-Hilfe-Packs. Es war eine ziemlich sinnlose Tätigkeit, aber al-Matari hatte nichts anderes, womit er sie beschäftigen konnte.

Obwohl die anderen im sicheren Haus den Anschlag in Sizilien begeistert feierten und jedes Mal *Allahu akbar* riefen, sobald die Zahl der Todesopfer weiter nach oben korrigiert wurde oder Bilder von der Zerstörung gezeigt wurden, blieb al-Matari still. Innerlich kochte er vor Wut. Zwar war das genau die Art von Information, die ihm der Saudi versprochen hatte, aber der Saudi hatte ihm nicht gesagt, dass eine Operation in Europa durchgeführt wurde, die den amerikanischen Angriffen sehr ähnlich war. Denn für die Agenten hier in den Vereinigten Staaten wäre das eine wichtige Information gewesen. Al-Matari hatte den Eindruck, dass der Saudi mit seinen Informationen bestimmte Leute bevorzugte, die in Europa operierten, bevor al-Matari auch nur sein erstes Einsatzziel erfahren hatte.

Während des restlichen Tages versuchte der Jemenit, seine Kontaktperson telefonisch zu erreichen, den Mann, den er nur als den »Saudi« kannte. Al-Matari und seine Zellenmitglieder hatten die App Silent Phone auf ihre Smartphones heruntergeladen, mit der Ende-zu-Ende-Verschlüsselung ermöglicht wurde, sodass nur die Kommunikationspartner am jeweiligen Endpunkt die Nachricht entschlüsseln konnten, und benutzten entweder Instant-Messaging-Programme oder Sprachanrufe, schickten sich aber auch gegenseitig Dateien.

Hier in Amerika war al-Matari jedoch der Einzige, der direkten Zugang zu diesem Saudi hatte, jedenfalls soweit er wusste. Und dennoch versuchte er jetzt schon den ganzen Tag, seinen geheimen Wohltäter zu erreichen.

Aus irgendeinem Grund reagierte der Saudi nicht auf al-Mataris Nachrichten oder Anrufe. Je mehr al-Matari aus den TV-Nachrichten über den Anschlag in Sizilien erfuhr, desto wütender wurde er. Stunde um Stunde verging, doch der Mann, der al-Matari die Einsatzbefehle für die Ziele hier in Amerika liefern sollte, blieb unerreichbar. Er wusste, dass der Angriff in Sizilien eine Aktion des IS gewesen war – das hatte der IS selbst durch Posts über die Angreifer in den sozialen Netzwerken kundgetan, die kurz vor deren Abreise aus Syrien verfasst worden waren. Selbst aus den spärlichen Informationsbruchstücken, die er aus den Nachrichtensendern zusammenstückelte, konnte er folgern, dass der Angriff sämtliche Merkmale eines zielgerichteten Anschlags aufwies, wobei spezifische Erkenntnisse über die Aufenthaltsorte und Lebensdaten der Opfer verwendet wurden – genau so, wie man es auch al-Matari versprochen hatte.

Endlich, gegen 22 Uhr Chicagoer Zeit, schickte der Saudi die Nachricht, al-Matari möge ihn anrufen. Er ging sofort in sein eigenes Schlafzimmer im Obergeschoss und wählte die Nummer. Der Saudi nahm nach ein paar Augenblicken ab, als er sich sicher sein konnte, dass die Ende-zu-Ende-Verschlüsselung aktiv war.

»Ich habe zehn Anrufe oder Nachrichten von dir bekommen. Ich habe viel zu tun. Was ist denn so dringend, dass du damit nicht warten kannst?«

»Ich sehe, dass du viel zu tun hast. In Italien. Du hättest mir sagen müssen, dass auch Anschläge in Europa durchgeführt werden!«

Nichts in der Stimme des Saudis deutete darauf hin, dass er das bedauerte. »Du hast mehrere Zellen unter dir, aber du bist nur ein Teil der vielen internationalen Operationen des Kalifats. Niemand hat dir versprochen, dass wir dich ständig über alle weltweiten Operationen informieren.«

»Was für ein Unsinn! Dabei gehörst du ja gar nicht zum IS!«

»Ich rate dir, meine Loyalität nicht anzuzweifeln, Bruder. Und auch nicht meine Entschlossenheit.«

Al-Matari traute dem Saudi nicht über den Weg. Er wollte gerade eine scharfe Antwort geben, als der Saudi weiterredete.

»Auf jeden Fall solltest du froh sein, dass die Aufmerksamkeit der Amerikaner jetzt auf andere Orte gerichtet ist.«

»Kann sein, aber froh bin ich trotzdem nicht darüber. Ich bin hier, meine Männer sind bereit, und je länger wir hier herumsitzen und warten, desto größer wird das Risiko für unsere Operation. Du hast mir versprochen, Ziele zu liefern!«

»Die bekommst du auch.«

»Wann?«

Der Saudi seufzte. »Ich verstehe deine Sorgen, aber ich bin im Moment wirklich sehr stark mit anderen wichtigen Dingen beschäftigt. Gib mir noch einen Tag. Dann habe ich etwas für dich.«

Aber al-Matari hatte nicht vor, sich von diesem Mann noch länger an der Nase herumführen zu lassen. »Vielleicht ist es besser, wenn ich selbst nach Zielen suche.«

Der Saudi brüllte ins Telefon: »Einen Tag! Warte noch einen Tag ab!«

Der Jemenit antwortete kalt: »Genau vierundzwanzig Stunden. Wenn ich bis dahin nichts von dir gehört habe und du mir keine Operationsziele für meine Teams liefern kannst, werde ich losschlagen, ohne auf deine Informationen zu warten.« Grußlos beendete al-Matari das Telefonat. Seine Hände zitterten, aber er war sich nicht sicher, was der Grund dafür war – seine Wut auf den Saudi oder die Leidenschaft, mit der er darauf wartete, endlich losschlagen zu können.

Mehr als 11.000 Kilometer entfernt starrte Sami bin Rashid entnervt auf das schwarz gewordene Handydisplay, dann blickte er gedankenverloren durch das Bürofenster auf die Skyline von Dubai hinaus.

»Waa faqri«, murmelte er. *Verdammt*.

Dem Saudi war klar, dass al-Matari glaubte, er wolle ihn nur hinhalten, tatsächlich wurde aber bin Rashid selbst von seinem eigenen Kontakt hingehalten – von dem Mann, der ihm versichert hatte, ihm Informationen über militärische und geheimdienstliche Ziele in den Vereinigten Staaten liefern zu können. Ja, sicher, er hatte Intel über den Luftwaffenstützpunkt in Sigonella geliefert sowie über ein paar weitere Ziele in Europa, die bin Rashid dann auch prompt an den IS-Auslandsnachrichtendienst weitergeleitet hatte. Die meisten der gegen den Westen gerichteten IS-Operationen waren in Europa ausgeführt worden, und nach allem, was bin Rashid über ihre Organisation wusste, war der Leiter des Foreign Intelligence Bureau des IS selbst als Sohn tunesischer Eltern in Frankreich geboren worden und in Paris aufgewachsen. Aus den gestrigen Nachrichten ging eindeutig hervor, dass man europäische Zellen aktiviert hatte, um den Anschlag auf Sizilien auszuführen, aber der IS hatte Sami bin Rashid bei dieser Operation weder Befehlsgewalt noch irgendeine Kontrollfunktion übertragen.

Er gehörte nicht dem Auslandsgeheimdienst des IS an – und wie al-Matari gesagt hatte, gehörte er nicht einmal zum IS.

Aber er war der Bursche mit dem Geld und der Intelligenz, die amerikanische Operation zu planen. Oder jedenfalls war es das, womit er sich verkauft hatte.

Nur war es ihm bisher nicht gelungen zu liefern, und der Grund, warum bin Rashid noch immer keine konkreten Ziele nennen konnte, war derselbe Grund, warum er al-Matari gegenüber nicht sagen wollte, wie es zu der Verzögerung kam.

Der Hundesohn, der behauptete, die Echtzeitinformationen über die Anschlagsziele liefern zu können, forderte für die Lieferung von amerikanischen Intel-Paketen mehr Geld. Zwar hatte er die Intel über einen Navy-Piloten in Italien und über andere Männer und Frauen in oder in der Nähe von Stützpunkten in Europa, von denen aus die Angriffe auf den IS geflogen wurden, brav geliefert, aber vor Kurzem hatte er sein Honorar für Intel über Amerikaner in den Vereinigten Staaten verdoppelt und die Preissteigerung mit Sorgen um seine eigene Sicherheit begründet. Die Begründung war schlicht lächerlich. Seit vier Monaten hatte der Mann Sami bin Rashid versprochen, das zu liefern, was er sich jetzt zu liefern weigerte, obwohl er genau wusste, dass seine Sicherheit schon die ganze Zeit nur so gut oder so schlecht sein konnte, wie er selbst dafür sorgte.

Bin Rashid war natürlich klar, dass er damit nur mehr Geld herauspressen wollte. Der Mann war ein gottloser Ungläubiger, und von solchen Typen konnte man nichts

Besseres erwarten. Aber bin Rashid hatte sein ganzes Berufsleben in jenem Schattenbereich gearbeitet, in dem sich geschäftliche und geheimdienstliche Aktivitäten überlappten, weshalb er wusste, dass er sich gegen derartige Begehrlichkeiten stemmen musste. Und er war auch schon lange genug im Spiel, um zu wissen, dass nur immer mehr Forderungen folgen würden, wenn er jetzt nachgab. Über dieses Problem hatte er sich mehr als nur einmal mit dem unbekannten Mann gestritten, den er nur unter seinem Codenamen INFORMER kannte. Aber jetzt wurde die Zeit knapp. Al-Matari war ein willensstarker Mann, daran hatte bin Rashid nicht den geringsten Zweifel. Wenn er seine Ziele nicht sofort bekam, würde der Mann nicht mehr länger in seinem sicheren Haus in Chicago sitzen bleiben – nein, er würde anfangen, überall in Amerika Anschläge zu verüben, und seine Zellen würden dabei draufgehen, ohne die maximale Wirkung erzielt zu haben, die sie hätten erzielen können. Auch war ihm vollkommen bewusst, dass es nur einen Weg gab, die Amerikaner zu einer massiven Intervention im Nahen Osten zu provozieren: wenn der Präsident der Vereinigten Staaten von den führenden Militärs und Geheimdienstleuten so unter Druck gesetzt würde, dass er mit dem Rücken zur Wand stand – und das würde nur geschehen, wenn eine akute Bedrohung für Militär und Nachrichtendienste bestand.

Deshalb brauchte bin Rashid die Anschlagsziele, und er brauchte sie dringend. Er würde Riad bitten müssen, der neuen Geldforderung von INFORMER nachzukommen, aber dann würde er dem Mann, der all diese Informationen lieferte, absolut klarmachen, dass es keine weiteren Honorarverhandlungen mehr geben würde.

Vier Stunden später hatte bin Rashid endlich die Einwilligung des Direktors des saudi-arabischen Nachrichtendienstes; das Geld war bereits auf ein Geheimkonto in Dubai transferiert worden. Bin Rashid war nun in der Lage, die qualitativ hochwertige Intel zu kaufen.

Er hob das Telefon ans Ohr und wartete, bis die Verbindung zu INFORMER zustande kam. Zu seiner Erleichterung meldete sich der Gesprächspartner sofort.

INFORMER, wer immer er sein mochte, sprach Englisch mit einem Akzent, den bin Rashid noch nicht hatte einordnen können. Er hielt es für möglich, dass der Mann Russe war, aber das war nichts als Spekulation.

»Guten Tag, mein Freund«, meldete sich INFORMER. »Womit kann ich Ihnen dienen?«

Der Saudi hatte schon mehrmals mit INFORMER telefoniert und ihn, wie auch jetzt, als freundlichen und fast charmanten Gesprächspartner wahrgenommen, gerade so, als liefe alles immer nach Plan, gleichgültig, welches Thema besprochen wurde.

Aber dieses Mal war bin Rashids Geduld auf eine harte Probe gestellt worden, deshalb antwortete er nicht im gleichen freundlichen Ton.

»Ich brauche Einzelheiten von Ihnen«, sagte er barsch. »Sie müssen liefern, was Sie zugesagt haben, und ich will, dass Sie es sofort tun.«

INFORMER blieb freundlich. »Ich habe bereits begonnen, Ihnen Informationen zu schicken. Aber wie ich Ihnen schon mehrmals klargemacht habe, kann ich mir sehr gut vorstellen, was Sie mit diesen Informationen machen werden, und das macht mich zu einem der meistgesuchten Menschen auf der Welt.«

»Darüber haben wir schon oft genug gesprochen. Sie sind in Sicherheit. Ich kann mit den Endnutzern dieser Informationen nicht in Beziehung gebracht werden. Und ich kenne Sie nicht, weiß nicht, wo Sie sich aufhalten, ich weiß überhaupt nichts über Sie. Sie sind also noch weiter von den… hm … Ereignissen entfernt als ich. Ich brauche nur einfach diese Informationen. An Ihrer Stelle würde ich mir keine großen Gedanken über die Nachrichten machen, die Sie vielleicht hören werden, auch wenn Sie meinen, dass sie irgendwie mit den Informationen zusammenhängen, die Sie mir verkauft haben.«

»Ich wiederhole: Ich bin bereit für den Austausch«, antwortete INFORMER. »Aber wie ich schon letzte Woche in meiner Nachricht erwähnte, hat sich der Preis verdoppelt. Es steht Ihnen frei, die Bedingungen zu akzeptieren oder die Sache bleiben zu lassen. Aber ich bin mir sicher, dass Sie auf Ihrer Seite schon Vorbereitungen getroffen haben, um die Informationen zu nutzen, und deshalb vermute ich, dass Sie weder Kosten noch Mühen gescheut haben, um Ihre Leute und deren Ausrüstung in Stellung zu bringen. Ich denke, Sie werden mir zustimmen, dass Ihnen keine vernünftige Alternative bleibt, als die Sache nun auch durchzuziehen.«

Bin Rashid verspürte ein fast unbeherrschbares Verlangen, den Mann durch die Leitung an der Gurgel zu packen und ihm die Kehle aus dem Hals zu reißen. Das war Erpressung, und er hatte keinerlei Zweifel, dass der Mann genau das von Anfang an geplant hatte. Dieser Hundesohn hatte bin Rashid am Angelhaken, und jetzt holte er ihn ein wie einen zappelnden Fisch. Jede Faser seines Körpers sträubte sich dagegen – schrie ihm zu, diesen Mann anzubrüllen, er könne sich seine Informationen in den Arsch stecken. Doch das konnte sich bin Rashid nicht leisten. Er musste zustimmen.

Mühsam brachte er seinen Atem wieder unter Kontrolle. »Ich akzeptiere Ihre Bedingungen unter der Voraussetzung, dass Sie mir die letzten und aktualisierten Informationen noch heute liefern können.«

INFORMER zögerte keine Sekunde. »Aber selbstverständlich kann ich das. Bitte geben Sie Ihre Bestellung auf meiner Website im Darknet ein, wie wir vereinbart haben.«

Sami bin Rashid zog den Laptop heran, startete den

Browser und rief die Website auf. Währenddessen sagte INFORMER: »Gut, ich fasse meine Bedingungen noch einmal zusammen. Informationspakete für operative Geheimdienstagenten kosten 500.000 Dollar, ebenso für Offiziere vom Major aufwärts. Offiziere von niedrigerem Rang, Analysten und technisches Hilfspersonal in den Geheimdiensten kosten 250.000 Dollar. Für einen General, eine Führungsperson der Geheimdienste oder ähnlich hochrangige Personen müssen Sie eine Million Dollar zahlen. Teammitglieder von Spezialkräften und Sonderkommandos kosten 250.000 Dollar, sofern sie nicht zum Kommando für Spezialoperationen der Vereinigten Staaten gehören, also zum Joint Special Operations Command. Das wären die Leute von der Naval Special Warfare Development Group, besser bekannt unter der Bezeichnung SEAL Team Six, oder die Delta Force der Armee. Wie Sie vielleicht wissen, sind das die beiden wichtigsten Eliteteams für Terrorismusbekämpfung und Geiselbefreiung. Für Zielinformationen über die Mitglieder dieser Eliteteams müssen Sie 500.000 Dollar ausgeben.«

Während der folgenden fünf Minuten besprachen sie, für welche Art von Zielen Informationen über ihre aktuellen Aufenthaltsorte verfügbar waren, dann gab Sami bin Rashid auf der E-Commerce-Seite von INFORMER eine Bestellung auf.

Anschließend transferierte bin Rashid, noch während des Telefonats, fünf Millionen Dollar in Bitcoins auf die Darknet-Webadresse von INFORMER. Das war die Summe für ein Dutzend Zielpersonen, viele von ihnen in nachgeordneten Positionen. Dem Saudi war klar, dass sein Kampf in Amerika jeden Tag durchschnittlich mindestens eine Million Dollar kosten würde; hinzu kamen die beträchtlichen operativen Kosten für al-Mataris Zelle. Aber das Ergebnis der Aktionen würde diese Kosten rechtfertigen. Denn dann war es so gut wie sicher, dass sich die Vereinigten Staaten im

Irak mit Bodentruppen engagieren, die immer weiter nach Süden vorrückenden iranischen Horden aufhalten und die proiranische Herrschaft der Alawiten in Syrien beenden würden. Und was das Beste war: All diese Ereignisse würden den Ölpreis wieder in die Höhe treiben, Saudi-Arabien würde wieder mehr Geld für sein Öl einnehmen und die Gefahr würde schwinden, dass es zu inneren Unruhen kommen und das Königshaus aus dem Land gejagt werden könnte. Ja, wenn das alles so geschah und sich das Königshaus wieder sicherer fühlen könnte … nun, dann hätte bin Rashid seinen Job gut gemacht und der König würde ihn bis zum Ende seiner Tage in höchsten Ehren halten.

Ein paar Augenblicke später bestätigte INFORMER den Eingang des Geldbetrags und sagte seinem Kunden, er solle nun seine Mailbox im Darknet im Auge behalten – die Dateien müssten jeden Moment bei ihm ankommen.

Und wie versprochen, erschienen nacheinander die Dateien, die INFORMER geschickt hatte. Während bin Rashid die Anhänge anklickte, wurde das Grinsen unter seinem penibel gestutzten grauen Bart immer breiter.

Als Erstes erschienen Name, Adresse und Foto einer Frau. Eine Karte der Gegend, in der sie wohnte. Ein Lebenslauf, aus dem ihre Karriere in der Defense Intelligence Agency hervorging, einschließlich ihrer Einsätze im In- und Ausland, durch die sie in die amerikanische Kampagne im Nahen Osten involviert war. Das Infopaket umfasste auch Echtzeitinformationen über ihren täglichen Weg zur Arbeit, darunter sogar die Adresse einer Freundin, die derzeit verreist war und in deren Haus sich die Zielperson um die Pflanzen kümmerte und die Post aus dem Briefkasten nahm.

Unglaublich, dachte bin Rashid. *Woher zum Henker hat er diese Informationen?*

Die nächste Datei enthielt sämtliche erforderlichen Informationen über einen ehemaligen CIA-Führungsoffizier, der kürzlich in Ruhestand gegangen war, aber auf Honorarbasis noch im geheimdienstlichen Umfeld tätig war. Der Mann sprach Arabisch, bildete andere in Bereichen wie Spionageabwehr und Counter-Terrorismus aus und hatte überdies einen Beratervertrag bei einem christlichen Think-Tank in Washington.

Die dritte Datei betraf einen früheren hochrangigen Navy SEAL, der eine stattliche Liste von Einsätzen gegen Al-Qaida und den Islamischen Staat vorzuweisen hatte. Bin Rashid begriff zuerst nicht, warum INFORMER diesen Mann ausgewählt hatte, aber nachdem er das Dossier überflogen hatte, verzog er erneut den Mund zu einem raren Lächeln und flüsterte vor sich hin: »Ja! Perfekt.«

Nacheinander klickte bin Rashid die Dateien für ein Dutzend Ziele an, die ihm INFORMER geliefert hatte. Es handelte sich nicht um Admiräle, Generäle oder CIA-Führungskräfte – bin Rashid wollte, dass al-Mataris Zellen ihre Aktionen zunächst mit weniger gut geschützten Zielpersonen begannen. Natürlich würden Führungskräfte des Militärs und der Nachrichtendienste der Vereinigten Staaten wertvollere Ziele abgeben, aber bin Rashid wollte sicherstellen, dass al-Matari zunächst ein paar Erfolgserlebnisse hatte, ohne ein größeres Risiko eingehen zu müssen – und ein geringeres Risiko bedeutete nun mal ein geringeres Erfolgserlebnis. Er wollte erreichen … nein: er *musste* erreichen, dass sich neue Rekruten für die Sache begeisterten, und das würde nur geschehen, wenn die Operation von Beginn an Erfolge aufwies.

Nachdem er die letzte der Dateien überflogen hatte, rief er INFORMER zurück.

Der Mann mit dem seltsamen Akzent meldete sich sofort. »Hallo, mein Freund. Ich nehme an, Sie sind mit den Produkten zufrieden, die ich Ihnen geschickt habe?«

Bin Rashid antwortete: »Wie sicher sind Sie sich, dass diese … diese Informationen wirklich zutreffen?«

Der andere seufzte hörbar. »Ich beherrsche mein Metier. Wie Sie sehen können, sind sämtliche Zieldaten absolut aktuell. Einige der Informationen habe ich gerade erst heute Nachmittag aktualisiert.«

»Ja, das ist mir aufgefallen. Wann kann ich mehr davon bekommen? Mehr in dieser Art?«

»Sobald Sie mehr zahlen können. So funktioniert das eben.«

»Das weiß ich. Was ich meine, ist ... Sind Sie denn überhaupt auf weitere Lieferungen vorbereitet? Von ähnlicher Qualität, oder vielleicht auch für qualitativ höherwertige Ziele?«

»Die Zahl der Produkte, die ich Ihnen verkaufen kann, ist praktisch unbegrenzt. Natürlich sind sie unterschiedlich, manche werden Ihnen ... interessanter vorkommen als andere. Und manche werden Sie teurer zu stehen kommen als andere. Im Grunde gibt es für unser Geschäft nur zwei Grenzen: Ihre Fähigkeit, mit den gelieferten Daten weiterarbeiten zu können, und Ihre Fähigkeit, für weitere Lieferungen zu zahlen.«

Dem Saudi war vollkommen klar, was INFORMER mit »weiterarbeiten« meinte: töten. Es war ihm auch klar, dass INFORMER genau wusste, dass er Informationen über potenzielle Anschlagsopfer verkaufte. Und er war sich sicher, dass INFORMER gesehen hatte, was in Italien geschehen war, und daher sehr genau wusste, was mit seinen Lieferungen geschah – der Mann hatte also ganz bestimmt keine schwachen Nerven.

»Gut, gut«, sagte bin Rashid. »Nächste Woche werde ich weitere Gelder auf Ihr Konto anweisen, für ein weiteres Dutzend Fälle. Ich melde mich, sobald ich für weitere Lieferungen bereit bin, vielleicht in zwei Wochen. Gute Arbeit.«

INFORMER antwortete freundlich: »Ich freue mich, dass Sie mit den Lieferungen zufrieden sind, mein Freund. Ich wünsche Ihnen viel Erfolg bei Ihren Unternehmungen.«

Zwölf Stunden später, kurz vor dem Ablauf der 24-stündigen Frist, die er dem Saudi für die Lieferung der Intel gesetzt hatte, die er für seine Anschlagserie in Amerika benötigte, saß Abu Musa al-Matari in seinem Arbeitszimmer im sicheren Haus in Chicago vor dem Computer. Sorgfältig las er die Dossiers durch, die ihm über Silent Phone, eine App für verschlüsselte Sprachtelefonie, zugesandt worden waren: Dossiers über Geheimdienstagenten, sowohl aktive als auch ehemalige, Männer und Frauen, die im Kampf gegen den Islamischen Staat mitwirkten oder mitgewirkt hatten. Darunter befand sich auch eine Datei über einen Special-Forces-Offizier in North Carolina, über eine Bar in Virginia Beach, in der er mit ein paar seiner Navy-SEAL-Kumpel regelmäßig abhing, und Fotos der vier Männer sowie ihre Personalien.

Al-Matari konnte es nicht anders ausdrücken: Dieses Material war absolut *unglaublich*. Er hatte schon so manche Leute in verschiedenen Ländern umbringen lassen, aber noch nie hatte er dabei auch nur über einen Bruchteil der Informationen verfügt, die er hier geliefert bekam.

Schon bald konzentrierte er sich auf das Dossier über einen ehemaligen Navy SEAL, der vor ein paar Jahren berühmt geworden war, weil er über seine Zeit in den Teams ein Buch geschrieben hatte und mehrmals in Talkshows aufgetreten war.

Als al-Matari die Dossiers durchlas und auf Google noch mehr über diesen Burschen recherchierte, wurde ihm klar, dass der Mann in Amerika eine richtige Berühmtheit geworden war.

Im Moment wohnte der Typ für einen Monat in einem Fünf-Sterne-Hotel in Los Angeles, um die Dreharbeiten eines Films zu überwachen, der auf seinen Erfahrungen bei einem Angriff auf Ansar al-Sharia basierte, eine islamistische Terrorgruppe, die auch Verbindungen zum IS hatte.

Al-Matari erkannte sofort, dass dieser Mann das perfekte Ziel für die Santa-Clara-Zelle darstellte. Derzeit hatte die Zelle ihren Stützpunkt noch in San Francisco, konnte aber schon morgen ein paar Zellenmitglieder nach L. A. schicken und dann schon am nächsten Tag einsatzbereit sein. Ein Militär im Ruhestand, der zwischen dem Drehort und seinem Hotel hin und her pendelte, gab ein lächerlich einfaches Anschlagsziel ab; außerdem war der Mann so berühmt, dass al-Matari sehr viel öffentliches Aufsehen erwarten durfte, bei relativ geringem Risiko für seine Mission.

Im nächsten Dossier stieß er auf ein sofort realisierbares Operationsziel für ein paar Mitglieder der Fairfax-Zelle, und wieder ein paar Dossiers weiter entdeckte er ein wertvolles Ziel, nur eine Tagesfahrt von Detroit entfernt.

Ohne seine Leute allzu breit über die Karte der Vereinigten Staaten bewegen zu müssen, gab es genug Ziele, die für jede einzelne Zelle gut erreichbar waren. Er beschloss, Chicago aus der ersten Anschlagserie herauszuhalten. Diese Zelle wollte er als seine Schutztruppe einsetzen; sie sollte dafür sorgen, dass sein sicheres Haus sicher blieb; darüber hinaus sollten sie noch mehr Rohmaterialien für die Sprengsätze beschaffen, die Algier und Tripolis für die Teams bastelten.

Aber die anderen vier Zellen würden jetzt endlich mit der Arbeit beginnen können.

Nachdem er eine Weile auf der Karte die Standorte seiner Zellen und die potenziellen Anschlagsziele betrachtet hatte, entschied er, dass die Detroit-Zelle bei der ersten Anschlagserie die größte Strecke zurücklegen solle. Er brauchte mehrere Zellenmitglieder, drei oder vier, um auf der sicheren Seite zu sein, die sich auf den Weg nach D. C. machen sollten, weil er das Fairfax-Team für zwei andere Missionen in diesem Landesteil einsetzen wollte.

Nachdem al-Matari die ersten Anschlagsopfer bestimmt und die Teams festgelegt hatte, die sie eliminieren sollten, griff er nach seinem Handy und schickte über die Silent-Phone-App jeweils individuelle Infopakete über die Anschlagsziele sowie seine Befehle nach Fairfax, Santa Clara, Detroit und Atlanta, zusammen mit spezifischen Befehlen an die Zellenführer: Sie sollten die Zahl der Kämpfer und die Zusammensetzung ihrer Teams für den jeweiligen Job selbst festlegen. Sie sollten bei der ersten Gelegenheit zuschlagen, die sich bot, und konnten sich jederzeit an ihn wenden, sollten sie Fragen haben, Probleme sehen oder weitere Informationen benötigen.

Am Schluss jeder Nachricht gab er noch weitere Instruktionen ein: Die Operateure sollten unbedingt Livevideos von ihrer Aktion aufnehmen. Dafür sollten sie eine spezielle App verwenden, die Live-Streaming mit Ende-zu-Ende-Verschlüsselung ermöglichte. Er schrieb seinen Zellenführern, dass er keine Filme auf Hollywoodniveau erwarte, aber er wollte eine Aufzeichnung der Ereignisse sehen, die von der Global Islamic Media Front, dem Propagandazweig des IS, als Clips für ihre Propagandaarbeit verwendet werden konnte. Denn diese Videos sollten Begeisterungsstürme für die Operationen hier in Amerika auslösen.

Den zweiten Grund, warum er eine Liveaufzeichnung jeder Operation sehen wollte, erwähnte Abu Musa al-Matari allerdings nicht. Doch dieser zweite Grund war viel wichtiger als der erste. Im Moment wollte er ihn für sich behalten, und mit etwas Glück brauchte keines seiner siebenundzwanzig Zellenmitglieder jemals zu erfahren, dass ihre Sprengstoffgürtel von al-Matari durch Fernzündung ausgelöst werden konnten, sollte ein Zellenmitglied gefangen genommen werden und sich nicht selbst in die Luft sprengen wollen. Damit würden sich nicht nur die Opferzahlen erhöhen, die meistens sofort nach einem Anschlag an die Öffentlichkeit gelangten, sondern es erhöhte auch die operative Sicherheit der gesamten Mission. Denn Tote können nichts mehr verraten.

Seine siebenundzwanzig Zellenmitglieder, die weder vorbestraft noch sonst irgendwie belastet waren, mussten genügend Eifer für ihr Anliegen empfinden, um sich selbst zu Märtyrern zu machen. Aber sollten sie auch nur einen Augenblick lang zögern, würde es eben al-Matari aus der Ferne für sie tun müssen.

In dieser Hinsicht war al-Mataris Plan für die Anschläge in Amerika absolut eindeutig: Keiner seiner Leute durfte lebend gefasst werden.

26

Barbara Pineda steckte mit ihrem burgunderroten Toyota Camry im Verkehrsstau fest, wie am Nachmittag eines normalen Arbeitstags nicht anders zu erwarten.

Sie arbeitete als Zivilangestellte auf dem Joint Base Anacostia-Bolling, dem neuen gemeinsamen Stützpunkt von Marine und Luftwaffe, der im südöstlichen Quadranten von Washington, D. C., lag. Sie wusste, dass ihre Heimfahrten am Ende des Arbeitstags unweigerlich in einen mindestens halbstündigen Verkehrskollaps führen würden. Hätte es keinen Verkehr gegeben, wäre die Einunddreißigjährige jetzt bereits zu Hause in Vienna, Virginia, gewesen und hätte genug Zeit gehabt, sich auf ihr Date mit dem neuen Mann in ihrem Leben vorzubereiten, einem Feuerwehrmann namens Steve, den sie in der Kirche kennengelernt hatte.

Stattdessen würde ihr Nachmittag genauso verlaufen wie an allen anderen Werktagen, wenn sie etwas Wichtiges vorhatte. Sie würde mit quietschenden Reifen in ihre Auffahrt einbiegen, aus dem Wagen springen und zur Haustür rennen, ihre Geschäftsklamotten abwerfen und, drei Stufen auf einmal, in Unterwäsche die Treppe zu ihrem Schlafzimmer hinaufstürmen. Dort würde sie sich in aller Eile anziehen, ins Bad stürzen, um ihr Make-up aufzufrischen, und im allerletzten Augenblick, wenn nicht sogar ein paar Minuten zu spät, wieder im Erdgeschoss ankommen, wenn Steve kam, um sie abzuholen.

Und heute war der Zeitplan sogar noch enger: Sie musste unterwegs noch etwas erledigen.

Barbara arbeitete bei der Defense Intelligence Agency, dem Militärischen Nachrichtendienst der Vereinigten Staaten. Ihre Arbeit als Analystin im Direktorat für Analyse war auf das gesamte Spektrum von Nachrichtenquellen gerichtet. Zuvor hatte sie acht Jahre lang in der Armee gedient, in die sie direkt nach der Highschool eingetreten war, und hatte während ihrer Dienstzeit an der American Military University in Online-Kursen ihre Bachelor- und Masterabschlüsse erworben. Einen beträchtlichen Teil ihres Studiums hatte sie während ihrer Diensteinsätze in Kriegszonen absolviert. Jetzt jedoch gehörte sie nicht mehr der Armee an, sondern arbeitete als Zivilangestellte bei der DIA. Der neue Job hatte ihr einen reibungslosen Übergang von einem Jahrzehnt fast ständiger Auslandseinsätze in ein geregeltes ziviles Leben ermöglicht.

Während ihrer Zeit in der Armee hatte sie auch in Afghanistan und im Irak gedient oder war als Ausbilderin oder in Unterstützungsfunktionen für Soldaten tätig gewesen, die im Nahen Osten eingesetzt wurden. Jetzt jedoch bestand ihre Arbeit in der Analyse von Informationsmaterial, das sich auf den Kampf der Vereinigten Staaten gegen den IS bezog, was perfekt zu ihrem Kompetenzmuster passte, das sie in der Armee erworben hatte – wichtige Fähigkeiten, im Direktorat aber eher eine Nischentätigkeit.

Barbara war mit ihrer Arbeit zufrieden. Sie wusste, dass sie die Welt wahrscheinlich nicht groß verändern konnte, aber obwohl sie noch recht jung war, war sie fest entschlossen, ihren Beitrag zum Wohl der Nation zu leisten.

Noch immer eine Viertelstunde von ihrem Haus entfernt, bog sie von der 495 ab und fuhr durch den Vorort Falls Church, froh, endlich den Stau hinter sich lassen und wieder auf den offenen Straßen eines Wohnviertels fahren zu können. Sie parkte auf der kurzen Einfahrt eines ansprechenden zweistöckigen Wohnhauses, das über keinerlei Garten verfügte, und fummelte in der Handtasche nach dem Schlüssel.

In dem Haus wohnte eine von Barbaras alten Freundinnen aus Armeezeiten, die jetzt für die Pharmaindustrie arbeitete und derzeit mit ihrer Familie in Disney World Urlaub machte. Barbara hatte sich bereit erklärt, jeden Tag nach der Arbeit kurz vorbeizufahren, um die Pflanzen zu gießen, den Hamster der Kinder zu füttern und ein paar Lampen an- und auszuschalten, um vorzutäuschen, dass jemand ständig zu Hause war.

Sie war schon auf dem Weg zur Haustür, als ihr einfiel, dass sie auch noch den Briefkasten leeren musste, weshalb sie kehrtmachte und die kurze Zufahrt zurückging, wobei sie immer noch in der Handtasche nach dem richtigen Haustürschlüssel kramte.

Eine Nachbarin, die gerade mit ihrem Hund auf dem Gehweg vorbeikam, winkte ihr freundlich über die Straße hinweg zu, und Barbara winkte zurück, während sie die Briefkastenklappe öffnete.

Und als sie das tat, explodierte Barbara Pinedas Welt mit einem grellen Blitz und gewaltigem, ohrenbetäubenden Knall.

Die Explosion war aus der Ferne ausgelöst worden, was bedeutete, dass die Fairfax-Zellenmitglieder Ghazi und Husam in ihrem weiter oben an der Straße geparkten Auto saßen, nahe genug, um Barbara am Briefkasten sehen zu können. Sie hatten ausführlich darüber diskutiert, ob sie warten sollten, bis Barbara das fast zwei Kilo schwere Päckchen mit der Bombe aus dem Briefkasten nahm, oder sofort auf die Taste »Senden« auf dem Handy drücken und damit den Sprengsatz auslösen sollten, sobald sie die Briefkastenklappe öffnete. Schließlich hatten sie sich für die zweite Vorgehensweise entschieden, weil sie dachten, dass die Wucht der Explosion größer sein und die Frau noch heftiger treffen würde, wenn sie aus dem röhrenartigen Kasten heraus erfolgte, ungefähr wie ein Schuss aus einer Kanone.

Das war die Theorie von Laien, die keine Vorstellung von der wahren Kraft ihrer Waffe hatten. Der Briefkasten flog in alle Richtungen auseinander, somit gab es keinen kanonenartigen Lauf mehr, der die Wucht der Explosion hätte bündeln können. Aber das spielte ohnehin keine Rolle. Die Bombe war von Tripolis gebastelt worden, während er auf dem Rücksitz des SUVs saß, der von Georgia nach Virginia unterwegs war, um die Waffen auszuliefern. Der Sprengsatz enthielt über ein Kilo feuerverzinkte Nägel, die sie in einem Baumarkt gekauft hatten. Als nun der Plastiksprengstoff explodierte, jagte er die Nägel in alle Richtungen hinaus, und zusammen mit der Druckwelle, großen scharfen Splittern des Alubriefkastens und sogar Trümmern des Backsteinpfostens, an dem der Kasten montiert war, ergab sich eine gewaltige Durchschlagskraft. Ein großer Teil der Schrapnelle und der Druckwelle prallte mit voller Wucht gegen Barbaras Brust und in ihr Gesicht.

Die einunddreißigjährige Frau wurde auf die Straße hinausgeschleudert, wo sie seitwärts stürzte, ihre Handtasche und die Schlüssel fallen ließ und reglos liegen blieb, in eine mächtige Rauchwolke gehüllt.

Die Frau mit dem Hund auf der anderen Straßenseite stürzte ebenfalls zu Boden, durch die Druckwelle der Detonation zurückgeschleudert, und blieb im Schock über den gewaltigen Lärm der Explosion liegen.

Als sie den Kopf hob und zur Ursache des Knalls hinüberblickte, entdeckte sie die Frau, die vor dem Briefkasten gestanden hatte und sich gerade auf den Rücken wälzte. Ihre Brust hob und senkte sich heftig, und ihr Gesicht war so gut wie verschwunden.

Ghazi hatte auf das Icon auf seinem Smartphone gedrückt und damit die Detonation ausgelöst. Husam hielt sein Handy auf die Szene gerichtet; die Kamera zoomte nahe heran, um zwar immer noch ferne, aber möglichst klare Bilder des Vorfalls einzufangen. Der Mann, den sie Mohammed nannten, konnte so das Geschehen in Echtzeit verfolgen. Er gratulierte den beiden Männern, als sie langsam und vorsichtig aus dem Wohnviertel fuhren und sich auf den Rückweg zu ihrem sicheren Haus in Fairfax machten.

Die Bombe hatten sie hier und nicht in Pinedas Haus platziert, weil sie nur ein paar Stunden zuvor Informationen über das Anschlagsziel erhalten hatten, aus denen hervorging, dass die Zielperson jeden Nachmittag hierher fuhr, um den Briefkasten zu leeren. Pinedas eigene Wohnung hatte keinen Briefkasten, sondern nur einen schmalen Briefschlitz in der Tür, was bedeutete, dass sie das Päckchen mit dem Sprengsatz dort nicht hätten einwerfen können.

Die beiden Männer hatten keine Ahnung, wer ihnen die Informationen geliefert hatte. Sie nahmen an, dass ihr Führer, der Mann, den sie nur unter dem Namen Mohammed kannten, den Bezirk durch seine Spione hatte auskundschaften lassen.

Die Zelle hatte darüber diskutiert, ob sie die Frau nicht einfach erschießen sollten, sobald sie auf der Einfahrt aus dem Auto stieg, aber in dieser Hinsicht waren der Zellenführer David Hembrick und Abu Musa al-Matari einer Meinung gewesen: Die Information über den Briefkasten verschaffte ihnen eine ideale Möglichkeit, bei diesem ersten Anschlag die Option mit der ferngesteuerten Explosion anzuwenden, die ein viel geringeres Risiko mit sich brachte. Es war wichtig, dass die Sache funktionierte und die Fairfax-Zelle intakt blieb, aber es gab noch einen anderen triftigen Grund für die Entscheidung, den al-Matari gegenüber Hembrick nicht erwähnte: Al-Matari befürchtete nämlich, dass Ghazi und Husam die Sache vermasseln würden, wenn sie zu kompliziert geplant war.

Polizei, Feuerwehr und Rettungsfahrzeuge trafen fast gleichzeitig am Anschlagsort ein, aber zu diesem Zeitpunkt hatte Barbara Pineda bereits aufgehört zu atmen. Sie trug zwar noch ihren DIA-Ausweis um den Hals, allerdings war die Karte bei der Explosion völlig zerfetzt worden und nicht mehr zu entziffern. Aber der Inhalt ihrer Handtasche wurde sichergestellt, und ihr Name wurde in die Datenbanken eingegeben. Die Ermittlungsbeamten brauchten nicht lange, um herauszufinden, dass sie beim Militärischen Nachrichtendienst beschäftigt war, doch das löste nirgendwo Warnsignale aus, weil es den Detectives in den ersten Stunden nach der Explosion viel wahrscheinlicher erschien, dass der Anschlag auf die eigentlichen Hausbewohner geplant gewesen sei und nicht auf die arme Frau, die nur kurz vorbeigekommen war, um für ihre Freundin den Briefkasten zu leeren.

Natürlich schaffte es der Bombenanschlag in die Elf-Uhr-Abendnachrichten in D. C. und Umgebung, aber Pinedas Name oder Arbeitgeber wurden darin nicht erwähnt. Der Reporter berichtete nur, das Opfer sei »eine Freundin der Familie«, die für die Hausbewohner die Post aus dem Briefkasten genommen habe.

So kam es, dass die erste Salve des Angriffs des Islamischen Staates gegen die Militär- und Nachrichtendienste auf dem Boden der Vereinigten Staaten praktisch verpuffte, ohne größeres Aufsehen zu erregen. Niemand erkannte zunächst, welche Bedeutung dieses Ereignis wirklich hatte.

Die zweite Salve erfolgte schon früh am nächsten Morgen, aber auf der anderen Seite des Landes. Das war natürlich Absicht. Al-Matari hatte monatelang mit den Brüdern vom IS über seine Pläne diskutiert, nicht nur mit den Leuten vom Foreign Intelligence Bureau, also dem Auslandsgeheimdienst, sondern auch mit dessen wichtigster Abteilung, der Global Islamic Media Front, die für die Propagandaarbeit zuständig war. Alles, was er tat, nutzte im Grunde vor allem der GIMF und ihrer raffinierten Propaganda, und sowohl der GIMF als auch dem FIB war klar, dass so ein Angriff nur dann die größtmögliche Wirkung erzeugen würde, wenn er nationales Aufsehen hervorrief.

Aus diesem Grunde saßen Kateb, der Teamführer der Santa-Clara-Zelle, und seine Frau Aza an diesem Morgen im Starbucks an der Kreuzung Laurel Canyon Boulevard / Riverside Drive in Los Angeles. Beide hatten eine Tasse Tee vor sich. Sie waren am Vorabend in der Stadt eingetroffen, hatten in ihrem Auto auf dem Parkplatz eines nahe gelegenen Kaufhauses übernachtet und gewartet, bis der Coffee Shop um 5.30 Uhr öffnete.

Um 5.40 Uhr waren sie ins Café gegangen und hatten sich an einen Tisch in der hinteren Ecke des Raumes gesetzt, direkt neben einer Glastür, die als Notausgang gekennzeichnet war. Aza saß mit dem Rücken zum Eingang und zur Theke, aber Kateb hatte einen guten Blick auf das gesamte Café. Sie hatte eine Handtasche und er eine kleine Schultertasche bei sich, die sie unter dem Tisch auf den Boden gestellt hatten. Die geladenen Glock-17-Pistolen in den Taschen befanden sich somit in Reichweite.

Das Paar redete kaum miteinander, aber beide blickten immer wieder auf ihre Handys. Aza schaute nur einfach jede Minute auf die Zeitanzeige, aber Kateb hielt Kontakt mit dem Mann, der sich Mohammed nannte. Die verschlüsselte Verbindung ermöglichte es Mohammed, alles in Echtzeit durch Katebs Handykamera zu verfolgen.

Ein paar Männer und Frauen kamen auf dem Weg zur Arbeit ins Starbucks, bestellten Getränke und Gebäck und gingen wieder. Gegen sechs Uhr waren Aza und Kateb jedoch die einzigen Gäste.

Zehn Minuten nach sechs Uhr sah Kateb einen schwarzen Cadillac Escalade vor dem Caféeingang halten. Fünf Personen stiegen aus. Aus dem Dossier, das Mohammed ihm geschickt hatte, wusste Kateb, dass der Escalade jeden Morgen kurz nach sechs Uhr hier einen Zwischenstopp einlegte und ein Mann namens Todd Braxton unter den Insassen des Fahrzeugs sein würde.

Braxton war ihre Zielperson. Er war zwar nicht allein, aber den Informationen zufolge würde keiner seiner Begleiter bewaffnet sein.

Leise flüsterte er seiner Frau zu: »Sie sind da. Es ist fast so weit.«

Azas Atmen wurde flach und hektisch, ein klares Zeichen von Stress, der an Panik grenzte, aber ihr Mann sah, dass sie ihre Gefühle immer noch im Griff hatte.

Sie war bereit, und er war stolz auf sie.

Der frühere Navy SEAL Todd »T-Bone« Braxton hätte durchaus die Hauptrolle in einer Verfilmung seines Lebens spielen können, was er denn auch seinem Agenten bei jeder passenden Gelegenheit unter die Nase rieb. Und genau das hatte er auch gegenüber den Produzenten von *Blood Canyon* mehrfach angedeutet, als dann tatsächlich der Film über seine Heldentaten während seiner operativen Einsätze in Afghanistan, im Irak und in Libyen gedreht wurde.

Aber T-Bones Agent hatte nicht genug Mumm, um das zustande zu bringen, und die Produzenten behaupteten, für den Film sei ein etablierter Star nötig.

Braxton wusste, dass er die Rolle lässig hingekriegt hätte. Verdammt, schließlich hatte er das alles selbst erlebt, von dem ganzen künstlerischen Brimborium mal abgesehen, den die Filmtypen ins Skript hineingeschrieben hatten. Auch äußerlich passte er zur Rolle. Er besaß die selbstsichere Haltung, das kantige Kinn, die militärisch kurz geschnittene Spikefrisur und jede Menge Tattoos auf seinem muskulösen Bizeps.

T-Bone hatte in den SEAL-Teams 10 und 3 gedient und war bis zum Rang eines Petty Officer First Class aufgestiegen; dann hatte er seinen Abschied vom Militär genommen und ein Buch über seine Heldentaten geschrieben. Das Buch war ein Bestseller geworden, wozu auch seine zahlreichen TV-Auftritte und gut bezahlten Lesungen beigetragen hatten. Schließlich hatte ein mit ihm befreundeter Drehbuchautor aus dem Stoff ein Filmskript gemacht.

Die Navy hatte sowohl dem Buch als auch der Filmidee positiv gegenübergestanden. Braxton hatte sich eine Beraterfunktion am Set gesichert, was im Grunde bedeutete, dass er während der Dreharbeiten jeden Tag zum Studio fuhr und auch bei den Außenaufnahmen in der Mojavewüste anwesend war. Am Set hing er mit den Schauspielern und Filmtypen ab und sorgte dafür, dass die Kampfmontur der Schauspieler immer absolut tipptopp war, bevor der Regisseur »Action!« brüllte.

Braxton wäre zwar lieber der Star des Films geworden, musste aber zugeben, dass das Studio einen ziemlich guten Schauspieler gefunden hatte, der ihn, Braxton, im Film verkörperte.

Danny Phillips war relativ berühmt, seit er in einer sehr populären TV-Soap im Kabelfernsehen mitgespielt hatte, und obwohl er acht Jahre jünger war als Braxton, waren sich die beiden so ähnlich wie Brüder. Außerdem hatte sich Phillips Muckis zugelegt und seine Koteletten zu einem mächtigen Backenbart auswachsen lassen, genau wie Braxton damals. Er hatte sich sogar angewöhnt, seine Baseballmütze auf dieselbe Art zu tragen wie Braxton, sogar dann, wenn nicht gedreht wurde.

Während der beiden ersten Drehmonate hatten sich Braxton und Phillips angefreundet, aber der Ex-SEAL war clever genug, um sich keine Illusionen zu machen: Als Filmstar war Phillips im Kommen, und wenn der Film erst einmal im Kasten war, würde er weiterziehen und sicherlich nicht mehr groß mit Braxton abhängen wollen.

Die fünf Insassen des Escalade betraten die Starbucks-Filiale. Kateb erkannte Braxton sofort an seinem Markenzeichen, den mächtigen Koteletten, aber auch am kantigen Kinn und dem muskulösen Körperbau. Es gab zwar noch einen zweiten Mann in der Gruppe, der ähnlich gebaut war, aber der hatte ein glatt rasiertes Gesicht und einen Kurzhaarschnitt. Die übrigen Personen waren zwei Frauen und ein großer Schwarzer mit gewaltigen Muskeln.

Vier von ihnen bestellten Kaffee, der Schwarze hielt sich ein paar Schritte abseits von den anderen.

Kateb nickte Aza zu und schrieb mit einem Bic-Kuli und zitternder Hand die Ziffer 5 auf die Serviette, die vor ihm auf dem Tisch lag. Aza, die immer noch mit dem Rücken zum Tresen und zu den Kunden saß, nickte. Kateb stellte sein Handy auf den Tisch, aufrecht gestützt durch die Handyhalterung an dessen Plastikabdeckung. Er positionierte das Handy so, dass die Kamera auf den Tresen zeigte, und nickte seiner Frau zu.

Das Kameraobjektiv war genau auf die Gruppe gerichtet; es übertrug die Szene live an Katebs und Azas Führer, den IS-Mann, von dem sie nur wussten, dass er sich irgendwo in Amerika aufhielt.

Aza fasste zwischen ihren Knien hinunter in ihre Handtasche und schloss die Hand um den Griff ihrer Glock. Kateb griff in seinen Rucksack.

T-Bone Braxton mochte seinen Kaffee schwarz, immer schon, seit er ein Teenager gewesen war. Koffein war die Droge, die ihn morgens auf Trab brachte, und die reichte ihm völlig. Reine Zeitverschwendung, das schwarze Gebräu aufzuhübschen, bevor er es in seinen Körper pumpte.

Für den fünfundzwanzigjährigen Schauspieler Danny Phillips wiederum begann jeder Tag mit einem Venti Soy Chai Latte, in den er mehrere Päckchen Rohrzucker der Marke In The Raw rührte. Und Dannys zwei Assistentinnen, die das Studio ihm überallhin mitschickte, bevorzugten ihre Kaffees mit ein wenig aromatisiertem Sirup, süß und leicht.

Es gefiel Braxton, dass Dannys Bodyguard seinen Kaffee fix und fertig in einem Edelstahlbecher mitbrachte, wenn er Danny morgens im Hotel abholte. Wie immer hatte er auch heute den Becher im Escalade zurückgelassen, um die Hände frei zu haben. Der Bodyguard war ein großer Mann namens Paul, der stets ein enges Polohemd trug, das sich recht angeberisch über seine massiven Brustmuskeln und den Bizeps spannte und seinen Sixpack gut zur Geltung brachte.

Braxton bestellte seinen einfachen schwarzen Kaffee und blieb in der Nähe des Tresens stehen, während die Barista die übrigen Bestellungen entgegennahm. So lief es nun schon seit ein paar Wochen jeden Tag ab, bevor sie sich auf die eineinhalbstündige Fahrt zum Drehort in der Mojavewüste aufmachten. Braxton hatte keine Ahnung, warum die Barista ihm nicht einfach schnell seine Tasse Kaffee eingießen konnte, statt ihn warten zu lassen, während sie das komplizierte Gesöff der anderen zubereitete.

Am liebsten hätte er etwas gesagt. Er hatte ein volles Jahrzehnt seines Lebens bei den SEALs verbracht, bei denen sich alles um Spitzenleistung und höchste Effizienz drehte, weshalb ihn jede Art von Ineffizienz schier durch die Decke gehen ließ. Aber heute stand er nur einfach mit verschränkten Armen da und wartete. Im Moment ging ihm etwas ganz anderes durch den Kopf, denn heute war der Tag, an dem er kurzfristig vom Berater zum Filmstar werden sollte.

Heute würde sein großer Augenblick kommen, in Großaufnahme. Sein Debüt als Schauspieler. Er hatte eine Klausel in den Vertrag aufnehmen lassen, dass er eine kleine Nebenrolle in dem Film über sein Leben spielen dürfe, was ihm zwar reichlich blöd vorkam, aber wenigstens kam er dadurch für ein paar Sekunden ins Rampenlicht. Wer weiß, vielleicht führte das irgendwann zu weiteren Rollen.

Um sich auf seinen kurzen Auftritt vor der Kamera vorzubereiten, hatte er gestern Abend seinen Backenbart abrasiert. Schließlich konnte er nicht im Film als Navy SEAL hinter einem anderen Typen auftauchen, der einen Navy SEAL spielte, der genauso aussah wie er selbst. Das ging nicht, weshalb offensichtlich gewisse kosmetische Veränderungen nötig waren. Zwar hatte er sich gesorgt, dass die Haut an den rasierten Stellen ungebräunt und somit im Film zu sehen war, aber man hatte ihm versichert, dass die Maskenbildner sein Gesicht so sehr mit Filmbräune und Kampfdreck zuschmieren würden, dass er sich über seine Gesichtsfarbe keine Sorgen machen müsse.

Braxton war fest entschlossen, den anderen beim Dreh klar zu zeigen, wie so etwas in der brutalen Wirklichkeit ablief, er hatte schließlich genug Erfahrung und hatte damals bei jeder Herausforderung die Erwartungen übertroffen. So war er eben, und nichts war ihm wichtiger als seine positive Geisteshaltung und Einstellung.

Phillips bekam sein Getränk natürlich als Erster, wahrscheinlich nur deshalb, wie Braxton glaubte, weil ihn die Barista vom Fernsehen erkannt hatte. Der Schauspieler rührte gerade Zucker in seinen Chai Latte, als die Tür aufging und eine weitere vierköpfige Kundengruppe hereinkam. Einer ging geradewegs zu den Toiletten, die anderen stellten sich an die Theke.

Der ehemalige Navy SEAL betrachtete die Gruppe eine Sekunde lang; es war ihm in Fleisch und Blut übergegangen, seine Umgebung immer und überall auf mögliche Bedrohungen zu checken, und er hatte sich gerade überzeugt, dass von den Männern keine Gefahr ausging, als er aus dem hinteren Teil des Cafés plötzlich einen Schrei hörte. Er hatte das dunkelhäutige Paar schon beim Eintreten bemerkt, hatte aber auch gesehen, dass sich beide völlig auf ihre Handys konzentrierten, und hatte deshalb keinen zweiten Gedanken an sie verschwendet, doch jetzt drehte er sich schnell zu ihrem Tisch, um die Ursache für die Aufregung herauszufinden.

Bevor er sich voll auf das Paar konzentrieren konnte, bemerkte er aus den Augenwinkeln, dass sich auch der Bodyguard Paul in dieselbe Richtung drehte.

Und dann bemerkte Todd Braxton die Pistolen.

Das Paar hatte gleichzeitig *Allahu akbar* gebrüllt. Jetzt schwenkten sie ihre Pistolen in Richtung Theke und zielten auf die acht Leute, die dort anstanden.

Mehrere Schüsse krachten durch den Raum.

Die beiden Frauen vom Studio schrien. Danny Phillips stand wie festgenagelt, während Paul auf ihn zurannte. Todd Braxton, der nur ein kleines Taschenmesser bei sich hatte, tat das einzig Vernünftige: Er trat zwei Schritte zurück und hechtete über die Theke, wobei er die Barista mit sich zu Boden riss und den anderen zubrüllte, in Deckung zu gehen.

Erbarmungslos knallten weitere Schüsse, sodass ihn wohl niemand gehört hatte. Zumindest folgte ihm niemand über die Theke.

Braxton riss das Messer heraus und schlich zu dem Thekenende in der Nähe des Eingangs, während das Paar weitere Schüsse abfeuerte. Er hatte vor, die beiden ziemlich schmächtigen Angreifer von hinten anzuspringen, sobald sie zur Tür hinaus zu fliehen versuchten. Aber gleichzeitig machte er sich auch darauf gefasst, dass sie versuchen würden, hinter die Theke zu kommen, um ihn auszuschalten; in diesem Fall würde er sie frontal angreifen. Durch sein Training in den Teams war er im Messerkampf geübt, obwohl er sich natürlich niemals hätte träumen lassen, dass er eines Tages gezwungen sein würde, sein Training in einer echten Konfrontation auf Leben und Tod anzuwenden – und das ausgerechnet in einem Starbucks.

Aber dann verstummten die Schüsse genauso plötzlich, wie sie begonnen hatten.

Die Baristas lagen hinter der Theke. T-Bone hörte die beiden Frauen vom Studio vor der Theke schreien. Sekunden später schrillte der Alarm los.

T-Bone hatte damit gerechnet, dass die beiden Pistolenschützen ganz in seiner Nähe vorbeilaufen würden, wenn sie aus dem Café flohen, aber der Alarm sagte ihm, dass sie durch den Notausgang geflohen waren. Er sprang auf, trat um die Theke herum und sah, dass die Gefahr vorüber war.

Und er blickte auf ein Schlachtfeld.

Danny Phillips lag vor der Theke, von sechs Kugeln getötet. Paul war nicht tot, noch nicht, aber auch er war sechsmal getroffen worden, und T-Bone hatte bei seinen Kämpfen genug Verwundete gesehen, um einschätzen zu können, dass der große Bodyguard nur noch Sekunden zu leben hatte.

Eine der Studiofrauen hatte eine Kugel durch die Kniescheibe bekommen, und einer der später hereingekommenen Kunden, ein Mann mittleren Alters, war zweimal getroffen worden, aber nicht lebensgefährlich verletzt.

T-Bone rannte zum Fenster und sah die beiden Angreifer durch eine Hecke verschwinden. Auf der anderen Seite der Hecke befand sich eine rund um die Uhr geöffnete Apotheke. Er dachte kurz daran, die Verfolgung aufzunehmen, entschied sich dann aber, dass es besser war, wenn er sich hier erst einmal um die Verwundeten kümmerte.

Aza und Kateb waren sich sicher, dass sie ihre Mission erfolgreich ausgeführt hatten. So wie dieser Todd Braxton aussah, konnte man ihn einfach nicht verwechseln, weshalb beide ihre ersten Schüsse nur auf ihn abgefeuert hatten. Aber aus irgendeinem Grund hatte der Ex-Soldat einen Leibwächter dabei; der große schwarze Mann hatte sich zwischen die Schützen und Braxton geworfen. Aza und

Kateb hatten einfach weitergeschossen und beide Männer getötet.

Es dauerte eine volle Stunde, bis sie feststellen mussten, dass ihnen ein Fehler unterlaufen war. Als sie auf der Rückfahrt in die Gegend bei San Francisco die Nachrichten einschalteten, erfuhren sie, dass ein Hollywoodschauspieler in Los Angeles erschossen worden sei, zusammen mit seinem Bodyguard, und dass zwei weitere Personen bei dem Angriff verletzt worden seien.

Diese Nachrichten ergaben für die beiden Terroristen keinerlei Sinn, aber eins war ihnen sofort klar: Mohammed würde nicht erfreut sein.

27

Jack kam zehn Minuten nach acht ins Büro. Er war ausgesprochen schlecht gelaunt, weil er den Morgenlauf verpasst hatte, der heute für 5.15 Uhr angesetzt gewesen war. Frühes Aufstehen war ihm schon immer schwergefallen, vor allem, wenn er bis spät in die Nacht gearbeitet hatte. Trotzdem zwang er sich fast jeden Tag dazu, um den Morgenlauf mitzumachen, denn normalerweise fühlte er sich besser, wenn er ein wenig Frühsport hinter sich hatte.

Heute Morgen jedoch hatte ihn seine Willenskraft vollkommen im Stich gelassen. Er hatte bis nach Mitternacht zu Hause gearbeitet, dann aber dreimal den Wecker überhört. Erst gegen 7.45 Uhr war er aus dem Schlaf hochgeschreckt, sodass ihm kaum noch Zeit für eine schnelle Dusche geblieben war. Den ganzen Weg zur Arbeit hatte er sich selbst verflucht, weil er sich diese Schwäche erlaubt hatte.

Der Rest der Morgenlaufgruppe hatte den Lauf hinter sich, geduscht, gefrühstückt und bereits mit der Arbeit begonnen, als Jack auf dem zweiten Stock an ihnen vorbeikam, sie knapp und mürrisch grüßte und sich zuerst einmal einen Kaffee eingoss. Er schnappte sich ein Plunderstückchen aus einer Schachtel neben der Kaffeekanne und schlurfte geradewegs zum Konferenzraum.

Clark und seine zwei Trainees hatten sich auf den Weg zu einer privaten Schießanlage in Leesburg gemacht, wo heute eine Häuserkampfübung auf dem Trainingsplan stand. Dom und Ding waren noch mit den Abschlussberichten über die Aktion in Jakarta beschäftigt; außerdem stellten sie für Mary Pat alle verfügbaren Informationen zusammen, die ihren Leuten vielleicht helfen konnten herauszufinden, wer in Nordkorea hinter der Operation gegen Amerika gestanden hatte.

Als Jack in den Konferenzraum trat, den er sich bei der anstehenden Aufgabe mit Gavin teilte, sah er, dass der ältere Mann früher aus den Federn gekommen war als er selbst: Gavin war längst bei der Arbeit. Das war der letzte Tritt in den Hintern, den Jack an diesem Morgen gebraucht hatte. Er nahm sich fest vor, nicht noch einmal zu verschlafen.

Jack zog den Stuhl vor seinem Arbeitslaptop unter dem Tisch hervor und setzte sich. »Morgen, Gavin.«

Gavin warf einen Blick auf Jacks Plunderstückchen. »Mann, du solltest wirklich ein bisschen darauf achten, was du da isst. Neunzehn wirst du nicht immer bleiben.«

»Erspar mir das heute, Gavin. Bin auf der falschen Seite aus dem Bett gefallen.«

»Na gut … Hoffentlich deshalb, weil dein neues Girl auf der richtigen Seite lag.«

Für ein paar Sekunden gab Jack keine Antwort, dann sagte er noch einmal: »Heute nicht, Gavin.«

»Okay, okay, verstanden. Aber darf ich mit dir wenigstens über unsere Arbeit im Hinblick auf das Intel-Leck sprechen?«

Jack nippte an seinem Kaffee und hoffte, dass das Koffein heute per Express in seinen Blutkreislauf gelangte. »Natürlich darfst du das. Ist über Nacht irgendwas Neues von der NSA gekommen?«

»Nö, nichts. Was allerdings nur heißen kann, dass sie sich inzwischen noch sicherer sind, dass ihre Datenbanken nicht gehackt wurden.«

Jack trank einen kleinen Schluck – der Kaffee war immer

noch zu heiß. Er blickte Gavin über seinen Laptop hinweg an. »Aber du lässt dich nicht von deiner Meinung abbringen, obwohl sie nichts gefunden haben?«

»Nö.«

»Okay. Dann … äh … Wie können wir beide etwas entdecken, das unseren Behörden entgangen ist? Wie können wir herausfinden, ob die OPM-Datenbanken nicht doch gehackt wurden?«

Gavin zuckte die Achseln. »So machen wir das nicht. Sondern wir setzen es als Tatsache voraus, dass ich recht habe, und fangen damit an.«

Jack verschluckte sich fast an seinem Kaffee. »Was?«

»Die alte Sherlock-Holmes-Methode. Hat man erst einmal alles ausgeschlossen, was unmöglich ist, dann muss das, was übrig bleibt, zwangsläufig die Wahrheit sein, so unwahrscheinlich sie auch sein mag. Wenn die Behörden keinen Hinweis finden konnten, dass Unbefugte in die Datenbanken eingedrungen sind, werde ich mit meinen Mitteln und von hier aus auch nichts finden können. Aber schick mich zum OPM mit der unbegrenzten Vollmacht, ihre Systeme auseinanderzunehmen, jede Codezeile zu zerpflücken und mir sämtliche Aufzeichnungen und Spuren von Zugriffen auf jede Art von Transaktion anzusehen, die während der letzten Jahre stattgefunden hat … dann werde ich irgendwann etwas finden. Aber solange das nicht möglich ist, und sogar auch dann, wenn es möglich wäre, würden in der Zwischenzeit noch viele, viele andere gute Menschen kompromittiert. Ich habe nicht den geringsten Zweifel, dass unsere Behörden in zwei Wochen, in zwei Monaten oder auch erst in zwei Jahren herausfinden werden, dass ihre Datenbanken gehackt wurden. Aber so viel Zeit haben wir nicht. Du musst mir also vertrauen. Wir dürfen uns nicht aufhalten lassen, wir müssen von der These ausgehen, dass sich irgendein böswilliger Akteur Zugriff auf die gesamten SF-86-Datenbanken verschafft hat und damit über die Daten jeder Person verfügt, die jemals in den Vereinigten Staaten die Sicherheitsfreigabe beantragt hat.«

»Aber das ist doch verrückt, Gavin. Über *jede* Person? Nehmen wir mal an, du hättest mit deiner These recht, warum glaubst du, dass *alles* kopiert oder herausgefiltert wurde?«

Gavin ließ sich nicht aus der Ruhe bringen. »Ganz einfach. Bist du erst einmal in das Netzwerk eingedrungen und hast du dir erst einmal die Administratorenrechte verschafft und dir eine Hintertür installiert, spielt es keine große Rolle mehr, ob du nur eine einzige Datei klaust oder eben alle. Tatsächlich ist es sogar leichter, alle zu klauen und sie dann später in aller Ruhe durchzusehen. Du kannst vernünftigerweise nicht davon ausgehen, dass sich die Hacker die ganze Mühe machten, um dann nur einen winzigen Teil der Daten zu exfiltrieren.«

Jack lehnte sich auf seinem Stuhl zurück. »Scheiße. Von wie vielen Datensätzen reden wir dann?«

»Das System ging Anfang der Nullerjahre online, aber das OPM griff dann noch weiter zurück und brachte auch eine Menge alter Datensätze online. Und die gehen bis 1984 zurück.« Er hielt inne, um das auf Jack einwirken zu lassen. »Deshalb reden wir hier von weit über fünfundzwanzig Millionen Datensätzen.«

»Heilige Mutter Gottes«, stöhnte Jack und vergrub das Gesicht in den Händen. »Dann können wir nur hoffen, dass du dich irrst, Gavin.«

Gavin zuckte die Achseln. »Hoffen kannst du, so viel du willst. Aber ich irre mich nicht.«

Ryan schüttelte den Kopf. »Ich habe ebenfalls sehr intensiv darüber nachgedacht. Ich meine, wenn ich dich kompromittieren will, reicht es nicht aus, dass ich nur deinen alten Antrag aus den OPM-Datenbanken herausfische. So, wie die Vorfälle abgelaufen sind, ergibt sich ein anderes

Bild. Wer immer die Daten ausbeutet, um ein Echtzeit-Informationspaket zusammenzustellen, muss noch viel mehr tun, als nur den Namen aus einem alten Antrag zu nehmen. Dass irgendein Typ im e-QIP registriert ist, heißt doch noch lange nicht, dass er bei der CIA oder beim FBI beschäftigt ist. Wenn sich der Hacker die Rohdaten aus einem SF-86-Antrag besorgt, der vor Jahren eingereicht wurde, muss er noch Tausende fehlende Informationen auffüllen, bis er ein aktuelles Profil erstellen kann.«

Jack rief die Berichte über den Anschlag auf Commander Scott Hagen auf. »Nehmen wir gleich mal diesen ersten Burschen – Hagen. Er ist Mitte vierzig. Sein SF-86 muss also rund zwanzig Jahre zurückliegen. Du kannst mir nicht weismachen, dass darin irgendetwas steht, was einem Killer sagt, dass dieser Hagen an einem bestimmten Abend in zwanzig Jahren in einem mexikanischen Restaurant einen Burrito essen wird.«

Zur Betonung hob Jack den Zeigefinger. »Ein Antrag auf Sicherheitsfreigabe ist eine Momentaufnahme dieser Person zu einem bestimmten Zeitpunkt, nichts weiter. Die Datei enthält nicht mal ein Zehntel der Informationen, die ein Terrorist benötigt, um diesen Burschen als Zielperson für einen Anschlag auszuwählen. Vor allem dann, wenn wir hier über das gesamte Militär und die Nachrichtendienste reden. Der Antrag dieser Leute besagt nur, dass sie eine Sicherheitsfreigabe benötigen, also sind darin alle erforderlichen Infos erfasst, aber eben nur zu dem Zeitpunkt, als der Antrag gestellt wurde. Darin steht rein gar nichts darüber, dass diese oder jene Person jetzt, heute, als verdeckt operierender CIA-Agent in Minsk irgendeine weißrussische Gruppe infiltrieren will und an dieser bestimmten Adresse wohnt.«

Er brauchte nicht weiterzureden: Gavin nickte bereits. »Ryan, du hast vollkommen recht, aber das hilft uns nur, den Schuldigen einzugrenzen. Die Frage, die wir uns stellen müssen, lautet nicht: Wer könnte all diese Daten gestohlen haben? Nein, sie lautet: Wer könnte all diese Daten gestohlen haben und die Fähigkeit besitzen, sie für seine Zwecke auszubeuten?« Gavin deutete auf den TV-Bildschirm an der Wand. CNN brachte gerade einen weiteren Bericht über den Anschlag in Italien am Tag zuvor. »Das war erstklassige Zielinformation.« Nun deutete er auf seinen Laptop, auf dessen Monitor sämtliche Fälle von Datenlecks der letzten Wochen aufgelistet waren. »Und das gilt auch für die anderen Fälle. Es geht nicht darum, ob jemand Scott Hagen und Jennifer Kincaid und Stuart Collier und all die anderen kannte. Sondern es geht darum, dass dieser Jemand wusste, dass Hagen an diesem bestimmten Datum in New Jersey sein würde, um mit seiner Schwester ein Fußballturnier zu besuchen, bei dem sein Neffe mitspielte. Es geht darum, dass Kincaid für eine CIA-Operation in Minsk arbeitete und dass diese Tatsache dazu benutzt werden konnte, um ihren beim Außenministerium beschäftigten Mann in der Botschaft in Jakarta zu kompromittieren. Jemand hat es sogar geschafft, den Iranern und Indonesiern Fingerabdruckdaten zu schicken, verdammt! Das ist Scheiße auf allerhöchstem Niveau, Ryan, und dafür war ein Cyberangriff auf allerhöchstem Niveau nötig, verbunden mit Recherche und Social Engineering, beides ebenfalls auf allerhöchstem Niveau.«

Jack sagte: »Hör mal, Gavin, ich bin Analyst. Ich muss alle Möglichkeiten in Erwägung ziehen. Ich kann nicht alle Chips auf eine einzige Zahl setzen und nur noch auf der Grundlage weiterarbeiten, dass deine völlig unbewiesene Annahme stimmt, wir hätten es hier mit dem Diebstahl der OPM-Daten zu tun. *Sämtlicher* OPM-Daten.«

Gavin zuckte die Achseln. »Du kannst tun und lassen, was dir gefällt, Jack. Aber du sagst doch ständig, dass eine Menge Leute herauszufinden versuchen, wer für die ganzen Datenhacks verantwortlich ist. All diese Leute gehen irgendwelchen Spuren nach, überprüfen ständig ihre Vermutungen, nehmen jeden Vorfall genauestens auseinander. Im Gegensatz zu ihnen weiß ich, was ich tue, und du kannst mit mir zusammenarbeiten. In diesem Fall machen wir etwas, das niemand sonst macht. Wenn wir uns irren … nun, Pech gehabt, dann wird eben jemand im Justizministerium oder bei der NSA das Problem irgendwann lösen. Aber wenn wir recht haben, werden wir beide die Einzigen sein, die eine Chance haben, das aufzudecken, was hier vor sich geht, und die Katastrophe zu beenden, bevor sie noch schlimmer wird.«

In diesem Moment lenkte ein leiser Klingelton Jacks Blick auf den Monitor seines Laptops, wo eine Sofortnachricht von Gerry Hendley erschienen war. Als er die Mitteilung zweimal durchlas, ballte sich ein ungutes Gefühl in seinem Magen zusammen.

»Sie ist gerade noch schlimmer geworden, Gav. Hast du von der Briefbombe gestern in Falls Church gehört?«

»Ja. Eine Frau kam ums Leben.«

»Gerry schreibt hier, er wisse nicht, ob es wirklich eine Verbindung gibt, aber das Opfer war eine Zivilangestellte bei der DIA. Sie arbeitete als Analystin in der Hauptabteilung für Analyse und gehörte einer Arbeitsgruppe an, die sich ausschließlich mit den Aktivitäten des Islamischen Staates im Irak befasst.«

»He, warte mal«, sagte Gavin. »Es glaubt doch niemand im Ernst, der IS könnte irgendeine DIA-Malocherin in einem Vorort in D. C. in die Luft gejagt haben?«

Jack blickte Gavin ernst an. »Wer weiß? Schau doch nur, was in Sigonella passiert ist. Wer hat das vorhergesehen? Wenn der Tod dieser Frau irgendwie mit dem Datenleck zu tun hat, an dem wir arbeiten, dann ist dieser Anschlag wahrscheinlich nur die Spitze des Eisbergs.« Er klickte auf einen Link, den Gerry in seine Nachricht eingefügt hatte. Ein Zeitungsbericht über den Bombenanschlag erschien. Darin wurde auch der Name der Straße genannt, in der der Anschlag stattgefunden hatte. »Ich fahre mal hin und schaue mir die Sache genauer an.«

Der Tatort des Anschlags lag weniger als zwanzig Autominuten von Alexandria entfernt, deshalb ging Jack nach Hause, stieg in seinen schwarzen 5er-BMW und fuhr los. Gegen zehn Uhr war er dort, sechzehn Stunden nach dem Anschlag.

Zwar kannte er die genaue Anschrift des Bombenanschlags nicht, aber das war auch nicht nötig. Schon als er in die Straße einbog, sah er das Haus, ungefähr in der Mitte des Häuserblocks. Die Polizei hatte den Tatort mit Bändern abgesperrt; ein Streifenwagen stand vor dem Haus. Der Briefkasten war verschwunden, die restlichen Ziegelsteine des Pfostens waren schwarz verkohlt und teilweise zersplittert. Auf dem Straßenbelag waren dunkel verkohlte Stellen zu sehen, aber die losen Trümmer und die Blutspuren, die nach der Explosion vermutlich überall im näheren Umkreis verstreut gewesen waren, hatte man bereits beseitigt.

Jack blieb im BMW sitzen. Er wollte vermeiden, von der Polizei von Falls Church erkannt zu werden. Seit er sich den Bart hatte wachsen lassen, kam das zwar nicht mehr so häufig vor, passierte aber doch hin und wieder. Es war ihm das Risiko nicht wert.

Er hatte gerade einen vorläufigen FBI-Bericht zugemailt bekommen. Der Sprengsatz war mit einem Detonator ausgestattet gewesen, der mit einem Mobiltelefon verbunden gewesen war. Das bedeutete, dass jemand die Explosion durch einen Anruf in genau dem Moment ausgelöst haben musste, in dem Mrs. Pineda am Briefkasten stand. Was wiederum hieß, dass der oder die Killer zu diesem Zeitpunkt hier in der Nähe gewesen sein mussten.

Jack fragte sich, ob sie genau hier geparkt hatten, wo er

jetzt stand. Von hier aus, der Südseite der Straße, war der Briefkasten gerade noch zu sehen. Entweder hatten sie hier geparkt, als die Bombe hochging, oder auf der Nordseite der Straße an einer Stelle mit Sicht zum Briefkasten.

In dem Bericht stand auch, dass das Anschlagsopfer hier gar nicht gewohnt hatte. Es war die Adresse einer Freundin, und Pineda war einfach nur kurz vorbeigekommen, um die Post aus dem Briefkasten zu nehmen. Deshalb bezweifelte das FBI, das Pineda das eigentliche Anschlagsziel gewesen war. Jack allerdings war anderer Meinung. Wer den ganzen Aufwand betrieb, eine relativ komplizierte Bombe durch Fernauslösung hochgehen zu lassen, hätte bestimmt gewusst, wie die Zielperson aussah, und hätte sich die Person am Briefkasten sehr genau angesehen, bevor er sich entschloss, den Sprengsatz zu zünden.

Jack war sich daher fast sicher, dass der oder die Killer *genau* die Person getötet hatten, die sie hatten töten wollen.

Das jedoch warf eine wichtige Frage auf: Warum hatten sie ihre Zielperson nicht in ihrem eigenen Zuhause angegriffen? Sobald er sich ein gutes Gespür für den Tatort verschafft hatte, würde er zur Wohnung der Frau fahren und die beiden Orte miteinander vergleichen.

Eine volle Viertelstunde lang blieb er im Auto sitzen und studierte Tatort und Umgebung. Irgendwo im Hinterkopf regten sich erste Verbindungen dieses Ortes hier, dieser idyllischen Vorortstraße, mit den Ereignissen in Jakarta vor einigen Tagen, dem Vorfall in Minsk, der Schießerei in Princeton, der Verhaftung des CIA-Agenten im Iran und anderen schrecklichen Szenen, über die er gestern den ganzen Tag lang so viel gelesen hatte. Das war nicht leicht. Von den verkohlten Stellen im Asphalt und dem verschwundenen Briefkasten abgesehen, sah diese Straße in Falls Church wirklich nicht so aus, als würde sie sich als Front einer Art Geheimkrieg eignen, eines Krieges, den ein Akteur führte, dem es gelungen war, Informationen über das Privatleben amerikanischer Militärs und Geheimdienstler zu klauen.

Jack trat auf das Bremspedal und drückte auf den Knopf der Start-Stopp-Automatik des 535i, der sofort fast geräuschlos ansprang. Er schob den Ganghebel auf D und fuhr so leise und unauffällig aus dem Wohnviertel, dass den Polizisten im Streifenwagen nichts auffiel.

Zehn Minuten später kam er vor dem Apartmentgebäude an, in dem Barbara Pineda gewohnt hatte. Er brauchte nicht lange, um sich eine Theorie zurechtzulegen, warum sie nicht hier getötet worden war. Als ein älterer Herr das kleine Gebäude betrat, folgte er ihm, um ohne Schlüssel ins Haus zu gelangen. Im Flur hinter dem Hauseingang entdeckte er die Briefkästen: kleine, in die Wand eingelassene Kästen, die wie Postschließfächer aussahen, mit schmalen Einwurfschlitzen.

Und das war die Antwort. Unglaublich einfach. Die Terroristen hatten eine kleine Paketbombe benutzt, ungefähr von der Größe eines Brotlaibs, doch als sie zu Pinedas Apartment gingen, war ihnen klar geworden, dass sie das Päckchen nicht in ihren Briefkasten einwerfen konnten. Sie konnten das Päckchen für Pineda auch nicht an ihrer Wohnungstür hinterlassen und auch nicht hier auf dem kleinen Tisch neben den Postfächern, wo die Paketboten normalerweise Pakete und Päckchen für die Hausbewohner hinterließen, weil sie Pineda dann nicht beobachten konnten, wenn sie hier im Eingangsbereich das Päckchen an sich nahm.

Als Jack nach Alexandria zurückfuhr, war er vollkommen überzeugt, dass es eine Erklärung gab, wie die IS-Terroristen die DIA-Analystin als Zielperson erfolgreich hatten herausfiltern können: Er musste herausfinden, wie die Terroristen wissen konnten, dass Barbara Pineda geplant hatte, die Post aus dem Briefkasten ihrer Freundin zu nehmen. Wenn er herausfand, wie sie an diese besondere, zeitlich eng begrenzte Information gekommen waren, würde das ein großer Schritt zu der Entdeckung sein, wie die Angriffe mit dem Datenleck zusammenhingen.

Während er über diese Möglichkeit nachdachte, beschloss er, nun selbst die SF-86-Anträge zum Ausgangspunkt zu nehmen, die Gavin so beharrlich für das Ziel des Datenhacks hielt. Er würde dann alle ihm zur Verfügung stehenden Mittel einsetzen, um diese Rohdaten zu einem Informationspaket zu erweitern, das einem Killer genügen würde, um den Anschlag auf den Briefkasten in Falls Church auszuführen. Als Analyst des Campus hatte Jack Zugriff auf alle möglichen Datenbanken, darunter auch geheime, die ihm dabei helfen würden, die Wege dieser spezifischen Mitarbeiterin der DIA nachzuverfolgen. Und wenn es sein musste, konnte er Gavin sogar bitten, die Aufzeichnungen von Überwachungskameras zu beschaffen, in denen Pineda und ihr Auto zu sehen waren.

Aber nein: Jack beschloss, keine sicherheitssensitiven Erkenntnisse zu benutzen. Seine Mission bestand darin herauszufinden, wie der Täter genau diese Frau, Barbara Pineda, zur Zielperson bestimmt hatte. Der Täter arbeitete schließlich nicht im Campus. Er konnte sich deshalb nur auf Pinedas SF-86-Antrag als Ausgangsinformation stützen und musste alle weiteren Informationen aus öffentlich zugänglichen Quellen beziehen, bis er ein Profil beisammenhatte, mit dem er seine Killer auf sie hetzen konnte.

Während der Fahrt kreisten seine Gedanken um die Frage, wie so etwas bewerkstelligt werden konnte. Er überlegte, wie viele Informationen die Leute heutzutage in offenen Quellen über sich preisgaben, die ein motivierter und intelligenter Mensch dazu benutzen konnte, um die alten SF-86-Informationen in eine tagesaktuelle Zielinformation zu verwandeln. Je mehr er darüber nachdachte, desto logischer erschien ihm diese Vorgehensweise. Hatte man erst einmal herausgefunden, dass eine Frau wie Pineda vor zehn Jahren eine Sicherheitsüberprüfung beantragt hatte, musste man nur noch ihre digitalen Spuren gründlich nachverfolgen, um herauszufinden, wo sie sich aktuell aufhielt – die Treffer mit ihrem Namen in offenen sozialen Netzwerken und anderen Quellen, ihre Kontakte zu Freunden, Bekannten, Familienmitgliedern und so weiter. Aus den unterschiedlichsten Faktoren konnte man irgendwann schlussfolgern, ob sie gegenwärtig in einer sicherheitsrelevanten Position tätig war, etwa in einem Nachrichtendienst oder beim Militär, und vielleicht konnte man aus dieser OSINT, der Open Source Intelligence, auch Rückschlüsse auf ihre spezifische Funktion in dem Geheimdienst oder beim Militär ziehen. Hatte man diese Frau erst einmal zum Feind und daher als Zielperson bestimmt, konnte man aus anderen OSINT-Quellen herausfinden, wo sie sich am nächsten Dienstag um die Mittagszeit aufhalten würde. Jack vermutete zwar, dass die Arbeit langwierig und mühselig war, aber wenn sie von einer motivierten Person mit entsprechender Erfahrung in personenbezogenen Ermittlungen durchgeführt würde, könnte diese aus den offenen Quellen genügend geheime Informationen herausfiltern, um eine Person wie Barbara Pineda zum Anschlagsziel zu bestimmen.

Während er weiterfuhr, rief er Gavin an.

»Hi, Gav, Jack hier. Mal kurz eine Frage: Können wir irgendwie auf die SF-86-Dateien zugreifen, die deiner Meinung nach das Kernstück dieser ganzen Sache sind?«

»Klar doch. Ich schaue mir gerade die e-QIP-Dateien an.«

»Echt? Und hast du auch schon herausgefunden, wie die Angreifer hineingekommen sind?«

»Nein. Ich habe eine Administrator-Berechtigung. Und ich bin mir sicher, dass die Hacker ebenfalls eine haben, aber meine Berechtigung habe ich auf dem offiziellen Weg von der NSA bekommen. Sie soll mir die Schnüffelarbeit erleichtern.«

»Kannst du mir Barbara Pinedas Antrag schicken? Ich möchte ausprobieren, ob ich damit dasselbe machen kann wie die bösen Burschen. Also ob ich damit tatsächlich bis zu dem Briefkasten in Falls Church komme.«

Gavin pfiff leise durch die Zähne. »Gute Idee, Ryan. Damit könntest du vielleicht auch eine Vorstellung bekommen, wie die Burschen von der Gegenseite ticken. Wusste ich doch, dass es einen Grund gibt, dich dabeizuhaben.«

Jack war zwar nicht in der Stimmung dazu, frotzelte aber trotzdem zurück. »Echt? Ich dachte, du brauchst mich nur, um dir das Mittagessen zu besorgen.«

Gavin kicherte. »Wo wir schon beim Thema sind: Könntest du mir auf dem Rückweg ein Sandwich mitbringen? Weizenvollkorn mit Putenfleisch, wenn's geht.«

Jack musste trotz seiner düsteren Stimmung lachen. »Ihr Wunsch ist mir ein Befehl, Sir.«

28

Als Jack in den Konferenzraum zurückkehrte, fand er eine Notiz von Gavin, dass er bei einer IT-Besprechung sei, aber schon bald wieder zurück sein würde. Jack legte ihm das Sandwich neben den Computer und setzte sich vor seinen eigenen Laptop. Gavin hatte ihm einen Ordner geschickt, der Barbara Maria Pinedas vollständigen SF-86-Antrag enthielt, insgesamt 127 Seiten.

Pineda hatte das Formular vor neun Jahren handschriftlich ausgefüllt.

Jack entschloss sich, den Antrag erst einmal von vorn bis hinten durchzulesen. Erst dann wollte er sich daranmachen, durch Rückgriff auf Informationen aus allen verfügbaren offenen Quellen Hinweise darauf zu finden, dass jener damals zweiundzwanzigjährige, in Fort Huachuca in Arizona stationierte weibliche Sergeant der Armee jetzt, neun Jahre später, einen bestimmten Briefkasten in Falls Church, Virginia, öffnen würde.

Die beiden ersten Seiten des Antrags enthielten eng gedruckte, zweispaltige Hinweise in langweiliger Amtssprache zum Ausfüllen des Antrags, einschließlich knapper Informationen über die Rechte des Antragstellers und den Umfang der Überprüfung, die der Antrag auslösen würde.

Schon nach ein paar Seiten wurde Jack mulmig zumute. Die junge Frau legte in den Spalten, Zeilen und Kästen des Antrags ihre gesamte Lebensgeschichte bis zu diesem Zeitpunkt völlig offen. Nichts, absolut nichts wurde ausgelassen. Freunde, Liebhaber, Lehrer, die Familiengeschichte in allen Einzelheiten, Reisen, die sie unternommen hatte, sogar eventuelle Geldprobleme ihrer Eltern wurden abgefragt.

Pinedas Vater stammte aus Honduras. Er war Verkäufer und mithilfe von Verwandten, die bereits eingebürgert worden waren, in die Staaten eingewandert. Ihre Mutter stammte aus Chelsea, Massachusetts. Bevor sie in die Armee eintrat, war Barbara noch nie im Ausland gewesen.

Jack kam sich wie ein Voyeur vor, fast schmutzig, als er über all den Details aus dem Leben der jungen Frau brütete.

Aber er zwang sich weiterzumachen. Er sagte sich, dass sich niemand sonst mit diesem Dokument befasste, um herauszufinden, was zu Barbaras Tod geführt hatte, und dass er mit seiner Arbeit dazu beitragen konnte, die Verbrecher aufzuspüren, die für diese breit angelegten Angriffe auf Amerika verantwortlich waren.

Nachdem er den Antrag durchgelesen hatte, gab er die genaue Adresse des Anschlagsorts in den Computer ein. Sekunden später hatte er die Namen der Hausbesitzer herausgefunden: Dwight und Cindy Gregory.

Jack blätterte im SF-86 bis zu Sektion 16 zurück. Sie trug die Überschrift »Personen, die Sie gut kennen«. Als zweiter Name war eine gewisse Cindy Howard aufgeführt. Jack glaubte zwar nicht, dass es eine Verbindung zwischen beiden Cindys gab, schließlich kam der Vorname sehr häufig vor, aber er rief Facebook auf und gab den Namen Barbara Pineda ein. Auch dieser Name war überraschend häufig, aber die zwölfte Nennung enthielt ein Thumbnail-Foto, das eine gewisse Ähnlichkeit zu dem Foto aufwies, das dem vorläufigen Bericht des FBI angehängt war.

Und so war es auch. Als er die Seite anklickte, sah er, dass diese Barbara Pineda und die Verstorbene ein und dieselbe Person waren.

Jack öffnete ihre Facebook-Seite. Sie hatte ihre Facebook-Pinnwand geschützt, aber immerhin konnte er die Liste ihrer Freunde sehen.

Im SF-86 fand er nichts über Cindy Howard, aber auf Facebook fand er Cindy Gregory sofort. Sie hatte ihre Facebook-Pinnwand nicht geschützt; alle Posts waren sichtbar. Er machte sich daran, durch ihre verschiedenen Posts zu scrollen.

Und fand alles, was er brauchte.

Das also war die Methode des Datendiebs. Den SF-86-Antrag benutzte er, um eine Person zu identifizieren, die in einer sicherheitssensiblen Position mit der US-Regierung zu tun hatte, und benutzte dann seine Open-Source-Methode, um herauszufinden, wo diese Person aktuell arbeitete. Hatte der Täter die Antragsteller erst einmal als Zielpersonen identifiziert, die in sensiblen Funktionen tätig waren, suchte er nach ihren Freunden und Familienangehörigen, deren Namen er entweder direkt oder auf Umwegen durch das OPM-Datenleck herausfinden konnte. Danach musste er nur noch weiter in den sozialen Medien und Netzwerken nach ihnen suchen. Das war vielleicht nicht genau seine Methode, kam ihr aber sicherlich recht nahe.

Ein kalter Schauder lief ihm über den Rücken. Er hatte jetzt gerade ziemlich genau das getan, was dieser Terrorist getan hatte.

Und Jack hatte dafür keine zwanzig Minuten gebraucht.

Gavin schlurfte schwerfällig in den Raum, und Jack sagte sofort: »Ich hab was für dich.«

»Mein Putensandwich, hoffe ich?«

»Liegt dort drüben. Aber ich glaube, ich habe das letzte Puzzleteil gefunden.«

Gavin ließ sich auf seinen Stuhl fallen. »O nein, hast du nicht. Das ist mein Puzzle, und ich löse es, nicht du.«

»Dann wird es wohl besser sein, wenn ich auf meiner Information sitzen bleibe, bis du selbst darauf kommst.«

Gavin seufzte. In frustriertem Ton sagte er: »Also gut, fang schon an, du Genie. Spuck es aus, damit ich es durchlöchern kann.«

»Die Frau, die gestern Abend ermordet wurde, Barbara Pineda, Analystin bei der DIA. Sie wurde getötet, als sie die Post aus dem Briefkasten ihrer Freundin holen wollte.«

»Stimmt«, nickte Gavin. »Wenn sie also das Anschlagsziel war, wusste jemand genau Bescheid, dass sie in dieser Woche auf das Haus aufpassen würde.«

Jack fuhr fort: »Um genau diese Information zu bekommen, müssten sie meiner Meinung nach Mrs. Pineda observieren, ihr Telefon abhören, ihre E-Mails abgreifen. Ich habe daher erst einmal herauszufinden versucht, wann sie zugestimmt hatte, auf das Haus ihrer Freundin aufzupassen. Ich dachte, ich könnte damit ein Zeitfenster einengen, wann die Terroristen beschlossen, den Anschlag auf Pineda am Haus ihrer Freundin durchzuführen und nicht an ihrer eigenen Wohnung.«

»Leuchtet mir ein«, gab Gavin zu.

»Aber weil ich nun mal kein Computerwunderkind bin wie du, gab es da ein Problem.«

»Du bist schon ein richtiger Klugscheißer, Jack, aber weil mich seit Jahren niemand mehr Wunderkind genannt hat, lasse ich es durchgehen.«

Jack achtete nicht auf ihn. »Ich fing an, mir mal Facebook und Twitter anzuschauen. Barbara Pineda war keine intensive Nutzerin der beiden Netzwerke, aber für mich war das der einfachste Einstieg, deshalb habe ich damit angefangen. Ich fand ein Facebook-Konto der Eigentümerin des Hauses, wo der Anschlag stattfand, und eine Minute später entdeckte ich einen Post, in dem sie ihrer Freundin im Voraus dankte, dass sie auf ihr Haus aufpassen würde, während sie und ihr Mann im Urlaub waren. Barbara Pineda antwortete mit einem eigenen Post, in dem sie sagte, dass es ihr hoffentlich gelingen werde, die Pflanzen am Leben zu halten. Das Übliche, wie eben zwei Leute auf ihren Facebook-Seiten herumblödeln. Aber es war definitiv die Frau, die in Falls Church wohnt. Danach entdeckte ich noch Fotos von Barbara mit ihrer Familie. Es war ein Kinderspiel herauszufinden, dass sie sich die ganze Woche über um das Haus kümmern würde.«

Gavin nickte. »Spionagescheiß auf ziemlich niedrigem Niveau, aber offenbar reichte das völlig aus, um den Job durchzuziehen.«

Jack richtete den Zeigefinger auf ihn. »Und das, mein Freund, ist genau der Punkt, um den es geht.«

»Hast du herausgefunden, woher die Schurken wussten, dass sie bei der DIA arbeitete?«, fragte Gavin.

Jack zuckte die Achseln. »Für den Teil mussten sie härter arbeiten. Wenn du recht hast und es tatsächlich Zigmillionen Anträge gibt, würde man selbst ein paar Parameter festlegen und dann mit einem Suchlauf die Datenbanken automatisch danach durchkämmen lassen. Man könnte den Befehl eingeben, die SF-86-Dateien nach bestimmten Schulen, Programmen oder nach irgendwelchen Hintergrundinfos zu durchsuchen, aus denen hervorgeht, dass die Person für einen militärischen Nachrichtendienst arbeitet, wie zum Beispiel Pineda. Oder vielleicht nach einem Typ, der einen Abschluss in Arabisch in Georgetown gemacht hat, was darauf hinweisen könnte, dass dieser Mensch anschließend angefangen hat, bei einem Geheimdienst zu arbeiten. Pineda war in Fort Huachuca stationiert, und dort befindet sich auch das Army Intelligence Center. Eine automatisierte Suche würde alle Personen herausfiltern, die dorthin gingen und irgendwann einen SF-86 ausgefüllt hatten. Es würde nicht ganz leicht sein, die riesigen Datenbanken mit derart begrenzten Informationen zu durchforsten, aber wir haben es hier offenbar mit einem Menschen zu tun, der genau weiß, was er tut.«

Gavin wickelte sein Sandwich aus der Folie. Bevor er

hineinbiss, erkundigte er sich: »Gut … du weißt jetzt, wie sie es gemacht haben. Kannst du jetzt auch schon sagen, *wer* es gemacht hat?«

»Eigentlich nicht. Aber die Auswahl der Ziele sagt mir etwas. Ich behaupte, es ist jemand, der im Namen des Islamischen Staates arbeitet. Ich habe aber keine Ahnung, warum sie ausgerechnet Pineda auswählten.«

Gavin schüttelte den Kopf. »Der IS hat die OPM-Daten nicht gestohlen. Das würde ihre Fähigkeiten derart weit übersteigen, dass wir es tatsächlich vollkommen ausschließen können.«

»Na gut. Vadim Retschkow hat die OPM-Daten ebenfalls nicht gestohlen. Aber dieser Vorfall sieht so aus, als käme er aus derselben Sicherheitslücke, die auch Retschkow benutzt hat. Ich denke, der Bursche, der die OPM-Daten hackte und das Zielpaket über Scott Hagen zusammenstellte, hat das auch für Barbara Pineda getan, nur hat er dieses Mal sein Infopaket an den IS verscherbelt.« Jack hielt kurz inne. »Er liefert alles aus einer Hand. Er verfügt über die Informationen und über die Mittel, sie auszubeuten.«

»Hm«, machte Gavin. »Dafür sind zwei völlig verschiedene Kompetenzen nötig, Jack. Könnte doch sein, dass es nicht ein Einzelkämpfer ist, sondern eine ganze Gruppe, die eng zusammenarbeitet.«

Jack dachte kurz darüber nach. »Du könntest recht haben. Bisher haben wir gedacht, dass der Hack von jemand im Staatsdienst durchgeführt wurde. Aber diese Art von Social Engineering, bei der Informationen aus offenen Quellen verwendet werden, um bestimmte Muster zu entdecken, lernt man doch wohl eher im kriminellen Milieu.«

»Wie meinst du das?«, fragte Gavin, verblüfft über Jacks Behauptung.

»Na, Passwörter klauen, Identitäten stehlen, solches Zeug eben. Klingt wie Cybercrime. Nicht wie Cyberkrieg.«

»Ja … da könntest du recht haben. Aber das war kein Teenager, der den Mitarbeitern irgendwelcher Servicehotlines die Passwörter ihrer Kunden abzuluchsen versuchte. Wie gesagt, diese Zieldaten zu sammeln ist Cyberspionage auf höchstem Niveau.«

»Ja, stimmt, das ist ein erstklassiger Spieler. Ein Krimineller oder eine kriminelle Organisation, dazu fähig, sicherheitssensible Informationen abzugreifen und zu nutzen. Okay so weit. Aber wo auf der Welt müsste man suchen, wenn man die besten Leute für so was haben will?«

Biery zuckte die Achseln. »Einige Länder sind bekannt für Cybercrime. Die Russen zum Beispiel sind darin spitze. Und manche Länder in Mittel- und Osteuropa. In Taiwan gibt es eine Gruppe, die auf der ganzen Welt Identitäten zusammenklaut, aber bisher haben sie sich noch nicht für gesicherte staatliche Datenbanken interessiert. Nordkorea liegt in dieser Hinsicht immer noch weit zurück, aber sie sind dran … und versuchen es ständig. Verdammt, sogar hier in den Staaten haben wir ein echtes Cybercrime-Problem. Überall in diesen Ländern könntest du irgendeine kriminelle Organisation finden, die die Fähigkeiten besitzt, Rohdaten durch Social Engineering und Recherche in offenen Quellen zu ergänzen und auszuweiten, aber die Frage ist doch, wie sie überhaupt erst an die Daten gekommen sind? Und warum? Warum sollte ein Privatunternehmen so etwas tun, wenn es doch genug Banken und Kreditkartendaten zu hacken gibt? Wenn man ahnungslose Bürger im großen Stil ausnehmen kann? Das wäre doch viel leichter, wenn man an Geld kommen will.«

»Aber was ist, wenn ein solches Privatunternehmen auf Befehl eines staatlichen Akteurs agiert?«, fragte Jack. »Einer Nation, die uns, den Vereinigten Staaten, feindlich gegenübersteht?«

Gavin nickte. »Ja, das kommt vor, aber gewöhnlich in viel kleinerem Maßstab. Manche staatlichen Geheimdienste holen irgendwelche bereits bestehenden kriminellen Hackerorganisationen ins Boot, oft sogar aus dem Ausland, die dann für sie die Dreckarbeit machen. Diese Firmen versuchen dann, im Auftrag ihres Klienten in unsere Systeme einzudringen. China zum Beispiel macht das ständig. Die Chinesen arbeiten mit privaten Hackern auf der ganzen Welt zusammen, um in amerikanische Regierungsnetzwerke einzufallen. Und manchmal holen sie sogar etwas heraus.« Er biss kräftig in sein Sandwich. »Aber in diesem Fall wurden ganz unterschiedliche Ziele kompromittiert, und das sieht mir nicht danach aus, als hätten die Chinesen etwas damit zu tun. Ich meine, warum sollte sich China mit diesem russischen Burschen einlassen? Warum zum Teufel sollte Beijing ihn als eine Art Ersatzattentäter gegen einen Kapitän der Navy einsetzen?«

»Weiß ich nicht«, gab Jack zu. »Aber die Regierung sucht nach einem staatlichen Akteur. Was meinst du, sollen wir beide nicht anfangen, auch den Cybercrime-Aspekt zu untersuchen? Wir könnten Organisationen auskundschaften und kriminelle Gruppierungen analysieren, die besonders erfolgreich sind. Gibt es irgendetwas im kleineren Maßstab, das wir tun können, um nach Fingerabdrücken von Cyberkriminellen zu suchen?«

Gavin zuckte die Achseln. »Wie gesagt, wir müssen erst das Warum wissen, um dann das Wer herauszufinden.«

»Würde eine Privatfirma die Daten nicht an den Meistbietenden verscherbeln?«

Gavin verzog das Gesicht. »Scheiße. *Ich* würde das nicht machen. Es wäre glatter Selbstmord. Eine Böse Hacker GmbH weiß schließlich nicht, für wen sie arbeitet, weil zwischen ihr und dem staatlichen Auftraggeber alle möglichen Vertrauensleute und Sicherungsstufen stehen, okay?«

»Stimmt«, nickte Jack.

»Aber der staatliche Akteur hat die Böse Hacker GmbH angeheuert, deshalb weiß er genau, welche Firma es ist.«

»Natürlich«, stimmte Jack zu und verband nun die Punkte miteinander, die Gavin aufgezählt hatte. »Aber das bedeutet Folgendes: Wenn die Böse Hacker GmbH, sagen wir mal im Auftrag der Russen, die Daten gestohlen hat und sie nun an andere Abnehmer weiterverkauft, würden die Russen doch ganz schön sauer sein, oder nicht? Sie würden vermutlich nach Bangalore oder Singapur fliegen und die leitenden Manager der Firma eliminieren.«

»Oder sie würden den USA einen Hinweis zuspielen, wer ihnen all die Daten geklaut hat.«

»Genau.« Jack nickte nachdrücklich. »Ein staatlicher Akteur, der so viel Zeit, Geld und Risiko in die Operation gesteckt hat, würde niemals zulassen, dass ihn irgendeine Firma hereinlegt und dann straflos davonkommt.«

Ohne eine Miene zu verziehen, sagte Gavin: »Wir Computerhacker sind zwar ein tapferer Haufen, aber für eine direkte Konfrontation mit chinesischen Killerkommandos reicht unser Mut wahrscheinlich nicht aus.«

Jack grinste, obwohl er das Gefühl hatte, dass sie von der Lösung noch weiter entfernt waren als zuvor. Doch plötzlich schoss ihm ein anderer Gedanke durch den Kopf. »Hm … Was wäre, wenn jemand die Daten von den Typen klaut, die die Daten zuerst geklaut hatten?«

»Kapiere ich nicht.«

»Was wäre … Was wäre, wenn die Privatfirma, die für einen staatlichen Akteur die OPM-Daten absahnte, nun selbst beklaut wird? Eine andere Firma stiehlt ihnen die Daten unter der Nase weg. Oder vielleicht ist es auch nur einer ihrer eigenen Mitarbeiter, der aus irgendeinem Grund sauer auf seinen Arbeitgeber ist und nun entdeckt, dass er eine Menge Geld machen kann, wenn er die bereits benutzten Daten weiterverkauft.«

Gavin nickte. »Gut möglich.« Er dachte kurz darüber nach. »Ja, Mann, da könnte was dran sein. Die Theorie würde zumindest erklären, warum so viele unterschiedliche Typen von bösen Akteuren offensichtlich dieselben Daten missbrauchen, Daten, die so aussehen, als wären sie ursprünglich im Auftrag eines staatlichen Akteurs geklaut worden.«

Jack rieb sich die Augen. Sein Kopf brummte und schmerzte vom Nachdenken über all diese Möglichkeiten. »Wenn jemand solche Daten herausfischt, wie würde er es dann anstellen, sie zu verscherbeln – sagen wir mal, an den Iran, an Indonesien, an mächtige Russen, an den IS oder wen auch immer? Könnte er einfach Kontakt zu genau der richtigen Person in einer Regierung aufnehmen, ohne Gefahr zu laufen, aufgedeckt zu werden?«

Gavin zuckte die Achseln. »Sorry, Ryan – damit kann ich dir nicht weiterhelfen. Ich bin nur ein Computertyp. Das ist Schlapphutscheiß.« Kichernd fügte er hinzu: »Und von einem eBay für Spione habe ich noch nie gehört.« Er lachte über den eigenen Witz, hörte aber plötzlich auf zu lachen.

»Es sei denn …«

Jack hob den Kopf. »Es sei denn?«

»Na ja … Wenn du etwas Illegales zu verkaufen hast, machst du das wohl eher im Darknet.«

»Wie bei Drogen und solchem Zeug, richtig?«

»Es ist ein sicherer Weg, um Geschäfte zwischen zwei Parteien abzuwickeln, ohne zu wissen, wer der andere Partner ist. Nehmen wir mal an, ich bin ein Dieb, der die kriminelle Firma beklauen will, bei der ich beschäftigt bin. Durch meine Arbeit für die Firma wurde ein sehr gefährlicher staatlicher Akteur abgezockt. Jetzt will ich selbst an das große Geld herankommen, indem ich mit Terroristengruppen, mit dem organisierten Verbrechen oder mit irgendwelchen anderen Schurkenregimen ins Geschäft komme … Wie mache ich das? Ich werde wohl kaum eine Anzeige mit meiner Geschäftsadresse im *Wall Street Journal* platzieren. Sondern ich gehe ins Darknet.

Dort kann ich meinen eigenen kleinen Shop aufmachen und meine Geschäfte in Bitcoin über einen Cryptohopper abwickeln, sodass sie nicht zu mir zurückverfolgt werden können.«

Jack verspürte ein Kribbeln im Rückgrat. Er war sich sicher, dass sie hier einer großen Sache auf der Spur waren. »Wahnsinn, Gavin! Dann gehen wir doch gleich mal ins Darknet und durchsuchen es nach einem Markt, auf dem so etwas angeboten wird! Vielleicht finden wir dort einen Hinweis darauf, wer hinter dieser ganzen Sache steckt.«

Aber Gavin schaute ihn mit tiefer Enttäuschung an. Diesen Gavin-Biery-Blick hatte Jack in all den Jahren, seit Jack beim Campus arbeitete, schon oft zu sehen bekommen.

»Manchmal bilde ich mir ein, dir eine ganze Menge beigebracht zu haben, Jack«, sagte Gavin ein wenig verächtlich. »Aber dann kommst du mir wieder mit einem so unsäglich dummen Spruch, dass ich mich frage, warum ich mich überhaupt noch mit dir abgebe.«

Jack hatte sich längst an Gavins ruppige Rügen gewöhnt; er nahm es nicht persönlich, weil er wusste, dass Gavin sein ganzes Leben praktisch mit der Nase auf der Tastatur verbracht hatte und soziale Kompetenz nicht zu seinen Stärken zählte. »Na schön. Und was genau habe ich Falsches gesagt?«

»Du hast noch nicht viel Zeit im Darknet verbracht, oder?«

Statt zu antworten, fragte Jack zurück: »Aber du offenbar?«

»He, Mann. Ich mache hier meinen Job, und das bedeutet, dass ich auch manchmal in dunklen Gassen unterwegs bin. Jedenfalls kann man das Darknet nicht durchsuchen. Im Darknet musst du ganz genau wissen, welche Adresse du eingibst, um etwas zu finden, erst dann kommst du dorthin.«

»Verstanden. Man sucht also nicht. Man wird eingeladen.«

»Ganz genau.«

»Ah ja.« Jack sah ein, dass er keinen blassen Schimmer hatte, wie so etwas funktionierte.

Gavin beugte sich näher zu ihm und flüsterte ihm verschwörerisch zu: »Deshalb nennt man es Dunkelnetz.« Er spielte natürlich den Wichtigtuer, aber Jack ging nicht darauf ein.

»Das heißt, wir brauchen eine Einladung, sonst ist es aussichtslos, den Burschen im Darknet aufzuspüren.«

»Nicht unbedingt. Was ist, wenn wir jemand hacken würden, mit dem unser Bursche in Kontakt stand? Vielleicht finden wir auf diese Weise einen Hinweis, wie man an Informationen über das kommt, was er anzubieten hatte.«

»Wie zum Teufel sollen wir denn das schaffen?«

Gavin blickte auf seinen Computermonitor. »Wir wissen nicht, mit wem unser Bursche verhandelte, um in Kontakt zu den Iranern zu kommen – oder zu den Indonesiern, zu den Nordkoreanern oder zum Islamischen Staat.«

Jack begriff sofort, was Gavin andeutete. »Aber der russische Typ! Dieser Vadim Retschkow. Der hatte keine Verbindungen zu den anderen, soweit wir wissen. Retschkow hatte eine private Rechnung mit der Zielperson offen.« Jack überlegte kurz, dann fügte er hinzu: »Auch in einer anderen Hinsicht passt er nicht ins Muster.«

»Welche meinst du?«

»Geld. Alle anderen Akteure konnten vermutlich für die gelieferten Informationen eine Menge Geld auf den Tisch legen. Aber Retschkow war ein Niemand. Der hatte ja nicht mal einen Job.«

Gavin sprang sofort darauf an. »Das stimmt! Aber was meinst du: Warum bekam er die Daten, wenn er dafür nicht zahlen konnte, wie es die Iraner und die anderen taten?«

Jack zuckte die Achseln. »Vielleicht war Vadim Retschkow jemand, den der eigentliche Datendieb gut kannte oder über den er etwas wusste. Auf jeden Fall gab er Retschkow eine Gratislieferung.«

Doch dann ließ Jack die Schultern hängen. »Aber ich bin mir sicher, dass sich auch das FBI bereits dafür interessiert. Ganz bestimmt pflücken ihre Ermittler Retschkows Leben restlos auseinander und analysieren seine gesamten Mails und Kontakte.«

Gavin wischte den Einwand mit einer verächtlichen Geste beiseite. »Ja, schon, aber es gibt da noch etwas, das du nicht berücksichtigt hast.«

»Aha. Was denn?«

»Retschkow mochte ein Scheißkerl gewesen sein, ein Mörder, ein Ausländer mit einem abgelaufenen Visum, und außerdem ist er jetzt tot, aber das FBI wird trotzdem eine richterliche Genehmigung brauchen und Stempel und Unterschriften auf alle möglichen Papiere, bevor sie auch nur unter seine Fußmatte schauen dürfen. Bei jedem einzelnen Schritt muss sich das FBI mit der Bürokratie herumschlagen, und das dürfte ihre Fortschritte stark verlangsamen.«

Jack nickte. »Aber wir nicht.«

»Nö. Was bedeutet, dass wir heute Abend vielleicht schon weiter sein können als das FBI nach zwei Wochen Ermittlungsarbeit, um herauszufinden, wer Retschkow die Intel über Commander Hagen geliefert hat.« Gavin grinste ein wenig. »Natürlich nur, wenn auch du keinen gesteigerten Wert darauf legst, Retschkows Privatsphäre post mortem zu schützen, und nicht darauf bestehst, all diese Vorschriften einzuhalten.«

Jack blickte Gavin an, als zweifelte er an dessen Verstand. »Retschkow ist mir scheißegal. Ein totes Arschloch. Gut, knacken wir sein Leben auf, dann werden wir schon sehen, was herausfällt. Wenn wir auf diese Weise herausfinden können, wer hinter dem Datenleck steckt, und dadurch andere Menschen retten können, ist mir alles andere egal.«

»Geht mir genauso.« Gavin überlegte kurz. »Wir können davon ausgehen, dass der Bursche, der Retschkow die Informationen über Hagen lieferte, ein Computertyp ist. Auch Retschkow selbst war ein Computertyp. Ich schaue mir erst einmal an, auf welchen Foren, Newsgroups und Communitys Retschkow aktiv war, und so weiter.«

»Woher bekommst du diese Info?«

»Das Forensische Team des FBI hat seinen Computer. Ich werde Gerry bitten, Dan Murray anzurufen. Er soll uns ihre Ergebnisse schicken. Von welchem Zeitfenster müssen wir bei Retschkows Anschlag ausgehen?«

Jack rief sich die Daten in Erinnerung. »Retschkows Bruder kam ums Leben, und sieben Monate später versuchte Retschkow, Hagen zu erschießen. Irgendwann nach dem ersten Ereignis und vor dem zweiten muss der Hacker Kontakt zu Retschkow aufgenommen haben.« Jack blickte auf die Daten des Anschlags auf Hagen, die er auf dem Monitor hatte. »Retschkow reiste vier Tage vor dem Anschlag von Portland nach Princeton, also muss es davor gewesen sein.«

Gavin hatte inzwischen ebenfalls die Datei zu dem Fall aufgerufen. »Hier steht, Hagens Schwester habe die Hotelzimmer fünf Wochen vor der Reise gebucht. Vorher hätte der Datenhacker Retschkow nicht mitteilen können, dass Hagen an diesem bestimmten Datum in Princeton, New Jersey, sein würde.« Gavin blickte wieder auf. »Ich werde mich mit Retschkows Online- und E-Mail-Aktivitäten beschäftigen, und zwar innerhalb dieses Zeitfensters von viereinhalb Wochen. Kann sein, dass wir nichts finden, kann aber auch sein, dass wir auf eine Ölquelle stoßen.«

29

Zwei Mitglieder von al-Mataris Fairfax-Zelle kamen kurz nach zwanzig Uhr in Fayetteville, North Carolina, an. Zellenführer David Hembrick war zwar nicht dabei, aber die beiden Männer befolgten seine Instruktionen Wort für Wort und fuhren geradewegs zu dem Punkt, dessen Koordinaten sie in ihr Navigationsgerät eingegeben hatten.

Namir fuhr; Karim saß auf dem Beifahrersitz; die Uzi lag in einer Sporttasche zwischen seinen Knien.

Sie hielten sich genau an die Verkehrsregeln, um keine Probleme zu bekommen, aber solange sie ihre Waffen gut versteckt hielten, gab es keinen großen Grund zur Sorge. Karim war gebürtiger Ägypter, war aber mit achtzehn Jahren US-Staatsbürger geworden. Jetzt war er fünfundzwanzig, hatte einen College-Abschluss in Internationalen Studien erworben und arbeitete in Teilzeit als Kellner in einem Restaurant in der Nähe von Landover, Maryland. Er zahlte seine Steuern und hielt seine Papiere in Ordnung; niemand in seiner Umgebung hatte einen Grund, ihm gegenüber misstrauisch zu sein.

Namir war der Sohn libanesischer Eltern. Er war in den Vereinigten Staaten geboren, war US-Staatsbürger und hatte einen Highschoolabschluss. Wie Karim hatte auch er sich in den letzten Jahren radikalisiert, vor allem durch die IS-Propaganda, aber auch, indem er in der Umgebung von D. C. von einer Moschee zur nächsten gezogen war, um sich die erzkonservativsten Predigten anzuhören. In Baltimore waren beide Männer auf denselben Mullah gestoßen, der sie an einen Online-IS-Rekrutierer weiterverwiesen hatte. Der IS-Rekrutierer versprach ihnen Frieden und ewige Seligkeit, die sie in diesem Sündenpfuhl namens Amerika niemals finden würden.

Namir und Karim lernten sich jedoch erst in der »Sprachschule« in El Salvador kennen, ein Beweis für die Fähigkeit des Mullah, seine Rekruten streng voneinander abzuschirmen, um den Schaden möglichst gering zu halten, sollte jemals einer von ihnen vom FBI aufgedeckt werden.

Aber jetzt waren sie hier, und es war ihre erste Mission. Die drei anderen Zellenmitglieder waren in Fairfax County geblieben. Am Tag zuvor hatten die Zellenmitglieder Ghazi und Husam die DIA-Frau getötet und waren nun wieder im sicheren Haus. David Hembrick hatte Karim und Namir erklärt, dass er großes Vertrauen in sie habe und dass sie die Fayetteville-Mission als Team auch ganz gut allein ausführen könnten.

Das Navigationsgerät führte sie auf einer Straße namens Lemont Drive durch einen Mittelschichtwohnbezirk. Rechts und links reihten sich kleine Einfamilienhäuser aus den 1960er-Jahren, die auf ebenen Grundstücken von etwa 4000 Quadratmetern standen. Auf fast jeder Zufahrt stand ein Pick-up, und die US-Flagge zierte die Flaggenmasten in vielen Vorgärten.

Namir saß zwar am Lenkrad, aber sein Smartphone, das in seiner Brusttasche steckte, war auf Live-Videoübertragung eingestellt. Namir wusste, dass Mohammed den Feed in diesem Moment genau verfolgte, deshalb gab er sich Mühe, alles richtig zu machen.

»Fahr langsam«, sagte Karim, während er nach einer bestimmten Adresse Ausschau hielt.

»Aber nicht zu langsam«, antwortete Namir. Er achtete darauf, die Geschwindigkeit unter zwanzig Stundenkilometern zu halten. »Wir wollen keine Aufmerksamkeit erregen.«

»Ja, klar, aber wenn wir es verpassen und umdrehen müssen, erregen wir erst recht Aufmerksamkeit.«

»Ja, ja, schon gut«, antwortete Namir, fuhr aber nicht noch langsamer.

Das Haus lag auf der linken Seite, ungefähr auf halbem Weg, und beinahe hätten sie es übersehen, aber sie fuhren mit unveränderter Geschwindigkeit daran vorbei. In der Einfahrt, direkt vor dem Carport, parkte ein weißer Ford F-150. Ein bärtiger Mann in schmutzigem grauem T-Shirt und Jeans stieg gerade auf der Fahrerseite aus. In der einen Hand hielt er eine Tüte mit dem Logo einer Fast-Food-Kette und einen extragroßen Becher Cola, mit der anderen Hand hielt er ein Handy ans Ohr und telefonierte.

»Ist er das?«

»Weiß ich nicht. Auf dem Foto hat er keinen Bart.«

»Aber er ist es. Amerikanische Spezialkommandos lassen sich Bärte wachsen. Sie glauben, dass sie dann nicht so auffallen, wenn sie im Kalifat kämpfen.«

Inzwischen waren sie an dem Grundstück und auch am Nachbargrundstück vorbei. »Was machen wir jetzt?«, fragte Karim.

»Ich drehe um. Du musst ihn erschießen, bevor er im Haus verschwindet.«

Karim zog die Uzi aus der Sporttasche.

»Nein. Die AK. Nimm die AK.« Namir bog in eine Einfahrt und setzte den Wagen zurück, um zu wenden. Er hatte es jetzt eilig.

»Warum nicht die Uzi?«

»Der Typ ist groß. Und wir sind zu weit weg. Nimm die AK.«

Karim legte die Uzi wieder zwischen seine Füße und griff nach der schwarzen AK-103, die zwischen den Sitzen gelegen hatte. Er hob sie an, schob den Hebel von Halb-

auf Vollautomatik und ließ das Fenster auf seiner Seite halb herab, sodass er den Handschutz aus schwarzem Kunststoff unterhalb des Laufs auf den Rand des halb geöffneten Fensters stützen konnte.

Karim drängte: »Beeil dich! Du musst ihn erwischen, bevor er im Haus verschwindet!«

»Ja, ja!«

Mike Wayne war hundemüde. Er hatte ein 36-stündiges Landnavigationstraining hinter sich, und sein eigener Körpergeruch war so penetrant, dass er am liebsten eine Dusche genommen hätte, bevor er sich über sein Chickensandwich mit Pommes hermachte.

Aber nur beinahe. Außer einem Kraftriegel hatte er seit der Mittagszeit nichts mehr gegessen, weshalb er erst einmal eine Menge Scheiß-Fast-Food in den Mund stopfen würde, sobald er an seinem Küchentisch saß.

Er beendete das Gespräch mit seiner Schwester und schob das Smartphone in die Tasche, während er auf die Carporttür seines bescheidenen Heims zuging. Er fummelte ein bisschen mit den Tüten und dem Getränk und dem Hausschlüssel, doch dann schaffte er es, den Schlüssel ins Schloss zu schieben. Gerade als er den Türgriff drehte, bemerkte er aus den Augenwinkeln einen grauen SUV, der direkt vor seiner Einfahrt anhielt.

Doch bevor er sich auch nur umdrehen konnte, um Genaueres zu sehen, hörte er den unverkennbaren Lärm, den er vor zwei Wochen an der syrisch-türkischen Grenze zuletzt gehört hatte.

Eine AK, die im Vollautomatikmodus feuerte.

Die Tür vor ihm zersplitterte direkt vor seinen Knien, gleichzeitig spürte er einen brutalen Schlag gegen die rechte Hüfte, der ihn taumeln ließ, aber nicht umwarf. Er trug zwar eine halbautomatische Pistole Kaliber .45 in der Vier-Uhr-Position unter dem T-Shirt, aber im Moment dachte er nur an

Deckung. Er ließ die Tüte und den Becher fallen, stieß die Tür auf und fiel in den Windfang, wo er auf den Ellbogen vorwärts robbte.

Inzwischen war ihm klar, dass ihn ein Geschoss in die rechte Hüfte getroffen hatte, dass er wie verrückt blutete und nicht mehr auf die Beine kommen konnte. Mit der blutverschmierten rechten Hand zog er die .45er, rollte sich auf den Rücken und zielte auf die wieder geschlossene Tür.

Und mit der blutverschmierten linken Hand zog er das Handy aus der Jeanstasche und wählte den Notruf 911.

Dann warf er einen Blick auf den Boden ringsum. In der Delta Force war Wayne Sanitäter, daher wusste er genau, was all das Blut zu bedeuten hatte. Es war viermal so viel, wie er bei einer Schusswunde in der Hüfte erwarten würde. Deshalb war er sich sicher, dass das AK-Geschoss nach dem Einschlag in die Hüfte entweder im Körper weiteres Gewebe zerfetzt hatte oder auseinandergeborsten war. Seine Oberschenkelschlagader war durchgetrennt und zerfetzt, und aus der Position der Wunde war Wayne klar, dass sie zu hoch am Körper war, um den Blutverlust mit einem Druckverband zu reduzieren.

Er verlor zu schnell zu viel Blut.

Selbst wenn ein Rettungswagen in diesem Moment mit einem ganzen Team von Gefäßchirurgen auf Waynes Zufahrt gerast käme, würde er verbluten, bevor sie die Blutung stillen konnten.

Mike Wayne war sich darüber im Klaren, dass er ein toter Mann war.

Nach ein paar Sekunden, in denen er mit seinem Schicksal haderte, blickte er auf das Visier seiner Pistole und wünschte sich, dass die Tür wieder aufgestoßen würde. Mehr als alles in der Welt wollte er den Burschen erschießen, der ihn gerade getötet hatte.

In diesem Moment wurde sein Notruf beantwortet.

»Neun-eins-eins: Brauchen Sie Polizei, Feuerwehr oder Ambulanz?«

Mike versuchte, klar und deutlich zu sprechen. »Grauer GMC Terrain. Zwei Insassen.«

»Wie bitte?«

Das Telefon glitt Mike aus der Hand. Die Pistole blieb noch ein paar Sekunden halb erhoben, doch dann sank seine Hand langsam herab und kam schließlich in der Blutlache zu liegen. Es war Mike nicht mehr vergönnt, die Waffe auf sein letztes Ziel abzufeuern.

Beim Training in El Salvador hatten die Zellenmitglieder geübt, im Sitzen aus fahrenden Autos heraus zu schießen. Die Autos, die sie dabei benutzt hatten, waren alte Schrottkisten gewesen, die auf dem Anwesen herumlagen, und keine dieser Rostlauben hatte noch intakte Fensterscheiben gehabt. Karim unterschätzte die Rückschlagkraft der Kalaschnikow, als er sie auf den Rand des halb geöffneten Fensters stützte. Als er das Feuer eröffnete, zersplitterte das Fensterglas, und der Lauf sackte nach unten. Die letzten Geschosse sah er keine sechs Meter vor sich in den Straßenasphalt einschlagen.

Bis er die Waffe an die Schulter gehoben und über die Straße auf die Carporttür gerichtet hatte, war Mike bereits zu Boden gegangen und robbte nun ein Stück weit ins Haus, sodass Karim nur noch seine Schuhsohlen sah.

»Verdammt!«, schrie Karim. »Er ist verschwunden!«

Namir bellte: »Steig aus und erledige ihn! Er ist getroffen!«

Aber Karim rührte sich nicht. »Mach *du* es doch!«

Musa al-Mataris Stimme kam aus dem laut geschalteten Handy. »Karim! Bruder! Du bist ein mutiger Löwe! Ich habe gesehen, wie du ihn erschossen hast! Er ist im Haus und verblutet. Geh! Bring es zu Ende! Aber beeile dich! Und nimm das Handy mit, damit alle im Kalifat deine mutige Tat sehen können!«

Karim nahm Namir das Telefon aus der Hand, stieß die Autotür auf und sprang auf den Lemont Drive. Er rannte über die Einfahrt zum Haus. Während er rannte, hielt er die Waffe auf Hüfthöhe und schwang sie nach rechts und links, bereit, auf jeden zu schießen, der ihm mit einer Waffe entgegentrat.

Als er rechts am geparkten F-150 vorbeirannte, sah er einen großen Blutfleck am Carport und eine glänzende Spur von verschmiertem Blut auf dem zerbrochenen Glas der Haustür. Vor der Tür schwenkte er herum, hob die Waffe an die Schulter und kickte die Tür auf. Er wollte gerade die Holzinnentür öffnen, als ihm ein Gedanke kam. Er trat zwei Schritte zurück und feuerte sein ganzes Magazin durch die Holztür.

Danach trat er seitwärts neben die Tür, schob ein neues Magazin ein und betrat das kleine Haus.

Der bärtige Mann lag auf dem Boden, knapp drei Meter von der Tür entfernt. Um ihn herum eine große Blutlache. Schusslöcher im T-Shirt. Er war eindeutig tot. Eine Pistole lag ein paar Zentimeter von seiner rechten Hand entfernt. Neben der linken lag ein Handy.

Karim wurde klar, dass der Mann darauf gewartet hatte, dass er, Karim, durch die Tür kam, um ihn zu erschießen.

Er richtete die Handykamera auf die Szene, während er ein paarmal *Allahu akbar* murmelte.

Dann rannte er wieder aus dem Haus und sprintete zum SUV zurück.

Namir hatte den SUV ein wenig näher herangefahren, und Karim stieg ein. Mit durchdrehenden, laut quietschenden Reifen schoss der SUV den Lemont Drive entlang, direkt an einem fünfundsiebzigjährigen Mann vorbei, der eine Baseballmütze mit dem Logo der Army Special Forces trug. Der Mann war aus seinem Haus gekommen, als er den Lärm draußen gehört hatte, der ihm wie Schüsse aus einer AK-47 vorgekommen war. Es mussten zwei Feuerstöße zu je fünfzehn Schuss gewesen sein – ein Lärm, den er seit seinen Tagen im Dschungel von Vietnam nicht mehr gehört hatte.

Er lief gerade auf seiner Zufahrt zur Straße, als ein Auto auf ihn zuraste. Der SUV war ihm nicht bekannt, weshalb er sich die Automarke und das Modell merkte, genau wie es das Opfer, Mike Wayne, getan hatte. Aber der alte Green-Beret-Soldat, der da in seiner Zufahrt stand, bemerkte außerdem, dass der GMC Nummernschilder aus Maryland hatte.

Er machte auf der Stelle kehrt und rannte ins Haus zum Telefon.

Schon nach ein paar Minuten waren Namir und Karim meilenweit vom Tatort entfernt. Sie fuhren auf der Interstate 95 nach Norden, immer noch strikt darauf bedacht, sich an die Geschwindigkeitsbegrenzungen zu halten. Beide Männer kämpften noch mit den Nachwirkungen der Adrenalinschübe in ihren Systemen.

Die erfolgreiche Operation hatte sie in eine euphorische Stimmung versetzt, die noch durch die Tatsache gesteigert wurde, dass Mohammed alles live hatte verfolgen können. Er hatte die Verbindung inzwischen beendet, damit sie sich auf ihre Flucht konzentrieren konnten, aber zuvor hatte er sie mit Lob für ihren großartigen Erfolg überhäuft.

Während sie weiter nach Norden fuhren, malten sie sich gegenseitig aus, wie sie ins sichere Haus zurückkehren und David von der Tötung eines Ungläubigen erzählen würden. Ein wenig verlegen sprachen sie darüber, wie das Video wohl wirken würde, wenn es von den PR-Leuten des Islamischen Staates mit Musik unterlegt und mit Effekten angereichert würde, um dann über die sozialen Medien in alle Welt verbreitet zu werden.

Sie erwarteten keine Probleme auf der Rückfahrt, denn von dem alten Mann abgesehen, an dem sie kurz nach der

Schießerei vorbeigerast waren, hatten sie niemand sonst gesehen. Weshalb niemand wissen konnte, was sie getan hatten, und wahrscheinlich hatte nicht mal der Alte etwas bemerkt.

Aber sie kamen nur bis zur Ausfahrt 61, und das hieß, sie kamen nicht sehr weit.

Vier Autobahnpolizisten des Staates North Carolina parkten in ihren beiden Streifenwagen vor dem Lucky Seven Truck Stop, als über Funk die Fahndungsmeldung kam, dass ein grauer GMC Terrain gesucht werde, der in eine Schießerei im Lemont Drive verwickelt gewesen sei. Ein Zeuge habe berichtet, der Wagen sei in Maryland registriert, was den Polizeibehörden einen Hinweis darauf gab, dass die Täter möglicherweise in nördlicher Richtung aus der Stadt zu fliehen versuchten.

Die Polizei richtete den Fokus sofort auf die I-95, die Hauptverkehrsader, die an der Ostküste entlang in Nord-Süd-Richtung verlief.

Die Autobahnpolizisten rasten in ihren beiden Dodge Chargers aus dem Parkplatz vor dem Truck Stop, die Zufahrtsrampe hinunter und bezogen in nördlicher Richtung auf dem Mittelstreifen Stellung.

Vier Minuten und zwanzig Sekunden später fuhr ein grauer GMC Terrain mit zwei männlichen Insassen vorbei.

Die beiden Dodge Charger waren Achtzylinder und hätten normalerweise den gemieteten SUV mit seinem 185-PS-Vierzylindermotor im Rückwärtsgang einholen können. Trotzdem hielten sich die Streifen noch einen Moment lang zurück. Erst als die Trooper im führenden Streifenwagen sahen, dass der verfolgte Wagen tatsächlich Maryland-Nummernschilder hatte, schalteten sie Blaulicht und Sirene an.

Der Terrain hielt nicht an, worüber sich aber die Highway Patrol Troopers nicht weiter aufregten. Inzwischen waren weitere Informationen gemeldet worden: Ein Soldat aus Fort Bragg war tot in seinem Haus am Lemont Drive aufgefunden worden. Die Polizisten sahen daher kein Problem, wenn es bei der Festnahme der Schurken ein bisschen rauer zuging.

Zehn Minuten später flog auch ein Helikopter über dem Terrain, sechs weitere Streifenwagen beteiligten sich an der Verfolgung, und weiter vorn auf der I-95 war eine Straßensperre errichtet worden.

Als der GMC in Sichtweite der Straßensperre kam, bremste er rasch ab und schoss über den grünen Mittelstreifen, um sein Glück in der Gegenrichtung nach Süden zu versuchen. Aber die Meute der silber-schwarzen Streifenwagen reagierte sofort und kapselte den Fluchtwagen professionell ein.

Der GMC kam quer zum Highway zum Stehen. Die Trooper stürmten aus ihren Chargers und SUVs; Gewehre, AR-15 und Pistolen zielten aus allen Richtungen auf das Fluchtfahrzeug und seine beiden Insassen.

Im Terrain fummelte Namir mit zitternden Händen an seinem Handy, um einen Silent-Phone-Anruf bei ihrem Führer abzusetzen. Als er sich meldete, brüllte Namir ins Telefon: »Wir sind von Polizisten eingekreist! Mit Gottes Hilfe haben wir den Ungläubigen getötet, aber jetzt sind viele bewaffnete Männer um uns herum. Was sollen wir machen?«

Der Mann, den sie nur als Mohammed kannten, befahl Namir, die Kamera ringsum zu schwenken, sodass er sehen konnte, dass sie tatsächlich vollständig von Polizisten eingekreist waren.

Dann hörten die beiden jungen Männer wieder Mohammeds Stimme. Ruhig sagte er: »Ihr habt eure Mission gut ausgeführt, meine Brüder. Jetzt müsst ihr euch ohne Widerstand ergeben. Macht euch keine Sorgen. Ich werde Männer losschicken, die euch befreien werden. Das Team wird sich noch heute auf den Weg machen.«

»Jawohl, Kommandant Mohammed. Danke, Herr.«

»Aber lasst euer Telefon eingeschaltet. Legt es auf das Armaturenbrett, damit ich eure Festnahme filmen kann.«

Keine Minute später flogen die AK und die Uzi aus den Seitenfenstern des GMC Terrain. Karim streckte seine Hände aus dem Beifahrerfenster, Namir tat dasselbe auf der Fahrerseite. Inzwischen hatten sich zweiundzwanzig Streifenwagen am Schauplatz versammelt, und auch der Helikopter kreiste noch immer über der Szene. Mehr als vierzig Männer und Frauen hielten ihre Waffen auf die beiden Verdächtigen gerichtet.

Namir befolgte genau die Befehle, die ihm über den Lautsprecher eines der Streifenwagen gegeben wurden. Langsam öffnete er seine Tür, streckte die Hände himmelwärts und ging rückwärts zu einem Punkt mitten auf dem Highway. Dort sollte er zuerst niederknien und sich dann mit dem Gesicht nach unten auf den Asphalt legen, die Fußknöchel überkreuzt und die Arme vom Körper weggestreckt.

Während Karim noch im Auto saß und die leeren Hände zum Fenster hinausstreckte, näherten sich zwei Polizisten dem auf der Straße liegenden Namir, um ihn zu fesseln. Sie knieten neben ihm nieder; einer drückte ihm das Knie in den Rücken …

Und dann explodierte die gesamte Szene in einem grellen Lichtblitz.

Die beiden Highway Patrol Trooper wurden von der schieren Wucht der Explosion durch die Luft geschleudert.

Im GMC Terrain duckte sich Karim unter das Lenkrad; im ersten Moment glaubte er, die Polizisten hätten das Feuer eröffnet. Aber als die Trümmerteile auf den GMC herabprasselten und seine Windschutzscheibe zertrümmerten, hob er den Kopf über das Armaturenbrett und spähte durch das von Rissen durchzogene Glas. Namir war in Stücke gerissen worden, wie auch die beiden Polizisten. Weitere Polizisten lagen ringsum auf dem Boden, offensichtlich verletzt.

Karims Ohren klingelten. Namir hatte seinen Bombengürtel nicht aktiviert, deshalb hatte Karim keine Ahnung, was geschehen war.

Er würde es nie erfahren.

Zehn Sekunden nach Namirs Bombengürtel explodierte sein eigener, und damit flog auch der Terrain in einem gewaltigen Feuerball in die Luft, wobei Trümmerteile wie Geschosse in alle Richtungen gefeuert wurden und viele weitere Polizisten ringsum verletzten.

Über dem Highway musste der Pilot den Helikopter jäh herumreißen, um der enormen Wolke aus Rauch und Trümmern auszuweichen, die geradewegs in den Himmel schoss.

30

Jack Ryan junior hatte bis nach Mitternacht den Aspekt analysiert, dass ein privates Unternehmen die Datenbanken amerikanischer Behörden gehackt haben könnte. Trotzdem zwang er sich am nächsten Morgen schon um fünf Uhr aus dem Bett, stieg in seine Sommerlaufklamotten und stolperte die Treppe von seiner Wohnung in den Oronoco Waterfront Residences zur Straße hinunter.

Jack hätte die Strecke von seiner Wohnung zu dem Bürogebäude, in dem Hendley Associates residierte, in knapp fünf Minuten joggen können, doch heute legte er sie in normalem Schritttempo zurück. Die zehn Minuten verschafften ihm Zeit, richtig wach zu werden und seine Muskeln ein wenig aufzuwärmen. Außerdem brauchte er Zeit, um den kleinen Kampf gegen seinen inneren Schweinehund zu gewinnen. Der größere Teil seines Körpers drängte ihn, umzukehren und noch ein paar Stunden weiterzuschlafen, aber der restliche Teil verlangte an diesem Morgen nach körperlicher Betätigung, weil er wusste, dass dann seine Denkarbeit an diesem Tag besser funktionieren würde. Und so setzte er einen Fuß vor den anderen, und ehe er es bemerkte, stand er auch schon in der Tiefgarage unter dem Bürogebäude und begrüßte seinen Cousin und Domingo Chavez mit müden, aber irgendwie aufmunternden Ghettofäusten.

Eine Minute später kamen auch Midas und Adara aus

dem Treppenhaus, und nach den Schweißflecken auf ihren Kleidern zu urteilen, hatte Clark seine beiden Rekruten im Fitnessraum oben im Gebäude schon richtig rangenommen. Jack musste grinsen; es war klar, dass Clark den beiden Neuen im operativen Team nichts ersparte, aber Jack wusste auch, dass das für die beiden kein Problem sein würde.

Eine kleine Verzögerung trat ein, als Clark stehen blieb, um einen extrem frühen Anruf entgegenzunehmen. Jack hörte zuerst genauer hin, um erraten zu können, ob der Anruf irgendetwas mit dem Datenhack zu tun hatte, aber offensichtlich redete Clark nur mit einem alten Freund, der bei einer praktischen Übung mit den beiden Trainees irgendeine Rolle übernehmen sollte. Er blendete Clarks Stimme aus, und während sich alle anderen in der beleuchteten Tiefgarage für den Morgenlauf streckten und aufwärmten, ging Jack zu Midas hinüber, der ein paar Schritte von den anderen entfernt stand.

»He, Mann, wie läuft das Training?«

Midas schien überrascht, von Jack angesprochen zu werden, weshalb sich Jack wie ein Scheißkerl vorkam. Schon die ganze Woche war er miserabel gelaunt und so sehr auf diesen verdammten Datenhack fokussiert gewesen, dass er sich den Kolleginnen und Kollegen gegenüber ziemlich mürrisch verhalten hatte, von Gavin abgesehen.

Midas antwortete: »Etwas habe ich jedenfalls schon gelernt.«

»Ja? Und was?«

»Wenn ich groß bin, will ich wie Mr. C werden. Dieser Bursche ist eine Maschine. Mein alter Herr schaffte grade mal fünfundfünfzig Jahre, als sein Herz den Dienst einstellte, ausgerechnet bei einer Game Show. Mr. C sieht aus, als könnte er noch mal sechzig Jahre so weitermachen.«

Jack lächelte. »Das mit deinem Dad tut mir leid, aber er war wahrscheinlich nicht in der Delta.«

»Nein. Tagsüber verkaufte er Teppiche und nachts soff er billigen Scotch. Aber beides machte er erstaunlich gut.«

Jack blickte zu Clark hinüber. »Ja, Clark hält uns Jüngere immer gut auf Trab, das steht fest.« Dann schaute er Midas wieder an. »Hör mal, normalerweise bin ich nicht so ein Arschloch. Aber es war eine harte Woche, und ich …«

Midas gab Jack einen Klaps auf den Oberarm. Die Geste war freundlich gemeint, aber sie überraschte Jack dennoch. »Mach dir keinen Kopf. Ich habe gehört, was passiert ist. Na ja … eher allgemein, keine Einzelheiten.«

»Tatsächlich?«

»Ja. Ich habe gehört, ihr habt euren Job gemacht, du und deine Kollegen, und ihr habt ihn gut gemacht, aber dann passierte trotzdem etwas.«

Jack nickte. »Ja, es passierte etwas Schlimmes. Und ich bin mir nicht sicher, ob ich meinen Job wirklich gut gemacht habe.«

»Bei Delta hört man immer wieder mal den alten Spruch, du kannst noch so gut sein, aber wenn dir ein Engel auf die Flintenlunte pisst, nützt alles nichts.«

Jack musste unwillkürlich grinsen. »Ja … da könnte was Wahres dran sein, glaube ich.«

»Ich kenne ein paar Typen, die ein Stück weit entfernt auf dem Heldenfriedhof Arlington in alle Ewigkeit schlafen. Verdammt, diese Burschen haben absolut nichts falsch gemacht, außer sich einen Beruf zu suchen, der den fähigsten Mann genauso schnell ins Grab bringen kann wie den unfähigsten. Was auch immer passiert ist, du hast an dem Tag dein Bestes gegeben – und du hast überlebt, was bedeutet, dass du eines Tages die Gelegenheit haben wirst, sogar noch besser zu sein. Ich hoffe, dass du dieses Gefühl bald abschütteln kannst.« Midas rollte den Kopf, um die Nackenmuskeln zu lockern, und fügte beiläufig hinzu: »Aber mit allem anderen hast du recht – du hast dich wirklich wie ein Arschloch benommen.«

Jack war klar, dass Midas ihn nur aufmuntern wollte, auch wenn seine Rede ein bisschen seltsam war – trotzdem war sie genau das, was er jetzt gebraucht hatte. Er lachte, und die beiden Männer schüttelten sich die Hände. Sekunden später schickte Clark die ganze Truppe auf ihren Sechs-Kilometer-Lauf.

Ungefähr zur gleichen Zeit im Morgengrauen, als Jack junior am Ufer des Potomac entlangjoggte, kleidete sich sein Vater ein paar Meilen weiter nördlich im Weißen Haus an. Jack senior war an diesem Morgen eine Stunde früher als sonst durch einen Anruf von Dan Murray aus dem Schlaf gerissen worden. Das Gespräch dauerte nicht lange; danach ordnete der Präsident an, alle führenden Mitglieder des Nationalen Sicherheitsrats für eine Besprechung um sieben Uhr im Situation Room zusammenzurufen.

Punkt sieben Uhr trat der Präsident in den Besprechungsraum im Untergeschoss. Alle Teilnehmer saßen bereits am Tisch. Zwar erhoben sich alle, als er eintrat, aber er bedeutete ihnen, sich wieder zu setzen. Nach einer knappen Begrüßung übergab er Dan das Wort.

Der Justizminister ging zum anderen Ende des Tisches, wo ein großer Screen hing, auf den das Präsidentensiegel projiziert wurde. Dan sagte: »Anscheinend haben Operative des Islamischen Staates in den letzten sechsunddreißig Stunden mehrere Anschläge in den Vereinigten Staaten ausgeführt.«

Am Tisch war verwirrtes Gemurmel zu hören, obwohl manche der Anwesenden, wie auch der Präsident, bereits über einige der Vorfälle informiert waren. Murray drückte auf eine Taste der Fernbedienung, und das offizielle Porträtfoto von Barbara Pineda erschien, das aus den Personalakten der DIA-Abteilung stammte, in der sie gearbeitet hatte. »Wie Sie alle sicherlich bereits wissen, wurde eine junge Frau vorgestern Abend in Falls Church durch einen

Sprengstoffanschlag ermordet. Tatsächlich war sie Analystin bei der DIA und für die Region zuständig, in der der Islamische Staat aktiv ist.«

Alle wussten über den Vorfall Bescheid. Doch der Umstand, dass die Polizei in ihr zunächst nicht das eigentliche Ziel des Bombenanschlags erkannt hatte, hatte dazu geführt, dass der Anschlag nicht sofort mit dem IS in Verbindung gebracht worden war.

Murray drückte erneut auf die Taste. Statt Pinedas Foto erschien nun das Foto des früheren Navy-SEAL-Soldaten Todd Braxton. Er trug seine Dienstuniform, schwarze Hose und khakifarbenes Hemd und die schwarze Uniformmütze der Garnison. Alle Anwesenden erkannten Braxton sofort: Seit einem Jahrzehnt hatte es kein Angehöriger der Streitkräfte zu solcher Berühmtheit gebracht. Braxton wurde von diversen Nachrichtensendern als Interviewpartner geschätzt, zu Talkshows eingeladen und wirkte auch bei Survival-Reality-Shows mit. Sein Buch hatte es sogar an die Spitze der Bestsellerlisten geschafft. Wieder war am Tisch überraschtes Gemurmel zu hören, denn niemand hatte gehört, dass er tot sei. »Einige von Ihnen haben vielleicht schon gehört, dass gestern Morgen der TV-Schauspieler Danny Phillips und sein Bodyguard in Los Angeles erschossen wurden. Was jedoch nicht berichtet wurde, ist, dass Phillips zum Zeitpunkt des Angriffs mit Todd Braxton zusammen war. Beide waren an der Verfilmung von Braxtons Buch beteiligt. Braxton wurde zwar bei dem Anschlag nicht verletzt, aber wir sind uns sicher, dass er das eigentliche Anschlagsziel war. Wir glauben, dass die Angreifer Phillips mit Braxton verwechselten, was sehr leicht geschehen konnte, weil Phillips bei den Dreharbeiten Braxton verkörperte und weil Braxton sein Aussehen verändert hatte, um selbst eine kleine Rolle im Film zu spielen.«

Der Minister für Innere Sicherheit fragte: »Woher wissen wir, dass …«

Dan Murray hob abwehrend, aber höflich die Hand: »Andy, ich werde in ein paar Minuten auf alle Fragen eingehen.«

Wieder drückte er auf die Taste. Auf dem Screen erschien ein offizielles Mitarbeiterfoto einer Abteilung des Verteidigungsministeriums. Es zeigte einen glatt rasierten Mann Mitte zwanzig. »Gestern Abend wurde Army Sergeant First Class Michael Robert Wayne an der Tür seines Hauses in Fayetteville, North Carolina, erschossen.«

Einige Besprechungsteilnehmer hatten noch die Spätnachrichten auf CNN gesehen und wussten daher, dass es zu einer Schießerei mit anschließender Verfolgungsjagd gekommen war, obwohl zu diesem Zeitpunkt weder das Opfer noch die Täter identifiziert worden waren.

Murray wandte sich an den Verteidigungsminister. »Bob, Staff Sergeant Wayne war …?«

Burgess wandte sich an den Präsidenten und sagte traurig, aber zugleich mit unverkennbarer Wut: »Wayne war Delta, diente in der Charlie Squadron. Die Männer waren erst vor elf Tagen von einer Operation in der Türkei und in Syrien zurückgekehrt.«

Niemand hatte den Präsidenten jemals so wütend gesehen. Mit zusammengebissenen Zähnen fragte er: »Und die Täter?«

»Die Attentäter konnten zwanzig Minuten nach dem Anschlag auf dem Highway gestellt werden, nachdem ein Notruf mit einer Beschreibung ihres Fahrzeugs eingegangen war. Sie fuhren nach Norden, hatten Fayetteville schon hinter sich. Möglicherweise wollten sie nach Virginia oder in die Umgebung von D. C., aber das ist momentan noch reine Spekulation. Das Fluchtfahrzeug war in Baltimore angemietet worden, es ist daher denkbar, dass sie dorthin unterwegs waren. Beide Killer jagten sich mit ihren Sprengstoffgürteln in die Luft, rissen aber noch zwei Autobahnpolizisten mit sich in den Tod und verletzten vier weitere.«

»Diese Hundesöhne«, sagte Ryan tonlos.

Jetzt wandte sich Murray wieder an den Heimatschutzminister Andrew Zilko. »Drei Vorfälle in drei Bundesstaaten innerhalb von sechsundzwanzig Stunden. Weshalb wir sie miteinander in Verbindung bringen? Wieso wir glauben, nein: *wissen,* dass sie alle zu einer koordinierten Operation des IS gehören?« Er wies mit einer Kopfbewegung zum Monitor. »Was ich Ihnen jetzt zeige, erschien vor knapp zwei Stunden auf der Website der Global Islamic Media Front des Islamischen Staates.« Murray atmete tief ein und stieß die Luft wieder aus. »Aber ich warne Sie im Voraus … das ist schwer zu ertragen.«

Wieder drückte er auf die Taste der Fernbedienung und startete ein Video. Es war in der üblichen, allen im Raum bereits bekannten Manier aufgenommen, zweifellos ein vom IS produziertes Video, das im Stil einer Nachrichtensendung aufgemacht, tatsächlich aber ein Propagandafilm war, mit dem der IS neue Kämpfer rekrutieren wollte. Aber im Vergleich zu bisherigem PR-Material des IS war dieses Video nicht besonders professionell gemacht und offenbar auch nicht editiert worden. Es schien ziemlich hastig produziert worden zu sein.

Allerdings ließ es keinerlei Zweifel zu, was es bezwecken sollte. Was dem Video an Finesse fehlte, ersetzte es durch brutalen, authentischen Inhalt.

Den Anfang machte Hintergrundmusik und eine Titelkarte in arabischer Schrift. Dann folgte der eigentliche Film, offensichtlich aufgenommen mit einer Kamera mittlerer Qualität, die die Szene so nahe heranzoomte, dass sie fast verzerrt dargestellt wurde. Dennoch konnte der Zuschauer deutlich eine Frau erkennen, die ihr dunkles Haar zu einem Knoten zusammengefasst hatte. Sie trug ein Geschäftskostüm. Die Frau ging auf dem kurzen Zufahrtsweg zum Briefkasten, wobei sie in ihrer Handtasche nach etwas suchte. Sie öffnete den Briefkasten – und sämtliche Anwesenden zuckten geschockt zurück, als sie ihren Tod mitansehen mussten. Wenig später fror das Bild ein: es zeigte nun die Verwüstung, darüber wurden ein paar Wörter auf Arabisch, Englisch und Französisch eingeblendet. Der englische Text lautete: BARBARA PINEDA. AMERIKANISCHE GEHEIMDIENSTAGENTIN, BETEILIGT AN DER BOMBARDIERUNG DER MÄNNER, FRAUEN UND KINDER DES KALIFATS. JETZT NICHT MEHR.

Das Bild wechselte; es zeigte nun die schwach beleuchtete Theke eines Starbucks-Cafés, vor der eine größere Personengruppe stand. Das Bild war nicht sehr scharf, weshalb man einen der Männer mit einem weißen Kreis hervorgehoben hatte. Er stand etwas abseits von der Gruppe und rührte Zucker in seinen Kaffee.

Plötzlich waren Schreie zu hören: »Allahu akbar!«, und zwei mit Pistolen bewaffnete Gestalten eröffneten das Feuer. Ihre Gesichter waren elektronisch unkenntlich gemacht worden. Der Mann im weißen Kreis stand starr vor Schock, wurde dann aber von einem großen Afroamerikaner zu Boden gerissen. Der Bodyguard versuchte, seinen Schützling aus der Gefahrenzone zu ziehen, aber beide Männer wurden buchstäblich von Geschossen durchsiebt.

Männer und Frauen wichen voller Entsetzen zurück und duckten sich, während ein anderer Weißer mit einem Satz über die Theke sprang und aus dem Blickfeld verschwand.

Mit dem Blick auf die Toten blieb das Bild stehen, und wieder wurde es von einer Schrift in drei Sprachen überlagert; die englische Version lautete: DER AMERIKANISCHE SCHAUSPIELER PHILLIPS. IM FILM DARSTELLER DES UNGLÄUBIGEN NAVY SEAL TODD BRAXTON, DER HUNDERTE GLÄUBIGE TÖTETE. JETZT NICHT MEHR.

Das nächste Video zeigte eine schmale Straße bei Nacht, gesäumt von kleinen Häusern, die am Ende langer Zufahrten standen. Ein bewaffneter Mann feuerte mit einem

Sturmgewehr aus dem Beifahrerfenster eines SUVs. Die Kamera befand sich direkt hinter seinem Kopf, weshalb man weder sein Gesicht noch das Ziel sehen konnte, auf das er schoss.

Ein paar Sekunden war kein Ton zu hören, dann lief das Video mit Hintergrundmusik weiter. Es zeigte einen Toten, der in einer winzigen Küche auf dem Rücken in einer Blutlache lag. Eine Stimme übertönte die Musik.

»Allahu akbar. Allahu akbar. Allahu akbar.«

Die englische Schrift erschien. MICHAEL WAYNE, OFFIZIER DER DELTA FORCE. MÖRDER VON FRAUEN UND KINDERN DES KALIFATS. JETZT NICHT MEHR.

Eine Männerstimme mit britischem Akzent kommentierte aus dem Off, während das Video in schneller Folge Pressefotos von amerikanischen Soldaten, Panzern, Kampfjets, Flugzeugträgern, der CIA-Zentrale, des Pentagon und des Weißen Hauses zeigte. »Amerika. Du bekämpfst uns aus sicherer Entfernung. Doch jetzt tragen wir den Krieg zu dir. Zu Hause werden deine Soldaten und Spione genauso leicht und schnell sterben wie im Ausland.

Kommst du dir stark vor, wenn du Frauen und Kinder im Irak und in Syrien und in Nordafrika tötest? Du trägst deine Schutzweste, deine Maschinengewehre, umgibst dich mit dem Schutzring deiner Killer. Aber zu Hause bist du schwach und verwundbar.

Wir wissen, wer du bist, wo du bist. Und jetzt sind wir hier, und wir werden zu dir kommen.

Krieg – totaler, alles umfassender Krieg. Überall. Jederzeit. Bist du zu feige, dich uns mit Kämpfern auf dem Schlachtfeld entgegenzustellen, so werden wir uns dir mit vollem Recht entgegenstellen, wo immer wir dich finden. Denn glaube mir: Wir haben die Macht, dich zu finden. Dort, wo du arbeitest. Wo du deine Krieger trainierst. Wo du dich entspannst, wo du spielst, wo du schläfst.

Wir rufen euch auf, ihr mutigen islamischen Löwen hier

in Amerika, und auch all jene, die eine Möglichkeit haben, nach Amerika zu reisen. Die Zeit ist gekommen. Die Gelegenheit ist da.

Die Armee der Vereinigten Staaten. Die Marine der Vereinigten Staaten. Die Luftwaffe der Vereinigten Staaten. Das Marine Corps der Vereinigten Staaten. Das FBI, die CIA, das Ministerium für Innere Sicherheit.« Und zu jeder Organisation wurde ein Foto gezeigt.

»Wenn ihr keine Möglichkeit findet, euch Zugang zu diesen Organisationen zu verschaffen, rufen wir euch auf, örtliche Behörden, Gerichtsgebäude oder Polizeistationen anzugreifen. Euer Einsatz mag noch so bescheiden sein, er wird dennoch andere inspirieren, sich euch anzuschließen. Sterbt ihr als Märtyrer, wird euer Märtyrertum in ewiger Erinnerung bleiben. Ihr werdet die Vorreiter des Krieges in Amerika sein. Wir schwören, dass dieser Krieg bald beginnen wird.«

Wieder wurden die Fotos der drei Toten gezeigt. »Der Prophet, Friede sei mit ihm, sagt, unser Kalifat wird sich bis Rom und Istanbul erstrecken. Das ist richtig. Aber es wird auch Washington erfassen, New York, Los Angeles. Denn dies ist nur der Anfang. Unsere Soldaten bereiten gerade unsere Angriffe auf viel größere Ziele vor. Haltet die Augen offen. Schließt euch unserem Kampf an.«

Mehrere Internetadressen wurden eingeblendet, dann wurde der Bildschirm schwarz.

Dan Murray sagte: »Obwohl sie hier versuchen, den Mord an Phillips zu rechtfertigen, glauben wir mit Sicherheit, dass Braxton das eigentliche Ziel war. Sie haben die Sache vermasselt und wollen es jetzt übertünchen. Warum sonst hätten sie ihn am Leben gelassen? Die einzige andere Erklärung ist, dass sie gar nicht wussten, dass er anwesend war.«

Canfield nickte. »Der IS ist ein Todeskult, und sie haben jemand getötet. Das ist gut genug für sie.«

Ryan fragte: »Wie weit wurde dieses Video verbreitet?«

»Wir haben es sofort entdeckt«, antwortete Mary Pat. »Aber vor zwanzig Minuten habe ich erfahren, dass es bereits weltweit von den Medien aufgerufen wurde. Im Moment kann ich nur sagen, wenn unsere Besprechung hier zu Ende ist, wird das Video die Topnachricht in Amerika sein. Wir haben also keine Chance, der Sache zuvorzukommen.«

Daraufhin herrschte eine Weile Schweigen. Alle Augen waren auf den Präsidenten gerichtet. Schließlich sagte Ryan: »Wenn sich der IS die Privatadresse eines Delta-Force-Soldaten beschaffen kann, können sie sich Zugriff auf alles verschaffen.«

»Das meine ich auch«, nickte Burgess. »Natürlich werden alle wissen, dass Wayne bei der Armee und in Fort Bragg stationiert war. Wir können vielleicht die Tatsache unter der Decke halten, dass er ein JSOC-Operator war, aber ich denke, wir sollten diese Tatsache nicht verheimlichen, es könnte sonst blamabel für uns werden.«

Der Heimatschutzminister Zilko meinte: »Amerikas beste paramilitärischen Offiziere direkt vor ihrer Haustür zu töten – dass der IS zu so etwas fähig sein könnte, hätten wir bisher nicht für möglich gehalten.«

Ryan zuckte die Achseln. »Im Moment tappen wir mit unserer Annahme immer noch im Dunkeln, dass diese Sache mit al-Matari und mit dem mehrgleisigen Datendiebstahl unbekannten Ausmaßes zusammenhängen könnte. Und solange wir keine neuen Erkenntnisse haben, sollten wir keine Spekulationen darüber anstellen, wie fähig und gerissen der IS wirklich ist. Wir brauchen aktionsfähige Erkenntnisse, und damit meine ich konkrete Informationen, auf die wir unsere Vorgehensweise stützen können – entweder über das Was und Wie des Datendiebstahls oder über das Wo, also den Aufenthaltsort von Abu Musa al-Matari. Solange niemand von uns hier in diesem Raum solche Erkenntnisse vorlegen kann, werden wir jeden verdammten Morgen hier sitzen und uns nur darüber unterhalten, wer nun wieder am Tag zuvor ermordet wurde.«

»Mr. President«, sagte Burgess. »Wenn der IS mit ein paar Dutzend Operativen hier in unser Land kommt, um Staatsbedienstete zu ermorden, müssen wir uns doch fragen – warum? Das ist keine realistische Strategie, und sie ist auch taktisch nicht effektiv. Ich möchte das Andenken an Mrs. Pineda nicht schmälern, denn soweit ich informiert bin, hat sie ihre Arbeit sehr gut gemacht, aber in unseren Nachrichtendiensten gibt es doch Tausende Analysten mit demselben Rang und gleicher oder noch höherer Informationsberechtigung. Warum also gerade sie? Wieso glaubt der IS, er könne den Krieg im Nahen Osten irgendwie beeinflussen, wenn er hier im Land Mrs. Pineda oder einen einzelnen Sergeant der Delta Forces oder einen ehemaligen SEAL ins Visier nimmt? Das ergibt doch keinerlei Sinn!«

»Dem IS geht es darum, neue Kämpfer anzuwerben«, erklärte Mary Pat Foley. »Mit Briefbomben wird uns der IS nicht besiegen können, aber vielleicht findet er mit seinen Aktionen genug Nachahmer, denn dann würde die Wirkung enorm verstärkt werden.«

»Ich denke, Mary Pat hat recht«, sagte Ryan. »Aber ich halte es für möglich, dass hier noch etwas anderes vor sich geht.« Nachdenklich trommelte er mit den Fingern auf den Tisch. »Der IS will die Vereinigten Staaten zu einer massiven Überreaktion provozieren. Würden 100.000 unserer Soldaten im Irak stationiert, dann würde das dem IS einen gewaltigen Wachstumsschub bringen. Sicher, sie würden Mosul verlieren und vielleicht auch weiteres Territorium in Syrien, aber das verlieren sie bald sowieso, wie ihnen längst klar sein dürfte.«

»Wollen Sie damit andeuten, Mr. President, dass al-Matari nur deshalb hier ist, um Ihre Wut anzustacheln?«, fragte Mary Pat.

Ryan nickte. »Meine Wut, die Wut unserer Streitkräfte, die Wut der Öffentlichkeit und der Wähler. Ziemlich cleverer Schachzug, wenn meine Vermutung stimmen sollte. Überlegen Sie nur mal, wie viele Kongressabgeordnete schon jetzt mit Telefonanrufen ihrer Wähler überhäuft werden, die ihnen klarmachen, wie wütend sie über diese Anschläge sind. Und wie schwach Amerika dabei aussieht. Und denken Sie daran, wie viele Feinde meine Regierung unter den Medien hat, die ihren Lesern tagtäglich erklären, dass der IS mit ein paar Straßenkämpfern in Amerika die US-Regierung nach Strich und Faden verprügelt!«

»Ich wäre heilfroh, wenn ich auch nur für eine Sekunde glauben könnte, dass al-Mataris Mission nach diesen drei Anschlägen beendet ist«, sagte Mary Pat nachdenklich. »Aber das glaube ich nicht. Der ist noch lange nicht fertig.«

Ryan nickte. »Er hat zwischen fünfundzwanzig und fünfzig ausgebildete Operative unter seinem Kommando, minus die zwei, die sich in North Carolina in die Luft gejagt haben. Diese Leute sind hier in Amerika, und sie sind vermutlich über das ganze Land verteilt, von einer Küste zur anderen. Wir wissen, dass sie Bomben, Sturmgewehre und Sprengstoffgürtel besitzen und dass sie es auf unser militärisches und Geheimdienstpersonal abgesehen haben.«

Er blickte sich am Tisch um. »Das ist nur der Anfang, und es wird so weitergehen, wenn es uns nicht gelingt, die Anschläge zu stoppen.« Ryans Blick blieb an Dan Murray hängen. »Dan, Sie und Andy sind für den Schutz und die Sicherheit unseres Heimatlandes zuständig. Der Feind ist hier, er ist schon über den Zaun und steht in unserem eigenen Garten, deshalb bilden Sie beide nun unsere Frontlinie.«

31

John Clark kam ein paar Minuten vor acht Uhr im Café La Madeleine in der King Street in Old Town Alexandria an. Das Café bot ein volles Frühstück an, wie er mit einem sehnsüchtigen Blick auf die Karte feststellte, aber für den Moment bestellte er nur zwei Kaffee der einfachsten Art, die sie hatten, und trug sie zu einem der kleinen runden Cafétische draußen auf dem Gehweg.

Eine Minute später näherte sich ein weißhaariger, aber gesund und kräftig wirkender Mann. Er mochte um die siebzig sein und trug ein weißes Polohemd und eine Khakihose. Als er Clark sah, lächelte er und kam mit ausgestreckter Hand zu seinem Tisch.

»Schön, dich zu sehen, John!«, begrüßte er Clark mit festem Händedruck.

»Eddie! Schon eine Weile her. Für einen Rentner stehst du noch ganz gut im Holz!«

Eddie Laird setzte sich Clark gegenüber. »Machst du Witze? Vor eineinhalb Jahren habe ich meinen Abschied von der Agency genommen, und seither ist mein Blutdruck wieder völlig normal, das war seit dem College nicht mehr der Fall. Komme mir heute jünger vor als mit fünfundfünfzig.«

Clark nickte und fragte: »Du bist aber noch in der Farm als Trainer tätig, stimmt's?«

»Auf Werkvertragsbasis, aber nur an ein, zwei Tagen in der Woche. So komme ich wenigstens ab und zu aus dem

Haus, aber das reicht mir völlig. Ehrlich, für diese jungen hoffnungsvollen Weicheier wäre es nicht gut, jeden Tag mit anhören zu müssen, was ihnen ein alter, mürrischer Zyniker wie ich zu sagen hat.«

Clark lachte. »Ich jedenfalls bin sehr froh, dass du mir heute Morgen aushilfst.«

Der weißhaarige Mann hob die Kaffeetasse und trank einen Schluck. »Mache ich gern.«

Laird hatte seit seinem Abschluss in Yale bei der CIA gearbeitet. Er und Clark hatten sich in Vietnam kennengelernt, wo beide zur MACV-SOG gehörten, der Studies and Observations Group des Military Assistant Command Vietnam. Die Gruppe war eine sogenannte Black Ops Task Force, in der Clark als Navy SEAL diente. Laird hatte damals als junger CIA-Führungsoffizier im Programm gearbeitet. Normalerweise kam Clark mit jungen Ivy Leaguers, den Absolventen der prestigeträchtigsten Universitäten des Landes, nicht gut zurecht, wenn sie nach dem Studium zur Agency kamen. Aber bei Laird hatte er schon bald erkannt, dass dieser junge Mann die Arbeit der SEALs aufrichtig bewunderte und dass er einfach nur ein ordentlicher Bursche war, der in dieser beschissenen Situation draußen in 'Nam sein Bestes gab – auch wenn er von einer Elitehochschule kam.

Auch nach Vietnam waren die beiden Männer einander häufig begegnet, was nicht sonderlich überraschend war, da Clark inzwischen ebenfalls bei der CIA arbeitete. In Berlin, Tokio, Moskau und Kiew hatten sie hier und da zusammengearbeitet, und im Laufe der Jahre war Clarks Achtung für den Mann noch weiter gestiegen.

In den Achtzigerjahren war Laird im Libanon eingesetzt – einer der wenigen CIA-Offiziere, die den Bombenanschlag auf die amerikanische Botschaft überlebten. In den Neunzigern arbeitete er zwei Jahre lang für die Nordallianz in Afghanistan. Er galt daher als Afghanistan-Experte, weshalb er nach den Anschlägen vom 11. September 2001 im ersten Helikopter saß, mit dem die CIA-Leute in das Land flogen. Lairds Aufgabe war es, die brüchig gewordene, gegen die Taliban gerichtete Nordallianz wieder zu festigen und ihren Vorstoß in den Süden Afghanistans als faktische Stellvertreterstreitmacht der USA zu unterstützen.

Laird machte seinen Job hervorragend; er trug entscheidend dazu bei, Al-Qaida aus dem Land zu vertreiben und die Streitkräfte der Taliban im Süden und Westen zurückzuwerfen. Damit übertraf er selbst die wildesten Erwartungen und wurde bald danach mit einer leitenden Funktion im National Clandestine Service belohnt. Beim NCS, der Bundesbehörde, die die geheimdienstlichen Aktivitäten sämtlicher Nachrichtendienste im Bereich der Human Intelligence koordiniert, managte er die Führungsoffiziere der Division Naher Osten, zu denen damals auch der spätere CIA-Direktor Ed Foley gehörte.

Nach einem Jahrzehnt in Langley nahm er die Arbeit als Ausbilder in Camp Peary auf, dem Ausbildungszentrum der CIA, auch bekannt als The Farm. Inzwischen hatte Laird mehrere Enkelkinder und war entschlossen, sie mit all der Aufmerksamkeit zu überschütten, die er seinen eigenen Kindern wegen seiner Feldeinsätze nie hatte geben können. Er beantragte zwar ein paarmal seine Pensionierung, aber sein umfassendes Wissen und seine Erfahrungen waren so wichtig für die jungen Rekruten, dass ihn Ed Foley und auch dessen Frau Mary Pat immer wieder überreden konnten weiterzumachen. Auch nachdem er schließlich offiziell in Ruhestand gegangen war, arbeitete er weiter als Ausbilder auf Honorarbasis.

Laird war schon frühzeitig in die Existenz und Arbeit des Campus eingeweiht worden, weshalb er an diesem Morgen gern den kurzen Spaziergang auf der King Street unternahm – von seinem Haus zum Café waren es nur ein paar Minuten zu Fuß –, um seinem alten Freund bei einer Trainingseinheit auszuhelfen.

Clark erkundigte sich nach Lairds Tochter, die ebenfalls CIA-Offizierin geworden war. Eddie erzählte zwar nicht viel, erwähnte aber, dass sie im Moment in Langley arbeite und dass er sie und die Enkelkinder häufig zu sehen bekam.

Laird wiederum erkundigte sich über Clarks Familie, zu der auch Ding Chavez' Familie gehörte, da Ding mit Clarks Tochter Patsy verheiratet war.

»Allen geht es gut«, sagte Clark. »Obwohl ich Ding wie einen Verrückten arbeiten lasse, weil wir im Moment ein wenig knapp an Personal sind.«

Laird blickte auf die sonnenbeschienene Straße. »Ja, was das angeht … Am Telefon hast du nur erwähnt, dass du mich für ein paar Stunden brauchst, weil du zwei neue Trainees in Form bringen willst. Ich soll dabei eine bestimmte Rolle spielen. Was schwebt dir vor?«

Clark nickte. »Es geht mir nur darum, die Überwachungstechniken unserer neuen Operativen weiterzuentwickeln. Ich möchte, dass du hier in der Gegend herumschlenderst. Du kaufst dir die heutige Ausgabe der *Post* und klemmst sie unter den Arm. Ich rufe dann die beiden herbei. Im Moment sind sie noch im Büro, nicht weit von hier entfernt. Ich beschreibe ihnen dein Aussehen, sie sollen dich dann finden und beschatten. Während der ersten Stunde möchte ich, dass du es ihnen leicht machst. Mach einen Schaufensterbummel, spaziere herum, setz dich vielleicht auch mal in ein Café. Wir fangen ganz allmählich an, versuche also nicht, deine Verfolger zu identifizieren. Nach einer Weile werde ich dich anrufen und dich bitten, nun eine Gegenobservation durchzuführen. Von diesem Moment an möchte ich, dass du innerhalb normaler Verhaltensweisen alles unternimmst, was dir einfällt, um die Beschattung abzuschütteln. Aber ich möchte auch, dass du herauszufinden versuchst, wer dich beschattet.«

»Verstanden. Soll ich mich auch in den District bewegen oder hier in der Gegend bleiben?«

»Wir beschränken diese Übung auf Alexandria. Niemand auf der Welt könnte einen Mann mit deiner Erfahrung beschatten, deshalb möchte ich dieses Spielchen klein und überschaubar halten.«

Laird grinste. »Danke, John, aber inzwischen sind meine Haare so verdammt weiß, dass mich ein Kosmonaut im Weltall mit bloßem Auge erkennen würde.«

John deutete auf seinen eigenen silbergrauen Haarschopf. »Falls du es nicht bemerkt hast – es gibt hier noch mehr von unserer Art. Damit fällst du nicht weiter auf. Ich will nur herausfinden, wie lange sie dich beschatten können, und wenn ich die Übung beende, möchte ich von dir hören, ob du die beiden Leute beschreiben kannst, die ich dir an die Fersen gehängt habe. Ist das okay für dich?«

»Machst du Witze? Solche Spielchen habe ich in Moskau in Schneestürmen bei zehn Grad minus machen müssen. Von meinem Haus einen Spaziergang bei fünfundzwanzig Grad durch das Viertel zu unternehmen, um ein paar eifrige Grünschnäbel zu identifizieren, klingt absolut okay für mich. Überhaupt kein Problem.«

Schräg gegenüber, auf der anderen Seite der Kreuzung der King mit der North Pitt Street, saßen vier Männer in einem Nissan Pathfinder. Durch Ferngläser beobachteten sie die beiden weißhaarigen Männer vor dem Café.

Ein paar Minuten lang hatten sie nur schweigend dagesessen, doch jetzt stellte Badr, der Fahrer des Wagens, die Frage, die sich alle stellten. »Wer ist der andere Typ?«

»Spielt keine Rolle«, antwortete Saleh, der auf dem Beifahrersitz saß. »Laird ist unser Ziel. Daran ändert sich nichts.«

Chakir, der auf dem Rücksitz saß, senkte das Fernglas. »Machen wir es jetzt gleich? Einfach vorbeifahren und aus dem Fenster feuern? Sie sitzen da wie auf einem Präsentierteller – es wäre ein Kinderspiel.«

Neben ihm nickte der achtzehnjährige Mehdi eifrig. Er war der zweitjüngste der Operateure, die in der Sprachschule ausgebildet worden waren. »Ich würde die beiden Wichser auf der Stelle abknallen.«

Saleh blickte rasch in beide Richtungen. Auf den Gehwegen waren schon jetzt relativ viele Fußgänger unterwegs, und es herrschte starker, wenn auch nicht dichter Straßenverkehr. Saleh hatte die Nachrichten gesehen und auch das IS-Video, das gerade erst online gestellt worden war; er wusste daher, was gestern Abend in North Carolina mit den beiden Männern geschehen war. Er wusste zwar nicht, welcher Zelle sie angehört hatten, aber er hatte keinerlei Zweifel, dass sie zu den Mudschaheddin gehörten, die er im Trainingslager in El Salvador kennengelernt hatte.

Ihm war auch klar, dass sie ihre Zielperson erfolgreich ausgelöscht hatten, dann aber von der Polizei auf der Flucht gestellt worden waren.

Saleh und die übrigen drei Wageninsassen waren Operative der Detroit-Zelle. Im Moment befanden sie sich mitten im Revier der Fairfax-Zelle, was sie aber nicht wissen konnten. Al-Matari war von Anfang an klar gewesen, dass sich die meisten Anschlagsziele, die er ins Auge gefasst hatte, im District of Columbia oder in der näheren Umgebung befanden, weshalb sein Plan vorsah, verschiedene Zellen in diese Gegend zu schicken.

Die vier Männer im Nissan Pathfinder waren schon am frühen Morgen hier eingetroffen, hatten aber Laird dennoch verpasst, als er um 7.45 Uhr sein Haus verließ – ein Fehler, den Badr, der Fahrer, gemacht hatte. Sie hatten auf einem Stellplatz mit Parkuhr an der Duke Street geparkt, in

Blickweite von Lairds Haus an der South Royal, aber als ein Streifenwagen langsam vorbeifuhr, hatte Badr durchgedreht und war weggefahren. Saleh, der das vierköpfige Subteam der Detroit-Zelle befehligte, hatte Badr ausgeschimpft, schließlich hatten sie nichts Unrechtes getan, alle sprachen hervorragend Englisch, und Saleh hatte sich für solche Fälle außerdem eine plausible Erklärung ausgedacht. Es hatte ein paar Minuten Zeit gekostet, bis sie einen anderen freien Stellplatz in Sichtweite von Lairds Haus gefunden hatten. Gerade als sie wieder Position bezogen hatten, hatte Mehdi Laird auf der South Royal entdeckt, und er hatte bereits die halbe Strecke zur King Street zurückgelegt.

Jetzt saßen sie hier, dem Café schräg gegenüber, und Saleh musste entscheiden, ob sie Laird sofort erschießen sollten, solange er noch im Café saß, und dann versuchen sollten, mit Vollgas durch diesen stark belebten touristischen Teil von Old Town zu rasen, oder ob sie abwarten sollten, bis er wieder nach Hause ging, um ihn dann in seiner stillen Nebenstraße auszuknipsen.

Die Entscheidung fiel ihm leicht – er musste nur an das denken, was gestern Abend in North Carolina passiert war. »Wir warten, bis er wieder nach Hause geht. Und wenn er eine Zeitlang herumspaziert, ist das auch okay. Aber wenn es so aussieht, als wollte er irgendein öffentliches Transportmittel benutzen, töten wir ihn sofort.«

Omar, der Führer der Detroit-Zelle, hatte Saleh eingeschärft, dass Mohammed ihnen strikt verboten hatte, auch nur einen Fuß in den District zu setzen. Dort wimmle es nur so von Polizisten und besonders Araber müssten ständig mit diskriminierenden Personenkontrollen rechnen.

Und so blieben die vier Männer im Auto und beobachteten aus knapp fünfzig Metern Entfernung ihre Zielperson, die noch immer an dem kleinen Tisch vor dem Café saß.

Ein paar Minuten später schüttelten sich John Clark und Eddie Laird vor dem La Madeleine die Hände.

»Was meinst du – wenn wir die Sache um die Mittagszeit abschließen, könnten wir vier doch den Erfolg mit einem Bier und ein paar Chickenwings drüben im Murphy's feiern?«

Clark grinste. »Ich habe einen besseren Vorschlag. Wir beide feiern mit Bier und Wings. Wenn meine Trainees den Test bestehen, dürfen sie mitkommen. Wenn nicht, kicke ich sie ins Büro zurück, damit sie die Handbücher zu den Überwachungstechniken auswendig lernen. Die Wings können sie sich dann sonst wo hinstecken.«

Clark erwähnte nicht, dass Adara Sherman mehr als nur einmal ihre Fähigkeiten bei Feldeinsätzen des Campus bewiesen hatte und dass Midas Jankowski ein früherer Delta-Force-Soldat mit unglaublich guter Ausbildung war. Er war überzeugt, dass sie den heutigen Test bestehen würden, aber solange das nicht feststand, wollte er keine Belohnung planen.

»Na, du bist ja ein richtig brutaler Spieß!«, witzelte Eddie. »Aber in Ordnung, Kumpel. Ich spiele deine Maus. Du kannst jetzt deine zwei Kätzchen auf mich hetzen.« Laird schlenderte über die Straße zu einer CVS-Drogerie, wo er eine Flasche Wasser, eine Packung Kaugummi und die heutige Ausgabe der *Washington Post* kaufte, wofür er sich genug Zeit ließ, damit Clark seine Zöglinge losschicken konnte.

Adara Sherman und Midas Jankowski saßen nun schon seit eineinhalb Stunden im Büro und lasen Fachbücher zu Beschattungs- und Überwachungstechniken. Adara hatte die Bücher schon früher zweimal durchgelesen, als sie noch als Logistikerin im Flugzeug die Campus-Agenten um die Welt begleitete und von der Möglichkeit träumte, eines Tages in ihr Team aufgenommen zu werden. Sie war überzeugt, mehr zum Erfolg des Campus beitragen zu können, als nur für die Logistik zu sorgen.

Midas hatte andere Bücher zum Thema gelesen, kurz nachdem er in die G-Squadron der Delta Force eingetreten war. Die G-Squadron war die Aufklärungsgruppe, die oft in Kleingruppen und in Zivilkleidung für Überwachungsmissionen überall auf der Welt eingesetzt wurde. Midas erwartete daher, dass er heute einen guten Job machen würde, und vielleicht würde ihm die Sache sogar richtig Spaß machen. Schon die erste Woche als neues Mitglied dieser kleinen Gruppe von brillanten und engagierten Amerikanern war eine Wucht gewesen. Und zu wissen, dass der dreiköpfige operative Trupp am vorigen Wochenende in eine Mission im Ausland mit viel *Action* involviert gewesen war, trieb seinen Puls in die Höhe.

Mr. C hatte offenbar nicht übertrieben, als er Midas erklärt hatte, der Campus werde regelmäßig in konkrete Aktionen verwickelt.

Kurz nachdem die beiden ihre Bücher zugeklappt hatten, empfingen sie eine Gruppen-SMS von Clark mit der Anweisung, so schnell wie möglich zur King Street zu gehen.

Adara hatte eine Smith & Wesson Shield, die sie hier in Virginia zu ihrem persönlichen Schutz mitführte, und sie wollte gerade danach greifen, hielt aber inne und drehte sich zu Midas um. »Waffe oder nicht?«

»Waffen sind im District verboten. Gilt dort als schwere Straftat. Und weil ich nicht weiß, wohin unsere Zielperson geht, nehme ich nur mein Messer mit.«

Jankowski führte immer ein kleines Karambitmesser in einer Scheide im Hosenbund mit sich. Er war gut geübt damit, aber das Messer, das er jetzt bei sich trug, war kein Markenmesser und hatte keine dreißig Dollar gekostet. Die Klinge hatte die Form eines Habichtschnabels und war nur rund sechs Zentimeter lang, also so kurz, dass das Messer in D. C. legal mitgeführt werden durfte. Allerdings würde er damit durch keinen Metalldetektor kommen, sollte ihre Zielperson irgendeine Behörde, Kunstgalerie oder sonstige öffentliche Einrichtungen betreten. Daher nahm er heute nur diese billige Version mit, schließlich musste er in solchen Fällen damit rechnen, es in einen Müllbehälter entsorgen zu müssen, wenn er nicht riskieren wollte, dass sich die Zielperson der Beschattung entzog.

Adara besaß ein noch kleineres Klappmesser mit fünf Zentimeter langer Klinge und eine kleine Dose Sabre Red Pepper Gel, aus der sie einen dicken Sprühstrahl rund sechs Meter weit abgeben konnte – das Zeug brannte höllisch, wenn es auf Schleimhäute traf, es hatte etwa dieselbe Wirkung wie ein Bärenspray.

Natürlich war ein Pfefferspray nicht annähernd so wirksam wie eine Pistole, aber wie das kleine Messer konnte auch das Spray umstandslos in einen Müllbehälter entsorgt werden, sollte Adara eine bewachte Einrichtung betreten müssen.

Eine Minute nachdem sie Clarks SMS erhalten hatten, fuhren sie in Midas' Chevy Silverado die King Street entlang, fanden eine Parkmöglichkeit einen Häuserblock entfernt und gingen zu Fuß weiter.

Clark erwartete sie mitten auf dem Marktplatz, einem großen offenen Platz vor der hundertfünfzig Jahre alten City Hall. Gerade fand ein Bauernmarkt statt, sodass an diesem Sommermorgen Hunderte Menschen über den Platz schlenderten.

Clark führte Adara und Midas zum großen Brunnen in der Platzmitte, wo es ein wenig ruhiger zuging. »Okay. Die Zielperson befindet sich im Moment ungefähr dreihundert Meter von hier entfernt. Siebzig Jahre jung, eins achtundsiebzig groß, ungefähr dreiundsiebzig Kilo schwer. Er trägt ein weißes Polohemd und eine Khakihose, möglicherweise auch eine Mütze oder einen Hut.«

Midas und Adara warfen sich einen schnellen Blick zu. Die Sache würde nicht einfach werden.

Clark fügte hinzu: »Er hat die *Washington Post* dabei.«

Midas fragte: »Unser Befehl?«

»Finden, beschatten, dranbleiben. Wenn ich die Übung beende, will ich Fotos von allen Personen, mit denen er gesprochen hat, und einen guten Bericht, wohin er gegangen ist und was er getan hat. Noch Fragen?«

»Weiß er, wer wir sind?«

»Nein, und euer Job ist es, dass es dabei bleibt. Wenn er euch am Schluss beschreiben kann, seid ihr durchgefallen.«

Adara und Midas nickten. Ihre Aufgabe war klar.

»Viel Glück.« Clark schlenderte davon, wieder zurück zu La Madeleine, um jetzt endlich richtig zu frühstücken.

Die beiden Trainees steckten die Ohrstöpsel in die Ohren und überprüften die Kommunikationsverbindung, dann trennten sie sich, um nach der Zielperson zu suchen. Midas wandte sich nach Osten zum Potomac, Adara ging nach Westen, die King Street entlang.

Eddie Laird kam zwanzig Minuten später aus der Drogerie und wandte sich nach Westen. Er befand sich auf der Nordseite der King Street und passte sich dem Strom der Passanten auf dem Gehweg an.

Einen Straßenblock hinter ihm lenkte Badr den Pathfinder in den Wochenendmorgenverkehr. »Er geht nicht nach Hause«, sagte er. »Das wäre sonst die andere Richtung.«

»Hat er uns bemerkt?«, fragte Chakir vom Rücksitz. »Weiß er, dass wir ihn verfolgen?«

Saleh schüttelte den Kopf. »Er weiß nichts. Beruhigt euch, Brüder. Er darf doch wohl noch einen Spaziergang machen, wenn er dazu Lust hat.«

»Was soll ich machen?«, fragte Badr.

Saleh war der richtige Mann, um das Quartett aus Detroit zu führen, denn er war bei Weitem der Ruhigste in der Gruppe. »Du fährst an ihm vorbei, hältst dann an und lässt uns drei aussteigen. Wir lassen ihn vorbeigehen und hängen uns dann an ihn dran. Sobald sich eine gute Gelegenheit ergibt und wir auch einen guten Fluchtweg haben, schlagen wir zu. Wenn nicht, warten wir, bis er nach Hause zurückgeht.«

Ein paar Augenblicke später zog Saleh sein Hemd aus. »Alle außer Badr müssen die Sprengstoffwesten ablegen. Sie sind sonst unter unseren Kleidern sichtbar, damit können wir uns nicht auf offener Straße blicken lassen.«

Badr wandte ein: »Aber Mohammed hat uns doch befohlen ...«

Saleh blaffte ihn an: »Die Westen sind zu dick! Wir können keine Jacken tragen, um sie darunter zu verbergen, an einem so warmen Tag wie heute würden wir damit auffallen!«

Alle drei Männer zogen die Westen aus, legten sie hinter dem Rücksitz in den Kofferraum und zogen die Hemden wieder an.

Adara entdeckte die Zielperson. Der Mann stand an einem Bankautomaten in der King Street und überprüfte offenbar seinen Kontostand. Dann drehte er sich um und ging in westlicher Richtung weiter. Selbst wenn der weißhaarige Mann die *Washington Post* nicht unter den Arm geklemmt hätte, musste man nur einen Blick auf ihn werfen, um zu wissen, dass er in derselben Altersklasse war wie John Clark – und vermutlich waren die beiden auch befreundet.

Sie blieb nicht lange an ihm dran, sondern bog nach links in die St. Asaph Street ein. Sollte er einen Blick zurückwerfen, würde er sie nicht mehr sehen. Kaum war sie außer Sicht, als sie auch schon Midas kontaktierte. »Midas, ich habe die Zielperson gefunden. Er befindet sich ungefähr zehn Häuserblocks vom Fluss auf der King und geht nach Westen. Ich nehme die Parallelstraße und versuche, ihn zu überholen.«

»Roger«, bestätigte Midas. »Ich bin fünf Blocks von der King Street entfernt. Bleib auf der Querstraße außer Sicht, dann schwenkst du hinter ihm ein, bleibst aber auf der anderen Straßenseite. Du kannst ihn dort im Auge behalten, und ich behalte dich im Auge. Sobald du dich wieder meldest, gehe ich auf Sicht und du lässt dich zurückfallen.«

»Verstanden.« Adara ging nun sehr schnell, froh, dass sie ihre Tennisschuhe, eine leichte Nylonhose und ein kurzärmeliges T-Shirt angezogen hatte, weil alles danach aussah, als ob sie an diesem Morgen ein ordentliches Stück Power-Walking absolvieren müsste.

Der Nissan Pathfinder fuhr an Eddie Laird vorbei, als er gerade an einem Restaurant vorbeiging, das seine Tische und Stühle auch auf dem Gehweg aufgestellt hatte. Dann bog der Wagen von der King Street ab und in die Washington ein. Hier hielt er sofort am Straßenrand an. Die drei jungen Männer nahöstlicher Herkunft stiegen aus. Mehdi und Chakir warfen sich locker kleine Rucksäcke über die Schulter; beide waren mit einer Uzi und Reservemagazin bewaffnet; Saleh trug außerdem eine Glock und zwei Reservemagazine, die er hinten am Rücken in den Bund der Unterhose gesteckt und sorgfältig mit dem lose über dem Gürtel getragenen Hemd zugedeckt hatte.

Saleh ging schnell zur Straßensüdseite hinüber, um mit Laird gleichauf zu kommen, während Chakir und Mehdi auf der Washington blieben und warteten, bis der alte Mann an ihnen vorbei war. Danach warteten sie noch eine weitere Minute, erst dann schwenkten sie in die King Street ein und folgten ihm.

Beide hätten den Mann am liebsten kurzerhand in den Rücken geschossen; damit wäre die Sache erledigt gewesen. Aber Saleh hatte das Kommando, und er hatte ihnen eingeschärft, dass er sie per SMS oder durch einen Anruf benachrichtigen würde, wenn es Zeit war, zu handeln.

32

Adara Sherman zog eine Baseballmütze aus ihrer Umhängetasche, als sie der South Columbus Street nach Norden folgte, und das war auch gut so, denn die Zielperson ging nur fünfzehn Meter vor ihr vorüber und warf einen Blick in ihre Richtung. Adara ging absichtlich rechts neben einem Mann her, der, etwa in ihrem Alter, einen Kinderwagen schob und einen fünfjährigen Jungen im Schlepptau hatte, und als die Zielperson zu ihr hersah, wandte sie sich dem Jungen zu.

»Wie alt ist dein bezauberndes Schwesterchen?«

Der Junge schaute zu der Lady auf, die ihn angesprochen hatte, dann zu seinem Vater. »Wie alt ist Mary, Daddy?«

Der Vater lächelte die gut aussehende Frau mit der Baseballmütze an. »Sie ist gerade sechs Monate geworden.«

»Sie ist ja so süß.« Adara blickte wieder zu dem Jungen. »Ich wette, du passt gut auf sie auf.«

Der Kleine strahlte und versicherte der netten Lady, ja, das tue er, und der Vater wechselte noch ein paar Worte mit ihr.

Die Zielperson war inzwischen in die King Street eingebogen, und Adara war überzeugt, dass der weißhaarige Mann mit der *Washington Post* die vierköpfige Familie nicht mit einem Beschattungskommando in Verbindung brachte.

Midas hatte jedes Wort mitgehört und meldete sich wieder über Adaras Ohrhörer. »Entweder du hast das alles aus Sicherheitsgründen getan, oder du benutzt die Übung als Vorwand, Typen mit Anhang anzubaggern.«

Adara unterdrückte ein Grinsen, als sie die Baseballmütze abnahm und hinter der Zielperson links in die King Street abbog. »Was hältst du für wahrscheinlicher?«

»Ich denke, diesmal werde ich Dominic nichts sagen«, scherzte Midas.

»Wie nett von dir. Ich bin fünfundzwanzig Meter hinter ihm und auf der Südseite der Straße. Er auf der Nordseite. Geht langsam. Ich werde ihm etwas mehr Vorsprung lassen.«

»Ich bleibe auf seiner Seite«, erwiderte Midas. »Siebzig Meter hinter ihm, kann aber jederzeit schnell aufschließen, wenn nötig.«

»Roger.«

Chakir und Mehdi zwängten sich Schulter an Schulter durch eine Traube von Touristen, die an der Ecke standen. Sie behielten die Zielperson im Auge und fragten sich, wo der Mann denn nur hinwollte. Sekunden später schlüpfte er in ein Café, und die beiden Männer aus Detroit blieben an der Ecke stehen und blickten auf die King Street, als warteten sie auf grünes Licht, um die Straße zu überqueren.

Die Fußgängerampel sprang auf Grün, doch keiner der Männer rührte sich vom Fleck.

Auf der anderen Straßenseite und fünfzehn Meter vor den beiden blieb Adara Sherman stehen und betrachtete das Schaufenster eines noblen Antiquitätengeschäfts, das noch nicht geöffnet hatte. Sie wollte in der spiegelnden Scheibe ihre unmittelbare Umgebung absuchen, um festzustellen, ob jemand in der Nähe stand, ehe sie Midas berichtete, dass die Zielperson in einem Café verschwunden war. Doch noch bevor sie etwas sagen konnte, meldete sich Midas' Stimme in ihrem Ohr.

»Äh … Adara? Ich glaube, Mr. C hat sich eine Überraschung für uns einfallen lassen.«

Adara entdeckte niemand, der ihr Gespräch hätte mithören können. »Wieso? Was ist los?«

»Ich bin mir nicht hundertprozentig sicher, aber es könnte sein, dass zwei Typen *dich* beschatten.«

Adara widerstand der Versuchung, sich umzuschauen. »Interessant. Das stand nicht auf dem Programm für heute.«

»Clark hat gesagt, dass wir die Augen nach allen Seiten offen halten sollen«, erwiderte Midas. »Vielleicht hat er mehr am Laufen, als er bei der Einweisung rausgelassen hat. Hier die Beschreibung der zwei Unbekannten: männlich, hell-olivfarbener Teint, Anfang zwanzig. Beide mit Rucksack. Einer trägt ein braunes T-Shirt und Baseballmütze, der andere ein grünes Polohemd. Sie sind etwa fünfzehn Meter hinter dir, aber von dir aus gesehen auf der anderen Straßenseite. Ich bin zu weit weg, um mit Sicherheit sagen zu können, ob sie in deine Richtung schauen, aber sie sind sofort stehen geblieben, als du stehen geblieben bist, und jetzt stehen sie da nur rum.«

Ein Mann trat neben Adara und sah sich die Antiquitäten im Schaufenster an, sodass sie nicht antwortete. Midas würde wissen, dass sie seine Meldung empfangen hatte, und falls die beiden Typen hinter ihr jetzt zu ihr herschauten, sollten sie nicht sehen, dass sie die Lippen bewegte.

»Bei der Ankündigung der Übung war davon nicht die Rede«, sagte Midas. »Deshalb tun wir einfach so, als ob die beiden echt wären. Wir beziehen sie nicht in die Übung ein, versuchen aber, sie abzuschütteln, und halten dabei die Zielperson im Auge. Das wird knifflig. Räuspere dich, wenn du einverstanden bist.«

Adara tat es, wandte sich von dem Antiquitätengeschäft

ab und ging nach links in die South Fayette Street. Dadurch brach sie die Beschattung Lairds erneut ab, zwang aber auch ihre Verfolger, sie entweder ziehen zu lassen oder ihr in eine ruhige Wohnstraße zu folgen.

Gleich darauf bog sie rechts in die Commerce Street ab und folgte ihr in der Hoffnung, wieder an ihre Zielperson heranzukommen, in südwestlicher Richtung. Da die Männer in der King Street sie jetzt nicht mehr sehen konnten, fragte sie: »Was machen meine Beschatter?«

Mehrere Sekunden verstrichen, ehe Midas antwortete. »Sie haben dich ziehen lassen. Sie haben nicht mal in deine Richtung geschaut oder auch nur eine Sekunde überlegt. Sie sind noch in der King Street. Tja … ich könnte mich in ihnen getäuscht haben.«

»Ich weiß, dass du einen guten Riecher für solche Dinge hast. Wenn dir dein Gefühl sagt, dass du sie im Auge behalten musst, dann schreibe sie noch nicht ab. Laird ist in einem Café verschwunden. Ich gehe bis zum nächsten Block und mache dann kehrt.«

»Die beiden Typen setzen sich wieder in Bewegung«, meldete Midas. »Immer noch auf der King Richtung Westen.« Eine Pause. »Ich bin mir nicht sicher, aber ich glaube, die Zielperson hat gerade das Café verlassen und geht jetzt nach Westen.«

Adara kicherte. »Warte mal … verfolgen sie mich oder verfolgen sie unsere Zielperson?«

»Ich dachte, dich, weil sie deine Bewegungen mitgemacht haben, aber wenn du die Bewegungen unserer Zielperson mitgemacht hast, wer weiß?«

»Aber das ergibt doch keinen Sinn«, wandte Adara ein. »Warum sollten sie derselben Person folgen wie wir, wenn sie zu Clark gehören?«

»Vielleicht trainiert Clark mit einem zweiten Team.«

Adara glaubte keine Sekunde daran. »Oder sie warten darauf, dass ich wieder auftauche.«

»Möglich«, sagte Midas. »Ich bleibe hinter ihnen und sehe mir das ganz genau an.«

Midas folgte den beiden Männern und versuchte gleichzeitig, den Weißhaarigen im Auge zu behalten, der über hundert Meter voraus auf dem Bürgersteig ging. Doch er tat noch mehr. Er hatte in seinem Leben schon öfter Leute beschattet und wusste, dass man leicht einen Tunnelblick bekam, wenn man nicht aufpasste. Beim Observieren einer bestimmten Person in einer Menschenmenge durfte man nie vergessen, dass man sich als Beschatter eine Blöße gab und selbst einer möglichen Beschattung oder sonstigen Gefahren aussetzte. Aus diesem Grund nahm er sich jetzt die Zeit, so ungezwungen wie möglich mit den Augen die Menge auf der Straße abzusuchen, vor ihm, hinter ihm, um ihn herum. Selbst Fenster über ihm nahm er in Augenschein.

Hinter ihm schien alles in Ordnung, aber er wollte nicht zurückgehen und sich dadurch verraten. Soweit er wusste, beobachtete Clark sie in diesem Moment, um sicherzugehen, dass Adara und er aus der Beschattungsübung kein Spiel machten und dadurch ihre Tarnung gefährdeten.

Weit voraus auf der anderen Straßenseite, in der Nähe des Antiquitätengeschäfts, vor dem Adara gestanden hatte, bemerkte Midas einen jungen Mann mit schwarzem Kraushaar, dessen Gang seine Aufmerksamkeit erregte. Er bewegte sich zielstrebig, stürmte förmlich durch die langsamer dahinströmende Menge und hielt den Blick auf etwas auf der anderen Straßenseite gerichtet.

Aus den mehr als hundert Passanten, über die Midas in den folgenden drei Minuten im Gehen den Blick streichen ließ, stach nur dieser eine Mann heraus.

»Adara, wo bist du gerade?«, fragte er.

»Ecke South West Street und King Street. Ich biege jetzt links in die King ein, sofern du mir nichts anderes sagst.«

Midas wusste, dass Adara rund dreißig Meter vor dem Typ mit dem heraushängenden weißen Hemd auftauchen würde.

»Ich habe möglicherweise einen dritten Unbekannten entdeckt. Was dagegen, den Lockvogel zu spielen? Ich würde zu gern feststellen, ob er sich an dich dranhängt.«

»Überhaupt nicht. Ich habe die Zielperson auf der anderen Straßenseite wieder im Blick.«

»Okay. Bieg links in die King ab und bleib hinter der Zielperson. Ich beobachte die drei Typen hinter dir. Mal sehen, was sie tun.«

Adara befolgte die Anweisung und sprach jetzt mit gesenktem Kopf in ihr Mobiltelefon, wobei sie so tat, als redete sie mit ihrer Mutter über deren bevorstehenden Besuch in Washington und die Museen, in die sie gehen wollten. Auf diese Weise konnte sie mit der rechten Hand und dem Telefon ihr Gesicht abschirmen, falls die Zielperson über die linke Schulter nach hinten sah.

Adara senkte die Stimme zu einem leisen Flüstern. »Midas, die Zielperson geht in Richtung U-Bahn-Station. Die ist nur vier Blocks von hier.«

»Verstanden«, antwortete Midas. »Die drei Unbekannten interessieren sich null für dich. Ich habe das Gefühl, dass alle drei auf unsere Zielperson fokussiert sind.«

»Merkwürdig. Könnte es sein, dass das mit der Übung gar nichts zu tun hat?«

»Ich habe keine Ahnung«, antwortete Midas. Er hatte den Abstand zu den beiden vor ihm etwas verkürzt, damit er einen besseren Blickwinkel auf den Mann auf der anderen Straßenseite erhielt. Selbst aus der Entfernung konnte er den harten, entschlossenen Gesichtsausdruck des Mannes erkennen, der im Gehen unverwandt in Richtung des Weißhaarigen blickte.

»Die Sache gefällt mir nicht«, sagte Midas. »Das Verhalten dieser Leute gefällt mir nicht. Dass sie dir und der Zielperson so nahe sind, gefällt mir nicht. Die Rucksäcke der beiden vor mir gefallen mir nicht. Ich werde Clark anrufen. Und wenn ich bei der Übung deswegen durchfalle.«

»Negativ«, erwiderte Adara. »Wir sitzen im selben Boot. Wir bestehen zusammen oder fallen zusammen durch. Außerdem habe ich das Handy schon draußen. Ich rufe ihn an. Behalte du die Typen im Auge und sag mir Bescheid, wenn sich was tut.«

»Verstanden.«

Sie unterbrach die Verbindung kurzerhand und wählte Clarks Nummer.

Saleh griff zu dem Handy, als es in seiner Tasche summte. »Ja?«

Es war Badr, der mit einem Nissan Pathfinder im Westen des Viertels unterwegs war. Er suchte eine Stelle, an der er warten konnte, um sofort ins Geschehen einzugreifen und Saleh, Chakir und Mehdi aufzulesen, wenn sie eine gute Gelegenheit gefunden hatten, Eddie Laird zu töten.

»Hier ist eine Metrostation«, sagte er. »Drei Blocks von der Stelle entfernt, wo sich Laird gerade befindet. Was, wenn er dorthin will?«

Saleh begriff, dass er improvisieren musste. Sie durften den Mann nicht für einen ganzen Tag aus den Augen verlieren, konnten ihm aber auch nicht in einen Zug folgen, ohne ihr Fluchtfahrzeug zu verlieren. Zudem hatten ihnen Mohammed und Omar verboten, nach Washington zu fahren.

»Du parkst dort und hältst nach uns Ausschau«, sagte Saleh. »Wir erledigen ihn an der Station, falls er tatsächlich dorthin will.«

Er beendete das Gespräch und rief Chakir auf der anderen Straßenseite an.

Ein Dutzend Blocks entfernt verließ John Clark gerade das Café La Madeleine und schlug den Weg zu seinem Range Rover ein, der in der Nähe des Marktplatzes parkte. Er fand, dass er seinen beiden Trainees genügend Zeit gegeben hatte, um die Zielperson zu identifizieren und die Beschattung aufzunehmen. Jetzt war eine Verschärfung angezeigt. Er zückte sein Handy, um Eddie anzurufen und ihm zu sagen, dass er die Überwachungserkennungsroute einschlagen und ab sofort aktiv nach seinen Verfolgern Ausschau halten solle, doch gerade als er wählen wollte, piepte seine Telefon.

»Ja?«

»John, hier ist Adara. Wir hoffen, wir irren uns, aber Midas und ich glauben, dass noch jemand anders unsere Zielperson beschattet. Können Sie uns bestätigen, dass an der Übung Dritte beteiligt sind oder …«

»Sagen Sie mir einfach, was los ist.«

Clark beschleunigte seine Schritte.

»Drei unbekannte Männer, alle Anfang zwanzig. Ich befinde mich zwischen ihnen und dem weißhaarigen Gentleman. Midas hängt zurück und beobachtet die drei. Zuerst dachten wir, sie gehören zu Ihnen und beschatten mich, aber mittlerweile fürchten wir, sie könnten unsere Zielperson verfolgen.«

Clark antwortete in einem dringlichen Ton, den Adara noch nie von ihm gehört hatte. »Das sind definitiv nicht meine Leute. Wo befinden Sie sich gerade?«

»Die Zielperson betritt gerade den Parkplatz vor der Metrostation in der King Street. Was soll ich …«

»Ich verständige die Polizei und mache mich sofort auf den Weg. Ihre Zielperson heißt Eddie Laird. Eilen Sie zu ihm und bringen Sie ihn in den Bahnhof. Dort müssten bewaffnete Bahnpolizisten sein.«

Adara war verwirrt. »Wieso glauben Sie …«

»Er war früher bei der CIA«, fiel ihr Clark ins Wort. »In leitender Funktion. Nichts wie hin zu ihm!«

»Mein Gott«, stieß Adara hervor. »Bin gleich bei ihm.«

Die Verbindung wurde unterbrochen. Adara legte einen Zahn zu und setzte sich, während sie den Abstand auf Laird verkürzte, wieder mit Midas in Verbindung.

Midas war jetzt nur noch dreißig Meter hinter den beiden Männern, doch vor dem Hilton trat einer von ihnen plötzlich auf die Fahrbahn, überquerte die Straße und stieß zu dem Kerl mit dem heraushängenden Hemd. Im selben Moment piepte Midas' Ohrhörer.

Er nahm das Gespräch entgegen und vernahm Adaras eindringliche, aber beherrschte Stimme. »John sagt, dass die drei nicht von ihm sind. Wir sollen uns um den Weißhaarigen kümmern. Er heißt Laird und war in Langley ein hohes Tier. Wir sollen ihn in die Metrostation bringen und von bewaffneten Bahnpolizisten beschützen lassen.«

»Verstanden«, bestätigte Midas. »Aber pass auf, du hast jetzt zwei direkt hinter dir. Der eine vor mir überquert gerade die Straße in Richtung Parkplatz. Dass unser Mann mit dem Zug wegfahren könnte, dürfte ihnen nicht gefallen.«

»Schon gut«, sagte Adara. »Ich schnappe mir Laird.«

»Tu das.«

Eddie Lairds Handy klingelte, und als er stehen blieb, um den Anruf entgegenzunehmen, kam ihm Adara noch rascher näher. Sie wollte ihn im Bahnhof haben, wo zumindest die Chance bestand, Deckung zu finden, und wahrscheinlich auch Bahnpolizisten patrouillierten, doch stattdessen setzte er sich davor auf eine Bank.

Sie hatte sich nicht nach den Verfolgern umgesehen, und so war sie froh, als sich Midas wieder meldete, auch wenn er keine guten Neuigkeiten hatte.

»Sie haben die Rucksäcke abgenommen und sich getrennt. Zwei sind weit links von dir und einer rechts. Scheiße, die

Jungs wollen zuschlagen. Ich laufe zu dem Typ rechts von dir. Wenn er eine Waffe hat, versuche ich, sie ihm wegzunehmen, um die Aufmerksamkeit der anderen auf mich zu ziehen.«

Mittlerweile war Adara bei Laird. Er hatte den Anruf, einen Werbeanruf, abgewiesen und war gerade wieder von der Bank aufgestanden, als sie direkt vor ihn hintrat.

»Mr. Laird?«

Eddie Laird sah sie an. »Hm … wenn Sie zu Clarks Schülern gehören, sind Sie jetzt definitiv durchgefallen.«

Sie nahm ihn am Arm und bugsierte ihn zu dem großen Bahnhofseingang, der sich eine Etage unter den darüber hinwegführenden Gleisen befand.

»John wird Sie anrufen, sobald er kann. Sie werden von drei Männern verfolgt, die nicht zu uns gehören. Ich soll Sie in den Bahnhof bringen.«

Laird wirkte überrascht, bewahrte aber Ruhe. »Okay. Sehen die Armleuchter so aus, als würden sie es ernst meinen?«

»Mein Kollege ist hinter ihnen und in meinem Ohr. Midas?«

»Sie haben gestutzt, als du Laird angesprochen hast«, antwortete Midas. »Sie fragen sich wohl, wer du bist und was das soll. Aber sie sind immer noch auf Streit aus und gehen zum Angriff über. Sieh zu, dass du in den Bahnhof kommst.«

Adara schlang dem älteren Mann den Arm um die Hüfte und legte einen Zahn zu. »Es könnte gleich ungemütlich werden«, sagte sie.

»Sind Sie bewaffnet?«, fragte er.

Am Eingang zum Bahnhof, vor der Rolltreppe, die von der Halle zu den Gleisen hinaufführte, schlängelten sie sich durch eine dichte Menge von Touristen. »Nein«, antwortete sie. »Wir dürfen in Washington keine Waffen tragen, und wir wussten nicht, ob Sie reinfahren würden. Sie?«

Laird hob sein Hemd ein Stück an. Darunter kam der Griff eines kleinen Revolvers zum Vorschein.

»Sie sind ganz mein Typ, Mr. Laird.«

»Nicht mal in Kabul habe ich das Ding ziehen müssen«, sagte er. »Es wäre ein Witz, wenn ich ausgerechnet hier in eine Schießerei verwickelt werde.«

33

Midas rannte jetzt volle Pulle auf den einzelnen Mann auf der rechten Seite des Parkplatzes zu. Auf den letzten fünfzehn Metern zückte er sein Karambitmesser und hielt es seitlich am langen Arm.

Im selben Moment ließ der Mann den Rucksack zu Boden fallen und hielt eine schwarze Uzi in der Hand. Kaum hatte Midas die Maschinenpistole erblickt, flüsterte er eindringlich: »Sie sind bewaffnet, Adara. Geht in Deckung.«

Chakir kam nicht dazu, einen Schuss abzugeben. Er blieb vor einem parkenden Metrobus stehen und richtete die Uzi auf den Weißhaarigen, der gerade in den Bahnhof lief, da spürte er plötzlich eine Bewegung hinter sich. Eine klauenförmige Messerklinge erschien vor seinem Gesicht, wurde zurückgezogen und senkte sich in seine Kehle.

Gleichzeitig packte ihn ein großer Mann von hinten mit festem Griff und drückte ihn auf die Knie. Blut spritzte auf den Gehweg vor ihm. Panische, entsetzte Schreie aus allen Richtungen.

Chakir fiel mit dem Gesicht voraus in eine Lache seines eigenen Blutes, als der große Mann ihn losließ.

Adara hörte über ihren Ohrhörer Midas vor Anstrengung stöhnen, als er auf dem Parkplatz rechts hinter ihr einen Gegner ausschaltete. Sie und Eddie begannen zu rennen, als die Schreie durch die relative Stille des Morgens gellten. Eddie griff im Rennen unter sein Hemd, doch gerade als sie sich einem großen Stützpfeiler im hinteren Teil der Bahnhofshalle näherten, knatterte direkt hinter ihnen automatisches Gewehrfeuer los. Adara packte Eddie am Hemd, um ihn in Deckung zu ziehen, musste aber gleich wieder loslassen, als er herumfuhr, auf ein Bein niederkniete und seinen Revolver nach draußen richtete.

Zwei Maschinenpistolen beackerten die Fußbodenfliesen vor Laird und Adara, und Adara warf sich hinter den dicken Pfeiler. Trotzdem fasste sie zu Laird hinüber, um ihn aus der Schusslinie zu ziehen.

Doch sie bekam ihn nicht zu fassen, und als er das Feuer auf die beiden Männer am Eingang eröffnete, zuckte er plötzlich vor Schmerz zusammen, knickte in der Hüfte ein, ließ den Revolver fallen und sackte zu Boden.

Auf dem Parkplatz entriss Midas dem Mann, aus dessen Halsschlagader Blut spritzte, die Uzi und drehte sich um, um die anderen Bewaffneten anzugreifen, die fünfzig Meter entfernt im breiten Eingang zum Untergeschoss des Bahnhofs standen. Aber Dutzende von schreienden und flüchtenden Zivilisten versperrten ihm den Weg, und noch bevor er die Waffe anlegen konnte, sah er aus den Augenwinkeln eine große schwarze Masse auf sich zurasen.

Er wollte einen Satz nach vorn machen, kam aber nicht mehr dazu. Mit voller Wucht wurde er vom linken vorderen Kotflügel des beschleunigenden Nissan Pathfinder erfasst und durch die Luft geschleudert. Er schlug hart auf dem heißen Pflaster auf. Die Uzi flog ihm aus den Händen, der Ohrhörer aus dem Ohr.

Wäre der Fahrer sofort auf die Bremse gestiegen, hätte er Midas erschießen können, bevor er sich von dem Aufprall erholt hatte, doch der Pathfinder jagte weiter über den Parkplatz, hüpfte über einen Grünstreifen auf die Busspur und raste auf dem Gehweg zurück, direkt auf den Bahnhofseingang zu.

Adara beugte sich in die Schusslinie hinaus, hob mit einer Hand Eddies Revolver auf, packte den Verletzten mit der anderen am Handgelenk und versuchte, ihn hinter den schützenden Pfeiler in der Südwestecke der großen, offenen Halle zu ziehen.

Während sie an dem Verwundeten zerrte, zielte sie in die Richtung, aus der die Schüsse kamen, und sah sofort, dass einer der Männer auf dem Rücken lag und sich offensichtlich unter Schmerzen wand. Sie vermutete, dass Laird ihn getroffen hatte, und legte auf den zweiten Schützen an. Er feuerte mit einer Pistole blindlings in den Bahnhof, verfehlte sie um zehn Meter, jagte aber 9-mm-Geschosse knapp über die Köpfe der entsetzten Zugreisenden hinweg, die flach auf dem Boden lagen.

Dann sah sie, wie der zweite Angreifer zu dem Verwundeten hinüberfasste und ihm die Uzi entriss. Sie drückte sich dichter an den Pfeiler, als wieder Dauerfeuer einsetzte und ringsum Staub und Steinsplitter aufwirbelten.

Saleh schoss das Magazin von Mehdis Uzi leer, sprang hinter einen Pfeiler, ging in die Hocke und lehnte sich gegen den harten Beton. Die Agenten der Sprachschule hatten gelernt, zwei Magazine mit Klebeband aneinanderzukleben und kleine Holzstücke dazwischenzuklemmen, damit sie sich leicht in den Magazinschacht einführen ließen. Dank dieser Methode brauchten sie nicht in ihren Taschen nach einem zweiten Magazin zu kramen und hatten bei voll geladener Waffe einundsechzig 9-mm-Patronen statt nur einunddreißig.

Während Saleh das zweite Magazin einrasten ließ, blickte er zu Mehdi, der sich neben ihm auf den blutverschmierten Fliesen krümmte.

Dann spähte er zu der Stelle, wo Chakir gestanden hatte, denn er fragte sich, warum von dort keine Schüsse mehr zu hören waren. Doch da war kein Chakir. Stattdessen sah er, wie Badr mit dem Pathfinder durch den breiten Fußgängerbereich gerast kam, direkt in seine Richtung. *Gut.* Saleh hatte keine Ahnung, wo Chakir abgeblieben war, aber er war sich ziemlich sicher, dass er Edward Laird erschossen hatte, und so blieb ihm nur noch eines zu tun: heil hier herauszukommen.

Adara konnte keinen vernünftigen Schuss auf den noch kampffähigen Schützen am Eingang abgeben, allerdings weniger, weil sie gleichzeitig versuchte, Laird aus der Schusslinie zu ziehen, sondern weil der Schütze hinter einem Pfeiler in Deckung gegangen war. Sie feuerte trotzdem auf den Pfeiler, um etwas Zeit zu gewinnen und dem Attentäter klarzumachen, dass sie bewaffnet war und sich zu wehren wusste. Doch der Revolver fasste nur fünf Patronen, sodass der Hahn nach zwei Schüssen auf eine leere Kammer klickte.

Verdammt, dachte sie. Sie hatte ihre einzige richtige Waffe leer geschossen.

Adara bemerkte den Pathfinder, als sie Laird weiter hinter den Pfeiler zog. Der Wagen kam quietschend am Eingang zum Stehen. Gleichzeitig stürmten vierzig oder fünfzig Meter links hinter Adara zwei Bahnpolizisten die Rolltreppe herunter und eröffneten sofort das Feuer auf den Wagen. Dessen Fahrer gab aus einer vollautomatischen Uzi einen Feuerstoß auf Adaras Position hinter dem Pfeiler ab, sodass ihr nichts anderes übrig blieb, als sich über Eddie Laird zu werfen und das Ende des Kugelhagels abzuwarten.

Sie sah sich den älteren Mann genauer an. Er hatte zwei Schüsse abbekommen, einen in die Brust und einen in den Bauch. Sie wollte Erste Hilfe leisten, doch er stieß ihre

Hand weg, griff in seine Tasche, zog etwas hervor und drückte es ihr in die Rechte.

Im ersten Moment begriff sie nicht, doch dann sah sie sich den Gegenstand genauer an und erkannte, dass es ein Speedloader war, eine zylindrische, scheibenförmige Vorrichtung, in der fünf .357-Magnum-Patronen steckten. Damit ließ sich ein Revolver schneller laden als mit losen Patronen. Das Ding war voller Blut, doch Adara machte sich nicht die Mühe, es abzuwischen. Während die Feuerstöße vom Eingang anhielten, kippte sie die leeren Patronenhülsen aus dem stummeligen Smith & Wesson und schob die fünf frischen Patronen hinein.

Dann wandte sie sich wieder Laird zu, doch sie sah an seinen offenen leeren Augen, dass er tot war.

»Scheiße!«, schrie sie. »Unser Mann ist tot! Midas? Wo bist du?«

Als Badr am Eingang zur Bahnhofshalle auf die Bremse stieg, schleuderte der Pathfinder ein wenig und kam rechts neben dem Pfeiler, der Saleh als Deckung diente, zum Stehen. Sofort riss er seine Uzi hoch und feuerte, sie mit einer Hand haltend, über den Beifahrersitz hinweg durch das geschlossene Seitenfenster in Richtung der Frau und Laird, die hinter dem Pfeiler an der hinteren Wand steckten. Gleichzeitig schnellte Saleh in die Höhe und nahm die Bahnpolizisten hinter den Drehkreuzen bei den Rolltreppen unter Beschuss. Er gab Schuss um Schuss auf die vier oder fünf Männer und Frauen ab, um sie zu zwingen, in Deckung zu gehen, damit er in den Fluchtwagen springen konnte.

Er hatte keine Ahnung, ob der junge Mehdi noch lebte, denn die Kühlerhaube des Pathfinder versperrte ihm die Sicht auf die Stelle, wo sich der Achtzehnjährige eben noch unter Schmerzen gewunden hatte, aber Mehdi würde sich selbst helfen müssen. Saleh hatte nicht die Absicht, über die Kühlerhaube zu springen und den Jungen zu bergen, denn dann würde er aus zwei Richtungen unter Feuer geraten. Nein, Saleh gab den letzten Schuss aus der Uzi ab, rannte an der Fahrertür vorbei und riss die Tür zum Rücksitz auf. Doch kaum hatte er den Kopf hineingesteckt, splitterte um ihn herum Glas, und eine Kugel aus der SIG Sauer P226 eines Bahnpolizisten traf ihn direkt in den Hals.

Er stürzte auf der den Polizisten abgewandten Seite des Nissan zu Boden, ließ die leer geschossene Maschinenpistole fallen und drückte eine Hand auf seine blutende Wunde.

Er setzte sich auf und hob den Blick zu Badr, der am Steuer des Pathfinder saß und zu ihm herabschaute.

Aber nur eine Sekunde lang. Dann legte Badr den Rückwärtsgang ein.

»Istanna!«, schrie Saleh – *warte!* – und griff nach der Glock, die in seinem Hosenbund steckte.

Midas war klar, dass er sich nicht unbedacht ins Kampfgetümmel stürzen durfte, denn offensichtlich mischten auch mehrere Unbekannte mit, wahrscheinlich Bahnpolizisten, die sich mit den beiden Terroristen am Bahnhofseingang und dem soeben auf der Bildfläche erschienenen Fahrer des Nissan ein Feuergefecht lieferten. Aber Midas war wieder auf den Beinen, die Uzi des Toten in den Händen. Und er wusste, dass Adara und Laird irgendwo da drin waren.

Er hatte seinen Ohrhörer verloren, als der Wagen ihn gerammt hatte, und fragte sich, wie schwer er wohl verletzt war. Aber noch gehorchten ihm Arme und Beine, und nur darauf kam es jetzt an.

Er rannte so schnell er konnte an den Zeitungsständen vorbei, wich weiteren Zivilisten aus, die der wilden Schießerei zu entkommen suchten, und sah, als die Gruppe vor ihm auseinanderstob und den Weg frei machte, neben dem Nissan einen Mann auf dem Boden sitzen, der sich mit der Linken eine Wunde am Hals zuhielt und mit der Rechten eine Glock unter dem Hemd hervorzog.

Im selben Moment setzte sich der Nissan mit quietschenden und rauchenden Reifen rückwärts in Bewegung, direkt auf Midas zu.

O Gott, nicht schon wieder.

Midas befand sich dreißig Meter hinter dem Wagen und würde in weniger als vier Sekunden überfahren werden. Er bewahrte Ruhe, hob die Uzi, visierte den Hinterkopf des Fahrers an und gab ein einzelnes 9-mm-Geschoss aus dem fünfundzwanzig Zentimeter langen Lauf ab.

Der Kopf des Fahrers kippte nach vorn. Das Heck des Wagens brach nach rechts aus und prallte gegen die Eisengitter am Rand des Bahnhofeingangs, und zwar mit solcher Wucht, dass der SUV um hundertachtzig Grad herumgeworfen wurde und dann mit einem zusammengesackten Toten am Steuer vorwärts durch die Fußgängerzone rollte.

Doch Midas sah gar nicht mehr hin, denn er wusste, dass er den auf dem Boden sitzenden Mann ausschalten musste, bevor der mit der Glock das Feuer eröffnete.

Er riss die Uzi herum und richtete sie im selben Moment auf den verwundeten Terroristen, als der die Waffe hob und auf ihn anlegte.

Ein Schuss krachte, dann ein zweiter, dritter und vierter.

Der Körper des Terroristen ruckte nach vorn, als wäre ihm in den Rücken geschossen worden, und ein paar Schritte hinter ihm kam Adara Sherman hinter einem Pfeiler hervorgerannt, in der Hand einen kleinen Revolver, den sie auf den niedergestreckten Mann gerichtet hielt.

Der andere Terrorist lag nur ein paar Schritte entfernt mit dem Gesicht in einer Blutlache.

Auf der Busspur gleich links neben Midas kam mit

quietschenden Reifen ein schwarzer Range Rover zum Stehen. Adara stürmte an Midas vorbei und sprang auf den Rücksitz von Clarks Wagen, Midas vorn auf den Beifahrersitz.

Kaum waren sie drin, gab es einen ohrenbetäubenden Knall, und der Nissan Pathfinder, der mittlerweile siebzig bis achtzig Meter hinter ihnen im Leerlauf die Busspur entlangrollte, flog in die Luft. Die Insassen des Range Rover duckten sich, als Trümmerteile gegen den Wagen schlugen und ringsum glühende Granatsplitter niederprasselten.

Adara spähte nach hinten und erkannte, dass sie nur deshalb von der vollen Wucht der Detonation verschont geblieben waren, weil der Nissan hinter einem parkenden Metrobus explodiert war.

Clark fuhr nicht sofort los. Er sah, dass Midas am Unterarm blutete und sein T-Shirt ebenso voller Blutflecken war wie Adaras weiße Sommerbluse.

»Wo ist Eddie?«, fragte er.

»Tut mir leid, John«, antwortete Adara. »Er ist tot. Ich habe versucht, ihn zu retten, aber ich konnte nichts mehr für ihn tun.«

Jetzt erst trat Clark aufs Gaspedal. Er fuhr schnell, aber nicht so schnell, dass Passanten, die es nicht besser wussten, auf die Idee gekommen wären, die Insassen des Range Rover könnten in die Schießerei am Bahnhof verwickelt gewesen sein.

»Wie schlimm seid ihr beide verletzt?«

»Adara?«, fragte Midas.

»Ich bin unverletzt. Midas hat etwas abbekommen. Er ist voller Blut. Wir müssen ihn ins Krankenhaus bringen.«

»Negativ«, erwiderte Midas. »Ich habe nur von dem Pathfinder einen Bums bekommen. Das meiste Blut stammt von einem Crow.«

»Von einem *was?*«, fragte Adara.

»Einem Crow. Crows sind die Bösen.« Das war Delta-Force-Jargon, Adara hatte den Ausdruck noch nie gehört.

Clark bog rechts in die Prince Street ab, doch er war sich darüber im Klaren, dass er in den nächsten zehn Minuten noch Dutzende Male würde abbiegen müssen, um definitiv ausschließen zu können, dass sie verfolgt wurden. Außerdem mussten sie das Fahrzeug wechseln, und was noch wichtiger war: Sie durften heute nicht ins Büro zurückkehren, vielleicht sogar die ganze restliche Woche nicht. Er lauschte dem Keuchen der beiden Trainees, dann fragte er: »Wer zum Teufel war das?«

»Vier Unbekannte«, antwortete Midas. »Ich konnte nur den genauer sehen, den ich niedergestochen habe. Um die zwanzig, klein, hell-olivfarbene Haut, dunkles Haar. Könnte ein Türke oder so gewesen sein. Schwer zu sagen.«

»Der Typ, der Laird erschossen hat …«, ergänzte Adara. »Als ich an ihm vorbeigerannt bin, konnte ich ihn gut sehen. Würde mich wundern, wenn er schon siebzehn Jahre alt war.«

»Aus dem Nahen Osten?«

»Oder Nordafrika, ja«, antwortete sie etwas fahrig, und dann: »Tut mir leid, John. Ich habe versucht, Laird in Deckung zu ziehen, aber er hat seine Waffe gezückt und zurückgeschossen.«

»Was für Waffen habt ihr bei der Gegenseite gesehen?«, fragte Clark, der verzweifelt nach einem Hinweis auf die Identität der Angreifer suchte.

»Vollautomatische Uzis«, antwortete Midas. »Und eine Glock.«

Adara nickte auf dem Rücksitz. »Ich auch. Faustfeuerwaffen und Maschinenpistolen. Mr. Laird hat einen der Männer getötet.«

Clark nickte nur. »Gut für Eddie.« Dann schlug er mit der Hand aufs Lenkrad. »Wer zum Teufel war hinter ihm her?«

Keiner antwortete, denn keiner hatte die leiseste Ahnung.

34

John Clark, Adara Sherman und Barry »Midas« Jankowski stiegen vor dem Personaleingang von Tysons Corner Center, einem großen Einkaufszentrum nur zwanzig Minuten vom Schauplatz der Schießerei in Alexandria entfernt, aus dem schwarzen Range Rover. Clark ließ die Fahrertür offen, und ein bärtiger Mittvierziger rutschte wortlos hinters Lenkrad und steuerte den SUV vom Parkplatz und zurück auf die Interstate.

Der Mann hieß Dave Fleming und war einer der Sicherheitsleute des Campus. Er sollte den Range Rover aus der Gegend verschwinden lassen, damit nach Westen durch halb Virginia fahren, ihn auf einem Grundstück abstellen, das einer Strohfirma des Campus gehörte, und dann warten, bis er von Pablo Gomez, einem Kollegen, abgeholt und nach Washington zurückgebracht wurde.

Clark, Adara und Midas traten durch den Seiteneingang des Einkaufszentrums und bogen sofort in den wenige Meter entfernten Eddie-Bauer-Laden ab. Das Geschäft für Outdoormode wurde von Dave Flemings siebenundzwanzigjährigem Sohn Pete geführt. Pete hatte im 75. Ranger Regiment der U. S. Army gedient und war nach Washington zurückgekehrt, um an der Georgetown University seinen Master zu machen und anschließend bei der CIA einzusteigen.

Ein kurzer Anruf von Clark bei Chavez und ein zweiter von Chavez bei dem jungen Filialleiter hatten dafür gesorgt, das sich außer Letzterem niemand im Laden aufhielt, als die drei hereinkamen, sich neu einkleideten und nur wenige Minuten später wieder durch den Personaleingang verschwanden.

Erst als die drei fort waren, bemerkte Pete Fleming kleine Blutstropfen auf den billigen Bodenfliesen im Lagerraum.

Draußen wartete Chavez am Steuer eines Ford Explorer mit getönten Scheiben. Als alle drei eingestiegen waren, fuhr er ein paar Meilen zu einem konspirativen Haus, das der Campus in der Turkey Run Road unterhielt, nur ein paar Hundert Meter vom CIA-Hauptquartier entfernt.

Jack Ryan junior und Dom Caruso warteten bereits in dem Haus, mit Maschinenpistolen über den Schultern und jeder Menge Fragen: Was war am fünften Ausbildungstag der neuen Rekruten passiert?

Adara hielt eine blutige Kompresse gegen Midas' Arm gepresst, als sie durch das Garagentor traten, und tauschte mit Dom nur einen kurzen intensiven Blick, bevor sie in die Küche weiterging und den Tisch dort in Beschlag nahm, um den ehemaligen Delta-Offizier daran zu verarzten.

Umringt von den anderen, zog Midas sein Hemd aus und ließ die Hosen fallen, aber erst nachdem Adara darauf bestanden und John Clark ihrer Forderung mit heiserer Stimme Nachdruck verliehen hatte.

»Teufel noch mal, Kollege«, entfuhr es Ding Chavez, als er Midas' Hüfte und linken Oberschenkel sah. Die Prellung war in der Mitte leuchtend lila und verblasste nach außen hin zu einem stumpfen Grau. Sie war fast einen halben Meter lang. »Wie zum Teufel bist du gerade hier reingestiefelt?«

Midas zuckte die Achseln. »Es ist nichts gebrochen. Morgen könnte es etwas wehtun.«

»Sie sind nicht mehr bei der Delta Force«, bemerkte Clark. »Hier dürfen Sie ruhig ›Aua‹ sagen.«

Midas grinste. »Na dann … Aua!«

Gerry Hendley und Gavin Biery kamen durch die Haustür marschiert, gefolgt von Dale Henson und Jason Gibson, zwei weiteren Sicherheitsleuten des Campus, die allerdings erst eintraten, nachdem sie sich vergewissert hatten, dass das Garagentor verriegelt war. Letztere bezogen an den Türen Posten, von wo sie die Vorder- und Rückseite des Hauses im Blick hatten, holten kurzläufige Gewehre im mächtigen Kaliber .300 Blackout aus diskreten Tragetaschen und hängten sie sich über die Schultern. Gerry sprach in sein Handy, als er zu der Gruppe in der Küche stieß, die sich um Midas, der in seiner Lycra-Unterwäsche am Tisch stand, versammelt hatte.

»He, Boss«, grüßte Midas verlegen.

Gerry ließ für einen Moment das Telefon sinken und begutachtete den eindrucksvoll schillernden Bluterguss. »Müsste ich raten, würde ich sagen, das war der linke Kotflügel eines schwarzen Nissan Pathfinder.«

Midas und Adara sahen ihn verdutzt an, begriffen aber schon im nächsten Moment, woher er seine Information hatte.

»Scheiße«, stieß Midas hervor. »Überwachungskameras?«

Gerry nickte. »Ja. Gavin hat sie innerhalb von Sekunden angezapft.«

»Aber kein Grund zur Besorgnis«, beschwichtigte Biery. »Die Qualität ist nicht so gut, dass jemand identifiziert werden könnte. In dieser Hinsicht habt ihr nichts zu befürchten. Außerdem beobachten unsere Jungs im Büro verschiedene Cloud-Dienste, Social Media Tags und dergleichen. Falls jemand Videos oder Fotos von dem Vorfall ins Netz stellt, werden wir sie sofort prüfen und notfalls zensieren.«

Gavin betrachtete Midas, dem er erst einmal begegnet war. »Ich muss sagen, ich bin beeindruckt. Ich habe mir den Zusammenstoß ungefähr fünfmal angesehen. Sie sind eine Sekunde lang durch die Luft geflogen wie ein Comic-Superheld.«

Midas blickte auf seine lila Hüfte. »Danke, aber Superhelden klatschen nicht nach einer Sekunde mit dem Gesicht voraus aufs Pflaster.«

Gerry entfernte sich ein paar Schritte und setzte sein Telefonat fort, während die anderen zusahen, wie Adara eine lange Schnittwunde an Midas' Unterarm verarztete. Anschließend legte sie einen großen Eisbeutel auf die lädierte Hüfte und zurrte ihn mit einer Elastikbinde aus ihrem Erste-Hilfe-Set fest, das Dom aus dem Büro mitgebracht hatte.

Gerry beendete sein Telefonat und kam wieder herüber. »Müssen Sie genäht werden, Barry?«

»Nein, Sir. Wie es scheint, hat mich Ms. Sherman professionell wieder zusammengeflickt.«

Hendley und Clark blickten zu Adara. Sie wussten, dass sie in medizinischen Notfällen ihrem Urteil vertrauen konnten. Sie würde nie etwas beschönigen oder unnötig viel Aufhebens um eine Sache machen.

Adara schüttelte den Kopf. »Er kommt wieder in Ordnung. Aber wie er selbst gesagt hat: Morgen wird er wenig Freude haben. Die Hüfte wird anschwellen, trotz Eisbeutel. Was die Platzwunde am Arm angeht, hat er Glück gehabt. Er muss vom Außenspiegel oder einem anderen Teil des SUVs erfasst worden sein, aber ich habe die Haut zurechtgerückt, sodass die Wunde sauber verheilen wird. Außerdem hat er Abschürfungen und Prellungen an der Brust und den Knien, aber die sind kein Grund zur Besorgnis.«

»Ich habe sechs Sprengfallen überlebt«, sagte Midas. »Dann überstehe ich es auch, wenn mich ein Arschloch mit seinem Nissan umfährt.«

»Was ist eigentlich mit Ihnen, Adara?«, fragte Clark. »Sie haben doch mittendrin gesteckt.«

»Mir geht's gut. Nicht ein Kratzer.« Sie blickte verstohlen zu Dom, der aus seiner Erleichterung kein Hehl machte, und fügte hinzu: »Ich wünschte nur, ich hätte etwas für Mr. Laird tun können.«

»Dieser zähe Hund hat 1968 die Tet-Offensive in Vietnam und 1983 den Bombenanschlag auf unsere Botschaft in Beirut überlebt«, sagte Gerry Hendley. »Aber einen Morgenspaziergang in Virginia im Jahr 2017 hat er dann leider nicht überlebt.«

»Er ist im Kampf gestorben«, sagte Adara. »Er hat einen von ihnen erschossen.«

Gerry nickte. »Das überrascht mich nicht.«

Dann berichtete Gerry, was er gerade am Telefon erfahren hatte. »Die Washingtoner Polizei hat am Tatort drei tote Terroristen. Und eine mögliche weitere Leiche am Steuer des SUVs, der in die Luft geflogen ist. Zwei tote Zivilisten, darunter Eddie Laird, und zwei tote Bahnpolizisten. Weitere acht Zivilisten wurden verletzt und ein Bahnpolizist durch Granatsplitter an der Hand.«

»Allmächtiger«, murmelte Adara.

Gerry blickte zu Gavin und Jack. »Könnte Laird zu den vielen Geheimdienstprofis gehören, die in den letzten Wochen Opfer dieses Datenlecks geworden sind?«

Jack war zwar nicht dabei gewesen, als es passierte, doch er glaubte, etwas Wichtiges dazu zu sagen zu haben. »Ich denke nicht.«

»Wie kommst du darauf?«, fragte Chavez.

»Nach unserer Vermutung betrifft das Datenleck SF-86-Anträge, die in einem vermeintlich sicheren Netzwerk im Office of Personnel Management gespeichert sind. Die digitalen Aufzeichnungen gehen nur bis 1984 zurück. Wenn der Mann im Auftrag der CIA in Vietnam war, ist davon auszugehen, dass er seine Sicherheitsfreigabe lange vor dem Jahr erhalten hat.«

»Es gibt da etwas, das Sie nicht wissen«, sagte Clark. »Eddies Tochter, Regina Laird, ist ebenfalls bei der CIA. Sie war früher beim Nachrichtendienst der Marine, ist aber vor fünf Jahren zur Agency gewechselt. In Ihrem SF-86 dürfte der Arbeitgeber ihres Vaters aufgeführt sein.«

Jack verstand. »Tja, das ändert alles.«

»Das heißt, man muss Eddies Tochter nicht nur davon benachrichtigen, dass ihr Vater ermordet worden ist, sondern dass auch ihre Geheimdienstkarriere ein Ende hat«, sagte Chavez.

Gerry wandte sich Jack zu. »Wollen Sie damit sagen, dass jemand da draußen im Besitz all dieser Dokumente ist und mithilfe dieser Rohdaten herausfinden kann, wo eine bestimmte Person heute lebt und was sie tut?«

»Ganz genau.«

Jack sah seinem Cousin Dom am Gesicht an, dass er genauso verwirrt war, wie er selbst es gewesen war, als Gavin diesen Gedanken ihm gegenüber erstmals geäußert hatte.

»Dazu soll der IS in der Lage sein?«, fragte Dom.

Gavin schaltete sich ein. »Nie im Leben. Jack und ich gehen davon aus, dass eine private Gruppe die Daten ausgeschlachtet hat. Dann hat sie bestimmte Informationen einem jungen Russen verkauft oder zugespielt, dessen Bruder bei der Versenkung eines U-Boots in der Ostsee ums Leben gekommen ist. Anschließend hat sie auf der Grundlage dieses Materials Zielpersonen identifiziert und lokalisiert, Profile von ihnen erstellt und individuelle, zielorientierte Datenpakete geschnürt, gegen Geld, aber vielleicht auch aus anderen Gründen. Sie hat diese Pakete an mehrere staatliche Akteure weitergegeben, und jetzt sieht es ganz so aus, als hätte sie auch IS-Agenten in Europa und Amerika umfangreiche Informationen zukommen lassen.«

Chavez dachte über die Tragweite von all dem nach. »Scheiße … jeder in diesem Raum hat ein SF-86-Formular ausgefüllt.«

Jack Ryan schüttelte den Kopf. »Außer mir.«

Clark entging die Ironie nicht. »Richtig, unser Promi ist

aus dem Schneider. Aber wer von uns nicht im Magazin *People* war, ist jetzt prominenter, als ihm lieb sein kann.«

»Ich war vierzehn und trug eine Zahnspange, als ich das letzte Mal im *People* war«, sagte Jack. »Trotzdem würde ich mir an eurer Stelle wegen des Datenlecks keine Sorgen machen. Der Übeltäter muss riesige Datenberge durchackern, und wenn er Nachforschungen zu eurem aktuellen Status anstellt, kommt dabei nur heraus, dass ihr für eine Private-Equity-Management-Firma in Virginia arbeitet. Euer beruflicher Werdegang im Bereich Unternehmenssicherheit und Logistik ist durch die entsprechenden Unterlagen belegt. Nein, diese bösen Jungs konzentrieren sich auf Leute, die noch im Geschäft sind oder, wie im Fall von Todd Braxton, lautstark kundtun, wie sie radikalen Islamisten mitgespielt haben.«

»Aber wenn es stimmt, was Sie sagen, könnten jetzt Zehntausende von Männern und Frauen in Gefahr sein«, meinte Gerry. »Waren Sie damit schon bei der Direktorin der Nationalen Nachrichtendienste?«

»Nein, Sir«, antwortete Jack. »Wir sind erst gestern dahintergekommen und wollten unsere Vermutung noch etwas unterfüttern. Die NSA glaubt nicht, dass das Office of Personnel Management gehackt worden ist, aber Gavin hat jede andere Möglichkeit ausgeschlossen.«

»Nun, dann wird es meiner Meinung nach Zeit, dass Sie mit Mary Pat reden. Sie kann entscheiden, ob Dan Murray von Ihrer Datenklautheorie erfahren soll, aber soweit ich von meinen Kontakten in den Nachrichtendiensten weiß, hat sonst niemand etwas Handfestes gefunden.«

Jack und Gavin sahen einander an und nickten. Im Gegensatz zu Gavin hielt Jack ihre Theorie zwar noch nicht für spruchreif, doch er sagte: »Wir bringen zu Papier, was wir bisher haben, sobald wir wieder im Büro sind, aber ich finde, ich sollte erst mal hierbleiben und bei den Sicherheitsmaßnahmen helfen.«

Gerry blickte zu Clark. »Mir wäre es ehrlich gesagt lieb, wenn er sich so bald wie möglich wieder der analytischen Arbeit widmet.«

»Einverstanden«, erwiderte Clark. »Jack, wir haben genug Sicherheitsleute hier. Sie und Gavin können verschwinden, aber vergewissern Sie sich, dass Sie nicht beschattet werden, bevor Sie ins Büro zurückkehren. Wir bleiben bis heute Abend hier und verfolgen die Nachrichten und die polizeilichen Ermittlungen. Wenn wir aus dem Gröbsten raus sind, rücken wir ab. Ich könnte Midas und Adara heute Nacht mit zu mir nach Hause nehmen, damit sie aus der Stadt sind.«

»Ich rede mit Dan Murray, sobald ich ihn ans Telefon bekomme«, sagte Gerry. »Vielleicht kann er uns aus der Schusslinie nehmen, was den Vorfall in Alexandria angeht. Jeder, der sich die Aufnahmen der Überwachungskameras an der King Street ansieht, wird feststellen, dass Eddie vor seiner Ermordung von Adara und Midas verfolgt worden ist. Dan muss wissen, dass ihr beide zu unserem Team gehört und dass ihr die Terroristen heute Morgen außer Gefecht gesetzt habt.« Dann fragte er, an John gewandt: »Was ist mit Ihrem Range Rover? Er ist am Bahnhof gesehen worden.«

Clark zuckte die Achseln. »Hier in der Gegend gibt es Tausende davon. Trotzdem wäre es wohl ein guter Anlass, einen neuen anzuschaffen. Ich werde Sandy damit beauftragen.« Und mit einem Kopfschütteln fügte er hinzu: »Ein guter Mann ist heute gestorben. Ein Mann, der seinem Land gute Dienste geleistet hat. Genau wie Jennifer Kincaid. Ich weiß, dass die Regierung alles tun wird, um die Verantwortlichen zur Rechenschaft zu ziehen, aber ich würde es verdammt gerne sehen, wenn wir dabei mitmischen könnten. Gerry, wenn Jack und Gavin bei ihren Nachforschungen auf jemand stoßen, den wir genauer unter die Lupe nehmen sollten, hoffe ich, dass Sie uns erlauben, ihn zur Strecke zu bringen.«

»Angesichts der Tatsache, dass in dem Fall verdeckte Agenten der US-Regierung enttarnt werden, bin ich mir ziemlich sicher, dass Mary Pat es begrüßen wird, wenn wir sie bis zum Ende unterstützen«, antwortete Gerry. »Ich persönlich habe damit überhaupt kein Problem. Sollten Jack und Gavin uns Zielpersonen liefern, werde ich Mary Pats Einwilligung einholen und dafür sorgen, dass wir bei der Jagd mit dabei sind.«

35

In seinem Eckbüro im dritten Stock des tristen Betonbaus an der Strada Doctor Paleologu in Bukarest sah sich Alexandru Dalca am späten Nachmittag an seinem Computer amerikanische Nachrichtensendungen an.

Kurz zuvor hatte er seine Auslandsbankkonten gecheckt und bestätigt gefunden, dass er in der vergangenen Woche ein reicher Mann geworden war. Zwei Überweisungen über fünf Millionen Dollar für vierundzwanzig amerikanische Zielpersonen.

Er lächelte. Vor diesen Überweisungen hatte er ungefähr eine Million auf dem Konto gehabt, Geld, das er im letzten Jahr mit seiner Arbeit auf Provisionsbasis für ARTD verdient hatte. Als unverheirateter Mann hatte er damit in Bukarest schon vorher wie ein Multimillionär gelebt, aber jetzt spiegelte sein Bankkonto endlich seinen Lebensstil wider.

Doch sosehr er den Anblick seines Kontostands auch genoss, so stellte er zu seiner Überraschung doch fest, dass ihm die Ereignisse in Amerika eine noch größere Genugtuung bereiteten. Er kostete seine Rache an Amerika aus, dem Land, das ihn vor Jahren hinter Gitter gebracht hatte. Außerdem stimmte es ihn zufrieden, dass er mit seiner Vermutung, mit wem er die ganze Zeit korrespondierte, richtiggelegen hatte. Schon wurde der Islamische Staat mit den Anschlägen in Verbindung gebracht. Nicht weil die Amerikaner schlau waren – Dalca hielt die Amerikaner mitnichten für schlau. Nein, die ersten drei Anschläge wurden nur deshalb miteinander in Verbindung gebracht, weil der IS ein Propagandavideo veröffentlicht hatte, das bewies, dass alle auf sein Konto gingen.

Die IS-Typen, wie er sie gerne nannte, hatten Barbara Pineda und Michael Wayne umgebracht, und wenn sie den Anschlag auf Todd Braxton auch total vermasselt hatten, so hatten sie doch Schwein gehabt und irrtümlicherweise jemand getötet, der in Amerika wohl noch bekannter war.

Dalca war nicht der Typ, der sich selbstkritisch hinterfragte, und so hielt er sich nicht lange mit dem Gedanken auf, eventuell Mitschuld am Scheitern des Anschlags auf Braxton zu tragen. Bei seinen Nachforschungen zu Braxtons Gewohnheiten hatte er herausgefunden, dass der Mann jeden Tag mit Danny Phillips zum Filmset fuhr, aber Dalca war alles andere als ein Kinofreak und hatte deshalb nicht in Betracht gezogen, dass Phillips sein Äußeres verändert haben könnte, um wie Braxton auszusehen.

Müheloser als bei den meisten anderen Zielpersonen fand er Näheres über Braxtons Aufenthaltsort heraus. Dazu benutzte er besonders Twitter, Facebook, Snapshot und andere soziale Medien. Nur drei Tage vor dem Anschlag hatte Braxton auf Twitter ein Foto von sich gepostet, das ihn auf dem Rücksitz eines großen schwarzen SUVs zeigte, und dazu geschrieben, dass seine Entourage auf dem Weg zum Drehort in der Mojavewüste sei. Im Bildhintergrund hatte Dalca ein Starbucks-Schild entdeckt und dann mithilfe der in dem Digitalfoto gespeicherten lokalen Metadaten ermittelt, dass das Café an der Ecke Laurel Canyon Boulevard und Riverside Drive in Los Angeles lag. Auf dem Foto trug Braxton die langen Koteletten, die auch auf all den Hunderten anderen aus den letzten drei Jahren zu sehen waren, die Dalca von ihm gefunden hatte, und so hatte er den IS-Typen mit dem Datenpaket ähnliche Fotos geschickt.

Tags darauf postete Danny Phillips um 6.18 Uhr auf Facebook, dass er und Braxton gerade Kaffee getrunken hätten und nun auf dem Weg zum Drehort seien. Neben *#BloodCanyon* setzte Phillips den Hashtag *#coffeefortheroad* dazu.

Die dämlichen Amerikaner hatten es ihm leicht gemacht, dachte Dalca zu dem Zeitpunkt. Die Metadaten verrieten ihm, dass es sich um denselben Ort handelte wie zuvor.

Dalca sah sich auf einer Gastronomiekritik-Website Bilder vom Laurel Canyon Starbucks an und stellte fest, dass das Lokal einen Drive-in-Schalter hatte, doch auf dem Twitter-Foto schien Braxtons Wagen auf einem Parkplatz zu stehen, was darauf hindeutete, dass sie angehalten hatten und in das Café gegangen waren.

Braxton hatte den Cafébesuch offenbar zu einem täglichen Ritual gemacht, und so sagte sich der Rumäne, dass diese Stelle für einen Anschlag seiner Kunden, der IS-Typen, auf die Zielperson bestens geeignet sei.

Seine Daten waren solide, nur hatte er es versäumt, nach neueren Fotos von Danny Phillips zu suchen. Hätte er sich die Zeit dazu genommen, hätte er jede Menge gefunden. Phillips war nämlich ein beliebter Schauspieler und wurde jeden Tag von Leuten angesprochen, die Fotos von ihm machten, Fotos, die den Weg auf Social-Media-Seiten wie Flickr, in die Cloud oder in Dutzende anderer Fotostreams fanden. Auf diesen Aufnahmen hätte er sehen können, dass Phillips sich Koteletten hatte wachsen lassen, und er hätte die Ähnlichkeit in Größe und Aussehen zwischen den beiden Männern bemerken und seine Kunden vor der Gefahr einer Verwechslung warnen können.

Er fragte sich, ob seine Kontaktperson, der Mann, der Englisch mit nahöstlichem Akzent sprach, ihm die Schuld am Scheitern der Operation geben würde.

Wohl eher nicht, sagte sich Dalca, und zwar deshalb, weil die Gruppe den Mord an Braxton, der zu einem Mord an Phillips geraten war, als Erfolg gefeiert hatte.

Himmel noch mal … immerhin hatte bei der Aktion keiner von den IS-Typen ins Gras gebissen wie bei den meisten anderen.

In den Live-Nachrichten aus Amerika, die auf seinem Computer liefen, kamen jetzt erste Berichte über die Schießerei und den Bombenanschlag in Alexandria, Virginia. Dalca begriff sofort, dass es sich bei der Zielperson um den führenden CIA-Nahostexperten Edward Laird handeln musste. Er hatte ihn den Kunden als leicht verwundbares Ziel beschrieben, doch nun behauptete der Reporter auf CNN, dass bei dem Anschlag drei oder sogar vier Attentäter getötet worden seien.

Er fragte sich, ob diese Dschihadisten einfach nur Stümper waren oder ob Laird irgendwelchen Personenschutz gehabt hatte, der ihm bei seinen intensiven Nachforschungen zu den Lebensgewohnheiten des Mannes entgangen war.

Unterm Strich war Dalca von den Vorgängen in Amerika enttäuscht. Nicht weil das Blut Unschuldiger vergossen wurde – Dalca machte keinen Unterschied zwischen Schuldigen und Unschuldigen –, sondern weil seine Kunden massakriert wurden.

Die vier Anschläge hatten mit sechs toten IS-Typen einen hohen Blutzoll gefordert, und da die vier Zielpersonen im Vergleich zu einigen anderen, über die er Informationen geliefert hatte, relativ unbedeutend waren, konnte er sich ausrechnen, dass binnen kurzer Zeit viele weitere Terroristen das Zeitliche segnen würden.

Wenn die IS-Typen nicht deutlich besser wurden, würde er bei dem Geschäft weit weniger Geld verdienen als erhofft, und das bedeutete, dass er irgendwann würde aussteigen und sich neue Kunden suchen müssen.

In den amerikanischen Nachrichten wurden die Ereignisse der letzten zwei Tage jetzt noch einmal kurz zusammengefasst. Das unscharfe Bild eines Toten war zu sehen, der in einer Blutlache auf einem Küchenboden lag. Der Reporter erklärte, Michael Wayne sei bei den Green Berets gewesen.

»Bei der Delta Force«, korrigierte Dalca laut mit einem Kopfschütteln und fügte auf Rumänisch hinzu: »Die Scheißreporter können nichts richtig machen.«

Von der Bürotür hinter ihm ertönte eine Stimme.

»Wie bitte?«

Dalca fuhr herum. Dragomir Vasilescu, sein fünfunddreißigjähriger Chef, lehnte am Türrahmen, als stünde er schon länger dort.

»Oh, hallo, Drago.«

Vasilescu trat in den kleinen Raum, zog einen Rollstuhl aus der Ecke heran und setzte sich neben seinen Chefrechercheur. Seine Augen waren auf den Bildschirm gerichtet. »Wie war das mit Reportern, die nur Mist bauen?«

Niemand war reaktionsschneller als Alex Dalca. Das kam daher, dass er damit groß geworden war und davon lebte, dass er Leute auf der Straße und am Telefon belog. »Äh … ich habe bei der Arbeit CNN laufen. So kann ich mein Englisch verbessern. In der Nähe von Washington hat es eine Schießerei gegeben. Innerhalb von zwei Minuten haben sie für eines der Opfer zwei verschiedene Alter genannt.« Und er fügte hinzu: »Glaube ich jedenfalls. So genau habe ich nicht hingehört.«

Der Reporter, den Vasilescu auf dem Monitor sah, stand vor einem U-Bahnhof irgendwo in Amerika. Der Direktor von ARTD konnte zwar Englisch, aber nicht so gut, dass er dem Bericht zu folgen vermochte. Als das vom Islamischen Staat veröffentlichte Video eingespielt wurde, in dem dieser die früheren Anschläge für sich reklamierte, wandte sich Vasilescu vom Bildschirm ab und sah Dalca an. »Der verfluchte IS, was?«

Dalca nickte zerstreut. »Ja, sicher. Arschlöcher. Wollten Sie etwas Bestimmtes?«

»Ja. Es geht um die Seychellen-Gruppe. Läuft alles glatt mit denen?«

Dalca war von der Frage überrascht. Das war die Tarnfirma des chinesischen Geheimdienstes, die den Stein ins Rollen gebracht hatte, indem sie amerikanische Personaldatenbanken hackte und Dalca Zugang zu fünfundzwanzig Millionen Anträgen auf Sicherheitsfreigabe verschaffte.

Dalca leitete das Projekt, dessen Ziel es war, die Spione ausfindig zu machen, nach denen die Chinesen suchten, doch den Löwenanteil der täglichen Arbeit leistete die ihm unterstehende Gruppe junger Rechercheure. Zwar hatte er als Einziger Zutritt zu dem Raum, in dem der Air-Gap-Server mit dem Rohdatenschatz stand, doch das meiste delegierte er, sodass er seine Zeit darauf verwenden konnte, Daten zu Zielpersonen zu suchen, die er den IS-Typen verkaufen konnte.

Was ihn allerdings nicht davon abhielt, alles als seine alleinige Leistung zu präsentieren. »Absolut glatt. Mit der Seychellen-Gruppe könnte es nicht besser laufen. Erst gestern habe ich eine amerikanische Agentin in Guangzhou ausfindig gemacht und der Gruppe die vollständige Akte geschickt, einschließlich aktueller Informationen darüber, wo die Frau momentan arbeitet und wer ihre bekannten Partner sind. Ich habe einen Gesamtüberblick über ihre Spionagetätigkeit gegen China beigefügt. Die Zusammenstellung hat uns die ganze Woche gekostet. Warum fragen Sie?«

»Weil sie am Montagmorgen vorbeikommen«, antwortete Vasilescu.

Dalca legte den Kopf schief. Die Chinesen kamen? Hierher? »Sie meinen … die schauen *persönlich* vorbei?«

»Ja. Seltsam ist das schon. Natürlich ist uns klar, dass diese Leute in enger Verbindung zum chinesischen Ministerium für Staatssicherheit stehen, wir sind ja nicht blöd. So wie denen hoffentlich klar ist, dass wir wissen, wer sie in Wirklichkeit sind. Ich sehe keinen zwingenden Grund für ein persönliches Treffen.«

»Ja … aber *warum* werden wir uns mit ihnen treffen?«

»Weil sie einer unserer größten Kunden sind und darauf bestanden haben.«

»Nein, ich meine … worüber wollen sie reden?« Dalcas Stimme schnappte fast über vor Sorge.

»Ich habe keine Ahnung«, antwortete Vasilescu. »Das wollten sie nicht sagen. Ich hatte gehofft, Sie hätten vielleicht eine Idee, warum sie kommen. Das wäre mir bei der Vorbereitung auf das Treffen eine Hilfe. Sie haben ihnen das Produkt doch termingerecht geschickt, oder?«

Dalca blickte wieder auf den Computerbildschirm, auf dem das Geschehen in den USA zu sehen war. *Das ist gar nicht gut.* »Ich … äh … selbstverständlich. Ich meine, wir, mein Team und ich, haben mehrere CIA-Mitarbeiter in der Pekinger Botschaft und im Konsulat in Shanghai identifiziert. Weitere in Unternehmen mit Sitz in Hongkong. Und wir haben ihnen die Namen Dutzender anderer Leute geliefert, die mit diesen Beamten in Verbindung stehen. Wie zum Beispiel von dieser Agentin in Guangzhou. Wir haben getan, worum sie uns gebeten haben. Solche Dinge brauchen Zeit.« Er täuschte ein Lächeln vor. »Man muss viele Dateien durchforsten. Das dauert, selbst mit den Programmen, die ich entwickelt habe, um den Vorgang zu beschleunigen.«

Vasilescu sah seinen Angestellten lange an. Dann beendete er das gegenseitige Sich-Anstarren und tätschelte Dalca das Bein, worüber der erschrak. »Na gut. Vielleicht wollen sie ja nur unseren Aufgabenbereich erweitern und uns einen neuen Auftrag geben. Das wäre mir nur recht.«

»Ja … mir auch«, sagte Dalca, doch sein Hirn arbeitete auf Hochtouren und versuchte dahinterzukommen, was los war. Er kämpfte gegen sein Unbehagen an. »Machen Sie sich keine Sorgen, Drago. Ich werde mit ihnen reden und mich ihrer Probleme annehmen, wenn sie welche haben.«

»Ausgezeichnet. Wir treffen uns im Hauptkonferenzraum. Montag um zehn.«

Dragomir Vasilescu ging, und Dalca blieb allein in seinem Büro zurück, vor sich den Bildschirm, auf dem jetzt Bilder von den Kämpfen in Syrien liefen.

»Să mă ia dracul«, murmelte er. Das war die rumänische Version von *o Scheiße,* bedeutete aber genauer übersetzt so viel wie *hol mich der Teufel.*

Er suchte nach einer harmlosen Erklärung für diesen kurzfristig angekündigten Besuch der Chinesen, aber nichts von dem, was ihm einfiel, war harmlos. Die Chinesen hatten die Anschlagserie in Amerika, die erst vor drei Tagen begonnen hatte, mitbekommen und argwöhnten wohl bereits, dass sie in einem Zusammenhang stand mit dem massiven Datenklau im Office of Personnel Management, der, jedenfalls theoretisch, nach China zurückverfolgt werden könnte. Dalca hatte nicht vorausgesehen, dass die Chinesen seinen Verkauf geheimer Informationen mit dem Rohprodukt in Verbindung bringen könnten, das ARTD im Auftrag der Seychellen-Gruppe gestohlen hatte, doch er musste zugeben, dass ihr Ministerium für Staatssicherheit eine global agierende Geheimdienstmacht war. So lag es durchaus im Bereich des Möglichen, dass das Ministerium Insiderinformationen über die Nordkoreaner, Iraner und Indonesier besaß – Informationen, die den Verdacht nahelegten, dass schon vor Wochen von unbekannter Seite Geheiminformationen über hochrangige Personen weitergegeben worden waren.

In Verbindung mit dem Zeitpunkt der IS-Anschläge konnte dies, wie Dalca jetzt begriff, genügen, um die Chinesen kopfscheu zu machen. Zwar hatte er ihnen Beweise für amerikanische Spionagetätigkeit in China geliefert, doch hätte das Ministerium für Staatssicherheit allen Grund, von einer Verwendung dieser Beweise abzusehen, um nicht mit den anderen Datenlecks in Verbindung gebracht zu werden, von denen die Amerikaner betroffen waren.

Sollten sie beispielsweise diese Frau in Guangzhou verhaften, würde das den Amerikanern einen Hinweis darauf liefern, dass ihre Informationen aus demselben Datenleck stammten wie das Material, das der IS und andere Akteure gegen Amerika verwendeten.

Die Vereinigten Staaten und China waren einander zwar nicht grün, aber Dalca konnte sich nicht vorstellen, dass die Chinesen in irgendeiner Weise mit der Ermordung amerikanischer Spione, Geheimdienstanalysten und Militärs in den USA in Verbindung gebracht werden wollten.

»Să mă ia dracul«, sagte er erneut. Als er vor Monaten beschlossen hatte, ganz groß Kasse zu machen, indem er seine besonderen Fähigkeiten dazu nutzte, aus dem Datenschatz des OPM brauchbare, personenbezogene Zieldaten herauszufiltern, war er sich von Anfang an darüber im Klaren gewesen, dass er irgendwann auffliegen und zur Flucht gezwungen sein könnte. Er hatte Pläne geschmiedet, wie er rasch aus Rumänien herauskam, im Gepäck nur die Nummern seiner millionenschweren Offshore-Bankkonten und weitere Millionen in Bitcoin.

Ja, er hatte einen Fluchtplan, sogar einen sehr guten, aber bislang nur auf dem Papier. Für seine Umsetzung brauchte er die Hilfe eines alten Freundes, und es widerstrebte ihm, diesen Mann um irgendetwas zu bitten.

Dalca überlegte weiter. Bestand wirklich Grund zur Panik? Wenn die Seychellen-Gruppe ein Treffen verlangte, hieß das nicht unbedingt, dass die Chinesen vorhatten, ihn zu entführen und umzubringen. Vielleicht waren sie nur besorgt und wollten sich vergewissern, dass die Daten, die sie auswerten ließen, um der Spionageabwehr in ihrem Land zu helfen, nicht zweckentfremdet und an Dschihad-Terroristen und sonstiges Gelichter weitergegeben worden waren.

Dalca zwang sich zu einer nüchternen Betrachtung der Sachlage und gelangte dabei zu dem Schluss, dass kaum Gefahr für ihn bestand. Jedenfalls noch nicht. Ja … diese Leute vom chinesischen Geheimdienst würden kommen, waren möglicherweise auch beunruhigt, aber sie hatten keinen Beweis dafür, dass sie von jemand betrogen worden waren, geschweige denn von Alex Dalca.

Man musste sie beruhigen, ihnen eine überzeugende Geschichte auftischen. Und wenn es auf dieser Welt etwas gab, was Dalca gut konnte, dann einen Kunden zum Narren halten.

Er würde in Bukarest bleiben, weiter zur Arbeit gehen und mit den Leuten von der Seychellen-Gruppe reden. Aber er würde auch einen gepackten Koffer bereitstehen haben, damit er augenblicklich verschwinden konnte, wenn er das Gefühl hatte, dass es eng wurde.

36

In Dubai war es 8.30 Uhr, als Sami bin Rashid am Sonntagmorgen in sein Büro kam. Er hatte auf dem Weg zur Arbeit keine Nachrichten gehört, doch kaum hatte er die Jacke ausgezogen und Platz genommen, schaltete er einen englischsprachigen internationalen Nachrichtensender ein.

Die Ellbogen auf den Schreibtisch gestützt, sah er sich einen Bericht über die Anschläge in Amerika an. Von den ersten drei hatte er bereits gewusst, obwohl nicht sofort weltweit darüber berichtet worden war. Er hatte nämlich auch die Lokalnachrichten in Städten verfolgt, in denen Zielpersonen lebten, und deshalb von jedem Vorfall praktisch sofort erfahren.

Von seinen Nachforschungen am Vortag wusste er, dass zwei Männer al-Mataris in North Carolina von Polizisten getötet worden waren. Bei der Ermordung eines Mannes selbst zwei Männer zu verlieren erzürnte bin Rashid, denn er hatte sich viel von dieser Operation versprochen – eine solche Verlustrate war natürlich untragbar. Und als das Fernsehen nun über den Vorfall in Alexandria berichtete, wo es offenbar zu einer wilden Schießerei gekommen war, stockte ihm fast der Atem.

Er wusste, dass es sich bei der Zielperson um Edward Laird handeln musste, einen ehemaligen CIA-Operationsleiter für Nahost und Asien. Laird war ein alter Mann, der allein lebte und vermutlich ein ebenso leichtes Ziel darstellte wie alle anderen, die er al-Matari genannt hatte. Er war davon ausgegangen, dass das Attentat im Haus des Opfers stattfinden würde. Doch als er jetzt verwackelte Handyvideos der Metrostation sah und ein Geknatter vernahm, als würde gleichzeitig aus einem halben Dutzend Schusswaffen gefeuert, da wusste er, dass etwas völlig schiefgelaufen war.

»Nach Auskunft der Polizei befinden sich unter den neun Toten zwei Washingtoner Bahnpolizisten und vier Attentäter, von denen einer einen gemieteten Nissan Pathfinder mit Michiganer Kennzeichen gefahren hat.«

Vier Tote?

Er spürte, wie an seinem Hinterkopf Schweiß austrat und seinen Nacken hinunterlief.

Vier Tote!

Sami bin Rashid blickte auf den Bildschirm an der Wand, der ihm die Uhrzeit in allen vier Zeitzonen der USA verriet. In Washington war es jetzt Abend. Er wusste nicht, wo in den Staaten sich al-Matari aufhielt oder ob er sogar selbst unter den Toten war, doch er griff trotzdem zum Telefon. Seine Hände zitterten vor Wut.

Es dauerte eine volle Minute, bis der Mann am anderen Ende ranging.

Musa al-Matari saß in seinem Zimmer in dem Chicagoer Stadthaus und betrachtete das Telefon, das in seiner Hand klingelte. Der Anruf erfolgte über die App Silent Phone, deren Standardeinstellung er so geändert hatte, dass Anrufe erst nach dem zwanzigsten Klingeln auf Voicemail weitergeleitet wurden, wohl wissend, dass jeder, der diese Nummer hatte, etwas Wichtiges mitzuteilen hatte. Al-Matari wollte keinen eingehenden Anruf verpassen, solange seine Operation hier im Gang war.

Nur diesen einen Anruf wollte er eigentlich nicht entgegennehmen.

Er war allein im Raum. Algier, Tripolis und zwei Mitglieder der Chicagoer Zelle hielten sich unten auf, vier weitere Mitglieder der Zelle waren unterwegs und bereiteten eine Operation vor, die bald anlaufen sollte.

Al-Matari stieß einen langen Seufzer aus und antwortete beim fünfzehnten Klingeln, schon jetzt das Gespräch fürchtend, das ihn mit Sicherheit erwartete.

»Ja?«

»Sie haben beim Anschlag auf einen Rentner vier Männer verloren! Erklären Sie mir das.«

Al-Matari wollte sich von dem Saudi nicht schulmeistern lassen. »Wir wissen nicht, was passiert ist. Offensichtlich hatte Edward Laird Personenschutz, und darauf war in Ihren beschissenen Informationen nicht hingewiesen worden.«

»Ah, ja! Natürlich. Jetzt wollen Sie mir die Schuld an Ihrem Versagen geben.«

»Und was war mit Todd Braxton? In den Informationen, die Sie uns geschickt haben, haben Sie es nicht nur versäumt, darauf hinzuweisen, dass er sein Aussehen verändert hat, sondern auch unerwähnt gelassen, dass er mit einem Mann unterwegs war, der genauso aussah wie er.«

»Ihre Leute vor Ort müssen die Zielpersonen identifizieren«, konterte der Saudi. »Ich kann nicht rüberkommen und für Ihre Sache Leute erschießen, Bruder. Ich mache hier die ganze schwere Arbeit.«

»*Wir* sind hier in Feindesland«, blaffte Musa al-Matari zurück. »*Wir* bringen uns in Gefahr. Wir arbeiten nur mit den Informationen, die wir von Ihnen bekommen. Was immer auch dazu geführt hat, dass heute vier Männer getötet wurden und dass die Zielperson in Kalifornien falsch identifiziert wurde, es waren keine operativen Fehler, sondern Versäumnisse bei der Informationsbeschaffung.«

»An die hochkarätigen Zielpersonen haben Sie sich noch gar nicht herangewagt«, erwiderte der Saudi kühl. »Nur an die leichten Ziele. Und trotzdem sind schon sechs tot. Ein Fünftel Ihrer Mannschaft.« Dem Saudi war mitgeteilt worden, dass sich zu Beginn der Mission insgesamt dreißig Agenten in Amerika aufhalten würden.

»Denken Sie, das weiß ich nicht? Uns war von Anfang an klar, dass es Verluste geben wird und dass die Zahl der Agenten mal rauf- und mal runtergehen wird. Männer werden den Märtyrertod sterben, und neue Rekruten werden die Reihen wieder auffüllen.«

»Was für neue Rekruten? Nur Erfolg gebiert Erfolg. Wir brauchen Siege, um weitere Rekruten für uns zu gewinnen.«

Musa al-Matari hatte von Beginn an beabsichtigt, dem Saudi operative Details vorzuenthalten. Doch jetzt brach er seine eigene Regel. »Binnen eines Tages werden wir mehrere Aktionen durchführen. Eine wird einer hochrangigen Zielperson gelten.«

»Welcher Zielperson?«

»Operative Details verrate ich niemand, der sie, offen gesagt, nicht zu wissen braucht.«

Nach einer kurzen Pause sagte bin Rashid: »Sehr gut. So soll es sein. Wir stehen alle auf derselben Seite, Bruder. Ich erinnere Sie nur daran, dass Sie einen Sieg brauchen. Einen überzeugenden Sieg. Sie müssen der Welt zeigen, dass Sie für eine starke Sache kämpfen.«

»Sehen Sie fern, Saudi«, erwiderte al-Matari nur. »Sie werden etwas Großartiges zu sehen bekommen, *inshallah*.« Dann unterbrach er die Verbindung.

Adara und Midas fuhren kurz nach 22 Uhr zu John Clarks Farmhaus in Emmitsburg, Maryland, hinaus. Man war einhellig zu dem Ergebnis gelangt, dass nach dem Debakel am Vormittag keine Gefahr mehr drohte, insbesondere nach einer vertraulichen Telefonkonferenz zwischen Gerry Hendley, Dan Murray und Mary Pat Foley. Mary Pat und ihr

Mann Ed waren seit Jahrzehnten mit Eddie Laird befreundet gewesen, und sie und Dan waren froh, dass Campus-Mitarbeiter die vier Terroristen getötet hatten, bevor sie noch mehr Unheil anrichten konnten, auch wenn sie es lieber gesehen hätten, wenn wenigstens einer der Täter lebend gefasst worden wäre.

Der Anschlag selbst fiel unter Bundeszuständigkeit, seit feststand, dass es sich um einen Terrorakt handelte, und so hatte Dan Gerry versichert, dass die beiden überlebenden Schützen, die nach Aussagen mehrerer Zeugen in einem schwarzen Range Rover vom Tatort weggefahren waren, als Personenschützer des ehemaligen CIA-Beamten Edward Laird identifiziert werden würden, womit die Sache vom Tisch wäre. Gavin Biery hatte im Internet keinerlei Fotos belastenden Inhalts entdeckt, sodass davon ausgegangen werden konnte, dass der Campus aus dem Schneider war.

John Clark war drei Stunden vor Midas und Adara zu seiner Farm hinausgefahren und stand mit seiner Frau Sandy auf der vorderen Veranda, als die beiden mit ihren Notfalltaschen über der Schulter ins Haus traten.

Aus Sicherheitsgründen hatte man vereinbart, dass Adara und Midas mehrere Tage hier auf der abgelegenen Farm bleiben sollten. Unterdessen wurden in ihren Wohnungen und deren Umgebung Überwachungskameras installiert, um festzustellen, ob sie nach den Ereignissen am Morgen überwacht wurden, sei es von Agenten al-Mataris oder gar von der örtlichen Polizei. Sandy führte die beiden ins Obergeschoss, wo jeder ein Zimmer mit Bad bekam, und ging dann zu Bett.

Adara und Midas begaben sich wieder nach unten. Dabei fiel der ehemaligen Navy-Sanitäterin auf, dass der ehemalige Delta-Force-Offizier langsam ging und sich am Treppengeländer festhielt. Offensichtlich plagten ihn Schmerzen in der Hüfte, doch sie sagte nichts. Sie wusste, dass er ein unwilliger Patient war. Den ganzen Tag über hatte er sich gesträubt, wenn sie ihn untersuchen wollte, sodass sie ihn jedes Mal daran erinnern musste, dass er nur Stunden zuvor von einem SUV angefahren worden war. Sie legte sich nur mit ihm an, wenn er seine Wunden nicht behandeln lassen wollte, und ließ ihn den harten Hund spielen, solange seine Einsatzfähigkeit nicht darunter litt.

Sie fanden Clark in der Küche mit drei Flaschen Bier und unterhielten sich eine Weile über das alte Farmhaus, dann gingen sie nach draußen auf die hintere Veranda, setzten sich und lauschten dem fernen Quaken dreier Frösche.

»Tja«, sagte Clark. »Keiner von uns hat gewollt, dass es so weit kommt, aber ich habe am Abend mit Gerry geredet. Wir werden in den kommenden Tagen und Wochen hart arbeiten, während die Nachrichtendienste versuchen, die Lage in den Griff zu bekommen. Jack und Gavin werden der Frage nachgehen, wer den Tätern die Informationen über die Opfer beschafft hat. Wir sind zuversichtlich, dass sie fündig werden. Darüber hinaus hält es Gerry für ziemlich wahrscheinlich, dass wir uns auch hier in den Staaten mit dem Problem befassen werden.«

Adara und Midas saßen nur schweigend da.

»Aus diesem Grund werden wir Ihr Training unterbrechen«, fuhr Clark fort. »Wir holen Sie sofort ins operative Team, sozusagen auf Probe. Teufel auch … Sie haben heute einen verdammt guten Job gemacht. Wir haben Eddie verloren, doch wenn man bedenkt, dass Sie unbewaffnet in eine Schießerei geraten sind und am Ende vier Terroristen tot waren, würde ich sagen, dass Sie mit Bravour jede Übung bestehen, die wir uns für Sie ausdenken könnten.«

Adara und Midas freuten sich über die Aufnahme ins Team, brachen aber keineswegs in Jubel aus.

Stattdessen sagte Midas nur: »Danke für Ihr Vertrauen. Ich jedenfalls bin bereit, diese Leute zu jagen. Können wir morgen wieder ins Büro?«

Clark schüttelte den Kopf. »Ich schon, Sie nicht. Wir werden zwar nicht in die Ermittlungen zu dem Anschlag am Bahnhof hineingezogen, aber es besteht nach wie vor die Möglichkeit, dass ein Anwohner Sie bei der Schießerei gesehen hat. Das könnte uns in Schwierigkeiten bringen. Da Sie beide außerhalb von Alexandria wohnen, dürfen Sie übermorgen in Ihre Wohnungen zurück, sobald wir uns vergewissert haben, dass sie nicht observiert werden. Morgen bleiben Sie hier. Ich habe unten am Bach einen einfachen Schießstand und könnte eventuell ein paar Waffen auftreiben, mit denen Sie Schießübungen machen können.« Er sagte das mit einem Zwinkern, das zu verstehen gab, dass es für ihn ein Leichtes wäre, den beiden neuen Campus-Mitarbeitern ein ganzes Arsenal von Schusswaffen zu besorgen.

Dann erzählte er, während sie ihr Bier tranken, von Eddie Laird, und die beiden neuen Agenten waren beeindruckt von den Leistungen und dem Charakter des Mannes, den persönlich kennenzulernen sie keine Gelegenheit gehabt hatten.

Adara hatte Dominic versprochen, ihn anzurufen, bevor sie zu Bett ging, und Midas wollte sich eigentlich nur noch hinlegen, um seine schmerzende Hüfte zu entlasten, und so willigten beide ein, als Clark vorschlug, Feierabend zu machen.

Beim Aufstehen zuckte Midas vor Schmerzen zusammen, gab sich aber Mühe, es zu verbergen.

Clark bemerkte es trotzdem und fragte: »Alles in Ordnung, mein Sohn?«

»Absolut. Jetzt geht's wieder.«

Clark blickte zu Adara. Sie zog nur die Augenbrauen hoch.

Er fragte Midas: »Haben Sie schon mal ein Bittersalzbad genommen?«

»Äh … nein, Sir. Nicht dass ich wüsste.«

»Nun, ich gebe ungern direkte Befehle. Bei uns im Campus geht es eher locker zu, jedenfalls lockerer als bei den Spezialeinheiten. Aber wenn ich Ihnen befehlen muss, in Bittersalz zu baden, damit Sie wieder in die Gänge kommen, werde ich es tun.«

Midas schien nicht überzeugt, antwortete aber, um Clark zu beruhigen: »Ja, Sir. Ich werde mir gleich morgen welches besorgen und …«

Clark lächelte, zum ersten Mal seit Eddies Tod. »Nicht nötig. Ich habe Sandy gebeten, eine Fünf-Pfund-Tüte mit dem Zeug neben die Wanne in Ihrem Badezimmer zu stellen. Zwanzig Minuten, Minimum.«

»Alles klar, Sir«, sagte Midas. Dann gingen er und Adara.

Auf der Treppe sagte Adara: »Der Befehl, ein Bad zu nehmen, war bei der Delta Force vermutlich nicht an der Tagesordnung.«

Midas lachte. »Eher nicht.«

37

Im Sommer war es in Tampa bereits am Morgen brütend heiß, doch dem achtundfünfzigjährigen Mann, der im ersten Dämmerlicht an dem Softballfeld vorbeijoggte, war solche Hitze nicht fremd. Er hatte schon in vielen heißen Gegenden gelebt und war überzeugt, dass es ihn bald wieder an einen Ort verschlagen würde, wo es noch schwüler war als in Südflorida, deshalb ließ er sich davon nicht stören.

Doch obwohl er hohe Temperaturen und Sonne gewöhnt war, vermied er es nach Möglichkeit, bei Hitze Sport zu treiben, und so nutzte er, obwohl es erst sechs Uhr morgens war, die relative Kühle vor Sonnenaufgang, um härter zu trainieren als seit Wochen.

Denn so wie er heißes Klima gewohnt war, so war er es auch gewohnt, Geist und Körper fit zu halten.

General Wendell Caldwell war der Chef des United States Central Command, eines der Regionalkommandozentren der US-Streitkräfte. West-Point-Absolvent und seit vierunddreißig Jahren Soldat, war Caldwell unlängst von einem einmonatigen Aufenthalt im Irak zurückgekehrt, wo er sich mit einigen dortigen Befehlshabern getroffen hatte. Und wo auch immer auf der Welt der General gerade weilte, er begann seinen Tag mit einem kleinen Fitnesslauf.

Gadsden Park lag gleich nördlich von der MacDill Air Force Base, dem Hauptquartier des USCENTCOM, und Caldwell genoss es, die Luftwaffenbasis für rund vierzig

Minuten zu verlassen und in dem Park ein paar Runden zu drehen.

Caldwell wohnte auf dem Stützpunkt und arbeitete auf dem Stützpunkt, sodass er ihn in Zeiten intensiver operativer Tätigkeit oft tagelang nicht verließ, sah man einmal von seinem morgendlichen Lauf durch die Nachbarschaft ab.

Die herausragenden Ereignisse der letzten Tage waren natürlich die IS-Anschläge hier in den Vereinigten Staaten, doch was Caldwell anging, waren die Bombenanschläge in unmittelbarer Nähe des Navy-Stützpunkts auf dem Militärflugplatz Sigonella noch wichtiger. Noch heute wollte er sich hier in Tampa mit Sicherheitsexperten treffen und über Pläne zum besseren Schutz der europäischen Stützpunkte sprechen. Viele seiner Soldaten durchliefen Sigonella, und so hatte er sich zu einer seiner vielen Aufgaben gemacht, mehr für ihre Sicherheit zu tun.

Über die jüngste Anschlagserie hier in Amerika war er zwar empört, doch um seine eigene Person sorgte er sich nicht, und das aus zwei Gründen. Zum einen hatte er beim Joggen nie jemand bemerkt, der auch nur im Entferntesten verdächtig aussah, und dass sich hier draußen ein IS-Angehöriger herumtreiben könnte, ohne dass er ihn schon aus zweihundertfünfzig Metern Entfernung bemerkte, hielt er für äußerst unwahrscheinlich. Außerdem joggte Caldwell ohne Kopfhörer, hielt stets die Augen offen und seit den jüngsten Vorfällen noch mehr. Sollte ihm tatsächlich mal jemand begegnen, der in irgendeiner Weise ungewöhnlich aussah, würde er ihm sofort auffallen.

Womit wir beim zweiten Grund wären, warum er sich keine Sorgen machte. In einem Klettband, das er unter dem Army-T-Shirt um die Hüfte trug, steckte griffbereit eine verchromte Walther PPK/S Kaliber .380.

Sie war ein Geschenk der Bundeswehr, nachdem Caldwell zwei Jahre lang die in Stuttgart stationierten Kräfte der U. S. Army befehligt hatte.

Sollte es Ärger geben, so sagte er sich, war er gerüstet.

Caldwell unterschätzte die Gefahr keineswegs. Er ging davon aus, dass er mit den Sicherheitsleuten der MacDill Base etliche Besprechungen würde führen müssen, um sicherzustellen, dass die Truppe wachsam blieb und sich der neuen Gefahr bewusst war, die Militärangehörigen in den Vereinigten Staaten drohte. Natürlich war es möglich, dass ein Soldat oder Pilot, der außerhalb der Kasernenanlage wohnte, angegriffen wurde, je nachdem, wie stark die Terrorzellen des IS in Amerika waren. Doch Caldwell selbst hatte in Panama, im Irak, im Kosovo und in Afghanistan der Gefahr ins Auge gesehen. Sollten ihm beim morgendlichen Joggen ein paar schlecht ausgebildete Arschlöcher vom IS in die Quere kommen, würde er ihnen keine Chance lassen.

Er drehte zwei Runden um den Gadsden Park, dann lief er auf dem langen, geraden North Boundary Boulevard nach Westen und durch ein paar Nebenstraßen, bis er schließlich auf dem Picnic Island Boulevard herauskam.

Während er in südlicher Richtung auf den Park zusteuerte, der in die Tampa Bay hinausragte, beobachtete er zwei F-16, die im Anflug auf Landebahn 04 waren. Die Sonne war gerade aufgegangen, und die Cockpithauben glitzerten im Licht, als die Kampfflugzeuge vorüberflogen.

Heute Morgen waren mehrere andere Jogger unterwegs, und wenn er an ihnen vorbeikam, erntete er Blicke des Erkennens von Untergebenen, ob er sie selbst nun erkannte oder nicht. Den Blicken folgte ein zackiges »Guten Morgen, Sir«, wenn der oder die Betreffende vorbeijoggte, und Caldwell antwortete mit einem »Guten Morgen« oder sogar mit dem Armeeruf »Hoo-ah«, wenn ihm danach war.

Manchmal fragte er sich, wie weit seine Puste wohl reichen würde, wenn er beim Laufen nicht jedes Mal zwanzig oder dreißig Grüße erwidern müsste.

Heute war er besonders auf Sicherheit bedacht, musterte

jeden Jogger schon aus größerer Entfernung und behielt ihn etwas länger im Auge, wobei er sich fragte, wie er mit ihm verfahren würde, falls er sich als Bedrohung entpuppen sollte.

Doch er begegnete niemand, der so aussah, als könnte er ein feindlicher Dschihadist sein, und überhaupt fand er die Vorstellung lachhaft, dass hier, direkt neben der MacDill Base, ein Dschihadist auftauchen könnte.

Der Picnic Island Park bestand aus einer Ansammlung von Palmen, Sukkulenten und gepflegten Rasenflächen rund um einen Parkplatz mit mehreren überdachten Pavillons und Picknicktischen, die einen schönen Ausblick auf die Bucht boten. An den Wochenenden wimmelte es hier von Stützpunktangehörigen, und auch unter der Woche kamen häufig Soldaten mit ihrem Lunch hierher, doch heute Morgen um halb sieben war der Park leer bis auf einen kleinen, weißen viertürigen Honda, der mit Blick auf die Tampa Bay geparkt war. Caldwell schenkte dem Wagen wenig Beachtung. Er wollte die Spitze der Halbinsel umrunden und ihn sich genauer ansehen, wenn er in einer Minute rechts an ihm vorbeilief.

Der General passierte eine Baumgruppe, die den Gehweg am Ende des Parkplatzes säumte, und als er kehrtmachte, schrak er leicht zusammen, als er, nur sieben, acht Meter entfernt, einen Jogger auf sich zukommen sah. Er musterte ihn rasch: klein und schmächtig, weiße Hautfarbe, schulterlanges, dunkelblondes Haar, die für Südflorida typische Joggerbekleidung, bestehend aus Shorts und T-Shirt. Er kam zu dem Schluss, dass der schwächliche Kerl keine Gefahr darstellte, selbst wenn er dicht an ihm vorbeilaufen sollte.

Er wandte den Blick von dem Jogger ab, als der Motor des Honda ansprang.

Erst als der Jogger plötzlich die Richtung änderte und direkt auf ihn zuhielt, blickte der General wieder nach vorn und machte einen Schritt zur Seite, um einen Zusammenstoß zu vermeiden, ärgerlich, dass er von dem Tölpel aus dem Tritt gebracht wurde. Der Bursche war wahrscheinlich betrunken, oder high oder …

Eine Messerklinge blitzte im rosigen Licht des Sonnenaufgangs, als sie in der rechten Hand des Joggers erschien. General Caldwell riss mit der Linken sein T-Shirt hoch, griff mit der Rechten nach der Pistole und setzte gleichzeitig zu einem Sprung nach hinten an, um außer Reichweite des Messers zu kommen.

Der junge Weiße war bei ihm, bevor er die Pistole heraus hatte. Die Messerklinge fuhr dem General zwischen die Rippen und drang bis zum Heft ein. Erst dann sprang er zurück und brachte einen halben Meter Abstand zwischen sich und den Angreifer.

Der General drückte ab, sobald er die Walther unter dem T-Shirt hervor hatte. Die Kugel jagte kreischend aus dem 83 mm langen Lauf in Richtung Oberschenkel des Angreifers. Das Mündungsfeuer versengte ihm den Schritt, die Kugel durchschlug sein Bein, und Blut spritzte auf den Asphalt zwischen seinen Füßen.

Der General drückte ein zweites Mal ab, während er und der andere zu Boden stürzten. Diesmal traf die Kugel den jungen Mann in den Unterleib, nur fünf Zentimeter unter dem Bauchnabel.

Dann lagen beide auf dem Rücken, nur einen halben Schritt voneinander entfernt.

General Caldwell hob den Kopf und spähte zu dem Messerheft, das aus seiner Brust ragte.

Er war ein harter Hund, aber jetzt merkte er, dass er mit jeder Sekunde schwächer wurde.

Ein Blick an dem Messerheft vorbei verriet ihm, dass der Mann, der ihn niedergestochen hatte, noch am Leben war und ebenfalls auf dem Rücken lag, mit dem Gesicht nach oben. Er war jung, Anfang bis Mitte zwanzig, und mit seinen blonden Haaren und hellen Augen sah er typisch amerikanisch aus.

Mit wogender Brust fragte Caldwell: »Warum, Junge? Warum?«

Das Gesicht des jungen Mannes schien mit jedem kurzen Atemzug mehr zu erbleichen. Er fing Caldwells Blick auf, doch seine Augen trübten sich rasch. *Allahu akbar* war alles, was er sagte, bevor sein Kopf auf den Asphalt sank und seine Augen nach hinten wegkippten.

Caldwell blickte zum Himmel und schrie frustriert: »Das soll wohl ein Witz sein!«

Die beiden Männer, der eine General der US-Armee, der andere ein in Amerika geborener, einfacher Soldat des IS, starben nur Sekunden hintereinander auf dem warmen Asphalt.

Kurz nachdem die beiden Körper auf dem Gehweg erstarrt waren, rollte der weiße Honda Accord vom Parkplatz und fuhr in Richtung Norden davon, ohne dass sich die beiden Insassen einmal umgeblickt hätten.

Angela Watson, Kopf der Atlanta-Zelle, und Mustafa, eines ihrer Zellenmitglieder, ließen den in Alabama geborenen Richie Grayson mit seinem Opfer im Picnic Island Park zurück. Richie hatte eine Zeit lang in Somalia gekämpft, daher wussten sie, dass er trotz seiner blonden Haare und seiner schmächtigen Gestalt ein Krieger war. Und sie wussten auch, dass Richie auf diese Weise hätte sterben wollen, und priesen seinen Übertritt zum Islam, denn seine letzte Tat auf Erden bescherte ihm den Einzug ins Paradies.

38

Jack Ryan junior joggte allein um die National Mall herum, während ein warmer Schauer auf ihn niederprasselte. Der Regen nervte ihn nur etwa eine Minute lang, doch sobald er durchnässt war, vergaß er ihn und richtete seine Gedanken wieder auf die Sache, die ihn seit einer Woche beschäftigte.

Den gestrigen Nachmittag und Abend hatte er damit zugebracht, Methoden der gezielten und systematischen Beschaffung von frei verfügbaren Informationen im Internet zu studieren, und die so erworbenen Kenntnisse erfolgreich dazu benutzt, zielführende Erkenntnisse über alle Opfer der Anschläge in den vergangenen Tagen zu gewinnen. Es war nicht leicht, mithilfe zehn oder zwanzig Jahre alter Informationen die richtige Person zu identifizieren und herauszufinden, wo sie sich zu einem bestimmten Zeitpunkt aufhielt.

Doch es war ihm gelungen.

Special Forces Sergeant Michael Wayne hatte sein Standardformular 86 fünf Jahre zuvor ausgefüllt und war danach von Fort Carlson, Colorado, nach Fayetteville, North Carolina, umgezogen. Später waren seine sämtlichen Social-Media-Accounts gelöscht worden, was für jeden, der sich seine Akte ansah, ein Hinweis darauf war, dass er den Sprung von den Special Forces zur Delta Force geschafft hatte, die ihr Hauptquartier in Fort Bragg hatte. Zwei seiner im SF 86 angegebenen Referenzen waren Offiziere im

Joint Special Operations Command – für den Leser von Waynes Akte eine weitere Bestätigung, dass er auf der richtigen Spur war.

Aus Grundbucheintragungen ging hervor, dass er das Haus am Lemont Drive im Vorjahr gekauft hatte, und so konnte jeder, der ihn als Delta-Mann identifiziert hatte, mühelos seine Privatadresse ermitteln und anschließend an dem Haus vorbeifahren. Jack vermutete, dass die Terroristen einfach das Glück gehabt hatten, ihn an der Haustür zu erwischen.

Angehörige des US-Militärs hatten nie einen Grund gehabt, sich in ihren Häusern in Amerika gegen eine Bedrohung zu wappnen, und Jack fragte sich mittlerweile, wie schnell sich das ändern würde.

Bei weiteren Recherchen hatte er Näheres über Edward Laird herausgefunden. Dessen zehnjährige Tätigkeit als Terroristenjäger im Nahen Osten war, ohne sein Einverständnis und seine Mitwirkung, in einem Buch dokumentiert worden, das unlängst erschienen war. Außerdem hatte er seit Jahrzehnten im selben Haus in Alexandria gewohnt.

Jack dachte jetzt über seine Recherchen nach. Er wusste nicht, wer solche Informationen IS-Agenten in Amerika zuspielte, aber er wusste, dass der Betreffende neben den Rohdaten des Office of Personnel Management nur gute Kenntnisse in OSINT und IDENTINT, der personenbezogenen Datenerhebung, benötigte und jemand sein musste, der vor nichts zurückschreckte.

Auf den Punkt gebracht ließ sich sagen: Jemand brachte legal erworbene und gestohlene Daten zusammen und benutzte das Resultat als Waffe.

Jack beendete seinen Morgenlauf auf dem Parkplatz beim Capitol Reflecting Pool, stieg in seinen schwarzen BMW und griff nach dem Handtuch, das zusammengefaltet auf dem Beifahrersitz lag. Er rubbelte sich die Haare trocken und schaltete gleichzeitig das Radio ein. Die Uhr zeigte gerade neun, sodass er den Beginn der Nachrichten mitbekam.

»Sprecher der Polizei in Tampa, Florida, haben bestätigt, dass Army General Wendell Caldwell, Befehlshaber des U. S. Central Command, heute Morgen einem Messerangriff zum Opfer gefallen ist. Der Anschlag ereignete sich kurz nach sechs Uhr in unmittelbarer Nähe der MacDill Air Force Base. Neben General Caldwells Leichnam wurde ein zweiter, bislang nicht identifizierter Toter gefunden, in dem die Behörden Caldwells Mörder vermuten.«

Ryan warf das Handtuch weg und schlug mit der flachen Hand auf das Lenkrad.

Und bei der nächsten Meldung ließ er langsam die Stirn auf das Lenkrad sinken.

In der Nacht waren in den Vereinigten Staaten zwei Bomben hochgegangen. In Pittsburgh war bei der Explosion einer Briefkastenbombe, die offenbar identisch mit jener war, die Barbara Pineda in Falls Church getötet hatte, ein Referent für politische Angelegenheiten des State Department namens Denby Carson ums Leben gekommen. Carson, an der US-Botschaft in der jordanischen Hauptstadt Amman stationiert, hatte auf Urlaub in den Staaten geweilt und bei seinen Eltern gewohnt.

Jack vermutete sofort, dass Carson in Wahrheit für die CIA gearbeitet hatte.

Die zweite Bombe explodierte unter einem Van im kalifornischen Monterey und tötete sechs Offiziere der U. S. Army, alle im Rang eines Lieutenant oder Captain. Die je drei Männer und Frauen hatten an einem Sprachinstitut des Verteidigungsministeriums auf der Militärbasis Presidio of Monterey Arabisch gelernt. Laut NPR hatten sie den Van gemietet, um in ein Restaurant zu fahren und den Abschluss des Sprachkurses zu feiern. Zeugen hatten beobachtet, wie ein Mann auf einem Motorrad außen an dem Fahrzeug etwas angebracht hatte, als es auf der Del Monte Avenue am Meer entlangfuhr.

Jack hob den Kopf und schlug erneut aufs Lenkrad. Acht Tote in zwölf Stunden, und er vergnügte sich bei einem lockeren Morgenlauf.

Gavin und er hatten vereinbart, auch am Sonntag zu arbeiten, allerdings nicht vor Mittag anzufangen. Nach annähernd einer Woche intensiver Arbeit zeigten sie erste Ermüdungserscheinungen und glaubten, dass es nicht schaden konnte, wenn sie nach einer zwölfstündigen Pause mit frischem Blick an das Material herangingen.

Doch Jack begriff, dass er sofort ins Büro musste. Er nahm die Sache mittlerweile sehr persönlich und fühlte sich für all das, was geschehen war, verantwortlich, denn das Geheimnis um die Sicherheitslücke war noch immer nicht gelüftet, obwohl er das Gefühl hatte, dass die Antwort in Form von Daten direkt vor ihm lag.

Er befürchtete, dass dieses Desaster noch mehr Menschenleben fordern würde, und wollte verdammt sein, wenn er es langsamer angehen ließ, während andere starben.

Er drückte den Knopf am Lenkrad, um sein Telefon zu aktivieren, wählte Gavin Bierys Handynummer und sagte laut seinen Namen.

Nach wenigen Sekunden hörte er: »He, Ryan. Was gibt's?«

»Hast du Nachrichten gehört?«

»Pittsburgh, Monterey und jetzt Tampa. Ja.«

»Das ist Wahnsinn«, sagte Ryan. »Und wir haben nur Theorien.«

»Ich versuche gerade, einen Schritt weiterzukommen«, erwiderte Gavin. »Ich bin schon im Büro. Ich habe mir die Protokolle von Vadim Retschkows Reddit-Chats vorgenommen. Hunderte von Seiten, die ich durchgehen muss in der vagen Hoffnung, dass der Typ, von dem seine Infos über Scott Hagen stammen, auf diesem Weg Kontakt zu ihm aufgenommen hat. Wahrscheinlich wühle ich in einem Heuhaufen, in dem gar keine Stecknadel ist, aber ich muss die Möglichkeit ausschließen.«

»Klingt so, als könntest du Hilfe gebrauchen. Ich muss etwas tun.«

»Klar, Junge. Ich könnte dich brauchen.«

»Bin in zehn Minuten da.«

Obwohl er von seiner Wohnung nur Minuten zur Arbeit brauchte und durchschwitzte Shorts und ein noch durchgeschwitzteres T-Shirt trug, fuhr er nicht nach Hause, um zu duschen und sich umzuziehen, sondern direkt ins Büro. Er hatte frische Sachen zum Anziehen in seinem Notfallrucksack, den er stets im Wagen mitführte. Er war eigentlich für Noteinsätze im operativen Bereich gedacht, doch heute brauchte er ihn für einen Noteinsatz im analytischen Bereich, denn die Scheiße, die in Amerika am Dampfen war, geriet zusehends außer Kontrolle.

Auf der Fahrt nach Westen über den Potomac River kam er am Weißen Haus vorbei, das nur eine Viertelmeile entfernt lag, und schickte einen stillen Gruß hinüber.

39

Der Präsident der Vereinigten Staaten und die First Lady hatten ihren Sonntag damit begonnen, dass sie mit ihren beiden jüngsten Kindern in die Messe gegangen waren.

Sie taten das so oft wie möglich, wenn sie beide in der Stadt waren, doch heute war es insofern etwas Besonderes, als die ältere Tochter an der Eingangstreppe zur Kathedrale zu ihnen stieß, um mit ihnen den Gottesdienst zu besuchen. Der Präsident bekam Sally zurzeit nur selten zu sehen. Sie wohnte nördlich von Baltimore und kam nicht gern ins Weiße Haus, weil ihr der Medienrummel und die strengen Sicherheitsvorkehrungen zuwider waren.

Hatte Jack Ryan junior das Problem, dem Vorbild des Vaters gerecht zu werden und sich gleichzeitig aus seinem Schatten zu lösen, so hatte seine Schwester dasselbe Problem mit der Mutter.

Sally absolvierte gegenwärtig ein neurochirurgisches Praktikum am Johns Hopkins Hospital, und dort, wie überhaupt in medizinischen Kreisen, scherte sich niemand groß darum, dass ihr Vater der Präsident der Vereinigten Staaten war. Dagegen führte für Sally kein Weg daran vorbei, dass ihre Mutter die berühmte Dr. Cathy Ryan war, Leiterin der Abteilung für Ophthalmologie am Johns Hopkins.

Natürlich war Cathy auch First Lady der Vereinigten Staaten, aber mit diesen beiden Rollen jonglierte sie schon seit vielen Jahren, und obwohl alt und vermögend genug, um sich zur Ruhe zu setzen, arbeitete sie weiter, führte Operationen durch, bildete jüngere Ärzte aus und saß in mehreren Klinik-Verwaltungsräten.

Das älteste der vier Ryan-Kinder wurde im Kreis der Familie zwar noch Sally genannt, doch sie selbst benutzte seit einigen Jahren ihren Taufnamen Olivia. Praktisch jeder in den Vereinigten Staaten über dreißig kannte Sallys Geschichte und wusste, dass die Erstgeborene des späteren Präsidenten Jack Ryan in jungen Jahren bei einem Anschlag von Terroristen der Irisch-Republikanischen Armee schwer verletzt worden war. Der Name Sally Ryan und die Erinnerung an dieses Attentat hatten sie danach überallhin verfolgt, sodass sie, als sie Ärztin wurde, den Namen weitestgehend ablegte und durch Olivia ersetzte.

Sie war noch nicht verheiratet, jedoch seit zwei Jahren mit einem orthopädischen Chirurgen türkischer Herkunft namens Davi liiert und mit ihm glücklicher als je zuvor in ihrem Leben. Hatte sie in ihren Zwanzigern praktisch nur für das Studium und in ihren Dreißigern praktisch nur für die Arbeit gelebt, so wurden Arbeitswochen von sechzig Stunden nun erstmals zum Problem. Da ihr Freund ein ähnlich strapaziöses Pensum an Operationen und Bereitschaftsdiensten absolvierte, sahen sie einander selten öfter als ein paar Mal in der Woche.

Natürlich hatte die Presse Wind davon bekommen, dass sie ein Verhältnis mit einem türkischen Arzt hatte, es gab Andeutungen, dass der Präsident bald einen muslimischen Schwiegersohn bekommen werde, und die Frage wurde aufgeworfen, wie sich das auf die amerikanische Außenpolitik auswirken werde. Allerdings war Davi Katholik, was herauszufinden die amerikanischen Medien allerdings zu viel Mühe und was zu erklären sie zu viel wertvolle Sendezeit gekostet hätte, sodass eine Klarstellung ausblieb.

Der Präsident und der Freund seiner älteren Tochter verstanden sich gut, wenn sie einmal zusammenkamen, doch Olivia legte großen Wert auf den Schutz ihres Privatlebens, sodass Davi abgesehen von ein paar Pflichtbesuchen im Weißen Haus und einem denkwürdigen Thanksgiving in Peregrine Cliff viel von der öffentlichen Aufmerksamkeit erspart blieb, die einem normalerweise zuteilwird, wenn man mit der Tochter des amtierenden Oberbefehlshabers liiert ist.

Ganz privat blieb die Beziehung zwischen Olivia und Davi allerdings nicht. Das Paar musste sich auch damit arrangieren, dass es Personenschutz vom Secret Service erhielt. Die beiden Männer und beiden Frauen, die man ihnen zugeteilt hatte, waren Olivia zwar zu guten Freunden geworden, verkomplizierten ihr Liebesleben aber zusätzlich.

Vor etwa einem Monat war sie mit Davi übers Wochenende in eine Hütte gefahren, die ihre Eltern unlängst in den Blue Ridge Mountains gekauft hatten, um frische Luft zu tanken und im Freien zu grillen. Die Leibwächter folgten in einem Wagen, bezogen zwei Zimmer in der Fünf-Zimmer-Luxushütte auf einem vierzehn Hektar großen Waldgrundstück am Old Rag Mountain und sicherten vorn und hinten, wenn das Paar, das nur eine kurze Auszeit von der Stadt nehmen wollte und etwas Zweisamkeit suchte, auf den nahen Bergpfaden mit ihren Hunden spazieren ging.

Davi hatte sich noch nicht daran gewöhnt, auf Wochenendausflügen mit seiner Freundin von Aufpassern begleitet zu werden. Olivia hingegen hatte sich mittlerweile damit arrangiert, dass sie auf Schritt und Tritt ein paar zusätzliche Freunde um sich hatte.

Nach der Messe an diesem Morgen gingen Olivia, Katie und Kyle ins Hirshhorn Museum an der National Mall – zusammen mit ihren jeweiligen Personenschützern –, während Cathy und Jack senior ins Weiße Haus zurückkehrten.

Ryan verabschiedete sich von seiner Frau im Wohnbereich und begab sich in den Westflügel, ohne auch nur das Jackett abzulegen, das er zum Kirchgang angezogen hatte. Er wusste, dass er unverzüglich in den Situation Room musste, um über die zwei nächtlichen Bombenanschläge zu sprechen, doch als er dort ankam, erfuhr er von einem erschöpft aussehenden Robert Burgess, dass am frühen Morgen in Tampa der Befehlshaber des CENTCOM ermordet worden war.

Obwohl die heutige Predigt Güte und Anstand zum Thema gehabt hatte, hätte der Präsident zwanzig Minuten nach dem Gottesdienst am liebsten seine Faust durch die Wand des Besprechungsraums gerammt.

Als alle da waren und Platz genommen hatten, bemerkte Ryan einen Mann, den er nicht kannte. Er saß direkt neben Heimatschutzminister Andrew Zilko. Offensichtlich sollte ihm der Unbekannte in einer bestimmten Angelegenheit Bericht erstatten. Doch bevor sie anfingen, wollte er wissen, wer der Mann war.

Noch erschüttert über die Nachricht von General Caldwells Tod, sagte Ryan: »Andy, würden Sie uns bitte Ihren Gast vorstellen?«

»Ja, Mr. President«, antwortete Zilko. »Das ist Dr. Robert Banks. Er leitet das National Cybersecurity Protection System. Ich habe ihn hinzugezogen, damit er Sie über Hackerangriffe auf Datennetze des Bundes unterrichtet.«

Dan Murray unterbrach ihn. »Wenn Sie erlauben, Mr. President, würde ich vorher gern einen kurzen Überblick über die Terroranschläge in den USA von letzter Nacht geben.«

»Gewiss. Fangen Sie an, Dan. Anschließend hat Dr. Banks das Wort.«

Der Justizminister schilderte ausführlich die erfolgreichen Anschläge in Pittsburgh und Monterey sowie das jüngste Attentat in Tampa. Der Präsident erkundigte sich, ob man an den Tatorten Beweise wie Überwachungsvideos oder DNA-Spuren habe sicherstellen können, wie die Täter vorgegangen seien und welche Hilfsmittel sie benutzt hätten. Alle drei Tatorte wurden noch untersucht, sodass mit weiteren Erkenntnissen zu rechnen war, doch der Justizminister hatte gewusst, dass Ryan detaillierte Fragen stellen würde, deshalb hatte er ein I-Pad mitgebracht, auf dem die vorläufigen Ermittlungsergebnisse von jedem Tatort gespeichert waren.

Robert Burgess steuerte seine Erkenntnisse zu dem Mord an der MacDill Air Force Base bei. Der Criminal Investigation Service der Army führte vorläufig noch die Untersuchungen am Tatort durch, leitete aber alles an das FBI weiter, sodass Burgess kaum mehr wusste als Murray. Das FBI hatte ein Team aus Kriminaltechnikern, Ermittlern und Antiterrorspezialisten von Washington nach Tampa geschickt, und in diesem Moment überflog eine Joint Terrorism Task Force aus Miami in einer Falcon 50 die Everglades, doch der Verteidigungsminister stellte klar, dass das Pentagon aufgrund der vielen Anschläge auf Militärangehörige bei jedem Schritt miteinbezogen werden wolle.

Murray und Ryan waren sich darin einig, dass Heimatschutzministerium, Pentagon und Justizministerium in dieser Angelegenheit zusammenarbeiten mussten.

Von Ryan gefragt, welche Maßnahmen man ergreife, um das Militär besser zu schützen, antwortete Burgess: »An allen Standorten in den Staaten gilt höchste Alarmbereitschaft, und wir fordern alle Kommandobereiche auf, auf diese neue Gefahr hinzuweisen, aber für die Soldaten außerhalb der Stützpunkte haben wir bislang wenig Greifbares getan.«

»Was empfehlen Sie?«

»Ich lasse von einem Team gerade Pläne ausarbeiten. Um nur ein paar Stichpunkte zu nennen: bessere Bewaffnung von Militärangehörigen außerhalb der Stützpunkte, stärkere Präsenz von bewaffneten MPs und Sicherheitskräften an Örtlichkeiten, die von Militärangehörigen frequentiert werden, engere Zusammenarbeit mit den lokalen Strafverfolgungsbehörden. Sobald ich kann, werde ich Ihnen alles vorlegen.«

Jack wandte sich an Dan Murray. »Was haben wir über die toten Terroristen in Erfahrung gebracht?«

»Vier von ihnen haben wir identifiziert. Einen der beiden in North Carolina und drei der vier in Virginia. Alle vier sind in der Zeit, in der al-Matari unserer Vermutung nach in El Salvador einen Ausbildungslehrgang abgehalten hat, nach Guatemala, Mexiko oder Honduras geflogen.«

»Die sogenannte Sprachschule.«

»Ganz recht. Es sieht ganz so aus, als hätte es sich bei diesem Camp tatsächlich um ein Ausbildungslager des IS gehandelt.«

»Und dass sich die Ausbildung bezahlt gemacht hat und allen die Rückkehr in die USA gelungen ist, wird sie ermutigen, so etwas wieder zu versuchen«, sagte Ryan.

Damit wandte er sich an Scott Adler. »Das State Department muss das in den Griff kriegen. Nicht nur in El Salvador, sondern in allen Ländern auf unserer Halbkugel. Machen Sie Ihren dortigen Botschaftern Dampf. Sie sollen mit den Regierungen reden und ihnen sagen, was unseres Erachtens in El Salvador vor sich gegangen ist und welche Folgen es jetzt für uns hat. Sie sollen ihnen sagen, dass es wieder passieren könnte und dass wir alles tun werden, um das zu verhindern. Bitten Sie diese Länder um Hilfe, aber machen Sie ihnen auch klar, dass wir bei fehlender Unterstützung ihrerseits selbst Maßnahmen ergreifen müssen.«

Außenminister Scott Adler verstand, was der Präsident wollte. Das State Department würde keiner Regierung drohen, aber seine Diplomaten würden auf den Ernst der Lage hinweisen. Und sie würden klarstellen, dass die Ryan-Administration ein Nein nicht akzeptieren würde. Die betreffenden Länder würden mühelos verstehen: Sollten sie nichts gegen Terrorcamps auf ihrem Hoheitsgebiet unternehmen, würde das ihren Beziehungen zu den Vereinigten Staaten zumindest schaden und könnte diese dazu veranlassen, die Souveränität ihrer Grenzen zu verletzen und die Sache selbst in die Hand zu nehmen.

Ryan wusste, dass es für Schlussfolgerungen noch zu früh war. Trotzdem wandte er sich an Mary Pat Foley und CIA-Direktor Jay Canfield. »Besteht denn die Möglichkeit, dass das alles nicht das Werk Musa al-Mataris ist?«

»Das würde mich überraschen«, antwortete Canfield. »Sehr überraschen. Er ist der Chefleutnant des Islamischen Staates für nordamerikanische Angelegenheiten und führender Kopf in der IS-Einheit EMNI, die im Ausland Kämpfer anwirbt. Außerdem wissen wir, dass er versucht hat, Agenten in die USA einzuschleusen, um Terrorakte zu verüben. Danach ist er untergetaucht und hat eine Gruppe von Amerikanern zu Terroristen ausgebildet, von denen einige, wenn nicht sogar alle, jetzt wieder in den Staaten sind. Nach allem, was wir über al-Matari wissen, ist er ein pragmatischer Anführer. Ich glaube, dass das seine Leute sind, und ich glaube, dass er selbst auch hier im Land ist.«

Mary Pat pflichtete ihm bei. »Wir wissen von keinem anderen im IS-Auslandsgeheimdienst, der das tun würde, was al-Matari hier bei uns versucht. Das ist sein Werk. Aber sieht man genauer hin, lässt sich all dem auch etwas Positives abgewinnen, das Hoffnung macht. Innerhalb von vier Tagen hat es insgesamt sieben Anschläge gegeben, und dabei hat er sieben Leute verloren. Setzt man diese Verluste in Relation zu der von uns geschätzten Gesamtstärke seiner Truppe, ist seine Operation in spätestens drei Wochen am Ende, wenn er so weitermacht, obwohl wir ehrlich gesagt nicht ausschließen können, dass er die gelichteten Reihen wieder auffüllt. Wie Sie wissen, ist das Rekrutierungsprogramm des IS recht erfolgreich. Es ist möglich, dass er unter den ferngesteuert Radikalisierten hier in den Staaten Ersatz rekrutiert und mit Aufträgen versieht. Auf diese Weise bekäme al-Matari neue Kämpfer, auch wenn sie schlechter ausgebildet wären als der harte Kern.«

Ryan wandte sich an Arnie Van Damm. »Ich brauche heute Abend Sendezeit bei den Fernsehsendern. Ich möchte zur Nation sprechen.«

Van Damm machte ein missbilligendes Gesicht. »Mr. President, wir haben noch nicht genug, was Sie sagen könnten. Geben Sie heute Nachmittag im Presseraum eine Erklärung ab und lassen Sie Fragen zu. Weichen Sie aus, wenn Sie etwas nicht beantworten können, aber bringen Sie Ihre Trauer und Empörung zum Ausdruck und machen Sie dem amerikanischen Volk deutlich, dass wir mit Nachdruck an der Sache arbeiten.«

»Aber …«

»Wenn wir Sie mit dem, was wir aktuell haben, hinter Ihren Schreibtisch setzen, werden Sie einen hilflosen Eindruck machen. Zumal das, was wir bereits über die Anschläge wissen, geheim bleiben muss. Machen wir es heute Nachmittag im Presseraum.« Arnie blickte auf seine Uhr. »Heute ist Sonntag. Trotz der Anschläge wird der Presseraum halb leer sein, deshalb muss ich zuerst die Medien herlotsen.«

»Okay«, sagte Ryan. »Ich schlage vor, Sie fangen gleich damit an.«

Auf dem Weg nach draußen sprach Van Damm mit seinen beiden Assistenten. In wenigen Augenblicken würden alle drei diverse Weiße-Haus-Korrespondenten anrufen und fieberhaft versuchen, in den nächsten Stunden den Presseraum vollzukriegen.

»Was ist mit dem anderen ungeklärten Punkt?«, fragte Ryan. »Mit dem Datenleck, um das sich alles dreht? Wie weit sind wir mit den Ermittlungen?«

Der Minister für Heimatschutz räusperte sich. Ryan kannte ihn schon länger und sah ihm sofort an, dass ihm das, was er zu berichten hatte, unangenehm war. »Die Leute vom Cyber Threat Intelligence Integration Center haben eine mögliche Sicherheitslücke bei personenbezogenen Daten ausgemacht.«

»Okay. Endlich haben wir was gefunden. Wessen Daten sind betroffen?«

Es folgte eine Pause, und Dr. Robert Banks vom National Cybersecurity Protection Center erhob sich. »Mr. President, die Sicherheitslücke betrifft Personen, die einen SF-86-Fragebogen ausgefüllt haben, um eine Sicherheitsfreigabe zu beantragen.«

Ryan wusste, dass jeder Regierungsangestellte, der eine Sicherheitsfreigabe hatte, die es ihm erlaubte, auf vertrauliche Dokumente zuzugreifen, das Standardformular SF-86 ausgefüllt hatte – wie im Übrigen auch Millionen von Auftragnehmern, die für bestimmte staatliche Einrichtungen arbeiteten.

»Wen speziell?«

»Nun ja … praktisch jeden. Jeden seit 1984 … das heißt, bis vor ungefähr vier Jahren.«

Ryan blinzelte heftig. »Soll das heißen, dass … dass die Daten jeder einzelnen Person, die in einem Zeitraum von dreißig Jahren bei der US-Regierung eine Sicherheitsfreigabe beantragt hat, einem unbekannten Feind in die Hände gefallen sind?«

»Es hat ganz den Anschein, wie ich zu meinem Bedauern sagen muss.«

Ryans Kiefermuskeln zuckten, aber seine Stimme blieb unverändert. »Erläutern Sie das, Dr. Banks.«

»Die kriminaltechnische Untersuchung unserer Server im Office of Personnel Management ist noch im Gang, und bislang haben wir noch keinen Beweis für einen Angriff gefunden. Allerdings haben wir festgestellt, dass ein unzulässiger Administratorzugriff eingerichtet worden ist und dass sich dieser unbefugte Administrator vor ungefähr vier Jahren durch eine Hintertür in das e-QIP-System des OPM eingeloggt hat. In dem System sind alle SF-86-Anträge abgelegt.«

»Wer hat diesen Zugang erhalten?«

»Das wissen wir noch nicht, aber zum damaligen Zeitpunkt beschäftigte das OPM überhaupt kein eigenes Personal im Bereich IT-Sicherheit. Das Amt beauftragte eines der größten Internetsicherheitsunternehmen im Land damit, doch ein Jahr später kam bei einer Untersuchung ans Licht, dass dieses Unternehmen einen Teil der Aufgaben an eine kleinere Firma abgegeben hatte.« Banks räusperte sich. »Im indischen Bangalore.«

»Aha«, sagte der Präsident. »Dann haben wir also irgendwann vor über zwei Jahren die sichere Verwahrung der Personalunterlagen jedes Staatsbediensteten, der eine Sicherheitsfreigabe beantragt hat, ausgelagert.«

»Ja, Mr. President. Aber noch einmal: Das OPM hat die Zusammenarbeit mit dem Unternehmen beendet, und wir haben es für den Vertragsbruch mit einer Strafe belegt.«

»Dann ist die Stalltür jetzt zu, aber die Pferde sind nach China durchgegangen.«

»Äh … von China weiß ich nichts. Es könnte auch jemand anders gewesen sein.«

»Verzeihen Sie meine Voreingenommenheit. Aber beim letzten Mal war es China.«

»Ja, in der Tat. Wie wir festgestellt haben, hat das OPM nicht einmal eine Inventarliste seiner Server, Datenbanken und Endgeräte geführt, sodass es unmöglich war, die dort gespeicherten Daten zu schützen.

Wer immer sich Zugang zu den OPM-Dateien verschafft hat, es geschah in der Zeit, als die indische Firma im Netzwerk mit internen Sicherheitsaufgaben betraut war. Die Zugangsdaten eines ihrer Mitarbeiter mit ordnungsgemäßer Zugangsberechtigung wurden kopiert und dazu benutzt, einen Zugang für einen neuen Nutzer mit vollem Admin-Zugriff anzulegen.«

Ryan trommelte mit den Fingern auf den Tisch. »Diese Dateien enthalten also Informationen über jeden, der jemals eine Sicherheitsfreigabe beantragt hat? Tatsächlich über jeden?«

»Nun ja … wie gesagt, in der Zeit von 1984 bis vor vier Jahren.«

»Ich bin kein Computerfachmann, aber ich bin mir ziemlich sicher, dass wir dieses Netzwerk 1984 noch nicht hatten.«

»Nein, Mr. President. Damals war das alles noch auf Mikrofiche gespeichert. Im Zuge einer Modernisierung in den Neunzigern wurden alle Mikrofiches ab 1984 digitalisiert.«

»Na großartig.« Ryan überlegte einen Moment. »Dann dürfte ich wohl auch dabei sein.«

Der IT-Fachmann, ohnehin schon entsetzt, erbleichte. »Äh … ich weiß es nicht. Ich habe nicht nachgesehen, ob bestimmte Einzelpersonen …«

Ryan unterbrach ihn. »Es dürfte ein paar Jahre davor gewesen sein, aber natürlich musste ich mich anderen Überprüfungen unterziehen, als ich in der Agency und dann in der Exekutive aufgestiegen bin.«

Der Doktor wirkte plötzlich wieder etwas ruhiger. »Die Sache betrifft nur das Formular SF-86 und Fingerabdrücke, wenn Sie Ihres also vorher ausgefüllt haben, dürften Sie nicht dabei sein.«

Ryan zuckte die Achseln. Darauf kam es nun wirklich nicht mehr an. Was da passiert war, war eine der größten Katastrophen, von denen er je gehört hatte. Er sah den nervösen Mann weiter unten am Tisch an. »Dr. Banks, Sie stehen hier nicht vor Gericht. Ich bin wirklich stinksauer, aber ich werde mich hüten, den Überbringer schlechter Nachrichten zu bestrafen.« Er beugte sich ein wenig vor.

»Das würde nämlich dazu führen, dass einem kein reiner Wein mehr eingeschenkt wird.«

»Ja, Mr. President«, sagte Banks, wirkte aber kein bisschen erleichtert. »Wir haben Sicherheitsereignis- und Reaktionsteams, die rund um die Uhr herauszufinden versuchen, wer die Daten gestohlen hat, wann genau und wie genau. Wir glauben, dass es ein einmaliger Datenklau war, und wir haben alle Admin-Zugänge zu dem System gesperrt, bis jeder Betroffene überprüft worden ist, aber natürlich lässt sich der Schaden nicht wiedergutmachen.«

Ryan wandte sich an Andrew Zilko. »Andy, ich habe mir die Zahlen angesehen. Wir haben fünf Milliarden für das National Cybersecurity Protection System ausgegeben, um genau solche Vorfälle zu verhindern. Seit die Chinesen vor ein paar Jahren in das Datennetzwerk unseres Nachrichtendienstes eingedrungen sind, haben uns Leute, die dafür bezahlt werden, dass sie über solche Dinge wachen, versichert, dass sich so etwas nicht wiederholen würde.«

Zilkos Unbehagen war ebenso offensichtlich wie das des Doktors. »Ja, Sir. Und ich kann sagen, dass wir bei der Verbesserung der Internetsicherheit in den letzten vier Jahren Fortschritte erzielt haben.«

»Was für Fortschritte?«

Zilko überlegte einen Moment. »Nun ja … zum Beispiel besprechen wir uns mit dem OPM. Das neue hauseigene Personal ist dabei, die Sicherheit dort zu verstärken, nur geht das nicht so schnell vonstatten, wie wir uns wünschen würden.«

Ryan schloss frustriert die Augen. Einen Großteil seines Lebens hatte er sich in der einen oder anderen Form mit staatlicher Bürokratie herumgeschlagen. Immer wieder dachte er, ihn könnte kein bürokratisches Fehlverhalten mehr aus der Fassung bringen. Und immer wieder musste er feststellen, dass er sich irrte.

»Wie viele Leute, die zurzeit über eine Sicherheitsfreigabe verfügen, sind von dem Datendiebstahl betroffen?«

Zilko blickte zu Banks, der auf die Frage antwortete. »Im Moment verfügen etwas mehr als viereinhalb Millionen Personen über eine Sicherheitsfreigabe, Mr. President. Die große Mehrheit dürfte ihren SF-86-Fragebogen ausgefüllt haben, bevor es zu dem Datenleck gekommen ist. Meines Erachtens müssen wir von rund vier Millionen Männern und Frauen ausgehen.«

»Das bedeutet, dass vier Millionen derzeitige Regierungsangestellte und staatliche Auftragnehmer durch dieses Leck in Gefahr geraten«, sagte Ryan. »Militärangehörige, gewählte Amtsträger, Techniker, Leute, die mit der Bewachung unserer Atomwaffenarsenale betraut sind.«

»Ich fürchte, genauso schlimm ist es, Mr. President«, bestätigte Dr. Banks. »Aus dem SF-86 geht zwar nicht direkt hervor, ob jemand bei der CIA ist, denn die CIA arbeitet mit einem eigenen System für Sicherheitsfreigaben, doch viele, wenn nicht die meisten CIA-Beamten mussten für ihren Tarnjob ein SF-86 ausfüllen, zum Beispiel als Mitarbeiter des State Department in einer Botschaft. Andere waren früher Militärs oder Polizisten mit Sicherheitsfreigabe, dann sind sie auf jeden Fall mit dabei. Ein erstklassiger Datenschürfer und Experte für die Beschaffung personenbezogener Daten kann nach bestimmten Anomalien und Unstimmigkeiten suchen. Nehmen wir als Beispiel einen Mann, der an der US-Botschaft in Madrid tätig ist. Er arbeitet als Konsularbeamter, aber aus seinem SF-86 geht hervor, dass er acht Jahre beim Nachrichtendienst der Navy war oder als Army Ranger oder Green Beret gedient hat. Eine interessierte Partei wird ziemlich schnell dahinterkommen, dass der Mann in Madrid keine Pässe stempelt, sondern für die CIA Agenten führt.«

Ryan rieb sich die Nase unter der Brille. »Und jetzt sieht es so aus, als ob Musa al-Matari über diese Daten verfügt, und andere auch. Das ist ein absoluter Albtraum. Selbst wenn wir al-Matari und alle Mitglieder seiner Zellen stoppen, selbst wenn wir dem Missbrauch der OPM-Daten einen Riegel vorschieben, werden wir nie erfahren, wer alles im Besitz der entwendeten Daten ist.«

»Das ist leider korrekt, Mr. President.«

»Wir müssen uns bei den besten Fachleuten Rat holen, wie sich die Folgen dieses Desasters minimieren lassen. Das sind wir den Menschen schuldig, die für uns arbeiten oder früher für uns gearbeitet haben. Das ist unsere Aufgabe für morgen. Heute ... heute müssen wir die Leute finden und aus dem Verkehr ziehen, die mithilfe dieser Daten Amerikaner ins Visier nehmen.

Mary Pat, wir brauchen umfassende Gegenmaßnahmen, um der Sache Herr zu werden. Zum jetzigen Zeitpunkt ist jeder Regierungsangestellte und jeder staatliche Auftragnehmer ein potenzielles Ziel, das ist ja nun überdeutlich geworden. Alle Betroffenen müssen unverzüglich gewarnt werden.«

»Ist bereits angelaufen, Mr. President. Als DNI kann ich hierzu die Initiative ergreifen und jeden einspannen, den wir brauchen, um die Gefahr ins allgemeine Bewusstsein zu bringen.«

Heimatschutzminister Zilko hob die Hand. »Mr. President, ich möchte darauf hinweisen, dass es unter der früheren Regierung zu dem Datenleck gekommen ist.«

Ryan spürte, wie sein Gesicht zu glühen begann, doch er ließ sich von seiner Wut nicht übermannen. Er deutete auf Zilko. »So etwas möchte ich nie wieder von Ihnen hören, weder in dieser noch in einer anderen Krise. Wir sind nicht hier, um unseren Arsch zu retten. Wir sind hier, um den Vereinigten Staaten von Amerika zu dienen. Seit vier verfluchten Jahren wissen Leute in dieser Administration, dass eine Firma in Indien Zugang zu sensiblem Material hatte. Gut, wir wussten nichts vom Datendiebstahl durch diese Firma, aber das ist noch lange kein Grund, uns selbst auf die Schulter zu klopfen. Sie persönlich wussten nichts davon, aber Sie sind für Leute verantwortlich, die davon wussten. Und auch ich wusste nichts davon, aber ich bin für Sie verantwortlich.«

Zilko sah weg und sagte leise: »Gewiss, Mr. President.«

Ryan zeigte mit dem Finger in die Runde. Jeder, selbst Mary Pat und Dan, bekam den Finger gezeigt, verbunden mit einem durchdringenden Blick. »Jeder hier muss Verantwortung übernehmen und nach einem Ausweg aus dieser Katastrophe suchen. Wir müssen akzeptieren, dass wir maßgeblich mitverantwortlich sind für die Toten und Verletzten, und uns davor hüten, Ausflüchte zu suchen. Dies alles ist unter unserer Verantwortung geschehen. Vielleicht nicht die Datenpanne, mit der es angefangen hat, aber alles andere, was daraus resultiert.

So … und nun lassen Sie mich darlegen, wie es jetzt weitergeht. Wir werden Musa al-Matari finden, wir werden die Urheber des Datenlecks ermitteln und ihnen das Handwerk legen, und erst dann, wenn das geschehen ist, will ich einen Stapel Rücktrittserklärungen auf meinem Schreibtisch sehen. Ladys und Gentlemen, wir haben unseren mutigsten Mitbürgern mehr geschuldet, als wir ihnen zurückgezahlt haben. Wir werden das in Zukunft ändern, aber vorher wünsche ich eine vollständige Aufarbeitung der Vergangenheit.«

Ryan stand auf und stürmte aus dem Raum, so wütend wie noch nie in seinem Leben. Amerika war unzähligen äußeren Bedrohungen ausgesetzt. Er hatte vor langer Zeit gelernt, das zu akzeptieren. Aber er hatte sich nie damit abfinden können, dass sich das Land immer wieder selbst Schaden zufügte, weil Leute einen schlechten Job machten oder die Gefahren nicht ernst nahmen.

40

Gavin Biery hatte kompletten Zugang zur Festplatte von Vadim Retschkows Computer erhalten, und zwar mithilfe eines authentifizierten Links, den ihm ein IT-Forensiker des Justizministeriums auf Anweisung des Ministers geschickt hatte. Als Gavin den Link anklickte und das Passwort eingab, das ihm sein Kontaktmann im National Cybersecurity and Communications Integration Center übermittelt hatte, öffnete sich auf einem seiner Laptops ein Fenster, das ein perfektes Spiegelbild von Retschkows Computer war, Spiegelbild deshalb, damit verschiedene Analysten des Justizministeriums, FBI-Agenten, die NSA und andere an den Ermittlungen zu Retschkows Anschlag beteiligten Personen gleichzeitig von verschiedenen Knoten aus auf die Daten zugreifen konnten.

Ein kurzer Blick auf die Geschichte von Retschkows Computer hatte Gavin gezeigt, dass der junge Mann gewohnheitsmäßig Reddit besucht hatte. Ein Hauptmerkmal der Website war, dass erfolgreiche Nischen-Communitys von Leuten mit ähnlichen Interessen sehr spezielle Subreddits bildeten, die jeweils ein eigenes Diskussionsforum mit eigenen Themen betrieben. Retschkows Festplatte lieferte kein vollständiges Bild seiner Aktivität auf dieser Website. Der Blick, den Gavin in die Online-Vergangenheit des Mannes werfen konnte, reichte nur ein paar Wochen zurück, aber allein in diesem Zeitraum hatte Retschkow die Website Reddit ungefähr hundertsechzig Mal besucht.

Gavin ging bis zu dem frühesten Datum in dem Zeitfenster zurück, das auf Retschkows Computer dokumentiert war und noch in die Zeit fiel, bevor er quer durch Amerika gefahren war, um Scott Hagen zu ermorden. Er klickte eine von Retschkows Reddit-Sitzungen an, um an seinen Benutzernamen zu kommen, und loggte sich unter Verwendung eines Profils, das er zuvor angelegt hatte, an einem anderen Laptop in dasselbe Subreddit ein. Dann tippte er Retschkows Benutzernamen ein: *TheSlavnyKid*.

Er brauchte nur diesen Namen einzugeben und auf »Overview« zu klicken, und schon konnte er jedes Subreddit sehen, für das Vadim Retschkow in den acht Jahren, die er Mitglied dieser Website gewesen war, Beiträge geschrieben hatte.

Acht Jahre, registrierte Gavin. Der Russe war seit seinem sechzehnten Lebensjahr durch diese Diskussionsgruppen gesurft.

Im Büro angekommen, nahm Jack eine Dusche und zog sich etwas Bequemes an, dann ging er in den Besprechungsraum, den er sich mit Gavin teilte, setzte sich zu seinem älteren Kollegen und ließ sich von ihm zeigen, was er getan hatte. Gavin navigierte durch Retschkows gesamte Reddit-Geschichte. Der junge Russe hatte im Lauf der Jahre Hunderte von Subreddits besucht, in denen es um sehr spezielle Fragen ging: Wie bekomme ich ein Studentenvisum für die Vereinigten Staaten, wie einen Job in der Technologiebranche, in den Computerwissenschaften? Aber auch um Themen wie Geldprobleme und, neueren Datums und für Gavin und Jack von besonderem Interesse, um das Seegefecht in der Ostsee im letzten Jahr.

Selbst dieses eine Subreddit verzeichnete annähernd zweitausendneunhundert Posts und fast fünfhundert Beiträge von Vadim Retschkow, alias TheSlavnyKid, selbst.

»Die alle durchzusehen wäre für uns viel Arbeit«, sagte

Jack. »Aber der Anschlag auf Hagen ist nun schon Wochen her. Die Ermittler vom Justizministerium haben das bestimmt schon getan.«

»Man braucht einen richterlichen Beschluss, um die Nutzerkonten von Verdächtigen in den sozialen Netzwerken durchforsten zu können«, sagte Gavin. »Und man muss sich dabei an bestimmte Regeln halten, damit die Grundrechte jedes Unschuldigen, mit dem er kommuniziert hat, gewahrt bleiben. Die Leute vom Justizministerium dürften sich ein paar Seiten angesehen haben, aber ich glaube nicht, dass sie die anderen Nutzerprofile so genau unter die Lupe genommen haben, wie wir es tun werden.«

»Du glaubst also, dass er auf dieser Website mit der Person in Kontakt gekommen ist, die ihm die Informationen über Scott Hagen geliefert hat?«, fragte Jack.

»Ich habe mir jetzt eine Stunde lang angesehen, was er auf der Website getrieben hat, und ich kann so viel sagen: Wenn die Person, die in den Besitz der OPM-Daten gelangt ist, nicht zufällig ein persönlicher Freund von Vadim Retschkow war, was ich für sehr unwahrscheinlich halte, dann möchte ich darauf wetten, dass der Kontakt zu Retschkow über Reddit zustande gekommen ist, speziell in den fünf Monaten, in denen er zu der Geschichte in der Ostsee gepostet hat. Soweit ich sehe, hat er online sonst mit niemand über dieses Thema kommuniziert. Ich schlage vor, du nimmst dir jetzt seine Gespräche vor, und ich sehe mich weiter auf seiner Festplatte um. Vielleicht finde ich etwas anderes, das relevant sein könnte.«

Jack hob die Augenbrauen. »Ich soll rund fünfhundert Posts lesen, mir die Benutzernamen von allen notieren, die mit ihm Kontakt hatten, und nach Hinweisen darauf suchen, dass ihm jemand Informationen über Hagen angeboten hat. Meinst du das?«

Gavin zuckte die Achseln. »Du bist der Analyst.«

»Allerdings.«

Jack begann mit Retschkows erstem Beitrag zu der Subreddit-Diskussion über den Konflikt in der Ostsee. Unter dem Benutzernamen TheSlavnyKid hatte er in einer über zehnseitigen Tirade geschrieben, dass sein Bruder Stepan zu den Opfern des widerrechtlichen Angriffs der US-Marine auf das russische U-Boot *Kazan* gehöre, das einzig Kaliningrad vor einer Nato-Aggression schützen wollte. Der Post war eine wütende Hassrede gegen Amerika, keine Frage, aber Jack fand, dass der Text selbst klar und die Schlussfolgerungen des jungen Mannes durchdacht, ja sogar relativ überzeugend waren. Zwar nicht für Jack, der davon überzeugt war, dass sein Vater in der Ostsee getan hatte, was getan werden musste, doch zumindest für jeden Leser, der sich in der Schuldfrage rund um den russischen Angriff auf Litauen noch kein abschließendes Urteil gebildet hatte.

Retschkow war kein englischer Muttersprachler, aber er brachte seine Botschaft gut rüber. Jack konnte den Schmerz in den Worten des dreiundzwanzigjährigen Russen fühlen, der in Amerika studierte, in eben dem Land, das er für den Tod seines Bruders verantwortlich machte. Er sprach ausführlich über sein Verhältnis zu seinem älteren Bruder, mit dem er gerne in den Seen und Bächen um ihren ländlichen Heimatort Slavny geangelt hatte, und erwähnte auch, dass sich sein Bruder überhaupt nicht für Politik und internationale Angelegenheiten interessiert habe.

Stepan sei in Ausübung seines Dienstes gestorben. Er habe den Streit nicht angefangen und keinerlei persönlichen Groll gegen Amerika gehabt. Deshalb gab Vadim Retschkow Amerika die Schuld am Tod seines Bruders.

Jack hätte dagegenhalten können, dass mit Sicherheit auch die mehreren Tausend von russischen See-, Luft- und Landstreitkräften im Baltikumkrieg getöteten Männer und Frauen den Streit nicht angefangen hätten, aber mit einem trauernden jungen Mann zu diskutieren wäre sinnlos gewesen.

Und Vadim war ohnehin in einem mexikanischen Restaurant in New Jersey gestorben.

Was Jack in diesem ersten langen Post vergeblich suchte, war eine Art feierliches Versprechen Vadim Retschkows, den Tod seines Bruders zu rächen, sich gar an dem Kommandanten der USS *James Greer* zu rächen. Nein, Vadim Retschkow hegte zwar einen tiefen Groll, das war offensichtlich, doch mehr als alles andere wirkte er untröstlich traurig.

Jack las auch die Kommentare zu Retschkows erstem Post, es waren mehrere Dutzend. Sie enthielten Beileidsbekundungen und Zustimmung zu seiner Kritik an den USA. Doch in nicht wenigen anderen hieß es auch, Stepan Retschkow habe nur bekommen, was er verdient habe, denn er habe für eine böse Macht gekämpft. Sogar ein paar Trolle meldeten sich zu Wort und gaben der Hoffnung Ausdruck, dass Vadims Bruder vor seinem Tod sehr gelitten habe.

Jack wusste nur zu gut, dass viele Menschen sich gerne wie Arschlöcher aufführten, wenn sie sich hinter einem Pseudonym verstecken und anderen ins Gesicht brüllen konnten, ohne das eigene zeigen zu müssen.

Als Nächstes sah er sich die Reaktionen von TheSlavnyKid auf einzelne Threads an. Retschkow beteiligte sich an Diskussionen, griff Argumente auf und solidarisierte sich mit der Empörung anderer.

Doch mit der Zeit veränderte sich sein Ton, wie Jack bei der Lektüre weiterer Beiträge im selben Subreddit bemerkte. Die Schmähungen verschärften sich und bekamen militante Züge, die in den wenige Wochen zuvor verfassten Posts noch gefehlt hatten.

Jack begriff, dass er dabei zusah, wie ein Mensch in einen Zustand äußerster Wut, vielleicht sogar an den Rand des Wahnsinns geriet, wie er von Zorn und Ohnmacht verzehrt wurde. Er berichtete, wie er von der Hochschule flog, wie er sich in den Schlaf trank, wie er von seiner hübschen

Wohnung in ein Drecksloch ziehen musste, weil er die Miete nicht mehr aufbringen konnte, und an all dem gab er einer ASROC-Rakete die Schuld, die um 3.23 Uhr Ortszeit vom Deck der USS *James Greer* abgefeuert worden war.

Je mehr Jack las, je länger er dieses Subreddit verfolgte, desto deutlicher wurde, dass Vadim Retschkows Leben im Lauf der Wochen völlig aus den Fugen geriet.

Und dann geschah es. Ungefähr dreieinhalb Monate nach seinem ersten Post, der nur zehn Tage nach der Versenkung des russischen U-Boots erfolgt war, erklärte Vadim Retschkow in einem Beitrag, dass er mit Freuden sein Leben hingeben würde, wenn er dafür die Chance bekäme, das Leben der Person zu beenden, die per Knopfdruck die Waffe abgefeuert habe, durch die das U-Boot seines Bruders versenkt worden sei.

Nach Jacks Vermutung hatte wahrscheinlich ein junger Offizier oder ein einfacher Matrose die Rakete abgefeuert, aber mit Sicherheit nicht Commander Hagen persönlich. Doch von entscheidender Bedeutung war, dass Retschkow den Wunsch geäußert hatte, ein Besatzungsmitglied der *James Greer* eigenhändig zu töten.

Jack notierte sich das Datum des Posts, denn er vermutete, dass die von ihm gesuchte Person oder Gruppe, die Retschkow kontaktiert und mit den Informationen versehen hatte, die ihn veranlassten, quer durch die USA zu einem mexikanischen Restaurant in New Jersey zu fahren, diesen Post damals gelesen und sich daraufhin an Retschkow herangemacht hatte.

Zu dem Post selbst gab es Dutzende von Kommentaren. Manche Nutzer spornten ihn an, andere rieten ihm eindringlich ab, doch Jack konnte aus keinem Kommentar eine besondere Bedeutung herauslesen. Außerdem hatten Nutzer auf Reddit jederzeit die Möglichkeit, sich mit einer privaten Botschaft an TheSlavnyKid zu wenden, und an die kam Jack nicht heran.

Jack beschloss, eine Pause zu machen. Er stand von seinem Laptop auf, um sich in der Küche einen Kaffee zu holen, wobei er Gavin versprach, ihm einen mitzubringen.

Es war ziemlich deprimierend, allzu viel Zeit im Online-Leben eines Mannes zu verbringen, der langsam den Verstand verlor.

41

Präsident Jack Ryan stand vor einem schwierigen Auftritt. Im Vergleich zu den meisten anderen Präsidenten gab er viele Pressekonferenzen und beantwortete bereitwillig auch die unbequemsten Fragen, doch heute war er so aufgebracht über die Mordanschläge im Land, dass er große Mühe hatte, seine Kommentare zu mäßigen, seine Gefühle zu zügeln und seine Antworten so zu formulieren, dass der Eindruck entstand, er habe alles im Griff und leite die Fahndung nach Abu Musa al-Matari und seinen Terrorkomplizen mit der nötigen Ruhe und Besonnenheit.

Die Folge war, dass er ziemlich blass rüberkam, wie er sehr wohl spürte, doch er war nicht bereit, vor den Kameras seinen wahren Gefühlen freien Lauf zu lassen.

Und die Presse schonte ihn nicht.

Nach einer kurzen Einleitung zum aktuellen Stand der Fahndung, die wenig mehr war als die Versicherung, dass alles getan und jeder Stein umgedreht werde, gab Ryan bekannt, dass das Pentagon ihm bis zum Abend Vorschläge unterbreiten werde, wie man den Schutz der Soldaten im In- und Ausland verbessern könne. Anschließend drückte er den Familien der Opfer mit verhaltener Stimme sein aufrichtiges Beileid aus und eröffnete schließlich die Fragerunde, wobei er einschränkend vorausschickte, dass er Fragen zu den laufenden Ermittlungen nicht beantworten könne.

Ein Korrespondent von CNN machte den Anfang. »Mr. President, wie es scheint, ist der IS nun in der Lage, unser Militär auf heimischem Boden anzugreifen. Müssen wir das so verstehen, dass Ihre Strategie, ihn im Nahen Osten zu vernichten, gescheitert ist?«

Ryan war über die Frage keineswegs überrascht, dachte aber in Ruhe nach, bevor er antwortete. »Ich glaube nicht, Lauren. Es entspricht der üblichen Vorgehensweise von Rebellengruppen, dass sie, wenn sie auf dem Schlachtfeld an Boden verlieren, versuchen, in der Öffentlichkeit wieder Boden gutzumachen.

Wir werden erleben, dass sie auf dem Schlachtfeld mehr Selbstmordangriffe durchführen. Und sie werden alles daransetzen, den Westen im Westen anzugreifen. Wir sehen das an dem, was gegenwärtig bei uns geschieht, aber auch an dem, was in Europa passiert, das für den Islamischen Staat bereits seit zwei Jahren ein Schlachtfeld ist.«

Ein Journalist von AP fragte: »Kennen wir die Stärke der Terrorgruppe hier in den Vereinigten Staaten?«

»Ja, wir verfügen über Schätzungen. Danach ist ihre Zahl relativ gering. Ich kann Ihnen diese Zahl leider nicht nennen, denn wir dürfen dem Feind nicht alles verraten, was wir über ihn wissen. Wir müssen unsere Quellen und Methoden schützen.«

»Fünf?«, fragte der AP-Reporter. »Zehn? Hundert? Tausend?«

»Ich kann Ihnen die Zahl nicht nennen, Chuck«, bekräftigte Ryan. »Bei den bisherigen Anschlägen sind bekanntlich mehrere IS-Terroristen getötet worden. Und wir erwarten, dass dank der gewissenhaften Arbeit der bundesstaatlichen, staatlichen und lokalen Strafverfolgungsbehörden weitere getötet oder gefasst werden, wenn sie damit fortfahren. Wir haben die höchste Alarmstufe ausgerufen, und unsere Ermittlungsergebnisse sind gut und werden immer besser. Wir werden die Terroristen so schnell wie möglich aufspüren. Das beantwortet zwar nicht Ihre berechtigte Frage, aber mehr kann ich zum jetzigen Zeitpunkt nicht verraten.«

Ein älterer Journalist, der für den Medienkonzern McClatchy arbeitete, fragte: »Was sollen die Bürger tun, um sich zu schützen? Soll Amerika einfach in Deckung gehen, bis die Gefahr vorüber ist?«

Ryan runzelte die Stirn. »Keinesfalls, Richard. Lassen Sie mich die Dinge in die richtige Perspektive rücken. Es ist eine traurige Tatsache, dass es am Wochenende in Chicago zu über fünfzig Schießereien gekommen ist, mit sieben Toten. Bedauerlicherweise sind wir von Gewalt umgeben. Der Kampf gegen die IS-Terroristen auf amerikanischem Boden hat für uns höchste Dringlichkeit, aber ich möchte nicht, dass der amerikanische Bürger mehr tut, als sich an seine lokale Polizeibehörde zu wenden, wenn ihm etwas verdächtig vorkommt.

Menschen reagieren naturgemäß auf zweierlei Weise, wenn ein Regierungsvertreter sie vor einer Gefahr warnt. Entweder sie hören nicht hin oder sie rasten aus. Ich möchte, dass die Amerikaner keines von beidem tun. Sie müssen begreifen, dass eine reale Bedrohung besteht, aber wir arbeiten mit Kompetenz und Gewissenhaftigkeit daran, diese Bedrohung abzuwenden.«

Nun ergriff Susan Hayes, ABC-Chefreporterin für nationale Sicherheit, das Wort: »Einen Großteil Ihrer Amtszeit haben die Amerikaner zugesehen, wie wir gegen den Islamischen Staat kämpfen. Wir haben einige Spezialkräfte und Flugzeuge da drüben, aber bis jetzt ist es uns nicht gelungen, ihn aufzuhalten. In einigen Gegenden ist er zwar geschrumpft, aber wenn man sich auf der Karte die Gebiete anschaut, die er kontrolliert, stellt man fest, dass er immer noch größer ist als viele andere Staaten im Nahen Osten. Erwägen Sie angesichts der Tatsache, dass die Terroristen jetzt hier sind und auf unserem Boden Menschen töten, neue Schritte zu einer Intensivierung des Krieges gegen den IS?«

Ryan dachte sorgfältig darüber nach, wie ein Professor, der einer Studentin helfen wollte, seine Antwort im richtigen Zusammenhang zu sehen. »Wenn Sie im Fernsehen hören, dass der IS wieder mal eine Stadt erobert hat, ist es wichtig, dass Sie verstehen, was das bedeutet. Wenn die Medien über ein solches Ereignis berichten, zeigen sie eine Karte mit einem roten Fleck, der ständig in Bewegung ist, oft auch größer wird und die Ausdehnung des sogenannten Islamischen Staates darstellen soll. Die Wahrheit ist, dass der IS gegen schwache Gegner gekämpft hat, die häufig vor ihm geflohen sind, ohne Widerstand zu leisten. Wir dürfen nicht glauben, dass sie wirklich viel Land erobert haben. Sie tauchen irgendwo auf, verjagen die örtliche Polizei und die Kommunalverwaltung, errichten Straßensperren und schicken ein paar Pick-ups voller Männer los, die als Todesschwadronen fungieren. Sie errichten keine Verwaltung und bauen diese Orte nicht zu wirklichen Festungen aus. Sie fahren mit ein paar Pick-ups eine Landstraße entlang, und am nächsten Tag zeichnet jemand ihre neuen ›Grenzen‹ in die Karte ein, damit es so aussieht, als hätten sie ihre Frontlinie um dreißig Meilen verschoben. Aber sie haben die Frontlinie nicht verschoben. Sie sind mit einer Wagenkolonne von einem Dorf zum nächsten gefahren, ohne vernichtet zu werden.

Wir haben Aufklärungs- und Spezialeinheiten in dem Gebiet, und die nachrichtendienstlichen Erkenntnisse zeigen, dass die Medienberichte nicht zutreffend sind.«

Ein Journalist der *New York Times* rief: »Warum haben wir sie dann noch nicht besiegt?«

»Dazu zwei Worte, Michael. Zivile Opfer. Und zwei weitere, die mit den ersten beiden zusammenhängen. Menschliche Schutzschilde. Der IS lebt und operiert in Städten und Ballungsgebieten. Wenn unsere Leute eine

Gruppe IS-Kämpfer in offenem Gelände entdecken, entsenden sie so schnell wie nur irgend möglich eine A-10 oder einen Apache. Aber wir bombardieren keine Städte, ganz egal wer sich dort aufhält und bekämpft werden muss.«

Wieder meldete sich Susan Hayes, diesmal ohne aufgerufen zu werden. »Wollen Sie damit sagen, dass es keine neue Offensive gegen den IS geben wird, obwohl er den Krieg jetzt in *unsere* Städte trägt?«

»Susan, niemand auf der Welt wünscht sich eine massive US-Invasion im Irak und in Syrien mehr als der IS. Denn er weiß: Wenn wir in großer Zahl in den Nahen Osten zurückkehren, wird ihm das enormen Zulauf bescheren. Der Extremismus in den Städten wird sprunghaft ansteigen, der Zuspruch für seine verabscheuungswürdigen Ziele wird wachsen. Der durchschnittliche IS-Kämpfer ist schlecht ausgebildet und schlecht ausgerüstet. Seine einzige Motivation ist die vage Hoffnung auf einen Islamischen Staat und der persönliche Glaube an eine Erhöhung im Jenseits. Er hat nicht die geringste Chance, jemals eine F-18 abzuschießen, den Angehörigen eines amerikanischen Sondereinsatzkommandos vor den Gewehrlauf zu bekommen oder den Kampf gegen eine Drohne oder eine lasergelenkte Bombe zu gewinnen. Aber wenn wir mit mehreren Hunderttausend Amerikanern in ihr Gebiet einmarschieren, nun ja … dann könnten einige dieser Kämpfer tatsächlich einen – wie sie sagen – Ungläubigen vor den Gewehrlauf bekommen, und das ist das Größte, worauf sie im Leben hoffen können.«

Ryan schüttelte bedächtig den Kopf.

»Ich habe nicht die Absicht, ihnen die Gelegenheit zu geben, nach der sie sich sehnen. Die Vereinigten Staaten stehen im Kampf gegen diese ruchlose Gruppe an vorderster Front, und daran wird sich nichts ändern. Wir werden unsere Führungsrolle beibehalten, und wenn wir eine taktische Möglichkeit sehen, unser Engagement sinnvoll zu verstärken, dann werden wir es auch tun.«

Ryan beantwortete noch ein paar Fragen, die alle in die gleiche Richtung zielten wie die anderen, und schloss dann mit den Worten: »Sobald es mehr zu berichten gibt, werden sich der Justizminister, der Minister für Heimatschutz und der Verteidigungsminister damit an die Öffentlichkeit wenden.«

Kaum hatte Ryan den Presseraum verlassen, war Arnie Van Damm an seiner Seite.

»Und?«, sagte Ryan.

»Du warst schon besser, Jack.«

»Inwiefern?« Jack teilte Arnies Einschätzung, wollte aber seine Gründe hören.

»Du hast da drin wie ein Historiker geredet.«

»Zu meiner Verteidigung: Ich *bin* Historiker, Arnie.«

»Glaubst du, dass die Menschen das hören wollen? Dass das, was gerade passiert, eine altbewährte Taktik von Aufständischen ist und deshalb kein Grund zur Beunruhigung besteht?«

»So habe ich das nicht gesagt.«

»So hat es aber geklungen.« Van Damm deutete in Richtung der Treppe, die zum Situation Room führte. »Da unten hast du so geklungen, als würdest du dir am liebsten ein Maschinengewehr schnappen und höchstpersönlich den Angriff auf Mosul anführen. Das ist es, was die Öffentlichkeit hören muss. Und keinen politischen Vortrag über Wirrköpfe in der Dritten Welt und Straßenkriminalität in Chicago.«

Ryan fand, dass Arnie nicht ganz unrecht hatte, doch er sagte: »Ich wollte nicht zeigen, was momentan in mir vorgeht. Wir tappen noch zu sehr im Dunkeln, wir brauchen einen Plan. Ich werde mich wieder an die Öffentlichkeit wenden, wenn wir bei der Untersuchung der Sicherheitslücke und der Verfolgung der Terroristen einen entscheidenden Schritt weitergekommen sind.« Sie betraten zusammen das Oval Office. »Im Moment sind wir im Hintertreffen, und das durfte ich mir nicht anmerken lassen.«

42

Die irakische Ortschaft war nicht sehr groß und hatte vor dem Krieg wahrscheinlich nicht mehr als ein paar Tausend Menschen beherbergt, doch jetzt war sie kaum mehr als ein Ruinenfeld in den Hügeln. Eine Stätte der Zerstörung, keine zwanzig Kilometer nordöstlich von Mosul. Der IS war am Vortag abgezogen, und jetzt führte die zweiundzwanzigjährige Truppenführerin Beritan Nerway ihren ausschließlich aus Frauen bestehenden Zug vorsichtig durch die Straßen im Nordteil des Ortes. Ihre mit Schulterstützen aus Holz oder Metall versehenen Kalaschnikows im Anschlag, bahnten sie sich in Stiefeln und Tennisschuhen einen Weg durch die Trümmer.

Die Frauen waren Kämpferinnen der kurdischen Frauenverteidigungseinheiten, kurz YPJ genannt. Sie bildeten eine Rebellentruppe, die nicht zu den Peschmerga gehörte, kämpften aber gegen denselben Feind.

Beritan war ein Kriegsname. Ihr richtiger Name lautete Daria. Den Kriegsnamen hatte sie sich selbst gegeben, um die kurdische Bataillonskommandeurin Beritan zu ehren, die 1992 im kurdischen Bürgerkrieg siebenhundert Soldaten beiderlei Geschlechts befehligt und sich von einem Felsen gestürzt hatte, als ihr die Munition ausgegangen war.

Kurdische Frauen hatten eine lange Geschichte als Kämpferinnen, aber nie hatten sie mehr gekämpft als in den vergangenen drei Jahren gegen den IS. Am gestrigen Nachmittag hatten sie dabei geholfen, den IS aus dieser Stadt zu vertreiben. Aus ihren vorgeschobenen Stellungen jenseits eines breiten Kanals hatten sie beobachtet, wie Lastwagen, Panzer und Technicals in Richtung Mosul davonfuhren.

Doch als der Feind abzog, war es schon zu dunkel gewesen, um den Kanal zu überqueren und in die Stadt einzurücken, deshalb hatten die YPJ bis Tagesanbruch gewartet, ehe sie Spähtrupps losschickten, um die Lage zu sondieren. Jetzt durchkämmten mehrere Züge wie der von Beritan, aber auch mit Männern besetzte, die Trümmer, um sicherzugehen, dass der IS nicht Häuser und Straßen mit Sprengfallen versehen oder gar Kämpfer zurückgelassen hatte, um den Vormarsch der YPJ an diesem kleinen Frontabschnitt zu bremsen.

Beritan war sich darüber im Klaren, dass hinter jeder Ecke Gefahr lauern konnte, ein in einer Gasse stehender Panzer oder eine MG-Stellung, die in einem Bombenkrater oder einem dunklen Fenster versteckt war.

Das an ihrem Schultergurt befestigte Funkgerät piepte. Eine ihrer Scharfschützinnen, die auf der anderen Seite des Kanals postiert waren, meldete eine verdächtige Bewegung in einem Fenster zwei Häuserblöcke voraus.

Noch bevor Beritan und ihre Kämpferinnen auf der mit Schutt übersäten Straße in Deckung gehen konnten, peitschte ein Gewehrschuss durch die Ruinenstadt, und die an der Spitze gehende Frau stürzte zu Boden, tödlich getroffen von der Kugel eines Scharfschützen.

Im nächsten Augenblick brach Gewehrfeuer los, das aus jeder Ecke und jedem Winkel der ausgebombten Häuser zu kommen schien.

Beritan und ihre vierzig Kämpferinnen waren von anderen Einheiten abgeschnitten und wurden nur von Mörsern und DShK-Maschinengewehren unterstützt, die hinten an den YPJ-Verteidigungslinien postiert waren. Die besaßen zwar eine ernst zu nehmende Feuerkraft, benötigten aber präzise Zielinformationen.

Zielinformationen, die der Blick durch den Feldstecher den Bedienmannschaften nicht liefern konnte.

Beritan begriff, dass ihr Zug die schützende Deckung aufgeben und den Kampf mit den IS-Scharfschützen aufnehmen musste.

Fünfzehn Kilometer weiter nördlich kreisten in 1500 Meter Höhe die beiden Apache-Helikopter Pyro 1-1 und Pyro 1-2 in einer Warteschleife. Sie sollten einen in der Nähe stattfindenden Angriff von Peschmerga-Truppen unterstützen, die durch amerikanische Spezialkräfte und einen Joint Terminal Attack Controller, kurz JTAC, verstärkt wurden, einen Soldaten am Boden, der die Aufgabe hatte, Unterstützung in Form von Artilleriefeuer, Helikoptern und Flugzeugen anzufordern.

Bis jetzt war der Vorstoß der Peschmerga auf keinerlei Widerstand gestoßen. Sie waren in eine Stadt spaziert, die der IS komplett geräumt hatte, sodass die Piloten der beiden Apaches, die über der Wüste ihre Schleifen zogen, wenig mehr zu tun hatten, als im Flug den vier Funkfrequenzen in ihren Kopfhörern zu lauschen.

Beide Helis vom Typ Apache AH-64E Guardian hatten heute viel Treibstoff getankt. Im Moment kreisten sie mit einer optimalen Dauergeschwindigkeit von 70 Knoten, damit sie länger in der Luft bleiben konnten, falls sie noch im Süden gebraucht wurden.

Die vier Funkfrequenzen, die ihre Ohren beschallten, mental ausblendend, wandte sich Captain Carrie Ann Davenport über die Gegensprechanlage, die ständig eingeschaltet war, ohne dass sie einen Knopf drücken musste, an Chief Warrant Officer Troy Oakley. Er saß nur knapp zwei Meter hinter und über ihr im Cockpit, aber so, dass sie ihn nur in einem kleinen Spiegel sehen konnte, der über ihrem Kopf am Türrahmen angebracht war.

»Ich erinnere mich, in Fort Rucker gehört zu haben, dass

jede Flugstunde mit einem Apache dreißig Riesen kostet«, sagte sie, in den Spiegel blickend. »Selbst wenn wir nur so vor uns hindümpeln wie jetzt.«

»32.550 Dollar, um genau zu sein«, erwiderte Oakley.

Sie lachte in ihr Mikrofon. »Ganz schön teuer für einen Rundflug.«

»Gib mir Bescheid, wenn du irgendwelche Sehenswürdigkeiten entdeckst. Ich sehe nur karge Hügel, so weit das Auge reicht.«

»Keine Sorge. Wenn es in dem Tempo weitergeht, wird in einem Monat in Mosul gekämpft. Ich schätze, dort werden wir einiges zu sehen bekommen.«

»Ja, zum Beispiel Flugabwehrraketen, die direkt auf uns zukommen. Da wird einiges los sein.«

»Und wenn wir gesiegt haben, übergeben wir die Stadt der irakischen Regierung«, sagte Carrie Ann.

»Willst *du* sie etwa?«

»Nein danke. Ich will ja nur sagen, dass dann wieder Filz und Vetternwirtschaft hier einziehen.«

Oakley kicherte in sein Mikro. »Wenn man nach der jüngsten Geschichte gehen darf, ja. Trotzdem ist die gute alte Korruption, wie man sie auf der ganzen Welt findet und nicht nur hier, ein Riesenfortschritt gegenüber den jetzigen Verhältnissen.«

»Ganz deiner Meinung«, erwiderte Carrie Ann. »Die Staatskasse zu plündern ist eine Schweinerei, aber die jetzige Lokalverwaltung hackt den Leuten die Köpfe ab. Wir tragen nicht gerade dazu bei, das Land in ein Bollwerk von Recht und Ordnung zu verwandeln, aber ein wenig besser machen wir es schon, denke ich.«

Die junge Frau pflegte mittlerweile eine etwas zynische Haltung gegenüber dem Krieg hier. Sie glaubte keine Sekunde daran, dass sich der Irak zu einem demokratischen Staat entwickeln würde, aber sie sah ein, dass der IS so schnell und effizient wie möglich vernichtet werden musste.

Aber da war noch etwas anderes, das sie heute beschäftigte. Sie war ganz aufgeregt, denn dies war ihr letzter Einsatz vor einem zweiwöchigen Heimaturlaub. Zwar würde fast ein Drittel ihrer freien Tage für den Hin- und Rückflug draufgehen. Doch blieb ihr dann immer noch über eine Woche für Familie und Freunde, in der sie tun und lassen konnte, worauf sie gerade Lust hatte.

Nach drei Monaten auf einer vorgeschobenen Operationsbasis konnte sie es kaum erwarten.

Sie sprach in die Gegensprechanlage. »Ich weiß nicht, wie es dir geht, Oak, aber ich freue mich darauf, mal Pause zu machen und eine Weile nicht durch diese unfreundliche Gegend fliegen zu müssen.«

»Mir geht's genauso. In zweiundsiebzig Stunden werde ich in meinem Garten sitzen, mit einem Bier, zwei Kindern, die auf mir herumturnen, und einer Frau, die es noch nicht leid ist, dass ich zu Hause rumhänge. Für einen alten Knaben wie mich kommt das dem Paradies schon sehr nahe. Und du? Hast du etwas Größeres vor?«

Die hügelige Landschaft zog mit 75 Knoten unter den beiden vorbei, während sie an zu Hause dachten.

»Die meiste Zeit werde ich in Cleveland bei meinen Leuten verbringen, aber am Wochenende fahre ich nach Washington, treffe mich mit Freunden und gehe auf eine Party. Das wird bestimmt lustig. Und dann, wenn ich endlich aufhöre, nach JP-8 zu riechen, heißt es, wieder hierher zurückzukehren.«

»Ich muss im Garten eine Schaukel aufbauen«, sagte Oak. »Und laut Carla haben die Kids schon ein paar Teile aus dem Karton genommen, in dem das Ding geliefert worden ist, sodass du darauf wetten kannst, dass was fehlt und ich in meiner Kramschublade …«

In diesem Moment erwachten ihre Headsets zum Leben. Es war das JOC, die gemeinsame Einsatzzentrale, die sich weitab vom Schuss in der Türkei befand. Sie gab TIC-Alarm, was bedeutete, dass Bodentruppen in Feindkontakt geraten waren, und übermittelte dann einen Koordinatensatz. Der Einsatzoffizier sprach direkt mit den Pyros.

»Pyro 1-1, wie ist der Empfang?«

»Empfang ist gut«, antwortete Davenport.

»Wir werden 1-2 dort belassen, wo er jetzt ist, und Sie in diese Zone schicken. Wir haben einen Hilferuf von den YPJ erhalten. Eine kleine Einheit ist zwischen Scharfschützen geraten. Mehr wissen wir nicht. Ein JTAC ist nicht bei ihnen. Sie müssen die Lage also von oben beurteilen und checken, ob Sie eingreifen können, ohne befreundete Einheiten zu gefährden.«

Niemand flog gern in unbekanntes Gebiet ohne Kontakt zu befreundeten Einheiten am Boden. Carrie Ann bestätigte den Befehl, und Oakley nahm Kurs auf das Ziel, das bereits auf seinem Schirm gespeichert war.

»Na toll«, sagte Carrie Ann. »Hast du eine Ahnung, wie die YPJ aussehen? Ich meine, ich kenne ihre Fahne, aber kannst du sie bei hundert Knoten auf fünf Kilometer Entfernung von anderen unterscheiden?«

»Nicht so richtig«, antwortete Oak.

Als sie sich der Ortschaft von Norden näherten, jagten sie in 1500 Meter Höhe über die Frontlinie der YPJ am Nordufer eines breiten Kanals hinweg. Carrie Ann wusste, dass die Positionen der Scharfschützen eine Meile weiter südlich lagen, mitten in dem unübersichtlichen Gewirr zerstörter Häuser, das einmal eine Kleinstadt gewesen war. Zunächst einmal synchronisierte sie die 30-mm-Bordkanone mit ihrem rechten Auge. Da sich in dem Gebiet befreundete Einheiten aufhielten, würde sie wahrscheinlich keine Hydra-Raketen einsetzen, und da sie nur sechs Hellfires mitführte, würde sie es sich zweimal überlegen, bevor sie eine auf einen einzelnen Scharfschützen abfeuerte. Allerdings würde sie im Notfall auch damit nicht zögern.

Die Bordkanone hatte eine Treffgenauigkeit von drei Metern. Das war gut, aber nicht optimal. Allerdings konnte Carrie Ann Feuerstöße von zehn oder zwanzig Schuss abgeben und alles, was sie sah, mit ihren hochexplosiven Mehrzweckgranaten vernichten, die sich ebenso zur Abwehr leicht gepanzerter Ziele wie zum Flächenbeschuss eigneten.

Auf beiden Seiten des Bedienfelds befand sich jeweils ein fünf auf fünf Zoll großer Multifunktionsbildschirm. Auf diesen Bildschirmen konnte sie das TADS-Zielsystem aufrufen, aber auch Textnachrichten mit anderen Helis austauschen, Treibstoff und Bewaffnung prüfen oder in der über tausendfünfhundert Seiten starken Bedienungsanleitung blättern. Auf einer Tastatur zur Linken konnte sie Nachrichten tippen, und obwohl sie Handschuhe trug, daddelte sie darauf inzwischen genauso flink wie auf ihrem Mobiltelefon.

Ihre Hände ruhten auf zwei videospielähnlichen Konsolengriffen links und rechts der Mittelkonsole, die ihr einen schnellen Zugriff auf alle wichtigen Steuerelemente ermöglichten. Sie hatte sich sagen lassen, dass es vierhundertdreiundvierzig verschiedene Positionen für alle Schalter, Knöpfe und Regler gab, und sie kannte sie alle.

Zusätzlich verfügte sie über alle Steuerinstrumente, die auch der hinter ihr sitzende Oakley hatte: den Steuerknüppel zwischen ihren Knien, das Höhensteuer neben ihrem linken Knie.

Wenn sie die Bordkanone mit ihrem rechten Auge synchronisierte und auf ein Ziel schaute, brauchte sie nur nach unten zum Steuerknüppel zu fassen und den Auslöser der Waffe zu drücken, und die Bordkanone feuerte auf das Objekt in ihrer Sichtlinie.

Sie spähte nach unten auf den Multifunktionsbildschirm neben ihrem rechten Knie, auf dem sie mitverfolgen konnte, wie ihr TADS-Zielsystem nach potenziellen Gefahrenquellen suchte. Über das System war sie mit mehreren Kameras verbunden, die in einem beweglichen Kinnturm unter ihr angebracht waren und ihr eine 127-fach vergrößerte Schwarz-Weiß-Wiedergabe dessen lieferten, was sie mit ihrem Blick anvisierte. Außerdem konnte sie auf dem Bildschirm das Fadenkreuz sehen, das ihr anzeigte, worauf Oakleys rechtes Auge gerichtet war.

In der Hoffnung, in den dunklen Fensterhöhlen der ausgebombten Häuser menschliche Gestalten zu entdecken, blickte sie durch die Wärmebildkamera, doch von der Tageshitze aufgeheiztes, verbogenes Metall machte dies zu einem aussichtslosen Unterfangen. Sicher, sie könnten sich Zeit lassen und länger an bestimmten Stellen verharren, aber Oak wollte, dass sie in Bewegung blieben, um es RPG-Schützen schwer zu machen, sie abzuschießen, und so blieben Carrie Ann stets nur Sekunden, um ein Haus, eine Straße oder einen Bombenkrater zu scannen.

»Ich sehe Soldaten auf der Straße direkt vor unserer Nase«, meldete Oakley. »Sie kauern links und rechts am Straßenrand.«

Davenport schaute auf das TADS und richtete ihr Auge auf Oakleys Fadenkreuz. Das Bild präsentierte ihr die Straße in 127-facher Vergrößerung.

Mindestens zwei Dutzend Gestalten, jede mit Gewehr, beschossen eine Häuserreihe weiter südlich.

Oakley stellte die Vergrößerung höher. »Frauen. Das sind Frauen. Ich hätte nicht gedacht, dass kurdische Soldatinnen richtig mitkämpfen.«

»Die Peschmerga lassen ihre Frauen nicht an die vorderste Front«, erwiderte Davenport. »Aber die YPJ haben Frauenverbände, die an Kampfeinsätzen teilnehmen.«

»Und wir sollen den YPJ helfen?«, fragte Oakley.

Die vor ihm sitzende Davenport zuckte nur die Achseln. »Wir helfen uns selbst, wenn wir einen IS-Scharfschützen töten. Wenn die kurdischen Rebellinnen zufällig von unserem Einsatz profitieren, haben sie eben Glück gehabt.«

»Das mag ich an dir. Du kannst das Unvereinfachbare vereinfachen.«

»Und ich mag an dir, dass du ständig neue Wörter erfindest, Oak.«

Sie schwebten hoch über den YPJ-Kämpferinnen, die anscheinend komplett feststeckten, doch als Oakley gegen den Uhrzeigersinn einmal um das ganze Gefechtsfeld unten herumflog, konnten weder er noch Davenport irgendwelche Feinde entdecken. Die Ruinen boten Scharfschützen zu viele Feuerstellungen, die obendrein so tief im Gemäuer versteckt waren, dass es trotz TADS unglaubliches Glück gewesen wäre, hätte der Apache von oben einen entdeckt.

»Wie wär's, wenn wir auf sechshundert Meter runtergehen?«, sagte Oak. »Vielleicht haben wir Glück, und einer streckt die Nase heraus, um auf uns zu schießen.«

»So tief, wie du für nötig hältst«, lautete die Antwort.

Eine Minute später schwebten sie in 350 Meter Höhe direkt über den YPJ-Kämpferinnen. Wie es schien, wurden die Rebellinnen im Moment gerade nicht beschossen, weil sie in Dreier- und Vierergruppen entlang der Straße in Deckung kauerten.

»Niemand feuert auf uns oder auf sie«, sagte Oakley. »Hoffentlich verstehen die YPJ den Wink und nutzen unsere Anwesenheit zum Rückzug.«

»Ich wünschte, wir könnten die bösen Jungs durch unsere Anwesenheit zum Rückzug bewegen, aber normalerweise schießen sie einfach …«

Genau in diesem Moment zuckte ein Blitz aus einem Fenster im zweiten Stock eines ausgebombten Hauses weiter oben an der Straße. Carrie Ann war sich zunächst nicht sicher, ob es sich um einen IS-Kämpfer handelte, doch alle Zweifel wurden ausgeräumt, als die YPJ-Frauen das Feuer erwiderten und Staub aus dem Beton rings um die Fensteröffnung aufwirbelte.

Sie brachte ihr Fadenkreuz mit dem Fenster zur Deckung.

»Eine Scharfschützenstellung identifiziert. Greife mit der Bordkanone an.«

Ein Feuerstoß fuhr aus der Kanone unter Carrie Anns Füßen und jagte zwanzig hochexplosive 30-mm-Sprenggranaten durch das Fenster in das Versteck des Scharfschützen.

Die YPJ-Kämpferinnen unten jubelten, wie Carrie Ann auf ihrem Bildschirm sehen konnte, und eröffneten dann das Feuer auf eine andere dunkle Nische, diesmal in einem Haus auf der Ostseite der Straße. Oakley und Davenport konnten sehen, wie Staub und Betonsplitter aus dem Loch in der Außenmauer spritzten,

»Sie markieren dir Ziele«, sagte Oakley.

»Verstehe«, erwiderte Davenport. »Ich greife an.«

Sie drückte den Auslöseknopf am Steuerknüppel und jagte diesmal zehn Geschosse in das Loch. Wieder hoben die Frauen 350 Meter unter ihnen die Hände und winkten zu ihnen herauf.

»Gute Idee von ihnen!«, sagte Oakley.

Carrie Ann hatte Mühe, ihre Sprenggranaten in ein drittes Ziel zu bringen, ein zerstörtes Gebäude mit eingestürztem Dachparkdeck. Sie sah die Mündungsblitze aus dem Dunkeln hervorzucken, aber der Scharfschütze steckte mindestens dreißig Meter oder tiefer in dem Gemäuer, sodass sie ihn aus dieser Höhe nicht erwischen konnte.

Sie ließ Oakley am Nordende der Straße tiefer gehen, dann jagten sie knapp über den Dächern dahin. Er brachte ihr Fadenkreuz mit seinem zur Deckung, flog auf stabilem Kurs dem von ihr bezeichneten Ziel entgegen und beschleunigte.

Erst fünfhundert Meter vor dem Ziel feuerte Carrie Ann Hydra-Raketen auf das höhlenartige Versteck des Scharfschützen ab. Ein paar Hundert Meter vor dem Apache brachen die Raketen auseinander und setzten sechshundertfünfzig Flechets frei, pfeilförmige Wolframprojektile, die in die Ruine schossen, alles zerstörten, was ihnen im Weg war, und eine Druckwelle erzeugten, die das Gebäude vollends zum Einsturz brachte.

»Guter Schuss«, kommentierte Oakley, zog die Nase des Apache hoch und stieg in den Himmel über der Stadt.

Unmittelbar hinter den Häusern südlich von den YPJ-Kämpferinnen überflogen sie einen mittelgroßen Stadtplatz mit einer Moschee am Südende. Oakley wollte gerade wenden und zu den Kämpferinnen zurückfliegen, als Carrie Anns Stimme aus der Sprechanlage drang.

»Scheiße!«, rief sie. »Eine ZPU!« Das Kürzel ZPU stand für ein aus der Sowjetzeit stammendes Flugabwehrmaschinengewehr im Kaliber 14,5 mm, das sechshundert Schuss pro Minute abfeuern konnte.

Kaum waren die Worte über ihre Lippen gekommen, malten vor ihnen, direkt über dem Platz, große Leuchtspurgeschosse ihre Bahnen an den Himmel.

»Festhalten!« Oakley zog Pyro 1-1 über seine rechte Schulter nach oben und wendete, wobei er den gepanzerten Bauch des Helikopters in die Richtung drehte, aus der das Unheil drohte. Carrie Ann hielt sich an den Griffen über ihr fest, wurde aber trotzdem fest in ihre Gurte gepresst.

Von unten waren ihre Sitze zwar nahezu schussfest, doch alles, was über Schulterhöhe traf, konnte durchschlagen, wenn es mächtiger war als ein Kaliber-.50-Geschoss. Außerdem waren sich Oakley und Davenport stets bewusst, dass ein Glückstreffer am Heckrotor, der sich zwölf Meter hinter der Helikopternase befand, über der Davenport saß, einen tödlichen Absturz herbeiführen konnte.

Oakley flog Ausweichmanöver nach rechts und links, erhöhte die Geschwindigkeit auf 185 Knoten und brachte die Maschine aus der Sichtlinie der ZPU.

Sie jagten in nördlicher Richtung über die Straße zurück. Zum ersten Mal seit ihrem Eintreffen sahen sie, dass die YPJ-Frauen auf den Beinen waren. Sie rückten langsam nach Süden vor.

»Heilige Scheiße, Oak«, sagte Davenport. »Das war knapp.«

»Ja«, bestätigte Oakley. »Hast du die MG-Stellung gesehen?«

»Ja. Sie befindet sich auf dem Platz zwischen lauter hohen Häusern. Das bedeutet, dass wir direkt drüber wegfliegen müssten, um sie auszuschalten. Besser, wir fordern ein Kampfflugzeug an.«

Carrie Ann funkte das JOC an und bat darum, ein Flugzeug mit Hellfire-Raketen oder Bomben zu schicken, um die feindliche Flugabwehrstellung zu zerstören. Eine F/A-18 konnte die Stellung aus 6000 Meter Höhe, weit außerhalb der Reichweite der ZPU, angreifen, während Pyro 1-1 in ein paar Hundert Metern Höhe direkt drüberwegfliegen musste, um sie in der Trümmerlandschaft orten zu können.

Während sie auf Antwort warteten, entdeckte Carrie Ann in ihrem TADS eine weitere, zweiköpfige Scharfschützengruppe des IS, und zwar einen halben Block oberhalb der Stelle, wo sich die vorrückenden Frauen gerade befanden. Oakley begann mit dem Anflug auf das von ihr markierte Ziel. Sie feuerte vier Raketen ab, die Tausende von Flechet-Geschossen in ein halb eingestürztes Gebäude mit dunklen Fensterhöhlen auf drei Etagen jagten. Diesmal drehten sie sofort ab, nachdem sie gefeuert hatten, und hielten sich von der Moschee und dem Platz mit der russischen Flugabwehrwaffe fern.

Bei ihrem nächsten Vorbeiflug zeigte ihnen die Kamera die Scharfschützenstellung, und es war klar, dass die beiden Männer zerfetzt worden sein mussten.

»Delta Hotel«, sagte Oakley. *Volltreffer.*

Im selben Moment meldete sich das JOC übers Netz. »Negativ, was den Kampfjet angeht, Pyro One-One. Momentan keiner verfügbar.«

Carrie Ann bestätigte und sagte dann über die Bordsprechanlage: »Die Unterstützung für die YPJ-Frauen da unten hält sich in Grenzen.«

»Sie haben immerhin uns. Wir könnten das ZPU ja ZPU sein lassen, aber mit dem Ding können sie genauso gut eine Straße unter Feuer nehmen wie uns. In zwanzig Minuten erreichen die Frauen den Platz, dann werden sie niedergemäht.«

Carrie Ann überlegte. »Lass uns in geringer Höhe um die ganze Stadt herumfliegen, sodass kein Beobachter errät, was wir vorhaben, und dann von Süden her angreifen. Wir versuchen, das MG von hinten auszuschalten.«

»Mit einer Hellfire?«

»Ja, aber wir müssen näher ran, als mir lieb ist, denn ich muss das MG mit dem Laser anvisieren.«

»Verstanden. Für die Runde um die Stadt brauchen wir vier Minuten. Hoffen wir, dass die YPJ bleiben, wo sie sind.«

»Deswegen setze ich keine Hydra ein«, sagte Carrie Ann. »Wenn wir den Platz von Süden her beschießen, fliegen die Flechets nach Norden die Straße lang und durch jede Lücke in den Häusern. Das Freundbeschussrisiko ist zu groß.«

In nur sechzig Meter Höhe drehten sie ihre Runde um die in Trümmern liegende Kleinstadt, wobei Oak so schnell flog, wie die Maschine es zuließ. Zwei Augenpaare beobachteten den Himmel und das TADS und hielten nach Gefahrenquellen Ausschau.

Carrie Ann aktivierte das Feuerleitsystem, wählte eine Hellfire-Rakete am rechten Stummelflügel und legte deren Kamerabild auf das Multifunktionsdisplay neben ihrem rechten Knie. Vorläufig sah sie darauf nur Häuser unten vorbeiziehen, aber sobald das MG in Sicht kam, würde sie in der Lage sein, die Rakete mithilfe der Kamera direkt ins Ziel zu lenken.

Vier Minuten später jagten sie mit 185 Knoten von Süden her über die Stadt. Sie hatten den Rauch mehrerer Gewehre gesehen, die auf sie abgefeuert worden waren, aber nichts, was der ZPU vergleichbar gewesen wäre. Während Oakley sich darauf konzentrierte, die Maschine bei der hohen Geschwindigkeit ruhig und gerade zu halten, ließ Davenport den Blick zwischen Hellfire-Kamera und TADS hin und her wandern und hielt nach der Moschee Ausschau.

»Siehst du das Minarett?«, fragte sie schließlich.

»Ja«, antwortete Oakley. »Ich gehe hoch und dann wieder runter.«

Sie stiegen rasch nach oben, denn sie brauchten mehr Höhe, damit sie die Hellfire nach unten auf den Platz abfeuern und die ZPU treffen konnten, die hoffentlich noch nach Norden gerichtet war.

»Es muss beim ersten Mal klappen«, fügte Oakley hinzu. »Wir bekommen keinen zweiten Schuss, denn dann wissen sie, was wir vorhaben.«

»Ich brauche sechshundertfünfzig Meter Sichtlinie, damit ich das Ziel mit dem Laser anvisieren und die Hellfire auf die Markierung ansetzen kann. Sechshundertfünfzig Meter.«

Oakley stieg auf 1500 Meter, dann drückte er den Steuerknüppel nach vorn. Die Helikopternase senkte sich. Carrie Ann wurde schwerelos und nach oben in die Gurte gedrückt, ließ aber den Finger auf dem Auslöseknopf und behielt das TADS im Auge.

Als der Platz unter ihr auftauchte, blickte sie zu der Stelle, wo sie fünfzehn Minuten zuvor die ZPU entdeckt hatten. Sie war noch da, wurde aber gerade herumgeschwenkt.

»Sie haben uns bemerkt«, sagte Oakley.

Carrie Anns Stimme blieb ruhig. »Ich visiere an.« Ein unsichtbarer Strahl verließ Pyro 1-1, schoss nach vorn und erfasste das russische 14,5-mm-Maschinengewehr. Dann drückte sie den Abzug auf dem Steuerknüppel, und eine Hellfire fiel von dem Stummelflügel und zischte davon. »Rakete los.«

Oakley jagte unbeirrt auf die zerstörte Stadt unter ihnen zu, immer tiefer und tiefer, hinter der viel schnelleren Hellfire her. Davenport musste den Laserstrahl bis zum Augenblick des Aufschlags auf die MG-Stellung gerichtet halten, da die Rakete sonst ihre Zielmarkierung verlor.

Das Problem war, dass der Apache direkt in den möglichen Wirkungsradius der Explosion flog. Oakley würde die Maschine scharf herumreißen müssen, um zu verhindern, dass sie nach dem Einschlag der Hellfire von Trümmerteilen getroffen wurde.

»Drei Sekunden«, rief Carrie Ann. Und dann: »Einschlag!«

Ein kräftiger Ruck am Steuerknüppel, und der fünfzehn Meter lange Helikopter drehte nach links ab, legte sich auf die Seite und geriet über dem Platz fast ins Trudeln.

Die ZPU zerbarst in tausend Stücke und tötete dabei die gesamte Bedienmannschaft, wie das Bildmaterial von Carrie Anns Kamera später bestätigen sollte.

Doch im Moment flogen die beiden verschwitzten und erschöpften Helikopterpiloten erst einmal aus der Stadt und zurück in den Norden. Sie hofften, sie hatten genug getan für die Gruppe von Kämpferinnen, die sich, über Schutthaufen kletternd, nach Süden vorarbeitete und früher oder später auch auf Mosul vorrücken würde.

43

Um 20.20 Uhr hatte Jack jeden einzelnen Post im Subreddit »Baltic War« gelesen, der sich in irgendeiner Weise auf TheSlavnyKid bezog. Also auch die Posts aller Personen, die auf Retschkows Beiträge geantwortet hatten, alles in allem fast zweitausend Posts. Außerdem hatte er eine Datenbank mit den Benutzernamen aller Kommentatoren angelegt und sich diejenigen, die häufiger und regelmäßig auf Retschkows Posts reagierten, etwas genauer angesehen.

Nach neun Stunden hatte Jack das Pensum, das er sich vorgenommen hatte, endlich geschafft. Das Problem war nur, dass er nicht das Gefühl hatte, dass irgendetwas dabei herausgekommen war.

Während Vadim Retschkow immer häufiger Drohungen und Kampfansagen an die Adresse der USA richtete und die Mitnutzer sogar direkt fragte, wie sich in Erfahrung bringen ließ, wer genau den Torpedo, der seinem Bruder den Tod brachte, abgefeuert hatte, fand sich in der anschließenden Diskussion kein Hinweis darauf, dass ihm jemand seine Hilfe angeboten hätte. Keiner, der Auskunft versprach, kein »Freund eines Freundes«, der ihm die Information besorgen konnte, kein verstecktes Angebot, ihm Insiderinformationen zukommen zu lassen. Nichts, was darauf hindeutete, dass ihm jemand die Info geliefert hätte, die er benötigte, um Scott Hagen ins Visier zu nehmen. Zwar rieten ihm einige Redditors »höher zu zielen« und sich an den Kommandanten des Schiffes zu halten, ja, nannten sogar seinen Namen, doch keiner lieferte auch nur im Ansatz konkrete, personenbezogene Zieldaten oder gab auch nur zu erkennen, dass er wusste, was konkrete, personenbezogene Zieldaten überhaupt waren.

Jack entspannte seinen Nacken, indem er die Arme auf den Konferenztisch legte und den Kopf darauf bettete.

Gavin bemerkte es von der anderen Seite des Tischs. »Was ist los?«

»Ich habe mir achtundachtzig Reddit-Nutzer angesehen und alles gelesen, was sie unter dem Nutzernamen im Internet so geschrieben haben, aber nicht einer sieht vielversprechend aus.«

»Es ist noch schlimmer«, sagte Gavin.

Jack hob langsam den Kopf und sah Gavin aus rot umrandeten Augen an. »Was zum Teufel meinst du damit?«

»Du weißt nicht einmal, ob die Zahl achtundachtzig stimmt. Reddit-Nutzer können jederzeit Posts von sich entfernen. Gut möglich, dass der Typ, den wir suchen, mit Retschkow in Kontakt getreten ist, ihn irgendwie aufgestachelt und später seine Posts gelöscht hat. Zum Beispiel, als Retschkow getötet wurde.«

»Was für eine Scheiße, Gavin«, erwiderte Jack nur. »Soll das heißen, dass der ganze Aufwand von vornherein sinnlos war?«

Jetzt lächelte Gavin. »Nein, gar nicht. Und zwar deswegen.« Er drehte seinen Laptop herum und schob ihn halb über den Tisch zu Jack hinüber, doch der konnte mit dem, was er sah, nichts anfangen.

»Was ist das?«

»Eine archivierte Version aller Reddit-Seiten, gespeichert auf einem speziellen Drittserver. Komplett Open Source, frei zugänglich und legal. Diese gecachten Seiten desselben Subreddits werden uns verraten, ob ein Diskussionsteilnehmer Posts von sich gelöscht hat.« Und er fügte hinzu: »Wenn ich einen Typ dazu anstachele, jemand umzubringen, und ihm auch noch die dazu erforderlichen Informationen liefere … und der rastet aus, zieht los und versucht es, dann würdest du nicht die geringste Spur von mir in einem öffentlichen Forum finden. Ich würde jedes Bit von mir löschen. Nur kannst du die Posts zwar von der Website entfernen, aber an die archivierten Seiten kommst du nicht ran.«

Jack grinste. »Das Internet ist für die Ewigkeit.«

»Ob das gut oder schlecht ist, hängt davon ab, ob du derjenige bist, der sich versteckt, oder derjenige, der sucht.«

In Jack kam wieder etwas Leben. »Ich muss also nur alle Nutzernamen in das gecachte Subreddit eingeben, dann sehe ich, ob sich in der Originalversion Beiträge befinden, die aus der aktuellen verschwunden sind. Dann kann ich mir diese Leute ansehen und herauszufinden versuchen, warum sie ihre Posts gelöscht haben.«

»Richtig.«

»Genau das werde ich tun.« Jack stand auf. »Aber erst wenn ich zu Hause bin, etwas gegessen und geduscht habe. Treffen wir uns morgen früh wieder hier?«

»Ja«, antwortete Gavin. »Ich werde in meinem Büro schlafen.«

Jack schüttelte den Kopf. »Kommt nicht infrage, Gav. Ich wohne keine zwei Minuten von hier. Ich habe ein Gästezimmer, in dem ich, glaube ich, nicht mehr gewesen bin, seit ich ein Bett reingestellt habe.«

»Nein danke«, sagte Gavin. »Ich habe einen Kumpel bei der NSA, der den Datenhack beim OPM untersucht. Er hat ein paar spezielle Tools, die sich als nützlich erweisen könnten, deshalb habe ich ihm geholfen für den Fall, dass wir mal seine Hilfe brauchen. Er wird mich nachher anrufen.«

Jack hatte seinen Laptop im Rucksack verstaut und war schon halb zur Tür draußen. »Okay. Ich bringe dir morgen ein Frühstück. Etwas Leichtes.«

»Aber nicht zu leicht«, erwiderte Gavin, schon wieder seiner Arbeit zugewandt.

Jack saß mit aufgeklapptem Laptop und mehreren vor ihm ausgebreiteten Notizbüchern an seinem Couchtisch. Die letzte Dreiviertelstunde hatte er damit zugebracht, die Namen aller Nutzer, die in der gecachten Version des Subreddits zum Baltic War mit Vadim Retschkow korrespondiert hatten, herauszuschreiben. Dann ging er die Liste durch und stellte fest, dass sie neunundachtzig Namen enthielt.

Er rieb sich die Augen und blätterte zu der ursprünglichen Liste zurück.

Sie enthielt achtundachtzig Namen.

Ein Nutzer hatte seinen Post oder seine Posts entfernt. Es dauerte nur ein paar Minuten, bis er herausgefunden hatte, dass der verschwundene Nutzername *5Megachopper5* lautete. Jack legte die Liste beiseite und kehrte zu der Seite mit der archivierten Diskussion über den Baltic War zurück, um sich anzusehen, was dieser Nutzer ursprünglich zu dem Subreddit beigesteuert hatte.

Doch zu Jacks Enttäuschung hatte 5Megachopper5 nur ein einziges Mal gepostet. Unter eine von Retschkows Hasstiraden, in der er der Besatzung der *James Greer* mit Tod und Vernichtung drohte, hatte der geheimnisvolle Nutzer eine ganz schlichte Nachricht gepostet:

PN geschickt

»Private Nachricht geschickt«, sagte Jack laut. 5Megachopper5 wies TheSlavnyKid darauf hin, dass er eine private Nachricht an seine persönliche Inbox geschickt hatte.

Scheiße, dachte Ryan. Das bringt mich nicht viel weiter.

Dann sah er sich den Überblick über die Reddit-Beiträge von 5Megachopper5 auf der archivierten Seite an.

Der Nutzername wurde an dem Tag erstellt, an dem der Beitrag im Subreddit zum Baltic War gepostet wurde, und noch am selben Tag wieder deaktiviert.

Damit war für Jack klar, dass mit Megachopper etwas nicht stimmte. Er nahm sein Mobiltelefon vom Couchtisch und drückte eine Kurzwahlnummer.

Nach mehrmaligem Klingeln meldete sich Gavin. Er klang müde, arbeitete offensichtlich aber noch.

»He, Gav. Du müsstest längst im Bett sein.«

»Ich mache hier gleich Schluss. Und du?«

»Ich auch. Aber ich habe mittlerweile herausgefunden, dass ein Reddit-Nutzer eine private Nachricht an Retschkow geschickt hat. Noch am selben Tag hat er diesen einen Post gelöscht und seinen Account geschlossen.«

»Verdächtig. Und von mir willst du jetzt wissen, wie wir diese Nachricht lesen können?«

»Ja.«

»Ich komme nicht an sie ran … aber ich kenne jemand, der es kann.«

»Echt? Wen?«

»Von mir weißt du das nicht, aber die NSA hat ein Hintertürchen.«

»Woher weißt du das?«

»Hat mir jemand gesteckt, aber von ihnen selbst hab ich es nicht. Ich werde mich ziemlich einschleimen müssen, um ihn dazu zu bringen, für uns ein bisschen herumzustöbern, aber wie gesagt, er schuldet mir einen Gefallen.«

»Gut. Also wenn wir klären könnten, ob 5Megachopper5 derselbe ist, der Vadim Retschkow die Informationen geliefert hat, würde uns das bei der Suche nach den Verantwortlichen für den Datenklau mit Sicherheit einen Schritt weiter bringen.«

Gavin notierte sich den Nutzernamen. »Ich werde ihn kontaktieren. Es könnte eine Weile dauern, bis er antwortet. Bei der NSA stecken sie bis über beide Ohren in Arbeit, wie du dir vorstellen kannst.«

»Danke. Sieh zu, dass du etwas Schlaf bekommst.«

»Du auch, Ryan. Bis morgen früh.«

Jack streckte sich auf seiner Couch aus und schlief bald darauf ein, allerdings erst nachdem er sich vorgenommen hatte, sich nach dem Aufstehen in ein paar Stunden wieder seinem Nebenprojekt zu widmen, nämlich der Frage, wie genau der große Unbekannte all die Opfer ins Visier nahm. Und wenn er endlich eine Spur hatte, der er folgen konnte, würde er seine neu erworbenen Kenntnisse in der Beschaffung personenbezogener Daten dazu nutzen, seinerseits den Mann ins Visier zu nehmen, der verantwortlich war für all die Morde und die Zerstörung dieser Tage.

44

Der schwarze SUV hielt morgens um zehn vor dem Büro von Advanced Research Technological Designs in Bukarest. Vier Männer stiegen aus, und Alexandru Dalca, der aus seinem Bürofenster im vierten Stock nach unten linste, erblickte genau das, was er erwartet hatte. Vier Ostasiaten in schwarzen Businessanzügen, die mit energischen, selbstsicheren Schritten dem Eingang zustrebten.

Chinesische Agenten, da war er sich sicher.

Und das war ein Problem, denn Dalca hatte das Datenmaterial, das seine Firma im Auftrag der chinesischen Agenten gestohlen hatte, für eigene Zwecke benutzt und an verschiedene unliebsame Akteure in aller Welt verkauft, unter anderem an den IS.

Er war sich darüber im Klaren, dass er möglicherweise in ernsten Schwierigkeiten steckte, und konnte nur hoffen, dass sie aus irgendeinem anderen Grund hier waren. Falls sich seine Befürchtungen als berechtigt erwiesen, musste er sich eben herausreden.

Fünf Minuten später trug Dalca seinen besten Sakko und betrat mit so viel Selbstsicherheit, wie er aufzubringen vermochte, den Konferenzraum. Auf der einen Seite des Tisches saßen die Vertreter der Seychellen-Gruppe, auf der anderen ein halbes Dutzend Führungskräfte von ARTD, unter ihnen Dragomir Vasilescu und Technologievorstand Albert Cojocaru. Als Chefrechercheur und rangniedrigster ARTD-Angestellter im Raum erhielt Dalca den Platz ganz am hinteren Ende des Tisches, obwohl er als Einziger mit der Arbeit vertraut war, die man für die Chinesen an dem Datenmaterial vorgenommen hatte. Er wurde bei seinem Eintreten nicht einmal vorgestellt.

Vasilescu hieß die Gäste als geschätzte Kunden von ARTD willkommen, dankte ihnen für ihr Kommen und trug dann ein paar Statistiken vor, die Dalca und Cojocaru für das heutige Treffen vorbereitet hatten, Statistiken zu den Arbeitsstunden, die für die »Beschaffung« der Daten aus Indien aufgewendet worden waren, und anderen in das Projekt eingeflossene Ressourcen. Dabei bemühte er zahlreiche Euphemismen: Nach seinen Worten war ARTD ein Technologieunternehmen und kein Hackerladen, die Seychellen-Gruppe ein Privatunternehmen und keine Tarnfirma für chinesische Spione. Ebenso beschönigt wurde, was ARTD im Auftrag Chinas getan hatte. Man hatte keine Dokumente gestohlen, sondern über eine indische Sicherheitsfirma aus den Vereinigten Staaten »Daten erworben«. Man hatte »gezielt Daten herausgefiltert« und nicht Dokumente durchforstet, um Leute aufzuspüren, die beruflich mit China befasst sein könnten, und man hatte »Schlüsselpersonen identifiziert« und nicht Männer und Frauen dem Ministerium für Staatssicherheit verraten und damit dem Tod ausgeliefert.

Dragomir Vasilescu und Albert Cojocaru waren sehr stolz darauf, was ihr Unternehmen für den Kunden geleistet hatte, und es war ihnen anzusehen. Dalca machte ein ähnlich zufriedenes Gesicht, doch als einziger ARTD-Vertreter im Raum spürte er, dass die vier Männer, die ihnen mit unbewegten Mienen gegenübersaßen, eine unangenehme Überraschung in petto hatten.

Nach der Präsentation erbot sich Cojocaru, mit den Gästen einen Rundgang zu machen, doch der Leiter der chinesischen Delegation, ein Herr Peng, wedelte mit der Hand, als könnte ihn nichts weniger interessieren als die Büros und Server-Stacks von ARTD.

»Wir haben eine sehr weite Reise auf uns genommen, um mit Ihnen über Folgendes zu sprechen«, sagte er. »Wir möchten uns vergewissern, dass die Daten, die wir angefordert haben und für deren sichere Verwahrung wir gutes Geld bezahlen, mit strengster Vertraulichkeit behandelt werden.«

Dalca sah Drago an, dass er nicht den blassesten Schimmer hatte, worauf der Chinese hinauswollte. Und nicht den Hauch einer Ahnung, dass die jüngsten Anschläge gegen Amerika mit dem Datenmaterial zu tun haben könnten, das ARTD im Auftrag der chinesischen Staatssicherheit aus Dokumenten des amerikanischen OPM gewonnen hatte.

Dalca quittierte Pengs Andeutung mit einem ähnlich verwirrten Gesicht, doch in seinem Innern zogen dunkle Wolken auf. *Scheiße,* dachte er. Er hatte richtig vermutet.

Sie waren hier, weil sie Verdacht geschöpft hatten.

Der arglose Dragomir war dagegen nicht im Geringsten besorgt. »Aber selbstverständlich«, sagte er. »Unsere sensiblen Daten sind auf speziellen Rechnern gespeichert, die in keiner Weise mit der Außenwelt verbunden sind. Das Material, das wir in Ihrem Auftrag erworben haben, befindet sich hier im Haus und nirgendwo sonst.« Er hob eine Hand. »Abgesehen von seinem ursprünglichen Speicherort in den Vereinigten Staaten, versteht sich.«

Cojocaru ergänzte: »Und die Beschaffung ist in einer Weise erfolgt, die es den Amerikanern unmöglich macht, jemals irgendwelche Unregelmäßigkeiten zu entdecken.«

Albert strahlte vor Stolz. Dalca hätte fast die Augen verdreht. Albert war der Chefhacker, ein Techniker, der im Cyberspace lebte. Er hatte keine Ahnung, dass ihnen eine Menge Scheiße um die Ohren fliegen würde, wenn es ihm, Dalca, nicht gelang, die Bedenken dieser Gangstertypen auszuräumen.

Peng beriet sich kurz auf Mandarin mit seinen Leuten. Die Rumänen saßen einfach nur da.

Dann sah der Chinese Vasilescu an. »Wer war für die Beschaffung der Daten zuständig?«

Dragomir klopfte Albert auf den Rücken. »Der Beste in der Branche, das kann ich Ihnen versichern. Albert Cojocaru. Er und sein Team haben das Programm entwickelt, mit dessen Hilfe die Daten von dem Server im indischen Bangalore heruntergeladen wurden, wo sie vier Jahre lang unangetastet gelegen hatten. Er hat einen großartigen Job gemacht.«

Albert schaltete sich ein. »Falls Sie eine für Laien verständliche Erklärung des Vorgangs wünschen, nur für den Fall, dass Sie in der Zukunft mit einem ähnlichen Anliegen an uns herantreten sollten, so wäre es mir eine Freude, Ihnen …«

Albert verstummte, als Peng die Hand hob.

Der Chinese sagte: »Ich wollte wissen, wer die Verbindung hergestellt hat zwischen den Rohdaten und den Urhebern illegaler Spionagetätigkeit in der Volksrepublik China. Wer war dafür zuständig?«

Dragomir Vasilescu deutete mit einem stolzen Nicken ans Ende des Tischs. »Mein zweiter Spitzenmann, Alexandru Dalca. Ein Meister seines Fachs und meine beste Geheimwaffe hier bei ARTD. Ich habe ihn persönlich zum Chefrechercheur bei Ihrem Projekt ernannt. Er hat aus den Rohdateien – Millionen und Abermillionen, wie Sie wissen – mithilfe einer von ihm selbst entwickelten Software diejenigen herausgefiltert, die Ihre Kriterien erfüllen. Er hat nach Männern und Frauen gesucht, die asiatische Sprachen gelernt und bestimmte Lehrveranstaltungen besucht hatten, über relevante militärische oder zivile Erfahrung verfügten oder bereits Kontakte zu Männern und Frauen in China unterhielten. Danach hatte er immer noch Tausende von Dateien, die er einzeln durchgehen musste, ehe er …«

Dalca begriff, dass er Dragomir bremsen musste, bevor der Eindruck entstand, er sei hier im Haus als Einziger in der Lage, aus den amerikanischen Dokumenten personenbezogene Zieldaten zu gewinnen.

Eilends unterbrach er seinen Chef. »Vielen Dank für die Lorbeeren, Herr Vasilescu. Aber natürlich könnte ich das nicht alles im Alleingang bewerkstelligen.« Er schenkte seinen vier grimmigen Gegenübern ein aufrichtiges Lächeln. »In Wahrheit, meine Herren, habe ich das große Glück, ein vielköpfiges Team zu leiten, das ausschließlich an Ihrem Projekt arbeitet, und zwar von Anfang an. Ich habe zwar die Software entwickelt und optimiert, mit der die enorme Datenmenge effizient verarbeitet wird, aber nicht ich bin es, der die Rohdaten extrahiert und in das verwertbare Produkt umwandelt, das Sie erhalten. Ich leite nur ein Team aus tüchtigen jungen Leuten, die dies tun. Sie arbeiten sehr hart und mit großem Sachverstand. Ich könnte, offen gestanden, nicht stolzer sein auf die Arbeit, die sie in dieses Projekt investieren.«

Die Chinesen nickten leicht.

Gut, dachte Dalca. Er hatte ihnen versichert, dass ihre Daten nicht zum Nutzen Dritter ausgewertet wurden, und gleichzeitig darauf hingewiesen, dass andere mit der Bearbeitung der Daten betraut waren, von denen sie offensichtlich fürchteten, sie könnten für fremde Zwecke missbraucht worden sein.

Aus den Augenwinkeln bemerkte er, dass Albert und Dragomir jetzt zu ihm herübersahen.

Normalerweise war Dalca der Erste, der sich etwas als Verdienst anrechnete und einen Erfolg für sich reklamierte. Insofern verwunderte es die beiden Männer natürlich, dass er Lob an seine Untergebenen weiterreichte. Beide wussten genau, wie viel Arbeit er in den Auftrag der Seychellen-Gruppe gesteckt hatte, und mussten es daher eigenartig finden, dass er seine Rolle herunterspielte.

Doch Dalca war es gleich, ob er seine Kollegen verwirrte. Wichtig war für ihn nur, dass die Furcht einflößenden Männer auf der anderen Seite des Tisches ihn nicht verdächtigten, die Volksrepublik China in gewalttätige Angriffe auf einen der mächtigsten Staaten der Welt, die Vereinigten Staaten, zu verwickeln.

Sie würden ihn töten, wenn sie auch nur eine Sekunde das Gefühl hätten, er hätte die Dateien gestohlen, um sein eigenes Bankkonto zu füllen.

In den folgenden zehn Minuten stellten die Chinesen weitere Fragen zu den Daten: Wie wurden sie extrahiert? Wie wurden sie in brauchbare Informationen umgewandelt? Dalca sah ihnen an, dass sie beeindruckt davon waren, wie sich mithilfe frei zugänglicher Informationen die Identität amerikanischer Agenten und Spione ermitteln ließ.

Doch Dalca stand jetzt nicht mehr im Mittelpunkt, und das gefiel ihm. Jedes Mal, wenn er erklärte, wie »seine Mitarbeiter« zu ihren Schlussfolgerungen über in China tätige amerikanische Spione und Agenten gelangt waren, hörten die Chinesen aufmerksam zu und richteten dann die nächste Frage an Dragomir.

Dalca begriff. Diese Männer arbeiteten zwar für den chinesischen Geheimdienst, aber sie waren genauso wie die meisten chinesischen Wirtschaftsleute, mit denen er bisher beruflich zu tun gehabt hatte. Sie hatten Respekt vor Titeln, Autoritäten. Alex Dalca war zwar der Einzige im Raum, der über den Auftrag der Seychellen-Gruppe wirklich Bescheid wusste, aber er war nur Chefrechercheur, Vasilescu hingegen der CEO des Unternehmens. Ihr ganzer Respekt und ihre ganze Aufmerksamkeit galten ihm.

Und das konnte Alexandru Dalca nur recht sein.

Schließlich stellte Dragomir die Frage, die ihm und Albert schon das ganze Gespräch über auf der Zunge gelegen hatte. »Verzeihen Sie, meine Herren, aber wie können wir Ihnen helfen?«

Herr Peng beriet sich kurz mit seinen Begleitern, dann antwortete er: »Wir sehen die Produkte, die Sie uns geliefert haben, und wir beobachten mit großer Sorge verschiedene Vorkommnisse der jüngeren Zeit im Zusammenhang mit dem amerikanischen Geheimdienst. Unsere Sorge ist, dass ein Teil der großen Datenmenge, die Sie für uns extrahiert haben, in andere Hände gefallen sein könnte. Das setzt unser … unser Unternehmen der großen Gefahr aus, mit Geschehnissen in Verbindung gebracht zu werden, mit denen es nichts zu tun hat.«

»Offen gestanden bin ich über die aktuelle Lage in Amerika nicht auf dem Laufenden und habe das alles nur am Rande mitbekommen«, erwiderte Vasilescu. »Aber ich kann Ihnen versichern, dass nur Personen Einsicht in die Dateien genommen haben, die dazu befugt sind, und das wird auch so bleiben.«

Er legte die Hände flach auf den Tisch. »Ich kann Ihnen garantieren, dass Ihre Daten allein Ihnen gehören. Niemand sonst hat Zugriff darauf gehabt.«

»Sie missverstehen meine Sorge«, sagte Peng. »Ich werde mich klarer ausdrücken. Ich habe nicht die Sorge, dass Sie gehackt worden sein könnten, Herr Vasilescu, ich habe die Sorge, dass Sie uns hintergehen und aus dem Material eigenen Profit schlagen.«

Vasilescu lehnte sich in seinem Stuhl zurück. »Also … einen Augenblick mal. Das ist eine ungeheuerliche Anschuldigung.«

»Wie bitte haben diese Kamelreiter aus der irakischen Wüste drüben in Amerika diese amerikanischen Spione ausfindig gemacht?«, fragte Peng.

Dalca mischte sich wieder ein. »Sie sprechen von den Anschlägen muslimischer Terroristen in Amerika?« Er nickte nachdenklich, als sänne er darüber nach, ob an dem von seinem Gegenüber angedeuteten Zusammenhang etwas dran sein könnte, dann sagte er: »Ich verstehe Ihre Sorge, doch ich kann Ihnen versichern, dass diese Dschihadisten aus einer ganz anderen Quelle schöpfen als wir. Erst kürzlich habe ich mir Fernsehberichte über die Anschläge angesehen, nicht wahr, Herr Vasilescu? Als Recherchefachmann interessiere ich mich persönlich dafür, wie Leute Informationen beschaffen und verwenden, ganz gleich zu welchem Zweck. Nach dem, was ich über die Vorgänge in Amerika gesehen habe, verfügen die Täter über detaillierte, aktuelle Informationen, die sie gegen diese Soldaten einsetzen.« Er lächelte. »Die Informationen, die ich verwendet habe, sind viele Jahre alt, wie Sie wissen.«

»Und dennoch hat Ihre Firma es irgendwie geschafft, uns auf Grundlage dieser Informationen genau zu sagen, wo sich eine Person gegenwärtig in China aufhält und welchen Posten sie bekleidet«, entgegnete Peng.

Dalca machte ein gequältes Gesicht, als wäre es ihm unangenehm, einem Kunden zu widersprechen. »Nun ja … die Informationen, die wir über ihren Aufenthaltsort liefern, sind nur allgemeiner Natur. Zum Beispiel teilen wir Ihnen mit, dass Mr. X im amerikanischen Konsulat in Shanghai als Handelsexperte für langlebige Gebrauchsgüter tätig ist und in einer Wohnung in einer bestimmten Straße wohnt. Aber die Informationen, die der Islamische Staat aus Amerika erhält, ermöglichen es ihm, Terroristen zu bestimmten Tageszeiten in ganz bestimmte Cafés zu schicken oder auf ganz bestimmte Mietfahrzeuge anzusetzen, deren Fahrtziel bekannt ist.« Dalca zuckte entschuldigend mit den Schultern. »Dazu sind wir mit unseren Daten nicht in der Lage. Diese muslimischen Terroristen müssen Leute innerhalb der amerikanischen Regierung haben.«

Wieder beriet sich Peng mit seinen Begleitern. Schließlich sagte er: »Unsere Sorge ist nicht ausgeräumt. Sollten die Amerikaner irgendwann merken, dass sie ein Datenleck hatten, werden ihre Behörden unabhängig davon, ob das Leck für die jüngsten Ereignisse verantwortlich ist, Ihre

Firma gründlich unter die Lupe nehmen – und uns auch. Das können wir nicht zulassen.«

»Wie können wir Ihnen nur beweisen, dass Ihre Daten bei uns sicher sind?«, fragte Dragomir.

Peng antwortete nicht. Dalca atmete etwas auf. Diese Typen waren nur gekommen, um ihnen Angst einzujagen und sie vor einem nachlässigen Umgang mit den Daten zu warnen. Natürlich hätten sie schwerere Geschütze aufgefahren, wenn er sich irgendwie selbst belastet hätte, doch das hatte er nicht, sodass sie allenfalls noch ein paar Drohungen ausstoßen und dann abziehen würden. Möglicherweise hegten sie immer noch den Verdacht, dass der IS seine Informationen von ARTD bekommen hatte, aber sie hatten keinen Beweis, der diesen Verdacht stützte.

Dalca forderte sein Glück heraus. »Wenn ich einen Vorschlag machen dürfte: Die Rohdateien sind auf einem einzigen Air-Gap-Server gespeichert. Wie von Ihnen verlangt, existieren keine Kopien, und die Dateien sind nicht hochgeladen worden, damit sie von mehreren Geräten abgerufen werden können. Der Computer, auf dem die Daten liegen, befindet sich hier im Haus. Sobald die Daten auf den Computer geladen waren, haben wir sie von dem übertragenden Gerät gelöscht und dessen Festplatte zerstört, sodass keine Beweise zurückblieben. Außerdem haben wir an dem Computer mit den Daten alle externen Schnittstellen unbrauchbar gemacht. Es gibt keine Möglichkeit, etwas auf den Computer zu laden oder von ihm herunterzuladen. Man kann nicht einmal Datensätze ausdrucken.

Wenn Ihnen wohler dabei ist, nehmen Sie das Material mit und verwahren es an einem sicheren Ort, bis sich in Amerika die Wogen geglättet haben. Natürlich wäre unsere Zusammenarbeit damit beendet, aber Sie hätten die Gewissheit, dass die Daten nicht missbraucht werden.«

Dalcas merkwürdiger Vorschlag verwirrte Vasilescu,

doch er war nicht wirklich ernst gemeint. Die Chinesen dachten gar nicht daran, das Material mitzunehmen, und Dalca wusste das. Abgesehen von den Informationen, die ARTD daraus gewann und dann an sie weiterleitete, wollten sie nichts damit zu tun haben.

Peng schüttelte nur den Kopf, genau wie Dalca erwartet hatte.

Dann blickten er und seine drei Schergen drohend auf Vasilescu. »Leute aus unserer technischen Abteilung werden sich damit beschäftigen, was in Amerika geschehen ist. Sollten sie feststellen, dass zwischen Ihrem Einbruch in das amerikanische Datennetz über Indien und der derzeitigen Anschlagserie in den Vereinigten Staaten ein Zusammenhang besteht, kommen wir wieder und ziehen Sie dafür zur Verantwortung.«

Zwanzig Minuten später gingen die Männer von der Seychellen-Gruppe.

Kaum waren sie fort, wandte sich Vasilescu an Dalca. »Diese Leute sind Irre. Die glauben, wir arbeiten mit bescheuerten Terroristen zusammen.«

Dalca nickte und sagte: »Was da in Amerika geschieht, hat mit den Daten, die Albert gestohlen hat, nichts zu tun. Das ist doch Schwachsinn.«

Dragomir legte den Kopf schief und musterte seinen Chefrechercheur. »He … was sollte das eigentlich da drin? Normalerweise reichen Sie Lob nicht so einfach an Ihr Team weiter. Das zeigt Reife.«

Dalca lächelte. »Ich wollte die Typen von der Seychellen-Gruppe nur wissen lassen, das auch andere beteiligt sind.« Er zwinkerte. »Ich finde, das ist nur fair.«

Zurück in seinem Büro, schenkte sich Dalca eine Tasse Kaffee ein und setzte sich an den Schreibtisch. Er verspürte eine leichte Benommenheit und fragte sich, ob er eine Erkältung ausbrütete. Als er nach dem Kaffee griff, stieß er die Tasse um und verschüttete den Inhalt über den Tisch.

Er sprang auf, stieß einen Fluch aus und eilte in den Pausenraum, um Papierhandtücher zu holen.

Reiß dich zusammen, ist doch alles in Butter, sagte er sich. Jeden Tag redete er sich ein, dass er so cool war, wie man nur sein konnte. Doch als er jetzt durch den Flur eilte, um etwas zum Aufwischen zu holen, blickte er auf seine Hände hinab und sah, dass sie zitterten.

Er konnte jeden von allem überzeugen, doch im Augenblick konnte er seinen Körper nicht davon überzeugen, dass er irgendwie sicher war.

Peng und seine Männer suchten nach Beweisen dafür, dass ARTD dem Islamischen Staat geholfen hatte, und Dalca steckte mittendrin. Diesmal waren sie noch unverrichteter Dinge abgezogen.

Aber hinter seiner coolen Fassade wusste er, dass sie wiederkommen würden.

45

Um 6.53 Uhr umstellten einundsechzig Polizisten von verschiedenen kommunalen und bundesstaatlichen Behörden den Supermarkt Fresh Fest an der West Ann Road in Las Vegas, Nevada. Zwei Rettungswagen waren bereits wieder mit heulenden Sirenen Richtung Krankenhaus davongefahren. Doch zwei weitere standen hinter den Streifenwagen der Polizei, während Notärzte und Sanitäter auf dem Parkplatz drei leicht verletzte Zivilisten behandelten.

Vierzig Minuten zuvor hatte ein Reaper-Drohnen-Pilot der U. S. Air Force auf dem Nachhauseweg von der Luftwaffenbasis Creech nach einer 24-Stunden-Schicht hier angehalten und Lebensmittel eingekauft. Auf dem Weg zur Kasse war ihm ein junges Paar mit bräunlichem Teint aufgefallen, das in seiner Nähe herumzappelte und nervöse Blicke in seine Richtung warf. Verunsichert wechselte er zu einer Selbstbedienungskasse, doch als er sich umsah, bemerkte er, dass die beiden ihm folgten. Die Frau griff in ihre Handtasche, der Mann unter sein Hemd.

Als die Schusswaffen zum Vorschein kamen und der Major seine Einkäufe fallen ließ, ertönte ein scharfer Ruf von hinten aus dem Gang. Ein älterer Mann mit Baseballmütze hatte eine kleine Pistole aus Edelstahl gezogen. Er hielt sie auf das Pärchen gerichtet und forderte sie auf, ihre Waffen fallen zu lassen, doch die beiden fuhren zu ihm herum und eröffneten das Feuer.

Der alte Mann schoss der Frau einmal in die Brust und einmal ins Gesicht. Die erste Kugel warf sie nur zurück, doch die zweite tötete sie auf der Stelle. Der Schütze selbst wurde von einem Schuss in die Schulter und einem zweiten in die rechte Hand getroffen. Er stürzte zu Boden, ließ die Pistole fallen und griff an seine Wunden.

Ein junger Regalauffüller zog den Rentner zunächst in Deckung und dann durch den Markt in Richtung Hinterausgang.

Der Air-Force-Major stürmte durch den Vordereingang, verfolgt von pfeifenden 9-mm-Geschossen. Ein Wachmann des Supermarkts, bewaffnet mit einem Revolver Kaliber .38, mit dem er nicht mehr geschossen hatte, seit er im Besitz der Lizenz dafür war, feuerte so lange auf den Attentäter, bis die Waffe leer war, verfehlte ihn aber sechs Mal, bis er selbst einen Schuss in den Hals bekam. Er verblutete vor dem Bankautomaten am Eingang.

Vor dem an den Supermarkt angrenzenden Convenience Shop stand ein Streifenwagen, in dem zwei Polizisten saßen und Kaffee tranken. Obwohl die Fenster geschlossen waren und die Klimaanlage lief, hörten sie die Schüsse. Als sie fünfundvierzig Sekunden später vor dem Supermarkt vorfuhren, stürmten die Verkäufer von Feinkostabteilung und Bäckerei an ihnen vorbei. Sie rannten um ihr Leben.

Ein Polizist ergriff seine Schrotflinte, der andere zückte seine Glock 22, dann rannten sie nach drinnen, einer unbekannten Gefahr entgegen.

Der überlebende Terrorist wurde vom schnellen Eintreffen der Polizei überrascht, als er gerade versuchte, seine Komplizin wiederzubeleben. Er flüchtete in den hinteren Teil des großen Ladens, wurde aber von vier Schrotkugeln in den Rücken getroffen. Er hielt sich auf den Beinen, schoss einen Zivilisten an, der ihm in panischer Angst in den Weg lief, und feuerte nach hinten auf die Polizisten, bis sein Magazin leer war und er das Warenlager erreicht hatte.

Er schaffte es bis zur Laderampe und hätte in eine Gasse flüchten können, doch dann entdeckte er Supermarktangestellte, die hinter Autos in Deckung gegangen waren und den Polizisten gezeigt hätten, wohin er verschwunden war. Also lief er ins Warenlager zurück, verkroch sich in einer dunklen Ecke hinter Paletten, auf denen Kartons mit Frühstücksflocken gestapelt waren, und brach vor Schmerz, Erschöpfung und Trauer zusammen.

Kateb wusste, dass es ihm und seiner Frau Aza nicht gelungen war, die Zielperson zu töten. Genau wie vor zwei Tagen in L. A., als es ihnen nicht gelungen war, den Navy SEAL zu töten.

Und jetzt war Aza tot, und er war erledigt.

Die beiden Polizisten verfolgten den Bewaffneten nicht ins Warenlager, denn der Beamte mit der Schrotflinte machte eine erschreckende Entdeckung, als er neben der toten Angreiferin niederkniete. Ihr Gesicht war blutüberströmt, und links neben der Nase klaffte eine schartige Wunde, doch das war es nicht, was ihn erschreckte, sondern dass aus dem Ärmelaufschlag ihrer Bluse ein Kabel hervorsah. Am Ende des Kabels saß der Auslöser, unter dessen schwenkbarer, schwarzer Schutzkappe der rote Knopf zu sehen war.

Der junge Polizist taumelte rückwärts und stürzte zu Boden, rappelte sich sofort wieder auf und schrie seinem Partner zu: »Nichts wie raus hier.«

Als weitere Polizeikräfte eintrafen, wurde der gesamte Supermarkt geräumt und abgeriegelt. Zivilisten brachten die Verletzten nach draußen, und die beiden Streifenpolizisten sicherten mit schussbereiten Pistolen. So langsam dämmerte ihnen, dass sie nur Minuten nachdem sie ihren Morgenkaffee getrunken und über das Baseballturnier ihrer Kinder am Wochenende gesprochen hatten, in einen Terroranschlag von internationaler Tragweite geraten waren.

Die SWAT-Einheit des Metropolitan Police Department von Las Vegas heißt Zebra und zählt zu den besten Spezialeinsatzkommandos im Land. Innerhalb von fünfundzwanzig Minuten traf sie am Tatort ein. Da niemand vor Ort sagen konnte, ob der flüchtige Terrorist Geiseln genommen oder sich einfach nur verschanzt hatte, forderte der Einsatzleiter der Zebras einen Roboter an.

Die Zebras wollten den Supermarkt nicht durch den Vordereingang betreten, bevor das Bombenentschärfungskommando die Weste der Toten untersucht hatte, die fünfzehn Meter hinter der Tür lag, und so eilten sie zur Rückseite des Gebäudes. Sie postierten sich an einer offenen Laderampe und vor einem unverschlossenen Personaleingang und warteten auf den Befehl zum Zugriff.

Ein von den Zebras gelenkter, kleiner Roboter wurde durch die automatischen Türen des Supermarkts geschickt. Ein Beamter mit Fernsteuerung verfolgte auf einem Monitor die von ihm übermittelten Kamerabilder und setzte ihn auf eine Blutspur an, die nach hinten ins Warenlager führte.

Kateb saß an eine Palette voller Frühstücksflockenkartons gelehnt, deren Pappe er mit seinem Blut besudelte. Mit der einen Hand drückte er das Telefon ans Ohr, mit der anderen hielt er die Pistole zwischen den Knien.

»Es tut mir leid, Mohammed. Aza und ich haben dich enttäuscht. Ich bin verwundet und sie ist tot. Ein dummer alter Mann hat auf uns geschossen, wie ein Cowboy im Film. Wir haben nicht damit gerechnet, dass uns Zivilisten Schwierigkeiten machen könnten. Als sie tot war und ich den alten Narren niedergeschossen hatte, bin ich wieder zurück, um den Major zu töten, aber er ist ins Freie geflüchtet. Ich habe auf ihn geschossen, ihn aber nicht getroffen.«

»Ich weiß, Kateb«, sagte Mohammed. »Es kommt in den Nachrichten. Sie haben dich umzingelt, Bruder.«

Doch der Verwundete hörte nicht zu, sondern sagte: »Sie ist vor meinen Augen gestorben.«

»Sie ist vor deinen Augen zur Märtyrerin geworden. Sie war eine Kriegerin, und du bist ein Krieger, Bruder.«

Kateb betrachtete das getrocknete Blut auf seinem Handrücken. Dann hob er den Kopf. Ein Geräusch drang durch das Warenlager.

»Ich höre etwas. Aber ich weiß nicht, was es ist.«

»Sie werden jetzt kommen. Es wird Zeit für dich, ebenfalls Märtyrer zu werden.«

»Ja, Mohammed. Ich habe den Major nicht getötet. Aber ich werde diese Polizisten töten.«

»Gut. Sehr gut. Allah sei gepriesen.«

Kateb legte das Telefon weg, rappelte sich mühsam auf und hob die Pistole. Mit der freien Hand ergriff er den Auslöser des Sprengstoffgürtels und legte den Daumen darauf.

Das Geräusch wurde immer lauter. Es war eine Art elektronisches Wimmern.

Dann verstummte es abrupt.

Kateb wischte sich mit dem Hemdsärmel den Schweiß von der Stirn, dann hob er wieder die Waffe. Er konnte seinen eigenen Herzschlag hören.

Plötzlich ertönte vom hinteren Ende der Palettenreihe, keine vier Meter entfernt, eine Stimme: »Hier spricht das Las Vegas Police Department …«

Kateb schrie *Allahu akbar,* sprang hinter der Palette hervor, feuerte mit der Pistole und drückte auf den Auslöserknopf.

Einen Meter vor ihm stand der Roboter, kleiner als ein Rasenmäher. Über seinen Lautsprecher forderte der Einsatzleiter den Verwundeten gerade dazu auf, die Waffe fallen zu lassen, als Kateb seine Weste zur Explosion brachte und den Roboter sowie mehrere Paletten Frühstücksflocken vernichtete.

Abu Musa al-Matari legte das Telefon auf den Tisch zurück, als die Verbindung abbrach, und fluchte.

Die Operation gegen den Drohnenpiloten war fehlgeschlagen. Die zwei aus der Santa-Clara-Zelle waren eine Lachnummer gewesen. Sicher, sie hatten von Los Angeles bis Las Vegas Terror verbreitet und mehrere Leute getötet, aber ihre beiden Ziele hatten sie verfehlt.

Und sie hatten auch noch in anderer Hinsicht versagt. Die Frau, Aza, hatte zusätzlich zu der Sprengstoffweste eine Kamera getragen, die unter ihrer offenen Zippjacke mit Spanngurten an der Weste befestigt war, sodass al-Matari den Anschlag in Echtzeit hatte verfolgen können, und als er den Polizisten neben ihr knien sah, hatte er die Bombe per Telefon fernzünden wollen, aber sie war nicht hochgegangen.

Er konnte nur vermuten, dass eine der Kugeln, die der alte Mann auf sie abgegeben hatte, das Kabel zum Auslöser durchtrennt hatte.

Ein Glückstreffer. Und ein Glücksfall für den Cop.

Um Nummer 14 und Nummer 15 war es nicht schade, dachte al-Matari, der die Zellenmitglieder immer noch bei den Namen nannte, die er ihnen in der Sprachschule gegeben hatte. Er hatte bessere Agenten da draußen und sie würden weiter den Krieg unter die Ungläubigen tragen. Besser, er widmete seine Arbeit den wahren Kämpfern, als seine Zeit mit Witzfiguren zu vergeuden.

Am Abend zuvor hatten die Männer und Frauen aus Musa al-Mataris Zelle drei weitere Anschläge im Land verübt.

Bei der Hochzeitsparty eines Harrier-Piloten vom Marine

Corps in New Orleans ging eine versteckte Bombe hoch. Der Pilot und seine Braut blieben zwar unverletzt, doch drei Gäste starben, und sechs weitere wurden verletzt.

Ein in Oslo stationierter CIA-Beamter, der in Flint, Michigan, seine kranke Mutter besuchte, wurde aus einem vorbeifahrenden Auto heraus erschossen. Ebenfalls zu Tode kam dabei ein hilfsbereiter Passant, der vom Fluchtfahrzeug überfahren wurde, als er es am Wegfahren hindern wollte.

Und in St. Louis, Missouri, zerstörte eine Brandbombe den SUV eines leitenden Beamten der Nationalen Agentur für Geografische Aufklärung. Der Mann konnte den Flammen entrinnen, erlitt aber Verbrennungen zweiten Grades.

Die fünfzehn Männer und zwei Frauen, die von al-Mataris Sprachschülern noch lebten, standen jetzt unter Hochdruck. Sie verübten im ganzen Land Anschläge, was sie zu stundenlangen und bisweilen auch tagelangen Fahrten zwang, und mussten ständig vor Verfolgern auf der Hut sein. Doch obwohl die Ergebnisse der Operationen sehr durchwachsen waren, hatten sie in der Summe den gewünschten Effekt, wie der Jemenit wusste. Amerika war von der Schlagkraft und Verwegenheit des IS geschockt: ein Dutzend Terroranschläge in weniger als fünf Tagen!

Al-Matari studierte nicht nur die Reaktionen von Polizei und Regierung auf jeden Vorfall und verfolgte die Berichterstattung im Fernsehen, er plante auch eine neue Operation. Eine Operation, größer und kühner als alles bisher Dagewesene. Sie würde in der Öffentlichkeit die Forderung laut werden lassen, Truppen gegen den Islamischen Staat zu entsenden.

Die Ermordung des CENTCOM-Befehlshabers war bislang der mit Abstand aufsehenerregendste Anschlag, aber al-Mataris neue Operation würde sie klar in den Schatten stellen. Jetzt, in diesem Moment, war Tripolis mit drei Mitgliedern der Chicagoer Zelle und Omar, dem Chef der

Detroiter Zelle, unterwegs. Für die wichtige Mission spähten sie Örtlichkeiten hier in der Stadt aus. Derweil sahen sich David, Ghazi und Husam in Brooklyn um, wo in ein oder zwei Tagen eine weitere Operation geplant war. Die vier Überlebenden aus Santa Clara waren unten in Arizona, wo ihr nächster Einsatz unmittelbar bevorstand, und die vier Verbliebenen der Atlanta-Zelle hatten sich in zwei Gruppen aufgeteilt und bereiteten andere Anschläge vor.

Und damit nicht genug: Am Vorabend hatte vor den Toren Detroits der erste Nachahmer zugeschlagen und in einem Fast-Food-Restaurant einen Sergeant der Air National Guard von Michigan erschossen. Die Polizei hatte den Angreifer Minuten später in einer öffentlichen Bibliothek gestellt, und der junge Mann somalischer Herkunft war bei dem Versuch, durch ein Fenster im dritten Stock zu entkommen, zu Tode gestürzt.

Al-Matari war besonders stolz darauf, dass sich tapfere Mudschaheddin dem Kampf anschlossen, und beschloss, dafür zu sorgen, dass der IS in den sozialen Medien über den Anschlag von Detroit berichtete und hervorhob, dass der Urheber keiner dem Islamischen Staat unterstehenden Kämpferzelle angehört hatte. Durch die Würdigung des unbekannten Märtyrers hoffte er, weitere Sympathisanten zum Handeln zu bewegen, die so im Kampf als wichtige Multiplikatoren dienten.

Der Jemenit musste zugeben, dass sein Unternehmen nicht ohne Probleme war. Die amerikanischen Behörden hatten sich besser auf die neue Bedrohung eingestellt, waren schneller und mit mehr Kräften am Tatort. Und die Bürger schossen mit ihren Privatwaffen zurück. Ähnliches hatte er bei von ihm organisierten Bombenanschlägen und Überfällen in der Türkei, in Indien oder Malaysia nie erlebt. Oder bei Anschlägen, die IS-Brüder in Belgien, Frankreich oder Deutschland verübt hatten.

Doch alles in allem hatten die Männer und Frauen der

Sprachschule erheblichen Schaden angerichtet und ein beträchtliches Maß an Unruhe und Angst verbreitet. Er musste das Gemetzel nur fortführen und neue Kämpfer anwerben, und bald würde das Streichholz, das er in den vergangenen Wochen entzündet hatte, eine Feuersbrunst entfachen.

46

Dan Murray war seit Tagen fast ständig unterwegs. Der Justizminister eilte zwischen Weißem Haus, Pentagon und J. Edgar Hoover Building von einer Besprechung zur anderen. Sein eigenes Büro befand sich im Robert F. Kennedy Building, direkt gegenüber dem FBI, und ja, auch dort hatte er den ganzen Tag über Meetings.

Jetzt ging er durch den Westflügel des Weißen Hauses zu seiner dritten Besprechung dort in ebenso viel Tagen. Nur führte ihn sein Weg diesmal nicht in den Situation Room, sondern ins Oval Office, denn das Treffen an diesem Morgen fand im kleinen Kreis statt.

Verteidigungsminister Robert Burgess war soeben eingetroffen und nahm auf dem Sofa Platz, auf dem Mary Pat Foley bereits saß. Der Präsident der Vereinigten Staaten beugte sich aus seinem Sessel gegenüber den beiden Sofas vor, nahm eine Kanne vom Tisch und goss allen Kaffee ein.

»Danke, Jack.« Dan setzte sich Mary Pat und Robert Burgess gegenüber.

Es gab drei Mitarbeiter des Präsidenten, die sich nicht scheuten, ihn privat mit seinem Vornamen anzusprechen, und Dan und Mary Pat waren zwei von ihnen. Burgess war demgegenüber kein alter Freund und hätte als ehemaliger Drei-Sterne-General der Army nicht im Traum daran gedacht, den Oberbefehlshaber beim Vornamen zu nennen, selbst wenn ihn Ryan darum gebeten hätte.

Der Dritte im Bund war Arnie Van Damm, der in diesem

Augenblick mit einem Notizblock den Raum betrat, die Tür hinter sich schloss und sich auf das Sofa neben Murray setzte.

»Heute Morgen liegt einiges an«, sagte Ryan. »Im PDB sind die Anschläge von heute Nacht und heute Morgen im Land zusammengefasst. Wie allgemein erwartet, wird es von Tag zu Tag schlimmer. Irgendwas Neues seit dem Geheimdienstbericht?«

»Der Anschlag in Vegas war der letzte«, antwortete Murray. »Wir sind noch mit der Spurensicherung beschäftigt, aber die beiden Täter sind tot, sodass wir von ihnen nichts erfahren werden. Allerdings handelt es sich wohl um dasselbe Pärchen, das in L. A. den Filmstar getötet hat, wie auf den Aufnahmen der Überwachungskameras aus dem Starbucks zu erkennen ist.«

»Wenigstens hat al-Matari einen ziemlichen Verschleiß an Killern«, bemerkte Ryan dazu.

»Wir können noch nicht sagen, ob seine Truppe schrumpft oder wächst, denn wenn es so weitergeht, steigt mit jedem Tag die Gefahr von Nachahmern.«

Jack nahm das zur Kenntnis und wandte sich dann an Burgess. »Sie wollten darüber nachdenken, wie man Militärangehörige in den USA besser schützen kann. Zu welchen Ergebnissen sind Sie gekommen?«

»Wir verschärfen die Sicherheitsmaßnahmen bei Tagungen und Konferenzen außerhalb der Kasernen.«

»Absagen wollen Sie keine?«

Burgess schüttelte energisch den Kopf. »Auf keinen Fall. Wir werden uns vor diesen Terroristen schützen, aber wir werden nicht vor ihnen klein beigeben. Wenn wir damit anfangen, den Dienstbetrieb herunterzufahren, wird der IS das als Sieg feiern. Wir machen weiter wie gehabt, nur mit erhöhten Sicherheitsvorkehrungen.«

»Okay. Was noch?«

Burgess holte tief Luft. »Ich möchte, dass jeder Militärangehörige in den USA die Erlaubnis erhält, außerhalb der Kaserne eine Schusswaffe zu tragen.«

Jack schwieg fünfzehn Sekunden lang, ehe er sagte: »Warum eigentlich nicht, zum Teufel?«

Murray schaltete sich ein. »Ich verstehe das natürlich, aber Sie werden aus New York, New Jersey, Kalifornien, Illinois und einigen anderen Bundesstaaten heftigen Gegenwind bekommen.«

»Ja, aus Staaten, die an Militärstützpunkten und ihrem Personal Millionen verdienen«, sagte Burgess. »Mr. President, es ist keine Ideallösung, aber es ist die beste Option, die wir haben. Wir bieten auch verstärkt Selbstverteidigungs- und Trainingskurse an, heuern überall im Land Schießlehrer an, die Militärangehörigen so viel Unterricht geben sollen wie nur irgend möglich. Militärangehörige werden zwar an Handfeuerwaffen trainiert, aber die Ausbildung lässt doch sehr zu wünschen übrig. Unsere Maßnahme wird helfen, und wir werden niemand dazu drängen, eine Waffe zu tragen, wenn er die Verantwortung nicht tragen will.«

»Kommen die Waffen vom Militär?«

»Ja, Sir. Wir werden keinen Lance Corporal, der siebzehntausend Dollar im Jahr verdient, zwingen, sich für sechshundert Dollar eine Pistole zu kaufen, dazu ein Holster und Munition, um sich vor Terroristen zu schützen. Wir können Beretta-M9-Pistolen mit Dienstholstern und Vollmunition ausgeben. An Standardwaffen sind sie ausgebildet. In Teilen der Streitkräfte werden auch andere Waffen verwendet, und wo es angezeigt ist, werden wir die auch ausgeben. Jeder soll bekommen, was er kennt, das ist am sichersten.«

»Entschuldigen Sie, Jack, aber die öffentliche Wirkung wird verheerend sein«, mischte sich Arnie ein. »Die Opposition im Kongress und in den Medien wird es so hindrehen, als würden Sie Amerika zum Kriegsgebiet erklären.«

»Das werde ich auf mich nehmen und die Situation so gut es geht erklären.«

»Das gesetzliche Mindestalter für das Tragen von Handfeuerwaffen variiert von Staat zu Staat«, sagte Arnie. »Aber vielerorts liegt es bei einundzwanzig oder höher.«

»Wenn wir einen Achtzehnjährigen mit einem Gewehr zum Kämpfen nach Übersee schicken, können wir ihm auch eine Waffe geben, um sich und seine Familie zu Hause zu schützen«, sagte Ryan. Er wandte sich an Dan. »Ich erwarte von Ihnen als Justizminister, dass Sie alle juristischen Bedenken abschmettern.«

Trotz sichtlichen Unbehagens erwiderte Murray: »Selbstverständlich. Wir müssen allerdings Grenzen setzen.«

»Wer trinkt, trägt keine Waffe«, sagte Ryan. »Null Toleranz, und darauf muss bei der Umsetzung ständig hingewiesen werden.«

»Unbedingt«, stimmte Burgess zu.

»Ich weiß nicht, ob es etwas nützt«, fügte Ryan hinzu. »Aber ich will den Terroristen zu verstehen geben, dass die Sache für sie kein Kinderspiel wird.«

Als Nächstes informierte Dan Murray über den Stand der Ermittlungen. Es gab Fortschritte zu vermelden. Das Justizministerium hatte Passagierlisten von Flügen aus den Vereinigten Staaten nach Mittelamerika überprüft, die in die Zeit fielen, als in der Sprachschule in El Salvador trainiert wurde. Hierdurch waren bislang elf potenzielle Terroristen Musa al-Mataris identifiziert worden. Vier von ihnen befanden sich unter den Toten in Virginia und North Carolina, alle anderen waren derzeit unter ihrer Meldeadresse nicht anzutreffen.

Mehreren anderen potenziellen IS-Kämpfern war das FBI durch Hinweise aus der Bevölkerung auf die Spur gekommen. Darunter ein Gebrauchtwagenverkäufer, der nicht mehr zur Arbeit erschien, und ein Student, der seit zwei Monaten keine Vorlesung mehr besuchte, ohne das Studium abgebrochen zu haben. Diesen und einigen anderen vielversprechenden Hinweisen werde nachgegangen, erklärte Murray, aber daneben bekomme das FBI auch Tausende von schlechten Hinweisen, und Agenten und Analysten seien fieberhaft damit beschäftigt herauszufinden, wer wirklich untergetaucht sei und eine Gefahr darstelle und wer nur blaumache oder zufällig jemand missliebig sei, dem es Spaß mache, ihm die Behörden auf den Hals zu hetzen.

»Jack, unsere Hinweistelefone sind überlastet. Und ja, sie sind überlastet, weil Idioten anrufen, die den Inder, der im Feinkostladen ihre Sandwichs macht, für einen muslimischen Terroristen halten, das kommt tatsächlich vor. Aber es rufen auch muslimische Männer und Frauen an, die mit dem ganzen Scheiß nichts zu tun haben wollen. Der IS hat viele Menschen umgebracht, und in der Mehrzahl Muslime.

Wir fahnden nach zwei Brüdern und nach einer Schwester in Chicago, die vor ein paar Monaten von der Bildfläche verschwunden sind. Niemand weiß, was aus ihnen geworden ist. Wir haben von Muslimen in Chicago zahlreiche Hinweise zu den beiden Brüdern bekommen. Ähnliches in Atlanta. Aus einer dortigen Moschee heißt es, dass einer ihrer radikalsten, regelmäßigen Besucher von heute auf morgen weggeblieben ist und auch nicht ans Telefon geht. Zeitlich passt es. Er könnte in der Sprachschule gewesen sein.«

»Gut zu wissen, dass wir aus den muslimischen Gemeinden Hinweise bekommen«, sagte Ryan. »Es hätte schon was verdammt Ironisches, wenn diese Geschichte das Land wieder etwas zusammenführen würde.«

»Ich habe im Justizministerium Anweisung gegeben, die Gemeinden zu kontaktieren«, sagte Murray. »Wobei man aber behutsam zu Werk gehen und alles zu unterlassen habe, was das Vertrauen, das uns entgegengebracht wird, enttäuschen könnte.«

»Wir haben also Männer und Frauen identifiziert, die

entweder tot sind oder nicht da, wo sie sein sollten«, sagte Ryan. »Wir haben ihre Fotos veröffentlicht, aber bis jetzt haben wir noch keinen gefasst. Tausende von Beamten fahnden nach den Tätern, aber Musa al-Matari könnte irgendwo in einer kleinen Wohnung sitzen und die ganze Sache vom Telefon aus leiten, sofern er überhaupt in den USA ist. Und selbst wenn Bob jedem Militärangehörigen eine Pistole in die Hand drückt: Die Terroristen haben Bomben und Sprengstoffwesten, die auch dann noch hochgehen können, wenn sie tot oder kampfunfähig sind.

Langfristig werdet ihr sie kriegen, Dan, aber kurzfristig werden sie Menschen umbringen und mit ihrer Propaganda den Eindruck erwecken, sie wären stark und wir schwach.«

»Ich bin mit allem, was Sie sagen, durchaus einig«, erwiderte Murray. »Und in mancher Hinsicht könnten wir sogar noch aggressiver vorgehen, aber legen wir die Karten doch auf den Tisch. Das Ziel ist es, diese Anschläge so schnell wie möglich zu stoppen, aber für mich als Justizminister ist das zweite Nahziel, die Straftäter vor Gericht zu bringen.«

»Das ist mir längst nicht so wichtig«, entgegnete Ryan. »Ich rechne nicht damit, dass Musa al-Matari vor Gericht gestellt wird, und offen gestanden würde ich gerne darauf verzichten.«

»Das kann ich nachempfinden«, sagte Murray. »Aber ich bin bei der Wahl meiner Mittel an geltendes Recht gebunden. Vielleicht könnte ja jemand, der nach anderen Regeln …« Seine Stimme verlor sich.

Mary Pat Foley warf ein: »Dan, wenn mich nicht alles täuscht, beschäftigt Hendleys Firma einen Mitarbeiter, der noch seinen FBI-Ausweis besitzt.«

Murray nickte beflissen. Offensichtlich hatte er genau darauf hinausgewollt. »Ganz generell kenne ich die Arbeit, die Hendley und sein Team leisten, hier und im Ausland.

Da Dominic Caruso nach wie vor eine Leihgabe unsererseits an seine Truppe ist, wenn auch nur auf dem Papier, würde ich mit ihrem überaus effektiven Unternehmen gerne Informationen austauschen. Unseren ... Ermittlungen kann das nicht schaden.«

»Ich werde es mir überlegen, Dan«, sagte Ryan. Dom Caruso war sein Neffe, und sein erster Gedanke war, den Campus lieber aus Inlandsoperationen herauszuhalten, obwohl er wusste, dass der Campus in der Vergangenheit auch auf amerikanischem Boden operiert hatte.

»Gut, Mr. President«, sagte Justizminister Murray. »Ich wollte es nur vorgeschlagen haben.«

Die Runde ging auseinander, nur Mary Pat blieb. »Haben Sie konkrete Bedenken dagegen, dass wir den Campus in die Suche nach al-Matari einbinden?«

Ryan sah sie an. »Soll das ein Scherz sein? Ich habe immer Bedenken, was die Arbeit des Campus angeht. Konkrete und grundsätzliche.«

»Sie leisten gute Arbeit«, sagte Mary Pat. »Gute, ehrliche, diskrete Arbeit.«

»Das bestreite ich ja nicht.«

»Und Dominic weiß sich zu helfen.« Sie machte eine Pause. »Wie auch alle anderen.«

Der Präsident begriff, dass sie Jack damit meinte. Er wollte nicht daran beteiligt sein, wenn sein Sohn in einen gefährlichen Einsatz geschickt wurde, aber dieser Zug war, wie er zugeben musste, längst abgefahren. Jack war seit dem Tag, an dem er sich gegen seinen Willen dieser Organisation angeschlossen hatte, in Gefahr.

»John Clark würde niemals zulassen, dass Jack junior innerhalb der Vereinigten Staaten an einem Einsatz von solcher Tragweite beteiligt ist«, sagte Mary Pat.

»Na ja, wenn er meinen Jungen nicht losschickt, dann eben meinen Neffen oder den Sohn von jemand anderem.

Ich habe kein Recht, mich gegen diesen Plan zu sperren, weil mein Sohn da mitmischt.«

»Würde es Ihnen nichts ausmachen, dass Ihr Sohn in Gefahr geraten könnte, wären Sie kein guter Vater, Jack.«

Ryan lächelte vor sich hin, aber dann verhärteten sich seine Züge. »Ich gebe Dan grünes Licht, mit Dominic zu sprechen.«

»Und ich werde Gerry anrufen und schon mal vorwarnen. Sie werden Zeit brauchen, um sich vorzubereiten.«

Ryan nickte. »Al-Matari verübt jetzt durchschnittlich drei Anschläge pro Tag, und es wird nicht mehr lange dauern, bis die Nachahmer aus den Löchern kriechen. Tun Sie, was getan werden muss, Mary Pat.«

47

Um acht saß Jack bereits im Konferenzraum und hielt seine dritte Tasse Kaffee in der Hand. Der Tisch um ihn herum war übersät mit handschriftlichen Notizen, Ausdrucken und Büchern, und aus einem Laptop waren drei geworden.

Er hatte den ganzen Tag und die ganze Nacht die Anschläge in Amerika analysiert, einen nach dem anderen, und dahinterzukommen versucht, wie sein unbekannter Gegner aus den Akten des Office of Personnel Management und frei zugänglichen Quellen im Internet all die Teile des Informationspuzzles zusammengesetzt hatte.

Jack arbeitete wie besessen. Tagsüber am Schreibtisch im Büro, wo ihm Gavin gegenübersaß, danach zu Hause auf dem Fußboden, neben sich ein Bier auf dem Couchtisch und vor sich den Laptop. Er ackerte sich durch Bücher über Nachrichtengewinnung aus offenen Quellen, staunte, was in der Welt da draußen los war, und beklagte die Tatsache, dass der Durchschnittsmensch kaum eine Vorstellung davon hatte, wie viel von seinem Leben er im Internet preisgab.

Bei vielen der jüngsten Anschläge brauchte er nur in dem Businessportal LinkedIn nachzusehen, um festzustellen, wie es dem Personendatenexperten in Diensten des IS gelungen war, eine Verbindung herzustellen zwischen den OPM-Daten und aktuellen Mitarbeitern der Nachrichtendienste. Neben deren Namen waren dort häufig auch

Fotos sowie Angaben zu ihrem Bildungs- und Berufsweg zu finden, durch die sie zu erkennen gaben, dass sie im CENT-COM, in Fort Bragg oder bei einer privaten Organisation im Raum Washington einer nachrichtendienstlichen Tätigkeit nachgingen. Drei Opfer und ein Überlebender der bisherigen Anschläge hatten ein Profil, aus dem hervorging, dass sie an Erkenntnisgewinnung aus menschlichen Quellen und »Targeting«-Operationen im Nahen Osten mitgewirkt hatten, deren Ziel die Festnahme oder Tötung bestimmter Personen waren. Für Jack stand es außer Frage, dass einige der besten und hellsten Köpfe Amerikas auf diesem Gebiet jetzt tot waren, weil sie sich auf LinkedIn vernetzt hatten.

Mit nur wenig Mehraufwand fand Jack heraus, dass sogar geheime Mitarbeiter der Regierung, von denen die meisten keine nennenswerte Online-Identität hatten, durch Informationen gefährdet waren, die Angehörige und Freunde ins Netz gestellt hatten.

Gavin betrat mit einer Tasse Kaffee den Raum, nickte Jack zu und setzte sich an seinen gewohnten Platz am Konferenztisch.

»Ich hab dir etwas mitgebracht«, sagte er.

Jack schaute nicht einmal in seine Richtung. »Du isst keine Donuts mehr, deshalb bezweifele ich, dass du etwas hast, was mich interessieren ...«

Er unterbrach sich abrupt und schaute auf. »Hast du mit deinem Freund bei der NSA gesprochen? Dem Typ mit dem Hintertürchen zu Reddit?«

Gavin korrigierte ihn. »Ich habe nicht gesagt, dass er ein Freund ist, und ich habe nicht gesagt, dass er ein Hintertürchen hat. Aber ich bin an die private Nachricht herangekommen, die der von dir erwähnte Nutzer geschickt hat.«

Jack schnappte einen Stift vom Tisch und blätterte in einem vollgekritzelten Notizblock, bis er eine leere Seite fand.

Gavin schaute in seinen Computer. »Die Nachricht von 5Megachopper5 lautet wie folgt: ›Ich habe deine Geschichte verfolgt, mein Freund, und ich glaube, dass ich dir helfen kann. Wenn du wirklich tun willst, was du gesagt hast, versorge ich dich mit allen Informationen, die du dazu brauchst. Ich bin bereit, es dir zu beweisen, und als Gegenleistung möchte ich nur, dass Stepan Gerechtigkeit widerfährt.‹«

»Wow.« Mehr sagte Jack nicht.

»Er nennt eine Adresse, die für Retschkow nur über das anonyme Netzwerk TOR zugänglich war. Der Link ist jetzt tot. Und am selben Tag, an dem der Typ, den wir suchen, die private Nachricht abgeschickt hat, hat er seinen Reddit-Account gelöscht. Das lässt vermuten, dass Retschkow Kontakt zu ihm aufgenommen hat.«

»Womit wir im Arsch wären«, sagte Jack. »Und wieder ganz am Anfang stehen.«

»Keineswegs«, entgegnete Gavin. »Ich habe Retschkows Festplatte unter die Lupe genommen, genau wie ein Dutzend andere IT-Forensiker, aber im Unterschied zu denen kenne ich die URL und das Datum der Kommunikation auf Reddit. Alle diese Informationen waren auf seiner Festplatte unter dem Datum protokolliert. Vergiss nicht, Retschkow war ein angehender Computerfachmann. Als Informatikstudent hatte er Zehntausende von Codeseiten als Textdateien auf seiner Festplatte gespeichert, kreuz und quer über die ganze Platte verstreut. Aber dann kam mir der Gedanke, dass Retschkow möglicherweise versucht hat, etwas über die Person herauszubringen, die ihn kontaktiert hat. Es hätte ja auch eine US-Behörde sein können, die ihn zu einer Straftat anstiften und dann hochnehmen will. Ich habe einige Codeseiten in einem TXT-Format auf Evernote, einem Notizdienst, gefunden. Er hatte sie dort in den Tagen nach der Kommunikation auf Reddit abgelegt. Ich bin sie letzte Nacht Zeile für Zeile durchgegangen.«

Gavin wartete auf eine Aufforderung durch Jack.

»Und?«

»Retschkow hat einen Hinweis darauf hinterlassen, mit wem er kommuniziert hat. In dem Code lautet der Name des Urhebers Polygeist999.«

»Da komme ich nicht mehr mit«, sagte Jack.

»Retschkow hat herausgefunden, dass dieser Nutzername zu der Person gehörte, die die Website im Darknet eingerichtet hatte.«

»Ich dachte, das sei 5Megachopper5 gewesen.«

»Nein, das war nur ein Wegwerfname, den er auf Reddit benutzt hat. Polygeist999 ist ein weiterer Name, den er benutzt hat.«

Jack kratzte sich am Kopf. »Dann … dann hat Retschkow also herausgefunden, dass er online mit jemand geredet hat, der einen anderen Benutzernamen verwendet. Wie denn?«

»Vielleicht durch etwas, das ihm der andere geschickt hat, oder er hat sich in einen Dienst gehackt, in dem der Typ Mitglied war. Das lässt sich unmöglich sagen, aber es ist doch schön, dass uns das Arschloch Retschkow einen Anhaltspunkt hinterlassen hat.«

»Inwiefern ist das ein Anhaltspunkt?«

»Ich habe eine Linkanalyse zu Polygeist999 durchgeführt, um festzustellen, ob dieser Name oder ähnliche Varianten online auch woanders auftauchen. Er ist Hunderte Male in unterschiedlichen Permutationen benutzt worden. Das nennt man ›Padding‹. Möglichkeiten wären etwa 1Polygeist999 oder Polygeist9991. Man könnte auch ein Et-Zeichen oder etwas anderes einfügen. Computerleute verwenden oft Varianten, je nachdem, woran sie gerade arbeiten, und die sind so unterschiedlich, dass man nur mit einer hochwertigen Linkanalyse dahinterkommt, dass all die verschiedenen Permutationen zu ein und derselben Person gehören. Ich bin zu meinem Freund von der NSA –

zu dem, den es gar nicht gibt – und habe ihn ein paar Listen für mich durchlaufen lassen. Der Benutzername Polygeist wurde erstmals im März letzten Jahres im Zusammenhang mit einer Wohnungsvermittlung in Rumänien verwendet. Danach tauchte er überall auf, auf unterschiedlichen Computertypen und technischen Websites, bei Programmierungen, Hacks, illegalen Downloads und so weiter.«

»Rumänien?«, fragte Jack.

»Ja«, bestätigte Gavin. »Und die Linkanalyse hat andere Nutzernamen zutage gefördert, die häufig zusammen mit Polygeist auftauchen. Dieser und andere damit verknüpfte Namen tauchen viele Dutzend Male auf, stets im Zusammenhang mit E-Mails, Domain-Registrierungen und dergleichen.«

In der Hoffnung, auf etwas Auffälliges zu stoßen, gaben Jack und Gavin die verschiedenen Namen in Suchmaschinen und Datenbanken ein. Der Gesuchte war in zig unterschiedliche Online-Rollen geschlüpft und auf diversen Websites präsent, von denen viele mit der Beschaffung von Informationen aus öffentlich zugänglichen Quellen zu tun hatten. Doch sie brauchten mehr. Sie brauchten einen Hinweis auf seine wahre Identität. Außerdem mussten sie herausfinden, in welcher Beziehung er zu den Dschihadisten oder den Nachrichtendiensten bestimmter Staaten stand und was ihn dazu bewogen haben könnte, Retschkow zu kontaktieren, ihn mit OPM-Informationen zu versorgen und zu einem Mord an einem Commander der Navy anzustiften.

Wenn sie auf etwas Neues stießen, nahmen sie es in die gemeinsame Datenbank ihrer Linkanalyse auf. Auf diese Weise sammelten sich immer neue Namen an, die mit dem anfänglichen Nutzernamen Polygeist999 und dessen Permutationen in Verbindung standen.

Es war eine zeitraubende, mühsame und komplizierte Arbeit, doch nach anderthalb Stunden rief Gavin über den Tisch: »Siehst du, was ich sehe?«

»Dass man, egal was man tut, keinen dieser Nutzernamen weiter zurückverfolgen kann als bis zum März letzten Jahres?«

»Genau. Als hätte er vorher gar nicht existiert. Ich frage mich, warum er gerade im März angefangen hat und förmlich explodiert ist, als hätte er so etwas schon sein Leben lang gemacht.«

Jack schaute langsam von seinem Computer auf. »Alles hat damit angefangen, dass er sich bei einer rumänischen Wohnungsvermittlung angemeldet hat, sagst du?«

»Ja. Vielleicht wollte er sie hacken oder hat jemand gesucht, der in Rumänien lebte und auf der Website aktiv war. Oder er hat sich den Grundriss der Wohnung eines Opfers angesehen, dessen Identität er stehlen wollte. Wir wissen es nicht.«

»Warum so kompliziert? Ich denke, er hat die Website besucht, weil er eine Wohnung gebraucht hat.«

Gavin hatte nicht einmal in Erwägung gezogen, dass der Gesuchte einen ganz simplen und harmlosen Grund für sein Tun gehabt haben könnte. »Wie kommst du darauf, dass er eine Wohnung gesucht hat?«, fragte er. »Glaubst du, er ist Rumäne?«

»Ja, und er hat eine Wohnung gebraucht, weil er gerade aus dem Gefängnis kam.«

»Aus dem Gefängnis? Woher zum Teufel willst du das wissen?«

»Weil es vor dem 19. März letzten Jahres keine Online-Aktivität von ihm gibt, keine Accounts, keine Nutzernamen, keine E-Mails, nichts, gar nichts. Was, wenn er hinter Gittern saß und keinen Zugang zu einem Computer hatte? Jemand wie er taucht nicht wie aus dem Nichts im Internet auf. Man braucht Jahre, um sich Kenntnisse anzueignen, wie er sie besitzt, und trotzdem fördert die Linkanalyse Websites und Nutzernamen zutage, als wäre der Kerl vom ersten Tag an ein gelernter Computerfachmann und Experte für die Auswertung von Open-Source-Daten. Wir haben so viele Daten, dass wir unsere Fühler in alle Richtungen ausstrecken können, und trotzdem finden wir nichts, was älter als sechzehn Monate ist.«

»Eine Möglichkeit wäre es«, räumte Gavin ein.

»Können wir uns rumänische Gefängnisunterlagen ansehen?«

»Mit einem gewissen Aufwand schon. Aber wir wissen nicht, wann genau er rausgekommen ist. Wir würden immer noch die Stecknadel im Heuhaufen suchen.«

»Schon«, sagte Jack. »Aber der Heuhaufen ist kleiner als gestern.«

Gavin kicherte. »Da hast du recht. Ich werde mir die Netzwerke der rumänischen Behörden vornehmen und mich zu den Gefängnisakten vorarbeiten. Das wird ein paar Stunden dauern.«

Tatsächlich dauerte es keine vier Minuten, bis Gavin so laut in den Konferenzraum brüllte, dass Jack zusammenzuckte. »Ich habe ihn!«

»Du hast Polygeist gefunden? Wie zum Teufel hast du das so schnell geschafft?«

»Ich hab mich gar nicht in das rumänische Netz einhacken müssen. Ich habe einfach in den Unterlagen des US-Justizministeriums eine Suche nach Leuten gestartet, nach denen über Interpol gefahndet wurde. Es gab hundertsechsundachtzig Fälle, aber nur in einundsiebzig Fällen ist es zu einer Verurteilung gekommen. Von diesen Verurteilten sind nur achtundzwanzig inzwischen wieder entlassen worden, und nur einundzwanzig am oder vor dem 19. März letzten Jahres.«

Jack war beeindruckt, aber es sollte noch viel besser kommen. »Schick mir die Namen, dann werde ich …«

Gavin redete einfach weiter. »Von diesen einundzwanzig Entlassenen ist exakt einer am Neunzehnten entlassen worden.«

Jack fuhr von seinem Stuhl hoch. »Du hast einen rumänischen Internetkriminellen gefunden, der am selben Tag aus dem Gefängnis gekommen ist, an dem überall im Netz plötzlich die Polygeist-Entitäten aufgetaucht sind?«

»Allerdings. Der Name des Häftlings ist Alexandru Dalca. Er hat im Gefängnis Jilava eine Strafe von fünf Jahren, zehn Monaten und sechzehn Tagen verbüßt. Bevor er in den Bau ging, hatte er ein eigenes Netzwerk für Internetbetrug betrieben und Kunden um Millionen geprellt.«

Gavin las einen Teil der Anklageschrift des US-Justizministeriums. »Er war auf Social Engineering und Passwortdiebstahl spezialisiert. Ein Bauernfänger.«

Jack lehnte sich langsam hinter seinen Laptop zurück. »Das erklärt nicht, warum er so gut darin ist, mit Informationen aus offenen Quellen Zielpersonen aufzuspüren.«

Gavin zuckte die Achseln. »Der Knast, Jack. Im Knast kannst du alle möglichen schlimmen Sachen lernen, denn dort sind alle schlimmen Finger.«

»Nicht alle, Gav. Hier draußen treffen wir auch jede Menge.«

»Auch wieder wahr.«

»Was macht er jetzt?«, fragte Jack.

»Keine Ahnung.«

Jack tippte den Namen in eine rumänische Suchmaschine ein. Sekunden später rief er: »Wie find ich denn das! Er arbeitet für eine Firma in Bukarest namens Advanced Research Technological Designs.«

Auch Gavin tippte jetzt. Er suchte die Firma in einer Datenbank, die er über Computerhacker führte. Noch bevor er den Namen vollständig eingegeben hatte, sagte er: »Warte mal, die Typen kenne ich doch. Ich fass es nicht!«

»Was sind das für Leute?«

»Verdammt gute Hacker, aber das ist noch längst nicht alles.« Er las, was seine Datenbank über die Firma ausgespuckt hatte. »Also … am Anfang haben sie verschreibungspflichtige Schmerzmittel übers Internet verkauft, dann haben sie expandiert und sich auf Online-Betrug verlegt. Sie wurden immer größer und zogen eine Reihe talentierter Hacker an, denn ihre Social Engineers, die sich sensible Daten und Admin-Zugänge zu Websites ergaunerten, wurden immer besser.«

»Woher kennst du sie?«

»Sie haben mit raffinierten Betrugsmaschen in den sozialen Medien versucht, an Informationen über Banker heranzukommen, vorwiegend in Europa. Das hat damals hohe Wellen geschlagen.«

Jack legte den Kopf schief. Er hatte nie davon gehört. »Hohe Wellen geschlagen?«

Gavin schaute von seinem Bildschirm auf. »In *meiner* Welt, Ryan. Nicht in *Entertainment Tonight* oder was du dir so anschaust, wenn du abends nach Hause kommst.«

Jack schloss nur die Augen und ließ Gavins höhnische Bemerkung von sich abperlen.

»Ja«, sagte Gavin, während er in seinen Einträgen über ARTD weiterlas. »Jetzt erinnere ich mich wieder. Vor drei oder vier Jahren bei der Black-Hack-Konferenz. Das ist ein Treffen, bei dem Hacker aus aller Welt zusammenkommen.«

»Ich weiß, was die Black-Hat-Konferenz ist. Muss in *Entertainment Tonight* was drüber gekommen sein.«

»Gut. Jedenfalls hat da jemand einen Hackerangriff vorgestellt, den diese Firma in Rumänien gegen den größten Handy-Provider in Holland durchgeführt hat. Sie hat dabei persönliche Daten von Hunderttausenden abgegriffen. Man konnte ARTD zwar nie was nachweisen, aber ein ehemaliger Mitarbeiter der Firma behauptete, ihre Hacker hätten das durchgezogen.«

»Sind sie gut genug für den Datenklau im OPM?«, fragte Jack.

»Vom Talent her meiner Einschätzung nach nicht. Außerdem haben sie früher nie staatliche Netzwerke angegriffen.

Und trotzdem … dieser Dalca arbeitet offensichtlich für sie, und es steht fest, dass er Vadim Retschkow kontaktiert und die Infos über Hagen zugespielt hat.«

Jack sprang auf. »Das genügt mir. Bis dann.«

»Warte! Wo willst du hin?«

»Nach Rumänien.« Er drehte sich um und rannte aus dem Raum in Richtung Aufzüge.

Gavin Biery bewegte sich langsamer, aber er bewegte sich. »Nicht ohne mich.«

48

Jack sah, dass die Tür zu Gerrys Büro offen stand, und ging einfach hinein, nur um Gerry im Gespräch mit John Clark und Ding Chavez anzutreffen.

»Äh … Entschuldigung«, sagte er, als er die sehr ernsten Gesichter der drei Männer bemerkte. »Ich störe ganz offensichtlich.«

»Nein, nein«, erwiderte Gerry. »Ich freue mich, dass Sie hier sind. Ich wollte Sie und Dom ohnehin rufen lassen. Wir haben gerade mit Dan Murray telefoniert. Er bittet uns um Mithilfe bei der Suche nach Musa al-Matari und seinen Leuten hier in den USA. Wir erwägen, Dominic und noch jemand hinzuschicken, sobald wir wissen, wohin.«

»Weil er einen FBI-Ausweis hat?«, fragte Jack.

»Ganz recht. Damit kann er sich an den Tatorten frei bewegen, und es ist davon auszugehen, dass die IS-Terroristen erneut zuschlagen werden, eher früher als später.«

»Tut mir leid, Jack, aber Sie werden nicht dabei sein«, sagte Clark. »Bei einer Inlandsoperation ist die Gefahr, dass Sie erkannt werden, zu groß.«

»Das passt mir sehr gut«, sagte Jack. »Ich wollte Sie nämlich bitten, mich zusammen mit einem Helfer nach Bukarest zu schicken. Dort wird mich bestimmt niemand erkennen.«

»Das glaube ich gern«, erwiderte Gerry. »Aber wieso nach Bukarest?«

Gavin trat hinter Jack, der noch an der Tür stand, ins Büro und antwortete auf Hendleys Frage. »Wegen eines gewissen Alexandru Dalca. Er ist der Mann oder einer der Leute, die die vertraulichen OPM-Dokumente ausgewertet und die dabei gewonnenen Erkenntnisse zu personenbezogenen Zieldaten für Angriffe gegen amerikanische Militär- und Geheimdienstangehörige gebündelt haben.«

Gerry blickte überrascht. »Ist das die Möglichkeit! Sie haben tatsächlich herausgekriegt, wer hinter dem Datenklau steckt?«

»Wir glauben es«, antwortete Jack. »Aber wir wissen noch nicht genau, womit wir es zu tun haben. Wir wissen, wo der Mann arbeitet, aber mehr auch nicht. Es ist unklar, ob die ganze Firma da mit drinhängt oder ob er von Dritten protegiert oder unterstützt wird. Wir wissen nur, dass wir da rüber müssen, um diesen Dalca zu observieren und herauszufinden, was da vor sich geht.«

Gerry blickte zu Clark. »Was meinen Sie?«

»Da wir keine Vorstellung davon haben, wie groß das Datenleck ist und wie viele Regierungsangestellte diesem Kerl schon bekannt sind, erscheint es mir ratsam, unsere Leute darauf anzusetzen, statt einfach nur Mary Pat und Dan zu benachrichtigen«, antwortete Clark. »Dom wird bei seiner Operation hier in den Staaten Unterstützung brauchen, aber die kann er notfalls auch von den Behörden bekommen. Dagegen wird Jack in Rumänien auf sich allein gestellt sein, wenn wir ihm niemand mitgeben.«

»Dann muss Jack Unterstützung bekommen«, sagte Gerry.

»Was meinen Sie, Ding?«, fragte Clark.

Chavez zuckte die Achseln. »Ich denke, ich fliege nach Rumänien.«

Gavin Biery, der noch hinter Jack stand, räusperte sich.

»Wir werden auch technische Unterstützung brauchen«, sagte Jack. »Ich möchte ein umfassendes Überwachungspaket für diesen Dalca, denn wir wissen noch nicht, womit wir es zu tun haben. Es wäre gut, wenn Gavin mitkommen könnte.«

Clark sah Gavin scharf an. »Damit wir uns klar verstehen. Technische Unterstützung … sonst nichts.«

»Aus allem anderen werde ich mich heraushalten«, beteuerte Gavin. »Sie können mir vertrauen.«

»Falls die Überwachung Dalcas mit Wanzen und Kameras und die Durchsuchung seiner Computer nichts ergeben, könnten wir vielleicht Druck auf ihn ausüben«, sagte Jack. »Ihn zur Rede stellen und glauben machen, dass wir mehr wissen, als wir tatsächlich tun.«

»Bluffen, meinen Sie«, sagte Gerry. »John, was halten Sie davon?«

»Gefällt mir«, antwortete Clark. »So etwas haben wir schon öfter hingekriegt. Gavin und Jack scheinen sich ihrer Sache sehr sicher zu sein. Ich kenne einen Mann in Rumänien, einen ehemaligen Militär. Er war in den späten Siebzigern Gründungsmitglied der Antiterroreinheiten USLA und hat in Bukarest als Mittelsmann für ausländische Medien und Geschäftsleute gearbeitet. Ich werde ihn kontaktieren und versuchen, ihn anzuheuern, damit er euch Jungs bei Sprach- und Logistikproblemen hilft.«

»Klingt gut«, sagte Ding.

Während Gerry Dominic in den Konferenzraum bestellte, rief Clark Adara und Midas an, die in der Küche seines Farmhauses in Maryland gerade Mittagspause machten. Als Dominic eintraf, stellte er das Telefon laut und berichtete allen dreien von Jacks und Dings Absicht, nach Bukarest zu fliegen und einen Mann zu observieren, der in den Diebstahl der OPM-Daten verstrickt war.

»Ding, ich möchte, dass Sie Midas mitnehmen«, fügte er hinzu. »Er ist zwar neu bei uns, aber er hat in der Aufklärungsschwadron der Delta Force Erfahrung mit Advanced

Force Operations gesammelt, bei denen es um schnelle und verdeckte Aufklärung und dergleichen geht.«

»Ich freue mich, Sie an Bord zu haben«, sagte Chavez.

Midas antwortete aus dem Telefon: »Die Freude ist ganz auf meiner Seite.«

Dom saß rechts neben Chavez. »Auf meiner ebenfalls.«

Gerry und Clark tauschten einen Blick, und Dom begriff, dass er der Grund war. »Stimmt was nicht?«

»Nicht direkt«, antwortete Gerry. »Wir haben im Moment eine andere Aufgabe für Sie.«

Dom stutzte. »Was für eine Aufgabe?«

»Wir werden Sie im Inland einsetzen. Sie sollen dem FBI helfen, diese Terrorzellen auszuheben. Dan Murray hat Sie persönlich angefordert. Wenn uns ein Terrorist lebend in die Hand fällt, können wir ihn unter Umständen schneller zum Reden bringen als das Justizministerium.«

Doms Reaktion wechselte augenblicklich von reserviert zu begeistert. »Das ist mal eine gute Idee.«

»Adara«, sagte Clark. »Wissen Sie noch, wie ich in unmissverständlichen Worten zu Ihnen gesagt habe, dass ich Sie und Dom niemals zusammen arbeiten lassen würde, jedenfalls nicht zu Beginn?«

Adaras Stimme kam zögernd aus dem Freisprechtelefon. »Sie meinen bei dem Gespräch letzte Woche? Ja, ich erinnere mich.«

»Nun ja … vergessen Sie, dass ich das gesagt habe. Ich brauche Dom wegen seines FBI-Ausweises in den USA. Und ich brauche Midas aufgrund seiner Erfahrung im Ausland. Nichts für ungut, aber in Sachen verdeckte Aufklärung zählt seine Delta-Force-Vergangenheit mehr als Ihre Navy-Vergangenheit.«

»Das zu bestreiten wäre albern«, sagte Adara.

Wieder war Dom etwas verwirrt. Er sollte gemeinsam mit seiner Freundin einen Einsatz bestreiten? Das musste er erst einmal verarbeiten.

Dagegen war Adara bereits am Planen. »Ich fordere gleich entsprechendes Equipment an. Ich bin mir sicher, dass wir nicht ohne Technik auskommen werden.«

»Gut, Adara«, sagte Clark. »Sobald wieder ein Anschlag verübt wird, fliegen Sie und Dom hin. Sollte die Gulfstream noch nicht aus Europa zurück sein, nehmen Sie eben einen kommerziellen Flug.«

»Und was ist mit Ihnen, John?«, fragte Adara.

»Ich bleibe hier im Büro, halte mich aber bereit, falls ich gebraucht werde.«

Damit endete die Besprechung, und Sekunden später verließen alle bis auf Gerry und Clark den Raum, in Gedanken bei ihren jeweiligen Missionen. Die beiden älteren Männer saßen schweigend am Tisch, bis Clark sagte: »Das bedeutet, wir warten jetzt einfach darauf, dass irgendwo im Land wieder ein Militär- oder Geheimdienstangehöriger von Terroristen ermordet wird.«

Gerry nickte. »Besser, Sie helfen Dom und Adara bei den Vorbereitungen. Nach Lage der Dinge bezweifele ich, dass den beiden dafür viel Zeit bleibt.«

49

Walid »Wally« Hussein verließ die Ahlul-Bayt-Moschee in Brooklyn nach dem Morgengebet um halb acht und trat hinter einer kleinen Gruppe ins Freie. Er bog rechts in die Atlantic Avenue ab und überprüfte auf dem Weg zu seinem Wagen sein Mobiltelefon nach verpassten Anrufen.

Sein Chevy Suburban parkte auf der Straße. Er stieg ein, ließ den Motor an und fädelte sich in den Verkehr ein.

Der achtunddreißigjährige Hussein war FBI-Agent und arbeitete in der Abteilung Terrorismusbekämpfung der New Yorker Außenstelle in Lower Manhattan. Die morgendliche Fahrt war immer etwas nervig, aber er wohnte schon sein Leben lang in Brooklyn, sodass ihm die halbe Stunde, die er für die drei Meilen von der Moschee ins Büro brauchte, weniger ausmachte als beispielsweise einem Kollegen aus Nebraska, der hierher versetzt worden war.

Auf der Fahrt nach Norden hörte er seine Voicemail ab. Ein Kollege von der FBI-Außenstelle teilte ihm mit, dass sie über die Hotline einen vielversprechenden Tipp bekommen hätten und dass er schleunigst zur Arbeit kommen solle, damit sie der Sache nachgehen könnten.

Hussein blickte auf den Stau vor ihm auf der Adam Street und rief den Kollegen zurück.

»Special Agent Lunetti.«

»He, Mann, ich habe deine Nachricht bekommen. Ich bin auf dem Weg, aber wenn es irgendwo hier in der Nähe ist, kommst du vielleicht besser zu mir. Die Brücke ist heute Morgen verstopft.«

Auch Lunetti war ein waschechter New Yorker, geboren und aufgewachsen in Queens. »He, Wally, wie geht's? Nein … es ist hier drüben. Die Anruferin sagt, dass ein Mann, der aussieht wie einer von den Leuten, die im Zusammenhang mit den IS-Anschlägen gesucht werden, in einem Zwei-Sterne-Hotel in der Nähe der U-Bahn-Station Bowery abgestiegen ist. Im Windsor. Kennst du es?«

»Ecke Forsyth und Broome Street?«

»Ja. Wenn du willst, treffen wir uns vor der U-Bahn-Station zwei Blocks südlich davon. Ich geh zu Fuß hin. Wie klingt das?«

»Ganz nach den vier Reinfällen, wie wir gestern erlebt haben.«

»Wahrscheinlich hast du recht, aber was soll man machen?«

»Ist der Typ noch im Hotel?«

»Die Anruferin weiß es nicht. Sie sagt, dass er gestern eingecheckt hat. Er kam ihr irgendwie bekannt vor, aber sie konnte ihn nicht einordnen, bis sie heute Morgen in der *Today Show* wieder die Fotos gesehen hat. Sie arbeitet in dem Hotel und kann draußen auf uns warten.«

Wally Hussein blickte wieder nach vorn auf den Verkehr. Bis zur Brooklyn Bridge war es noch eine halbe Meile. »Okay. Ich werde noch zwanzig Minuten brauchen, bis …«

Auf dem Gehweg zu seiner Rechten, dreißig oder vierzig Meter entfernt, stach ihm eine Bewegung ins Auge. Ein Mann trat auf die Straße, und hinter ihm fiel ein langer, schmaler Pappkarton zu Boden. Er sah genauer hin. Der Mann war schwarz und kam hinter einem Donut-Stand hervor. Er hatte einen länglichen Gegenstand aus dem Karton gezogen, bevor er ihn wegwarf, und hob ihn jetzt an seine Schulter. Es war eine Art Röhre mit einem dicken Ende, das die Form eines Footballs hatte.

Hussein erkannte sofort, was das war: ein Granatwerfer vom Typ RPG-7. Er war genau auf ihn gerichtet.

»Heilige Scheiße!«

Stichflamme und Rauch beim Abschuss der Granate waren das Letzte, was Special Agent Wally Hussein in seinem Leben sah.

David Hembrick wurde zu Boden geschleudert, als der große SUV des FBI-Agenten explodierte. Er ließ den Granatwerfer fallen und verlor seine Sonnenbrille, ließ aber beides auf der Straße liegen, rappelte sich auf und stürzte in östlicher Richtung davon. Auf der Willoughby Plaza rempelte er mehrere Passanten an. Eine Frau, die auf einer Bank saß, sah ihn entgeistert an, als er vorbeirannte. Am liebsten hätte er die Glock gezückt und das Weibsstück erschossen, aber Mohammed hatte klare Befehle gegeben. Er sollte sich nicht zum Märtyrer machen, sondern vom Tatort fliehen und sein Leben retten, damit er den Kampf fortsetzen konnte.

Die Frau zeigte mit dem Finger auf ihn und schrie, aber Hembrick rannte weiter über den Platz. Sein Herz pochte vor Angst.

Er bog links in die Pearl Street ab und sah sofort zwei Polizisten, die, alarmiert durch den Lärm, herbeigeeilt kamen. Sie hatten ihre Waffen noch nicht gezogen und ließen ihn zunächst unbehelligt, denn auch andere flüchteten aus der Gegend. Vor einer Explosion davonzulaufen, daran war ja nichts verdächtig.

Doch Hembrick hatte auf der Pearl Street gerade mal zehn Meter zurückgelegt, als die Wichtigtuerin auf der Bank schrie: »Da! Der Mann da! Der war es!« Hembrick hörte, wie die Polizisten ihm nachriefen, er solle stehen bleiben.

Er rannte weiter. Hembrick war sechsundzwanzig Jahre alt, die beiden Polizisten über vierzig, und seine fünfundzwanzig Meter Vorsprung waren auf das Doppelte angewachsen, als er vor dem Marriott rechts abbog. Vor ihm lag die Jay Street, er rannte darauf zu.

Am Marriott war eine Überwachungskamera angebracht. Es war nicht die einzige hier in der Gegend, wohl aber die einzige, in die Hembrick im Vorbeirennen direkt hineinschaute.

In der Jay Street wartete ein silberner Chrysler 200 mit geöffneter Beifahrertür an der Bordsteinkante.

David Hembrick sprang in den Wagen. Das hintere Fenster wurde heruntergelassen, Husam lehnte sich mit seiner Uzi hinaus und richtete sie auf die beiden Polizisten, die nur noch dreißig Meter entfernt waren.

Husam gab kurze, kontrollierte Feuerstöße auf die Oberkörper und Extremitäten der überraschten Beamten ab, traf ihre Schutzwesten, erwischte den einen aber auch am Unterarm und den anderen an beiden Beinen.

Der Chrysler raste, von Ghazi gesteuert, auf der Jay Street nach Norden. Die Route des Navis an der Frontscheibe führte sie weg von dem zähen Morgenverkehr, der sich nach Manhattan wälzte. Zwei Minuten später erreichten sie den Brooklyn-Queens Expressway, nahmen die Ausfahrt zur Metropolitan Avenue und stellten den Wagen in einer Tiefgarage unweit der U-Bahn-Station in der Graham Avenue ab.

Sie betraten den Bahnhof, trennten sich am Fuß der Treppe und stiegen in drei verschiedene Wagen des nächsten Zugs nach Manhattan.

Nach einmaligem Umsteigen trafen sie kurz nach neun in der Pennsylvania Station ein. Sie bewegten sich getrennt durch die Menge und nahmen den nächsten Zug zum Newark Liberty Airport, wobei jeder in einen anderen Wagen stieg.

Am Flughafen trennten sie sich für den Rest des Tages. Sie hatten unterwegs per Handy Flüge gebucht. Ihre Maschinen gingen innerhalb von einer Stunde. Hembrick hatte einen Direktflug, Husam und Ghazi mussten unterwegs umsteigen, aber alle drei würden am Nachmittag in Chicago eintreffen.

Die Ermordung eines ihrer Agenten löste in der New Yorker FBI-Außenstelle ein solches Chaos aus, dass es bis nach Mittag dauerte, ehe jemand dem Hinweis auf den Hotelgast im Windsor nachging. Der Mann war noch dort und wurde in seinem Zimmer vernommen, doch sein Alibi war wasserdicht.

Er hatte mit dem IS und den Anschlägen in Amerika nichts zu tun.

Musa al-Matari schickte das Video von der Ermordung des schiitischen FBI-Agenten auf den Straßen New Yorks an die GIMF. Die Bildqualität war passabel, obwohl die mit Spanngurten an Hembricks Brust befestigte Kamera jede Bewegung von ihm mitmachte, als er auf die Straße trat, feuerte und rücklings zu Boden stürzte, und entsprechend verwackelte Aufnahmen lieferte.

Doch der in seinem Zimmer in Chicago sitzende Jemenit wusste, dass die Genies in der GIMF-Zentrale in Rakka die erforderliche Bearbeitung vornehmen würden, um daraus ein Meisterwerk zu machen, das so gut war wie ein amerikanischer Action-Film.

Al-Matari hatte den Anschlag in Echtzeit verfolgt und zunächst angenommen, dass sein Zellenmitglied bei der Explosion getötet worden sei. Hembrick hatte den Befehl gehabt, die RPG aus mindestens fünfzig Metern Entfernung abzufeuern, aber offensichtlich hatte er vor lauter

Aufregung vergessen, auf den nötigen Abstand zu achten, und sich beim Abfeuern der Granate beinahe selbst gegrillt.

Trotzdem war al-Matari zufrieden. Ein toter FBI-Agent und zwei verwundete Polizisten würden ihm neuen Zulauf bescheren, und seine drei Kämpfer waren alle unverletzt entkommen.

In den letzten zwölf Stunden waren drei weitere Anschläge verübt worden, zwei von selbst radikalisierten jungen Männern, die sich bei ihren Aktionen in sozialen Netzwerken zum IS bekannt hatten. In Connecticut hatte ein Mann das halbe Magazin seiner AR-15-Pistole in ein Rekrutierungsbüro des Marine Corps gefeuert und drei Marines verwundet, bevor er von einem anderen, der eine eigene Waffe bei sich trug, niedergestreckt wurde. Und in Kansas City hatte ein Fünfunddreißigjähriger mit einer Schrotflinte einen zufällig vorbeifahrenden Stadtbus unter Beschuss genommen und sechs Insassen getötet. Auch wenn sich dieser Anschlag weder gegen das Militär noch gegen den Nachrichtendienst gerichtet hatte, so erfüllte er al-Matari doch mit Stolz, denn er zeigte, dass der Boden für einen Aufstand in Amerika bereitet war und die Zahl der Anschläge sprunghaft steigen würde.

Der dritte Anschlag ging auf das Konto der vier verbliebenen Mitglieder der Santa-Clara-Zelle. Sie hatten vier Handgranaten durch die Fenster eines Hauses in Scottsdale, Arizona, geworfen und einen Beamten des Heimatschutzministeriums getötet.

Der Schütze von Kansas City war von der Polizei erschossen worden, aber die beiden Mitglieder der Santa-Clara-Zelle waren unerkannt aus Scottsdale entkommen.

Wie auch die Fairfax-Gruppe aus New York. Bald würden die Männer aus Santa Clara und Fairfax hier in Chicago eintreffen. Auch das war eine gute Nachricht, denn morgen würde der bislang größte Schlag in ihrem Kampf erfolgen, und zwar hier in der Stadt. Planung und Vorbereitung hatten al-Matari mehrere Tage und Nächte gekostet, und er fieberte dieser spektakulären Operation mit besonderer Vorfreude entgegen, denn er selbst würde dabei eine zentrale Rolle spielen.

50

Dominic Caruso und Adara Sherman trafen vier Stunden nach dem Tod von FBI-Agent Wally Hussein in Brooklyn ein. Sie hatten nicht erwartet, am Tatort allzu viel zu erfahren, und tatsächlich beschränkten sich ihre Erkenntnisse weitgehend darauf, dass die Terroristen eine Uzi benutzt hatten wie in Alexandria und einen Granatwerfer, wie in El Salvador einer gefunden worden war.

Die örtliche Joint Terrorism Task Force (JTTF) richtete in Tatortnähe eine große mobile Einsatzzentrale ein, in der sich Mitarbeiter von FBI und JTTF die Aufnahmen diverser Überwachungskameras aus der Umgebung ansahen. Dom sah sie sich mehrmals an. Mehrere Kameras hatten den Anschlag aufgenommen, doch ein Großteil des Geschehens war schwer zu erkennen.

Einer der der Task Force zugeteilten New Yorker Polizisten witzelte in der Einsatzzentrale, dass sie alle gut daran tun würden, auf das vom IS produzierte und bearbeitete Video zu warten, dann könnten sie sich den Anschlag in besserer Bildqualität und mit Musikuntermalung ansehen.

Doch als die Bilder vom Marriott auf den Monitoren erschienen, sah jeder das gestochen scharfe Konterfei eines schwarzen Mannes in den Zwanzigern, der im Vorbeirennen in die Kamera schaute.

Dom wollte sich von den Männern in der Einsatzzentrale gerade verabschieden, als ein dringender Anruf kam. Die Gesichtserkennung hatte in der Pennsylvania Station einen

Treffer gelandet, der mit dem Bild des Attentäters übereinstimmte. Eine Minute später waren die Bilder da. Es handelte sich mit ziemlicher Sicherheit um dieselbe Person, und anhand zahlreicher Kameras ließ sich seine Fluchtroute verfolgen, bis er in einen Zug zum Newark Liberty Airport stieg.

Die Bilder vom Bahnhof waren mittlerweile fünf Stunden alt, doch die Agenten machten sich daran, die Aufzeichnungen sämtlicher Überwachungskameras im Flughafen zu überprüfen, und schickten Beamte zum Newark, um herauszufinden, ob der Mann in ein Flugzeug gestiegen war. Sie versprachen Dominic, ihn auf dem Laufenden zu halten, doch als er die Einsatzzentrale mit einer Handvoll Visitenkarten verließ, sagte er sich, dass er diesen Leuten wahrscheinlich auf die Pelle würde rücken müssen, um weitere Informationen zu bekommen, denn er stand nicht weit oben auf ihrer Prioritätenliste.

Eine halbe Stunde nach seinem Gespräch mit den JTTF-Beamten saß er in einem Starbucks mit Blick auf den Tatort in der Adams Street.

Adara hatte ihr I-Pad vor sich liegen und gab, einen Kaffee in der Hand, Fähnchensymbole in eine von ihr erstellte Google-Maps-Seite ein, um alle Anschlagsorte seit letzter Nacht zu markieren.

Unterdessen schrieb Dom eine SMS an Clark, in der er ihm mitteilte, was er von den JTTF-Leuten erfahren hatte, und nippte dabei an einem Eiskaffee, sodass die beiden aussahen wie jedes andere Paar jenseits der dreißig, das an einem Nachmittag unter der Woche in einem Brooklyner Starbucks saß.

»Ach ja«, platzte es plötzlich aus Dom heraus. »Das habe ich ganz vergessen, dir zu sagen. Sie haben zwei weitere Verdächtige identifiziert. Die beiden sind, etwa fünf Tage nachdem die guatemaltekischen Söldner in der Sprachschule eingetroffen sind, nach Mexico City geflogen. Zurück sind sie von Costa Rica aus geflogen.«

»Sind sie zusammen geflogen?«

»Nein, aber am selben Tag. Vom O'Hare International Airport in Chicago direkt nach Mexico City. Dann von San José über Houston nach Chicago. Einer lebt in Chicago, der andere weiter nördlich in Evanston.«

Adara blickte in ihre Karte. »Vor ein paar Tagen hat das Justizministerium einen jungen Palästinenser identifiziert, der von Milwaukee nach Managua in Nicaragua geflogen ist. Er ist zwar zurückgekommen, aber nie wieder an seinem Arbeitsplatz in einer Webdesign-Firma erschienen. Wenn er tatsächlich zu al-Mataris Männern gehört, haben wir bis jetzt drei Verdächtige identifiziert, die in oder in der Nähe von Chicago leben.«

»Interessant«, sagte Dom. »Dort in der Gegend hat es noch keine Anschläge gegeben, oder?«

»Nicht direkt. Am nächsten dran war der in Michigan, dann der in St. Louis.« Sie schaute zu Dom auf. »He, was hältst du davon, wenn wir alle Städte eingeben, in denen die bekannten Verdächtigen gewohnt haben? Und dann mit den Anschlagsorten vergleichen?«

»Gute Idee. Allerdings haben wir auch schon Nachahmer. Das macht es komplizierter, die Anschläge al-Mataris Leuten zuzuordnen.«

Adara zuckte die Achseln. »Und wenn schon.«

Sie brauchten nur zehn Minuten, um die Wohnorte der bekannten Terroristen in Adaras Karte einzutragen. Als sie fertig waren, sagte Adara: »Sofern es sich nicht um eine einzige große Gruppe handelt, die für jeden Anschlag quer durchs Land reist, haben wir es mit verschiedenen Zellen zu tun, die sich auf die ganze Karte verteilen. Wir haben ein Team an der Westküste, so viel steht fest. Die beiden, die in Vegas getötet wurden, haben als Studenten im Raum San Francisco gelebt, aber sie haben den Anschlag in Vegas und den in L. A. verübt.«

»Beide waren stümperhaft.«

»Genau. Der dritte identifizierte Terrorist von der Westküste hat im Marin County gelebt, also auch in der Nähe von San Francisco. Und dann haben wir noch die Detroiter Gruppe. Die vier, die in Virginia getötet wurden, haben alle in oder um Detroit gewohnt. Ich frage mich, warum sie so weit gefahren sind.«

»Sie haben einen Ausflug gemacht.«

Adara überlegte. »Vielleicht, weil die beiden Toten in North Carolina aus dem Raum Washington waren. Sie haben in Washington frische Kräfte gebraucht. Allerdings haben sich die Leute aus Detroit auch nicht besser geschlagen als die aus Washington.«

»Dank dir«, sagte Dom mit einem Lächeln.

»Ich hatte Hilfe.«

Dom betrachtete Adaras Karte. »Und dann wäre da noch der Typ aus Alabama, der in Tampa getötet wurde.«

»Vorausgesetzt, alle Gruppen haben bereits Anschläge verübt, dann scheint mir al-Matari mindestens fünf verschiedene Zellen zu haben«, sagte Adara. »Michigan, Washington, Kalifornien, dann noch eine irgendwo im Süden, wie ich vermute, und eine in Chicago.«

Dom stellte seinen Kaffee weg und beugte sich vor. »Aber warum hat die Zelle in Chicago noch nichts unternommen?«

»Woher willst du das wissen? Vielleicht sind sie durchs Land gefahren. Der Anschlag in St. Louis könnte auf ihr Konto gehen. Und auch der in Michigan. Denn zu dem Zeitpunkt lagen die Typen aus Detroit alle im Leichenschauhaus von Alexandria.«

Dom rieb sich die Schläfen. »Ja, aber beide Anschläge sollen von einem Einzeltäter verübt worden sein, der allenfalls noch einen Fluchtfahrer hatte. Trotzdem … es muss in der Gegend um Chicago eine Zelle geben.«

Adara blickte in die Karte. »Das ist ein ziemlich großes Gebiet, in dem sie noch nicht zugeschlagen haben. Möglicherweise hat das einen Grund.«

»Ja, aber vielleicht wollen sie nur nicht dort scheißen, wo sie essen.«

Adara hatte bei der Navy zusammen mit Marineinfanteristen gedient. Was ihr Freund auch sagen mochte, es gab buchstäblich nichts, was sie hätte schockieren können.

Doms Telefon klingelte, und zu seiner Freude stellte er fest, dass der Anrufer eine Agentin aus der nur drei Blocks entfernten Einsatzzentrale war. Er nahm den Anruf entgegen, lauschte aufmerksam und dankte der Frau dafür, dass sie sich die Zeit genommen hatte, ihn auf dem Laufenden zu halten.

»Was gibt's?«, fragte Adara.

»Der Mörder ist identifiziert worden. Sein Name ist David Anthony Hembrick. Er ist aus Washington. Zwei Stunden nach dem Anschlag ist er auf dem Newark Airport in einen Flieger gestiegen.«

»Wohin?«

Dom grinste. »Nach Chicago. Die Maschine ist vor einer Stunde gelandet, wir haben ihn also verloren. Aber wenigstens wissen wir, wer er ist und wo er ist.«

»Ich finde, wir sollten nach Chicago«, sagte Adara. »Dort könnte etwas Größeres geplant sein.«

»Das wissen wir nicht. Er kann sich am Flughafen einen Mietwagen genommen haben oder in einen Bus oder Zug gehüpft sein, der ihn zu seinem nächsten Ziel bringt.«

»Oder auch nicht. Schau, wenn wir nach Chicago fliegen und dort nichts finden, sind wir immer noch mitten in Amerika, und wir wollen doch möglichst schnell am Ort des nächsten Anschlags sein. Was hältst du davon, wenn wir den Standort wechseln und uns in Chicago etwas genauer mit dem Vorleben dieser verschwundenen Leute beschäftigen? Wenn woanders etwas passiert, sind wir schnell am O'Hare Airport, aber ich habe das Gefühl, dass wir in Chicago einen Schritt weiterkommen.«

Dom blickte aus dem Fenster zu dem nur einen Block

entfernten Tatort. An der mobilen Einsatzzentrale der JTTF tummelten sich gut fünfundsiebzig Beamte von staatlichen, bundesstaatlichen und lokalen Strafverfolgungsbehörden, dazu weitere rund fünfzig von Antiterroreinheiten. Er nickte. »Ja, du hast recht. Versuchen wir, uns nützlich zu machen. Hier sind wir nur zwei Leute mehr, die am Ort des letzten Anschlags herumspazieren. Davon gibt es schon genug.«

Adara zückte ihr Telefon. »Ich rufe John an und lasse mir grünes Licht geben.«

Während Chavez am Reagan National Airport die Zoll- und Ausreiseformalitäten erledigte, stiegen Jack, Gavin und Midas in die Gulfstream G550, die vor einem Hangar in der Nachmittagshitze wartete. Sie begrüßten die Pilotencrew und gingen dann durch die Kabine bis ganz nach hinten, um ihre Ausrüstung durch die Gepäckraumtür hereinzuziehen.

Schusswaffen waren bereits an Bord, überall im Flugzeug in Geheimfächern versteckt. Auf diese Weise wurde verhindert, dass eine etwaige Durchsuchung des Gepäcks durch den US-Zoll wundersame Dinge zutage förderte. Midas, Chavez und Jack hatten wie ganz normale Geschäftsleute gepackt, wenn auch wie Geschäftsleute, die in ihrer Freizeit einen gewissen Wert auf Komfort legten.

Gavin würde keine Waffe tragen. Clark hatte Chavez auf die Seite genommen, bevor sie das Büro verließen, und zu ihm gesagt, er wolle nicht, dass Gavin eine Waffe anrühre. Gavin habe zwar schon an Außeneinsätzen teilgenommen und durchaus auch mit Erfolg, aber er sei kein Schütze.

Während Gavin das lange Sofa im hinteren Teil der Kabine mit Beschlag belegte, setzte sich Midas in den Sessel in der Mitte und strich mit den Händen langsam über die Lehnen, um sich zu vergewissern, dass sie tatsächlich aus Leder waren. Der ehemalige Delta-Force-Mann war von der

Gulfstream angetan. Während seiner militärischen Laufbahn war er mit kommerziellen, militärischen und Regierungsflugzeugen und verschiedentlich auch mit kleinen Jets geflogen, doch der Luxusflieger von Hendley Associates zauberte ihm ein Lächeln ins Gesicht, von dem er fürchtete, es könnte dort hängen bleiben.

Jack bemerkte, dass er an der noblen Ausstattung Gefallen fand. »Nicht übel, was?«

»Ich bin es eher gewohnt, beim Fliegen auf einer Palette oder einem Frachtnetz zu sitzen, aber ich schätze, ich kann damit leben lernen.«

»Was trinkst du?«

Midas zog überrascht die Augenbrauen hoch. »Was ich *trinke?*«

»Bis vor Kurzem hat sich Adara bei Flügen um unser Wohlergehen gekümmert«, antwortete Jack. »Pech für dich, dass du mit mir vorliebnehmen musst. Ich bin ein beschissener Barmixer, deshalb rate ich dringend zu Bier, Wein oder etwas anderem, das ich einfach in ein Glas schütten kann, ohne es zu versauen.«

»Ich bin nicht anspruchsvoll. Die erstbeste Dose Bier, die dir in die Hände fällt, wäre super.«

»Eine exzellente Wahl, Sir.« Jack griff sich zwei Dosen Heineken, eine für sich und eine für Midas, und dann eine dritte, als er Chavez die Treppe heraufsteigen sah.

Chavez stellte seinen Rucksack an der Tür ab und ging weiter ins Cockpit, um mit Country und Helen zu sprechen. Midas ergriff den Rucksack, trug ihn nach hinten und schob ihn durch den Kabinenzugang in den Frachtraum.

Gleich darauf kam Chavez in die Bordküche zurück und nahm das Heineken, das Jack ihm hinhielt. »Sechs Stunden in der Luft, Auftanken in Bristol, UK, und dann weitere dreieinhalb Stunden Flug. Wir landen morgen kurz nach neun Uhr Ortszeit in Bukarest.«

»Ich habe ein paar Infos über die Gegend um Alexandru

Dalcas Wohnung und seine Firma, die ARTD, zusammengestellt«, sagte Jack. »Außerdem alles Wissenswerte aus der Anklage des Justizministeriums gegen Dalca. Das Material ist alt, aber es zeigt uns, was er draufhatte, bevor er hinter Gitter gewandert ist. Ich habe alles in eine Powerpoint gepackt. Die können wir uns unterwegs gemeinsam auf den Wandmonitoren ansehen.«

»Gut«, sagte Chavez. Midas war mittlerweile wieder zu den anderen zurückgekehrt. »Wir werden außerhalb der Maschine Subkompakt-Pistolen tragen. Unauffällig, gut zu verstecken.«

Daran anknüpfend, sagte Jack: »Nach den Nachforschungen, die Gavin und ich zu ARTD angestellt haben, handelt es sich um eine große Cybercrime-Firma, die keine Kontakte zur lokalen Mafia oder dergleichen unterhält. Deshalb glaube ich nicht, dass wir in einen ähnlichen Schlamassel geraten wie in Jakarta.«

»Wollen wir's hoffen«, erwiderte Chavez. »Aber es wäre nicht das erste Mal, dass wir uns bei so was irren.«

»Verstehe. Wir hoffen auf das Beste, rechnen aber mit dem Schlimmsten.«

Chavez wandte sich an Midas. »Schon mal in Bukarest gewesen?«

»Fünf Tage im Rahmen einer verdeckten Operation bei meinem letzten Job. Vor drei Jahren. Bei dem Einsatz ist zwar nichts herausgekommen, aber ich finde mich in der Stadt zurecht, mehr oder weniger.«

Chavez grinste. »Gut, das macht den FNG zum Experten.«

»FNG?«, fragte Jack.

»Fucking new guy!«, antworteten Midas und Chavez wie aus einem Mund.

Grummelnd setzte sich Jack in den Kapitänsstuhl Midas gegenüber. »Ich hätte zur Army gehen sollen, nur um den tollen Militärslang zu lernen.«

»Ich könnte mich bei ein paar Leuten für dich verwenden«, sagte Midas. »Damit sie dich in ein Ausbildungslager stecken.«

»Nein, besten Dank. Der Zug ist abgefahren. Ich diene meinem Land als einer von Gerry Hendleys Jungs. Gulfstream – darunter geht nichts mehr.«

Die drei Männer kamen auf den bevorstehenden Einsatz zu sprechen. Chavez erklärte, dass sie mit der Observation Alexandru Dalcas vorsichtig beginnen würden, solange noch unklar war, ob und, wenn ja, welche Möglichkeiten der Überwachungsabwehr ihm zu Gebote standen. Wenn er nur ein Gauner war, der Daten stahl und an übelwollende Akteure verkaufte, dann war er möglicherweise relativ ungeschützt.

Doch wenn er tatsächlich für einen staatlichen Akteur oder gar für den Islamischen Staat arbeitete, lag es nahe, dass Leute involviert waren, die etwas von Überwachungsabwehr verstanden und ein lebhaftes Interesse daran hatten, dass Dalca am Leben blieb und nicht den Amerikanern in die Hände fiel.

So oder so, Chavez, Ryan und Jankowski waren sich darüber im Klaren, dass sie auf alles vorbereitet sein mussten.

Country schloss die Kabinentür, und wenige Minuten später hob die G550 ab und flog über den Potomac River nach Süden. Direkt über Jacks Wohnung und dem Gebäude von Hendley Associates stieg sie in den Himmel, drehte dann nach Osten ab und trat die lange Reise nach Europa an.

51

Alexandru Dalca erwachte schweißgebadet. Er setzte sich im Bett auf und lauschte auf ein Geräusch, das ihn aus dem Schlaf geschreckt haben könnte. Dann fiel ihm wieder ein, was er geträumt hatte.

Er sank in sein Kissen zurück, verwundert, denn er träumte sonst nie.

Jemand hatte ihn verfolgt, war ihm dicht auf den Fersen gewesen, und es war seine eigene Schuld. Er hatte sich verrechnet, hatte die Folgen seines Handelns falsch eingeschätzt. Was er getan hatte, drohte ihm jetzt zum Verhängnis zu werden, durch eine unsichtbare Macht, die ihm immer näher kam.

In dem Traum war er ein Kind, das, allein und verängstigt, durch die Straßen einer großen Stadt irrte, dann durch eine Wüste. In dem Traum ging es nicht um Details, nur um die Gründe, warum er verfolgt wurde. Er hatte einen Fehler gemacht, hatte selbst Schuld am Missgeschick seines Lebens, niemand sonst, und jetzt hatte er keinen Ort mehr, wo er sich verstecken konnte.

Er konnte sich nur noch auf und davon machen.

Und als er jetzt mit schweißdampfendem Gesicht an die Decke seiner dunklen Penthouse-Wohnung stierte, da begriff er: Es war gar kein Traum. Es war eine Warnung seines Unterbewusstseins, und die musste er beherzigen.

Die Vertreter der Seychellen-Gruppe waren letztendlich alles andere als beruhigt gewesen. Herr Peng und seine grimmigen Begleiter hatten ihm seine Geschichte nicht abgekauft. Das hatte er ihren Worten und ihrem Verhalten entnehmen können.

In den vergangenen beiden Tagen hatte er sich bei der Arbeit eingeredet, dass er nichts zu befürchten habe, und wenn er nachts in seiner Wohnung saß und an den nächsten personenbezogenen Zieldaten für die IS-Typen arbeitete, sagte er sich dasselbe. Doch sobald er einschlief, erlahmten seine Abwehrkräfte. Die Fassade selbst auferlegter Zuversicht bröckelte, und seine wahren Gedanken brachen sich Bahn.

Die Chinesen hatten Verdacht geschöpft, und diesem Verdacht würden sie bald Taten folgen lassen.

Und das bedeutete … Alex Dalca war im Arsch.

Aber nur, wenn er in Bukarest blieb und sich zur Zielscheibe machte.

Vor dem Schlafengehen hatte er seine Offshore-Bankkonten geprüft. Er hatte elf Millionen Dollar auf der Bank. Sie stammten fast ausschließlich von IS-Typen, und morgen würden drei weitere Millionen dazukommen für die drei hochkarätigen Zielpersonen, an deren Infopaketen er heute Abend gearbeitet hatte. Aber noch hatte er nicht alle Daten zusammen, deshalb musste er morgen noch einmal in die Firma und sich durch die SF-86-Dokumente ackern. Und das bedeutete: Wenn er sich jetzt davonmachte, ohne noch einmal zur Arbeit zu gehen, würde er dieses Geld niemals bekommen.

Doch nun fragte er sich, ob die drei Millionen das wert waren.

Nach einer Weile wischte er sich den Schweiß ab und sagte laut: »Drei Millionen für einen Tag Arbeit? Natürlich ist es das wert.«

Unterschwellig ahnte Dalca, dass er ausgespielt hatte, doch die Entscheidungen traf stets sein rationaler, bewusster Verstand, und der sagte ihm, dass er die Lage im Griff hatte, zumindest vorläufig noch. Die Seychellen-Gruppe hatte nichts gegen ihn in der Hand, und wenn sie kamen, um ihn zu holen, dann nicht schon morgen, und diese kostbaren vierundzwanzig Stunden würde er dazu nutzen, alle Informationen aus den Akten zu ziehen, die er brauchte, um sich die drei Millionen zu verdienen.

Schließlich schlief er wieder ein, und sofort kehrte der Traum zurück.

Als er knapp eine Stunde später erneut schweißgebadet erwachte, blickte er wieder an die Decke und sagte laut:

»Scheiße.«

Elf Millionen waren genug und verdammt viel besser, als vierzehn Millionen auf der Bank zu haben und selbst in einer chinesischen Folterkammer zu schmoren. Ja, es wurde Zeit zu verschwinden, und zwar sofort. Zum Teufel mit den drei Millionen.

Aber er konnte nicht sofort verschwinden. Er musste vorher mit einem Mann sprechen, und vor morgen früh war das nicht möglich, also blieb er liegen, hellwach und voller Angst davor, wieder einzuschlafen und in einen Traum einzutauchen, der ihn daran erinnerte, dass er nicht vorausgesehen hatte, dass die Chinesen sein Spiel durchschauen würden.

Er würde den Rest der Nacht wach bleiben und am Morgen zu dem Mann gehen und das Ticket lösen, das ihn aus der Stadt brachte.

Und *dann* würde er sich auf und davon machen.

52

Die Gulfstream G550 landete um 9.20 Uhr in Bukarest, und Helen Reid ließ die Maschine zur Zollstelle rollen. Doch noch bevor Country die Luke öffnen konnte, meldete sich der Zoll über Funk und teilte ihnen mit, dass ein Inspektor ihnen in seinem Wagen zum Flughafendienstleister folgen würde, um dort das Gepäck der von Bord gehenden Passagiere zu kontrollieren.

Wenn die Männer vom Campus mit dem Businessjet reisten, konnten sie die Zoll- und Einreiseformalitäten normalerweise gleich nach der Landung abwickeln. Dazu kam ein Zollbeamter an Bord und kontrollierte ihr Gepäck und ihre Pässe. Dann rollten sie von der Zollstelle zum Flughafendienstleister, der die Maschine für die Dauer ihres Aufenthalts unterstellte, und die Passagiere konnten ihr Gepäck zusammenraffen und das Flugzeug verlassen. Dies gab den amerikanischen Agenten Gelegenheit, Geheimfächer im Jet zu öffnen und ihnen sensible Gegenstände wie Schusswaffen und Hightech-Überwachungsgeräte zu entnehmen.

Doch in Bukarest lief es anders. Der übereifrige Zollinspektor ließ die Piloten die Triebwerke abstellen, dann forderte er die vier Passagiere auf, ihr Gepäck zu holen und die Treppe herunterzukommen. Er führte sie zu einem Tisch, an dem er wortlos jedes Gepäckstück einer gründlichen Prüfung unterzog.

Die drei Agenten bewahrten Ruhe, denn sie hatten

nichts zu verbergen. Und Gavin behielt die Nerven, weil er keine Ahnung hatte, dass etwas Ungewöhnliches vor sich ging. Die drei anderen hatten zwar ihre Waffen an Bord gelassen, aber zwei große Peli-Koffer mit Überwachungsgeräten herausgebracht, damit der Zollinspektor etwas zum Staunen hatte. Er fragte nach dem Verwendungszweck der Geräte, und Jack legte ihm Rechnungen und andere Dokumente vor und erzählte ihm, dass sie nach Bukarest gekommen seien, um sich im Auftrag eines Unternehmens, das Hendley Associates gerade in den USA erworben habe, um einen Regierungsauftrag im Bereich Sicherheit zu bewerben. Zufrieden und auch etwas verlegen, weil er die Erklärung, wie die Geräte funktionierten, nur teilweise verstanden hatte, zog der Zöllner lediglich ein paar Kameras und Spektive aus ihrem Schaumstoffbett, betrachtete sie, verglich die Seriennummern mit denen auf den Rechnungen und bedeutete den Männern dann mit einem kurzen Nicken, dass sie wieder einpacken könnten.

So ernst die Situation auch erschienen sein mochte, am Ende stempelte der Beamte die Pässe der Männer und hieß sie in Rumänien willkommen.

Die vier Amerikaner wurden in der Lounge des Flughafenbetreibers von Felix Negrescu empfangen, einem sechzigjährigen Bären von einem Mann, der mit seinem grau melierten Rauschebart aussah wie einem Harry-Potter-Roman entsprungen. Mit breitem Grinsen und kräftigem Händedruck hieß er sie in Rumänien weit aufrichtiger willkommen als der Zollinspektor und trug mehr Gepäckstücke, als den Gästen lieb war, aus dem Abfertigungsgebäude zum Parkplatz hinaus, auf dem ein von ihm gemieteter grauer Minivan stand.

Kaum saßen alle im Wagen, sagte Chavez: »Felix, wir haben schon jetzt ein Problem. Unsere Schusswaffen sind noch im Flugzeug. Wir haben keine Möglichkeit gesehen, sie am Zoll vorbeizuschmuggeln. Könnten Sie uns eventuell ein paar Handfeuerwaffen besorgen, nur zur Selbstverteidigung?«

Felix ließ hinterm Steuer ein leises, heiseres Glucksen vernehmen. »Haben Sie schon mal unsere Hausmarke probiert?«

Chavez und Jack wussten nicht, wovon er sprach, doch Midas antwortete: »Meinen Sie die MD 2000? Ja, die tut es, wenn sie am leichtesten zu beschaffen ist.«

»Ich kann Ihnen auch andere besorgen, aber davon gibt es am meisten«, sagte Felix. »Wir können auf der Fahrt zu Ihrer Unterkunft einen kurzen Zwischenstopp einlegen, und ich besorge für jeden eine, dazu Munition, Magazine und Holster.«

»Von einer MD 2000 habe ich noch nie gehört«, bekannte Chavez.

»Die ist von der Baby Eagle abgekupfert. Eine 9-mm-Halbautomatik.«

Chavez nickte. »Ach ja, eine israelische Pistole. Taugt die rumänische Version etwas?«

»Sie erfüllt ihren Zweck«, antwortete Midas. »Die hiesige Armee führt sie als Dienstwaffe.« Er wandte sich an Jack. »Kennst du die Pistole?«

»Nein, aber mir genügt, wenn ich weiß, an welchem Ende die Kugeln rauskommen.«

»Keine Sorge um Jack«, sagte Chavez. »Er kann schießen, auch unter Stress.«

»Gut zu wissen.«

Um zehn rollten sie in eine Parkbucht am Bukarester Nordbahnhof. Chavez gab Felix ein Bündel Dollarscheine, und Felix wies die Amerikaner an, im Wagen zu warten. Kaum war er außer Sichtweite, sagte Chavez: »Mr. C verbürgt sich für den Mann, aber ich sitze nicht in einem Wagen rum, während ein Typ, den ich gerade erst kennengelernt habe, meinem Blick entschwindet, um mit Leuten, die ich nicht kenne, über einen Waffenkauf zu verhandeln.«

Die Türen des Vans schwangen auf, und seine Insassen stiegen aus und postierten sich in Sichtweite des Wagens an der Straße, wo sie kein so leichtes Ziel boten wie in seinem Innern.

Ihre Bedenken erwiesen sich als unbegründet, als Felix eine Viertelstunde später mit einem Rucksack auf dem Rücken an der Motorhaube des Vans erschien und, sich am Bart kratzend, nach allen Seiten blickte und sich fragte, wo seine neuen Bekannten geblieben waren.

Chavez trat von hinten an ihn heran und erschreckte ihn mit den Worten: »Alles glattgegangen?«

Felix zuckte zusammen und ging dann lachend zur Fahrertür. »Keine Probleme. Den beschissenen Rucksack haben sie sogar gratis draufgegeben, allerdings war der Preis nicht von schlechten Eltern. Tausend pro Stück, mit allem Drum und Dran.«

Chavez blieb unbeeindruckt. »In der Not frisst der Teufel Fliegen, und sollte sich herausstellen, dass wir sie brauchen, ist das Geld gut angelegt.«

Felix verteilte die Pistolen an Midas, Jack und Ding. Während der Van durch die Bukarester Innenstadt rollte, prüften die drei Männer die Funktionstüchtigkeit der neuen Waffen, luden die Magazine und Ersatzmagazine und steckten sich die Pistolen in die Hosenbünde.

Derweil saß Gavin Biery auf der hintersten Bank und schmollte.

Er wollte auch eine Pistole.

53

Es kommt äußerst selten vor, dass ein ehemaliger Häftling nach seiner Entlassung dorthin zurückkehrt, wo er seine Strafe abgebüßt hat, und Alexandru Dalca war da bislang keine Ausnahme gewesen – bis heute Morgen, als er panisch aus dem Schlaf aufgeschreckt war, weil er dachte, chinesische Geheimdienstleute hätten ihn umzingelt. Jetzt stand er schon zu Beginn der Besuchszeit in der Anmeldung und füllte einen Besuchsantrag aus, denn er wollte mit einem Insassen der tristen Anstalt sprechen.

Dragomir Vasilescu hatte er eine SMS geschickt und darin mitgeteilt, dass er heute später zur Arbeit kommen werde, da er einen Freund im Krankenhaus besuchen müsse. »Sie haben einen Freund?«, hatte Dragomir geantwortet, aber Dalca hatte nicht darauf reagiert. Er hatte nicht vor, jemals in die Firma zurückzukehren, und das würde sein Boss noch früh genug merken. Es bestand kein Grund mehr, weiter so zu tun, als wäre ihm an seinem Chef oder der ARTD etwas gelegen.

Als er die ersten Tore im Jilava passiert hatte, musste er Handy, Brieftasche und Autoschlüssel abgeben und sich einer gründlichen Leibesvisitation unterziehen. Er war überzeugt, dass er gröber behandelt wurde als der Durchschnittsbesucher. Die Wärter, die ihn filzten, erkannten in ihm den Exhäftling wieder und verweigerten ihm Höflichkeit und Respekt, obwohl er jetzt außerhalb der Gefängnismauern lebte.

Er wurde in einen turnhallengroßen Raum geführt und aufgefordert, an einem Tisch zu warten. Der Raum war ihm vertraut. Während seiner sechsjährigen Haftzeit hatte er hier zwar keine Angehörigen oder Freunde empfangen, doch hin und wieder hatte er mit seinem Anwalt an einem dieser Tische gesessen. Häufig war es so voll gewesen, dass manche stehen mussten, doch heute Morgen war der Raum bis auf zwei Wärter, die sich außer Hörweite in einer Ecke langweilten, leer.

Nach fünf Minuten schwang eine Gittertür auf, und Luca Gabor schlenderte herein, die Hände in den Taschen seines Gefängnistrainingsanzugs. Er schien über Dalcas Anblick leicht überrascht und nicht übermäßig erfreut. Trotzdem kam er mit einem leichten Achselzucken an den Tisch, ohne sich allerdings sonderlich zu beeilen.

Alexandrus ehemaliger Mentor war einst beim Geheimdienst gewesen, hatte dann aber den Staatsdienst quittiert, eine Karriere als Betrüger, Hochstapler und Dieb eingeschlagen und es zu einem der meistgesuchten Kriminellen in Europa gebracht. Er war in Frankreich verhaftet und an sein Heimatland Rumänien ausgeliefert worden, wo ihn ein Gericht wegen Spionage und Hochverrats zu sechzehn Jahren Gefängnis verurteilt hatte.

Zehn davon hatte er mittlerweile verbüßt.

Gabor hatte Dalca alles beigebracht, was er wusste, dafür hatte Dalca sich nach seiner Entlassung um dessen minderjährige Tochter kümmern sollen, doch Dalca hatte nichts dergleichen getan, und so war er jetzt nicht überrascht, dass Luca über das Wiedersehen wenig erfreut zu sein schien, als er ihm gegenüber an dem kleinen Plastiktisch Platz nahm.

Dalca wusste, dass Gabor ungefähr fünfzig war, doch er sah viel älter aus mit seinem schütteren, weißen Haar, seinen tiefen Falten und der grauen Haut eines Mannes, der wenig natürliches Licht sah.

Gabor steckte sich eine Zigarette an. »Hast du mich so vermisst, dass du nach sechzehn Monaten hier wieder auftauchst?«

»Und du hast mich anscheinend so vermisst, dass du die Tage seit meiner Entlassung aus diesem Drecksloch gezählt hast.«

Gabor stieß Rauch aus. »Ich wusste, dass du irgendwann etwas von mir brauchst. Ich hatte mit mir selbst eine Wette laufen, dass es keine zwei Jahre dauert.«

»Du hast gewonnen, Luca, wie üblich.«

Der Ältere deutete auf die Gefängnismauern um ihn herum. »Ja, ich bin der große Gewinner.« Und dann sagte er: »Ich werde dich jetzt nicht fragen, was du willst. Vorher will ich von dir wissen, was du mir dafür gibst.«

Dalca konnte ein unglaublich charismatischer Schönredner sein, doch würde er nur in den Wind reden, wollte er Luca Gabor um den Finger wickeln. Der Mann war der einzige Mensch auf der Welt, der ihn in- und auswendig kannte. Und so sagte er: »Ich habe Geld. Genug für deine Familie.«

»Du hattest schon eine Woche nach deiner Entlassung Geld. Du arbeitest bei ARTD, du bist ihr Superstar, du fährst einen neuen Porsche Panamera Turbo und wohnst in einer Penthouse-Wohnung in Primăverii.« Primăverii war der begehrteste Stadtteil von Bukarest, mit Blick auf die Dâmbovița.

»Ja«, sagte Dalca. »Ich habe mir schon gedacht, dass du draußen Leute hast, die mich im Auge behalten. Wissen ist Macht, hast du immer gesagt.«

»Hab ich das?« Gabor rauchte eine Weile schweigend. »Na ja … ich habe Scheiß geredet. Jetzt habe ich Wissen, aber keine Macht.« Er beugte sich vor. »Was zum Teufel willst du, du falscher Hund?«

»Ich will dich zu einem reichen Mann machen.«

»Fick dich ins Knie. Ich bin kein amerikanischer Tattergreis, dem du ein fingiertes Grundstücksgeschäft aufschwatzen kannst. Ich kenne dich, Dalca. Du willst mich bescheißen.«

Dalca schüttelte den Kopf. »Ich weiß, wo deine Tochter wohnt.«

Gabor fuhr in die Höhe und hätte sich fast auf ihn gestürzt.

Dalca blieb ruhig. »Das ist keine Drohung«, sagte er. »Ich biete dir eine Chance. Ich werde sie heute besuchen und ihr das Kennwort für ein Nummernkonto auf Zypern geben. Auf dem Konto liegen eine Million US-Dollar.« Dalca lächelte. »Nur für sie.«

Die Augen des Älteren verengten sich. »Sag mir, was du dafür verlangst, du falscher Hund. Ich höre zu, denn ich bin hier eingesperrt und habe nichts anderes zu tun.«

»Ich möchte, dass du mich mit den Mazedoniern in Kontakt bringst.«

Gabor legte den Kopf schief. »Welchen Mazedoniern?«

»Lass die Spielchen«, sagte Dalca. »Du hast mir von Männern erzählt, die in Mazedonien ein Casino betreiben. Du hast gesagt, sie hätten dich mehrmals dazu überreden wollen, für sie zu arbeiten. Du hast gesagt, dass sie mich bestimmt nehmen würden, wenn ich rauskomme, dass sie mich im Casino für bestimmte Zwecke auf Leute ansetzen würden. Außerdem hast du gesagt, ich solle zu den Mazedoniern nur gehen, wenn ich nicht mehr weiterwüsste oder jemand hinter mir her wäre, denn sie wären durchgeknallte, schießwütige Gangster.«

Gabor klopfte seine Zigarette am Aschenbecher ab und brach in ein kratziges Lachen aus.

Dalca ärgerte sich über Gabors Reaktion. »Warum tust du so, als wüsstest du nicht, wovon ich rede?«

Der Ältere brachte seinen Lachanfall unter Kontrolle. »Ich war ehrlich verwirrt. Du hast ›Mazedonier‹ gesagt. Die Männer, von denen ich dir erzählt habe, besitzen ein

Casino in Mazedonien, in Skopje, und sie könnten auch jemand mit deinen Fähigkeiten gebrauchen und beschützen, wie ich gesagt habe. Aber sie sind keine Mazedonier. Sie sind ...« Er beugte sich wieder vor und senkte die Stimme. »... Albaner.«

Dalca sank in seinen Stuhl zurück. »Scheiße. Das hast du mir nie gesagt.«

»Nicht?«, sagte Gabor, der sich an dem ängstlichen Ausdruck in Dalcas Gesicht weidete. »Skrupellose Arschlöcher, Alexandru. Aber wenn man in der Scheiße sitzt – und machen wir uns nichts vor, du sitzt in der Scheiße, sonst wärst du nicht hier –, dann hat man gern ein paar skrupellose Arschlöcher auf seiner Seite.«

Dalca dachte darüber nach. Er hatte Angst vor albanischen Gangstern. Jeder in diesem Teil der Welt wusste, wie gefährlich sie waren und wie weit ihr Arm reichte. Und dennoch hatte er das Gefühl, dass sie in seiner misslichen Lage die einzige Rettung waren.

Letztlich war es ein einfaches Kalkül: Hinterhältige Albaner, die ihn bezahlten und beschützten, waren gefährlichen Chinesen, die ihn folterten und dann umbrachten, eindeutig vorzuziehen.

»Also gut, Luca. Ich gebe deiner Tochter eine Million, wenn du für mich ein Treffen mit diesen Albanern arrangierst.«

Gabor zog an seiner Zigarette und antwortete durch eine Qualmwolke: »Du schuldest mir bereits eine Million für alles, was ich dir beigebracht habe. Du schuldest mir eine weitere Million als Strafe dafür, dass du dich nach deiner Entlassung nicht an unsere Abmachung gehalten hast. Die dritte Million wirst du meiner Tochter dafür geben, dass ich dich bei den Albanern einführe.«

Eine Ader pulsierte an Dalcas Stirn. »Nein. Kommt nicht infrage. Du musst mich für geisteskrank halten.«

Gabor lächelte. »Dann leb wohl, Dalca. Und viel Glück,

denn ich habe das Gefühl, du wirst es brauchen.« Das kratzige Lachen war zurück.

»Ich gehe.« Dalca stand vom Tisch auf, aber dann fiel ihm wieder der Traum ein, die Panik am Morgen beim Aufwachen, und er setzte sich wieder. »Eineinhalb Millionen.«

»Drei Millionen.«

»Sei kein Narr, Luca. Ihr hättet ausgesorgt, du, deine Tochter und deine Enkel.«

»Glaube mir, das weiß ich. Mit drei Millionen.« Als Dalca nicht antwortete, setzte er hinzu: »Ich sehe sie in deinem Gesicht. Deine Angst. Deine Verzweiflung.«

»Ich habe keine drei Millionen.«

»Quatsch. Ich weiß nicht, was du getan hast und warum du jetzt solche Angst hast, aber du hast dafür kassiert. Für Peanuts würdest du kein solches Risiko eingehen. Wenn du mir aus dem Stand eine Million bietest, hast du mindestens zehn.«

Gut geraten. Er bewunderte Gabors bestechende Logik und hätte ihm gleichzeitig am liebsten das Herz herausgerissen.

»Ich gebe dir zwei«, sagte er. »Aber nicht mehr.«

Jetzt stand Gabor auf, wandte sich zum Gehen und rief dem an der Gittertür stehenden Wärter zu: »Ich bin so weit.«

»Schluss mit dem Theater, Luca. Ich weiß, dass du nicht auf zwei Millionen verzichtest.«

»Und ich weiß, dass du wegen einer Million nicht dein Leben wegwirfst.«

Dalca sprang ihm nach und packte ihn am Arm. »Scheiße! Also gut. Drei Millionen. Ich hasse dich!«

»Du hasst jeden. Das steckt in deiner DNA.«

Dalca ignorierte die Bemerkung. Sie kränkte ihn nicht im Mindesten. Er dachte nur an das Geld, das er zahlen musste, und überlegte, wie er alles auf die Reihe brachte. »Hör zu … ich muss jetzt zur Arbeit, aber heute Abend besuche ich deine Tochter.«

Gabor nickte. »Ich leite alles in die Wege. Wirst du Hilfe brauchen, um aus Bukarest herauszukommen?«

»Ich … ich glaube nicht. Ich weiß es nicht.«

»Dann bereite dich auf alle Eventualitäten vor, denn ich kann dich nicht vor morgen rausbringen. Komm morgen früh wieder, dann habe ich alles für dich klar gemacht. Vorausgesetzt natürlich, meine Tochter meldet sich und berichtet mir von einem unverhofften Geldregen.«

Dalca hatte eigentlich heute verschwinden wollen, doch die Dinge waren komplizierter, als er vorausgesehen hatte. »Gut.«

Als der Ältere sich abwandte, kam Dalca ein Gedanke. »Du hast mich gar nicht gefragt, was los ist. Wovor ich davonlaufe.«

Luca Gabor blieb nicht stehen, sondern zuckte auf dem Weg zur Tür nur die Achseln. »Warum sollte ich? Das ist dein Problem, nicht meines.«

Alexandru Dalca stieg in seinen Porsche und fuhr zur Arbeit. Eigentlich hatte er sich dort nicht mehr blicken lassen wollen. Es war gut möglich, dass die Chinesen ARTD observierten, und so war er sich jedes Mal, wenn er in die Strada Doctor Paleologu fuhr, bewusst, dass er ein Risiko einging.

Doch jetzt musste er es darauf ankommen lassen. Nur noch einen Tag unbehelligt bleiben und die letzten Zieldaten für die IS-Typen vervollständigen, und er hatte die drei Millionen verdient, die er Gabor schuldete. Dann war er wieder bei elf Millionen.

Seine Gier hatte über seine Angst gesiegt, doch es war ein denkbar knapper Ausgang gewesen.

54

Um elf Uhr schleppten die Campus-Männer und ihr örtlicher Logistikhelfer Felix die Ausrüstung vier Treppen zu einer kleinen, schmutzigen, fast leeren Wohnung hinauf. Die Wohnung befand sich in einem grauen Gebäude aus der kommunistischen Ära in der Strada Uruguay. Sie warfen ihre Sachen auf die grünen Feldbetten, die Felix am Vorabend heraufgeschafft hatte. Dann folgten sie Felix wieder in den Stockwerksflur hinaus. Er führte sie zur Rückseite des Gebäudes. Vor einer Tür blieb er stehen, zog einen Schlüssel aus der Tasche und schob die Tür auf. Sie gelangten in einen schmalen Flur mit mehreren Türen auf beiden Seiten.

»In der kommunistischen Zeit hatten die Leute nicht so viel Zeug, das sie nicht mehr brauchten, aber aufbewahren wollten. Deshalb hatten die Wohnungen in solchen Mietblocks normalerweise keine Abstellkammern oder sonstigen Stauraum. Aber heutzutage ist es offenbar schwieriger, Mieter für Wohnungen zu finden, die keine Abstellkammern haben, deshalb haben sie eine der Eckwohnungen im obersten Stock zu Abstellkammern umgebaut.«

Die Beleuchtung im Flur war schwach, aber nach zwei oder drei Versuchen fand Felix den richtigen Schlüssel an seinem Schlüsselbund und schloss eine der Türen auf. Die Abstellkammer war winzig, nur ungefähr eineinhalb auf zwei Meter. Ein Tisch und ein Stuhl standen direkt unter dem Fenster, das mit Brettern vernagelt war. Felix beugte sich über den Tisch und nahm eines der Bretter weg – offenbar hatte er es bereits gelockert, bevor die Amerikaner eingetroffen waren. Die so entstandene Öffnung war ein dreieckiger Schlitz.

Felix setzte sich auf den Stuhl und deutete auf ein modern wirkendes vierstöckiges Apartmenthaus auf der gegenüberliegenden Seite der ruhigen Straße. »Das ist euer Zielapartment im obersten Stockwerk.«

»Welche Fenster?«

»Alle. Es ist das Penthouse. Der Lift befindet sich ganz rechts im Gebäude. Auf der Homepage von Apartments for Rent Online ist der Wohnungsgrundriss zu sehen. Demnach befinden sich die Schlafzimmer auf der Rückseite, aber von hier aus kann ich ohne optische Geräte nicht durch die Fenster schauen, und leider habe ich keine mitgebracht.«

Er blickte zu den Männern auf. »Ich nehme an, ihr habt da in euren Hartschalenkoffern ein paar coole Spielsachen dabei?«

Jack nickte. »Total coole Sachen.«

Felix grinste. »Es ist nicht gerade viel Platz hier in der Kammer, aber ich dachte, für eine Ein-Mann-Observation würde es reichen.«

Chavez nickte. »Das reicht völlig. Wir installieren Remote-Kameras, eine hier und eine vor dem Gebäude seiner Firma.«

Gavin sagte: »Ich vermute mal, das Loch hier ist mein neues Heim?«

»Du vermutest richtig.« Chavez legte ihm die Hand auf die Schulter. »Oder ist dir diese Suite etwa nicht fein genug?«

»Ich wollte eigentlich Draculas Burg besichtigen, wenn ich schon mal hier bin.« Gavins Augen leuchteten wie die eines kleinen Jungen an Weihnachten, als er Felix fragte: »Ist die hier in der Nähe?«

Der große bärtige Mann schüttelte den Kopf. »Mehrere Stunden mit dem Auto. Aber Rumänien hat noch mehr zu bieten als nur Dracula.«

»Sorry, Felix«, sagte Jack. »Gavin leitet unsere IT-Abteilung. Er darf nicht oft raus zum Spielen.« Er wandte sich an Gavin. »Gav, falls sich Dalca in Draculas Burg versteckt, darfst du ihn ganz allein pfählen.«

»Das wäre irre. Hoffentlich macht er das.«

Während der nächsten paar Stunden bereitete das Team die bevorstehende Operation vor. Gavin und Midas installierten die Digitalkamera und ein Spektiv und fokussierten beide Geräte auf den Balkon von Dalcas Wohnung. Die Kamera verbanden sie mit einem Laptop, den sie auf den Tisch stellten; er sollte die Digitalvideos aufzeichnen. Daneben stellten sie ein kleines Dreibeinstativ, auf dem ein Lasermikrofon montiert war; es wurde auf dasselbe Fenster ausgerichtet. Das Gerät sandte einen ständigen unsichtbaren Laserstrahl aus, der von der Fensterscheibe zu einer Fotozelle im Gerät reflektiert wurde. Die Fotozelle registrierte die Festkörperschwingungen, in diesem Fall der Fensterscheibe; sie war über einen Computer mit einem Verstärker und einem Headset verkoppelt, wodurch die verschiedenen Schallschwingungen in hörbare Signale umgewandelt wurden. Dadurch war es möglich, Gespräche im Raum zu verfolgen.

So clever und nützlich das Lasermikro auch sein mochte, war doch allen klar, dass es auch seine Grenzen hatte. Sie konnten es nur auf ein einziges Fenster im Gebäude gegenüber richten – und zwar nur auf das Fenster, das sich ihrem Beobachtungspunkt genau gegenüber befand, denn würde der Laserstrahl aus einem Winkel auf die Scheibe oder auf eine unebene Glasfläche treffen, würde der Rückstrahl in eine andere Richtung abgelenkt und somit die Fotozelle verfehlen.

Mit diesem Problem waren Gavin und Midas eine ganze

Weile beschäftigt, um eine technische Lösung zu finden. Midas schlug vor, in die benachbarten Abstellkammern einzubrechen, als Vorbeugung für den Fall, dass sie ein anderes Fenster in Dalcas Penthouse-Wohnung anvisieren mussten.

Das war eine recht simple Lösung, und Chavez und Midas glaubten, dass sie sich relativ schnell und effektiv bewerkstelligen ließe, sollte sich zeigen, dass Dalca längere Zeit in einem der anderen Räume verbrachte, wenn er nach Hause kam.

Nachdem sie den Beobachtungsposten eingerichtet hatten, ging Ding auf die Straße hinunter und installierte ein paar verdeckte Überwachungskameras in der Nähe des Eingangs zu Dalcas Wohngebäude. Um diese Nachmittagszeit war die Straße fast menschenleer. Die kleinen Drahtloskameras waren an der Rückseite magnetisch und ließen sich leicht an Dachfallrohren oder an außen installierten Wasser- oder Abwasserrohren anbringen, selbst dann, wenn Passanten nur ein paar Schritte entfernt vorbeigingen.

Während Midas, Gavin und Ding in der Nähe von Dalcas Apartment blieben, fuhren Felix und Jack zur ARTD-Zentrale, ein paar Kilometer weiter südlich. Zu Fuß machten sie sich mit der näheren Umgebung vertraut, suchten nach Überwachungskameras, die sie vielleicht anzapfen konnten, und Jack schrieb sich Firmennamen und Büroadressen auf, die sich in der Nähe der Kameras befanden. Er suchte nach Stellen, an denen er seine Geräte platzieren konnte, wurde aber durch den regen Fußgängerverkehr daran gehindert. Das Letzte, was sie jetzt brauchen konnten, war, ausgerechnet vor dem Gebäude beobachtet zu werden, in dem eine Unmenge geheimer Daten der Vereinigten Staaten an den Islamischen Staat verhökert wurde.

Deshalb brachen die beiden Männer ihren Erkundungsgang ab und kehrten zum sicheren Haus zurück. Unterwegs rief Jack Gavin auf einer gesicherten Verbindung an und bat ihn herauszufinden, ob er die Netzwerke anzapfen könne, über die die in der Nachbarschaft installierten Sicherheitskameras gesteuert wurden.

Jack grinste vor sich hin. Es sah so aus, als würde Gavin Biery schon in den ersten Stunden hier in Bukarest das am meisten beschäftigte Teammitglied werden.

Alexandru Dalca saß in seinem Büro und schaute die Nachrichten auf CNN an. Sie brachten eine Livereportage aus den USA. Vier weitere Verdächtige der sogenannten Terrorangriffe waren festgenommen worden – ihre Fotos beherrschten die Nachrichtensendungen auf sämtlichen Kanälen.

Der Normalbürger mochte allmählich den Eindruck haben, dass die Typen vom IS nicht mehr lange durchhalten würden, wenn es so weiterging. Aber gerade erst an diesem Morgen hatte Dalca von seinem Kontakt mit dem nahöstlichen Akzent eine Anfrage für eine neue Lieferung erhalten: weitere 2,5 Millionen Dollar für drei hochrangige Ziele. Nach einem Tag ohne eigene Verluste schienen die Dschihadisten dreister zu werden. Schon die drei Datenpakete, die er heute abschicken wollte, betrafen erstklassige Ziele; Dalca fand es deshalb sehr interessant, dass seine Klienten schon jetzt weitere Bestellungen planten. Offenbar wollten sie das Tempo ihrer Aktionen steigern – vielleicht glaubten sie, sie beherrschten die Sache immer besser, oder sie hatten noch mehr Leute in der Region angeworben, die ihnen halfen.

Wie auch immer, für ihn spielte es keine Rolle mehr. Denn Alexandru hatte nicht vor, noch länger hier abzuhängen und ihnen weitere Intel zu liefern. Er würde sich mit den Millionen zufriedengeben müssen, die er schon erwirtschaftet hatte, minus der Millionen, die er Luca Gabor dafür hinblättern musste, dass er Dalca half, aus Rumänien zu verschwinden.

Das war der Grund, weshalb er an diesem Nachmittag intensiv an den Datenpaketen arbeitete. Er saß an seinem Schreibtisch und befasste sich eingehend mit einer der Personen. Er hatte den Mann bereits identifiziert – ein hochrangiger amerikanischer Polizeibeamter, der mit Terrorabwehr befasst war. Dalcas heutige Arbeit war auf das letzte Puzzleteilchen fokussiert – nämlich festzustellen, an welchem Tag und zu welcher Zeit sich genau dieser Mann an einem bestimmten Ort aufhielt.

Inzwischen konnte Dalca derartige Datenpakete praktisch im Schlaf zusammenstellen; dazu musste er nur Informationen aus SOCMINT aufrufen, also die aus sozialen Medien und Netzwerken gewonnenen Erkenntnisse. Er bedauerte zutiefst, dass ihm diese potenziellen Einnahmequellen in Zukunft nicht mehr offenstanden, sobald er seine Bürotür für immer hinter sich schloss.

Er wünschte, er könnte sämtliche OPM-Datenbanken stehlen und sie mit nach Mazedonien nehmen, um in Zukunft noch mehr Einkommen erwirtschaften zu können. Er könnte sich von den Albanern beschützen und sie glauben lassen, dass er ihnen als Gegenleistung treu zu Diensten sei, während er in Wirklichkeit nur für eine Weile untertauchen würde, bis sich die Aufregung gelegt hatte. Dann würde er einfach wieder verschwinden, irgendwohin, wo es sicherer war, wo es keine mörderischen Gangster und chinesischen Spione gab. Und wenn er erst einmal untergetaucht war, entweder auf einer karibischen Insel oder irgendwo anders, wo ihn seine Verfolger nicht aufspüren konnten, würde er vielleicht wieder in das Geschäft einsteigen und Namen und Aufenthaltsorte amerikanischer Spione und Soldaten im Darknet verticken.

Dann würden die elf Millionen bald nichts weiter als die Spitze des Eisbergs sein.

Er wusste, dass er sich heute leicht Zugang zu den OPM-Dateien verschaffen könnte, wenn er wollte, aber die gesamte Datenbank zu stehlen würde weitaus schwieriger sein. Zwar hatte er Zutritt zu dem Air-Gap-Raum, doch durfte er dort nur die OPM-Daten aufrufen und sich zu einzelnen Dateien handschriftliche Notizen machen. Aber es gab absolut keine Möglichkeit, den gesamten Datenbestand vom Computer auf ein anderes Speichermedium zu kopieren oder zu einem anderen Computer zu transferieren. Es gab nur einen einzigen Weg, sich die Daten für später zu sichern: sämtliche Informationen von fünfundzwanzig Millionen Dateien von Hand abzuschreiben und Millionen Bildschirmseiten abzufotografieren.

Das kam natürlich nicht infrage.

Na ja ... es gab tatsächlich noch eine *weitere* Möglichkeit. Sie kam Dalca plötzlich in den Sinn, als er ein neues Terroristenvideo anschaute, das der Propagandadienst des IS aus Syrien verbreitet hatte. Es zeigte einen Angriff in Amerika, einen aus einem fahrenden Fahrzeug verübten Mordanschlag auf den Fahrer eines SUVs in einer dunklen Straße in St. Louis. Der SUV wurde vom AK-Feuer buchstäblich durchlöchert; der Terrorist mit der Kamera rannte hinüber und filmte einen blonden Mann, der tot auf dem Fahrersitz hing, nur durch den Sicherheitsgurt aufrecht gehalten. Eine Bildunterschrift besagte, dass der Mann ein CIA-Agent gewesen sei. Dann sprang der Kameramann wieder auf den Beifahrersitz eines blauen Volvo. Im selben Moment rannte ein anderer Mann aus einem Parkplatz auf die Fahrspur hinaus und versuchte, die Flucht der Terroristen zu verhindern.

Es war ein törichter Akt, den nur jemand begehen konnte, dem gerade ein extremer Adrenalinschub durch die Adern rauschte. Denn sonst hätte dem Mann klar sein müssen, dass er sich in akuter Lebensgefahr befand, nachdem er gerade als einziger Augenzeuge einen Terroranschlag beobachtet hatte. Der Volvo krachte mit vollem Tempo frontal in den Mann. Das Video zeigte in Zeitlupe, wie er unter der Motorhaube verschwand.

Diese Bilder faszinierten Dalca, aber noch mehr faszinierte ihn nun diese neue Idee, die ihm gerade in den Kopf geschossen war. Er musste doch nur irgendeine Ablenkung hier im Gebäude inszenieren, nur so lange, wie er brauchte, um sich in den Air-Gap-Raum zu schleichen und die Festplatte aus dem Computer auszubauen, auf der die amerikanischen Datenbestände gespeichert waren. Dafür würde er mindestens fünf Minuten brauchen und niemand durfte ihn dabei stören, aber es war der einzige Weg, die Schatztruhe in seinen Besitz zu bringen. Die einzige Gelegenheit zu fliehen, ohne die OPM-Daten zurücklassen zu müssen, die ihm ein Leben in Saus und Braus garantierten.

Nachdem er kurz darüber nachgedacht hatte, kam er zu dem Schluss, dass es das Risiko wert war. Morgen würde er Bukarest für immer verlassen; er würde sich in den Schutz der Albaner begeben müssen, aber es wäre doch verdammt nett, wenn er noch ein Ass im Ärmel hätte.

Eine halbe Stunde später ging Dalca im Materiallager von ARTD umher; er suchte nach etwas ganz Bestimmtem. Nach kurzer Suche entdeckte er es auf einem der obersten Regale: eine Schachtel mit Handdesinfektionsmittel, wie es in den Toiletten verwendet wurde. Er wusste, dass dieses Zeug brennbar war, im Knast hatten sie nur Kernseife verwenden dürfen, um dem Risiko einer Brandstiftung vorzubeugen. Er nahm zwei Behälter, schraubte die Deckel ab und trug sie zu dem Papierabfallcontainer. Der größte Teil der Abfälle, den dieses fünfstöckige Bürogebäude erzeugte, bestand aus Papier, entweder in Form von geschreddertem Papier oder Verpackungskartons, weshalb es ein sehr großer Container war – etwa zwei Meter hoch und rund zehn Meter lang. Er war derzeit nur etwa halb gefüllt, aber nachdem Alexandru das Desinfektionsmittel aus den zwei Behältern über den Inhalt gegossen hatte, war er sich sicher, dass er damit eine höllisch wirksame Ablenkung erzeugen würde.

Rasch vergewisserte er sich, dass niemand in der Nähe war, der ihn beobachten könnte, dann warf er ein brennendes Streichholz in den Behälter. Ein gewaltiges *Wusch* war zu hören, eine lange Flammenwand schoss empor; das Feuer schien praktisch die Luft im Raum zu verschlingen. Die Gase entzündeten sich, und schon wallte schwarzer Rauch aus dem riesigen Haufen aus Papierprodukten und Kartonagen auf.

Keine zwei Minuten später – Dalca saß bereits wieder an seinem Schreibtisch – schrillte der Feueralarm los. In Dalcas Hose steckten ein paar Schraubendreher; ein Besen stand griffbereit neben der Tür.

Während seine Kolleginnen und Kollegen zu den Ausgängen rannten, lief Dalca zum Air-Gap-Raum. Die Kammer war nur ungefähr fünf Quadratmeter groß. Dalca schob sich eng an der Wand entlang, um nicht in den Sichtbereich der Sicherheitskamera zu kommen, die auf den Computer gerichtet war, der mitten im Raum auf einem kleinen Tisch stand. Mit dem Besenstiel riss er das Kabel heraus, das die Kamera mit der Steckdose hoch oben an der Wand verband. Erst dann setzte er sich an den Computer.

Am Ende dauerte es weniger als fünf Minuten, um die Festplatte herauszunehmen. Er steckte sie in die Tasche, machte sich aber nicht die Mühe, die Abdeckung wieder richtig anzuschrauben; er schob sie einfach wieder in Position und steckte die winzigen Schrauben ein.

Dann schaltete er das Licht aus, schloss die Tür ab und verließ das Gebäude, ohne den Computer auf seinem Schreibtisch herunterzufahren. Da er das Land erst irgendwann am folgenden Tag verlassen würde, musste er dafür sorgen, dass alles so normal wie möglich erschien, damit seine Mitarbeiter nicht misstrauisch wurden.

Er stieg in seinen Porsche und machte sich auf den Weg zu dem Haus, in dem Luca Gabors Tochter wohnte. Danach musste er noch ein paar Vorbereitungen treffen – für den Fall, dass sein spontaner Beschluss, die Festplatte zu klauen, aufflog, bevor er morgen das Land verlassen hatte.

In den nächsten paar Stunden stand einfach zu viel auf dem Spiel, um irgendetwas dem Zufall zu überlassen.

Er hatte den Stadtbezirk noch nicht hinter sich, als bereits ein paar Feuerwehren mit heulenden Sirenen an ihm vorbeirasten. Dass sich womöglich noch Menschen in dem Gebäude aufhielten, kümmerte ihn nicht – ARTD ging ihn nichts mehr an.

Dalca dachte nur an die Gegenwart und an die Tage, die vor ihm lagen. Obwohl es ihn gewaltig nervte, dass er jetzt gleich irgendeiner fremden Frau den obszönen Betrag von drei Millionen Dollar aushändigen musste, war ihm doch klar, dass das Geld gut angelegt war. Aus seinem ursprünglichen Plan, Bukarest noch *heute* als reicher Mann zu verlassen, war der neue Plan geworden, Bukarest *morgen* als reicher Mann zu verlassen – aber der neue Plan bot die Aussicht, in nicht allzu ferner Zukunft nicht einfach nur reich, sondern *steinreich* zu werden.

Sein neuer Plan gefiel ihm – er gefiel ihm sogar *sehr*.

55

Adara und Dominic kamen am Samstagnachmittag auf dem Airport O'Hare in Chicago an, mieteten ein Auto und fuhren nach Osten ins Zentrum. Sie checkten im Chicago Athletic Association Hotel ein, das nur ein paar Straßenblocks vom Lake Michigan entfernt war, stiegen dann aber sofort wieder in ihren Mietwagen. Bis zu dem Gebäude in der Roosevelt Road, in dem sich die örtlichen Büros des FBI und der Joint Terrorism Task Force befanden, brauchten sie nur eine Viertelstunde.

Adara hatte keine Zutrittsberechtigung, deshalb ließ sie Dom vor dem Gebäude aussteigen, in dem er sich mit einem Leitenden Special Agent namens David Jeffcoat treffen wollte. Jeffcoat hatte sich bereit erklärt, Dom über die Situation vor Ort zu informieren. Dom wurde nach oben zu dem Stockwerk geführt, in dem die JTTF ihre Büros hatte. Unterwegs kam er an Schreibtischen vorbei, an denen hochrangige Vertreter fast aller Behörden saßen, die für Recht und Ordnung im Land zuständig waren, einschließlich der US-Nachrichtendienste.

Jeffcoat führte ihn in ein nicht benutztes Büro und erkundigte sich nach Doms Interesse an dem Fall. Es sei schon sehr eigenartig, meinte er, dass ein einfacher Special Agent vom Washingtoner Büro hier auftauche, kurz nachdem er, Jeffcoat, vom Direktor persönlich angerufen worden sei, der ihn aufgefordert habe, Dom jede Frage zu beantworten.

Dom nickte. »Ich verstehe Ihre Verwunderung, Special Agent Jeffcoat, kann Ihnen aber leider keine näheren Auskünfte geben. Im Moment kann ich nur sagen, dass ich eine Erkundungsmission für interessierte Stellen in D. C. durchführe.«

Jeffcoat hob eine Augenbraue. »Ich hoffe, Sie verstehen mich nicht falsch, aber natürlich fragen sich manche hier, ob Sie mit der Mission beauftragt wurden, weil der Präsident Ihr Onkel ist?«

Dom schüttelte nur den Kopf. Nach diesem Kommentar war ihm klar, dass der Mann ein Esel war. Doch dann fügte er hinzu: »Nein, das hat nichts mit Nepotismus zu tun, aber es hätte mich wirklich interessiert zu erfahren, warum Sie das vermuten?«

Der Leitende Special Agent dachte kurz über Doms Antwort nach, dann meinte er: »Na ja, wie Sie sich sicherlich denken können, sind wir hier ziemlich beschäftigt, weil drei der Zellenmitglieder, die nach El Salvador gingen, hier in der Gegend lebten.«

»Richtig. Und weil der Killer von Brooklyn geradewegs hierher geflogen ist.«

Jeffcoat nickte. »Ja, aber wir glauben, dass er hier vielleicht nur durchgereist ist.«

»Ach ja?«

Jeffcoat gab Dom einen gründlichen, aber ziemlich standardmäßigen Überblick über die Operationen der JTTF und die Lage vor Ort. Wie Dom erfreut feststellte, war der örtlichen JTTF durchaus bewusst, dass mindestens drei der »Sprachschüler« von El Salvador aus Chicago oder der Umgebung stammten und dass der Mann aus New York nach O'Hare geflogen war. Aber wie Dom bei dem Briefing auch klar wurde, gingen die hiesigen Behörden nicht davon aus, dass sich eines der IS-Zellenmitglieder noch in der Gegend aufhielt.

Deshalb fragte er: »Warum glauben Sie, dass Chicago

keine besondere Gefahr drohe, obwohl doch mehrere Zellenmitglieder die eine oder andere Verbindung zur Stadt oder ihrer Umgebung haben?«

»Schauen Sie, die drei Typen aus Chicago, die nach El Sal reisten, flogen nach O'Hare zurück, weil ihnen ein Hin- und Rückflug zum selben Flughafen sinnvoller erschien«, antwortete Jeffcoat. »Wir haben alle bekannten Kontakte der drei überprüft, und niemand hat sie in letzter Zeit gesehen oder von ihnen gehört. Deshalb glauben wir, dass sie in einer ganz anderen Gegend untergetaucht sind. Der Bursche aus New York könnte sich tatsächlich noch hier in der Gegend aufhalten, aber auch über ihn wissen wir nichts. Gestern haben wir sämtliche Hotels von hier bis Aurora gecheckt. Überall zeigten wir Fotos herum, haben aber keinen einzigen Treffer landen können. Er könnte jetzt längst an der Westküste oder in Kanada sein.«

Jeffcoat hob die Schultern und breitete die Arme aus. »Außerdem hat Chicago keine größeren Militärbasen und ist auch alles andere als ein Drehpunkt für CIA-Aktivitäten. Für al-Matari und seine Leute herrscht also hier ein gravierender Mangel an lohnenden Anschlagszielen. Wenn man diese Typen lokalisieren will, würde ich eher auf Washington und den District of Columbia tippen. Darauf solltet ihr eure Aufmerksamkeit richten, vielleicht auch auf die Umgebung einer unserer großen Militärbasen.«

Jeffcoats Analyse klang plausibel; dagegen ließ sich nichts sagen, aber Dom glaubte dennoch, dass es einen bestimmten Grund gab, warum im Raum Chicago keine Aktivitäten feststellbar waren.

»Ist das nur die Einschätzung des hiesigen FBI, oder wird sie auch in der ganzen Task Force von der Führungsebene abwärts geteilt?«

»Absolut. Der Einsatzleiter ist Special Agent Thomas Russell, er leitet auch das gesamte JTTF-Büro hier in Chicago. Er glaubt ebenfalls, dass O'Hare nur eine Durchgangsstation war. Diese Burschen hatten irgendwo Autos stehen und haben die Stadt gemieden.«

»Ist Russell in seinem Büro?«, fragte Dom.

»Ja. Ich würde Sie ihm vorstellen, aber er ist ein viel beschäftigter Mann. Und, um offen zu sein, ich bin mir immer noch nicht ganz sicher, wer oder was Sie sind. Man hat mir nur gesagt, ich solle mich um Sie kümmern, und deshalb habe ich Sie auf den neuesten Stand gebracht. Aber ich habe keinen Befehl, Sie zum Boss weiterzureichen. Deshalb werden Sie heute wohl mit mir vorliebnehmen müssen.«

Dom ließ die Zurechtweisung an sich abprallen. Natürlich verstand er, warum dieser Bursche so frustriert war, an seinem prall gefüllten Arbeitstag so viel Zeit an irgendeinen Agenten verschwenden zu müssen, der aus einer ganz anderen Gegend kam.

Dom schüttelte ihm die Hand, und Jeffcoat sagte: »Es tut mir leid, dass Sie den ganzen Weg auf sich genommen haben, um zwanzig Minuten lang einen Bericht anzuhören, den ich Ihnen auch übers Telefon hätte geben können. Rufen Sie nächstes Mal doch einfach vorher an, dann ersparen wir dem Staat eine Menge Spesen.«

Dom lächelte. »Oh, ich bin nicht nur für Ihren Bericht hergekommen. Ich werde hierbleiben und ein bisschen herumschnüffeln. Ich bin nämlich nicht so überzeugt wie Sie, dass es hier nichts gibt, was dem IS nicht einen Anschlag wert wäre.«

»Das hab ich auch nicht behauptet, Caruso. Aber Sie kommen ja aus D. C. und werden wohl wissen, dass Washington und Umgebung für die Arschlöcher vom IS und ihre Kumpels viel mehr und viel attraktivere Anschlagsziele bieten.«

Dom ging zur Tür. »Vielleicht haben Sie recht. Viel Glück.«

Vor dem Gebäude stieg er wieder zu Adara ins Auto. Er erzählte ihr kurz, wie ungnädig ihn der Leitende Special Agent abgefertigt hatte.

Adara lachte. »Soll ich ihn mal schnell vermöbeln, Liebling?«

Dom lachte nur.

»Was möchtest du jetzt tun?«, fragte sie.

»Hm. Wie wär's mit einem sonnigen Nachmittagsbummel durch das Zentrum? Ich wollte meine Freundin schon immer mal zu einem Match der Chicago Cubs mitnehmen. Aber im Ernst: Ich denke, wir sollten an der Sache dranbleiben, weil die Task-Force-Leute hier nicht glauben, dass es eine ernsthafte Bedrohung gibt. Im Moment konzentrieren sie sich darauf, die Vergangenheit der drei Terroristen zu analysieren, die von hier stammen. Ich persönlich mache mir aber über die nahe Zukunft mehr Sorgen.«

»Okay – und was ist unser Plan?«

Dom zuckte die Achseln. »Ehrlich gesagt – ich glaube, solange wir nicht mehr nützliche Informationen haben, können wir nur versuchen, mögliche Bedrohungsszenarien einzuschätzen. Zuerst einmal nehmen wir uns die Listen der Veranstaltungen in der Stadt vor. Und die Listen aller Orte, an denen sich Militärs und hochrangige Repräsentanten von staatlichen Vollzugsbehörden oder Agenturen versammeln.«

»In diesem Fall würden wir jetzt umdrehen und zum FBI-Gebäude zurückfahren müssen. Denn wenn die Task Force dort untergebracht ist, sind dort auch alle Großköpfe der Vollzugsbehörden und der Geheimdienste versammelt, die sich hier in der Stadt aufhalten.«

Das musste Dom zugeben. »Stimmt, aber sie sind hervorragend geschützt. Ich habe alle möglichen Sicherheitsinstallationen gesehen – mehrere Metalldetektoren und Ganzkörperscanner am Eingang, schusssicheres Glas, Sicherheitsleute mit Schusswesten und Maschinengewehren. Al-Matari ist viel zu clever, um einen Anschlag auf ein derart massiv gesichertes Gebäude zu planen. Im besten Fall würden seine Leute dort ein paar Sicherheitsleute in der Lobby und vielleicht die Dame am Empfang erwischen, bevor sie selbst ausgeschaltet werden. Wir müssen so denken wie er. Wir müssen versuchen, exponierte Ziele hier in der Umgebung zu identifizieren. Ähnliche Ziele, wie wir sie bei den Anschlägen anderswo im Land gesehen haben. Mitarbeiter von Nachrichtendiensten, Soldaten, die in Spezialkommandos dienen, Piloten … solche Leute eben, die aber öffentlich sichtbar sind. Wenn wir herausfinden könnten, wo der nächste Anschlag stattfindet, können wir uns ein wenig nützlich machen.«

»Aber es könnten sich ein halbes Dutzend oder mehr Zellenmitglieder in dieser Gegend aufhalten«, gab Adara zu bedenken. »Die Dimension des Anschlags könnte größer sein als alle anderen Anschläge, von denen wir wissen, dass sie auf al-Mataris Konto gehen. Machen wir uns an die Arbeit.«

Die Nachricht, dass im ARTD-Gebäude ein Feuer ausgebrochen sei, erreichte das Campus-Team in Bukarest eher zufällig, als Gavin sein IT-Büro bei Hendley Associates in Virginia anrief und einem seiner Mitarbeiter befahl, die Sicherheitskamera eines Haushaltswarenladens zu hacken, der dem ARTD-Gebäude genau gegenüberlag.

Es dauerte ein paar Minuten, bis die gehackte Verbindung eingerichtet war, und als das Bild auf Gavins Monitor erschien, stellte er verblüfft fest, dass mehrere Feuerwehren vor dem Gebäude standen.

Felix Negrescu wurde beauftragt, sich die Situation genauer anzuschauen. Er rief auf seinem Smartphone eine App auf, mit der sich die Kommunikation der örtlichen Polizei sowie der Feuerwehr verfolgen ließ. Schon nach kürzester Zeit konnte er dem Team berichten, dass der

Brand in einem Abfallbehälter im Keller ausgebrochen sei; er sei aber schon nach zwanzig Minuten von den Feuerwehrleuten gelöscht worden. Es habe keine Verletzten gegeben und außer leichten Rauch- und Löschwasserschäden sei kein weiterer Schaden am Gebäude entstanden.

Keiner der Campus-Leute hatte auch nur die leiseste Ahnung, dass das kleine Feuer etwas mit ihrem Ziel hier in Rumänien zu tun hatte, weshalb sie ihre für diesen Nachmittag geplanten Aktivitäten unverändert fortsetzten. Dazu gehörte ein Einbruch in Dalcas Apartment, wo sie Abhöreinrichtungen in den Räumen und Fernzugriffstools in sämtlichen Computern, Telefonen, Pads oder sonstigen Geräten installieren wollten, die sie in der Wohnung vorfinden würden. Doch Chavez beschloss, die Umgebung des Gebäudes erst einmal bis in den Abend hinein zu beobachten, um sich ein klareres Bild von der Ausgangslage der Operation zu verschaffen. Auf diese Weise würden sie eine bessere Vorstellung von den Bewegungsmustern und den Gewohnheiten Dalcas und der Leute in seiner Umgebung bekommen.

Das würde sie zwar etwas Zeit kosten, aber Chavez tat derartige Dinge schon lange genug und wusste, dass es den zusätzlichen Zeitaufwand wert war, vor allem wenn man die Alternative in Betracht zog – dass ein oder mehrere Teammitglieder auffliegen würden.

Der Nachmittag zog sich hin, zumal alle mehr oder weniger unter den Nachwirkungen des Jetlags litten. Midas versorgte die Truppe mit einem starken Kaffee. Jack und Felix, die weiter oben in der Straße im Minivan saßen, unterbrachen gegen 19 Uhr die Observation und zogen los, um das Abendessen für die Gruppe zu besorgen.

Gavin Biery aß gerade sein Chicken Paprika an dem kleinen Tisch in dem winzigen Kabuff, als er im schwindenden Licht der Abenddämmerung einen gelben Porsche Panamera in den Parkplatz vor Dalcas Apartment einbiegen sah.

Der Fahrer schob eine Schlüsselkarte in den Kartenleser und parkte auf einem der Stellplätze. Gavin fokussierte die Kamera auf den großen Sportwagen; er erkannte den Fahrer sofort, als dieser aus dem Auto stieg. Der Mann warf einen Rucksack über eine Schulter und holte mehrere große Taschen aus dem Kofferraum.

Gavin drückte auf den Sendeknopf am Kabel seines Headsets. »Zielperson angekommen. Er ist allein. Sein Auto ist ein gelber viertüriger Porsche. Nette Kiste.«

»Roger«, bestätigte Chavez, der sich mit Midas in dem Apartment auf der anderen Seite des Gebäudes befand. Auf ihren I-Pads konnten sie den Feed von Gavins Kamera sehen, aber im Moment waren sie beim Abendessen. »Halte uns auf dem Laufenden, Gav.«

»Hab ihn aus dem Blickfeld verloren, als er in die Lobby ging. Der Laseraudiotransmitter ist aktiv, wir werden also mithören können, wenn er telefoniert, aber wenn er nur einfach an seinem Computer arbeitet, haben wir womöglich eine lange Nacht vor uns.«

»Es war uns schon klar, dass es weitaus besser wäre, seine Geräte zu verwanzen, als darauf zu hoffen, dass er sich persönlich mit jemand unterhält«, antwortete Chavez.

Jack meldete sich ebenfalls. »Ja, Computernerds gehen eben nicht gern aus dem Haus.«

Das zielte auf Gavin, aber der konzentrierte sich so sehr auf seinen Monitor, dass er nicht darauf einging. Aus dem Kopfhörer kam nun ein unverkennbares Geräusch: Die Wohnungstür wurde aufgeschlossen.

»Unser Mann ist jetzt in seiner Wohnung. Keine Stimmen zu hören, er scheint immer noch allein zu sein.«

Gavin blickte konzentriert auf den Monitor, auf dem das Bild der Kamera zu sehen war, die vor ihm auf dem kleinen Tisch stand. Nach ein paar Sekunden sah er, dass die Balkontür aufging. Dalca trat auf den Balkon hinaus, eine Flasche Bier in der Hand.

»Er steht jetzt auf dem Balkon und tankt Frischluft und Bier. Ich zoome ihn ein bisschen näher heran. Vielleicht sind die Fotos scharf genug für die Gesichtserkennungssoftware.«

Gavin zoomte Dalcas jugendliches Gesicht heran, so nahe es ging, und fokussierte die Kamera. In diesem Augenblick beugte sich Dalca ein wenig vor und schaute auf die Straße hinunter. Sorgfältig blickte er in beide Richtungen, dann hinüber zur anderen Straßenseite auf das Haus, in dem sich Gavin befand.

Chavez meldete sich. »Er macht sich Sorgen.«

Gavin kam es so vor, als könnte ihn der Mann auf der anderen Seite irgendwie sehen, obwohl er wusste, dass er in seiner dunklen Vorratskammer, vierzig Meter entfernt und hinter einem zehn Zentimeter breiten Spalt, praktisch unsichtbar war. Trotzdem sagte er: »Ich glaube, er weiß, dass ich hier bin.«

Chavez antwortete sofort. »Nur keine Panik, Gavin. Er kann dich nicht sehen.« Dann sagte er: »He, Jack – könnte es sein, dass er über uns Bescheid weiß? Vielleicht hat ihm jemand am Flughafen einen Tipp gegeben?«

»Kann ich mir nicht vorstellen«, meinte Jack. »Wir haben keinerlei Hinweis darauf, dass er irgendwie herausgefunden haben könnte, dass Hendley Associates mit den Nachrichtendiensten zusammenhängt. Deshalb kann die Ankunft der Gulfstream in Bukarest bei ihm keinen Alarm ausgelöst haben.«

Gavin mischte sich wieder ein. »Glaub mir, Ryan – er macht sich definitiv Sorgen über *irgendwas*.«

»Ich kann sein Gesicht nicht sehen wie ihr, aber ich vertraue auf eure Erfahrung. Vielleicht ist er nur einfach nervös. Schließlich konspiriert er mit Terroristen, um Amerikaner umzubringen. Ich denke mal, ein bisschen Nervosität gehört bei so einer Sache dazu.«

Chavez sagte: »He, Leute, ich sehe das als gutes Zeichen.

Ich bin hierher nach Südosteuropa geflogen, um einen Burschen zu observieren, von dem ich nicht mal wusste, ob er wirklich in etwas Illegales verwickelt ist. Aber wenn ich ihn mir jetzt so recht anschaue, würde ich sagen, der Mann ist verdammt schuldig.«

Gavin richtete die Kamera auf die Straße und suchte sie in beiden Richtungen ab. Er schaltete auf die Wärmebilddarstellung, um auch Personen entdecken zu können, die irgendwo im Halbdunkel stehen mochten. »Na schön – wenn er glaubt, dass er noch von jemand anders beobachtet wird, täuscht er sich. Auf der Straße ist alles ruhig.«

»Kann ich bestätigen«, meldete Jack. »Felix und ich sind fast die einzigen Leute hier, und wir hängen nur einfach im Van ab.«

Gavin hatte ein paar brauchbare Fotos machen können. Dalca trank die Flasche leer und trat wieder in die Wohnung zurück. Für eine Weile übertrug der Audiotransmitter nur das Geräusch eines Fernsehers, dann wurde es still, und die Lichter wurden gelöscht.

Um 22 Uhr löste Midas Gavin in der Observationskammer ab, damit Gavin auf einem Feldbett im sicheren Haus ein paar Stunden Schlaf nachholen konnte. Offensichtlich würde Dalca heute Nacht nicht mehr aus dem Haus gehen, weshalb auch Jack und Felix zum sicheren Haus fuhren und sich hinlegten.

Chavez informierte Midas, dass er ihn um 1 Uhr ablösen werde, und ging ebenfalls schlafen, so zuversichtlich wie alle anderen, dass ihnen eine ruhige Nacht bevorstand.

56

Dragomir Vasilescu trank den letzten Schluck Pinot Noir, wünschte seinen Freunden eine gute Nacht und verließ Brunos Weinlokal mit leicht unsicheren Schritten. Als er auf die Strada Covaci hinaustrat, zog er sein Smartphone heraus und warf einen Blick auf die Uhr. Erst kurz nach zehn, aber mit all dem Wein, den er getrunken hatte, war ihm schon jetzt klar, dass er am nächsten Morgen mit einem Kater epischen Ausmaßes aufwachen würde.

Hoffnungsvoll hielt er nach einem Taxi Ausschau, sah aber nur einen weißen Renault Trafic, einen Kleintransporter, der direkt vor ihm anhielt.

Die Schiebetür stand bereits offen. Zwei Paar Hände packten ihn an den Schultern und an den Oberarmen und zerrten ihn grob in das Fahrzeug.

»He, was soll das?«, brüllte Vasilescu.

Er wurde auf den Boden gestoßen, dann stülpte man ihm eine Tüte über den Kopf. Zwar versuchte er, sich zu wehren und wieder auf die Beine zu kommen, aber er wurde flach auf den Boden zurückgedrückt. Arme und Beine wurden mit starken Kabelbindern gefesselt, dann rollten ihn beeindruckend kräftige Hände auf den Rücken. Schließlich zerrte man ihn hoch und stieß ihn auf einen der Sitze.

Dragomir war nicht mehr nur beunruhigt; jetzt hatte er Angst.

Auf Rumänisch fragte er: »Was … was wollt ihr? Ich

habe eine Geldbörse … und ein Smartphone …« Als er keine Antwort hörte, fuhr er fort: »Und zu Hause habe ich ein Auto, einen Mercedes. Er steht in der Garage auf …«

Eine Stimme unterbrach ihn, auf Englisch. »Wie lange arbeiten Sie schon für die Muslime?«

Die Frage machte Dragomir klar, dass die Männer zur Seychellen-Gruppe gehören mussten, allerdings klang die Stimme anders als die von Mr. Peng.

»Muslime? Wir … äh, wir arbeiten doch gar nicht für die Muslime!«

»Sie haben bestimmte Daten. Die Daten verwalten Sie im Auftrag der Seychellen-Gruppe. Aber jetzt werden die Daten dafür verwendet, Amerikaner in den Vereinigten Staaten zu ermorden. Haben Sie wirklich geglaubt, wir würden Ihre Machenschaften nicht durchschauen?«

»Machenschaften? Es gibt keine Machenschaften. Ich versichere Ihnen, meine Herren, dass …«

»Die Behörden der Vereinigten Staaten haben die Stelle identifiziert, an der ihre Datenbanken gehackt wurden. Es handelt sich um das Office of Personnel Management, und die gehackten Daten sind die e-QIP-Daten, also genau die Daten, die Sie gespeichert haben und die Sie nur dazu benutzen sollten, ein bestimmtes Produkt für uns zu entwickeln. Niemand sonst hat diese Daten! Nur ARTD!«

Dragomir brüllte durch die Tüte, in der sein Kopf steckte: »Das stimmt! Niemand sonst hat sie! Und wir, verdammt noch mal, haben sie natürlich nicht an irgendwelche Scheißterroristen weitergegeben!«

»Wo sind die Daten jetzt?«

»Sie sind … Wir haben sie auf einem eigenen Air-Gap-Server im Büro gespeichert. Ihre Daten sind vollkommen sicher!«

»Wir fahren jetzt zu Ihrem Büro.«

»*Jetzt?* Das Büro ist geschlossen. Kommen Sie morgen um neun Uhr wieder, dann können Sie den Computer überprüfen. Sie werden sich selbst überzeugen können, dass niemand an die Daten herankommen kann, ohne …«

Der Mann sprach direkt in Vasilescus Gesicht, keine Handbreit entfernt. Die drohende Nähe ließ Vasilescu verstummen.

»Wir fahren hin. *Jetzt sofort.*«

Der Empfangstresen war mit zwei Sicherheitsmännern besetzt, die das ARTD-Gebäude nachts bewachten. Die beiden gingen sofort in erhöhte Alarmbereitschaft, als der Direktor ihrer Firma um 22.30 Uhr mit drei schwarz gekleideten, unbekannten Asiaten auftauchte. Aber Vasilescu grüßte sie nur, ohne den Grund für seinen späten Besuch zu erklären oder ihnen seine Begleiter vorzustellen.

Schon im Transporter hatten sie ihn gewarnt: Sollte Vasilescu auch nur versuchen, die Wärter darauf aufmerksam zu machen, dass er nicht aus freien Stücken ins Büro kam, würde er sofort brutalste Gewalt zu spüren bekommen. Vasilescu hatte den Asiaten versichert, dass er auch weiterhin auf gute Geschäftsbeziehungen zur Seychellen-Gruppe Wert lege, sobald dieses Missverständnis erst einmal ausgeräumt sei, und dass er deshalb ihre Anweisungen genauestens befolgen würde. Sie schnitten seine Fesseln durch, blieben aber so dicht bei ihm, dass sie ihn jederzeit wieder schnappen konnten, sollte er zu fliehen versuchen.

Jetzt stand Vasilescu vor dem Lift. Er hielt den Blick gesenkt; die Chinesen standen auf Tuchfühlung hinter ihm. Er solle sich nicht umblicken, hatte man ihm eingeschärft, als man ihm die Tüte vom Kopf nahm, und Vasilescu war fest entschlossen, sich an diesen Befehl zu halten. Er war sich sicher, dass alles in Ordnung kommen würde, wenn diese Psychos erst einmal sahen, dass es absolut keine Möglichkeit gab, auf die Daten zuzugreifen. Aber natürlich konnte Vasilescu nicht beweisen, dass das Datenmaterial nicht schon früher herunterkopiert worden war.

Wie auch immer, er hoffte, dass der Besuch im Büro die Chinesen zufriedenstellen würde. Wenn sie erst einmal eingesehen hatten, dass sie auf dem Holzweg gewesen waren, würden sie hoffentlich wieder nach China zurückkehren und ihn in Ruhe lassen.

Auf dem dritten Stock angekommen, schaltete Vasilescu die Deckenbeleuchtung ein und ging geradewegs zur Tür des Isolationsraums. Er legte die Hand auf den biometrischen Scanner. Eine Diode leuchtete grün auf; Vasilescu trat ein und ging zum Computerterminal, der mitten im sonst völlig leeren Raum stand.

»Meine Herren. Sämtliche Dateien, mit denen wir arbeiten, befinden sich auf diesem Server. Sie sind hier völlig sicher, wie ich Ihnen von Anfang an versichert habe.«

»Zeigen Sie es mir!«, befahl der Chinese barsch.

Vasilescu schaltete den Monitor ein, wartete ein paar Sekunden, schaltete ihn noch einmal ein, aus, wieder ein. Der Bildschirm blieb schwarz.

»Problem?«, fragte der Mann, der einzige, der bisher gesprochen hatte.

Jetzt setzte sich Vasilescu an den Tisch und versuchte, den Computertower neu zu starten, aber nach ein paar Sekunden flüsterte er ungläubig: »Er startet nicht … Irgendetwas stimmt nicht.«

Einer der Asiaten beugte sich seitlich am Monitor vorbei und blickte sich hinter dem Tisch um, während ihm Vasilescu versicherte: »Bestimmt nur ein Softwarefehler. Ich werde den Rechner neu starten und …«

Der Asiate griff hinter den Computer und nahm die hintere Abdeckung weg. Sie war nicht verschraubt worden. Der Mann kannte sich offenbar mit Computern aus, denn er sagte knapp: »Festplatte weg.«

»Lächerlich«, sagte Vasilescu verächtlich, stand auf und schaute auf die Rückseite des Rechnergehäuses. Und nun sah er es selbst.

Seine Knie gaben nach; er ließ sich auf den Stuhl zurückfallen. Sein Herz hämmerte wie verrückt; ihm wurde schwindelig, und er spürte, wie sich ihm der Magen umdrehte.

Der Mann, der vermutlich der Anführer war, stand jetzt dicht hinter Vasilescu. »Wer hat sonst noch Zugang zu dem Raum?«, wollte er wissen.

Vasilescus Stimme versagte fast; mühsam stieß er hervor: »Nur Dalca ... mein ... mein bester Mann, er arbeitet an Ihrem Auftrag. Alexandru Dalca. Wir sollten gleich mal mit ihm reden. Er wird es Ihnen sicherlich erklären können. Er ist der einzige mit Zugang zu ...«

Und in diesem Moment rückten die Puzzleteilchen plötzlich an ihren Platz. Dragomir erinnerte sich an ein Gespräch mit Dalca; das war schon eine ganze Weile her. Dalca hatte gemeint, die Chinesen dächten nicht groß genug; ARTD könne die Dateien viel effektiver ausbeuten und die Ergebnisse an die Meistbietenden verkaufen. Und offenbar hatte Dalca genau das getan.

Und dann kam ihm der seltsame Brand am Nachmittag wieder in den Sinn. Auch das Feuer war offensichtlich von Dalca gelegt worden, ein Täuschungsmanöver, eine Ablenkung, um die Festplatte ausbauen zu können.

Dem Mann, der sich von hinten zu Vasilescus Ohr herabbeugte, blieb Dragomirs Zögern nicht verborgen. »Dann werden wir wohl mit diesem Dalca reden müssen. Vielleicht kann er die Fragen beantworten, die Sie nicht beantworten können.«

Als Vasilescu allmählich klar wurde, was hier tatsächlich vor sich ging, wurde ihm noch etwas anderes klar: Zu seinem eigenen Schutz musste er diese drei Männer, die um ihn herumstanden, davon überzeugen, dass sie völlig falschlagen. Er durfte nicht zulassen, dass der chinesische Geheimdienst einen seiner Mitarbeiter aufmischte. Wenn sie dabei auf irgendwelche Informationen stießen, konnte das ein schlechtes Licht auf ARTD werfen und auf Vasilescu selbst.

Inzwischen hatte sich in ihm so viel Wut aufgestaut, dass er am liebsten die Faust in den Monitor gerammt hätte. »Dalca ist mein bester Mitarbeiter. Und auch ein guter Mensch. Seine Diskretion ist über jeden Verdacht erhaben.« Aber während er das sagte, lief in seinem Kopf ein ganz anderer innerer Monolog ab. *Ich breche dir mit eigenen Händen das Genick, du verdammter Scheißkerl, du Verräter!*

»Wo finden wir diesen Dalca?«

»Er ... er kommt morgen um neun Uhr zur Arbeit. Ich schlage vor, wir treffen uns dann wieder und ...«

Der Mann mit den starken Händen packte Vasilescu am Nacken, riss ihn vom Stuhl hoch und stieß ihn vor sich her zur Tür.

Während sie auf den Lift warteten, sagte der Anführer etwas auf Chinesisch. Einer der anderen Männer baute sich vor Vasilescu auf und öffnete die Jacke. Darunter kam eine kurzläufige Maschinenpistole zum Vorschein, die er an einer Schlinge unter dem Arm trug.

Hinter Vasilescu sagte der englisch sprechende Anführer: »Versuchen Sie nicht, die Wärter zu warnen, sonst töten wir euch alle. Wir wollen, dass alle Videofeeds der Sicherheitskameras restlos gelöscht werden.«

Eine Minute später ging Vasilescu hinter den Empfangstresen, zog eine der Tastaturen heran und machte sich daran, die Aufzeichnungen der Sicherheitskamera zu löschen. Den verwunderten Wärtern erklärte er nur: »Meine Klienten sind ein bisschen kamerascheu. Ihr wisst ja, wie es ist.«

Die beiden Wärter schauten sich nur verblüfft an, wagten aber nicht, ihrem Boss zu widersprechen.

Mit einem letzten Klick auf die Eingabetaste wurden sämtliche Aufzeichnungen gelöscht und die Kamera abgeschaltet. Vasilescu stand wieder auf und ging mit den Asiaten hinaus. Draußen stießen sie ihn auf den Rücksitz des Renault Trafic. Die Tüte wurde ihm über den Kopf gezogen, und die Welt wurde wieder schwarz.

Während der Fahrt durch die Nacht herrschte völlige Stille. Vasilescu machte sich klar, dass seine einzige Hoffnung, diese Nacht zu überleben, darin bestand, Alexandru Dalca zu finden und die Chinesen zu überzeugen, dass Dalca und niemand sonst schuld an allem war.

57

Midas hatte seine Nachtschicht, die von 22 Uhr bis 1 Uhr dauerte, schon fast zur Hälfte hinter sich. Bisher hatte sich seine Nachtwächterrolle darauf begrenzt, mit rot geränderten, müden Augen auf die Bilder zu starren, die die Schwachlichtkameras auf den Monitor übertrugen, und einem monotonen, fast mechanisch klingenden Geräusch zu lauschen – den leichten Vibrationen, die Dalcas Schnarchen im Schlafzimmer verursachte und die sich durch das Wohnzimmer fortpflanzten. Die Schallwellen versetzten das Glas der Schiebetür in Vibrationen, die im Haus gegenüber vom Laseraudiotransmitter aufgefangen und an den Kopfhörer weitergeleitet wurden, den Midas auf seinem rechten Ohr und am Nacken verhakt hatte, sodass das linke Ohr für den speziellen verschlüsselten Funkverkehr des Campus-Teams frei blieb. Schließlich konnte es sein, dass er mit dem Team Kontakt aufnehmen musste.

Er trank einen Schluck Wasser von einer der beiden Flaschen, die auf dem Boden neben seinem Stuhl standen. Die andere Flasche war momentan noch leer. Midas hatte ein genau geregeltes Zwei-Flaschen-System: eine Flasche war mit Wasser gefüllt; die andere war leer und diente als Nottoilette, damit er seinen Posten nicht verlassen musste, denn der Gang zum Badezimmer im Apartment hätte mehrere Minuten Abwesenheit bedeutet.

Er war gerade im Begriff, die leere Flasche zu benutzen,

als er die Scheinwerfer eines Fahrzeugs bemerkte, das die Straße entlangkam. Als der Wagen unter einer Straßenlaterne durchfuhr, sah Midas, dass es sich um eine Art Lieferwagen handelte, der noch spät in der Nacht unterwegs war. Doch dann wurde der Wagen an der Einmündung der schmalen Durchfahrt zwischen Dalcas Apartmenthaus und dem Zaun des daneben liegenden Parkplatzes noch langsamer, hielt an und setzte rückwärts in die Durchfahrt. Die Scheinwerfer erloschen, aber Midas konnte erkennen, dass der Motor im Leerlauf weiterlief.

Schweigend beobachtete Midas den Wagen ein paar Sekunden lang. Er nahm an, dass der Motor gleich ausgeschaltet und der Fahrer aussteigen würde, doch zu seiner Überraschung öffnete sich hinten die Schiebetür und vier Männer stiegen aus. Alle trugen unterschiedliche Arten von dunkler Trainingskleidung, schwarze Jogginghosen und Kapuzenpullis.

Midas griff schnell nach seinem sicheren Handy und rief Chavez an. Er nahm an, dass Ding auf einer Pritsche in der sicheren Wohnung auf der anderen Seite des Gebäudes lag und tief schlief, aber was auf der Straße gegenüber abging, war Grund genug, ihn aus dem Schlaf zu reißen.

Midas' Ohrstöpsel knisterte leise, dann meldete sich Chavez, und obwohl er sich sehr schnell gemeldet hatte, war seiner Stimme anzuhören, dass er noch vor ein paar Sekunden tief geschlafen hatte. »Was gibt's?«

»Gerade ist ein Kleintransporter in der Durchfahrt neben der Zielwohnung angekommen. Fahrer sitzt hinter dem Lenkrad, Motor läuft, Fahrzeugnase zur Straße gerichtet. Vier Männer sind ausgestiegen und haben das Gebäude durch den Haupteingang betreten.«

»Und was macht unser Junge?«

»Dalca schnarcht. Das ist immer noch klar und deutlich über das Lasermikro zu hören.«

Eine kurze Pause trat ein, vermutlich brauchte Chavez

ein paar Sekunden, um richtig wach zu werden. »Okay«, sagte er. »Bin gleich da.«

»Soll ich die anderen anrufen?«

»Wie fühlt sich die Situation an? Was sagt dir dein Bauchgefühl über die Männer, die du gesehen hast? Wie sie sich bewegten?«

Midas dachte ein paar Sekunden lang darüber nach. »Mein Bauch kribbelt, Ding. Diese Burschen könnten ein Problem sein.«

»Scheiße. Okay, ich wecke die anderen.«

Obwohl er einen langen Nachmittag und Abend hinter sich hatte und sich die halbe Nacht mit einer langweiligen Observation um die Ohren geschlagen hatte, verspürte Midas plötzlich den vertrauten Adrenalinschub in seinen Adern. Er hatte keine Ahnung, was im Haus gegenüber los war, aber sein Bauchgefühl sagte ihm, dass die Ankunft der Männergruppe keine harmlose Sache war. Das Campus-Team hatte nicht damit gerechnet, dass jemand anders Interesse an ihrer rumänischen Zielperson zeigen würde. Natürlich war denkbar, dass diese Burschen, wer immer sie auch sein mochten, nicht an Dalca interessiert waren, sondern in einer anderen Wohnung etwas Schlimmes im Schilde führten. Aber Midas war sich ziemlich sicher, dass sich ihr Interesse einzig und allein auf Dalca richtete.

Jetzt hörte er ein neues Geräusch aus dem Headset, und es war unverkennbar: Jemand klopfte heftig an Dalcas Wohnungstür.

Midas drückte auf die Sendetaste und meldete, was er hörte, obwohl er nicht wusste, wer auf Empfang war. »Jemand klopft an Dalcas Wohnungstür.«

Chavez reagierte sofort. »Roger. Felix und ich sind bereits auf dem Weg zu dir. Jack ist unterwegs zur Straße. Gavin wird dich so schnell wie möglich ablösen.«

Wieder war ein Klopfen an Dalcas Wohnungstür zu hören. Midas konzentrierte sich auf den Hauptmonitor, der das Bild der Schwachlichtkamera zeigte, die auf Dalcas Balkon gerichtet war.

Sekunden später wurde der Vorhang rasch beiseitegeschoben. Dalca öffnete die Glasschiebetür zum Balkon. Der Laseraudiotransmitter verstärkte das damit verbundene Kratzgeräusch um ein Vielfaches, sodass Midas den Kopfhörer herabriss und auf den Tisch fallen ließ.

Gegenüber erschien Dalca. Er trug einen Rucksack auf dem Rücken und hielt eine große Tasche an sich gepresst. Midas beugte sich näher an den Monitor, um sich ganz sicher zu sein, und tatsächlich, der Rumäne trug einen schwarzen Motorradhelm auf dem Kopf.

»Zielperson jetzt auf dem Balkon. Sieht so aus, als wollte er sich absetzen.«

Dalca kniete hinter der Balkonbrüstung nieder, dann tauchte er mit der großen Tasche wieder auf. Er warf die Tasche über die Brüstung; sie fiel spiralförmig nach unten, wobei sich eine lange Strickleiter entfaltete. Sie bestand aus Ketten und fiel fast bis zum Boden hinunter. Die Haken hatte Dalca am oberen Rand der Balkonbrüstung befestigt.

Chavez und Felix kamen in die Observationskammer und knieten neben Midas nieder. Gemeinsam verfolgten sie das Geschehen auf dem Monitor. »Was macht er da?«

»Er hat eine Kettenleiter, die Art, die man als Feuerleiter verwenden kann. Jetzt klettert er hinunter. Dieser Bursche war auf einen schnellen Abgang vorbereitet.«

Chavez sprach in sein Headset-Mikro. »Jack, Achtung! Er wird schon auf der Straße sein, wenn du um das Gebäude zu seiner Seite kommst. Gavin, wir brauchen dich hier – du musst Midas ablösen. Beeil dich!«

»Bin fast unten«, meldete Jack über Funk. »Verfolgung zu Fuß?«

Midas fügte hinzu: »Er trägt einen Motorradhelm.«

»Na, dann werde ich wohl ein Motorrad brauchen.«

Dalca hatte schon die Hälfte der Leiter hinter sich, hatte

aber Probleme an den Abschnitten zwischen den Balkonen, da hier die Leiter frei schwingen konnte. Oben trat ein Mann auf den Balkon hinaus. Midas, Chavez und Negrescu beobachteten schweigend die Gestalt auf dem Balkon, die von Kopf bis Fuß schwarz gekleidet war. Der Mann beugte sich über die Brüstung und blickte auf die Straße hinunter, aber Dalca hatte die Strickleiter auf der rechten Seite des Balkons herabgelassen, sodass der Mann ihn nicht sehen konnte.

Ein zweiter Mann trat jetzt auf den Balkon; er hielt eine Pistole mit Schalldämpfer in der Hand.

Chavez redete schnell in sein Mikro. »Alle herhören. Wir wollen Dalca, aber im Moment ist unser Hauptziel, diese Burschen von ihm fernzuhalten. Ich habe keine Ahnung, wer sie sind, aber ich will nicht, dass sie an die Informationen kommen, die Dalca besitzt.«

Dalca ließ sich aus fast zwei Metern Höhe auf den Gehweg fallen und fiel zu Boden, wobei er so laut aufstöhnte, dass es klar aus dem Lautsprecher zu hören war. Die Männer auf dem Balkon wollten gerade wieder ins Apartment zurückgehen, aber offenbar hatten auch sie Dalcas schmerzhaftes Stöhnen gehört, obwohl sie sich drei Stockwerke höher befanden. Beide sprangen wieder an die Brüstung zurück und blickten hinunter. Der rechts stehende Mann sah gerade noch, wie Dalca um die Hausecke rannte.

Ohne eine Sekunde zu zögern, hob der Mann die Pistole und feuerte, verfehlte aber sein Ziel knapp. Trotz des Schalldämpfers war der Schuss in der stillen, dunklen Umgebung so laut, dass der Knall im Campus-Observationsraum aus vierzig Metern Entfernung auch ohne Abhörgeräte deutlich zu hören war.

Dalca verschwand in der dunklen Seitengasse, und die beiden Männer rannten ins Apartment zurück.

Chavez sagte warnend: »Jack, diese Typen nehmen auch Dalcas Tod in Kauf. Unsere Zielperson läuft in nördlicher

Richtung durch die Gasse, die westlich am Gebäude vorbeiführt.«

Jetzt kam Gavin in die Kammer, die er fast ausfüllte. Er schnaufte heftig und trug seine Schuhe in der Hand.

»Was war das für ein Geräusch?«

Chavez ging nicht darauf ein. »Gav, du löst Midas ab. Berichte uns alles, was vor sich geht, aber sobald es vorbei ist, brichst du hier alles ab, so schnell es geht. Exfiltrationsplan Alpha.«

»Alpha, verstanden. Und was macht ihr?«

»Wir verfolgen unsere Zielperson, aber selbst wenn wir ihn nicht erwischen, werden wir nicht mehr hierher zurückkommen.«

»Okay«, nickte Gavin.

Chavez und Midas warfen sich ihre Einsatzrucksäcke über die Schulter, und Felix nahm den Autoschlüssel aus der Tasche. Die drei Männer rannten durch den Flur und stürmten die Treppe zur Straße hinunter.

58

Jack Ryan junior rannte quer über die nur schwach beleuchtete Straße. Er verfolgte Dalca, aber dessen Fluchtweg brachte auch Jack in Gefahr: Jeden Moment konnten die Burschen, die ebenfalls hinter Dalca her waren, aus dem Gebäude kommen. Die Straße bot keine Deckung; sie würden ihn sofort sehen. Und auch Dalca selbst konnte irgendwo in der dunklen Gasse mit einer Waffe auf den Idioten warten, der so blöd war, ihn zu verfolgen, und ihm plötzlich in den Weg springen.

Zu Jacks Glück passierte beides nicht. Er kam aus der schmalen Seitengasse und bog in eine kleine Straße ein, die hinter Dalcas Wohnhaus vorbeiführte. Hier war es etwas heller, sodass er seine Zielperson sofort sah: Fünfzig Meter westlich fuhr Dalca auf einem Fahrrad davon. Jack blickte sich um: Rechts standen mehrere Fahrräder in einem Fahrradständer, aber als er an den Rädern entlanglief, musste er feststellen, dass alle mit Fahrradschlössern am Ständer gesichert waren.

Es blieb ihm nichts anderes übrig, als die Verfolgung zu Fuß fortzusetzen. So gut es ging, hielt er sich außerhalb des Lichtscheins der Straßenlaternen. Jack war vor gerade mal drei Minuten aus dem Tiefschlaf gerissen worden, und jetzt rannte er bereits so schnell er konnte. Er war sich ziemlich sicher, dass er einen mörderischen Muskelkrampf bekommen würde, sobald der Adrenalinschub wieder versiegte.

Im Laufen drückte er auf die Sendetaste. »Ding, bitte Freigabe, den Burschen zu schnappen, falls ich ihn erwische?«

»Bestätigt. Wir wissen nicht, wer hinter ihm her ist, aber wir brauchen Dalca dringender, als diese Typen ihn brauchen.«

»Genau das wollte ich hören.«

Gavin Biery fokussierte seine Kameras auf den weißen Renault Trafic, der vor Dalcas Apartmentgebäude stand. Kurz zuvor waren vier Männer aus dem Haus gerannt, die nun eiligst in den Kleintransporter stiegen. Das Fahrzeug bog nach rechts in die Straße ein, dann noch einmal nach rechts in die dunkle Seitengasse.

Gavin drückte auf die PTT-Taste an seinem Headset. »Jack, Achtung. Die unbekannten Personen fahren in einem weißen Renault-Kleintransporter in deine Richtung.«

Jacks Reaktion kam sofort. Seiner Stimme war anzuhören, dass er mitten in vollem Lauf antwortete. »Roger. Gehe in Deckung. Kann Dalca noch sehen, aber nicht mehr lange.«

Chavez mischte sich ein. »Felix glaubt, dass er eine Abkürzung kennt und wir Dalca den Weg abschneiden könnten. Wir versuchen es, aber du bleibst an ihm dran, Jack.«

Alexandru Dalcas Beinmuskeln schmerzten höllisch – seit über einem Jahr hatte er nicht mehr auf einem Fahrrad gesessen. Erst als die Chinesen bei ARTD auftauchten, hatte er die Reifen neu aufgepumpt, und gerade erst an diesem Nachmittag hatte er die Notleiter gekauft und seinen Rucksack gepackt – Reisepass, Laptop, Bargeld und die Festplatte mit den amerikanischen Dateien. Er wollte gut vorbereitet sein, sollten ihn die Chinesen besuchen kommen, bevor er eine Chance hatte, sich nach Mazedonien abzusetzen.

Doch eigentlich hatte er nicht damit gerechnet. Jetzt war er heilfroh, die Vorbereitungen getroffen zu haben.

Nur seine Fitness hatte er eben nicht trainiert, um vor einer Bande durchtrainierter chinesischer Schläger fliehen zu können. Wenn das Hämmern an seiner Wohnungstür tatsächlich ihm gegolten hatte, konnte das nur eins bedeuten: Die Seychellen-Gruppe musste irgendwie herausgefunden haben, dass er mit dem IS zusammengearbeitet und sich die Dateien verschafft hatte.

Als der Schuss fiel, hatte er sich mit knapper Not um die Ecke retten können. Jetzt war er sich absolut sicher, dass seine Entscheidung, die Tür nicht zu öffnen, richtig gewesen war.

Nur musste er sie jetzt irgendwie abhängen. Sein Fluchtplan sah vor, sich in das Dunkel des riesigen Parcul Regele Mihai I al României zu retten und sich dort bis zum Morgen zu verstecken.

In diesem Augenblick tauchten weit hinter ihm die Scheinwerfer eines größeren Fahrzeugs auf, das soeben auf die Strada Alexandrina eingebogen war. In dieser ruhigen Wohngegend fuhren um diese Zeit keine Lieferwagen mehr herum, und schon gar nicht gegen die Einbahnstraße, das Fahrzeug stellte also definitiv eine Gefahr für ihn dar. Er war sich keineswegs sicher, dass er es bis zum Park schaffen konnte, bevor ihn das Fahrzeug einholte, aber es gab keine anderen Möglichkeiten, sich zu verstecken. Er warf einen Blick zurück, gerade als das Fahrzeug unter einer Straßenlaterne durchfuhr, und sah, dass es ein weißer Van oder Kleintransporter war.

Dalca erreichte das Ende der Strada Alexandrina und bog nach links auf einen breiten Boulevard ein. Rund dreihundert Meter voraus sah er den Arcul de Triumf, einen hohen Triumphbogen aus den 1930er-Jahren, der mitten auf einem großen Kreisverkehr emporragte. Rechts davon lag der Parkeingang, aber angesichts der Geschwindigkeit, mit der sich die Scheinwerfer näherten, schien er ihm viel zu weit entfernt zu sein.

Doch Dalca wusste, was er zu tun hatte. Während er in die Pedale trat, so schnell und stark es seine schmerzenden Beinmuskeln zuließen, zog er sein Handy aus der Tasche. Mit dem Daumen wählte er 112, den Euronotruf für Polizei und Rettungsdienste.

Schon nach Sekunden meldete sich eine Frauenstimme. Dalca schrie fast ins Telefon: »Eine Bande Chinesen in einem weißen Transporter schießt auf der Straße um sich!«

»Was? Wo?«

»Beim Arcul de Triumf! Die spinnen total! Ich glaube, sie verfolgen einen Mann in den Park. Beeilen Sie sich!« Dalca drückte auf das rote Hörersymbol, schob das Handy vorn unter sein Hemd, radelte wie verrückt weiter und sehnte sich wie noch nie in seinem Leben nach dem Ledersitz seines Porsche.

Auf der Strada Alexandrina raste der weiße Transporter an Jack vorbei, ohne ihn zu entdecken, denn Jack hatte sich mit einem Sprung über einen brusthohen Metallzaun in den Hof eines modernen zweistöckigen Apartmenthauses in Deckung gebracht. Dort blieb er in der Hocke, bis die roten Bremslichter am Ende der Straße kurz aufleuchteten und der Wagen abbog.

Auf dem Boden vor ihm lagen Reste von Hundenahrung, und ein paar Wasserschalen standen herum, aber er bemerkte sie erst im selben Moment, als er ein tiefes Knurren hörte und ein großer, wütender Hund aus der Dunkelheit heranstürmte.

Jack rettete sich mit einem Sprung auf die Zaunkrone und ließ sich auf der anderen Seite auf den Gehweg fallen, wo er einen Moment lang erschöpft hocken blieb. Ein großer Schäferhund sprang gegen den Zaun und fletschte die Zähne, nur ein paar Zentimeter von Jacks Gesicht entfernt, aber glücklicherweise auf der anderen Seite des Zauns.

»Scheiße!«

Jack kam taumelnd auf die Füße und rannte weiter. Sobald er wieder ein wenig zu Atem gekommen war, gab er dem Team eine Meldung durch. »Dalca und der weiße Van sind beide am Ende der Alexandrina nach links abgebogen. Kein Sichtkontakt mehr.«

Chavez meldete sich nur Sekunden später. »Wir können dich nicht abholen. Wir sind weiter westlich und versuchen, uns Dalca von vorn zu nähern. Felix meint, dass er vielleicht in den Park weiter nördlich will, um seine Verfolger dort abzuhängen. Schlage vor, dass du dorthin gehst. Wir holen dich, sobald wir können.«

Jack rannte weiter.

Dalca wartete, bis der weiße Transporter nur noch ein paar Meter von ihm entfernt war, dann riss er sein Fahrrad über die Bordsteinkante hoch und raste auf dem Radweg weiter. Hinter einem Grünstreifen auf Dalcas rechter Seite befand sich ein Maschendrahtzaun, der die südliche Grenze des Parks bildete. Der Trafic fuhr mit ein paar Metern Abstand neben Dalca her; das Fenster auf der Beifahrerseite glitt herunter, und ohne hinschauen zu müssen war sich Dalca sicher, dass eine Pistole auf ihn gerichtet war, weshalb er mitten in der Fahrt vom Fahrrad sprang. Im selben Augenblick krachte links von ihm der schallgedämpfte Schuss.

Dalca überschlug sich im Gras, verletzte sich aber nicht ernsthaft. Er hatte ein paar Sekunden Zeit gewonnen, denn obwohl der Fahrer sofort auf die Bremse trat, konnte er den schweren Wagen erst nach ungefähr dreißig Metern mit quietschenden Reifen zum Stehen bringen.

Inzwischen war Dalca wieder aufgesprungen, rannte zum Zaun und kletterte hinüber, so schnell er konnte, ohne auf die Schmerzen in Knien und Rücken zu achten, die er dem Sprung vom Rad zu verdanken hatte.

Aus gut zweihundert Meter Entfernung konnte Jack den Mann auf dem Fahrrad nicht sehen, der in der Dunkelheit auf dem Fahrradweg neben der Straße unterwegs war; dafür sah er den weißen Van umso deutlicher, sah auch das Aufblitzen der Pistole und die plötzlich rot aufleuchtenden Bremsleuchten. Dann hörte er auch schon die Reifen quietschen. Jack wurde klar, dass sich die Aktion noch vor dem Kreisverkehr abspielte, was wiederum bedeutete, dass Dalca vermutlich vom Rad gesprungen und über den Parkzaun geklettert war.

Jack kletterte auch hinüber und suchte in den dicht stehenden Büschen Deckung.

Hier, zwischen den Bäumen und Büschen, war es fast stockdunkel. Für ein Nachtsichtgerät hätte Jack ein Königreich gegeben, aber alles, was er hatte, war die kleine Taschenlampe in seinem Rucksack. Er entschied sich, sie nicht zu benutzen, die momentane Orientierung war weniger wichtig als seine Sicherheit, auch wenn das bedeutete, dass er nur mühsam vorankam. Augen und Ohren aufs Äußerste angespannt, suchte er nach Hinweisen, wo sich Dalca im Moment befand. Der Rumäne war ein paar Hundert Meter entfernt gewesen, aber wenn er sich auf seiner Flucht nach rechts gewandt hatte, um seine Verfolger zu täuschen, würde er in Jacks Richtung unterwegs sein, und das würde bedeuten, dass Jack schon in der nächsten Minute auf ihn stoßen konnte.

Aber Jack hielt es für viel wahrscheinlicher, dass Dalca weiter nach Norden fliehen würde, weil nur diese Richtung tiefer in den Park und weiter von den Verfolgern im weißen Transporter weg führte.

Jack wandte sich nach Norden. Jetzt erst zog er die Pistole.

»Jack – Standort?«, kam Chavez' Stimme aus dem Ohrstöpsel.

Leise flüsterte Jack: »Bin in diesem großen Waldpark. Dalca ist hier irgendwo, er hat den Transporter an der Straße abgehängt. Ich weiß nicht, ob seine Verfolger noch hinter ihm her sind oder nicht.«

Chavez antwortete: »Wir sehen den Transporter vor uns. Achtung: Er biegt gerade mit hoher Geschwindigkeit in den Park ein.« Jack hörte, dass sich Chavez bei Felix nach dem Straßennamen erkundigte. »Okay … Er ist jetzt auf der Michael Jackson.«

»Auf der *was?*«

Chavez ließ sich den Namen noch einmal von Felix bestätigen. »Aleea Michael Jackson. Eine große Allee, die mitten durch den Park führt.«

»Cool.« Jack rannte weiter, aber er spürte mit jedem Schritt, dass seine Kräfte rapide nachließen. Beinahe wäre er mit voller Geschwindigkeit auf eine Lichtung gestürmt. Hier war es ein wenig heller. Als er nach links blickte, sah er eine Gestalt über die Lichtung rennen, ein gutes Stück von Jacks Position entfernt.

»Ich hab ihn. Ungefähr siebzig Meter westlich von mir. Verschwindet jetzt wieder im Wald an der Nordseite der Lichtung. Er sieht ziemlich erschöpft aus. Ich halte mich vorerst parallel zu ihm und versuche dann, ihn einzuflanken.«

Kurz darauf meldete sich Chavez erneut. »Scheiße. Polizeisirene und Lichtorgel weiter vorn. Sieht wie ein Streifenwagen aus. Sie werden vor uns am Parkeingang ankommen, wir müssen also auf Abstand bleiben.«

Auf der anderen Seite der Lichtung lief Ryan ein wenig langsamer, gab sich aber noch mehr Mühe, im Schatten der Bäume und der Dunkelheit zu bleiben, während er weiter vorrückte. Die Pistole hielt er locker an der Seite.

Alexandru Dalca hörte die jaulende Polizeisirene ebenfalls, als er erschöpft zwischen den Bäumen hindurchstolperte. Seine Beine brannten infolge der Übersäuerung der Muskulatur durch die Milchsäure, aber er kämpfte sich weiter voran, indem er sich häufig an Stämmen oder Ästen voran zog oder mit beiden Armen nach vorn in Richtung Norden ruderte. Er kannte den Park gut genug, um zu wissen, dass die Michael Jackson nicht mehr weit entfernt war.

Was er nicht wusste, war, ob die Männer im weißen Transporter inzwischen ausgestiegen waren und ihn nun verfolgten, weshalb er es nicht wagen konnte, sich einfach an einen Stamm zu lehnen und das Beste zu hoffen.

Die Scheinwerfer eines Fahrzeugs glitten durch die Bäume ringsum, geisterhafte Schatten, die ihn von allen Seiten zu jagen schienen. Er taumelte auf die breite Schneise hinaus, durch die die Aleea Michael Jackson führte, und stand plötzlich im gleißenden Licht der Scheinwerfer. Obwohl er gegen das blendende Licht das Fahrzeug selbst nicht erkennen konnte, wusste er ohne jeden Zweifel, dass es der weiße Transporter war. Doch im selben Moment bog auch schon der Streifenwagen in die von Bäumen gesäumte Allee und raste heran, ungefähr hundert Meter hinter dem Transporter.

Gott sei Dank, dachte Dalca und verspürte einen frischen Adrenalinschub, der ihm die Kraft gab, direkt vor dem weißen Transporter über die Straße zu sprinten und zwischen den Bäumen auf der anderen Seite zu verschwinden.

Der Transporter raste zu der Stelle, an der Dalca verschwunden war. Reifen quietschten, als der Fahrer auf die Bremse trat, aber als die Seitentür aufflog und die Männer um das Heck des Fahrzeugs stürmten, um ihre Zielperson zu verfolgen, war auch bereits der weiße Streifenwagen mit der Aufschrift POLITIA etwa dreißig Meter hinter dem Transporter leicht schleudernd zum Stillstand gekommen und richtete nun einen Suchscheinwerfer auf die Männer.

Die drei Männer blieben stehen und hoben die leeren Hände.

Felix Negrescu hielt am Straßenrand an, direkt neben der Einmündung der Aleea Michael Jackson. Die Scheinwerfer waren ausgeschaltet. Auf dem Beifahrersitz hob Chavez das Fernglas an die Augen. Obwohl es noch immer dunkel war, konnte er im Licht des Polizeifahrzeugs drei Männer ausmachen, die mit erhobenen Händen vor zwei Streifenpolizisten standen. Die beiden Polizisten standen hinter den weit geöffneten Türen ihres Streifenwagens und hielten die Männer mit ihren Pistolen in Schach.

Sekunden später näherte sich vom nordöstlichen Ende der Allee, weit hinter den beiden Fahrzeugen, ein zweiter Streifenwagen, von dem Chavez aber momentan nur die zwischen den Bäumen aufblitzenden Blaulichter sehen konnte.

Midas saß auf dem Rücksitz. »Siehst du unsern Mann?«

»Negativ«, antwortete Chavez. »Ryan, deine Position?«

Ryans Antwort war nur als Flüstern in ihren Ohrstöpseln zu hören. »Bin in Deckung zwischen den Bäumen auf der Südseite der Allee, ungefähr dreißig Meter rechts vom weißen Transporter. Direkt vor mir hält jetzt gerade ein zweiter Streifenwagen an, der erste steht hinter dem Transporter und hält die Männer in Schach. Dalca kann ich nicht sehen, aber wenn er es auf die andere Straßenseite geschafft hat, kann ich ihn nicht weiter verfolgen, ohne mich den Polizisten zu zeigen.«

Chavez sagte: »Roger. Bleib auf deiner Position.«

Midas war in die Mitte der Sitzbank gerutscht und hielt sein Fernglas auf die Szene gerichtet, um die Situation einzuschätzen.

»Mischen wir uns ein, falls die Burschen vom Transporter das Feuer auf die Polizisten eröffnen?«

Chavez antwortete ruhig: »Sie sind mindestens zu fünft, und wir drei sind mit Pistolen bewaffnet, mit denen wir nicht vertraut sind.«

Midas ließ die Szene nicht aus dem Blick. Die Männer hinter dem Transporter weigerten sich offenbar, den Befehlen der Polizisten Folge zu leisten. Sie standen nur einfach da, als ob sie auf eine günstigere Gelegenheit warteten.

»In der Einheit hatten wir ein Sprichwort«, sagte Midas. »Du kannst nur mit dem Pimmel pissen, den du hast. Für diesen Job hier würden unsere Pistolen reichen.«

Chavez richtete das Fernglas auf die Baumreihe an der Straßensüdseite: Dort bewegte sich etwas. Gleichzeitig hörte er einen der Polizisten, der den drei Männern Befehle zubrüllte.

Midas hatte die Bewegung ebenfalls gesehen. »Eine Person zu Fuß, Südseite.«

Chavez bellte wütend in das Mikrofon: »Jack, geh sofort in Deckung! Wir sehen dich!«

Jack flüsterte zurück: »Ich *bin* in Deckung. Glaub mir, von eurer Position aus könnt ihr mich nicht sehen.«

Chavez und Midas sahen eine schattenhafte Gestalt zwischen den Bäumen hervortreten, rechts und direkt hinter den beiden Polizisten, die immer noch die Pistolen auf die Männer hinter dem Transporter gerichtet hielten. Die Gestalt feuerte mit einer schallgedämpften Pistole schnell hintereinander zwei Schüsse ab, die im Dunkel der Parkbäume aufblitzten.

Beide Polizisten fielen hinter den Türen ihres Streifenwagens zu Boden, vermutlich tödlich getroffen. Die drei Männer zogen nun die eigenen Waffen heraus und rannten um den Transporter herum, um nun auch die Polizisten im zweiten Streifenwagen auszuschalten.

Chavez bellte ins Mikro: »Jack! Frei zum Angriff!« Dann befahl er Felix, dem Fahrer: »Los!«

Jack Ryan junior bestätigte Chavez' Befehl nicht, sondern sprang sofort hinter dem Baumstamm hervor und ging auf ein Knie. Ihm war klar, dass er sich damit nicht nur dem Fahrer im weißen Transporter klar zu erkennen gab, sondern auch anderen Personen, die sich noch im Wagen befinden mochten – vor allem aber auch den drei Männern, die um ihr Fahrzeug herumgerannt kamen. Er hatte die schallgedämpften Schüsse gehört, die vom Rand derselben Baumreihe gekommen waren, in der er sich befand, hatte aber das Mündungsfeuer nicht gesehen, sodass er die genaue Position des Schützen nicht einschätzen konnte.

Näher an seiner Position befanden sich die beiden Polizisten des zweiten Streifenwagens, gegen die er durch die rechts von ihm stehenden Bäume geschützt wurde. Er konnte nur hoffen, dass diese Burschen nicht auf ihn feuern würden, wenn er versuchte, ihnen zu helfen. Und dann kam noch eine weitere Sorge hinzu: Jack hörte aus der Ferne die Sirene eines weiteren Streifenwagens, der aus östlicher Richtung heranraste.

Jack hob die rumänische Pistole, als der erste Mann um den Transporter herumkam, nahm seine Körpermitte ins Visier und feuerte zwei Schüsse ab. Im Unterschied zu der Waffe des unbekannten Schützen in den Bäumen am Straßenrand hatte Jacks Waffe keinen Schalldämpfer. In der Nacht hörten sich die beiden Schüsse wie eine Explosion an. Beide Geschosse trafen; der bewaffnete Mann stolperte rückwärts und fiel mitten auf die Straße.

Der zweite Mann feuerte instinktiv in Jacks Richtung, aber beide Kugeln gingen weit vorbei. Jack feuerte auf das Mündungsfeuer, aber da er kniete, zerschmetterten seine Schüsse die Windschutzscheibe des Polizeifahrzeugs hinter dem Transporter.

Nun eröffneten auch die Polizisten des zweiten Streifenwagens das Feuer, aber Jack hätte nicht sagen können, ob sie auf ihn oder auf die bösen Buben schossen. Den Polizisten musste die Situation extrem verwirrend vorkommen, und womöglich wussten sie noch nicht einmal, dass ihre Kollegen hinter dem Transporter bereits tot waren.

Jack warf sich schnell wieder hinter die Bäume und versuchte, sich nach allen Richtungen zu decken. »Ding, ich brauche Unterstützung!«

Die Antwort kam sofort. »Wir greifen an.«

59

Als der Minivan durch den Park zum Schauplatz der Schießerei raste, stieß Midas die linke Hintertür auf und lehnte sich hinaus, wobei er sich am Fahrersitz festhielt.

Chavez auf dem Vordersitz hielt seine Pistole aus dem Beifahrerfenster und beugte sich so weit hinaus, dass er sein Ziel genau anvisieren konnte. Innerhalb einer halben Sekunde eröffneten beide Männer das Feuer. Chavez schoss die unbekannte Gestalt nieder, die jetzt neben einem der Alleebäume kniete – den Mann, der die beiden Polizisten des ersten Streifenwagens erschossen hatte. Midas schoss auf einen der übrigen Männer, der auf der anderen Seite des geparkten Polizeiwagens stand.

Chavez traf sein Ziel, aber Sekunden später flammte Mündungsfeuer tiefer zwischen den Bäumen auf, und eine Kugel schlug in den Kühlergrill des Minivans ein. Chavez nahm an, dass diese beiden Männer an der Stelle aus dem weißen Transporter gesprungen waren, an der Dalca nach Jacks Angaben über den Zaun geklettert war.

Ein weiteres Geschoss schlug in den Minivan ein, dieses Mal in die Windschutzscheibe. Felix schrie auf, und der Wagen schleuderte abrupt nach links.

Chavez schoss weiter auf den zweiten Mann bei den Bäumen, obwohl ihm klar war, dass der schleudernde Minivan schon in Sekunden in das Heck des Streifenwagens oder gegen die Alleebäume krachen würde.

Aus seiner jetzigen Position konnte Jack keinen der Angreifer sehen. Schnell lud er die Pistole nach und blickte zum zuletzt angekommenen Streifenwagen hinüber. Geschockt sah er den Polizisten auf seiner Seite bewegungslos auf dem Rücken liegen; seine Pistole lag einen Meter entfernt auf dem Asphalt. Jack konnte zwar den zweiten Polizisten auf der anderen Seite des Streifenwagens nicht sehen, befürchtete aber, dass auch dieser vom Fahrer des weißen Transporters niedergeschossen worden war. Jack war vollauf damit beschäftigt gewesen, auf die drei Männer zu schießen, die hinter dem Transporter gestanden hatten, und sich in eine günstigere Schussposition zu den beiden Männern zu manövrieren, die sich ein paar Dutzend Meter weiter westlich auf seiner Seite der Straße befanden. Um den Fahrer sollten sich die Cops kümmern.

Allerdings sah er niemand hinter dem Steuer des Renault sitzen, also war der Fahrer entweder tot oder er hatte sich während der Schießerei aus dem Fahrzeug gerettet. Dass die Windschutzscheibe noch intakt war, bedeutete womöglich, dass Letzteres der Fall war.

In diesem Moment sah er, dass die Scheinwerfer des Campus-Minivans abrupt nach links schleuderten; gleichzeitig war von der anderen Seite des Transporters das Geräusch von brechenden Ästen und zersplitterndem Glas zu hören.

Jack stürmte auf die Straße und zu dem zuletzt angekommenen Streifenwagen hinüber, der näher an seiner Position stand, wobei er die Pistole schussbereit herumschwenkte. Neben der Fahrertür ging er auf ein Knie und spähte in das Fahrzeug, in der Hoffnung, den zweiten Polizisten auf der anderen Seite zu sehen. Zwar musste er befürchten, dass der Polizist auf ihn schießen würde, sobald er ihn sah, aber er vermutete eher, dass der Beamte bereits tot war.

Er sah niemand, deshalb duckte er sich hinter die Tür

und bewegte sich in ihrer Deckung langsam um das Heck des Fahrzeugs herum, die Pistole immer noch schussbereit erhoben.

Als er sich um den hinteren Kotflügel schob, zuckte er unwillkürlich zurück: Ein Mann auf der anderen Seite des Streifenwagens tat genau dasselbe. Jack sah sofort, dass der Mann keine Uniform trug, doch im selben Moment schwang der Mann blitzschnell die Pistole herum. Jack und die dunkle Gestalt feuerten gleichzeitig aus nächster Nähe aufeinander.

Die Mündungen berührten sich fast, aber ihre ausgestreckten Waffenarme waren noch mitten in der Schwungbewegung und somit noch nicht auf das Ziel gerichtet, weshalb beide Geschosse vorbeigingen. Jack rammte dem Mann den rechten Ellbogen ins Gesicht, aber der andere reagierte genauso schnell – er schwang die Waffenhand zurück und schlug Jack die Pistole aus der Hand, verlor aber dabei ebenfalls seine Waffe.

Beide Pistolen klapperten über den dunklen Asphalt.

Aus der Nähe sah Jack, dass sein Gegner Asiate war, überdurchschnittlich groß und stark. Jacks Ellbogenstoß hatte den Mann nicht ausschalten können, weshalb Jack instinktiv erneut angriff und versuchte, den Mann umzustoßen. Doch als Jack sich auf ihn stürzte, wich der Mann blitzschnell zur Seite, sodass Jack gegen den Kofferraum prallte. Der Aufprall war hart und schmerzhaft, aber Jack erwartete einen Schlag von hinten, weshalb er sich herumwarf und die Arme hochriss, um den Schlag abzufangen. Tatsächlich kam auch schon eine gerade Linke auf ihn zu; Jack blockte sie mit dem Oberarm und ließ gleichzeitig eine linke Gerade gegen das Kinn des Gegners krachen.

Der Schlag war hart, der Kopf des Mannes wurde zurückgeworfen. Er taumelte, ging aber immer noch nicht zu Boden.

Jack täuschte einen weiteren Angriff vor; der Asiate fiel

darauf herein und wich nach links aus. Jack griff genau dort an, wo er die Ausweichbewegung vermutete, senkte die rechte Schulter und rammte sie mit aller Kraft und seinem ganzen Gewicht in die Brust des Asiaten.

Beide Männer stürzten mitten auf der Aleea Michael Jackson zu Boden, mit Fäusten und Knien und Ellbogen wild kämpfend. Hinter ihnen setzte wieder der Schusswechsel ein.

Jack spürte, dass der Asiate nach etwas an seiner Hüfte suchte, weshalb er die Arme des Mannes so gut wie möglich festhielt und ihm erbarmungslos den Kopf gegen die Stirn rammte. Schließlich sackte der Mann benommen auf den Boden zurück.

Rasch tastete Jack den Asiaten ab und fand ein Stilett, das in der rechten vorderen Tasche steckte.

Jack riss es aus der Scheide, rollte sich von dem Mann weg und kroch zu seiner Pistole hinüber. Er konnte sie gerade noch vom Boden aufheben, als der Asiate hinter ihm an den Fußknöchel griff und eine winzige silberne Reservepistole hervorzog. Jack schoss sofort aus nächster Nähe, durchlöcherte den Mann vom Unterleib bis zum Hals mit Kugeln. Der Kampf war zu Ende.

Midas erschoss den dritten Schützen hinter dem Renault, und Chavez pumpte vier Patronen in den letzten Mann, der zwischen den Bäumen stand und trotz der Treffer auf Händen und Knien weiterkroch, vermutlich um zu sterben, denn er hatte seine Pistole fallen gelassen. Chavez befahl Midas, sich um Felix zu kümmern; er selbst stieg aus dem Minivan und erkundete vorsichtig, aber schnell das Gelände.

Mehrmals rief er Jack über das Kommunikationsnetz, erhielt aber keine Antwort. Er hasste es, seine Position zu verraten, aber er wollte auch nicht plötzlich vor Jacks Pistole auftauchen. »Ding unterwegs zu dir!«, schrie er, als er rechts am weißen Transporter vorbeilief.

»Alles klar!«, kam jetzt eine Antwort von weiter hinten, zu Chavez' großer Erleichterung. »Alle Gegner sind ausgeschaltet.«

Chavez entdeckte Jack hinter dem Streifenwagen. Er hatte die Taschenlampe in den Mund gesteckt; der Lichtstrahl war auf einen jungen rumänischen Polizisten gerichtet. Er konnte kaum älter als dreiundzwanzig sein; Jack hatte ihn im Gras neben dem Streifenwagen gefunden. Er war in den Oberarm und in die Schulter geschossen worden, aber er würde überleben.

Insgesamt lagen fünf tote Gegner auf und neben der Straße; ein weiterer verblutete vermutlich irgendwo zwischen den Bäumen, denn Ding war sich sicher, ihn mehrmals in den Oberkörper getroffen zu haben. Außerdem waren drei Polizisten ums Leben gekommen, und einer war verwundet. Felix hatte einen Streifschuss an der Stirn und zahlreiche tiefe Schnitte auf der Wange, die von den Scherben der Windschutzscheibe herrührten, aber er war bei Bewusstsein und entschuldigte sich, dass er den Minivan zu Schrott gefahren hatte.

Sirenen waren nun von beiden Seiten des Parks zu hören. Sie liefen rasch zum Minivan zurück, der auf der Grasnarbe neben der Straße stand, doch Chavez sah sofort, dass sie es nicht schaffen würden, das Fahrzeug wieder auf die Straße zu schieben. Sie beschlossen stattdessen, sich mit dem weißen Renault abzusetzen, obwohl er mehrere Einschusslöcher in Fenstern und Türen aufwies. Chavez setzte sich hinter das Lenkrad, die beiden anderen halfen Felix beim Einsteigen.

Chavez gab sofort Gas und raste mit ausgeschalteten Scheinwerfern aus der Kampfzone. Gerade noch rechtzeitig entdeckte er einen schmalen, unbefestigten Waldweg, auf dem sie den heranrasenden Polizeifahrzeugen ausweichen konnten.

Im Renault herrschte erschöpftes Schweigen, bis sie den Park hinter sich ließen. Chavez schaltete die Scheinwerfer ein und fuhr in normalem Tempo weiter, trotz der Einschusslöcher.

»Das war Scheiße«, stellte Chavez fest. »Nur eins ist jetzt sicher: dass Dalca entkommen konnte.«

»Wir könnten die Nordseite des Parks nach ihm absuchen«, schlug Jack vor. »Er ist vermutlich immer noch zu Fuß.«

Chavez schüttelte den Kopf. »Negativ. Wir müssen sofort Gavin abholen und uns aus Dalcas Wohngegend zurückziehen. Im ganzen Stadtteil wird es schon bald von Polizisten wimmeln.«

Während er weiterfuhr, rief er Clark an. An der Ostküste war es jetzt Nachmittag; der Campus-Operationsleiter antwortete sofort. Chavez brauchte fünf Minuten, um ihn in allen Einzelheiten auf den Stand zu bringen. Clark versprach, sofort Mary Pat anzurufen. Sie würde sich mit den rumänischen Geheimdiensten in Verbindung setzen. Die Beziehungen der Rumänen zur Ryan-Administration waren hervorragend. Mary Pat würde zwar gewisse Schwierigkeiten haben, den Rumänen zu erklären, warum mehrere verdeckt arbeitende amerikanische Agenten in eine Schießerei auf offener Straße in Bukarest verwickelt gewesen waren, aber sie hatte auch ein paar günstige Karten im Ärmel, die sie bei diesem Gespräch ausspielen konnte. Ein rumänischer Exhäftling stand im Mittelpunkt der Anschläge, die der IS in Amerika verübt hatte; die rumänische Regierung hatte deshalb sicherlich größtes Interesse daran, den Amerikanern zu helfen und zu verhindern, dass sich die Medien auf diese Sache stürzten.

Während Chavez noch mit Clark telefonierte, holten sie Gavin ab, der mit der gesamten Ausrüstung in einer Gasse wartete, zwei Straßenblocks von ihrem sicheren Haus entfernt. Der schwergewichtige IT-Direktor hatte sämtliche

Kisten fünf Treppen hinunter und ein paar Hundert Meter weit tragen müssen, wofür mehrere Gänge nötig gewesen waren. Erschöpft und schweißüberströmt saß er auf den Hartschalenkoffern, neben denen er die Rucksäcke aufgestapelt hatte, und schnaufte lauter als irgendeiner der drei Männer, die noch keine zehn Minuten zuvor einen Kampf mit einem halben Dutzend bewaffneter Chinesen und die Flucht vor der rumänischen Polizei durchgestanden hatten.

Gavin öffnete die Hecktüren des Transporters, um die Ausrüstung einzuladen. Dort lag schon eine große schwarze Tasche. Im Halbdunkel schob er sie zur Seite, um Platz für die Peli-Koffer zu schaffen, und zuckte geschockt zurück, als ihm klar wurde, dass die große schwarze Tasche keineswegs eine große schwarze Tasche war, sondern eine Leiche. Er hatte keine Ahnung, warum das Team einen Toten durch die Gegend kutschierte, aber im Moment war ihm das auch völlig egal; er war einfach zu erschöpft, um Fragen zu stellen.

Wortlos schlug er die Hecktüren zu und stieg durch die Schiebetür ein.

Sie fuhren sofort wieder los. Wenig später beendete Chavez sein Telefonat mit Clark und lenkte den Wagen weiter nach Süden. Gavin war inzwischen wieder ein wenig zu Atem gekommen.

»Ich konnte mir die Angreifer genauer anschauen«, sagte er. »Habt ihr sie gesehen?«

Chavez nickte. »Chinesen, denke ich.«

»Ja, schien mir auch so. Ich konnte ein paar gute Fotos von ihren Gesichtern machen. Wir können sie mit den Daten abgleichen, die wir von den bekannten chinesischen Geheimdienstagenten haben. Vielleicht haben wir dann einen Treffer.«

»Das könnte sein. Die chinesischen Hacker sind verdammt gut – die kommen doch an alles heran, was unsere Nachrichtendienste speichern.«

Midas mischte sich ein. »Aber warum jagen sie Dalca, wenn sie doch mit ihm zusammenarbeiten?«

»Gavin und ich haben dazu die Theorie entwickelt, dass die Sache eine Art Insiderjob war«, erklärte Jack. »Irgendein staatlicher Akteur erteilte einen Auftrag, den diese Cyber-Betrugsfirma ausführte. Und irgendein Mitarbeiter der Firma, nämlich Dalca, hat sich dann die Dateien selbst unter den Nagel gerissen. Wenn also Dalca der Dieb und China der staatliche Auftraggeber ist, wäre es doch nur logisch, dass sich Dalca nicht freute, als bedrohlich aussehende Chinesen an seine Tür klopften.«

»Fahren wir jetzt zum Flughafen?«, erkundigte sich Gavin.

Chavez schüttelte den Kopf. »Solange wir Dalca nicht haben, fahren wir nirgendwohin. Erstmal müssen wir einen neuen Unterschlupf finden, dann planen wir unsere nächsten Schritte.«

Unter all den Bandagen, mit denen Midas Felix' Wunden versorgt hatte, klang die Stimme des Rumänen verzerrt. »Ich wüsste da was. Mein Neffe ist in der Armee, zurzeit ist er für die Nato im Einsatz. Er hat einen kleinen Bauernhof in Sinteşti, ungefähr eine halbe Autostunde südlich von Bukarest. Keine große Sache. Er ist Junggeselle und fast nie zu Hause, aber es ist ruhig und abgelegen.«

Chavez nickte. »Gut – Sie geben mir Anweisungen, wie ich fahren soll. Wenn wir dort sind, schauen wir uns Ihre Wunden genauer an.«

Endlich raffte sich Gavin zu der Frage auf, die er schon beim Einsteigen hatte stellen wollen. »Und warum kutschiert ihr eine Leiche durch die Gegend?«

Die anderen Männer drehten sich verblüfft zu ihm um. »Was für eine Leiche?«, fragte Jack.

Gavin wies mit einer Kopfbewegung nach hinten. »Schau ihn dir an.«

Jack stieg über das Gepäck, schaltete seine kleine Taschenlampe an und untersuchte die Leiche. Der Mann war tot, kein Zweifel, das bezeugte das kleine Einschussloch in seiner Stirn. Jack durchsuchte rasch seine Taschen und zog eine Ausweiskarte heraus. Er richtete den Lichtstrahl darauf. »Dragomir Vasilescu.«

Gavin sagte sofort: »Der Direktor von ARTD. Warum habt ihr ihn umgelegt?«

»Haben wir nicht. Wir haben ihn sozusagen mit dem Auto übernommen. Entweder haben ihn die Chinesen erschossen, oder er hat bei der Schießerei eine Kugel eingefangen. Aber mit einem Loch genau zwischen den Augen … na ja, sieht mir eher nach einer Hinrichtung aus.«

»Wir wissen nicht, ob er für Dalca arbeitete oder nicht«, meinte Chavez. »Und wir wissen auch nicht sicher, ob die Männer wirklich Chinesen waren. Wie auch immer: Die Männer, die hinter Dalca her waren, hielten jedenfalls auch diesen Vasilescu für schuldig.«

Midas nickte. »Ja. Und das waren keine Leute, die lange herumfackeln. Immerhin konnten wir verhindern, dass dieser Dalca den Chinesen in die Hände fällt, mitsamt den sensiblen Informationen über unsere Militärs und unsere Spione. Besser als nichts. Aber wir haben ihn noch nicht erwischt.«

»Du hast vollkommen recht«, sagte Chavez. »Und deshalb müssen wir jetzt den Job zu Ende bringen.«

60

Dominic und Adara verbrachten den Nachmittag und Abend an einem Tisch in der Lobby ihres Hotels, vor sich ihre Laptops und über Bluetooth-Ohrhörer mit ihren Smartphones verbunden.

So arbeiteten sie nun schon seit Stunden, aber bisher hatten sie keinerlei Hinweise gefunden, dass sich eine den Behörden bekannte IS-Zielperson hier in der Stadt aufhielt.

Nach wie vor war Adara der Meinung, dass das JTTF-Gebäude das einzige wirklich lohnende Anschlagsziel sei. Dennoch waren sie zu dem Schluss gekommen, dass dieses Ziel zu gut geschützt und deshalb für al-Matari und seine Leute zu schwierig sei, schließlich hatten sie in der letzten Woche sogar bei sehr viel ungeschützteren Zielen Leute verloren.

Um 22.15 Uhr hatten sie ihr Abendessen in Form von Pizza beendet und wollten gerade Schluss machen, als Doms Smartphone dudelte. Die Nummer des Anrufers war ihm nicht bekannt, aber er sah, dass es ein Ortsanruf war.

»Ja?«

»SA Caruso? Hier ist Special Agent Jeffcoat.« Dom hörte sofort, dass der Mann ziemlich aufgeregt war. Das überraschte ihn, denn am Morgen hatte Jeffcoat alles andere als großes Interesse gezeigt, überhaupt mit ihm zu reden.

»Hi. Was gibt's?«

»Na ja, entweder verschweigen Sie mir irgendwelche Informationen, was bedeuten würde, dass wir beide später mal ein ernstes Wörtchen miteinander reden müssten, oder Sie haben nur einfach ein Scheißglück.«

»Wieso?«

»Vor zwölf Minuten meldete unsere Gesichtserkennung einen Hit für den Schützen von New York, diesen David Hembrick. Er hat gerade im Drake Hotel eingecheckt, drüben am Lake Shore Drive. In Begleitung eines anderen Mannes. Und auf diesen zweiten Burschen passt die Beschreibung von Abu Musa al-Matari.«

Dom stand so abrupt auf, dass Adara zusammenzuckte. »Wollen Sie mich verarschen oder wie? Ich bin zehn Minuten entfernt. Sind sie immer noch dort?«

»Wir nehmen es an. Die Kamerabilder zeigen, dass sie mit einer Menge Gepäck zum Lift gehen, aber leider funktionieren nicht alle Überwachungskameras im Gebäude. Trotzdem … bisher gibt es keine Aufnahmen, die sie beim Verlassen des Hotels zeigen, deshalb denken wir, dass sie sich immer noch im Hotelzimmer aufhalten.«

»Was haben Sie vor?«

»Wir heben sie aus.«

»Halten Sie das für eine gute Idee?«

»Das SWAT-Team der Chicagoer Polizei gehört zu den besten taktischen Spezialeinheiten im ganzen Land, und wir werden sie unterstützen. Wir bringen alle sehr schnell und leise vor Ort und gehen mit einer vollen Mobileinheit der JTTF rein. Wir haben hier in der Gegend kein FBI-Geiselbefreiungsteam, deshalb laufen bei der Chicagoer SWAT-Einheit bereits die Vorbereitungen für den Zugriff. Sie sind absolut spitze, und wir stimmen uns bei den Antiterrorübungen regelmäßig miteinander ab. Außerdem werden wir sämtliche Ausgänge mit FBI-Agenten und Chicagoer Polizisten in Zivil besetzen. Sobald alle Vorbereitungen getroffen sind, wird das SWAT-Team Hembricks Hotelzimmer stürmen.« Jeffcoat war deutlich anzuhören, wie aufgeregt er war, wie ein Jäger, dem gerade ein kapitaler Hirsch vor die Flinte gelaufen war. »Ein paar Hundert Hotelgäste dürften vermutlich eine wahrhaft unvergessliche Nacht erleben.«

»Ja … ja, das glaube ich aufs Wort«, murmelte Dom. Obwohl Adara nicht hören konnte, erriet sie manches aus Doms Miene und machte sich schnell daran, die beiden Laptops einzupacken.

Jeffcoat fuhr fort: »Mit Ihrem Ausweis kommen Sie auf jeden Fall unter dem Absperrband durch. Wenn Sie zu uns in der Einsatzleitstelle stoßen wollen, können Sie das tun, aber wir werden erst in Position gehen, wenn der SWAT-Zugriff erfolgt. Wir wollen nicht, dass da jemand zu reden anfängt, wenn große schwarze Antiterrortrucks und hundert Cops in der Gegend auftauchen, da wir damit rechnen müssen, dass al-Matari auch ein paar Komplizen auf der Straße postiert hat.«

Dom sagte: »Großer Gott, Mann, ich weiß wirklich nicht …« Der Gedanke schoss ihm durch den Kopf, wie der Campus diese Sache durchziehen würde. Er war sich sicher, dass man sich für einen viel kleineren Operationsmodus entscheiden würde.

Jeffcoat reagierte verärgert. »Entschuldigen Sie, Special Agent, aber ich rufe nicht an, um mir bei Ihnen Rat zu holen! Ich soll Sie auf dem Laufenden halten, mehr nicht.«

»Verstanden. Ich gehe rüber und beobachte die Sache aus der Ferne. Welche Zimmernummer?«

»Fünf-vierzehn. Kommen Sie zum Kommandoposten, wenn Sie aktuelle Informationen brauchen, aber gehen Sie auf keinen Fall zum Hotel. Wir werden unseren Posten auf der East Delaware einrichten, einen Häuserblock südlich vom Drake Hotel. Ich meine das ernst, Caruso: Halten Sie sich vom Schauplatz fern! Die SWAT-Einheit und die Chicagoer Polizei werden das Hotel stürmen, und nur diese Teams dürfen auf den Abzug drücken, klar? JTTF und FBI werden die ganze Operation aus der Ferne über den mobilen Kommandoposten verdeckt leiten. Ich setze Sie davon nur deshalb in Kenntnis, weil mir das von Washington befohlen wurde. Wir brauchen nicht noch mehr Köche in der Küche.«

»Alles klar. Viel Glück.«

Dom und Adara stiegen in ihren Mietwagen und fuhren nach Norden auf die Michigan Avenue. Dom trug eine Glock-26-Sub-Compact-9-mm-Pistole im Schulterholster unter seinem blauen Sportsakko und eine zweite Glock 26 im Rucksack, als Notfallwaffe für Adara. Ohne ein Wort nahm sie die Pistole und ein Reservemagazin heraus und schob beides in ihre Schultertasche. Dann band sie ihr Haar mit einem Haarband zu einem Pferdeschwanz zurück.

Beide trugen normale Alltagskleidung, aber sie wussten, wie sie Waffen verbergen konnten, egal welche Kleidung sie trugen.

»Hast du schon einen Plan?«, fragte Adara.

»Wir gehen zuerst zum mobilen Kommandoposten und schauen, wer den Einsatz leitet. Bieten unsere Unterstützung an.«

»Hm«, machte Adara nachdenklich. »Was meinst du, ist es eine gute Idee, dass das SWAT-Team die Typen in ihrem Hotelzimmer aushebt? Im Drake gibt es einen großen Ballsaal, dort herrscht bestimmt Hochbetrieb, genau wie an der Bar in der Lobby, außerdem werden sich viele Gäste in ihren Zimmern aufhalten. Schrapnelle von Sprengvorrichtungen oder AK-Geschosse gehen durch die Wände, als wären sie aus Butter.«

Dom nickte. »Ja, das meine ich auch. Mir wäre es entschieden lieber, sie würden sich zurückhalten, al-Matari und Hembrick observieren und erst zuschlagen, wenn sie irgendwo anders sind. Aber das haben nicht wir zu entscheiden.«

»Könnten wir uns im Hotel nicht nützlicher machen,

nur für alle Fälle? Ich meine, manchmal ist es besser, sich nachher zu entschuldigen, statt vorher um Erlaubnis zu bitten.«

Dom warf ihr einen kurzen Seitenblick zu. »Das ist *meine* Show, Adara. Bei diesem Einsatz folgst du meinem Kommando.«

»Weiß ich.« Adara legte sich den Zeigefinger über die Lippen.

Dom dachte über das nach, was er gerade gesagt hatte. Das Letzte, was er jetzt brauchen konnte, war ein Streit mit seiner Freundin. Nachdem sie eine Weile stumm weitergefahren waren, sagte er: »Wir verschaffen uns erst einmal ein Gefühl, was vor Ort abgeht. Wenn wir glauben, dass wir im Hotel nützlicher sein können, werden wir schon einen Weg hinein finden.«

»Okay«, sagte sie und fügte brav hinzu: »Ich tue, was du für richtig hältst.«

Fünf FBI-Agenten, die mit dem Chicagoer JTTF-Büro zusammenarbeiteten, kamen entweder allein oder zu zweit in die Lobby, setzten sich in die Sessel, schlenderten durch die Bar oder durch die kleine Einkaufspassage im Untergeschoss. Alle standen miteinander in SMS-Verbindung, ebenso mit der Einsatzleitung der Polizei und der JTTF, die noch immer alle Hände voll zu tun hatten, um ihre mobile Einsatzzentrale zu bemannen sowie die Streifenwagen so in Stellung zu bringen, dass sie das hundert Jahre alte Hotel praktisch vollständig abriegelten.

Die Teams in der Lobby agierten so unauffällig wie möglich, um etwaige Zellenmitglieder zu identifizieren, die zu den Liften oder von dort zum Ausgang gingen. FBI-Agenten, verkleidet als Liftmonteure, hatten die Lifttüren im Stockwerk unterhalb der Lobby deaktiviert. Das hatte zu einer kurzen, lautstarken Auseinandersetzung mit dem echten Wartungspersonal im Untergeschoss geführt, bis uniformierte Polizisten die Monteure in einen Flur gezogen hatten, der nur für Personal zugänglich war, um den wütenden Männern klarzumachen, dass sie drauf und dran gewesen waren, einer Gruppe verdeckt arbeitender FBI-Agenten den Einsatz zu vermasseln.

Während unten noch die Auseinandersetzung stattfand, trat in der Lobby ein Paar Mitte vierzig, beide Special Agents, an die Rezeption und verlangte den Hotelmanager zu sprechen. Sie zeigten ihm kurz ihre Ausweise und führten ihn in ein Hinterzimmer, wo sie ihm klarmachten, dass sie Zugang zu jedem nicht belegten Hotelzimmer im fünften Stock benötigten, und zwar sofort. Der Manager trat an einen Computerterminal und gab die nötigen Befehle ein, allerdings zitterten seine Hände so sehr, dass er Schwierigkeiten hatte, die Schlüsselkarten für drei Deluxe-Suiten zu codieren.

Während der folgenden fünf Minuten positionierten sich drei Teams bewaffneter FBI-Agenten in den drei Räumen, als wären sie reguläre Hotelgäste. Alle wirklich regulären Hotelgäste wurden einzeln vom Hotelmanagement in ihren Zimmern angerufen und befragt, ob sie mit ihrer Unterkunft zufrieden seien. Dies diente dazu festzustellen, welche Gäste noch in der Stadt waren beziehungsweise in welchen Räumen Hotelgäste anwesend waren.

Ein Raum war von dieser telefonischen Umfrage ausgenommen: Raum 514. Die Einsatzleitung hatte entschieden, David Hembricks Zimmer nicht anzurufen, um zu vermeiden, dass Hembrick und al-Matari misstrauisch wurden.

Dom und Adara parkten den Wagen in einem Parkhaus in der East Walton, nur einen Block westlich des Drake. Von der Straße aus sah vor dem Hoteleingang alles aus wie an einem normalen Samstagabend, aber als das Paar um die Ecke in die Michigan Avenue und dann nach links in die East Delaware einbog, änderte sich die Szene radikal. Die Einbahnstraße wurde von sechs Limousinen und SUVs blockiert, unverkennbar Behördenfahrzeuge, und Motorradstreifen sperrten die Abzweigung von der Michigan Ave in die East Delaware.

Als sie sich dem runden Dutzend FBI-Agenten und Polizisten näherten, die neben einem der SUVs standen, sagte Adara plötzlich: »Erinnerst du dich, was ich gesagt habe – dass das größte Anschlagsziel die JTTF selbst wäre?«

»Ja – und?«

»Na ja … könnte es nicht sein, dass al-Matari diese Show hier bewusst inszeniert, dass er die JTTF absichtlich hierher gelockt hat? Jetzt sind hier alle versammelt – das ideale Anschlagsziel.«

Dom dachte darüber nach. »Das ergibt verdammt viel Sinn. Jeffcoat sagte, eine mobile Kommandoeinheit steht in der Nähe in Bereitschaft, aber sie wird erst hier am Schauplatz eintreffen, wenn der Sturm auf das Hotelzimmer beginnt. Die Straße hier wird sich in ein paar Minuten in einen Affenzirkus verwandeln.«

Adara blickte sich um. »Ich denke, die Cops haben die Lage unter Kontrolle.« Aber so, wie sie es sagte, schien sie selbst davon nicht so recht überzeugt zu sein.

Im Erdgeschoss des Hotels Drake gab es elf Eingänge, öffentliche für Gäste und Besucher, nicht-öffentliche für das Hotelpersonal und ein gesonderter Eingang zur Shopping Mall, der kleinen Ladenstraße, die zum Hotel gehörte. Das machte die Überwachung der Zugänge für die Polizei zum Albtraum, zumal man befürchten musste, dass Komplizen der Terroristen im Erdgeschoss Schmiere standen, um al-Matari und Hembrick zu warnen. Diese würden sich dann womöglich verbarrikadieren, einen Sprengsatz zünden oder zu fliehen versuchen. Doch sobald die drei Agententeams in ihren Zimmern waren und den Flur durch die Türspione beobachteten, brachte die Einsatzleitung drei gepanzerte Trucks um das Hotel in Stellung – einen auf dem Lake Shore Drive und die beiden anderen auf der East Walton. Insgesamt achtzehn SWAT-Männer des Chicago Police Department sprangen aus den Fahrzeugen und rückten auf das Gebäude vor. Eine zweite Einheit stand vier Blocks weiter westlich als Schnelle Eingreiftruppe in Bereitschaft, um den Sturmtrupp zu unterstützen, sollte sich der Vorstoß zur Katastrophe entwickeln, und jeder einzelne Polizist dieses zweiten Teams fluchte in sich hinein, weil er nicht mit dem ersten Team beim Zugriff dabei sein durfte.

Eine Wagenladung von SWAT-Leuten sprang am Haupteingang Süd vom Truck, stürmte durch die Türen, die von Polizisten in Zivil und FBI-Agenten offen gehalten wurden, und drang in das Gebäude ein. Sechs Beamte rannten die Stufen zur Hauptlobby hinauf. Sie stürmten an geschockten Hotelgästen vorbei, die ihnen mit offenen Mündern nachstarrten, und rannten durch eine der Personaltüren, die von einem Special Agent offen gehalten wurde, der zuvor in der Lobby Ausschau nach möglichen IS-Komplizen gehalten hatte. Das SWAT-Team in seiner olivfarbenen Tarnkleidung rückte in taktischer Zugriffsformation auf der Treppe zum fünften Stock vor.

Das zweite Team drang vom Lake Shore Drive in das Hotel ein, rannte zunächst durch die Shopping Mall, die sich ebenerdig zur Straße befand, und stieg eine Ebene unterhalb der Hauptlobby in die Aufzüge. Ein Stockwerk höher wartete ein FBI-Agent auf die Meldung, dass sie nach oben unterwegs waren, und blockierte sofort sämtliche Zugänge zu den Aufzügen in der Lobby. Von diesem Moment an durften die Aufzüge nur noch von Personen benutzt werden, die aus den höher gelegenen Hotelzimmern fliehen wollten.

Der dritte Trupp kam ebenfalls durch den Haupteingang und rückte über die große öffentliche Treppe nach oben vor.

Danach bezog ein gutes Dutzend Polizisten, viele in Uniform, in der Lobby Stellung. Sie evakuierten die Lobby nicht vollständig, und die meisten Gäste im Ballsaal, der in einem Halbgeschoss über der Lobby lag, hatten noch gar nicht mitbekommen, dass etwas nicht stimmte.

Zwei Minuten später standen sämtliche achtzehn SWAT-Männer im fünften Stock. Drei Gruppen zu je vier Mann evakuierten möglichst geräuschlos die Hotelzimmer, deren Bewohner auf die telefonische Umfrage geantwortet hatten. Die Beamten nahmen sich jedoch nicht die Zeit, auch die Räume zu sichern, in denen niemand den Anruf angenommen hatte.

Als die Evakuierung abgeschlossen war, gingen sechs Mann ein paar Meter von der Tür zu Zimmer Nummer 514 entfernt in Stellung. Sechs weitere rückten langsam vor, die M4-Sturmgewehre auf die Tür gerichtet. Die übrigen sechs bezogen Stellung neben der Treppe, von wo aus sie mit ihren Waffen den gesamten Flur sichern konnten.

Nun öffneten auch die sechs Agenten, die sich in den drei beschlagnahmten Zimmern eingenistet hatten, ihre Türen, richteten die Waffen in den Flur und hielten sich bereit einzugreifen, falls es nötig werden sollte.

Zwei Mann, ein sogenannter Breacher und einer, der ihn deckte, schlichen zur Tür. Während der Sicherheitsmann die Waffe auf die Tür gerichtet hielt, befestigte der Breacher leise eine kleine gedämmte Sprengladung am Türschloss und zog sich dann zurück, den Detonator in der Hand.

Der Teamführer, der in der Gruppe weiter hinten an der Wand stand, flüsterte in das Mikrofon: »Bravo One hat Kontrolle. Sprengung in drei, zwei, eins.«

Krachend wurde die Tür von Zimmer 514 in den Raum geschleudert, und das Team stürmte hinein.

Sekunden später flog die Tür zu Zimmer 515 auf, direkt gegenüber von 514. Der vierte Mann des Sturmtrupps hörte es, bemerkte aus den Augenwinkeln eine Bewegung und fuhr ruckartig herum; im selben Augenblick trat die zweiundzwanzigjährige Maria Gonzales, die einzige Frau in der Chicagoer Zelle, einen Schritt in den Flur hinaus.

Ohne ein Wort detonierte sie ihren Sprengstoffgürtel, mitten im Team der SWAT-Beamten.

Fast gleichzeitig wurde auch die Tür zu Nummer 501 aufgerissen. Ahmed, ein weiteres Mitglied der Chicagoer Zelle, schleuderte eine C4-Bombe von der Größe eines Aktenkoffers auf das SWAT-Team, das neben dem Treppenhaus an der Südseite des Flurs stand. Der Koffer landete mitten in der Gruppe, aber es gelang ihnen noch, Ahmed mit Kugeln zu durchsieben.

Obwohl der Attentäter erschossen wurde, explodierte die Bombe und tötete das gesamte Team am Treppenhaus. Auf der Südseite des Gebäudes blies die Druckwelle die Fenster auf mehreren Stockwerken aus den Rahmen. Ein Scherbenregen prasselte auf die East Walton herab.

Zwei Etagen darunter traten drei Zellenmitglieder aus Chicago und zwei aus Santa Clara aus ihren Zimmern im dritten Stock, bewaffnet mit Granaten und AK-103-Sturmgewehren. Diese Terroristen trugen Schusswesten und Bombengürtel. Gemeinsam stürmten sie die Treppe zur Hauptlobby hinunter. Drei Männer feuerten mit ihren AKs auf Polizisten, Gäste und Personal, die beiden anderen warfen eine Granate nach der anderen in die Lobby.

61

Zwei massive schwarze mobile Kommandotrucks, jeder ausgestattet mit der neuesten Kommunikationstechnik, hielten außer Sichtweite vom Hotel Drake auf der East Delaware an. Sofort wurde die Straße für den ganzen Straßenabschnitt gesperrt, und Streifenwagen der Chicagoer Polizei bildeten einen Schutzkordon um den gesamten Kommandoposten.

In den Kommandoeinheiten und außerhalb arbeiteten über vierzig JTTF-Beamte, allesamt höhere oder leitende Beamte des FBI, des Verteidigungsministeriums, der CIA, des Militärischen Nachrichtendienstes, des Heimatschutzministeriums, des Nachrichtendienstes der Marine, der Polizei- und Zollbehörde des Ministeriums für Innere Sicherheit, des Secret Service, der Polizei von Illinois, der Militärstrafverfolgungsbehörde sowie der Antiterrorabteilung der Chicagoer Polizei.

Einsatzleiter war Special Agent Thomas Russell. Er war nicht nur Chef des örtlichen FBI-Büros, sondern auch Direktor der JTTF in Chicago. Russell stieg aus einer schwarzen Chevy-Limousine, die in einer Feuerwehrzufahrt geparkt war, und rannte zu dem Kommandotruck hinüber, der auf beiden Seiten als Mobile Command Unit 1 gekennzeichnet war, kaum dass am Truck der Einstieg herausgeklappt worden war.

Alle hier hatten die Explosionen gehört. Funksprüche übertönten einander, der Informationsstrom zum Kommandoposten wurde zu einem wahren Informationssturm, aber bereits Sekunden nach den ersten schlechten Meldungen schallte auch schon das Rattern von vollautomatischen Waffen die Straße entlang.

Wieder kreischten die Funkgeräte. »Wir sind unter Beschuss in der Lobby! Ein Verletzter! Aktive Schützen in der Lobby!«

»Was zum Teufel ist da los?«, bellte Russell.

Ein Kommunikations- und Funkspezialist der Polizei antwortete: »Wir haben Berichte von mehreren Explosionen und einer Schießerei im fünften Stock. Tangos in mehreren Hotelzimmern. Und mehrere aktive Schützen in der Lobby, mit Schusswesten und Sturmgewehren. Alle Einsatzkräfte aus dem fünften Stock wurden evakuiert, aber es gibt Tote und Verwundete.«

»Wie viele Zivilisten sind im Hotel?«

»Laut Hotelmanagement sind achtzig Prozent der fünfhundertdreiundsiebzig Zimmer belegt. Bei durchschnittlich zwei Personen pro Zimmer kommen wir auf über neunhundert Personen, aber die genaue Zahl der Leute, die sich derzeit im Hotel aufhalten, ist nicht bekannt, auch nicht, wie viele Personen sich in den Bars, Restaurants und Konferenzräumen aufhalten.«

»Großer Gott.« So hätte die Sache nun wirklich nicht laufen sollen. Russell und seine gesamte Mannschaft hatten erst vor sechs Wochen ein komplettes Training mit einem simulierten Terroranschlag auf das Fußballstadion Soldier Field in Chicago absolviert. Die Operation war wie geschmiert gelaufen, weshalb Russell zuversichtlich gewesen war, dass er und die Chicagoer Polizei die paar Terrorburschen im Hotel ohne Probleme festnehmen konnten.

Aber irgendwie hatte sich die Aktion im Drake zu einem absolut chaotischen Albtraum entwickelt.

Ein Kommunikationsspezialist im hinteren Ende des Trucks überbrüllte den Lärm im Operationszentrum: »Direktor Russell? Ich habe hier einen Anruf aus Zimmer 514 – er hat Ihren Namen genannt und verlangt Sie persönlich zu sprechen!«

Russell glaubte, dass der Anrufer nur einer seiner SWAT-Leute sein konnte.

»Russell?«

»Guten Abend, Leitender Special Agent Thomas Russell.« Der Anrufer sprach mit nahöstlichem Akzent und einem Einschlag von britischen Vokalen.

»Wer spricht?«

»Sie erkennen meine Stimme nicht? Das enttäuscht mich aber sehr. Ich bin mir ziemlich sicher, dass es Ihre Drohnen geschafft haben, meine Anrufe abzuhören, als ich noch in Syrien war. So hat Ihr Militär doch herausgefunden, dass ich dort letztes Jahr im Camp war, oder nicht?«

Russell packte seinen Stellvertreter, einen Lieutenant Colonel, am Arm. Der Mann war gerade auf dem Weg durch das Kommandozentrum, aber Russell riss ihn so hart herum, dass er fast das Gleichgewicht verlor.

Er legte die Hand über die Sprechmuschel und flüsterte: »Al-Matari.«

Der Oberstleutnant rannte zum Ende des Trucks, um die Funktechniker zu alarmieren, damit sie den Anruf aufzeichneten.

Russell fragte: »Wie ist der Status unserer Polizeibeamten dort oben?«

»Na ja, sechs leben noch. Wir haben sie unter Kontrolle. Auf den anderen Stockwerken habe ich noch weitere Mudschaheddin stationiert, sie treiben gerade die Zivilisten zusammen. Ziehen Sie Ihre gesamten Kräfte aus dem Gebäude zurück, dann reden wir weiter. Wenn ich in drei Minuten nicht erfahre, dass Sie das getan haben, werde ich persönlich jede Minute eine Geisel erschießen, bis Sie meinem Befehl folgen.«

»Was wollen Sie?«

»Befolgen Sie zuerst einmal meinen Befehl. Danach … verhandeln wir weiter.« Es klickte in der Leitung.

Russell drehte sich zu seinem Stellvertreter um und bellte: »Ziehen Sie all unsere Leute sofort aus dem Gebäude ab. Sie sollen sämtliche Zivilisten mitnehmen, die sie zu fassen kriegen. Sie haben genau drei Minuten. Wir fordern das Geiselbefreiungsteam vom FBI an, formieren uns neu und tun alles, um die Lage zu entschärfen. Platzieren Sie so viele SWAT der Polizei um das Gebäude, wie Sie können. Sie sollen sich für einen neuen Sturm ins Gebäude bereithalten, falls die Schießerei wieder losgeht.«

Dom Caruso brauchte mehrere Minuten, bis er Special Agent Jeffcoat innerhalb des Absperrbands in der East Delaware lokalisieren konnte, knapp fünfzehn Meter von einem der beiden mobilen Kommandozentren entfernt. Er telefonierte; eine Benelli-M4-Flinte »Joint Combat Shotgun« hing quer über seiner Schussweste. Jeffcoat beendete das Gespräch, blickte auf und bemerkte Caruso. »Jetzt nicht«, bellte er.

»Was zum Teufel ist dort drin los?«

»Es war eine Falle. Wir haben es jetzt mit einer Geiselnahme zu tun, aber es kam ein Anruf von drinnen, also reden sie wenigstens mit uns. Im Moment ziehen wir uns zurück und versuchen, einen Teil der Geiseln freizubekommen.«

Dom gefiel das alles überhaupt nicht. »Nein. Ihr müsst jetzt sofort zuschlagen!«

»Sind Sie verrückt? Sie haben ein halbes Dutzend SWAT-Beamte oben im fünften Stock als Geiseln, plus was weiß ich wie viele Zivilisten! Wir haben keine Ahnung, wie viele Terroristen im Gebäude sind und welche Waffen sie haben! Wir müssen erst unseren ganzen Scheiß rausholen und auf das FBI-Geiselteam warten!«

Dom konnte nicht glauben, was er da zu hören bekam.

»Sie wollen das HRT holen – den ganzen Weg von Washington hierher?«

»Sie können in drei Stunden hier sein. Bis dahin verhandeln wir.«

»Hören Sie«, sagte Dom drängend. »Al-Matari verhält sich nicht so, wie Sie es erwarten! Was er macht, ist eine bekannte islamistische Terrortaktik, die die Dschihadisten überall auf der Welt anwenden! Sie wird *negotiation for fortification* genannt. Das ist nichts anderes als Hinhaltetaktik – durch die Verhandlungen schinden sie Zeit, um sich zu verschanzen, Bomben und Sprengfallen zu legen und ihre Botschaft noch dramatischer rüberzubringen! Sie warten nur darauf, bis jede verdammte TV-Kamera auf sie gerichtet ist, und erst dann werden sie das tun, was sie *wirklich* tun wollen!«

Einsatzleiter Thomas Russell hatte den Streit vom Kommandoposten 1 aus mitbekommen und drängte sich durch eine Gruppe von JTTF-Männern. »Was ist hier los? Wer sind Sie?«

»Special Agent Caruso aus Washington.«

»Ah. Sie sind der Bursche, den Murray ständig informiert haben will. Wissen Sie etwas, das Sie mir noch nicht gesagt haben?«

»Sie behandeln die Situation hier wie eine Geiselnahme. Versuchen, die Situation zu beruhigen und mit den Geiselnehmern zu reden. Das ist das genaue Gegenteil von dem, was Sie jetzt machen sollten. Je schneller Sie Ihre Schützen in das Gebäude bringen, desto weniger Unschuldige werden Sie verlieren.«

Russell reagierte typisch: Er stellte Carusos Autorität infrage. »Ich weiß, Sie sind der Neffe des Präsidenten, aber das gibt Ihnen keine Befehlsgewalt. Das hier ist mein Einsatz.«

»Ich versuche nur zu helfen. Schauen Sie. Die mobile Kommandoeinheit hier steht viel zu nahe am Drake. Sie können doch gar nicht wissen, ob der Typ dort drin nicht eine schmutzige Bombe hat und sie …«

»Hat Washington irgendwelche Erkenntnisse, dass er eine schmutzige Bombe hat? Wenn ihr Burschen etwas darüber wisst, will ich verdammt noch mal wissen, warum ich nicht informiert wurde!«

»Nein, Sir, aber …«

»Ich habe keine Zeit, mit einem SA von einer anderen Abteilung über jede Maßnahme zu diskutieren, die ich hier treffe! Sie können hierbleiben und den Mund halten oder Sie gehen auf die andere Seite des Sperrbands zurück!«

Dom ging. Er fand Adara in der rasch wachsenden Gaffermenge auf der Michigan Ave.

Offenbar hatte sie den ganzen Streit beobachtet. »War es so schlimm, wie es von hier aussah?«

Doms Miene war ernst, wie versteinert. »Ich halte die ganze Geiselnahme für ein Täuschungsmanöver. Ich weiß nicht, welche Forderungen sie gestellt haben, aber ich wette, es ist alles nur Hinhaltetaktik. Sie wollen, dass so viele Augen wie nur möglich auf sie gerichtet sind, um möglichst viel Publicity zu bekommen, wenn sie dann sämtliche Geiseln abschlachten.«

»Was machen wir?«, fragte Adara.

»Wir werden nicht herumsitzen und abwarten. Wir gehen rein.«

»Weiß man, wie viele Terroristen im Hotel sind?«

Dom schüttelte den Kopf. »Nein. Das ist eine ganz beschissene Situation dort drin, und sie wird nur noch schlimmer, wenn sie nur herumsitzen und abwarten. Wenn es jemand schafft, ins Hotel einzudringen und al-Mataris Leute anzugreifen, wird die Schießerei wieder losgehen, und dann bleibt den übrigen SWAT-Teams nichts anderes übrig, als das Hotel zu stürmen.«

»Warum stehen wir dann noch herum und reden nur

darüber?«, fragte Adara. »Los, wir gehen rein und fangen an.«

Dom zögerte, und Adara wollte schon wütend werden, weil sie glaubte, dass er ihr befehlen würde, draußen zu bleiben.

Doch bevor sie etwas sagen konnte, sagte Dom: »Ich brauche dich bei mir, wenn ich reingehe.«

»Weiß ich. Ich habe mir inzwischen von Clark die Grundrisse des Hotels schicken lassen. Wir können durch eine Art Kanal eindringen – sieht aus wie ein altes Abwassersystem unter dem Hotel. Ist mit einem Gebäude auf der Ostseite des Lake Shore verbunden.«

Dom joggte sofort los und zog unterwegs eine kleine Taschenlampe aus dem Rucksack. Adara lief neben ihm her. »Kann aber sein, dass wir nasse Füße bekommen.«

62

Luca Gabor roch frischen Waldboden und feuchte Luft. Er hatte keine Ahnung, wo zum Teufel er sich befand oder was los war, aber er fragte nicht danach. Seine Verwirrung hatte um vier Uhr morgens begonnen, als man ihn umstandslos aus seiner Zelle geholt, mit gefesselten Händen und verbundenen Augen aus dem Gefängnis geführt und in ein Fahrzeug verfrachtet hatte. Seine Verwirrung war sehr schnell in blanke Furcht umgeschlagen, die seither dafür gesorgt hatte, dass er erst einmal den Mund hielt.

Folglich hatte er kaum mit den Leuten gesprochen, die um ihn herum saßen, und sie hatten absolut *nichts* zu ihm gesagt.

So waren sie ungefähr zwanzig Minuten lang gefahren, dann hatte man ihn in ein anderes Auto gesetzt. Luca hatte den Eindruck, dass er es jetzt mit einer anderen Entführerbande zu tun hatte, aber auch diese Typen hatten ihm nicht mehr zu sagen als die erste Gruppe, und auch sie hatten ihn fast eine halbe Stunde lang durch die Gegend kutschiert.

Dann hatte das Fahrzeug angehalten, er war ins Freie geführt worden – und hier hatte er zum ersten Mal die Natur gerochen.

Man stieß ihn auf die Knie, aber er kippte weiter nach vorn. Als er erschrocken aufschrie, packte ihn jemand von hinten und hielt ihn in kniender Position fest.

Jetzt zog man ihm die Binde von den Augen. Die Hände ließen ihn los. Er blinzelte den Angstschweiß weg. Es war dunkel, aber er erriet, dass er irgendwo in einem Wald war, weil die Scheinwerfer des Autos, das hinter ihm stand, die Szenerie anstrahlten.

Knapp zwanzig Meter entfernt stand eine dichte schwarze Baumreihe, aber direkt vor ihm, höchstens dreißig Zentimeter vor seinen Knien, war die Erde frisch ausgehoben worden – ein Loch, zwei Meter lang und einen Meter breit.

Luca blickte hinein.

Die Grube war nicht sehr tief, höchstens einen halben Meter. Und sie war schon belegt: die Leiche eines Mannes in weißem Hemd und Krawatte lag darin, mit dem Gesicht nach oben. Trotz der Schatten, die die Grube fast völlig in Dunkelheit hüllten, konnte Gabor ein Einschussloch mitten auf der Stirn des Mannes ausmachen.

Auf Rumänisch schrie er: »Scheiße! Scheiße! Was soll das? Warum habt ihr mich hierher gebracht?«

Rechts hinter ihm begann ein Mann zu sprechen. »Wie wär's mit Englisch, Luca? Wie ich gehört habe, war es früher ziemlich gut, als du noch beim rumänischen Geheimdienst warst.«

»Ich … ich spreche Englisch. Was geht hier vor? Wer sind Sie? Was wollen Sie? Ich habe niemand etwas getan!«

Der Mann hinter ihm trat noch näher heran und sprach jetzt direkt in Lucas Ohr. Die Stimme war einschüchternd, nicht nur wegen ihres harten Klangs, sondern auch durch die Nähe. »Außerdem habe ich gehört, dass du ein ziemlich harter Brocken sein sollst, Luca. Aber für einen harten Brocken scheinst du mir doch ziemlich viel zu jammern.«

»Ich … ich will wieder nach Jilava zurück. Bringt mich zurück, sofort!«

Statt einer Antwort bekam Luca Gabor einen kräftigen Tritt in den Hintern. Er kippte mit dem Gesicht nach unten in das Loch, direkt neben und teilweise auf den Toten. Weil seine Hände auf dem Rücken gefesselt waren, fiel es ihm schwer, von der Leiche wegzurutschen.

Eine Taschenlampe wurde eingeschaltet und auf den Toten gerichtet. Gabor blinzelte gegen die Helligkeit, blickte aber den Toten an, der eng neben ihm eingezwängt in der schmalen, flachen Grube lag. Das starre Gesicht des Toten und sein eigenes waren keine drei Handbreit voneinander entfernt.

»Du kennst den Burschen?«

»Nein! Nein! Ich schwöre! Ich habe ihn noch nie gesehen!«

»Sein Name ist … oder vielmehr *war* Dragomir Vasilescu.«

Luca Gabor blickte den Toten noch einmal an, dann drehte er mühsam den Kopf und blinzelte ins Licht. »Der Direktor von ARTD? Ich kenne ihn nur vom Namen her, aber nicht persönlich. Aber … ich schwöre, ich hatte nichts mit den Sachen zu tun, die er vielleicht gemacht …«

»Alexandru Dalca hat dich im Gefängnis besucht.«

Gabor begann heftig den Kopf zu schütteln, bis er hörte, dass hinter ihm der Schlitten einer halbautomatischen Pistole zurückgezogen wurde.

»Bevor du antwortest, Arschloch, solltest du eins wissen: Der gute alte Drago hier wollte auch nicht mit mir reden. Und du siehst ja wohl selbst, was ihm das gebracht hat.«

Luca änderte sofort die Melodie. Auf keinen Fall wollte er sein eigenes Leben riskieren, um diesen Scheißkerl Dalca in Schutz zu nehmen. »Ja … ja, das stimmt. Er wollte, dass ich ihm bestimmte Kontakte vermittle. Um ihn aus dem Land zu bringen. Keine Ahnung warum. Habe nicht nachgefragt. *Wollte* es gar nicht wissen.«

»Ich weiß, warum er abhauen wollte«, sagte die Stimme hinter dem Lichtstrahl lässig. »Wegen *mir* wollte er abhauen. Er ist schließlich ein recht cleverer Junge. Was ich nicht weiß, ist, was du ihm erzählt hast. Das sagst du mir jetzt, sonst wirst du hier neben dem guten alten Drago für alle Ewigkeit verrotten, oder jedenfalls so lange, bis ein Hund vorbeikommt, deinen Gestank wittert und dich aus der Grube zerrt.«

Luca dachte an die drei Millionen Dollar, die seine Tochter an diesem Nachmittag erhalten hatte. Er konnte Dalcas Geheimnis verraten, aber das viele Geld durfte er nicht wieder verlieren. »Ich habe ihm nicht geholfen. Ich habe mich geweigert.«

Auf seiner rechten Seite prasselte plötzlich die erste Schaufel Erde auf ihn herab. Er hörte, wie die Schaufel in einen losen Erdhaufen gestoßen wurde, und schon landete die nächste Ladung feuchter Erde auf ihm.

Sie begruben ihn bei lebendigem Leib.

Nach der fünften Schaufel knickte er ein.

»Ich sag es Ihnen!«, schrie Luca. »Ich sage Ihnen alles!«

Zehn Minuten später zogen Jack und Midas einen erschütterten Luca aus der Grube, verbanden ihm wieder die Augen und führten ihn zum Minivan zurück. Beide bemerkten, dass sich der harte Brocken Luca Gabor bei der ganzen Sache die Hose ordentlich vollgepisst hatte, weshalb sie wirklich keine große Lust verspürten, ihn überhaupt irgendwohin zu fahren, aber sie hatten es ihm nun einmal versprochen. Geplant war, ihn den rumänischen Geheimdienstagenten zu übergeben, die auf einem Parkplatz im nahe gelegenen Sintești warteten; sie würden Gabor wieder ins Jilava-Gefängnis zurückbringen. Wahrscheinlich würden sie sauer sein, dass ihr Gefangener, den sie vor einer Stunde in sauberem Zustand übergeben hatten, ihnen nun völlig verdreckt und verpisst zurückgegeben wurde, aber das war den Amerikanern egal: Sie hatten alle Informationen erhalten, die sie brauchten, und würden sich natürlich für die Umstände und den verdreckten Zustand des Gefangenen entschuldigen.

Mary Pat hatte Himmel und Erde in Bewegung gesetzt, um dieses Verhör zu ermöglichen. Kaum hatte Clark nach der Schießerei mit den Chinesen bei ihr angerufen, als sie auch schon ihre Ansprechpartner in der rumänischen Geheimdienstwelt kontaktiert und sie gebeten hatte, sich sofort eingehend mit Dalca zu befassen. Sie behauptete, Beweise zu haben, denen zufolge er hinter dem Hackerangriff auf geheime Datenbanken in den Vereinigten Staaten stecke, der in den letzten Wochen weltweit Schlagzeilen gemacht hatte. Sie machte den Rumänen klar, dass sie alles über den Mann erfahren müsse, und zwar nicht erst Stunden später, sondern schon in den nächsten Minuten.

Der Rückruf kam nicht einmal eine Stunde später. Dalcas Name war in einer Datenbank als Besucher eines Insassen im Jilava-Gefängnis an genau diesem Tag aufgetaucht, eines Insassen, der den rumänischen Geheimdienstagenten keineswegs unbekannt war. Sie erklärten Mary Pat, sie könne jederzeit jemand schicken, um den Gefangenen zu verhören, wie wäre es vielleicht Anfang nächster Woche?

Mary Pat machte ihnen unmissverständlich klar, dass jemand zehn Minuten nach diesem Telefonat bereitstehen würde, um den Mann zu einem Verhör mitzunehmen.

Das war um zwei Uhr morgens gewesen.

Den diensthabenden rumänischen Geheimdienstagenten war vollkommen klar, wie beschissen es ihnen ergehen würde, wenn sich herausstellte, dass einer ihrer ehemaligen Kollegen in die Anschläge in Amerika verwickelt war und sie sich jetzt weigerten, den Amerikanern sofort Zugang zu dem Mann zu ermöglichen. Deshalb rasten sie persönlich nach Jilava, um zu verhindern, dass die dortige Gefängnisleitung irgendwelche Probleme machte. Ein paar Gefängnisbeamte wurden aus den Betten geholt, und tatsächlich versuchten sie zuerst, die Agenten mit leeren Händen nach Hause zu schicken. Es kam sogar so weit, dass die Gefängniswärter an ihren Pistolen herumfingerten, aber kühlere Köpfe setzten sich schließlich durch, nachdem die Agenten zugesichert hatten, Gabor noch vor Sonnenaufgang wieder zurückzubringen.

Niemand fragte die Amerikaner, ob sie etwas mit der Schießerei vor Dalcas Apartment in der Nacht zu tun hatten oder mit dem Tod von drei Polizisten sowie einem halben Dutzend mysteriöser Asiaten, die alle mitten auf einer Parkallee aufgefunden worden waren.

Die Antwort auf diese Frage war klar, aber natürlich würde die rumänische Regierung die Verwicklung der Amerikaner in diesen internationalen Zwischenfall vertuschen. Niemand in der Regierung hatte ein Interesse daran, dass öffentlich bekannt wurde, dass Bürger ihres Landes in die Terroranschläge des Islamischen Staates in den Vereinigten Staaten verwickelt waren.

Nachdem Chavez aus Luca Gabor alles herausgeholt hatte, was er wissen musste, transportierte das Campus-Team Gabor im zerschossenen weißen Renault Trafic wieder zu den rumänischen Geheimdienstlern zurück. Dragomir Vasilescus Leiche blieb in dem flachen Grab – noch so ein Problem, das die rumänische Regierung möglichst schnell und geräuschlos beseitigen und in ihrem eigenen Interesse für alle Zeiten vergessen musste.

63

Dominic und Adara gelangten in den Drake Tower, einen dreißigstöckigen Apartmentturm am East Lake Shore Drive, der direkt neben dem Drake Hotel in die Höhe ragte. Inzwischen hatte die uniformierte Polizei den Lake Shore Drive komplett abgeriegelt, aber Dom musste nur kurz mit seinem FBI-Ausweis wedeln, und schon wurden alle beide durchgelassen. Kurz danach musste er ihn noch einmal einem weiteren Polizisten vorweisen, der allein am Haupteingang des Wohnturms stand. Nach seiner Miene zu urteilen, war dem Polizisten vollkommen bewusst, dass er praktisch allein eine Tür bewachte, die sich unmittelbar neben dem Schauplatz eines terroristischen Anschlags befand.

Der Cop war keineswegs glücklich darüber, aber er tat seinen Job.

Im Gebäude nahmen die beiden Campus-Agenten den Lift ins Untergeschoss. Hier folgten sie den Gebäudeplänen auf Adaras Smartphone, bis sie zu einem schmalen Treppenhaus gelangten. Sie stiegen die Treppe hinunter, bis es nicht mehr weiterging und sie vor einer verschlossenen Tür standen. Caruso nahm das Dietrichset aus dem Rucksack und bekam die Tür in nicht mal einer Minute auf. Mit gezogenen Pistolen traten sie in einen dunklen kanalähnlichen Tunnel, durch den rostige Rohre verliefen. Dom schaltete die taktische Taschenlampe an, schaltete aber den Rotfilter dazu, da Rotlicht aus der Ferne schwerer zu sehen war, obwohl sie nicht den Eindruck hatten, dass jemand vom Hotel aus durch diesen Flur gekommen war.

Es war kein alter Abwasserkanal, wie es auf der schematischen Darstellung aussah, sondern ein Flur aus Beton, der so aussah und roch, als wäre er noch vor Kurzem geflutet gewesen. Doch obwohl er unbenutzt und verdreckt war, war er momentan völlig trocken.

Nach einer Biegung gelangten sie zu einer Betontreppe, an deren oberem Ende sich eine weitere verschlossene Tür befand. Adara hielt die Lampe, während Dom niederkniete und das Schloss knackte.

Adara flüsterte: »Hast du sonst noch Talente, von denen ich nichts weiß?«

Dom grinste. »Damit werde ich dich schon bald nicht mehr beeindrucken können. Wenn Clark mit deinem Training weitermacht, wirst du solche Dinge wahrscheinlich bald besser beherrschen als ich.«

Das Schloss klickte. Dom blickte grinsend zu ihr auf: »Aber im Moment sehe ich damit doch ziemlich cool aus, oder?«

Vorsichtig zog er die Tür auf und spähte hinein.

Als er nichts als Dunkelheit sah, schaltete er das Rotlicht ein.

Ein Lagerraum voller alkoholischer Getränke, so dunkel wie der Flur hinter ihnen. Vorsichtig schlichen sie zu einer weiteren Tür und öffneten sie einen Spaltbreit.

Sofort fiel gleißendes Licht herein. Vor ihnen lag die Küche des Coq d'Or, eines berühmten und altehrwürdigen Restaurants im Erdgeschoss des Hotels, direkt unter der Lobby. Adara blickte auf den Plan auf ihrem Smartphone, die Aufzüge waren nicht weit vom Ausgang zur Bar, aber ein zusätzlicher Treppenaufgang nur für das Personal befand sich rechts im Flur unter der Lobby.

Vorsichtig schlichen sie durch das leere, dunkle Restaurant, die Pistolen in tiefer Vorhalteposition. Sie entdeckten zahlreiche Anzeichen, dass Gäste und Personal in höchster Eile aus dem Restaurant geflohen waren. In manchen Getränken auf dem Bartresen schwammen noch Eiswürfel, Stühle und sogar Tische waren umgekippt. Hier unten schien es keine Todesopfer gegeben zu haben, aber den beiden Campus-Leuten war dennoch klar, welche Panik unter Gästen und Personal ausgebrochen sein musste, als oben in der Lobby plötzlich eine wilde Schießerei losging und direkt über ihren Köpfen mehrere heftige Explosionen das Gebäude erschütterten.

Dom schlich vorsichtig in den Flur. Ein Blick nach links – der Ausgang vom Restaurant zum Hotel. Die Polizei hatte sich von der Tür zurückgezogen, aber auf der anderen Seite der Straße sah er zwei SWAT-Teams, die hinter taktischen Schutzschilden kauerten. Teilweise boten ihnen auch die gepanzerten Trucks Deckung, die man jetzt hier in Stellung gebracht hatte.

Adara kam direkt hinter Dom heraus und schwenkte sofort nach rechts, die Waffe jetzt in hoher Vorhalteposition. Sie sah die Personaltreppe und trat in das Treppenhaus, Dom dicht hinter sich. Sachte schoben sie die Tür zu, sodass niemand das Schließgeräusch hören konnte, und lauschten einen Moment nach oben. Ein leises Schlurfen war zu hören. Sie knieten nieder; Dom hielt die Waffe treppaufwärts gerichtet und flüsterte in Adaras Ohr: »Könnte sein, dass Zivilisten überall in der Falle sitzen, achte also genau auf deine Ziele.«

Sie nickte, schob eine Haarsträhne hinter das Ohr, die sich aus dem Pferdeschwanz gelöst hatte, und schlich vor Dom die Treppe hinauf. Aber Dom griff nach ihrem Arm und hielt sie zurück. Er übernahm die Führung.

Auf dem Treppenabsatz des Hauptstockwerks angekommen, entdeckten sie drei Angestellte, die sich in einer Nische versteckten. Eine der Frauen schluchzte laut auf, als sie Dom und Adara mit schussbereit erhobenen Waffen die

Treppe heraufkommen sah, schlug sich aber die Hand vor den Mund, um einen Schrei zu unterdrücken. Dom schlich rasch zu ihnen und kniete nieder, während Adara die Treppe nach oben sicherte.

»Wart ihr in der Lobby?«

»Ja, wir waren an der Rezeption, als es losging.«

»Wie viele Angreifer habt ihr gesehen?«

Die drei Frauen schauten sich fragend an, dann sagte eine: »Gar keine. Nur Polizisten und Gäste. Wir hörten Schüsse und Explosionen. Ich hab Leute sterben gesehen! Einer der Polizisten kam zur Rezeption, ich glaube, er wollte mir gerade etwas sagen, aber dann fiel er um. Ich glaube, er ist tot.«

Sie begann zu weinen.

Dom zeigte den Frauen Adaras Plan des Hauptstockwerks und fragte, wo genau sie sich jetzt befanden. Die Frauen stimmten überein, dass die Tür, hinter der sie kauerten, in das Büro führte, das direkt hinter der Rezeption lag, und dass man von der Lobby aus nicht direkt in das Büro blicken konnte.

Dom nickte. »Okay, Leute, hört mir genau zu. Niemand ist auf dieser Treppe hier, die zum Ausgang hinunter führt. Hat eine von euch ein Handy?«

Eine der Frauen schüttelte den Kopf. »Wir haben sie an der Rezeption liegen gelassen.«

Dom sorgte sich, dass die Frauen in ihrer Angst auf die East Walton hinauslaufen würden, durch eine Tür, auf die hundert nervöse Polizisten mit ihren Gewehren zielten, aber er hatte nicht die Zeit, Jeffcoat anzurufen und ihn zu warnen, dass die Frauen herauskämen. »Gehen Sie zur Küche, die zur Bar gehört, dort durch den Lagerraum für die alkoholischen Getränke und die Treppe hinunter. Der lange dunkle Flur führt zum Nachbargebäude – dort seid ihr in Sicherheit.« Er nahm eine Reservetaschenlampe aus dem Rucksack und gab sie der Frau.

»Sind Sie … sind Sie sich da sicher?«

Dom nickte und berührte Adara an der Schulter. »Ich muss sehen, was in der Lobby los ist. Du bleibst hier und sicherst die Treppe.«

Sie nickte. »Sei vorsichtig.«

Dom schlüpfte in das Büro, geduckt, die Pistole vor sich. Die Tür zur Lobby stand ein wenig offen, deshalb näherte er sich in einem möglichst großen Bogen und spähte in den riesigen Raum.

Er sah zuerst nur mehrere Leichen, die mitten im Raum lagen, aber als er zum Palm Court hinüberblickte, entdeckte er zwei Männer, die mit ihren Uzis eine Gruppe von Hotelgästen in Schach hielten. Ein weiterer Mann hatte drei Trolleykoffer rund um die Gruppe platziert und zog gerade ein dünnes Kabel aus seinem Rucksack. Die meisten der Männer und Frauen waren über fünfzig; sie saßen in Sesseln und auf Stühlen oder auf dem Boden. Selbst aus dieser Entfernung konnte Dom die Panik in ihren Gesichtern sehen, als sie mit ansehen mussten, wie der Terrorist das Kabel mit etwas verband, das sich in den Koffern befand.

Dom war sich sicher, dass die Terroristen eine mächtige Bombe vorbereiteten, stark genug, um die höher gelegenen Stockwerke des Hotels zum Einsturz zu bringen. Fast alle, die sich im Gebäude befanden, würden dabei umkommen.

Er blickte sich um und war erstaunt, niemand in der Lobby zu sehen. Selbst die breite Treppe, die zum Eingangsbereich hinunter führte, schien von al-Mataris Leuten nicht bewacht zu werden.

Dom nahm rasch ein paar Fotos auf, zoomte den Palm Court und besonders die drei Trolleykoffer heran, in denen er die Sprengsätze vermutete, dann zog er sich wieder in das Büro zurück. Schnell schickte er die Fotos an Jeffcoat, dann rief er ihn direkt an.

Jeffcoat bellte: »Sie sind in der *Scheißlobby?*«

Dom flüsterte: »Hören Sie genau zu! Hier unten sehe ich

drei Tangos, sie halten zwei Dutzend Geiseln in Schach. Sie verkabeln gerade einen massiven Sprengsatz in drei Koffern miteinander. Die ganze Lobby könnte in ein paar Minuten in die Luft fliegen, oder sie legen eine Art Totmannschalter an die Bombe. Wir könnten dann die Geiseln nicht retten. SWAT muss reingehen, jetzt sofort! Ich kann die drei Tangos von hier aus in eine Schießerei verwickeln, während Ihr Team durch die Haupttüren hereinstürmt. Sobald sie durch die Türen sind, müssen sie direkt nach links. Sämtliche Gefahren in der Lobby befinden sich an einer Stelle, aber Sie müssen jetzt sofort handeln!«

»Können wir nicht! Oben auf dem fünften Stock werden mehrere SWAT-Beamte vermisst. Al-Matari und Hembrick halten sie als Geiseln!«

»Woher wissen Sie das?«

»Weil Hembrick uns angerufen hat! Wir haben achtzehn Mann hinaufgeschickt. Nur fünf und ein paar FBI-Agenten konnten sich wieder zurückziehen, und ihre Bodycams zeigen mindestens sieben Tote in den Fluren. Außerdem werden da oben ein paar FBI-Agenten vermisst oder sind schon tot.«

Dom dachte kurz nach. »Okay. Sie müssen jetzt Folgendes tun: Ich habe hier Zugang zur Personaltreppe. Ich gehe mit meiner Kollegin in den fünften Stock hoch, schalte al-Matari und Hembrick aus, und wer zum Teufel sonst noch da oben ist, und ihr rückt hier unten in die Lobby vor und befreit die Geiseln.«

»Scheiße! Dafür habe ich nicht die Befugnis, Caruso!«

Dom zögerte. »Na gut, informieren Sie Russell über meinen Plan. Ich gehe jetzt in den fünften Stock und erschieße die Schurken. Entweder kommt das SWAT durch den Haupteingang und erschießt die drei Tangos, bevor sie die Bombe zünden können, oder SWAT kommt eben nicht …«

»Nein!«, brüllte Jeffcoat. »Sie ziehen sich jetzt *sofort* zurück und kommen raus!«

»Schießerei beginnt in drei Minuten.«

»Warten Sie!«

Caruso drückte auf die rote Taste.

Er mochte seinen Plan nicht besonders, sah aber ein, dass ihnen nicht mehr viel Zeit blieb. Die nächsten Minuten waren entscheidend. Sich einfach zurückzulehnen und nichts zu tun würde viel gefährlicher sein als das, was er und Adara versuchen wollten.

64

Die drei Frauen von der Rezeption waren verschwunden, wie Dom erleichtert feststellte, als er ins Treppenhaus zurückkehrte. Er rückte auf der Treppe vor, wobei er die Waffe nach oben gerichtet hielt. Adara hielt sich dicht an seiner Seite. Er flüsterte ihr seine Anweisungen ins Ohr.

»Es bleiben uns weniger als drei Minuten, um die Tangos auf dem fünften Stock in ein Gefecht zu verwickeln. Unbekannte Zahl von Tangos. Jeffcoat glaubt, dass sich al-Matari und Hembrick dort aufhalten und dass sie mehrere Geiseln genommen haben.«

Adara nickte. Die beiden Campus-Agenten rannten noch schneller die Treppe hinauf.

An der Tür, die in die fünfte Etage führte, blieben sie stehen. Dom signalisierte mit den Fingern die Zimmernummer fünf-eins-vier, um Adara noch einmal daran zu erinnern. Sie nickte. Vorsichtig schob er die Tür auf: Sie sprangen in den Flur, Dom schwang sofort nach links, Adara nach rechts. Sie sahen die Verwüstungen des Selbstmordanschlags der Frau und der Bombe, die vor dem Treppenhaus am hinteren Ende des Flurs hochgegangen war. Männer in olivfarbener Sturmkleidung und schwarzen Schusswesten lagen überall im Flur, Körperteile waren auf dem blau-gold gemusterten Teppich verstreut, die Tapeten hingen an vielen Stellen in Fetzen herab, waren halb verkohlt und blutverspritzt.

Mehrere der toten Männer und Frauen trugen Zivilkleidung; Dom vermutete, dass mehrere oder vielleicht alle zum FBI gehörten.

Aber außer den Toten war niemand zu sehen.

Dom schlich voraus zu Zimmer Nummer 514, vorsichtig über die Leichen steigend. Hier hatte jede Leiche auch ein Schussloch in der Stirn: Die Terroristen hatten dafür gesorgt, dass keine Verwundeten im Flur zurückblieben.

Als sich Dom der Tür näherte, sah er, dass sie offen stand. Adara, nur wenige Handbreit hinter ihm, bemerkte, dass auch die Tür von 515 geöffnet war.

Dom erreichte die Tür zuerst, sprang direkt vor den Eingang, sah einen einzelnen Schwarzen, der mit einem Maschinengewehr hinter dem Bett kniete. Offenbar hatte er Dom und Adara nicht heranschleichen gehört; doch als Dom plötzlich in der offenen Tür erschien, fuhr er überrascht herum.

Adara drehte sich nach links und sah zwei bewaffnete Männer, die sich hinter einem Tisch und einem Bett verschanzt hatten, aber an gegenüberliegenden Seiten des Zimmers. Rechts auf dem Boden lagen mehrere SWAT-Beamte mit den Gesichtern nach unten, die Hände hinter dem Rücken gefesselt.

Die beiden Campus-Agenten feuerten gleichzeitig auf ihre jeweiligen Ziele.

Dom schoss David Hembrick in die Stirn, bevor der Terrorist einen einzigen Schuss abfeuern konnte. Dann wirbelte er herum, um Adara zu unterstützen, als er sie schießen hörte, ging auf ein Knie und lehnte sich nach rechts, sodass er um sie herum freie Schusslinie bekam.

Adara feuerte mehrere Schüsse ab. Sie traf den Mann hinter dem Tisch in Schulter und Hüfte; er ließ die Waffe fallen und fiel zu Boden, sie wirbelte zum anderen Tango herum, der hinter dem Bett kauerte.

Doch bevor sie feuern konnte, krachte sein Schuss; sie taumelte zurück und stürzte rückwärts über Dom.

Adara hatte eine Kugel in den Oberschenkel bekommen, aber noch im Sturz feuerte sie mehrere Schüsse auf den Mann hinter dem Bett ab.

Sie schlug mit dem Rücken auf dem Teppich auf, während Dom den Mann hinter dem Bett in ein Feuergefecht verwickelte, aber als Adara zum Bett hinüberschaute, sah sie, dass sie unter dem Bett hindurchsehen konnte – sie hatte klare Sicht auf Knie, Schienbein und Fuß des Mannes.

Ein scharfer Schmerz zuckte von ihrer Schenkelwunde hoch, aber sie kämpfte ihn nieder, zielte unter dem Bett hindurch und schoss dem Mann aus neun Metern Entfernung in die Kniescheibe.

Ihr Ziel hinter dem Bett hörte auf zu feuern und brüllte vor Schmerzen.

Adara sah, dass der Verschluss ihrer Pistole offen stand, was bedeutete, dass sie elf Kugeln auf die beiden Tangos abgefeuert hatte.

»Er ist nur verwundet!«, schrie sie Dom zu.

Caruso sprang auf, rannte in den Raum und sprang auf das Bett. Er feuerte sämtliche restlichen Patronen im Magazin auf den Rücken des Verwundeten, der hinter dem Bett lag.

Dann hob er schnell die Uzi auf, die der Mann auf das Bett hatte fallen lassen, als er zu Boden gegangen war, sprang vom Bett herab und rannte zu Adara zurück. Sie versuchte, mit beiden Händen den Blutstrom aus ihrem Oberschenkel zu stillen.

»Alles okay, sichere den Raum!«, brüllte sie, denn sie wusste, dass sein erster Gedanke war, sich zuerst um sie zu kümmern.

Dom sicherte das Bad und die Nischen und Ecken, sorgte sich aber um Adara und hoffte inständig, dass wenigstens unten in der Lobby alles so gelaufen war, wie er es Jeffcoat vorgeschlagen hatte.

Thomas Russell stand im Heck eines der mobilen Kommandoposten der JTTF. Die Schüsse waren hier, einen Straßenblock entfernt, deutlich zu hören; gleichzeitig hörte er den SWAT-Funkverkehr, der aus den Lautsprechern im Truck kam.

Zehn Sekunden lang war fast ununterbrochen gefeuert worden. Der Lärm kam nicht nur aus den geborstenen Fenstern im fünften Stock, sondern auch von dem SWAT-Team, das die Terroristen in der Lobby in ein Gefecht verwickelte. Ringsum standen hohe Gebäude, von denen die Schüsse widerhallten.

Dann hörten die Schüsse auf. Eine Stimme kam aus den Lautsprechern.

»Hier Delta One. Alle Ziele in der Lobby ausgeschaltet. Sprengsätze gesichert. Rücken nach oben vor, um Räume zu sichern. Wir brauchen blaue Einheiten, sie müssen uns bei der Evakuierung der Geiseln unterstützen.«

Der SWAT-Teamkommandant stand in der Nähe und antwortete sofort. »Verstanden. Schickt die Geiseln mit erhobenen Händen durch den Haupteingang heraus. Wir schicken Streifenpolizisten, die sie durchsuchen. Rückt auf den fünften Stock vor und unterstützt die FBI-Agenten dort. Sucht nach unseren Männern. Bestätigung, sobald ihr al-Mataris Leiche gefunden habt.«

Kaum war der Befehl bestätigt, als Russells Handy am Gürtel zu vibrieren begann. Er lehnte den Anruf ab, um sich auf den Funkverkehr im Drake zu konzentrieren. Anscheinend war jetzt alles unter Kontrolle; Russell beschloss, nun selbst zum Drake hinüber zu gehen. Gerade als er auf die Klapptreppe am Eingang des Kommandozentrums trat, summte sein Handy erneut. Gereizt zog er es aus dem Holster und bellte knapp: »Was?«

Dieselbe Stimme, die er auch schon im JTTF-Kommandozentrum gehört hatte. »Glauben Sie wirklich, dass das schon alles war?«

Scheiße. Al-Mataris Stimme. »Wo zum Teufel sind Sie? Ihre Leute sind tot und eure Bombe ist entschärft.«

»Die Bombe war nur eine Ablenkung, nichts weiter. Aber ich hätte nicht gedacht, dass meine Mudschaheddin überhaupt so weit kommen würden.«

Russell begriff rein gar nichts mehr. Doch bevor er antworten konnte, erschien Special Agent Jeffcoat an der Treppe. »Fünfter Stock gesichert. Al-Matari ist nicht dort, wiederhole: Er ist nicht dort.«

Russell nickte und sagte langsam ins Telefon: »Was wollen Sie?«

»Das fragen Sie noch, Direktor Russell? Ganz einfach: Ich will Krieg. Meine Seite gegen Ihre Seite. Seit Wochen führen wir kleine Gefechte, aber heute Abend fand die erste große Schlacht statt. Und die haben Sie schon verloren.«

»Sie sind uns vielleicht entschlüpft, aber gewonnen haben Sie nicht.«

»Wirklich nicht? Ich hätte da noch eine Frage an Sie. Wohin sind in diesem Moment sämtliche Kameras in Amerika gerichtet? Worauf richtet sich die gesamte Aufmerksamkeit, und wo sind im Moment über hundert amerikanische Polizisten, Soldaten und Spione im Einsatz, die ungläubigen Feinde des Kalifats?«

Blankes Entsetzen durchzuckte Thomas Russell, denn er begriff fast sofort, was das bedeutete. Sein Blick zuckte hoch, irrte über hohe Gebäude und Dächer ringsum.

Und so laut er konnte, brüllte er: »Beschuss! Alle in Deckung!«

Doch ehe Russell oder irgendjemand sonst reagieren konnte, war das Geräusch berstender und splitternder Glasscheiben zu hören, das sogar das ständige Funkgeschnatter im JTTF-Kommandozentrum übertönte. Und bevor noch irgendjemand die Ursache des Glassplitterns ausmachen konnte, blitzte es in den Fenstern hoch oben in zwei der Gebäude auf der Südseite der East Delaware grell auf, als Granaten herausschossen, lange Rauchschwänze hinter sich herziehend, und alle vier Geschosse zielten auf die beiden Trucks in der Straße und die Männer und Frauen, die darum herum standen.

Algier und Tripolis hatten die Fensterscheiben in ihrem Zimmer im Raffaello-Hotel sofort herausgeschnitten, sobald sie erfahren hatten, wo in der Umgebung die beiden mobilen Kommandozentren in Stellung gebracht worden waren. Ihr Zimmer lag im neunten Stock; von hier aus konnten sie die East Delaware überblicken und brauchten mit ihrer AT4, einer Panzerabwehrhandwaffe aus schwedischer Produktion, nur noch nach rechts unten zu feuern.

Musa al-Matari selbst und Omar, der Führer der Detroit-Zelle, standen in verschiedenen Räumen im achten Stock eines nicht bewohnten Apartmenthauses, zwei Gebäude östlich des Raffaello. Sie hatten einen Teil der Fensterverglasung mit extra mitgebrachten Hämmern zertrümmern müssen, dann jedoch mussten sie nur noch ihre AT4-Werfer nach schräg links unten richten. Für beide waren es leichte Schüsse, obwohl keiner von ihnen jemals eine solche Panzerabwehrwaffe abgefeuert hatte.

Al-Matari und die beiden Nordafrikaner hatten einen Tag lang darüber debattiert, wo genau sie sich für den Hauptschlag des Angriffs an diesem Abend positionieren sollten, sodass sie sich so wenig wie möglich bewegen mussten. Sie hatten zuerst Zimmer in zwei anderen Hotels gebucht, die drei Häuserblocks entfernt standen, und sich darauf vorbereitet, von dort aus in andere Gebäude wechseln zu können, obwohl sie wussten, dass die JTTF nur begrenzte Optionen hatte, was den Job für al-Matari und seine Leute leichter machte.

Alle stimmten überein, dass die mobilen Kommandozentren nicht auf dem Lake Shore Drive oder der Michigan

Avenue in Stellung gebracht würden, weil in beiden Straßen normalerweise zu viel Verkehr herrschte – eine Vollsperrung würde die ohnehin chaotische Situation noch chaotischer machen. Deshalb hatten sie angenommen, dass die East Delaware die wahrscheinlichste Option sei.

Während die JTTF die Operation zur Wiedereinnahme des Drake Hotels vorbereitete, hatten die vier Terroristen so lange wie möglich abgewartet, bis möglichst viele JTTF-Beamte am Schauplatz angekommen waren und bis möglichst viele Polizeikräfte in den Belagerungsring um das Drake und im Hotel selbst gebunden waren, sodass al-Matari und seine Männer entkommen konnten.

Und ihre Geduld wurde reich belohnt.

Als die Szene so gesichert war, wie es sich die Terroristen erwünscht hatten, tätigte al-Matari den Anruf bei Russell. Danach feuerten die vier Männer ihre Waffen fast gleichzeitig ab und schickten damit vier 84-mm-Granaten mit hoher Panzerdurchschlagskraft in die beiden gepanzerten JTTF-Kommandoposten unten auf der Straße.

Danach warfen die Männer ihre verbrauchten Abschussvorrichtungen einfach auf den Boden und setzten RPG-7-Granatwerfer auf die Schultern, eine leichte russische Panzerabwehrwaffe, aus der raketengetriebene Granaten abgefeuert wurden.

Sie feuerten eine zweite Runde von Granaten ab, doch zielten sie dieses Mal näher an den Ring der Polizeifahrzeuge, die um die Kommandozone standen. Die Granaten erzeugten vier Explosionen, die kleiner und schwächer waren als die der AT4-Granaten, aber dennoch viele der Polizisten töteten, die sonst schon bald nach den Terroristen gefahndet hätten. Im Effekt wurden damit nicht nur die Einsatzkräfte vorerst am Schauplatz festgenagelt, sondern die zwei Granatenangriffe sorgten auch dafür, dass die bereits chaotische Szene noch chaotischer wurde.

Zwanzig Sekunden nachdem Russell seine vergebliche Warnung hinausgebrüllt hatte, lagen siebenunddreißig wichtige Operative der JTTF von Chicago entweder tot oder sterbend um die Kommandozentren oder in deren Wracks, darunter auch Russell und Jeffcoat. Unter den Toten waren außerdem viele leitende Beamte von FBI, CIA, DIA, ICE und Secret Service, ferner dreizehn Chicagoer Polizisten. Weitere einundsiebzig Personen, darunter auch Polizisten und Zivilisten in den umstehenden Gebäuden, waren verwundet worden, viele von den herabfallenden Trümmerteilen.

Nach den Explosionen auf der East Delaware herrschte auch im fünften Stock des Drake Hotels minutenlang totale Verwirrung, da die übrig gebliebenen Männer der SWAT-Teams über ihre Funkgeräte keine klaren Anweisungen mehr bekamen, ob sie die Stellung halten oder sich nach unten zurückziehen sollten. Die Funksprüche übertönten und überlagerten sich, und es schien ihnen, als würden draußen hundert Sirenen gleichzeitig losheulen.

Dom und Adara hatten es inzwischen gemeinsam geschafft, ihr Bein notdürftig zu verbinden. Adara kämpfte gegen Schmerz und Übelkeit an und legte ihm den Arm um die Schultern, sodass er ihr auf die Beine helfen konnte. Er versuchte, Jeffcoat anzurufen, erreichte aber nur den Anrufbeantworter.

Sie befreiten die fünf überlebenden SWAT-Beamten, dann zogen sich alle zusammen langsam über die Treppe nach unten zurück. Es widerstrebte den SWAT-Männern zutiefst, ihre gefallenen Kollegen an Ort und Stelle zurücklassen zu müssen, aber der Tatort durfte für die späteren Ermittlungen nicht verändert werden. Dom stützte Adara. Er wusste noch nicht, was sich draußen abgespielt hatte, aber eines war sicher: Er musste seine Freundin so schnell wie möglich ins Krankenhaus schaffen.

Weitere SWAT-Beamte und reguläre Polizeikräfte sicherten die übrigen Stockwerke; Zivilisten kamen von oben herab, während von unten Polizisten und andere Einsatztrupps in die oberen Stockwerke vorrückten, sodass im Treppenhaus ein Stau entstand, vor allem auch deshalb, weil offenbar aus irgendeinem Grund kein höherrangiger Offizier auch nur *ansatzweise* versuchte, den chaotischen Einsatz zu koordinieren.

Die vier Terroristen ließen ihre Granatwerfer in den Zimmern zurück und gingen schnell nach unten. Sie trugen Anzüge und Krawatten und waren jetzt nur noch mit ihren Glock-Pistolen bewaffnet, die sie unter den Jacketts verborgen hielten. Damit verzichteten sie zwar auf Feuerkraft, konnten sich aber dafür unerkannt unter die vielen geschockten Zivilisten mischen, die auf die Straßen hinausströmten.

Sie hatten in voller Absicht kein Fluchtfahrzeug in der Nähe geparkt. Vielmehr gingen oder rannten sie einzeln durch die Straßen und Seitengassen nach Süden. Erst nachdem sie sieben bis zehn Häuserblocks vom Schauplatz entfernt waren, riefen sie Taxis.

Zwanzig Minuten nach dem Anschlag saß al-Matari auf dem Rücksitz eines Taxis und dankte Allah für den Sieg. Und insgeheim auch dem schlauen Saudi, der sich den Plan ausgedacht hatte, mithilfe geheimdienstlicher Informationen Militärs, Spione und andere Terrorbekämpfer in Amerika selbst anzugreifen. Ja, sein mysteriöser Wohltäter hatte al-Matari mit der nötigen Intel über Thomas Russell von der JTTF in Chicago versorgt. Aufgrund dieser Informationen hatte sich der Jemenit den eigentlichen Angriff ausgedacht. Außerdem hatte er daraus auch Russells Telefonnummer erfahren. Al-Matari hatte das Festnetztelefon in Zimmer 514 mit einer einfachen Software ausgetrickst, um Russell glauben zu machen, dass er sich tatsächlich im Drake aufhielt.

Aber alles andere bei dieser Mission hatte al-Matari ganz allein geplant. Er hatte die ganzen Erkundungen über die JTTF-Operationen hier in Chicago angestellt, hatte sich Videos von ihren mobilen Kommandotrucks angesehen, die bei einer Übung vor ein paar Wochen draußen im Soldier Field aufgenommen worden waren, und hatte schließlich den Plan entwickelt, die JTTF zu täuschen, um ihre Spitzenleute in möglichst großer Zahl an einen ganz bestimmten Ort in den Hinterhalt zu locken und dann anzugreifen.

Bei diesem ruhmreichen Angriff hatte al-Matari zwar zehn der übrigen Sprachschüler verloren, und auch der Verlust an Menschenleben im Drake war letztlich viel geringer als von ihm erhofft, aber im Moment machte er sich darüber keine großen Gedanken. Wenn die Global Islamic Media Front das Video von dem Angriff, das er mit seinem auf einem Stativ montierten Handy aufgenommen hatte, erst einmal ins Netz gestellt hatte, würde es kein Problem sein, neue Kämpfer zu rekrutieren. Der Auslandsgeheimdienst des Islamischen Staats würde ihm hundert neue Rekruten aus dem Ausland schicken. Mit der massiven Propaganda über die erfolgreichen Anschläge würde er sogar hier in den Vereinigten Staaten locker tausend neue amerikanische Rekruten zusammenbekommen, die sich radikalisiert hatten.

Und was noch wichtiger war: Jetzt würde sich US-Präsident Ryan nicht mehr weigern können, den vollen Militäreinsatz gegen die mächtige Kraft zu befehlen, die es geschafft hatte, Unsicherheit und Angst in seinem eigenen Volk von Ungläubigen zu verbreiten, und die das angeblich stärkste Land der Welt so impotent erscheinen ließ.

Weder al-Matari noch die drei überlebenden Männer kehrten in das sichere Haus an der North Winchester zurück. Nein – stattdessen ließen sie sich von ihren Taxis zu einer bestimmten Bar in Pilsen fahren. Sie betraten die Bar durch die Vordertür, gingen durch den Gastraum und durch die Hintertür wieder hinaus, wo sie in ihre beiden dort geparkten Fluchtfahrzeuge stiegen.

In jedem Auto lagen vier Uzis, tausend Schuss Munition und zwei schultergestützte Boden-Luft-Raketen.

Um 2 Uhr morgens ließen sie die Stadt hinter sich.

Chicago war ein voller Erfolg gewesen.

Jetzt war es an der Zeit, dass die vier Männer ihr Augenmerk auf Washington, D. C., richteten, wo noch weitere Ungläubige auf sie warteten.

65

Der Präsident der Vereinigten Staaten stand am Rednerpult im völlig überfüllten Presseraum, fast wie eine Zielfigur in einer Jahrmarktschießbude. Es war Sonntagmorgen, 9 Uhr, und sämtliche größeren TV-Sender übertrugen die Pressekonferenz live. Die 24-Stunden-Kanäle hatten den Bildschirm geteilt und zeigten auf der einen Seite eine ständige Wiederholung des Blutvergießens in Chicago und auf der anderen Seite den Präsidenten bei seiner Ansprache.

Ryan begann mit einer vorbereiteten Stellungnahme. Worthülsen wie »traurig und geschockt« hatte er schon seit Langem aus seinen Reden verbannt, aber während er eigenhändig den größten Teil dieser einleitenden Bemerkungen formuliert hatte, war ihm wieder einmal klar geworden, dass es praktisch unmöglich war, derartige Formulierungen zu vermeiden.

Nachdem er seine Trauer und sein Entsetzen zum Ausdruck gebracht hatte, versprach er, dass seine Regierung nicht ruhen werde, bis die Serie der von Abu Musa al-Matari in den Vereinigten Staaten gestarteten Terrorangriffe beendet war. Danach nahm er die Fragen der Journalisten entgegen.

Eine Reporterin von CBS hob die Hand, und Ryan rief sie auf. »Der Islamische Staat ist offenbar in der Lage, den Krieg nach Amerika zu bringen«, sagte sie. »Planen Sie, mit Bodentruppen im Irak und in Syrien einzugreifen und den Krieg zu ihnen zurückzutragen?«

»Shelley, wie Sie wissen, haben wir bereits Bodentruppen im Irak und in Syrien. Dort sind Spezialkommandos im Einsatz, die von Flugzeugen jeder Art und Größe und anderen Elementen unterstützt werden. Wir stimmen uns ständig mit unseren Koalitionspartnern ab, und unsere Strategie funktioniert. Der geografische Fußabdruck des Islamischen Staates ist stark geschrumpft, ebenso die Zahl seiner Kämpfer.« Nach kurzer Pause fuhr er fort. »Aber was der IS an Boden verliert, will er offenbar durch immer mehr Schlagzeilen wettmachen. Und Schlagzeilen kann man viel leichter erreichen als Siege auf dem Schlachtfeld. Im Moment ist die Zahl der IS-Operateure hier in Amerika noch relativ gering, aber sie erzeugen eine riesige Wirkung, die in keinem Verhältnis zu ihrer physischen Stärke steht. Der IS muss ständig dafür sorgen, dass er stark und gefährlich erscheint, sonst wird es ihm nicht gelingen, neue Kämpfer, neues Kanonenfutter für sich zu gewinnen – denn dann würde er irgendwann nur noch eine böse Erinnerung sein.

Aber schauen Sie sich an, was wir in den letzten drei Jahren getan haben. Wir haben die oberste Führungsschicht des Islamischen Staates gefangen genommen oder getötet. Wir haben offensive Luftschlagkraft eingesetzt, Spezialtruppen hingeschickt, wir sind mit CIA, DIA und anderen Nachrichtendiensten vor Ort. Wir haben unsere Nato-Partner ermutigt, sich stärker in der Region zu engagieren.

Wir finanzieren die kurdischen Milizen und die irakischen Sicherheitskräfte, wir trainieren sie, wir rüsten sie mit neuesten Kommunikationstechnologien aus.

Wir werden den Landkrieg gegen den Islamischen Staat gewinnen, ohne eine Brigade Marines nach Bagdad oder nach Westen in die vom IS besetzten Gebiete zu schicken. Unsere Strategie funktioniert besser als jeder andere Plan, der für die Region entwickelt wurde, und der Grund, warum sie funktioniert, ist *genau* derselbe, der den IS nun dazu treibt, uns hier in Amerika anzugreifen.

Der Angriff vergangene Nacht gehört zu der Falle, die sie uns zu stellen versuchen. Damit wollen sie uns so weit treiben, dass wir mit Bodentruppen in ihre Heimat einmarschieren. Aber darauf fallen wir nicht herein.«

Shelley war noch nicht zufrieden. »Dann werden Sie also nichts unternehmen, um unsere militärischen Operationen im Nahen Osten auszuweiten?«

Ryan blickte die Frau einen Moment lang schweigend an. »Shelley, Sie und Ihr Sender haben sich buchstäblich gegen jede militärische Maßnahme ausgesprochen, die ich in meiner Zeit als Präsident befohlen habe. Und als ich noch die CIA leitete, waren Sie gegen jede CIA-Initiative, die öffentlich bekannt wurde. Und jetzt plötzlich scheint es, als würden Sie einen massiven Bodenkrieg im Nahen Osten befürworten?«

Shelly gab keine Antwort.

»Nein … diesen Bodenkrieg werden wir ihnen nicht schenken. Aber wir werden sie mit Ausdauer und Entschlossenheit bekämpfen.«

Als Nächste rief Ryan eine Journalistin von CNN auf, von der er wusste, dass sie ihn und alles, wofür er stand, abgrundtief hasste. Sie verstand es hervorragend, ihre Kommentare und Berichte als korrekte, unparteiische Nachrichten zu kaschieren, obwohl sie konsequent gegen Ryans Politik gerichtet waren. »Was geben Sie den Leuten zur Antwort, die überzeugt sind, die Terroristen hassten uns für das, was wir ihnen antun? Dass sie erst durch unsere Angriffe dazu getrieben würden, hierher in unser Land zu kommen, um sich gegen uns zu verteidigen? Wie Sie wissen, haben sie die Ziele für ihre Anschläge im Militär und in den Nachrichtendiensten sehr sorgfältig ausgesucht. Genau solche Ziele, die auch Amerika bei der Gegenseite ständig ins Visier nimmt. Was geben Sie denen zur Antwort, die einfach meinen, wenn wir sie in Ruhe lassen, werden auch *sie* uns in Ruhe lassen?«

Ryan blickte die Journalistin direkt an. »Juliet, Sie arbeiten bei CNN, und Sie haben jahrelang als Auslandskorrespondentin gearbeitet, richtig?«

»Ja, viele Jahre, Mr. President, vor allem im Nahen Osten, weshalb ich aus meiner Erfahrung in der Region spreche, wenn ich sage, dass …«

»Sorry, Juliet. Sie haben mich wörtlich gefragt, was ich ›den Leuten antworte, die sagen‹. Und jetzt sagen *Sie,* dass *Sie* diejenige sind, die meint, wir sollten nur den IS in Ruhe lassen, dann könnten wir in Frieden leben?«

So leicht ließ sich Juliet Robbins nicht abfertigen. Sie schüttelte den Kopf und sagte schnell: »Ich stelle die Frage, Mr. President. Sicherlich ist Ihnen diese Kritik bekannt.«

»Natürlich ist sie das.« Ryan hörte die Kameras klicken, während er sich kurz sammelte. »Haben Sie, Juliet, bei all Ihren Reisen auf der Welt jemals eine Gruppe Menschen getroffen, die vollkommen pazifistisch war?«

»Das habe ich, Mr. President. Buddhisten, zum Beispiel. Entschuldigen Sie, aber ich habe noch nie gehört, dass der Islamische Staat Hotels und ganze Straßenzüge in Nepal in die Luft jagt.«

Ryan sah, dass sie den Kopf ein wenig höher reckte; offenbar glaubte sie, mit dieser Antwort den Disput für sich entschieden zu haben. Er dachte, hätte sie ein Mikrofon in der Hand gehalten, hätte sie es wohl fallen lassen und wäre aus dem Raum stolziert.

Ryan nickte. »Da haben Sie recht, aber das hat viel mit der räumlichen Trennung, der geografisch abgeschiedenen Lage Nepals und der Tatsache zu tun, dass die großen TV-Kanäle nur selten live aus Nepal berichten.«

»Das ist Ihre Meinung, Mr. President. Meine Meinung, und die vieler Beobachter, ist, dass Buddhisten nicht angegriffen werden, weil sie sich nicht in die Angelegenheiten anderer Völker einmischen, wie wir das tun.«

Ryan lächelte. »Haben Sie schon mal von den Jesiden gehört?«

Juliet Robbins blinzelte. Ryan konnte förmlich sehen, wie die kleinen Rädchen in Ihrem Gehirn rotierten; ihre Miene veränderte sich. »Natürlich, und ich bin nicht …«

»Sie haben gefragt, Juliet. Und Sie haben Ihre Frage sehr ausführlich formuliert, haben damit Ihren Sachverstand demonstriert und Ihre Meinung kundgetan. Nun erlauben Sie mir bitte zu antworten. Ja, die Jesiden sind den Buddhisten insofern ähnlich, als sie so gut wie keine physischen Verteidigungsmaßnamen gegen die Außenwelt haben, nicht wahr? Eine passive Gemeinschaft. Ich frage mich aber, warum Sie die Jesiden nicht erwähnen, wenn Sie über den Islamischen Staat diskutieren? Schließlich sind Sie doch, wie Sie sagen, eine Expertin für die Region, in der die Jesiden leben. Sind Sie auch Expertin für Nepal?«

»Nein, Mr. President, aber Ihre Frage …«

»*Ihre* Frage, Juliet, lautete: Warum lassen wir den Islamischen Staat nicht einfach in Ruhe, dann wird er auch zu uns netter sein? Nun, ich antworte Ihnen, indem ich über die Jesiden rede. Sie bewohnten das Sindschar-Gebirge, das in einem von den Kurden gehaltenen Gebiet liegt, und dort leben sie nun schon seit Hunderten Jahren und haben noch nie jemand etwas zuleide getan. Selbst als der Islamische Staat vor vier Jahren das Gebiet eroberte, blieben die Jesiden dort, größtenteils in ihrem Gebirge, obwohl sie fast unbewaffnet und fast ungeschützt waren.

Doch dann rückte der IS in das Gebirge vor, um die Jesiden zu vernichten. Sie wurden buchstäblich abgeschlachtet, bei lebendigem Leib verbrannt, ritualartig hingerichtet, in die Sklaverei verkauft. Das trug dazu bei, dass sich noch mehr junge Menschen dem IS anschlossen. Überall auf der Welt traten Menschen dem IS bei, als sie sahen, was der IS mit den Jesiden und auch mit anderen Gruppen gemacht hatte. Und Sie glauben allen Ernstes, eine Gruppe wie der IS wird uns freundlicher gesinnt sein, wenn wir sie nur freundlich genug behandeln? Eine Gruppe, die ganz offenkundig ein Todeskult ist, und nichts anderes?«

Juliet Robbins wollte etwas sagen, aber Ryan kam ihr zuvor.

»Deshalb habe ich zwei Fragen an Sie, Juliet, und auch an alle, die Ihrer langen Vorrede zustimmen, dass wir nur die andere Wange hinhalten und einfach tatenlos hinnehmen sollten, dass dieser Abschaum noch größer und mächtiger wird. Glauben Sie wirklich, die Vereinigten Staaten von Amerika, mit all ihren Freunden und Verbündeten im Nahen Osten, mit ihren unverzichtbaren wirtschaftlichen Interessen im Nahen Osten, sollten einfach die Waffen niederlegen und pazifistisch werden, so wie die Jesiden es waren? Und wenn ja: Wie kommen Sie bloß auf die Idee, dass uns dann der IS besser behandeln würde, als er die Jesiden behandelt hat?

Ich bin nicht hier, um andere Religionen geringer zu achten als meine eigene. Ich bin hier, um mein Bestes zu tun, Amerika und seine Verbündeten zu schützen, wenn Perversionen einer bestimmten Religion unsere Männer, Frauen und Kinder bedrohen und sämtliche Werte missachten, die zu verteidigen ich geschworen habe. Als Präsident der Vereinigten Staaten werde ich jedes Werkzeug in meinem Werkzeugkasten einsetzen, um die Verantwortlichen zu besiegen, die Ideologien zu bekämpfen, aus denen sie ihre Kraft schöpfen, und sie daran zu hindern, ihre üblen Ziele weiter zu verfolgen.

Im Gegensatz zu Ihnen glaube ich nämlich keine Sekunde, dass wir mit Beschwichtigungspolitik Erfolg haben würden. In dieser Hinsicht stimme ich Winston Churchill zu, Sie kennen den Spruch vielleicht. Churchill sagte, ein

Beschwichtiger sei wie einer, der ein Krokodil füttert, in der Hoffnung, dass es ihn als Letzten fressen wird.

Wir müssten also nur sanft wie Buddhisten sein, dann würden auch wir freundlich und milde behandelt – von einer Gruppierung, die Tausende absolut friedfertiger Jesiden grausam abschlachtete? Wenn Sie das wirklich meinen, zweifle ich ernsthaft an Ihrer Glaubwürdigkeit. Ich höre lieber auf andere, wenn ich einen Rat brauche. Es tut mir leid, Juliet – Ihrer Weltsicht mögen die besten Absichten zugrunde liegen, und in vielen anderen Dingen mögen Sie recht haben, aber bei dieser Sache … Ich werde an die Jesiden denken, die ich kennenlernen durfte, und an die, die ich nicht mehr kennenlernen konnte, und werde mich von diesen Gedanken leiten lassen, wenn ich entscheide, ob Pazifismus eine vernünftige Antwort auf Terrorismus sein kann.«

Während Juliet Robbins noch um eine passende Erwiderung rang, blickte Ryan woanders hin. »Nächste Frage?«

Nach der Pressekonferenz kehrte Ryan ins Oval Office zurück, wo Arnie Van Damm bereits auf ihn wartete. Ryan sagte nur: »Ich weiß, Arnie, ich war zu hart zu Robbins.«

Arnie zuckte die Achseln. »Vergiss es, Jack. Ich war froh, dass du ihr mal ordentlich den Kopf gewaschen hast.«

»Bin froh, dass du froh bist, Arnie. Wäre schlimm, wenn ich dich als guten Engel auf meiner Schulter nicht hätte.«

»Wir beide sind schon zu lange in diesem Geschäft. Ich wäre am liebsten nach vorn gelaufen, hätte dir das Mikrofon weggenommen, meinen sofortigen Rücktritt verkündet und dann dieser Tussi mal so richtig meine Meinung gesagt.«

»Nämlich?«

»Dass sie nach Rakka fliegen und den IS-Typen die andere Backe hinhalten soll.«

Jack Ryan verzog den Mund, sein erstes halbes Lächeln

seit Tagen. »Du bist unersetzlich, aber das hätte ich gern aus der ersten Reihe miterleben wollen.«

»Sind das wirklich wir – zwei alte Knacker, die darüber reden, was sie tun *würden,* wenn sie nur könnten?«

»Genau.« Ryan nickte entschlossen. »Wird besser sein, wir konzentrieren uns auf das, was wir *wirklich* tun können.«

66

Alex Dalca saß in dem Jeep, den er sich »besorgt« hatte, am Ende der Landebahn des Flughafens Craiova 180 Kilometer westlich von Bukarest und beobachtete die Landung der Gulfstream. Er war überrascht, dass die Albaner ein so nettes Flugzeug geschickt hatten, und das gab ihm neue Hoffnung, dass sein temporärer Aufenthalt in Mazedonien vielleicht doch nicht so schlimm werden würde.

Es war Nachmittag, aber am Flughafen herrschte nur wenig Betrieb. Seit einer Stunde saß er nun hier und hatte in dieser Zeit nur eine einzige Propellermaschine landen sehen, und selbst die war ein Inlandsflug gewesen. Außer ihr waren nur ein paar kleinere Frachtflugzeuge aus anderen europäischen Ländern angekommen.

Er war überzeugt, dass dieser Jet unvergleichlich größeren Luxus bot als alle anderen Flugzeuge, die normalerweise hier landeten.

Er stieg aus dem Jeep, warf den Rucksack über die Schulter und ging zwischen zwei Gebäuden hindurch zur Landebahn hinüber, wobei er sich genau an die Anweisungen hielt, die ihm sein albanischer Kontakt an diesem Morgen gegeben hatte. Der Angriff der Chinesen letzte Nacht hatte ihn veranlasst, das geplante Treffen mit Luca Gabor im Gefängnis abzusagen und stattdessen Gabors Tochter anzurufen. Er machte sich ein wenig Sorgen, dass Gabor wegen der Planänderung mehr Geld verlangen würde. Aber offenbar gab sich der Exspion damit zufrieden, Dalca um drei Millionen zu erleichtern, und hatte ihm nur einfach die Nummer seiner Tochter genannt.

Alles war genau so, wie es ihm der Albaner am Telefon gesagt hatte. Die Albaner betrieben ein Casino in der mazedonischen Hauptstadt Skopje, illegal natürlich; Dalca sollte Informationen über die Casinobesucher beschaffen, entweder während die Gäste bereits an den Spieltischen saßen oder bevor sie ins Hotel kamen. Mit diesen Informationen würden die Albaner besser einschätzen können, wie viel Geld oder sonstige Wertgegenstände ihre Gäste besaßen oder ob sie bestimmte Laster hatten. Oder überhaupt irgendwelche Informationen, die ihrem Casino nützlich sein konnten.

Dalca war überzeugt, dass niemand aus diesem Casino mit Geld in der Tasche herauskam, und wenn, dann lag die Chance, auf dem Heimweg überfallen und ausgeraubt zu werden, unvergleichlich höher als das statistische Risiko eines Überfalls in der Hauptstadt.

Die Albaner waren ein verdammt harter Haufen, das war Dalca schon bei dem Anruf klar geworden, und er würde ihre neue Geheimwaffe werden. Er stellte sich vor, dass die Arbeit ziemlich leicht sein würde und dass sie ihn ordentlich bezahlen würden. Und außerdem würde er dort nichts mehr zu befürchten haben, weil das Casino von mindestens fünfzig Sicherheitsleuten rund um die Uhr bewacht wurde.

Genau wie angekündigt, wendete das Flugzeug am Ende der Landebahn und rollte in seine Richtung. Drei Minuten später hielt es an, und die Treppe wurde heruntergeklappt. Ein stämmiger Mann mit bronzefarbener Gesichtshaut erschien im Einstieg und winkte Dalca zum Flugzeug herüber.

Der Mann hielt eine Flasche Champagner und zwei Champagnerflöten in den Händen.

Dalca lächelte. »Nett.« Er fühlte sich immer besser.

Alexandru Dalca stieg die Treppe hinauf und betrat zufrieden grinsend die Gulfstream G550 der Firma Hendley Associates. Als er in die Kabine trat, streckte er dem Mann, den er für einen Albaner hielt, die Hand hin.

Sehr langsam und sehr deutlich fragte er: »Hallo. Sprechen Sie Englisch?«

Ding Chavez schüttelte Dalca die Hand und drückte sie ordentlich. »So gut wie jeder Chicano in L. A.«

»Äh … wie bitte?«

Dalca drehte sich um und blickte tiefer in die Kabine. Dort standen drei weitere Männer. Einer war schon älter und etwas dicker, saß aber weiter hinten. Die beiden anderen trugen Bärte, waren muskulös und eher in Dalcas Alter – und die hielten Pistolen in den Händen.

»He, was soll das … Wer sind Sie?«

Chavez stellte die Champagnerflasche und die Flöten in die Bordküche, dann riss er Dalca herum, zwang ihn auf die Knie und stieß ihn im Gang auf den Boden, sodass er zwischen den bewaffneten Männern lag.

Country kam aus dem Cockpit. »Die Fracht ist geladen.«

Chavez nickte. »Ja, alles ist geladen. Auch dieser Müllsack hier.«

Er warf Jack Dalcas Rucksack zu, der ihn sofort durchsuchte. Dann setzte Chavez ein Knie auf den Nacken des Rumänen und hielt ihn so auf dem Boden fest. Es dauerte nicht lange, bis Jack die Festplatte fand und sie vor Dalcas Gesicht hin und her schwenkte.

»Na, was haben wir denn da?«, fragte Jack.

Mit aller Frechheit, zu der er noch fähig war, gab Dalca zurück: »Wonach sieht es denn aus?«

»Es sieht aus wie etwas, das dir eine Kugel einbringt, wenn du den Mund nicht aufmachst.«

Jack nickte Country zu, der sofort die Treppe einfuhr, die Tür schloss und ins Cockpit zurückging.

Währenddessen durchsuchte Chavez den Gefangenen,

fesselte ihm die Hände mit einem Kabelbinder auf dem Rücken und verband ihm fest und gründlich die Augen. Er stieß Dalca auf einen der Sitze und setzte sich ihm gegenüber.

»Die gute Nachricht ist, dass wir keine Chinesen sind«, sagte Chavez. »Die schlechte Nachricht: Du hast die Chinesen nicht mal halb so wütend gemacht wie die Amerikaner.«

»Keine Ahnung, was Sie damit meinen.«

»Das erkläre ich dir gern. Die amerikanische Regierung hatte ein nettes kleines Gespräch mit ihrem Botschafter in Mazedonien, und der wiederum hat dann die mazedonische Regierung angerufen und dafür gesorgt, dass das Flugzeug wieder umkehren musste, das dich eigentlich hätte abholen sollen. Bei der Gelegenheit fand man heraus, dass zwei der Typen in dem Flieger – der übrigens nicht mal halb so hübsch war wie dieser hier – per Haftbefehl gesucht wurden. Das bedeutet, dass deine albanischen Kumpel jetzt tief in der Scheiße sitzen, aber bei Weitem nicht so tief wie du.«

Die Gulfstream startete durch und drehte in westlicher Richtung ab. Bis sie Washington erreichte, würde sie acht Stunden in der Luft sein, was bedeutete, dass die Campus-Männer acht Stunden Zeit hatten, jede noch so kleine Information aus dem verwirrten, aber immer noch ziemlich dreisten Mann herauszuholen, der gefesselt in der Kabine saß.

Aber zunächst ließen sie ihn allein im vorderen Kabinenbereich sitzen und zogen sich in den hinteren Teil zurück, um zu beraten, wie sie die Informationen am besten aus ihm herausholen konnten.

Sie hatten ihren Mann und hätten eigentlich hochzufrieden sein sollen, wenn sie nicht kurz zuvor von den Anschlägen in Chicago erfahren hätten, was jede Freude über den Erfolg ihres Einsatzes zunichtegemacht hatte. Dom hatte Chavez kurz nach dem Start vom Bukarester Flughafen angerufen und ihn informiert, dass Adara angeschossen worden sei, dass aber die Ärzte gesagt hätten, sie würde sich wieder vollständig erholen.

Die vier Männer versuchten, die Tragödie in Chicago aus ihren Gedanken zu verbannen, um sich voll und ganz darauf konzentrieren zu können, dem Gefangenen alle Informationen zu entlocken, die sie brauchten – dem Mann, der einen großen Teil der Schuld an diesen Anschlägen trug.

Midas wies mit dem Daumen auf Dalca. »Dieses Arschloch ist verantwortlich für den ganzen Scheiß, und er hat das ganz allein gemacht. Sein Fluchtplan war eine Strickleiter, ein Fahrrad und ein paar albanische Typen in Mazedonien, die er nicht einmal kannte. Das ist alles, was er zu seinem eigenen Schutz unternommen hat. Keine Bodyguards, keine gut bezahlten Schlägertypen, die ihn bewachten. Er hat keine Beziehungen zu staatlichen Akteuren und übrigens auch nicht zu nichtstaatlichen. Ja, klar, er hat den Deal mit den Albanern, aber den hat er erst in den letzten vierundzwanzig Stunden abgeschlossen.«

»Was willst du damit sagen?«, fragte Chavez.

»Weiß ich nicht, Chef. Aber vielleicht übersehen wir was, vielleicht fehlt noch ein kleines Teilchen im Puzzle. Es könnte noch mehr hinter der Sache stecken, als wir annehmen.«

Chavez wandte sich an Jack. »Was meinst du?«

»Ich glaube, der Bursche ist ins Wasser gestiegen und fing an zu schwimmen, und weil alles gut ging, wurde er leichtsinnig. Hat sich keine Gedanken gemacht, wie er wieder ans Ufer zurückkommt. Der war völlig überzeugt, dass man ihm nichts anhaben kann, deshalb wurde er immer gieriger.«

Midas nickte. »Die Frage ist jetzt, wie kriegen wir ihn dazu, uns alles zu erzählen?«

Chavez antwortete: »Andere Leute sind ihm offenbar völlig egal. Schauen wir mal, ob er sich um sich selbst mehr Sorgen macht.«

Jack ging nach vorn und setzte sich Dalca gegenüber. Ding und Midas setzten sich in die Nähe, während Gavin hinten blieb, um Dalcas Laptop zu hacken. Daneben lag die Festplatte, bereits mit einem vollkommen sauberen Computer verbunden, den Gavin nur zu diesem Zweck mitgebracht hatte.

»Höchste Zeit, dass du uns alles erzählst, was du weißt«, sagte Jack.

»Ich will einen Martini.«

Jack traute seinen Ohren nicht. »Und ich will dir eine Kugel in die Stirn jagen.«

Dalcas Mundwinkel gingen nach oben, verschwanden fast unter der Augenbinde. »Aber das kannst du nicht, richtig?«

Jack gab keine Antwort.

Dalca fügte hinzu: »Extra dry, up, mit einem Zitronentwist.«

Jack dachte an all die Leute, die wegen dieses Mannes hatten sterben müssen. Jennifer Kincaid, eine Frau, der er nie begegnet war, aber deren Mann auf genau dem Sitz gesessen hatte, auf dem nun Dalca saß.

»Scheiß auf dich und deinen Twist«, sagte Jack wütend und verpasste dem Rumänen eine krachende Ohrfeige.

Chavez warf Midas einen Blick zu, der näher bei Jack saß, und Midas packte Jacks Arm, bevor dieser noch einmal zuschlagen konnte.

»Mach mal langsam, Sugar Ray«, sagte Midas warnend. »Dieses Arschloch ist am Ende.«

Dalca spuckte ein wenig Blut auf sein Hemd. »Ihr braucht mich. Ich bin der Einzige, der weiß, welche Zieldateien ich verschickt habe und an wen.«

Jack nickte Midas zu, um ihm zu signalisieren, dass er

sich unter Kontrolle hatte. Er holte tief Luft und sagte: »Wir wissen, wem du sie geschickt hast. Musa al-Matari. Und wir wissen auch, für wen du gearbeitet hast. Für die Chinesen. Wir brauchen dich nicht so dringend, wie du glaubst. Auch ohne dich haben die Chinesen die Fähigkeit, amerikanische Staatsbedienstete auffliegen zu lassen, genau wie du das getan hast, weil sie Kopien aller Dateien haben.«

Dalca saß kurze Zeit, ohne sich zu regen. »Niemand außer mir hat die Dateien. ARTD hat die Dateien mehr oder weniger zufällig bekommen, als wir uns ins System einer indischen Sicherheitsfirma hackten. Die Inder hatten einen Vertrag mit einer amerikanischen Firma, die wiederum vom Office of Personnel Management angeheuert worden war. Sie sollten untersuchen, wie anfällig das OPM-Netz für Hackerangriffe war.« Er spuckte noch einmal ein wenig Blut aus. »Die Inder hatten die Daten, aber sie ließen sie auf ihrem Server liegen und benutzten sie nicht weiter. Als uns klar wurde, womit wir es zu tun hatten, zogen wir die Dateien zu uns herüber. Zuerst speicherten wir sie absolut sicher in einem Air-Gap-Raum. Erst dann schauten wir uns die Datenbank genauer an.«

Jack fragte verblüfft: »Willst du damit sagen, dass die Chinesen die Datenbank gar nicht haben?«

Dalca schüttelte den Kopf. »Sie haben nicht eine einzige Datei.«

»Unfug. Du lügst, weil du glaubst, dass du damit deine Verhandlungsposition verbessern kannst.«

Dalca schüttelte nachdrücklich den Kopf. »Sie wollten nichts mit den Dateien zu tun haben. Wir haben nicht mal mit den Chinesen direkt zusammengearbeitet. Unser Auftraggeber war eine Strohfirma, die sich Seychellen-Gruppe nennt.«

Jack notierte sich den Namen und nahm sich vor, nach dem Verhör die Firma zu recherchieren.

»Ich will eine Liste aller Personen, die du als Zielpersonen ausgesucht hast. Alle Namen.«

Dalca zuckte übertrieben dramatisch die Achseln. Er ließ sich Zeit mit der Antwort. »Klar, die *könnte* ich dir sagen. Aber nichts ist umsonst. Ich verlange Gegenleistungen.«

Gavin rief Chavez zu sich nach hinten. »Ich werde Tage brauchen, vielleicht sogar Wochen, um die Verschlüsselung zu knacken und in seinen Rechner zu kommen. Wenn er uns das Passwort verraten würde, könnten wir vielleicht eine Menge Menschenleben retten.«

Jack konnte das Gespräch nicht hören, aber aus Gavins Gesten war zu erraten, dass er Dalcas Rechner noch nicht hatte knacken können. Er ballte die Faust und beugte sich zu Dalca hinüber, aber Midas legte ihm die Hand auf die Schulter.

Chavez kam wieder nach vorn, beugte sich dicht über Dalca und sprach direkt in sein Ohr. »Na schön, Alex. Hören wir uns erst mal an, was du verlangst.«

Jack stand abrupt auf und ging zur Bordküche. Er brauchte was Starkes.

67

Der Anruf war von Mary Pat Foley arrangiert worden und ging an Präsident Jack Ryans Privatnummer. Er war über den Anruf informiert und wartete nervös in seinem privaten Arbeitszimmer, das sich in der zweiten Etage befand, dem Wohnbereich des Weißen Hauses.

Das Telefon summte. Er nahm den Anruf sofort entgegen. »Clark?«

»Ja, Mr. President. Es tut mir leid, Sie stören zu müssen.«

»Mary Pat sagte mir nur, dass es nicht um Jack junior geht?«

»Das stimmt, Jack geht es gut. Es tut mir leid, wenn Sie sich wegen des Anrufs unnötig Sorgen gemacht haben.«

Ryan atmete erleichtert aus. »Kein Problem.«

»Im Moment befindet sich das Campus-Flugzeug über Westeuropa. An Bord ist ein Gefangener namens Alexandru Dalca. Er ist Mitarbeiter der rumänischen Hackerfirma, die sich die Datenbanken aus dem Netzwerk des Office of Personnel Management beschafft hat. Dalca war ursprünglich damit befasst, im Auftrag der Chinesen aus diesen Dateien die Namen amerikanischer Spione herauszufiltern. Aber irgendwann machte er sich mit den Daten selbstständig und durchsuchte sie nach Zielpersonen in amerikanischen Regierungs-, Geheimdienst- und Militärkreisen. Diese Informationen verkaufte er an mehrere Länder oder Unternehmen, vor allem aber an den IS.«

»Das ist … unglaublich. Wo sind die Dateien jetzt?«

»An Bord der Gulfstream. Sie sind auf einer Festplatte gespeichert. Dalca wollte sich damit ins Ausland absetzen. Er behauptet, es gebe keine weiteren Kopien, aber wir können natürlich nicht mit Sicherheit sagen, ob das stimmt.«

Ryan rieb sich die Augen. Das waren sicherlich gute Nachrichten, aber es war ein entsetzlicher Monat gewesen, und die Sache war mit der Gefangennahme dieses Verbrechers noch nicht ausgestanden. »Hervorragende Arbeit, John.«

»Danke, Sir, aber ich habe nicht angerufen, um mir auf die Schulter klopfen zu lassen. Wir brauchen Ihre Hilfe.«

Ryan legte die Stirn in Falten, denn er ahnte, was jetzt kommen würde. »Alles, solange Sie das Wort ›Begnadigung‹ nicht in den Mund nehmen …«

Clark seufzte hörbar. »Dalca wird uns helfen, aber er will eine vorbehaltlose Begnadigung und fünfundzwanzig Millionen Dollar.«

»Ach du Sch…!«

»Genau, Mr. President. Es ist natürlich Ihre Entscheidung, aber er sichert uns zu, dass er uns die Namen sämtlicher Personen in den USA und im Ausland verrät, die als Ziele ausgewählt wurden. Offenbar hat er seine Informationspakete einzeln an mehrere Akteure verhökert.«

Ryan starrte auf den Teppich. Schon bei dem bloßen Gedanken drehte sich ihm fast der Magen um. Diesen Mann straflos davonkommen zu lassen und ihm überdies noch eine derart hohe Summe zahlen zu müssen … Aber je länger er darüber nachdachte, desto klarer wurde ihm bewusst, wie aussichtslos die Situation war, in der er sich befand.

Clark drängte. »Tut mir leid, Mr. President, aber der Zeitfaktor ist von größter Bedeutung.«

»Heißt das, er will mit mir selbst sprechen?«

»Per Videokonferenz. Er besteht darauf.«

»Verdammt. Wer ist dieser Bursche?«

»Ein Kotzbrocken, mit Verlaub, Mr. President. Keinerlei Gewissen, keine Werte, nichts. Ein Typ, der nur einfach den großen Reibach machen will und dafür gnadenlos über Leichen geht.«

»Ein Soziopath«, stellte Ryan fest.

»Die Annahme ist gerechtfertigt, denke ich«, antwortete Clark. »Wie auch immer: Mary Pat sagt, dass ihr Verbindungsmann die Videokonferenz in ein paar Minuten im Situation Room arrangieren kann, sobald Sie grünes Licht geben, Sir.«

Ryan seufzte. »Ich rede mit ihm. Danke, John.«

»Gern, Sir.«

»Wissen Sie, John, als ich den Campus gründete, machte ich mir große Sorgen, dass derart viel Macht in die falschen Hände geraten könnte. Das macht mir auch heute noch Sorgen. Deshalb setzte ich den besten Mann ein, den ich finden konnte, Gerry Hendley … aber trotzdem – man kann nie alles vorhersehen, was noch geschehen wird. Ich wollte Ihnen das schon lange mal sagen, John: Ich bin froh, dass auch Sie da drüben dabei sind. Die Organisation ist in guten Händen.«

»Das weiß ich zu schätzen, Sir. Auch die Generation, die mir folgt, ist sehr gut, Sir. Ich denke, die Organisation wird noch lange Zeit hilfreich sein.«

Dann entfuhr Ryan doch noch die Frage, die er von Anfang an hatte stellen wollen. »Ist Jack auch im Flugzeug?«

Kurze Pause. »Ja, Mr. President. Jack hat entscheidend dazu beigetragen, Dalca aufzuspüren, und er war auch entscheidend daran beteiligt, ihn gefangen zu nehmen und die Dateien sicherzustellen.«

Ryan zögerte einen Moment, um die Information zu verarbeiten und seine Gefühle unter Kontrolle zu bringen. »Bei diesen Dingen ist er besser, als ich damals war, stimmt's?«

»Besser? Nein, Mr. President. Wie Sie ist er sehr gut an beiden Enden des Spektrums, das unsere Nachrichtendienste abdecken, aber Sie hatten ja auch ein paar besondere, hm, Highlights in Ihrer Karriere.«

Das rang dem Präsidenten ein Lächeln ab. »Kann sein, aber ich hatte auch einen enormen Vorteil – ich musste mir nicht ständig Sorgen machen, dass meine Leistung nur anerkannt wird, weil alle wissen, wer mein Dad ist.«

»Das stimmt, und es treibt Ihren Sohn manchmal fast in den Wahnsinn, Sir. Wenn nicht sein Großvater, sondern sein Dad Polizist in Baltimore gewesen wäre, hätte Jack so viel Bewegungsfreiheit wie Sie damals.«

Ryan lachte leise. »Richtig, John. Ich weiß, Sie stehen unter Zeitdruck. Ich gehe jetzt direkt runter zum Situation Room.«

Sie hatten Alexandru Dalcas Sitz ein wenig gedreht, sodass er dem Monitor an der Wand gegenübersaß. Chavez setzte sich hinter ihn, während sich Jack, Gavin und Midas in den hinteren Teil der Kabine zurückzogen, um außerhalb des Kamerabereichs zu sein. So sah der Präsident nur Dalca und Chavez, und Dalca selbst würde nichts weiter sehen als den Monitor und den einen Meter Kabine davor.

Chavez zog ihm von hinten die Binde von den Augen. Dann blickten sie ein paar Sekunden lang auf den leeren Monitor, bis Gavin mit der Fernbedienung ein paar Einstellungen vornahm.

Plötzlich erschien der Präsident auf dem Bildschirm. Er saß am Ende des Konferenztisches im Situation Room. Außer ihm war niemand zu sehen.

Ryan rückte die Brille zurecht und blickte auf den Monitor, der direkt vor ihm auf dem Tisch stand.

»Sie sind Dalca?«

»Ja, richtig.« Dalca schien ziemlich unbeeindruckt zu sein, dass er mit dem mächtigsten Mann der freien Welt sprach. »Wie ich den Männern hier, die mich entführt haben, schon erklärt habe, bin ich bereit, gegen eine vernünftige Gebühr sämtliche Passwörter für meinen Computer zu nennen. Außerdem werde ich ihnen die Ziele nennen, für die ich Informationspakete an verschiedene Partner verkauft habe.«

»Nun, ich muss sagen, Sie sind sehr geradeaus.«

»Ich gehe fair mit Amerika um, wenn sich Amerika auch zu mir fair verhält. Der Zeitfaktor ist entscheidend. Ich denke, die Terroristen bereiten gerade in diesem Augenblick den nächsten Anschlag vor.«

»Sie haben gehört, was in Chicago passiert ist?«

»Ja. War heute Morgen im Radio. Thomas Russell war eines der Zielpakete, die ich zusammengestellt hatte. Ein gutes Beispiel – es zeigt Ihnen, was man allein dadurch anrichten kann, dass man ein paar Personendaten aufdeckt und weitergibt. Im Moment haben meine Abnehmer ein paar Dutzend weitere Infopakete in den Händen, und nur ich allein kann sie davon abhalten, noch Dutzende weiterer Anschläge wie in Chicago durchzuführen.«

Ryan nickte langsam. Schließlich fragte er: »Wer hat in Ihrem Flugzeug das Kommando?«

Ryan wusste natürlich, dass Chavez der Führer der kleinen Gruppe im Flugzeug war, da sich Clark nicht an Bord befand. Aber die Dramaturgie des Augenblicks verlangte, dass er so tat, als wäre ihm niemand im Flugzeug persönlich bekannt.

Direkt hinter Dalca sagte Ding Chavez: »Das bin ich, Mr. President.«

»Nun gut«, sagte Ryan. »Als Ihr Oberbefehlshaber werde ich Ihnen nun einen direkten Befehl geben, der Mr. Dalca betrifft. Diesen Befehl werden Sie und Ihre Untergebenen genauestens *befolgen*. Habe ich mich klar ausgedrückt?«

»Jawohl, Sir.«

Ein Lächeln breitete sich auf Dalcas Gesicht aus.

»Sie fliegen im Moment über den Atlantik?«, fragte Ryan.

»Richtig, Sir«, antwortete Chavez.

»Gut. Ich will, dass Sie eine der Luken öffnen und Mr. Dalca aus dem Flugzeug werfen. Ist das klar?«

Mehrere Sekunden lang herrschte in der Kabine kaltes, eisiges Schweigen. Dann schrie Dalca:

»*Was?* Nein! Sie brauchen mich noch!«

Ryan hob eine Augenbraue. »Ich *brauche* Sie? Das würde ich so nicht ausdrücken. Ihre Information wäre nützlich, ja, das stimmt, aber wir kommen auch ohne sie zurecht. Ich verhandle nicht mit Terroristen.«

Chavez drückte auf eine Taste an seinem Sitz – die Sprechverbindung zum Cockpit. »Captain?«

Pilotin Helen Reid antwortete sofort. Ihre Stimme kam klar und deutlich aus dem Intercom-Lautsprecher. »Wie kann ich Ihnen helfen, Sir?«

»Wir müssen auf unter zehntausend Fuß heruntergehen. Wir werden die Ladeluke im Heck öffnen.«

Die Pilotin zögerte kurz. »Roger. Ich informiere Sie, sobald wir den Druck in der Kabine entsprechend verringert haben.«

»Nein!«, schrie Dalca.

Fast sofort ging das Flugzeug in einen deutlich spürbaren Sinkflug über.

Präsident Ryan fuhr fort: »Sie hatten kein Problem mit dem Sterben, solange es andere Personen waren, die Sie in den Tod schickten. Ich wundere mich, wenn ich sehe, wie bleich Sie jetzt geworden sind.«

Dalca stotterte: »Ich … ich werde … Ich wäre bereit für einen Deal mit Ihnen.«

Ryan zuckte die Achseln, als wäre ihm das Angebot völlig gleichgültig. »Sie haben uns bereits ein Angebot gemacht, Dalca. Mein Gegenangebot ist Ihr sofortiger Tod.

Die Verhandlungen sind abgeschlossen. Goodbye.« Ryan blickte an der Kamera vorbei, als wollte er jemand signalisieren, dass das Videogespräch beendet sei.

Wieder schrie Dalca: »Warten Sie! Ich gebe Ihnen alles, und ich kann Ihnen auch helfen, al-Matari zu fangen!«

Ryans Blick kehrte zur Kamera zurück. »Wie?«

»Ich ... ich weiß noch nicht ... Ich rede mit diesen Männern hier, wir werden uns irgendwas einfallen lassen. Ich stehe in Verbindung mit jemand vom IS. Vielleicht ist es al-Matari selbst oder vielleicht auch jemand, der die Informationspakete an al-Matari weiterleitet. Ich helfe Ihnen! Aber bitte bringen Sie mich nicht um! Lassen Sie mich einfach gehen, wenn alles vorbei ist.«

Ryan wiegte den Kopf hin und her. »Sie erwähnten etwas von fünfundzwanzig Millionen. Ich glaube nicht, dass der amerikanische Steuerzahler einem Hundesohn so viel Geld zahlen will, der für den Tod vieler guter Amerikaner verantwortlich ist.«

»Vergessen Sie das Geld! Ich helfe Ihnen, so gut ich kann. Sie brauchen diesen Männern nur zu befehlen, mich aus den USA wegzubringen und mich laufen zu lassen, wenn wir das hinter uns haben.«

Ryan blickte eine Weile nachdenklich in die Kamera. Schließlich sagte er: »Einverstanden.«

Chavez sagte: »Danke, Mr. President.«

»Wenn er Ihnen auch nur die geringsten Probleme macht, habt ihr Jungs grünes Licht, zu meinem ursprünglichen Befehl zurückzukehren. Und das gilt auch, wenn seine Versuche, uns zu helfen, nicht erfolgreich sind. Sie haben meine ausdrückliche Genehmigung für eine außergerichtliche Hinrichtung. Sollte Dalca sterben, wird niemand Sie oder Ihre Mitarbeiter zur Rechenschaft ziehen oder Ihre Motive infrage stellen.«

»Verstanden, Sir. Wenn er nicht in vollem Umfang und ohne Vorbehalte mit uns zusammenarbeitet, geht er ins

Wasser und darf schwimmen, wohin er will und so lange er kann.«

Präsident Ryan nickte knapp, dann wurde der Monitor schwarz.

Hinten im Flugzeug grinste Jack Ryan junior von einem Ohr zum andern.

Kurz darauf rief Chavez das Cockpit an, und die Gulfstream ging wieder in den Steigflug über.

Dalcas Augen wurden wieder verbunden. Der Rumäne nannte ihnen die Passwörter zu seinem Computer. Gavin gab die Passwörter nacheinander ein, um sämtliche Dateien aufzurufen, die Dalca verschickt hatte.

Jack brauchte eine gute Stunde, um die Informationspakete flüchtig durchzusehen, aber erst nachdem Chavez John Clark angerufen und ihm die Namen und Aufenthaltsorte sämtlicher Zielpersonen durchgegeben hatte. Clark setzte sich daraufhin mit Dan Murray in Verbindung, der sofort veranlasste, alle gefährdeten Personen in Sicherheit zu bringen, was allerdings Stunden, wenn nicht sogar einen ganzen Tag dauern würde.

Als Chavez den Anruf beendet hatte, bat Jack alle anderen in den hinteren Teil der Kabine, außerhalb von Dalcas Hörweite.

Jack sagte: »Es sind vierzig Namen auf der Liste, die meisten im Raum Washington, D. C., daher glaube ich, dass al-Matari seine Leute, die sich derzeit auf die nächsten Anschläge vorbereiten, in D. C. positioniert hat.«

»Klingt logisch«, meinte Chavez.

»Deshalb habe ich mir überlegt, wie wir den Behörden mehr Zeit verschaffen können, die Anschlagsziele aus der Gefahrenzone zu bringen und uns eine gute Chance zu geben, al-Matari hochzunehmen. Es wird ziemlich schwierig werden, aber ich denke, das Ergebnis ist das Risiko wert.«

»Lass hören«, sagte Gavin.

»Wir benutzen die Verbindung, über die Dalca die Informationen an den IS füttert. Wir bereiten ein gefälschtes Infopaket vor und füttern al-Matari mit einer Zielperson, die so perfekt zu seinen Bedürfnissen passt, dass er gar nicht anders kann, als darauf anzuspringen. Dafür geben wir ihm einen sehr engen Zeitrahmen, gerade so viel Zeit, wie er braucht, um seine Zellenmitglieder in die richtige Gegend zu schicken, wenn er die Gelegenheit nicht verpassen will. Und das wäre jetzt, heute noch. So kann er nur das absolute Minimum an Vorbereitungen treffen und er würde seine Leute von den anderen Zielen abziehen müssen.«

Chavez blickte Jack mit schief gelegtem Kopf an. »Großartige Idee. Aber du wirst ihm eine Zielperson unterschieben müssen, die ihn absolut überzeugt, damit er alles andere stehen und liegen lässt, um diese Person zu töten … Wen schlägst du als Lockvogel vor?«

Jack lächelte. »Den Sohn des Präsidenten der Vereinigten Staaten. Die Zieldatei wird alle Beweise enthalten, die al-Matari braucht, um sicher zu sein, dass Jack Ryan junior vom Secret Service nicht beschützt wird und sich ganz allein in dem unbewachten Blockhaus aufhält, das seiner Familie gehört. Es liegt in den Blue Ridge Mountains. Ich werde alle Informationen hineinpacken, die Dalca für seine anderen Pakete zusammenstellte. Aus den Informationen geht hervor, dass ich nur für einen Tag, höchstens für zwei Tage, in der Hütte bin. Sie würden alle anderen Planungen fallen lassen müssen, um mich zu kriegen.«

Gavin schaute Jack fast mitleidig an. »Bist du total verrückt geworden?«

Jack ging nicht darauf ein. »Wir vermuten, dass er letzte Nacht in Chicago war, es könnte also sein, dass er nicht selbst zur Blockhütte kommt, aber wenn wir einen oder zwei seiner Leute lebend kriegen können, haben wir eine Chance, auch al-Mataris Aufenthaltsort herauszufinden.«

Midas warf ein: »Was passiert, wenn al-Matari mit fünfzig Mann bei der Blockhütte auftaucht?«

»Wir wissen doch, dass er keine fünfzig Leute mehr hat. Die Hütte liegt zwar in einer abgeschiedenen Hinterwäldlergegend, aber er könnte trotzdem nicht mit einem größeren Trupp Araber dort aufkreuzen, ohne Aufmerksamkeit zu erregen. Das dürfte auch al-Matari klar sein. Der kommt mit zwei oder drei Leuten, maximal.«

»Ich weiß nicht, Jack«, sagte Chavez. »Es wäre verdammt riskant, dich als Köder zu nehmen.«

»Oder verrückt«, fügte Gavin hinzu.

»Es ist unsere beste Chance«, verteidigte Jack seinen Plan. Er war zuversichtlich, dass die Sache klappen würde.

Jack gab Chavez die genaue Lage des Blockhauses an, und Chavez ging mit den Koordinaten zum Cockpit, um mit Helen und Country darüber zu beraten.

Nach einigen Minuten kam er wieder zurück, ohne Dalca auch nur eines Blickes zu würdigen. »Tut mir leid, Jack, aber es funktioniert nicht. Der Ort, den du meinst, liegt zu weit abseits. Im Umkreis von mindestens achtzig Kilometern gibt es keine Möglichkeit zu landen. Wenn wir die restliche Flugzeit nach D. C. einrechnen, würden wir fast einen ganzen Tag brauchen, um dorthin zu kommen. Wenn wir wirklich erreichen wollen, dass al-Matari seine Männer so schnell wie möglich losschickt, brauchen wir einen anderen Ort oder ein anderes Ziel.«

Darüber hatte auch Jack bereits nachgedacht. »Die Örtlichkeit und die Zielperson sind perfekt, besser geht's nicht. Und es gibt eine Möglichkeit, uns schnell dorthin zu schaffen. Wozu haben wir Fallschirme an Bord?«

Chavez schüttelte den Kopf. »Das sind Freifallsysteme für den militärischen Einsatz, Jack! Dafür bist du nicht ausgebildet!«

»Das schaffe ich schon.«

Midas mischte sich ein. »Ich bin für Freifallspringen qualifiziert. Ich springe.«

Jack schüttelte den Kopf. »Sorry, Midas. Al-Matari

schickt seine Leute los, weil er den Sohn des Präsidenten erwischen will. Ich muss vor Ort sein, damit sie mich eindeutig identifizieren können, sonst könnte es sein, dass sie die Aktion abbrechen, bevor wir sie festnageln können. Ich kann niemand als Ersatz hinschicken. Diese Sache muss ich selbst durchziehen.«

Ding schüttelte den Kopf. »Sprünge mit diesem System muss man gelernt haben, Jack. Man schnallt sich nicht einfach an und hüpft aus dem verdammten Jet.«

»Haben wir eine andere Wahl? Schaut euch nur mal an, wie schnell die Anschläge durchgeführt wurden. Jemand wird sterben – noch heute! Vielleicht sogar viele Leute. Und vielleicht planen sie sogar ein zweites Chicago! Wir müssen ihre Operation in eine andere Richtung lenken. Den Sprung werde ich schon überleben. Kann sein, dass ich nicht besonders anmutig lande, einen Dreher mache oder an einem Baum hängen bleibe, aber das ist immer noch besser, als mit dem Flugzeug viele Stunden entfernt zu landen und mit dem Auto zum Blockhaus zu fahren. So viel Zeit haben wir nicht.«

Chavez nahm sich ein paar Minuten Bedenkzeit, ging nach vorn und rief Clark an. Leise redeten sie eine Weile miteinander, dann kam Chavez zurück. »Grünes Licht.«

»Ja!«, rief Jack aus.

Chavez fügte hinzu: »Clark stellt eine Notausrüstung zusammen und schickt sie jetzt sofort los. Er will selbst auch dort sein, aber mit einem Langgewehr in Deckung bleiben. Sobald al-Mataris Leute eintreffen, will er versuchen, sie als Ziele für uns zu identifizieren.«

»Uns?«, fragte Jack.

»Ich springe mit dir ab und sorge dafür, dass du den Sprung überlebst. Dom und Adara sind immer noch in Chicago. Sie erholt sich im Krankenhaus, und er ist bei ihr. Außerdem hilft Dom mit, die JTTF wieder funktionsfähig zu machen, oder jedenfalls das, was davon übrig geblieben ist. Deshalb fallen beide aus. Im Blockhaus werden wir zwei allein sein.«

Midas grinste schief und schüttelte den Kopf. »Wusste ich's doch. Der Fucking New Guy darf den Babysitter für das Arschloch mit der Augenbinde spielen.«

»Tut mir leid, Midas. Für einen Gefangenenwärter bist du überqualifiziert, aber wir können ihn nicht nur mit Gavin allein nach D. C. zurückfliegen lassen.«

Gavin verzog das Gesicht, sagte aber nichts. Es war klar, dass er nicht besonders scharf darauf war, mit einem verrückten Rumänen allein in der Kabine sitzen zu bleiben.

Jack nickte. »Okay. Ich arbeite mit Dalca an dem Infopaket, damit al-Matari nicht merkt, dass wir ihn zum Blockhaus locken. Wir schicken es so schnell wie möglich ab. Wir haben nur sehr wenig Zeit für die Vorbereitungen. Aber wenn wir das nicht richtig hinkriegen, wird heute jemand in D. C. ums Leben kommen.«

Chavez blickte auf die Armbanduhr. »Wir haben noch sechs Stunden Flugzeit. In dieser Zeit könnte jemand sterben, selbst wenn wir es hinkriegen.«

68

Sami bin Rashid hörte das Telefon mehrmals klingeln, bis sich al-Matari schließlich meldete.

»Ja?«

»Glückwunsch, Bruder. Chicago war ein schwerer Schlag. Ein Meisterstück.«

Al-Matari konnte sich bin Rashids Begeisterung nicht anschließen. »Der Präsident hat heute eine Pressekonferenz im Weißen Haus gegeben. Er weigert sich immer noch, weitere Bodentruppen in den Nahen Osten zu schicken. Trotz allem, was gestern Abend passiert ist. Was für ein Idiot ist dieser Mann?«

»Nur Geduld. Er wird es bald tun müssen. Und ich weiß, wie wir dafür sorgen können, dass er es schon sehr bald tut.«

»Wie?«

»Ich schicke Ihnen einen neuen Ordner. Der ist sogar noch besser als alle anderen. Er wird dem Präsidenten ein Messer direkt ins Herz rammen. Es gibt keinen Zweifel, dass wir danach unseren Krieg bekommen. Er wird seine Truppen mitten in den Sumpf schicken, daraufhin wird eure Führung alle Kräfte mobilisieren, die Gläubigen aus aller Welt werden zu den Waffen eilen, und das Kalifat wird seinen Einflussbereich über das ganze Land ausdehnen.«

Abu Musa al-Matari konnte mit der blumigen Sprache des Saudi nicht viel anfangen. Er antwortete nur: »Ich schaue mir erst mal an, was Sie mir schicken«, und legte auf.

Eine Viertelstunde später rief er wieder an. Sein Verhalten hatte sich völlig verändert. »Ist das echt? Authentisch? Stimmt das wirklich?«

»Natürlich ist es echt, Bruder«, versicherte ihm bin Rashid. »Die reine Wahrheit. Der Sohn von Jack Ryan wird allein im Wald sein. Das Lamm wartet nur darauf, geschlachtet zu werden.«

»Unglaublich«, sagte al-Matari.

»Aber es funktioniert nur, wenn Sie sofort damit anfangen. Er wird nicht einmal einen Tag lang in der Hütte sein. Morgen früh will er nach Washington zurückfahren. Sie müssen also jetzt sofort handeln.«

Al-Matari hatte bisher noch nie operative Details mit dem Saudi besprochen; er hatte nicht vor, das zu ändern. Deshalb sagte er nur: »Mal sehen, was ich tun kann.«

Im Moment allerdings saß Musa al-Matari mit Algier im Auto; Omar und Tripolis folgten in einem zweiten Fahrzeug. Sie befanden sich mitten in Pennsylvania. Ein Blick auf das Navigationsgerät zeigte, dass sie in weniger als vier Stunden am neuen Einsatzort sein konnten.

Er hatte noch zwei weitere Operative in D. C., die schon innerhalb der nächsten Stunde einen weiteren Anschlag durchführen sollten. Vier weitere Männer aus anderen Bezirken waren derzeit auf dem Weg. Das waren weitere sechs Leute, die er in der Nähe des Blockhauses in den Blue Ridge Mountains zusammenziehen konnte, um gemeinsam den Angriff durchzuführen.

Wenn die Zielinformationen stimmten – und bisher hatte der Saudi immer sehr zuverlässige Informationen geliefert –, würde es für al-Matari und seine neun Kämpfer wohl kein Problem sein, den Sohn des Präsidenten zu ermorden.

Er gab Algier und den beiden anderen im zweiten Fahrzeug die neuen Anweisungen durch und schickte die Koordinaten für den Treffpunkt auch an die Atlanta-Zelle.

Damit stand definitiv das neue Anschlagsziel fest: Jack Ryan junior.

Mit ihrem dezenten Make-up, in ziviler Kleidung und geföhntem Haar sah Carrie Ann Davenport nun wirklich nicht wie die Pilotin eines Kampfhelikopters aus, und so, wie sie mit einem Drink in der Hand hier bei dieser Gartenparty in College Park, Maryland, in der Sonne stand, hätte wohl niemand vermutet, dass sie erst vor ein paar Tagen an der Front im Irak gegen den IS gekämpft hatte.

Sie stand an einem der Tische, nippte an ihrem Tonic Water mit Limone und aß ein wenig Fingerfood, während sie sich mit anderen Partygästen unterhielt. Gastgeber war ein früherer befehlshabender Offizier. Obwohl die Nachmittagstemperatur den meisten Marylandern drückend heiß erschien, fand sie Carrie Ann recht angenehm. Sie trug einen Rock, dazu eine ärmellose Bluse – kein Vergleich mit dem Kampfhelm, der Körperpanzerung und der restlichen Montur der Besatzung eines Kampfhelikopters, ganz abgesehen von den Stiefeln und Handschuhen – Kleidungsstücken, die einen in der Hitze des Irak praktisch rösteten.

Aber sie war hier, um die Party zu genießen und nicht ständig daran denken zu müssen, dass sie in genau einer Woche wieder zu einem Kampfeinsatz starten würde.

Das war nicht ganz leicht, denn die meisten anderen Partygäste waren ebenfalls Apache- oder Chinook-Piloten, sowohl aktive als auch ehemalige. Mit vielen hatte sie auf früheren Einsätzen gedient, und viele andere kannte sie noch von der Ausbildung hier in den Staaten. Sie erkannte auch ein paar höhere Offiziere, die im Pentagon arbeiteten, darunter auch ihr früherer Vorgesetzter, der nun Lieutenant Colonel war und in der Strategischen Planung arbeitete.

Carrie Ann gehörte zum 2nd Battalion, 159th Aviation Regiment (Attack Reconnaissance) der 12th Combat Aviation Brigade. Sie war auf dem Militärflughafen Katterbach in Deutschland stationiert, offiziell Katterbach Army Airfield, was bedeutete, dass sie hier auf der Party die Einzige von ihrer Einheit war. Aber sie war kontaktfreudig und genoss es besonders, sich mit einer Gruppe von Zivilisten zu unterhalten, einer Handvoll liberaler Kunststudenten von der Universität Maryland, die sich im Nachbarhaus eingemietet hatten. Der Lieutenant Colonel hatte die neuen Nachbarn auf einen Drink und ein wenig Essen zu seiner Party eingeladen.

Keiner der Studenten wollte es zuerst glauben, als sie erwähnte, dass sie eine Offizierin der US-Armee sei. In ihren Augen sah sie eher wie eine Studentin aus. Als sie einen Beweis sehen wollten, zückte sie nicht ihren Ausweis, sondern griff in den Blusenausschnitt, zog ihre Erkennungsmarke, »Hundemarke« genannt, heraus und ließ sie an der Edelstahlkugelkette kreisen, sehr zur Belustigung der umstehenden Männer und Frauen.

Ein gut aussehender Typ, ungefähr in ihrem Alter, der erklärt hatte, er arbeite gerade an seiner Masterarbeit in Kunstgeschichte, bot an, ihr einen weiteren Wodka-Tonic zu holen, weil er fälschlicherweise annahm, dass sie Alkohol trank, aber sie lehnte ab. Sie hätte nichts dagegen gehabt, sich noch ein wenig länger mit dem Burschen zu unterhalten, wenn nicht seine Freunde dabeigestanden hätten; stattdessen ging sie allein zu einem der Picknicktische, auf denen Bier, sonstige Getränke und die Mixer standen, und mixte sich einen Tonic mit Lime.

Carrie Ann genoss es, sich momentan nicht im Dienst zu befinden, sich nicht ständig wie die Kopilot-Schützin ihres Helikopters Pyro 1-1 fühlen zu müssen. Sie liebte die Army, aber es machte ihr nichts aus, ab und zu ein paar Schritte zurückzutreten und sich klarzumachen, dass sie früher ein ganz anderes Leben geführt und eine völlig andere Identität besessen hatte. Das würde sich natürlich schon nächste Woche ändern, wenn sie wieder die ABDU anzog, die Aircrew Battle Dress Uniform, den 5.11-Rucksack über die Schulter warf und sich von ihrem Elternhaus in Cleveland auf den Weg zum Flughafen machte, um nach Deutschland zurückzufliegen. In Katterbach würde sie sich nicht mal einen Tag lang aufhalten, bevor sie wieder in die Kampfzone zurückkehrte, obwohl sie im Moment noch nicht wusste, wo genau man sie hinschicken würde.

Als sie an dem Tisch stand und nachdenklich an ihrem Drink nippte, blickte sie zu dem gut aussehenden Studenten hinüber, in der Hoffnung, dass er zufällig ebenfalls zu ihr herübersah. Ihr ging der Gedanke durch den Kopf, dass Amerika in den letzten Wochen selbst zu einer Art Kampfzone geworden war – die IS-Monster, gegen die sie dort drüben kämpfen musste, waren jetzt auch hier aufgetaucht. Auf der Party war natürlich das gestrige Massaker in Chicago das Hauptgesprächsthema. Aber auch sonst gab es fast jeden Tag neue Berichte von Anschlägen auf Angehörige des Militärs oder eines Nachrichtendienstes irgendwo im Land.

Es machte sie wütend. Aber es machte sie auch begierig, wieder zu ihrer Arbeit zurückzukehren, die sich vielleicht auch irgendwie auf diesen Krieg hier zu Hause auswirken würde.

Sie blickte von ihrem Drink auf und bemerkte, dass der Student jetzt tatsächlich zu ihr herübersah. Er lächelte, verließ die Gruppe und kam zu ihr herüber. Carrie Ann spürte, dass sie errötete, und hoffte inständig, dass es von ihrer afghanischen Sonnenbräune überdeckt würde, während sie sich gleichzeitig verzweifelt wünschte, sie hätte doch noch einen doppelten Schuss Gin in ihren Tonic gemischt.

Doch als der junge Mann näher herankam, sah sie, dass sich sein Gesichtsausdruck schlagartig veränderte. Als hätte er plötzlich das Interesse an ihr verloren – und im selben Moment wurde ihr klar, dass er etwas anstarrte, das sich hinter ihr befinden musste. Sie lächelte zwar über den seltsamen Gesichtsausdruck, warf dann aber instinktiv einen Blick über die Schulter.

Und schon verschwand ihr Lächeln und verwandelte sich in reine Verwirrung.

Eine afroamerikanische Frau und ein Mann, der aus dem Nahen Osten zu stammen schien, beide Anfang zwanzig, näherten sich auf der Zufahrt, die am Haus vorbei zum Garten hinter dem Gebäude führte. Unter den Gästen waren auch andere Afroamerikaner und ein paar Araber, aber diese beiden waren die einzigen, die schwarze Windjacken trugen, unter denen sie ganz offensichtlich etwas verbargen, das eng um ihre Körper gebunden war. Und als sie jetzt näher kamen, trennten sie sich – die Frau ging nach rechts am Zaun entlang zum hinteren Ende des Carports, der Mann schwenkte nach links ab, zur Rückseite des Hauses.

Die versteinerten Gesichter, die Kleidung, die Bewegungen: Carrie Ann wusste auf der Stelle, dass hier etwas nicht stimmte.

Der Araber befand sich noch ungefähr acht Meter von Carrie Ann entfernt, als er sich mit beiden Händen über die Schulter griff und sie dann wieder nach vorn riss. Mit jeder Hand schleuderte er etwas nach vorn, das sie sofort als scharfe Granaten erkannte. Und die Frau auf der Auffahrt tat genau dasselbe – und eine ihrer Granaten flog in hohem Bogen auf den Bartisch zu, vor dem Carrie Ann stand.

Carrie Ann Davenport wirbelte herum, sprang zwei Schritte vor und schnellte sich über den Bartisch auf den verblüfften Kunststudenten, den sie mit sich zu Boden riss, wobei sie Flaschen und Dosen und Eiskübel und Getränkebecher vom Tisch fegte. Die beiden überschlugen sich mehrfach im Gras und blieben liegen; er kam auf ihr zu liegen. Im selben Moment explodierten die vier Granaten an verschiedenen Stellen der Gartenparty.

Schreie der Panik und die Schreie der Verwundeten erfüllten die Luft, doch sogar darüber war der laute Ruf *Allahu akbar* zu hören, dann hörte Carrie Ann auch schon Schüsse. Aus ihrer Position, halb unter dem Picknicktisch, sah sie die Angreifer heranstürmen, Pistolen in den Händen, die auf die Männer und Frauen schossen, die sich in heilloser Panik vor ihnen zu retten versuchten.

Carrie Ann rollte den Studenten von sich, zog ihre weiße ärmellose Bluse aus dem Rockbund und griff an ihren Rücken. Dort steckte eine winzige Smith & Wesson Bodyguard .380. Sie hob die Pistole über den Tischrand und zielte auf die Brust des Mannes, der auf sie zugerannt kam. Gerade als sie abdrücken wollte, wurde ihr klar, dass der Mann womöglich eine Schussweste unter der weiten Jacke trug, deshalb aktivierte sie den Crimson Trace Laser und richtete den zitternden Laserpunkt auf seine Stirn.

Der Araber feuerte auf jemand, der hinter Carrie Ann zu fliehen versuchte, dann bemerkte er die Frau, die hinter dem Tisch kniete, nur fünf oder sechs Meter von ihm entfernt.

Carrie Ann Davenport, Captain der U. S. Army, schoss den Mann durch das linke Auge. Er stürzte sofort zu Boden und wand sich vor Schock und Schmerzen. Sie sprang auf und gab ihm einen weiteren Schuss in den Hinterkopf. Er rührte sich nicht mehr.

Ein Schuss knackte an ihrem linken Ohr vorbei. Sie blickte sich um, sah die schwarze Frau, die auf sie zielte, doch im selben Moment taumelte die Frau nach rechts und stürzte auf der Zufahrt zu Boden. Ein Partygast, der sich Carrie Ann kurz zuvor vorgestellt hatte, ein Warrant Officer und Kopilot eines Chinook-Hubschraubers, hielt eine Beretta M9 in der Hand, eine der Pistolen, die auf Anordnung des Präsidenten dem gesamten Militärpersonal in den Staaten erst letzte Woche ausgehändigt worden waren, damit sie sich gegen die Terroristen schützen konnten.

Carrie Ann blickte wieder zu der Frau hinüber, die auf der Zufahrt lag. Die Pistole der Terroristin lag außer Reichweite, aber Carrie Ann bemerkte ein kleines Gerät in ihrer Hand, das mit einem Kabel verbunden war, welches im Ärmel ihrer Jacke verschwand.

Carrie Ann wirbelte herum, warf sich zu Boden, wobei sie den gut aussehenden Studenten noch einmal mit sich riss, der sich gerade wieder auf die Knie hochgerappelt hatte. Sie warf sich auf ihn, und im selben Augenblick erfolgte hinter ihr eine massive Explosion, viel lauter, als die vier fast gleichzeitig explodierenden Granaten gewesen waren. Trümmer und Schrapnelle flogen über den Garten. Die Atemluft wurde ihr buchstäblich aus der Lunge gepresst, Trümmerstücke schnitten ihr in die Beine, und sie hörte nichts mehr außer einem scharfen Klingeln in den Ohren.

Für eine Weile war alles still, dann drangen Schreie und Rufe durch das Klingeln.

Carrie Ann blickte auf den Mann hinunter, auf dem sie lag – sie kannte nicht einmal seinen Namen – und sah, dass er lebte, aber benommen und verwirrt wirkte.

Er blickte zu ihr auf und blinzelte. »Was ist … Sind Sie … okay?«

»Ja.«

Sie kam auf die Knie, spürte Blut an ihren Beinen herablaufen und packte den Rand des Bartischs, um sich hochzuziehen. Ringsum lagen mindestens zwanzig Tote oder Verwundete; sie taumelte durch ein Schlachtfeld und versuchte zu helfen, so gut sie konnte.

Doch trotz all dem Chaos ringsum wusste sie bereits, wie sie am besten helfen konnte: indem sie wieder in ihren Kampfhelikopter stieg und es den Leuten ordentlich heimzahlte, die für das verantwortlich waren, was sich gerade ereignet hatte.

69

Tränen rannen Olivia Ryan aus den Augen, und sie unterdrückte mühsam ein leises Schluchzen, denn das hätte den Zauber des Augenblicks gestört. Sie hielt die Hand vor den Mund, um ihre Überraschung zu verbergen.

Dann nickte sie schnell und blinzelte die neuen Tränen weg.

Sekundenlang konnte sie den Blick nicht von dem kleinen Etui abwenden, das ihr Freund ihr hinhielt, während er vor ihr kniete.

»Ja«, sagte die älteste Tochter des Präsidenten. »Natürlich will ich!«

Davi stand auf. Sie küssten sich lange und versprachen einander ewige Liebe, dann steckte sie den Ring an den Finger. Eng umschlungen blickten sie auf die sanft gewellten Hügel der Blue Ridge Mountains hinaus, ein Anblick, der an diesem Abend nicht passender hätte sein können: Die untergehende Sonne übergoss den Himmel mit orangefarbenen Strahlen und tauchte die grünen Hügel hinter dem großen Blockhaus in weiches Licht.

Olivia drückte Davis Hand und flüsterte: »Es ist perfekt. Alles … ist … perfekt.«

Eine Weile blickten sie durch ihre Freudentränen verträumt auf die unglaubliche Szenerie hinaus – bis plötzlich etwas ihre Blicke ablenkte. Ein Fallschirmspringer fiel aus dem Abendhimmel, keine fünfzig Meter von der Rückseite des Blockhauses entfernt.

Der Springer schlug hart auf der offenen Wiese auf und überschlug sich mehrmals, dann fiel sein rechteckiger Schirm über ihm zusammen. Er kam auf die Knie und zog an den Leinen, um den Schirm unter Kontrolle zu bekommen, der sich wieder aufblähte; die Leinen spannten sich, und der Schirm wollte ihn mit sich ziehen.

Olivia murmelte leise: »Das … äh … gehört das zu deinem Heiratsantrag?«

Davi schüttelte nur den Kopf. »Äh, nein … keine Ahnung, was *das* werden soll.«

Schon fiel ein zweiter Mann vom Himmel, genau wie der erste, doch dieser landete sehr gekonnt direkt auf dem aufgeblähten Schirm des ersten Springers, den er damit eindrückte und verhinderte, dass der erste Springer über den Abhang hinter der Hütte hinuntergezogen wurde.

Der zweite Springer warf schnell sein Gurtzeug ab und half dem ersten Springer aus den Gurten. Die beiden Männer drehten sich zur Blockhütte um, und erst jetzt erblickten sie die beiden frisch Verlobten, die neben der Schaukel auf der rückwärtigen Veranda standen.

Davi starrte die beiden Männer entsetzt an. »Wer sind die Männer?«

Wie auf Kommando zogen die beiden Männer weiter unten am Abhang Sturmgewehre aus den Holstern.

»O mein Gott!«, schrie Olivia. »Ins Haus! Schließ die Tür ab!«

Jack Ryan junior erkannte seine Schwester erst, als sie ins Haus floh; ihm stockte förmlich das Blut in den Adern. Während Chavez die Schirme zusammenraffte, sagte er tonlos: »Das war nicht geplant! Wieso ist sie hier? Sie sollte doch gar nicht hier sein!«

Ding befahl knapp: »Bring sie zum Auto. Sie haben fünf Minuten – dann müssen sie weg sein.«

Jack rannte zur Veranda und hämmerte an die Tür. »Sally? Sally? Ich bin's, Jack! Mach die Tür auf!«

Die Tür öffnete sich zögernd. Mit weit aufgerissenen Augen und verblüfftem Gesicht stand ihm Dr. Davi Kartal gegenüber.

Der Freund seiner Schwester.

»J-Jack?«

Olivia erschien hinter Davi, sah ihren Bruder mit der MP in der Hand, erfasste mit einem Blick seine Kampfmontur. »Was zum Teufel ... was ist los?«

Jack warf einen Blick über die Schulter zum Waldrand hinüber, der bereits im Dämmerlicht lag. »Warum seid ihr hier?«

Olivia sagte: »Na, jedenfalls nicht, um die eigene Schwester mit einer Knarre zu bedrohen!«

»Sorry – hatte euch zuerst nicht erkannt.« Er blickte sich noch einmal um. »Wo ist das Team? Deine Secret-Service-Einheit?«

»Haben wir in D. C. zurückgelassen. War verdammt schwer, sie zu überreden, aber wir wollten endlich mal ganz allein sein.« Frustration schlich sich in ihre Stimme, aber auch Staunen, dass ihr Bruder und ein weiterer Mann gerade aus dem Himmel gefallen waren. »Im Ernst – du bist jetzt Fallschirmspringer? Wann hast du denn das gelernt?«

»Bin gewissermaßen noch in, äh, Ausbildung. Hör mal, wir müssen ...«

Olivia stieß anklagend den Finger gegen Jacks Brust. »Davi hat gerade eben um meine Hand angehalten! Wir wollten das gerade feiern, und jetzt platzt du ins Haus, ungebeten ...«

Jack legte Davi kurz die Hände auf die Schultern. »Willkommen in der Familie.«

»Äh, ja, danke.« Davi war recht blass und schien sich erst einmal setzen zu wollen. Olivia war einfach nur wütend. Sie hatte keine Ahnung, was Jack beruflich tat; sie wusste nur vage, dass er irgendetwas mit Finanzanalyse und Corporate Intelligence zu tun hatte und häufig auch mit staatlichen Behörden kooperierte und dass sie ihm darüber keine Fragen stellen durfte. Aber Olivia war eine willensstarke Frau – hätte sie wirklich wissen wollen, was Jack tat, hätte sie ihn unerbittlich mit Fragen gelöchert, und nicht nur ihn, sondern auch ihre Eltern. Aber sie hatte beschlossen, sich nicht in Jacks Leben einzumischen. Jack versuchte vermutlich, auf eine bescheidenere Weise in die übergroßen Fußstapfen seines Vaters zu treten, und das genügte ihr vollkommen.

Bevor seine Schwester zum dritten Mal fragen konnte, was Jack hier zu suchen hatte, sagte er: »Ich muss euch beide von hier wegschaffen. Ich weiß nicht, wie viel Zeit wir noch haben. Und ich kann es euch auch nicht erklären, aber etwas Schlimmes könnte schon bald passieren. Ihr müsst sofort in euer Auto steigen und abfahren. Fahrt zu einem Hotel und …«

Davi schüttelte den Kopf. »Mein Nissan ist auf dem Weg hier herauf liegen geblieben. Er steht in einer Werkstatt in Etlan. Ein Mechaniker hat uns hier heraufgefahren.«

»Scheiße«, sagte er.

Olivia packte ihn an den Schultergurten des Chest-Rig, dessen Taschen prall mit Munition gefüllt waren. »Du sagst mir jetzt sofort, was hier los ist!«

Jack sagte: »Ich kann es wohl nicht vermeiden. Du hast von den IS-Anschlägen in Amerika gehört?«

Olivia legte den Kopf schief. »Natürlich! Was ist damit?«

»Nun – ich habe den starken Verdacht, dass ein paar Terroristen auf dem Weg hierher sind. Jetzt.«

»Du meinst … hier zu unserem Blockhaus?«, fragte Olivia entgeistert. Ihre Stimme bebte. »Warum um alles in der Welt sollten sie ausgerechnet hier …«

Jack zuckte verlegen die Achseln. »Weil ich sie dazu eingeladen habe. Ziemlich lange Geschichte.«

In diesem Moment tschilpte Jacks Funkgerät. Er hatte den Ohrhörer nicht eingesetzt und auch nicht reagiert, als sein Handy im Chest-Rig vibrierte, deshalb hatte Clark die Stummschaltung des UHF-Funkgeräts ausgeschaltet, das auf Jacks Brust festgeschnallt war, sodass seine Stimme nun überlaut aus dem Gerät quäkte. »Jack, bin in Beobachtungsposition. Frage Verständigung, kommen.«

Olivia starrte auf das Walkie-Talkie. »Ist das nicht ... Onkel John? Er ist bei dir?«

Jack nahm das Gerät und drückte auf den PTT-Knopf. »Verständigung laut und klar. Kommen.«

»Warum meldest du dich nicht über das Headset?«

»Äh ... es gibt hier eine kleine ... Komplikation. Meine große Schwester ist da.«

Olivia, die immer noch schräg hinter Davi stand, verzog den Mund und wies mit einer Kopfbewegung auf Davi. Jack kannte den Gesichtsausdruck gut genug.

»Und, äh, ihr Freund ... ich meine, Verlobter.«

Clarks Stimme war keinerlei Überraschung anzuhören. »Na, gratuliere, aber das Feiern müssen wir auf später verschieben. Du musst sie so schnell wie möglich aus dem Haus schaffen. Ich sehe Bewegung auf der Straße. Drei Fahrzeuge.«

»Drei?«, sagte Jack. In den fingierten Zielinformationen hatte er klargemacht, dass er hier allein sei, und hatte daher gehofft, dass al-Matari nur ein paar seiner Männer losschicken würde. Aber drei Fahrzeuge? Das klang nach mehr als nur ein, zwei oder drei Männern.

»Kannst du sehen, wie viele Insassen?«

»Negativ. Zu weit entfernt. Sie sind jetzt gerade von der Straße abgebogen und momentan außer Sicht. Ich glaube, sie steigen dort aus und rücken durch den Wald vor. Geh nicht in den Wald. Ihr müsst euch irgendwo verstecken.«

»Roger. Ich lasse mir hier im Haus etwas einfallen.«

Chavez kam durch die Vordertür. »Jack, drei Eingänge, jede Menge Fenster im Erdgeschoss. Schätzungsweise ein Dutzend Zugangspunkte. Wir müssen uns im Obergeschoss verschanzen. Die Treppe ist für sie ein Flaschenhals, dort sind sie verwundbar.«

Er schaute Olivia an. »Hi, Girl. Ist schon eine Weile her.« Dann richtete er den Blick auf Davi. »Sie sind Secret Service?«

Olivia antwortete für Davi. »Er ist mein Verlobter. Davi.«

»Oh, gratuliere. Tut mir leid, euch den Tag vermasseln zu müssen, Jack hat mir nicht erzählt, dass hier eine Familienfeier geplant ist.«

Jack zuckte die Achseln. »Hatte keine Ahnung. Sie hat ihren Personenschutz in D. C. gelassen.«

»Mist«, sagte Ding. »Ein paar Pistolen mehr hätten wir verdammt gut brauchen können.«

Jack nickte nur und trieb das Paar vor sich her zur Treppe. Davi griff nach Olivias Hand.

»Passiert so was von jetzt an täglich?«

Olivia lächelte matt. »Nein, versprochen.«

»Davi, kennst du dich mit Waffen aus?«, fragte Jack.

Der junge Arzt geriet bei der Antwort ins Stottern. »Na ja … äh, ich … ich hab meine zwei Jahre Wehrdienst in der Türkei hinter mir. Aber das war vor fünfzehn Jahren. Ich war Sanitäter, aber wir mussten natürlich auch durch die Grundausbildung, also mit Waffen.«

»Pistolen?«

»Ja, ein bisschen, und Gewehre.«

»Keine Sorge, ich hab nicht vor, dir mein MG zu überlassen. Aber meine Glock 19.« Er hielt sie Davi hin.

»Ist sie geladen?«

»Ja, aber sie hat keinen Sicherungshebel, also lass deine Finger von der Spaßtaste, bis du wirklich losballern willst.«

Sally und Davi zogen sich ins obere Bad zurück. Jack wollte Sally überreden, sich zur Sicherheit in die Badewanne zu legen, aber sie weigerte sich.

»Sal, das ist eine Gusseisenwanne. Der sicherste Platz in der ganzen Scheißhütte. Du wirst da reinsteigen!«

»Ich setze mich *nicht* in eine verdammte Badewanne!«

»Mama und Dad bringen mich um, wenn dir was passiert.«

»Sie müssen sich hinten anstellen – ich bringe dich zuerst um, weil du mir Davis Heiratsantrag vermasselt hast.«

Jack seufzte und warf Davi einen hilflosen Blick zu. »Kumpel, gegen sie habe ich keine Chance. Ich überlasse das dir. Verriegle die Tür hinter mir. Steigt beide in die Wanne. Ziele mit der Pistole auf die Tür. Schließt auf keinen Fall auf, es sei denn, ihr hört einen von uns eure Namen rufen. Schießt, sobald jemand auf das Türschloss feuert oder versucht, die Tür einzutreten.«

Davi nickte. Jack sah, dass er ruhig blieb und sich konzentrierte. Er konnte nur hoffen, dass Davi auch Jacks eigenwillige Schwester irgendwie unter Kontrolle halten konnte.

Jack eilte aus dem Bad und rannte die Treppe hinunter.

Abu Musa al-Matari parkte weit von dem GPS-Koordinatenpunkt entfernt, den er in sein Smartphone eingegeben hatte. Deshalb war ihm vollkommen klar, dass es stockdunkel sein würde, bis er und die anderen Teams beim Blockhaus waren. Al-Matari war mit weiteren sieben Mann angerückt: ein Mitglied der Atlanta-Zelle, zwei weitere von der Santa-Clara-Zelle, ferner Omar mit einem weiteren Mann aus Detroit und schließlich die altgedienten IS-Operativen Tripolis und Algier.

Die Anführerin der Atlanta-Zelle und einer ihrer Leute waren erst vor ein paar Stunden bei dem Anschlag in

Washington umgekommen. Al-Matari hatte daher weniger Angreifer, war sich aber sicher, dass die Zahl seiner Leute für den Angriff heute Abend vollkommen ausreichen würde.

Alle führten Uzis oder AKs mit sich, ferner Handgranaten. Die einzige Ausnahme war Tripolis, der eine RPG-7 mit sich schleppte sowie eine Glock, die er hinten in den Gürtel gesteckt hatte.

Am Straßenrand schalteten sie ihre Walkie-Talkies ein und setzten die Headsets auf. Sie teilten sich in vier Teams zu je zwei Mann auf. Al-Matari nahm Omar mit.

Der Wald ringsum war dicht, größtenteils Eichen und Kiefern, aber jedes Team hatte ein Smartphone, das ihnen seine jeweilige Entfernung zum Zielobjekt anzeigte, das auf einer Karte mit einem Marker gekennzeichnet war. Das Satellitenbild zeigte, dass sich vor und hinter dem Blockhaus große offene Grasflächen befanden, aber an der Nord- und Südseite reichten Bäume bis auf fünfundzwanzig Meter an das Haus heran. Das Blockhaus selbst war ein großes, zweistöckiges Gebäude.

Al-Matari und Omar sowie der Mann aus Atlanta und der zweite Mann aus Detroit gingen nach Norden, Algier und sein Partner, ein Pakistaner der Santa-Clara-Zelle, sollten sich aus südwestlicher Richtung nähern, von wo sich der beste Blick auf das Haus bot. Tripolis und das zweite Santa-Clara-Mitglied würden sich vom Wald auf der Südseite her anschleichen.

Algier und der zweiundzwanzigjährige Pakistaner Jamal, ein Student der Caltech, der Technischen Hochschule von Kalifornien, krochen auf Ellbogen und Knien am westlichen Hügel entlang.

Es wurde rasch dunkel. Algier kroch voraus, weil er tausendmal mehr Kampferfahrung hatte als der junge Student, dessen Erfahrung auf drei erfolgreiche Bomben- und Granatenanschläge in der vergangenen Woche und seine dreiwöchige Ausbildung in der Sprachschule begrenzt war.

Nachdem sie zwanzig Minuten lang vorangekrochen waren, kamen sie an eine Stelle, von der aus sie einen guten Blick auf die Vorderseite des Hauses hatten. Es war ungefähr zweihundert Meter entfernt; dazwischen lag die Kieszufahrt. Algier wusste, dass al-Matari und Omar sowie das Zweierteam Atlanta-Detroit, die aus nördlicher Richtung angreifen sollten, noch ein paar Minuten brauchten, bis sie ihre Positionen erreicht hatten, und das Team, das aus Südosten anrückte, würde sich durch den dichten Wald kämpfen müssen und das Zielobjekt erst zu sehen bekommen, wenn sie praktisch schon direkt davor standen.

Er beschloss, hier oben auf einem Hügel in Stellung zu gehen, die anderen Teams über Funk zum Objekt zu leiten und Feuerschutz zu geben, falls es nötig werden sollte. Vorsichtig blickte er durch das Fernglas und sah, dass im Haus Lichter brannten. Aber er bemerkte auch etwas anderes. »Es steht kein Auto beim Haus. Wie kommt jemand ohne Auto hierher?«

In diesem Moment ging die Vordertür auf, und ein Mann trat heraus, eine Bierdose in der Hand. Er ging auf der Holzveranda entlang und blickte ruhig und gelassen auf die bewaldeten Berge im Westen.

Algier hob das Funkgerät an den Mund. »Ja – er ist es. Ich sehe ihn jetzt. Der Sohn des Präsidenten. Trinkt ein Bier auf der Veranda. Er ist völlig ruhig, keinerlei Anzeichen von Alarm.«

Al-Matari antwortete sofort. »Kannst du ihn von dort aus erschießen?«

»Wäre möglich. Ich … habe eine AK und könnte ihn erwischen. Aber ich habe kein Zielfernrohr. Wenn ich ihn nicht erwische, wird er ins Haus fliehen. Dann würde es schwerer werden, ihn zu überraschen.«

»Gut, dann warten wir«, sagte al-Matari. Wenn der

Amerikaner mit einem Bier in der Hand auf der Veranda saß, würde es nicht schwer sein, noch ein bisschen näher an ihn heranzurücken. »Siehst du sonst noch jemand?«

»Nein, niemand. Es steht nicht mal ein Auto auf der Zufahrt.«

»Alle anderen Teams: weiter vorrücken.«

70

John Clark wünschte sich *wirklich,* er könnte verstehen, was die Stimmen sagten, die aus dem Scanner kamen. Der Scanner durchsuchte die Umgebung nach aktivem UHF-Funkverkehr und richtete sich darauf. Durch den Ohrstöpsel im rechten Ohr hörte Clark daher die verzerrten und verstümmelten Funksprüche der Terroristen. In den letzten Wochen hatte man einfache Walkie-Talkies an den Leichen mehrerer Mitglieder von al-Mataris Terroristengruppen sichergestellt, und Clark hatte eines der Geräte mitgebracht, um ihre Kommunikation abzuhören. Ein paar der Toten waren Amerikaner gewesen, sodass eine gewisse Chance bestand, dass sie sich auf Englisch verständigen würden.

Aber diese Gruppe nicht. Sie redeten schnell und anscheinend in unterschiedlichen arabischen Dialekten, Clark verstand kein einziges verdammtes Wort.

Trotzdem legte Clark den Finger auf den PTT-Knopf, der an einem dünnen Kabel von seinem Ohr herabhing. Damit stellte er die verschlüsselte Verbindung zu den Handys seiner eigenen Männer her, die über ein digitales Band erfolgte und von den Walkie-Talkies der Terroristen nicht aufgefangen werden konnte. Während er sprach, blickte er durch das Zielfernrohr seines Repetiergewehrs Remington 700. Da er nicht wusste, wie nahe er den Terroristen war, konnte er sich nur flüsternd verständigen.

»Achtung, an alle. Funkverkehr auf Arabisch innerhalb

fünfhundert Metern um das Haus. Möglicherweise viel weniger. Ich höre zwei Stimmen, habe aber noch niemand gesichtet.«

Er beobachtete Jack Ryan, der auf der Verandaschaukel saß und ruhig sein Bier trank. Das letzte Licht der Abenddämmerung schwand rasch. »Das reicht jetzt, Jack. Geh ins Haus, da draußen gibst du eine ideale Zielscheibe ab.«

Jack stand von der Schaukel auf, schlenderte in das Blockhaus zurück und schloss die Tür hinter sich.

Clark schwenkte das Zielfernrohr in allen Richtungen herum. Es hatte achtfache Vergrößerung, aber das Licht war inzwischen sehr schwach. Trotzdem wollte er das Auge nicht von der Waffe lösen und sein monokulares Wärmebild-Nachtsichtgerät benutzen, für den Fall, dass er ein Ziel sah, das sofort eliminiert werden musste. Er hatte zwar noch keine Bedrohung erkennen können, aber er wusste, dass die Terroristen in der Nähe waren.

Clark hatte an der dem Haus zugewandten Kante eines Vorsprungs unterhalb der felsigen Hügelspitze Stellung bezogen. Der Hügel war nur teilweise bewaldet und lag weniger als vierhundert Meter vom Blockhaus entfernt. Unterhalb der Felsnase, die gerade genug Platz für einen Mann bot, fiel der Hügel steil ab und war von dichtem Gestrüpp überwuchert. Es war keine ideale Stellung, weil er keinerlei Deckung hatte, von der Kante der Felsplatte abgesehen, auf der er lag. Aber es war die einzige Position, von der aus er die gesamte Szenerie überblicken konnte und die gleichzeitig weit genug entfernt war, um sein Scharfschützengewehr effektiv einsetzen zu können. Sollte sich ein Feuergefecht entwickeln und er von den Terroristen gesichtet werden, würde er ein ideales Ziel abgeben. Und in diesem Fall würde er keine Möglichkeit für einen schnellen Rückzug haben. Er würde völlig ungeschützt aufstehen und weiter hinaufklettern müssen.

Er konnte nur einfach hoffen, dass seine Deckung gut

genug war, sodass ihn die IS-Terroristen nicht bemerkten – und auch nicht versehentlich über ihn stolperten, zumal er keine Ahnung hatte, von wo sich die Burschen im Moment näherten.

Jack meldete sich über den Ohrhörer. »Siehst du was, John?«

»Bisher nichts. Aber wenn sie im Wald sind, werde ich sie erst sehen, wenn sie praktisch vor der Tür stehen.«

»Ding?«, fragte Jack.

Chavez hatte sich im Haus verschanzt. Er lag in dem langen schmalen Dachboden, in dem er sich nur auf Ellbogen und Knien bewegen konnte. Abgedunkelte Fenster befanden sich an der Nord- und an der Südseite, sodass er nur immer auf einer Seite hinausblicken konnte; im Moment blickte er nach Süden. »Keine Bewegung, nur ein paar grasende Rehe. Wenn die Rehe aufgescheucht werden, wissen wir, dass die Schurken näher kommen.«

Chavez drehte sich um und kroch zum Nordfenster hinüber. Dafür brauchte er eine halbe Minute. »Keine Rehe im Norden. Ich weiß nicht, ob dort nur einfach keine Rehe sind oder ob ... He, warte mal.« Er hatte eine Bewegung ausgemacht, tiefer zwischen den Bäumen, etwas, das sich rasch durch die Büsche bewegte. »John, schau zum Wald auf der Nordseite.«

Nach ein paar Sekunden meldete sich Clark. »Nichts. Auch kein Wärmebild. Aber das Gestrüpp steht dort sehr dicht. Ich scanne jetzt die Südseite.«

Chavez beobachtete die Nordseite noch ein paar Minuten lang, und schließlich konnte er zwei Gestalten in der Dunkelheit ausmachen, die zum Haus schlichen. »Ich sehe zwei Personen. Sie arbeiten zusammen, etwa zehn Meter innerhalb der Baumlinie im Norden. Beide bewaffnet. Ich schieße von hier aus, sobald sie ins Freie kommen.«

»Roger«, bestätigte Jack. Chavez wusste, dass Jack auf dem oberen Treppenabsatz lag und das Hauptzimmer sowie die vordere Eingangstür im Blick hatte. Im Moment war Jack völlig auf sich selbst gestellt, sollte es einer der Angreifer schaffen, ins Haus einzudringen.

Clark sagte warnend: »Sobald Ding schießt, werden alle anderen in der Umgebung losballern, also haltet euch bereit.«

Chavez bestätigte, dann schob er den Sicherungshebel seiner schallgedämpften SIG Sauer MPX 9-mm zurück. Er sah die beiden Gestalten aufspringen. Sie stürmten zwischen den Bäumen hervor und rannten auf das Haus zu. Als sie noch ungefähr fünfundzwanzig Meter entfernt waren, etwas weiter links von Chavez' Position, sagte er ruhig: »Eröffne Feuer, Nordseite.«

Er stieß die Spitze des Schalldämpfers durch eine der kleinen, einfachen alten Fensterscheiben und feuerte mehrmals auf die heranstürmenden Männer. Das Mündungsfeuer schoss aus dem Fenster, beleuchtete ihn und verriet seine Stellung. Und während die beiden Männer aus vollem Lauf stürzten und im Gras weiterrollten, zersplitterte der Fensterrahmen direkt neben Chavez' Kopf.

Chavez ließ sich nach rechts auf die Holzdielen fallen. Weitere Schüsse zerschmetterten das Fenster nun vollständig; ein Scherbenregen prasselte auf Chavez herab. Eine Kalaschnikow feuerte unablässig auf seine Position. Es musste noch jemand im Wald in Deckung liegen, den er noch nicht zu sehen bekommen hatte, und diese Leute gaben ihm nun Saures.

Er überschrie den Lärm der Schüsse. »Zwei ausgeschaltet, aber meine Position ist aufgedeckt. Ziehe mich zurück! Unbekannte Zahl von Angreifern zwischen den Bäumen. Achtung: Nordseite ist jetzt in der Hand der Angreifer!«

Chavez warf sich herum und kroch auf Ellbogen und Knien über den Dachboden. Er wollte so schnell wie möglich zum Fenster an der Südseite kommen; vielleicht konnte er von dort aus weitere Feinde sichten.

Abu Musa al-Matari rammte ein neues Magazin in seine AK-103, nachdem er gerade ein ganzes Magazin auf jemand verschossen hatte, der aus einem der Fenster des Blockhauses gefeuert hatte. Er war wütend; er hatte nicht damit gerechnet, dass der Sohn des Präsidenten eine Waffe bei sich trug oder Secret-Service-Leute bei sich hatte, aber offensichtlich traf zumindest eins oder sogar beides zu. Er verfluchte die Informationslieferung des Saudis. Der Datei zufolge hätte das hier eine völlig unkomplizierte Aktion sein sollen. Al-Matari spielte mit dem Gedanken an Rückzug, aber inzwischen lagen er und Omar nur noch fünfundzwanzig Meter vom Blockhaus entfernt, und vier weitere seiner Mudschaheddin lagen rund um das Haus in Stellung. Er sprang auf und rannte los; Omar folgte mit seiner Uzi.

Sie hatten gerade erst die halbe Strecke über das offene Grasstück an der Seite des Blockhauses hinter sich, als al-Matari hinter sich einen halblauten Aufschrei hörte. Er rannte weiter, warf aber einen Blick über die Schulter: Omar taumelte zwar noch ein paar Schritte weiter, aber seine Stirn war buchstäblich weggeschossen worden. Dann fiel er ins Gras und blieb reglos liegen; die Uzi schlitterte noch ein wenig weiter.

Al-Matari warf sich gegen die Hauswand und blickte schnell nach rechts und links. Er hatte keine Ahnung, was zum Teufel hier los war. Schließlich kauerte er sich nieder und blickte zu Omar zurück. So wie Omar gefallen war, vermutete al-Matari, dass der Schuss von jemand abgefeuert worden war, der sich an der Vorderseite des Hauses befand. Deshalb schlich er vorsichtig und leise zur Rückseite.

Clark repetierte den Verschluss und lud damit eine neue Patrone aus seinem Fünfermagazin in die Kammer des Gewehrs. Er fokussierte das Zielfernrohr wieder auf den

Mann, der gerade gefallen war, und suchte nach weiteren Angreifern. Er tippte auf den Sprechknopf. »Ziel eliminiert, Nordseite. Ein Feind schaffte es zum Haus auf der Nordseite. Ich habe keinen Sichtkontakt. Wiederhole: Ein Schurke hat es zur Nordseite des Hauses geschafft.«

Plötzlich ratterten rechts unter seiner Stellung Schüsse los. Überrascht drehte er sich in diese Richtung, schob sich weiter vor, bis er über die Felskante spähen konnte. Weiter südlich bemerkte er das Mündungsfeuer eines vollautomatischen Gewehrs, auf demselben Hügel, auf dem auch er lag, aber weiter unten, keine zweihundert Meter entfernt. Während weitere Schüsse knallten, meldete sich Jack über Funk.

»Wir sind unter Beschuss aus westlicher Richtung! Sie ballern auf die Fenster im Erdgeschoss. John?«

Schnell richtete Clark das Zielfernrohr auf das Mündungsfeuer und feuerte eine .308-Patrone auf den Schützen.

Das Mündungsfeuer verschwand sofort.

Algier war nur sechs Meter von dem zweiundzwanzigjährigen Caltech-Studenten entfernt gewesen, als dieser unerfahrene Junge mitten auf dem Hügel aufstand und auf die Fenster des Blockhauses feuerte. Doch noch bevor er das erste Magazin leer geschossen hatte, fing der Junge nun selbst eine Kugel ein, die offenbar aus einem Hochleistungsgewehr abgegeben wurde. Sie traf ihn direkt in den oberen Teil des Rückens.

Er kippte nach vorn, rutschte noch ein paar Meter durch das Gras und blieb reglos in der Dunkelheit liegen.

Algier wirbelte herum, riss das Fernglas hoch und scannte den Hügel, aber es war zu dunkel, um jemand ausmachen zu können – es sei denn, der Schütze feuerte noch einmal.

Er hob das Walkie-Talkie an den Mund und sagte leise:

»Schütze auf dem Hügel im Westen. Höchstens vierhundert Meter vom Haus entfernt. Tripolis, siehst du ihn?«

Tripolis war der einzige Angreifer, der sich noch im Wald befand. Er stand an der Südseite. Sein Partner, ein junger Pakistani namens Parvez, der eine medizinische Ausbildung in Kalifornien absolvierte, hatte es bis zum Haus geschafft und schlich gerade an der Seite entlang zur Vorderseite. Als Parvez den Funkspruch hörte, dass auf dem Hügel ein Schütze stand, der freien Blick auf die Hausvorderseite hatte, warf er sich sofort flach auf den Boden, zu verängstigt, sich zu rühren.

Tripolis richtete seine RPG-7 auf den Hügel, direkt auf die Hügelspitze, und wartete. Er nahm kurz die Hand vom Vorderteil der Waffe, um den Sprechknopf auf dem Walkie-Talkie drücken zu können.

»Algier, geh in Deckung, wenn du kannst. Ich möchte, dass du auf die Hügelkuppe feuerst, damit ich ein Ziel bekomme.«

Sekunden später blitzte Mündungsfeuer auf dem Hügel auf. Algier feuerte immer weiter, aber Tripolis blickte nur durch die eiserne Zielvorrichtung und hielt den großen Granatwerfer auf die Hügelspitze gerichtet.

Endlich blitzte auch dort Mündungsfeuer auf, direkt unterhalb der Kuppe. Tripolis drückte auf den Abzug seiner RPG-7.

Kaum war die raketengetriebene Granate aus dem Werfer geschossen, als er den Werfer auch schon von sich schleuderte und mit leeren Händen so schnell er konnte zum Haus hinüberrannte.

Er wollte keinesfalls in der Nähe der Stelle bleiben, von der die RPG-7 abgeschossen worden war, die nun auf dem Hügel mit einem unglaublichen Blitz einschlug – falls jemand den Abschuss beobachtet hatte.

Chavez war gerade beim hinteren Fenster angekommen, als in den Bäumen schräg unter ihm eine raketengetriebene Granate abgeschossen wurde. Er sah den flammenden Schweif der Granate direkt auf den Hügel weiter rechts zurasen, konnte aber den Einschlag nicht sehen. Gleichzeitig sah er einen Mann, der mit leeren Händen von der Abschussstelle wegrannte, aber bevor Chavez seine Waffe durch die Scheibe stoßen konnte, war der Mann bereits unter Chavez' Stellung verschwunden. Trotzdem rammte Chavez den Lauf durch das Fenster und feuerte direkt nach unten, wobei er die MP weit aus dem Fenster recken und blind schießen musste.

Er hörte einen Schrei und glaubte, dass er jemand erwischt haben mochte, aber bevor er noch weiter steil nach unten feuern konnte, ging die Munition aus.

Er kniete am Fenster nieder und lud nach.

John Clark sah die Rückstoßflamme der raketengetriebenen Granate am fernen Waldrand und den winzigen Punkt, der direkt in seine Richtung wirbelte. Er wusste sofort, dass er ausgetrickst worden war. Das Mündungsfeuer weiter unten am Hügel hatte ihn nur dazu verleiten sollen, zurückzuschießen und so seine Position zu verraten, und er war blöd genug gewesen, genau das zu tun, was die IS-Kämpfer für ihn geplant hatten.

Und der Granatenschütze hatte verdammt gut gezielt. Selbst aus der Ferne war John klar, dass die Granate direkt in seiner Position einschlagen würde.

Er wusste, mit welch unglaublicher Explosionswirkung er rechnen musste, und im Grunde konnte er nichts anderes mehr tun, als seinen Kopf zu schützen, den Mund weit aufzusperren, um die Wirkung der Schockwelle auf seinen Körper zu minimieren, und zu versuchen, den Einschlag irgendwie zu überleben.

Sofern er sich nicht einfach über die Felskante rollte. Der

einzige Weg, sehr schnell von der vermuteten Einschlagstelle wegzukommen.

John robbte auf Ellbogen und Knien vorwärts, riss sein Gewehr samt Dreibein um und ließ sich über die Felskante fallen.

Er dachte an Sandy und Patsy, seine Frau und seine Tochter, und bereute es wie sonst nichts in seinem Leben, dass er sie heute nicht noch einmal angerufen und ihnen gesagt hatte, wie sehr er sie liebte.

Seit mehr als einer Minute war Jack Ryan junior völlig aus dem Kampf ausgeschlossen, der um ihn herum tobte. Er kauerte auf den obersten Treppenstufen, behielt die vordere Haustür sowie das große Wohnzimmer unten rechts im Auge und konnte nichts anderes tun, als zwei seiner Landsleute zuzuhören, die um ihr Leben kämpften. Und er hörte eine schwere Explosion weiter im Westen.

Chavez meldete sich über Funk. »Ryan, du musst mit *mindestens* einem Schurken auf der Südseite rechnen, außerdem mit dem Typen auf der Nordseite. Sie sind noch draußen, aber ich habe sie nicht mehr im Blickfeld. Und ich höre auch Schüsse und eine Explosion im Westen. Clark, hast du den Schützen schon gesichtet?«

Keine Antwort.

»John?«

Jack sagte: »Ding, ich habe hier eine gute Stellung. Geh und hilf Clark.«

Chavez gab keine Antwort.

Bevor Jack noch einmal rückfragen konnte, krachten Schüsse in die vordere Haustür, die sie durchlöcherten und Holzsplitter durch die Luft wirbelten. Sekunden später flog ein baseballgroßer Gegenstand durch das Fenster und krachte in den Flachbildschirm an der Hinterwand des Wohnzimmers. Jack zog sich ein paar Stufen höher zurück; die Handgranate detonierte rechts unten. Sie zerstörte alles, was vom Wohnzimmer noch übrig war, aber wenigstens war er vor der direkten Schockwelle geschützt.

Er hatte sich gerade eine weitere Stufe zurückgezogen, um sein Sichtfeld zu vergrößern, als die Haustür unten krachend aufflog. Zwei Waffen wurden um die Türzargen geschoben, eine Pistole und ein MG.

Jack richtete seine SIG MPX auf die Pistole rechts und feuerte, verfehlte aber das Ziel. Seine Geschosse schlugen in die starke Wand der Luxusblockhütte ein. Das feindliche Feuer war direkt in den Hauptraum gerichtet, was bedeutete, dass sie ihn oben auf der Treppe noch gar nicht bemerkt hatten.

Scheiße, dachte Jack. *Ich habe blind losgeballert. Jetzt wissen sie, wo ich bin.*

Während er noch überlegte, ob er die Stellung an der Treppe räumen und sich in den oberen Flur zurückziehen sollte, flog eine zweite Handgranate durch die Haustür, genau auf den obersten Treppenabsatz, auf dem Jack kauerte. Der Wurf war perfekt gezielt; er gab ihm keine Zeit mehr, über die oberste Stufe zurückzuweichen und sich hinter die Flurecke zu retten oder die Treppe hinunterzuspringen. Er sprang auf und kickte die heranwirbelnde Granate wieder nach unten zurück.

Kaum flog sie wieder von ihm weg, als er sich auch schon flach auf die Treppe warf.

Die Granate hüpfte einmal über den Dielenboden im Erdgeschoss und detonierte direkt an der Haustür. Sogar durch das schrille Klingeln in seinen Ohren hörte Jack einen durchdringenden Schmerzensschrei.

Aber jetzt sprang ein zweiter Mann herein und feuerte sofort mit einer Pistole auf Jack. Der Angreifer hielt die Pistole in der rechten Hand, sein linker Arm hing kraftlos herab. Jack erwiderte das Feuer, während er noch auf den obersten Stufen auf dem Rücken lag – er feuerte zwischen seinen gespreizten Beinen hindurch auf den verwundeten

Mann mit der Pistole und traf ihn in die Brust. Der Mann brach in die Knie, ließ die Pistole fallen und fummelte nach dem Detonator, der an einem dünnen Kabel aus dem rechten Ärmel hing.

Jack drückte auf den Abzug, aber die Waffe klickte nur noch. Automatisch griff er nach seiner Pistole, bis ihm einfiel, dass er sie Davi gegeben hatte, der sich aber im Bad am hinteren Ende des Flurs mit Jacks Schwester in der Wanne versteckte.

»Fuck«, sagte Jack – ausgeschlossen, dass ihn die Schussweste davor bewahren würde, von der Bombe in Stücke gerissen zu werden.

Unten kippte der Mann nach vorn. Im selben Moment packte Ding Jack am Bergegriff seiner Schussweste, riss ihn die letzte Stufe hinauf und um die Flurecke.

Zwei Sekunden nachdem sie in Deckung gegangen waren, detonierte der Bombengürtel des Terroristen unten im Erdgeschoss.

»Verletzt?«, überbrüllte Chavez das Klingeln in seinen eigenen Ohren.

»Nein«, brüllte Jack zurück. Auch seine Ohren klingelten schrill. »Wo ist Clark?«, fragte er, während er seine SIG nachlud.

»Kein Funkkontakt«, antwortete Ding. »Irgendwo dort draußen. Hab versucht, übers Dach rauszukommen, aber sie haben sofort auf mich geschossen. Ich glaube, John wurde von einer RPG getroffen.«

»Großer Gott! Wir müssen sofort zu ihm!«

Als Jack nachgeladen hatte, schob er die MPX um die Flurecke und zielte auf die Haustür. Ding lud seine Waffe ebenfalls nach. »Mit so vielen Angreifern haben wir nicht gerechnet. Hast du schon al-Matari gesichtet?«

»Nein.«

Chavez sagte: »Ich habe zwei Typen im Norden erwischt. Vielleicht war er einer von ihnen.«

Ein paar Augenblicke blieben sie still und horchten. Es fielen keine Schüsse mehr. Chavez sagte: »Ich suche Clark. Du schaust nach deiner Schwester.«

Ding sprang auf und rannte die Treppe hinunter. Jack stand ebenfalls auf, hatte aber gerade erst ein paar Schritte im Flur zurückgelegt, als es im großen Schlafzimmer mehrmals hintereinander krachte.

Dann hörte er seine Schwester schreien.

Kurz danach fielen zwei Schüsse.

Jack stürmte durch den Flur, so schnell er konnte.

71

Chavez rannte aus dem Haus, die Maschinenpistole schussbereit an die Schulter gestützt, und prallte fast mit einer dunklen Gestalt zusammen, die auf der Einfahrt zur Haustür gerannt kam. Verblüfft riss die Gestalt eine Kalaschnikow hoch; offenbar hatte sie auf keinen Fall mehr damit gerechnet, dass einer der Verteidiger im Blockhaus noch in der Lage sein würde, herauszustürmen.

Chavez war schneller. In vollem Lauf jagte er dem Terroristen zwei Kugeln in die Brust, rannte aber weiter, kickte die Kalaschnikow weg, kniete kurz nieder und rollte den Mann auf den Rücken.

Der Angreifer war noch am Leben, gerade noch, und Ding brauchte mindestens einen überlebenden Angreifer, aber als er den Mann kurz abtastete und ihm klar wurde, dass der Terrorist einen Bombengürtel trug, stand er rasch wieder auf und jagte ihm eine Kugel in den Kopf. Dann rannte er weiter zum Hügel hinüber, wo Clark Stellung bezogen hatte. Er befürchtete das Schlimmste für seinen Freund.

Jack stürmte in das große Schlafzimmer, voller Angst, dass er zu spät kommen würde, um seine Schwester zu retten. Doch als die Tür krachend aufflog, sah er sich im Halbdunkel einem Mann gegenüber, der an der Tür zum Badezimmer stand und die Pistole in der rechten Hand in seine Richtung schwenkte. Jack warf sich sofort in eine

Rolle vorwärts, ein Schuss krachte, Jack kam auf ein Knie, ging in Kampfstellung und riss die MPX hoch. Der rote Punkt war genau auf das Gesicht des anderen Schützen gerichtet.

Davi stand in der Tür; Sally klammerte sich von hinten an ihn und blickte ihm über die Schulter. »Nein!«, schrie sie auf.

Beide – Davi und Jack – senkten schnell die Waffen.

»Mein Gott!«, brüllte Davi. »Tut mir leid, Jack!« Er ließ die Pistole fallen, als ihm klar wurde, dass er um ein Haar seinen zukünftigen Schwager erschossen hätte.

Sally hob die Hand, zitternd deutete sie in eine Ecke des Schlafzimmers, direkt neben der Glasschiebetür, die auf den östlichen Balkon führte. Dort lag ein Mann in schwarzer Windjacke und schwarzer Hose auf einer Seite, die Pistole lag nur ein paar Zentimeter von seinen Fingern entfernt. Er war glatt rasiert, etwa vierzig Jahre alt und blinzelte. Seine Augen waren verschleiert, sein Blick benommen. Jack sah, dass kaum noch Leben in ihm war.

Er trat näher, kniete nieder und sicherte die Pistole. Dann tastete er den Mann vorsichtig ab, um zu sehen, ob er einen Sprengstoffgürtel trug.

»Nein«, sagte er laut. »Natürlich trägst du keinen Bombengürtel. Die Anführer eurer Scheißbande schicken immer nur andere vor, die sich opfern müssen, stimmt's?«

Abu Musa al-Matari blinzelte benommen, dann fokussierte er den Blick auf Jack. Blut rann aus einem Mundwinkel.

Jack durchsuchte ihn schnell, aber während er das tat, sagte er: »Sally – ich brauche diesen Burschen lebend.«

Davi protestierte. »Er kam über den Balkon – er wollte uns erschießen!«

»Weiß ich«, sagte Jack. »Glückwunsch. Du hast gerade einen der wichtigsten Männer des Auslandsgeheimdienstes des Islamischen Staates niedergeschossen. Der Typ hier ist der Oberkommandierende für Nordamerika.« Jack stand auf und blickte auf al-Matari hinunter. »Ich würde ihm nur zu gern beim Sterben zusehen, aber er weiß eine Menge Dinge, die wir dringend von ihm erfahren müssen.«

Olivia nickte und machte sich daran, al-Mataris Schusswunden notdürftig zu versorgen. Chavez' Stimme kam durch Jacks Ohrstöpsel.

»Habe Clark gefunden. Er ist noch am Leben und bei Bewusstsein, aber er sieht scheiße aus.«

»Roger«, antwortete Jack. »Ist die Umgebung sicher?«

»Scheint so.«

»Okay. Ich schicke dir einen Arzt.« Jack drehte sich zu Davi um und zog gleichzeitig das Erste-Hilfe-Set aus dem Chest-Rig. Er zog den Reißverschluss auf und schüttete den Inhalt auf das Bett. »Davi, du musst meinem Freund draußen helfen. Drüben auf dem Hügel. Sally, du kümmerst dich um dieses Arschloch hier.«

Die beiden Ärzte griffen hastig nach den Binden, Kompressen, Tourniquets und anderen wichtigen Dingen, die sie brauchten. Davi rannte aus dem Zimmer.

Olivia sagte: »Leg ihn auf das Bett. Er muss bequemer liegen als auf dem Boden.«

»Er ist ein Terrorist. Der braucht nicht bequem zu liegen.«

»Im Moment ist er mein Patient«, sagte sie scharf. »Also tu, was ich dir sage.«

Jack hätte sie am liebsten an den Schultern gepackt und ihr klargemacht, dass der Mann trotzdem ein Terrorist war, aber er schluckte seinen Zorn hinunter, hob al-Matari vom Boden hoch und ließ ihn unsanft auf das Bett fallen.

»Er hat einen Lungendurchschuss!«, protestierte Olivia wütend. »Sei doch vorsichtig!«

»Wir brauchen ihn nur lebend, Sally, nicht glücklich!« Jack zog zwei Kabelbinder aus der Brusttasche und fixierte al-Mataris Hände am Bettgestell. »Das ist nur, damit er dir nicht den Hals umdreht, während du ihm das Leben rettest«, sagte er bissig.

Olivia riss al-Matari das Hemd herunter, tastete auf seinem Rücken nach der Austrittswunde. Sie fand sie sofort; ihre Hand war blutig, als sie sie wieder hervorzog. Als sie sich daranmachte, die Wunden zu reinigen, um sie verschließen zu können, blickte sie zu ihrem Bruder auf.

»Wer *bist* du, Jack?«

»Darüber reden wir später, wenn dieser Bursche nicht zuhört.«

Al-Matari hustete mühsam. »Ja... wer *bist* du, Jack?«

Jack beugte sich über ihn. »Ich stehe am Ende deines Wegs, Musa. Ab heute wirst du kein Held mehr werden, und auch kein Märtyrer.«

»Von mir wirst du nichts erfahren. Kein Wort.«

»Ich? Ich gehöre nicht zu den Leuten, die dir die Fragen stellen. Ehrlich, ich will von dir gar nichts wissen. Aber andere wollen das, und sie werden dich irgendwohin bringen und dein wirres Gehirn mit Drogen vollpumpen. Und ich schwöre dir: Diesen Leuten wirst du nichts verschweigen und nichts vorlügen können.«

Chavez fand Clark ungefähr dreißig Meter unter dem Felsvorsprung, auf dem er gelegen hatte. Er war den steilen, dunklen Abhang hinunter gestürzt und gerollt, direkt unterhalb der Einschlagstelle der Granate; er hatte zwar die Explosionswirkung nicht voll abbekommen, es war jedoch eine Lawine aus Felsgeröll und Erde über ihn niedergegangen. Chavez richtete die Taschenlampe auf Clark und schimpfte ihn jedes Mal aus, wenn Clark versuchte, sich aufzusetzen oder sogar aufzustehen, während Davi ihn auf schwerere Verletzungen untersuchte. Davi kam zu dem Schluss, dass der völlig verdreckte »ältere Mitbürger« vermutlich eine Gehirnerschütterung erlitten habe, außerdem ein oder zwei gebrochene Rippen und ein vermutlich verstauchtes oder gebrochenes Handgelenk. Aber wie durch ein Wunder habe er keine weiteren schweren Verletzungen davongetragen.

Die beiden Männer stützten Clark auf dem Rückweg vom Hügel herab zum Haus. Inzwischen hatte Jack Mary Pat Foley persönlich angerufen und sie informiert, dass sie einen schwer verwundeten, aber noch lebenden al-Matari von einem Blockhaus in den Blue Ridge Mountains abholen lassen könne und dass auf die Vereinigten Staaten von Amerika lediglich die Kosten für den Rücktransport von fünf weiteren Personen nach Washington zukämen.

Eine knappe Dreiviertelstunde später landeten zwei UH-60 Black Hawks hinter dem Blockhaus. Sie gehörten zur Tactical Aviation Unit des FBI und hatten Ärzte und Sanitäter an Bord, deren Hauptaufgabe es war, al-Matari am Leben zu halten und Clarks Schmerzen erträglicher zu machen, dem das Atmen infolge der Rippenbrüche immer schwerer fiel.

Der erste Helikopter stieg schon kurz nach der Landung wieder auf, aber der andere sollte noch eine Weile hier bleiben. Er hatte ein rundes Dutzend Mitglieder des viel gerühmten Geiselbefreiungsteams des FBI zum Blockhaus gebracht. Während der restlichen Nacht und bis in den Morgen hinein durchkämmte das Team die Umgebung mit Nachtsichtgeräten nach weiteren Terroristen, fand aber nur sieben Leichen und drei Fahrzeuge. In zwei der Fahrzeuge entdeckten sie unter schweren Teppichrollen mehrere Kisten. Darin fanden sie Waffen und Munition, aber als die Männer die Teppiche aufrollten, entdeckten sie darin zu ihrem Erstaunen vier schultergestützte Igla-S-Boden-Luft-Raketen aus sowjetischer Produktion. Mit jeder Rakete hätte man problemlos einen Jumbo-Jet vom Himmel holen können.

72

Captain Carrie Ann Davenport war nun schon seit einem vollen Monat wieder im Einsatz am Kriegsschauplatz im Irak, aber die Gartenparty im College Park ging ihr noch immer nicht aus dem Sinn. Die vielen Toten und Verwundeten. Und der Mann, den sie erschossen hatte – mit der Pistole, die ihr Vater ihr gegeben hatte. Ihr Vater hatte darauf bestanden, dass sie die Waffe jederzeit mit sich führte, schließlich habe der Präsident der Vereinigten Staaten gesagt, dass es das gute Recht jedes Mitglieds der Streitkräfte sei, sich zu verteidigen.

Damit hatte ihr Dad wieder mal recht behalten, was Carrie Ann noch oft genug zu hören bekommen würde, aber sie würde sich nicht darüber beklagen, dass er sie immer wieder daran erinnerte.

Am Tag des Angriffs auf die Gartenparty war noch etwas anderes geschehen. Der gut aussehende Typ, der gerade seine Masterarbeit in Kunstgeschichte schrieb, hatte sie noch am selben Abend zu einem Kaffee eingeladen. Beide waren von den Ereignissen erschüttert gewesen, und beide hatten das Bedürfnis, mit jemand zu reden, der den Horror selbst miterlebt hatte.

Und seither hatten sie sich fast täglich E-Mails geschickt und sogar einmal geskypt, was für Carrie Ann richtig peinlich gewesen war, weil sie sich zu dem Zeitpunkt bereits auf der vorgeschobenen Operationsbasis im Süden der Türkei befunden hatte, direkt an der syrischen

Grenze – in Kampfmontur fühlte sie sich nun mal nicht besonders attraktiv.

Matt schien das nichts auszumachen, im Gegenteil: Er witzelte, dass ihn ihr weiter, unförmiger Kampfanzug mit seiner langweiligen Universaltarnung sogar richtig antörne, und darüber hatte Carrie Ann lauter und herzlicher lachen müssen, als sie seit Wochen gelacht hatte.

Als Carrie Ann jetzt bei der Einsatzbesprechung für heute Abend saß, dachte sie an Matt – aber nur während der ersten paar Minuten. Als der Major zu erklären anfing, was bei diesem Einsatz geplant war, konzentrierte sie sich nur noch auf den Job, den sie auszuführen hatte.

Neue nachrichtendienstliche Erkenntnisse waren eingegangen, denen zufolge man nun die genaue Lage der Zentrale der Global Islamic Media Front – der für die PR-Arbeit des IS verantwortlichen Propagandasektion – bestimmen konnte. Die GIMF war zu fast hundert Prozent verantwortlich für die ausgesprochen clevere Propaganda, die der IS in diesen Tagen vor allem auf die Vereinigten Staaten richtete. Die Media Front betrieb eigene TV- und Rundfunksender, Websites und ein eigenes soziales Netzwerk. Das bedeutete, dass sie für die ferngesteuerte Radikalisierung von Kämpfern in aller Welt verantwortlich war – von entfremdeten jungen Männern und Frauen, die dem Oberhaupt des IS Treue schworen und dann hinausgeschickt wurden, um ihre Gräueltaten zu begehen. Seit dem Angriff im College Park vor über einem Monat hatten zwar al-Mataris Angriffe in Amerika nachgelassen, aber es kam immer noch zu sporadischen Anschlägen in Amerika und Europa. Zwar wurde spekuliert, die anhaltenden Terroranschläge könnten das Werk von Nachahmungstätern sein, aber die amerikanische Regierung hatte bisher nichts über eine Gefangennahme oder Tötung des Terroristenanführers verlauten lassen.

Doch wenn es gelänge, die Propagandazentrale des IS

auszuschalten, ihre technische Ausrüstung und ihre Infrastruktur zu vernichten, könnte dies ein wichtiger Schritt sein, um die Organisation weltweit zu schwächen. Und mit der Eliminierung ihres Personals würde auch ihr technisches Know-how vernichtet, das entscheidend zur globalen Rekrutierungskampagne des Islamischen Staates beitrug.

Für den Luftschlag mitten ins Herz des vom IS besetzten Teils von Syrien war ein massiver Einsatz geplant. Vier Navy F/A-18c Hornets der U. S. Navy würden von der USS *Harry S. Truman* starten, die im Mittelmeer lag. Sechs A-10 Thunderbolts der U. S. Army würden von ihrem Stützpunkt in der Südtürkei abheben. Und eine nicht genauer benannte Zahl von Spezialtruppen würde von der Stadt Ratla, die südlich von Rakka lag, vorstoßen. Die Bodentruppen sollten vor allem die Autobahn M4 überwachen, die Hauptverkehrsader im Norden des Landes, die nahe an Rakka vorbeiführte. Sie verfügten über bemerkenswert genaue Informationen bezüglich des Fabrikats und Modells der Fahrzeuge, die vom GIMF-Führungskader des Islamischen Staats gewöhnlich benutzt wurden.

Carrie Ann wunderte sich, wie die amerikanischen Geheimdienste wohl an diese sagenhaft präzisen Erkenntnisse gekommen waren. Sie vermutete, dass die USA diesen Bastard Abu Musa al-Matari inzwischen gefangen hatten und dass der Bursche schöner sang als eine Nachtigall.

Schon allein der Gedanke, dass es so sein könnte, machte sie glücklich.

Die Spezialeinsatztruppen würden von Helikoptern des 160th Special Operations Aviation Regiment extrahiert, aber zwei Pyro-AH-64E-Apache-Helikopter von Carrie Anns eigenem Regiment sollten den Angriff heute Nacht unterstützen. Ihre spezifische Aufgabe war, sich für die Unterstützung von Rettungshelikoptern zur Verfügung zu halten, sollte eines der Luftfahrzeuge abgeschossen werden.

Natürlich war Carrie Anns Einsatz gefährlich, aber sie hielt es für wenig wahrscheinlich, dass sie und Troy viel von den Kampfhandlungen zu sehen bekämen – wenn man davon absah, dass sie in einer sogenannten »Wheel Formation« mit einem weiteren Apache-Helikopter über die syrische Wüste fliegen und das Feuerwerk aus gut fünfzig Kilometern Entfernung beobachten würden.

Schade eigentlich, dachte Carrie Ann.

Nach allem, was geschehen war, hatte sie richtig Lust darauf, ein paar dieser verdammten Hundesöhne heute Nacht das Licht auszublasen.

Um 22 Uhr überprüfte Captain Davenport ein letztes Mal ihr Gurtzeug, schnallte sich auf dem vorderen Sitz im Cockpit an und schaute konzentriert auf die drei Monitore und zweihundertvierzig Kontrollschalter und -tasten vor ihr. Zusammen mit Chief Warrant Officer Troy Oakley, der etwas erhöht hinter ihr saß, hatte sie die letzten vierzig Minuten mit den Flugvorbereitungen verbracht. Ihr Fluggerät war startbereit und hatte bereits die Starterlaubnis erhalten.

Oakleys Stimme kam über das Intercom. »Bereit, Captain?«

Oakley war zwar einundzwanzig Jahre älter als Davenport, aber sie hatte einen höheren Rang und war seine Vorgesetzte.

»Los geht's, Oak.«

Sie rollten zu der kurzen Startbahn, und Oakley betätigte mit der linken Hand den Hebel des Höhensteuers. Während der Apache-Helikopter weiterrollte, drückte er sanft auf das linke Pedal, um dem Drehmoment des Hauptrotors und dem Abdriften des Rumpfs entgegenzuwirken, indem er die Leistung des Heckrotors erhöhte.

Nun hob er das Höhensteuer weiter an und gab damit dem Hauptrotor mehr Schub; gleichzeitig drückte er das linke Pedal noch weiter hinunter. Als er den Steuerknüppel zwischen den Knien sanft vorwärts schob, veränderte er den Winkel der Rotorblätter über ihm, und der große Helikopter rollte schneller über die Startbahn. Nun benutzte er beide Pedale, um die Nase des Helikopters gerade zu halten, während er immer schneller wurde.

Auf dem Vordersitz des Cockpits verfolgte Carrie Ann den Startvorgang, die Hände locker auf die Knie gelegt. Vor ihr befanden sich sämtliche Kontrollschalter, um den Pyro 1-1 fliegen zu können, über die auch Oakley hinter ihr verfügte; tatsächlich verfügte auch sie über eine sehr gute Flugerfahrung. Und auch Oakley konnte vom Rücksitz aus sämtliche Raketen abschießen und die Bordkanone bedienen.

Allerdings ließ Carrie Ann Oakley fast nie feuern, und auch heute Nacht würde es nicht anders sein, sollten sie bei diesem Einsatz tatsächlich Feindkontakt bekommen. Carrie Ann liebte Oakley wie einen älteren Bruder und würde alles für den Mann tun, aber die Waffen des Pyro 1-1 wurden von ihr selbst abgefeuert, und dabei sollte es auch bleiben.

Als die Rotoren volle Kraft und der Helikopter eine Geschwindigkeit von 45 Knoten erreicht hatte, zog Oakley den Steuerknüppel leicht zu sich, und der acht Tonnen schwere Apache hob ab. Sekunden später hob hinter ihm auch Pyro 1-2 von der Startbahn ab.

Sie blieben auf niedriger Flughöhe und entfernten sich von der vorgeschobenen Operationsbasis in östlicher Richtung, um mögliche IS-Spione zu täuschen, die den Auftrag hatten, Helikopterflüge sofort mit ihren Handys ins Kalifat weiterzumelden. Erst zehn Minuten später drehten sie nach Süden ab, um zu ihrer Bereitschaftsposition ungefähr dreißig Meilen nordöstlich von Rakka zu gelangen.

Rund neunzig Minuten nach dem Start flogen Davenport und Oakley in völliger Dunkelheit über die menschenleere Wüste, begleitet von Pyro 1-2 und Freight Train 1-1, einem zweimotorigen Transporthelikopter Chinook CH-47D, die auf unterschiedlichen Flughöhen folgten. Carrie Ann erhaschte von Zeit zu Zeit auf ihrem FLIR-Monitor einen kurzen Blick auf die anderen Hubschrauber, aber meistens war ihre Aufmerksamkeit nach Südwesten gerichtet, wo ihr das Feuerwerk zeigte, dass Angriff und Verteidigung in vollem Gange waren.

Sie konnte den Navy-Funkverkehr nicht hören, aber sie hörte die Funksprüche der A-10-Kampfflugzeuge, die den Angriff auf Rakka mit Hellfire-Raketen fortführten. Es klang so, als verliefe die Operation genau nach Plan.

Die amerikanischen Kampfflugzeuge setzten ausschließlich Hellfire-Raketen ein, die im Vergleich zu den präzisionsgelenkten Bomben oder ungelenkten großen Eisenbomben nur eine relativ geringe Zerstörungswirkung hatten, außerdem kamen auch andere Waffensysteme zum Einsatz, mit denen die F-18 und A-10 ausgerüstet waren. Aber das Operationsziel lag im Zentrum von Rakka; Kollateralschäden mussten daher auf ein Minimum begrenzt werden. Das bedeutete, dass jedes Flugzeug das Ziel mehrmals überfliegen musste, um die verschiedenen Gebäude unterscheiden zu können. Sonst hätte ein einziger Überflug von zwei Hornets gereicht, um das Ziel mit ein paar Freifallbomben wie der fast eine Tonne schweren Mark 84 praktisch dem Erdboden gleichzumachen.

Der Feind feuerte mit einer großen Zahl von ZU-23-Luftabwehrkanonen auf die Angreifer. Ihre Leuchtspuren zogen sich in großem Bogen durch den Nachthimmel, aber bisher hatte die Formation der angreifenden Starrflügler der Navy und Army keine Verluste erlitten.

Auch die Meldung eines A-10-Piloten, sein Flugzeug sei vom Zielsuchsystem einer Stinger-Luftabwehrrakete erfasst worden, erwies sich als Fehlmeldung; offenbar hatte die Stinger die Zielerfassung durch irgendwelche Hindernisse wie Hügel oder Gebäude wieder verloren.

Eine Dreiviertelstunde nach Beginn des Angriffs zogen sich sämtliche Flugzeuge wieder aus dem Zielgebiet zurück. Den Pyro- und Freight-Train-Helikoptern wurde befohlen, sich nach Süden zurückzuziehen, während die Black Hawks des 160th Special Operations Aviation Regiment heranflogen, um die Spezialtruppen auf dem Boden aus dem Kampfgebiet zu holen. Carrie Ann und ihre Eskorte nahmen Kurs auf einen anderen Punkt in der Wüste, wo sie ein anderes Flugmuster zu fliegen hatten.

Carrie Ann beobachtete zwei der hochtechnisierten Black Hawks, die weit unter ihr vorbeirasten, knapp über den Sanddünen. Sie sollten ihre Delta-Force- oder SEAL-Teams herausholen.

Sekunden später verlor Carrie Ann die Black Hawks aus dem Blickfeld. Der Combat Controller, einer der Kampfkontrolleure der amerikanischen Sondereinsatzkräfte, die auf die Luft-Boden-Kommunikation im Kampfgebiet spezialisiert waren, meldete sich über ihr Headset. Er informierte sie, dass er sie auf die Frequenz des Joint Terminal Attack Controller auf dem Boden in Ratla durchstellte. Das überraschte Carrie Ann, weil der JTAC in vorgeschobener Position bei den Spezialtruppen arbeitete und von dort aus die Angriffe durch Flugzeuge und Artillerie koordinierte. Er mochte zwar während der Angriffsphase zum Einsatz gekommen sein, aber seine Position in Ratla war so weit vom Zielgebiet entfernt, dass sie daran ihre Zweifel hatte. Und sie konnte sich nicht erklären, warum der JTAC mit ihrem Pyro-Helikopter sprechen wollte, schließlich waren seine eigenen Extraktionshelikopter bereits unterwegs.

Sekunden später meldete sich eine knisternde Stimme über ihr Headset. »Pyro One-One, hier Lethal. Frage Verständigung?«

»Pyro One-One. Verständigung laut und klar. Bitte sprechen Sie, Lethal.«

»Ich bin ein JTAC bei den SF.« Er las ihr seine Grid-Koordinaten vor, und sie gab sie in ihren Computer ein. »Ich habe keine weiteren Flugeinheiten in meinem Bereich, aber in meinem Sektor wurden gerade mehrere Ziele gesichtet. Ein Konvoi von acht Fahrzeugen, bestätigte fliehende Kombattanten aus dem Zielgebiet.« Er nannte ihr die Grid-Koordinaten des Konvois, die sie ebenfalls eingab. Auf ihrem Display sah sie, dass die Fahrzeuge auf der Autobahn M4 in östlicher Richtung unterwegs waren, zwischen den Städten Ratla und Madan, direkt südlich des Euphrat. JTAC fragte: »Sind Sie verfügbar, um die Ziele zeitnah zu verfolgen? Over.«

Troy konnte das Gespräch ebenfalls hören; er bestätigte, dass sie noch gut eine halbe Stunde Flugzeit hatten.

Freight Train hatte nur zwei MG-Schützen an den Türen an Bord, weshalb der Chinook in Begleitung von Pyro 1-2 in die Türkei zurückkehren musste. Das bedeutete, dass Carrie Ann und Troy alleine nach Süden fliegen müssten, tief ins IS-Territorium, um den Konvoi anzugreifen.

Sie zögerte nicht. »Bestätigt, Lethal. Wir sind ein Apache mit acht Hellfires, zweiundsiebzig Raketen und einer Bordkanone mit neunhundert HEDP-Patronen. Wir sind unterwegs. Erwartete Ankunftszeit elf Minuten.«

»Roger. Ich leite Sie direkt zu ihnen. Wir warten mit der Extraktion, bis Sie diese Burschen ausgeräuchert haben.«

Inzwischen pochte Carrie Anns Herz heftig gegen die stählernen Einschubplatten ihrer Schutzweste. Troy meldete sich über das Intercom; in sachlichem Ton informierte er sie über seinen Plan, den Konvoi von Osten her anzugreifen, sodass sie an seiner vollen Länge entlangfegen und die Angriffswirkung maximieren konnten.

Nach dreizehn Minuten schwenkten sie hart nach Osten und gingen auf nur noch tausend Fuß Flughöhe herunter. Carrie Ann wählte eine Hellfire-Rakete. Als der Konvoi aus einem Dorf kam und immer noch in östlicher Richtung direkt südlich des Euphrat weiterfuhr, sagte sie: »Abschuss Hellfire«, und schoss die Rakete auf den führenden Technical ab. Ihr Plan war, den ersten Kampfwagen zu zerstören und dann mit mehreren Wellen von Hydra-Raketen den Rest des Konvois zu vernichten.

Die Hellfire krachte in den ungepanzerten Technical und blies ihn in Stücke. Für eine Sekunde leuchtete Carrie Anns FLIR-Monitor grellweiß auf, dann ging Troy Oakley auf maximale Geschwindigkeit. Durch das Zielfindungssystem über Davenports rechtem Auge konnte auch Oakley das rote Fadenkreuz über seinem eigenen Zielfindungssystem sehen, sodass er genau wusste, wohin die vor ihm sitzende Davenport zielte. Auf diese Weise konnte er die Raketen direkt auf das von ihr geplante Ziel ausrichten.

»Abschuss«, sagte sie wieder. Ihre Stimme klang hart und angespannt. Ein Dutzend Hydra-Raketen wurden in schneller Folge abgefeuert und rasten über den Highway unter ihnen auf ihr Ziel zu, das sich zwei Kilometer weiter westlich befand.

Noch bevor die erste Rakete einschlug, rief Carrie Ann »Kanone!« und schaltete auf die Bordkanone um. Diese konnte sie allein durch Kopfbewegungen steuern, und sie gab einen Feuerstoß nach dem anderen auf den Konvoi ab.

Auf ihrem FLIR-Monitor konnte sie auf der gesamten Länge des Konvois die vielen von den Raketen verursachten Explosionen sehen, durch die nun auch das Kanonenfeuer schnitt und die ungepanzerten Fahrzeuge buchstäblich zerlegte. Außerdem sah sie viele Personen, die vom Highway in die Felder flüchteten, die sich am Euphrat entlang erstreckten, aber um die zu Fuß fliehenden IS-Kombattanten zu töten, mussten sie erst wenden und erneut anfliegen.

Oakley wollte gerade einen neuen Anflug aus westlicher Richtung einleiten, als die Warnsensoren im Cockpit schrill eine Radarortung der Pyro 1-1 meldeten.

Oakley brüllte: »SAM!«, sobald er sicher wusste, dass eine von der Schulter abgefeuerte Boden-Luft-Rakete auf sie zu raste.

Die automatischen Abwehrsysteme des Apache stießen sofort Täuschkörper aus, während Oakley den Hubschrauber in einen steilen Sturzflug zwang, um Geschwindigkeit zu gewinnen; gleichzeitig ging er in eine Schraubbewegung über, um die heranfliegende Rakete auszutricksen. Carrie Ann klammerte sich an die Haltegriffe und starrte auf den bestellten Acker, auf den sie buchstäblich hinabstürzten, der bereits ihr gesamtes Sichtfeld ausfüllte und mit jeder Sekunde noch näher heranraste. Sie schloss die Augen; in diesem Moment war sie sich absolut sicher, dass sich der Hubschrauber in den Acker bohren würde – aber Oakley zog die Maschine aus dem Sturzflug heraus und zwang sie in die Horizontale, wobei Carrie Ann hart in ihren Sitz gepresst wurde und sich beinahe übergeben musste.

Die SAM raste vorbei, aber jetzt waren sie nur noch fünfzig Fuß über dem Boden und rasten über den Highway hinweg, nur wenige Hundert Meter von allen entfernt, die den Beschuss durch die Hellfire, die Kanone und die Raketen überlebt hatten. Carrie Ann sah Leuchtspurgeschosse aus schweren Maschinengewehren, die direkt über sie hinwegzuckten oder von links nach rechts vor dem Cockpit vorbei tanzten, und dann hörte sie auch schon ein schnelles Hämmern unter ihren Füßen.

Durch das Intercom hörte sie Oakley heiser rufen: »Carrie! *Your ship!*«

Troys Ruf, das Steuer zu übernehmen, überraschte Carrie

Ann auf dem Vordersitz, aber sie löste sofort den Blick von ihren Waffenmonitoren, blickte stattdessen durch die Panzerglasfrontscheibe und packte den Steuerknüppel mit der rechten und den Hebel des Höhensteuers mit der linken Hand.

»My ship!«, bestätigte sie. Sie wollte gerade fragen, warum Oakley ihr die Pilotenfunktion übertrug, als er sich erneut meldete. Dieses Mal klang seine Stimme schwächer.

»Bin getroffen!«

»Wo?«

»Hab eine… Kugel durchs Kabinendach eingefangen. Vielleicht ein Querschläger, aber er hat mich in den Hals getroffen. Ich blute ziemlich stark.«

»O mein Gott«, sagte sie. »Wir fliegen zurück.«

»Negativ«, antwortete Oakley. »Zieh den Angriff durch!«

Captain Davenport achtete nicht auf ihren zweiten Mann, sie schwenkte vom Highway ab und raste tief über den Euphrat hinweg, während noch weitere Leuchtspurgeschosse aus verschiedenen Richtungen um sie herum durch die Luft peitschten.

»Bring den Angriff zu Ende!«, wiederholte Oakley heiser.

»Wenn wir zurück sind, schauen wir uns die Aufnahmen von den Kanonenkameras an. Wir haben sämtliche acht Fahrzeuge des Konvois ausgelöscht und drei Viertel der Insassen. Ordentliche Arbeit für eine Nacht.«

Oakley gab keine Antwort.

»Oak? Bleib bei mir, Oak! Hörst du mich?«

»Roger«, sagte er, aber sie hörte seiner Stimme an, dass er gleich das Bewusstsein verlieren würde.

Und dann blickte sie auf ihren Monitor hinunter und sah, dass der Öldruck rapide sank.

Captain Carrie Ann Davenport landete den angeschlagenen Apache zehn Minuten später irgendwo mitten in der offenen Wüste, öffnete den Einstieg und löste ihr Gurtsystem. Die Black Hawks der 160., die die Spezialtruppen in Ratla abgeholt hatten, waren nur ein paar Minuten von ihrer Position entfernt und kamen rasch näher. Sie hatten mehrere Sanitäter an Bord, die für harte Einsätze der Special Forces ausgebildet waren.

Bis sie ankamen, musste sie irgendwie versuchen, Oakleys Blutung zu stoppen, seine Gurte zu lösen und ihn für den Abtransport vorzubereiten.

Sie kletterte über ihren Sitz nach hinten und zog gleichzeitig einen Lappen aus ihrer Cargotasche. Die Blutung war unglaublich stark und hatte die Kleidung auf Oakleys linker Körperhälfte völlig durchtränkt, soweit sie es im schwachen orangefarbenen Licht der Kontrollleuchten und Monitore vor seinem Sitz erkennen konnte. Aber sie wusste nicht, ob er nur bewusstlos oder schon tot war; wie auch immer, sie würde ihn auf jeden Fall so gut wie möglich versorgen. Mit der rechten Hand drückte sie den Stofflappen so fest wie möglich auf seinen Hals, um den Blutstrom wenigstens zu verringern, während sie mit der linken Hand die Verschlüsse seines Gurtsystems löste.

Von Oakleys Sitz bis zum Sand waren es dreieinhalb Meter; ausgeschlossen, dass ein Bordschütze einen verwundeten Piloten ohne Hilfe aus dieser Höhe herablassen konnte, und schon gar nicht eine grade mal eins sechzig große, fünfundfünfzig Kilo leichte Pilotin. Was Carrie Ann deshalb auch gar nicht erst versuchte. Sie riss ihr Erste-Hilfe-Set auf und schnitt mit der Schere seine Kampfuniform auf, um den Blutverlust zu minimieren und die Kontrollen, Kabel und alles andere zu beseitigen, was seinen Abtransport ins Lazarett verzögern würde.

Ein Black Hawk landete; ein zweiter blieb in der Luft, um Deckung zu geben. Carrie Ann stieg auf den Vordersitz, um die Systeme ihres Apache herunterzufahren und den drei kräftigen, bärtigen Männern Platz zu machen. Selbst sie hatten Mühe, den bewusstlosen Piloten aus seinem Sitz auf die kurzen Außenlaststationen hinunterzulassen, von wo er von vier weiteren Männern auf den Boden geholt wurde. Er wurde auf eine Bahre gelegt und dann schnellstens in den wartenden UH-64 geladen. Carrie Ann griff nach ihrem eigenen und nach Oakleys Gewehr und rannte hinterher.

Im Black Hawk kniete sie neben Oakley nieder und hielt während des gesamten Rückflugs in die Türkei seine Hand. Die Sanitäter arbeiteten verbissen an seiner Halswunde und versorgten eine weitere Wunde, die sie oberhalb seines linken Knies entdeckt hatten.

Ein junger Mann in voller Kampfuniform und Bart, der direkt hinter ihr saß, berührte sie an der Schulter, und als sie sich zu ihm umdrehte, sagte er: »Unsere Ärzte sind die besten. Dein Dad wird bald wieder gesund.«

Sie kannte den Scherz, nickte und wollte sich wieder zu Oakley umwenden, als der junge Mann hinzufügte: »Ich bin Lethal.« Er war der JTAC, der sie zu ihrem Ziel geleitet hatte.

»Davenport«, sagte sie.

»Ich muss schon sagen, Captain, Sie haben diese Typen kräftig in die Ärsche gekickt. Mit Ihrem Angriff haben Sie praktisch ganz allein dem IS jede Chance vermasselt, seine Propagandamaschine wieder zum Laufen zu bringen, nachdem die Navy auch ihr Gebäude völlig plattgemacht hatte.«

Sie dankte ihm für das Lob und beugte sich wieder über Oakley. Er hatte die Augen geöffnet und schaute sie an. Sie lächelte, während ihre Tränen auf sein Gesicht fielen. »He!«

Er lächelte zurück. »He.«

»JTAC sagt gerade, wir beide hätten die Typen kräftig in die Ärsche gekickt. Gar nicht so schlecht, oder?«

Er versuchte, den Kopf zu schütteln, aber das Backboard, auf dem er fixiert war, ließ es nicht zu. Er lächelte. »Nein, überhaupt nicht schlecht, Captain.«

Eine Stunde später stieg eine A-10 aus der Türkei auf, um eine »Eisenbombe« mit 227 Kilo Gewicht auf Pyro 1-1 abzuwerfen. Carrie Anns Helikopter wurde völlig zerstört, sodass der Feind nichts hatte, das er für seine Propagandazwecke benutzen konnte.

Ungefähr zur selben Zeit, als der Apache in der Wüste in Stücke zerfetzt wurde, starb Chief Warrant Officer Troy Oakley auf dem OP-Tisch im Luftwaffenstützpunkt Incirlik.

73

Sie hatten ihm trotz des langen Flugs die Handfesseln nicht abgenommen, und er war sich ziemlich sicher, dass sie ihm etwas verabreicht hatten, das ihn in einen tiefen Schlaf versinken ließ, denn als er bei der Landung aufwachte, fühlte er sich schwindelig und ausgesprochen groggy. Aber es gelang ihm, die Benommenheit abzuschütteln, als das Flugzeug zur Parkposition rollte und mit einem Ruck zum Stillstand kam.

Ein Mann setzte sich ihm gegenüber; in den letzten Wochen hatte Dalca gelernt, ziemlich gut erraten zu können, was auf der anderen Seite seiner Augenbinde vorging.

Der Mann sprach in einem Tonfall, der vor Verachtung nur so triefte. »Okay, Kumpel. Für dich ist hier Endstation. Der Präsident hat dir versprochen, dass du freigelassen wirst, sobald du uns alles gegeben hast, was wir von dir haben wollten. Du hast deinen Teil erfüllt, jetzt erfüllen wir unseren Teil. Du bist frei und kannst gehen.«

Die Augenbinde wurde abgenommen, und Dalca blickte sich blinzelnd um. Er saß im selben Flugzeug, in dem er schon vor über einem Monat gesessen hatte, an dem Tag, als er in Rumänien entführt worden war. Seither hatte man ihn in sicheren Häusern gefangen gehalten und ihn gründlich befragt und verhört, nicht selten in Marathonsitzungen, die achtzehn Stunden dauerten.

Aber er musste es ihnen lassen: Die Amerikaner hatten offenbar vor, ihren Teil der Abmachung zu erfüllen. Er hatte den Inhalt seiner Taschen überprüft: Momentan besaß er nur ein paar Euro, seinen Pass und ein paar andere Dinge, und er steckte auch wieder in denselben Klamotten, die er bei seiner Entführung getragen hatte, aber all das war Dalca herzlich egal. Er musste nur irgendwie an einen Computer oder in eine Bank kommen, schließlich waren seine elf Millionen noch immer auf seinen Geheimkonten im Ausland gebunkert.

Ohne ein weiteres Wort stand er auf. Seine Beine waren ein bisschen wackelig, als er an den bärtigen Typen vorbei zur offen stehenden Flugzeugtür ging. Er stieg die Treppe zum heißen Asphalt hinunter. Noch auf der Treppe blickte er sich um. Er hatte nicht die geringste Ahnung, wo auf der Welt er sich befand, aber er dachte sich, dass das eigentlich keine große Rolle spielte. Endlich war er aus den Vereinigten Staaten heraus. Und er war wieder ein freier Mann.

Er blieb kurz stehen, um sich zu orientieren. Hinter ihm wurde die Treppe wieder eingefahren, und die Tür schloss sich. Sekunden später setzte sich das Flugzeug in Bewegung.

Auch Dalca setzte sich wieder in Bewegung. Er ging auf einen Terminal zu, der ungefähr hundert Meter entfernt war.

Im Flugzeug schaute Midas Dom Caruso fragend an. »Na, was meinst du – wie lange braucht er, bis er merkt, in was für einer beschissenen Lage er ist?«

Caruso grinste. »Nicht sehr lange, Mann. Der Typ ist ein ziemlich smarter Hund. Sobald er merkt, wo wir ihn abgesetzt haben, wird ihm klar sein, dass wir ihn verarscht haben.«

Helen Reid schob den Schubhebel vor, und der Jet der Firma Hendley Associates hob wieder vom Internationalen Airport Hongkong ab – gerade mal eine Viertelstunde nach der Landung.

Zur gleichen Zeit, als die Gulfstream 550 von der Startbahn ein paar Kilometer weiter westlich in die Luft stieg, saß ein CIA-Mitarbeiter in einem Dim-Sum-Restaurant im historischen Hongkonger Stadtteil Tsim Sha Tsui. An dem kleinen Tisch ihm gegenüber saß ein hochrangiger Vertreter des chinesischen Ministeriums für Staatssicherheit. Es war ein recht seltsames Essen, das die beiden zusammen einnahmen, aber jeder wusste, wem er gegenübersaß, deshalb gab es eigentlich keine Geheimnisse zwischen ihnen.

Der Amerikaner hieß Spicer. Er nippte an seinem Tsingtao-Bier und blickte seinen Gesprächspartner an. »Wir möchten Sie darüber informieren, dass wir derzeit sehr intensiv nach einem rumänischen Staatsangehörigen fahnden. Sein Name ist Alexandru Dalca.«

Der Name sagte dem chinesischen Geheimdienstoffizier offenbar nichts, wie er mit leicht fragend geneigtem Kopf andeutete.

»Wir setzen dabei Himmel und Erde in Bewegung«, fuhr Spicer fort. »Bisher haben wir ihn nicht aufspüren können, aber Sie dürfen mir glauben, Fang, wir werden diesen Burschen erwischen.«

Fang hatte immer wieder mal Erkenntnisse von anderen Geheimdiensten zugeschoben bekommen; das war eine dieser Gelegenheiten, wie ihm jetzt klar wurde.

»Schön … aber warum erzählen Sie mir das?«

»Weil wir glauben, dass möglicherweise auch Ihre Organisation nach diesem Burschen sucht. Wir wollen vermeiden, dass wir versehentlich mit Ihnen zusammenstoßen und damit womöglich einen … einen Zwischenfall verursachen.«

»Ich verstehe«, sagte Fang, aber natürlich verstand er rein gar nichts.

»Wir wären bereit, uns eine Woche lang zurückzuhalten, um Ihrer Organisation die Möglichkeit zu geben, nach ihm zu suchen … wenn Sie das tun möchten. Einzig und allein, um den Frieden und die Sicherheit unserer beiden Länder nicht zu stören.«

Fang nickte nachdenklich, obwohl er noch immer keine Ahnung hatte, was da gerade abging. Aber es spielte keine Rolle. Er übte diesen Job schon lange genug aus, um zu wissen, dass man ihm hier eine Information fütterte, die er einfach nur an seine Vorgesetzten weiterreichen musste. Die Amerikaner hatten da irgendeine geheime Sache am Kochen, und wenn er mit seiner Vermutung nicht völlig danebenlag, ging es darum, dass sie diesen Burschen aus dem Verkehr gezogen haben wollten – ohne es selbst tun zu müssen.

Er hatte zwar keine Ahnung, was das alles sein Ministerium für Staatssicherheit anging, aber er lächelte Spicer an und sagte: »Ich werde Ihren interessanten Vorschlag an die zuständigen Personen in meiner Organisation weiterleiten. Vermutlich hätten Sie gerne eine Art informelle Antwort?«

Spicer zuckte die Achseln. »Nicht unbedingt. Tatsächlich wäre es uns sogar lieber, nichts über Ihre Maßnahmen zu erfahren. Wie gesagt, wir werden eine Woche lang stillhalten, doch danach werden wir diesen Mann mit allen Ressourcen und Fähigkeiten verfolgen, die wir aufbringen können.«

Fang nippte an seinem Bier. »Haben Sie vielleicht irgendeine Vermutung, wo sich dieser Mann, den Sie so intensiv suchen, derzeit aufhalten könnte?«

Spicer zuckte erneut die Achseln. »Das weiß ich nicht. Aber wenn ich ganz spontan raten müsste, würde ich sagen, dass er in diesem Moment durch den Terminal Eins im International Airport Hongkong geht. Er trägt ein weißes Hemd, eine khakifarbene Hose und eine schwarze Jacke. Er wird wahrscheinlich sehr heftig schwitzen und sich nach einer Bankfiliale umblicken, um dort irgendwelche Bankgeschäfte zu tätigen. Danach wird er vermutlich nur noch sehr kurze Zeit in Hongkong bleiben und einen Flug buchen – irgendwohin ins Ausland.« Spicer trank sein Glas leer und fügte hinzu: »Das sind natürlich nur meine persönlichen Spekulationen, Sie verstehen?«

Fang nickte bedächtig. »Selbstverständlich.«

Spicer schlenderte eine Minute später aus dem Restaurant mit der absoluten Zuversicht, dass Dalca schon in den nächsten Minuten verhaftet werden würde. Von den Vereinigten Staaten abgesehen, hatte kein Land der Erde eine größere Rechnung mit Dalca offen als die Volksrepublik China. Denn China musste befürchten, dass er den Amerikanern etwas über die chinesische Operation verraten könnte, durch die sie versucht hatten, amerikanische Agenten in China aufzudecken. Das wäre schlecht, aus dem einfachen Grund, weil es dem Islamischen Staat letztlich gelungen war, die Operation für seine eigenen Zwecke zu missbrauchen, was dann zum Tod vieler Amerikaner geführt hatte.

Ja, China war hinter Dalca her, genau wie auch die Vereinigten Staaten hinter ihm her gewesen waren. Aber China hatte dem Mann nichts versprochen und nichts zugesichert – und die Chinesen hatten auch gar nichts davon, wenn er am Leben blieb.

Spicer winkte ein Taxi heran. Der amerikanische CIA-Agent war sich ziemlich sicher, dass der Rumäne den heutigen Tag nicht überleben würde.

74

Die Warnleuchte über der Kamera wechselte um genau zwanzig Uhr auf Rot. Präsident Jack Ryan, der am Resolute Desk im Oval Office saß, begann seine Ansprache an die Nation.

»Guten Abend. Heute will ich Sie über einige Ereignisse von nationaler und internationaler Bedeutung informieren, die sich in jüngster Zeit zugetragen haben. Vor einigen Wochen gelang es Agenten der Vereinigten Staaten, Abu Musa al-Matari hier in Amerika lebend festzunehmen. Viele Einzelheiten seiner Gefangennahme und seiner darauf folgenden Verwahrung müssen geheim gehalten werden, um Quellen und Methoden zu schützen, aber über einige Dinge kann ich offen sprechen.

Aus al-Mataris Verhören, aber auch durch die harte Arbeit unserer Streitkräfte und Nachrichtendienste sowie durch unsere diplomatischen Verbindungen konnten wir die entscheidenden Details in Bezug auf die Terroranschläge aufdecken, die der sogenannte Islamische Staat in den vergangenen Wochen hier bei uns und im Ausland verübt hat.

Hier in den Vereinigten Staaten kam es vor etwas mehr als vier Jahren zu einem massiven Hackerangriff, auf den ich aus Gründen, die Sie verstehen werden, nicht näher eingehen kann. Dabei fielen den Hackern umfangreiche Datenbanken unserer Personalverwaltung, des Office of Personnel Management, in die Hände.

Wir haben herausgefunden, wie das Material gestohlen werden konnte, und haben geeignete Schritte unternommen, damit sich so etwas niemals mehr wiederholen kann. Und ich versichere Ihnen, dass es uns gelungen ist, sämtliche elektronische Dateien zurückzuholen.«

Der Präsident blickte ernst in die Kamera. »Wie auch immer man diese Angelegenheit betrachtet, der Verlust dieser Materialien war ein schwerwiegendes Versagen der staatlichen Behörden der Vereinigten Staaten, und dies tut mir sehr, sehr leid.

Millionen Männer und Frauen haben ihr Gelöbnis gegenüber unserem Land erfüllt, haben ihm in Treu und Glauben gedient, aber ihre Treue wurde ihnen von ihrer Regierung nicht entgolten. Und aus diesem Grunde mussten viele ihr Leben verlieren. Wir schulden diesen Männern und Frauen mehr, als wir ihnen jemals werden vergelten können. Und ich schulde es ihnen in ganz besonderem Maße. Was geschehen ist, hätte niemals geschehen dürfen!

Als ich zum ersten Mal von dem Hackerangriff auf das OPM erfuhr, verspürte ich instinktiv den Wunsch, wieder zu den guten alten Schreibmaschinen zurückkehren zu können. Dann würde es genügen, einfach die Farbbänder zu vernichten und die wichtigsten sensiblen Dokumente in Archivbunkern einzulagern. In Bunkern, die wir durch entschlossene, gut ausgerüstete Männer und Frauen schützen lassen könnten. Dann wäre alles in Sicherheit.

Doch heutzutage ist das leider nicht mehr so einfach. Die Welt ist nicht stehen geblieben. Mit ein paar unserer Jungs, mit Waffen und Bunkern allein können wir das geheime Material nicht mehr schützen. Wir müssen uns noch mehr anstrengen, müssen mehr Kraft und Zeit und Geld aufwenden, um dies zu tun, und dazu verpflichte ich mich für den Rest meiner Präsidentschaft.

Der Terroristenführer Abu Musa al-Matari hat uns im Verhör die Quelle genannt, von der er seine Informationen bezogen hat. Diese Quelle war ein Mann, den al-Matari vor ungefähr neun Monaten im Kosovo kennenlernte. Durch Erkenntnisse, die unsere Geheimdienstagenten sammelten, aber auch durch Daten unserer Zoll- und Einwanderungsbehörden konnten wir seine Identität aufdecken. Es handelt sich um einen gewissen Sami bin Rashid. Dieser Mann gehört nicht etwa dem IS an, sondern ist saudi-arabischer Staatsbürger. Bin Rashid arbeitet für den Gulf Cooperation Council, eine Organisation, die gegründet wurde, um die politischen und wirtschaftlichen Ziele und Interessen der ölexportierenden Staaten zu koordinieren und zu befördern. Doch wie unsere Nachforschungen ergaben, wollte dieser Mann durch die Anschläge in Amerika keineswegs die Macht und weltweite Wirkung des IS vergrößern. Seine Ziele waren vielmehr ausgesprochen zynisch: Zum einen wollte er durch die Anschläge den Weltmarktpreis für Rohöl in die Höhe treiben. Aber zum anderen wollte er die Vereinigten Staaten zwingen, mit massivem Einsatz ihrer Bodentruppen erneut in den Nahen Osten einzumarschieren und den Einfluss des Iran in der Region zurückzudrängen, dem Erzfeind Saudi-Arabiens und vieler anderer Länder.

Während ich hier zu Ihnen spreche, denken viele enttäuschte und entfremdete Muslime überall auf der Welt darüber nach, sich zu radikalisieren, sich dem IS anzuschließen und die Waffen gegen den Westen zu erheben. Viele haben das bereits getan, aber sie haben einen hohen Preis dafür gezahlt. Tag für Tag erleben wir noch die Folgen von al-Mataris Operationen in der Form von Nachahmeranschlägen. Deshalb sage ich allen, die darüber nachdenken, sich dem Terror anzuschließen: Die Männer und Frauen, die sich hier in Amerika radikalisierten, um bei al-Mataris Aktionen mitzuwirken und dabei in den Tod zu gehen, taten dies nicht im Namen des angeblich weltweiten Kalifats, wie sie glaubten, sondern im Namen zynischer saudi-arabischer Wirtschaftsinteressen.

Und wer das Märtyrertum sucht, sollte sich fragen, ob er überhaupt zum Märtyrer werden kann, wenn er im Auftrag irgendwelcher Milliardäre mordet und stirbt. Wer heute eine Waffe erhebt, um Terroranschläge in den Vereinigten Staaten durchzuführen, sollte eines wissen: Ihr arbeitet nicht für den IS, ihr arbeitet für fette, gierige Raubtiere am reichen Persischen Golf. Darüber solltet ihr gründlich nachdenken.«

Jack Ryan atmete tief ein und fuhr dann fort.

»Eine Frage bleibt: Wurden die Aktionen dieses bin Rashid von seiner eigenen Regierung gebilligt, oder war er ein Einzelkämpfer?

Die Saudis haben nachdrücklich jede Form von Beteiligung oder Kenntnis zurückgewiesen. Als Präsident ist es meine Aufgabe, Sie zu informieren, wenn wir etwas beweisen können, aber das gilt auch dann, wenn wir etwas *nicht* beweisen können. Wir werden deshalb als Vergeltung für die Aktionen dieses Mannes keine diplomatischen oder wirtschaftlichen Sanktionen gegen Saudi-Arabien verhängen, solange wir keine neuen Erkenntnisse haben, die eine Verwicklung der saudi-arabischen Regierung in diese Vorgänge beweisen.«

Präsident Ryan schaute einen Moment lang ruhig in die Kamera, bevor er hinzufügte: »Wir haben von dem gefangenen Terroristen noch eine weitere wichtige Information erhalten. Sie betrifft die physische Lage und die wichtigsten Personen der Global Islamic Media Front, deren Vernichtung für den IS, diese zutiefst böse und kranke Sekte, ein unglaublich schwerer Schlag wäre.

Und vor wenigen Stunden ist uns genau dies gelungen. Amerikanische Flugzeuge, Helikopter und Sondereinsatztruppen waren an einer Operation in Syrien beteiligt, bei der der Fähigkeit der Media Front, ihren Propagandafeldzug fortzuführen, ein schwerer, vernichtender Schlag zugefügt wurde.

Während dieser Operation kam U. S. Army Chief Warrant Officer Troy David Oakley aus Pawtucket, Rhode Island, ums Leben. Mit unseren Herzen und durch unsere Gebete gedenken wir dieses tapferen amerikanischen Helden. Die dankbare Nation, der er diente, wird sein Opfer niemals vergessen.

Bitte denken Sie immer daran: Wer Frieden und Freiheit sucht, findet keinen besseren Freund als die Vereinigten Staaten von Amerika. Wie keinem anderen Land in der Geschichte ist es uns gelungen, eine große Vielzahl von Menschen unterschiedlichster Herkunft erfolgreich einzugliedern. Und im Ausland unterstützen wir unsere Freunde und Verbündeten und führen Koalitionen gegen jede Art von Bösem an.

Wer Terror und andere Grausamkeiten begeht, wird keine Ruhe vor uns finden. Niemals. Wer auch nur darüber nachdenkt, uns Schaden zufügen zu wollen, sollte eines bedenken: Wir haben al-Matari gefangen genommen und den Plan aufgedeckt, mithilfe gestohlener Daten gegen die Vereinigten Staaten vorzugehen.«

Ryan starrte hart und kalt in die Kamera. »Glauben Sie mir: Wenn Sie sich einer Bewegung anschließen, die gegen Amerika kämpft, werden wir Sie finden. Das amerikanische Recht hat einen langen Arm – und Sie werden nirgendwo auf der Welt vor ihm sicher sein.«

Die grellen Scheinwerfer wurden ausgeschaltet; Jack Ryan wartete, bis man ihm das Ansteckmikrofon abgenommen hatte, dann stand er auf und kam um den Schreibtisch. Erst jetzt bemerkte er, dass Mary Pat Foley hereingekommen war. Er war überrascht, sie hier zu sehen. Arnie war ebenfalls da, aber das war keine Überraschung. Wenn ein großes Medienereignis stattfand, und eine Live-Übertragung aus dem Oval Office war nun mal eine große Sache, hing Arnie immer irgendwo im Hintergrund herum. Jack stellte sich manchmal vor, dass sein Stabschef wie ein Bühnenregisseur nur darauf wartete, dass Ryan irgendein Fehler unterlief, um ihn dann am Kragen zu packen und von der Bühne zu zerren.

Mary Pat beugte sich dicht zum Präsidenten, während die Fernsehleute ihre Geräte einpackten. »Ich dachte, Sie würden das sofort erfahren wollen. Stuart Collier, der CIA-Operationsleiter, den die Iraner seit ein paar Monaten gefangen gehalten haben, wurde in die Schweiz abgeschoben. Er ist bereits außerhalb des iranischen Luftraums.«

Ryan nickte. »Zu welchem Preis?«

»Das wird sich noch zeigen, Mr. President. Wir haben ihnen keine Gegenleistung angeboten, aber wir hatten ihnen mit Vergeltungsmaßnahmen gedroht. Ich glaube, letzten Endes haben sie erkannt, dass wir ihnen einen Gefallen getan haben. Wir haben aufgedeckt, dass die Saudis eine gewisse Mitschuld an den IS-Anschlägen haben, und das ist für die Iraner als Erzfeinde der Saudis eine gute Sache. Mit Colliers Freilassung wollen sie sich vermutlich dafür bedanken.«

»Großer Gott«, seufzte Ryan. »Typisch Naher Osten. Dort sind alle direkt oder indirekt miteinander verfeindet. Schadet man jemand, den man nicht mag, dann hilft man damit womöglich einem anderen, den man noch weniger mag.«

Mary Pat wollte noch etwas sagen, aber Ryan legte ihr die Hand auf den Arm. »Mary Pat. Es ist wunderbar, dass Collier freigekommen ist. Gute Arbeit, und richten Sie bitte auch Jay meinen Dank aus. Natürlich müssen wir Collier für den Rest seines Lebens schützen.«

»Unbedingt. Danke.«

Zusammen mit den Fernsehleuten verließ Mary Pat den Raum. Jack und Arnie blieben allein zurück.

»Bist du extra gekommen, um an meinem Auftritt herumzumäkeln?«, fragte Jack.

»Nein. Du hast es gut gemacht, aber deshalb bin ich nicht hier. Es ist jetzt offiziell. Heimatschutzminister Andrew Zilko wird am Morgen seinen Rücktritt einreichen. Er möchte nicht, dass du ihn annimmst, aber er hält die Geste für nötig.«

Ryan zuckte die Achseln. »Er ist nicht der einzige Sündenbock für die Fehler, die gemacht wurden, aber es wäre ein Zeichen für Charakterstärke, wenn er gehen würde. Ich werde seinen Rücktritt annehmen.«

Arnie nickte. »Ich werde ihn informieren. Er wird bei der nächsten Wahl wahrscheinlich als Senator oder Gouverneur in Indiana kandidieren. Ich bin mir sicher, dass er dich dann um Unterstützung bitten wird.«

Ryan dachte kurz darüber nach, aber Wahlen, welcher Art auch immer, waren das Letzte, womit er sich jemals wieder abgeben wollte. »Ich denke, er sollte sich zur Abwechslung mal einen Job im Privatsektor suchen. Irgendwas, wo er für sein Handeln geradestehen muss. Das verschafft ihm die Perspektive, die er gut brauchen kann, wenn er dann in ein paar Jahren wieder in die Politik zurückkehrt. Wir sind hier, um dem Land zu dienen, nicht umgekehrt.«

Arnie lachte nur. »Wir müssen dich so bald wie möglich hier herausholen, Jack. Wenn dich die Leute so reden hören, glauben sie womöglich, du bist senil geworden.«

Ryan lachte. »Nicht mehr lange, Arnie. Nicht mehr lange.«

Epilog

Sami bin Rashid konnte nicht schlafen. Obwohl er auf ägyptischen Baumwolllaken lag, obwohl die Lampen ein gedämpftes sanftes Stimmungslicht ausstrahlten und obwohl er einen kühlen Seidenpyjama trug.

Das alles ergab für ihn keinen Sinn. Er hatte zwar immer Probleme, im Flugzeug zu schlafen, aber heute Abend hätte es anders sein sollen, denn er flog mit Etihad Airways und hatte die Residence gebucht, die opulenteste Flugerfahrung, die eine kommerzielle Fluglinie zu bieten hatte. Mit der Residence buchte man nicht einfach einen Sitz im Flugzeug – man buchte zwei Kabinen mit eigenem Bad, Dusche, eigenem Dienstpersonal und Gourmetmahlzeiten, die vom Bordkoch speziell kreiert wurden.

Dieser Flug von Dubai nach Sydney, Australien, dauerte vierzehn Stunden. Die ersten drei Stunden hatte er gut diniert; danach hatte er ein wenig gelesen, war aber zu zerstreut gewesen; seither hatte er genug Zeit gehabt, einfach nur dazusitzen und über seine missliche Lage nachzudenken.

Zumindest gegenüber der Öffentlichkeit hatte das Königreich Saudi-Arabien ihn, Sami bin Rashid, zum Paria erklärt: gefährlich, schädlich. Wenn das Regime in Riad auch nur zugeben würde, dass es bin Rashids Aufenthaltsort kannte, würde es gewaltige Schwierigkeiten mit den Amerikanern bekommen. Deshalb hatte sich bin Rashid zur Tarnung eine neue Identität samt den erforderlichen Dokumenten beschafft und einen Fluchtplan in Gang gesetzt, den er schon vor geraumer Zeit vorbereitet hatte. Allerdings hatte er niemals ernsthaft in Betracht gezogen, dass er den Plan jemals ausführen müsste: die Flucht an einen sicheren Ort.

Er hatte sich für Australien entschieden. Weit weg und unbekannt; der letzte Ort, an dem sie nach ihm suchen würden.

Aber natürlich wussten gewisse Angehörige der saudischen Geheimdienste, wohin er flog; tatsächlich reiste er mit ihrem Segen. Er war mehr als nur erfreut gewesen, als er durch gewisse verdeckte Kanäle erfahren hatte, dass das Königreich wünschte, er möge für eine Weile untertauchen. Vielleicht für ein paar Jahre, dann würden sie möglicherweise wieder mit ihm arbeiten, natürlich nur im Geheimen und mit einem gewissen Abstand.

Er hatte noch keinen Plan, was er in Australien tun würde, aber er hatte Geld und jetzt auch alle Zeit der Welt, um es zu tun, was immer es sein mochte.

Warum also konnte er nicht einschlafen?

Er setzte sich im Bett seines Residence-Schlafzimmers auf, zog die Schlafmaske herab und rieb sich die Augen.

Al-Matari. *Der* war der Grund. Dieser Hundesohn! Der hatte die ganze Sache vermasselt und bin Rashids Operation in Amerika gegen die Wand gefahren. Deshalb hatte Präsident Jack Ryan dem Islamischen Staat die Fähigkeit aus der Hand geschlagen, mit cleveren kleinen Propagandafilmchen neue Rekruten anzuwerben. Außerdem hatte der Präsident den IS mit den ölreichen Staaten in Verbindung gebracht, sodass nun die ganze Welt glauben musste, das ganze Scheißkalifat gehöre zu einem bösartigen Plan der Saudis und hätte nur den Zweck, ihre Ölindustrie zu stärken.

Lächerlich.

Sami bin Rashid warf die Schlafmaske auf das Bett, stürmte aus dem kleinen Schlafzimmer, rannte durch den

Salon und aus der Residence, immer noch in seinem Seidenpyjama.

Sofort tauchte seine persönliche Stewardess auf, eine wunderschöne junge Frau, die bin Rashid um einen halben Kopf überragte. Sie bot an, ihm etwas zu essen oder einen Drink zu bringen, aber bin Rashid winkte die Frau weg und blickte sich um.

Erfreut sah er, dass die kleine Bar geöffnet war. Der Bartender stand dahinter, und am halbmondförmigen Tresen, der sich in der Mitte der Erste-Klasse-Kabine befand, lehnte nur ein einziger Gast.

Bin Rashid trat an die Bar; sein Seidenpyjama wirkte ein wenig deplatziert, aber das war ihm egal. »Ich will einen Drink.«

»Selbstverständlich, Sir. Was darf es denn sein?«

Bin Rashid trank nie, wenn er in Dubai oder in Riad war, aber in seinen jüngeren Tagen als Geheimagent hatte er manchmal aus Gründen der Tarnung Alkohol trinken müssen. Die Stewardess hatte ihm Champagner angeboten, als er ins Flugzeug eingestiegen war, und er hatte ihn abgelehnt. Aber jetzt wollte er einen Drink mehr als alles andere auf der Welt, um nicht mehr an al-Matari denken zu müssen und auch nicht an den gescheiterten Plan, Saudi-Arabien vor der inneren Fäulnis und der äußeren Bedrohung durch einen schiitischen Angriff zu bewahren.

Er schaute den Mann an, der neben ihm an der Bar lehnte. Ein Westler, hemdsärmelig, wohl fast siebzig. Weißes schütteres Haar und ein Lächeln im Gesicht.

Der Mann hob sein Glas und sagte auf Englisch: »Wenn Sie einen einfachen, aber wirksamen Drink wollen, gibt es nichts Besseres als Wodka on the Rocks.«

Bin Rashid nickte, und der Bartender machte sich an die Arbeit.

Der Amerikaner streckte bin Rashid die Hand hin. »Hi. Ich bin Carl. Aus Denver, Colorado.«

»Mohammed, aus Dubai.«

Der ältere Amerikaner wies mit einer Kopfbewegung auf die Residence. »Verdammt, Kumpel, ich hab einen ordentlichen Batzen von meiner Pension für einen Sitz hier oben in der Ersten Klasse hinblättern müssen, aber Sie buchen gleich ein ganzes Apartment! Welchen Beruf muss man haben, um sich so was leisten zu können?«

»Consulting«, antwortete bin Rashid knapp. Er war nicht in der Laune für Small Talk, und schon gar nicht mit einem alten Quasselsack aus Amerika.

»Ach, wirklich? Ich bin auch teilweise im Consultinggeschäft. Dachte, ich fliege mal kurz nach Australien runter, um zu sehen, ob es dort besser läuft.«

Der Wodka auf Eis wurde vor den Saudi gestellt, zusammen mit einem kleinen Tablett gesalzener Knabbersachen. Bin Rashid trank einen kleinen Schluck. Das Getränk brannte im Gaumen und in der Speiseröhre, und er verzog das Gesicht.

Der Amerikaner lächelte. »Warten Sie einen Moment, bis das Eis ein bisschen auftaut. Dann wirkt der Wodka nicht mehr so heftig.«

Bin Rashid nickte und ließ den Drink eine Weile stehen. Der Bartender ging zu ein paar Passagieren hinüber, die gerade an einem der kleinen Cocktailtische Platz genommen hatten.

»Ist die Residence wirklich so nett, wie alle behaupten?«, fragte der Amerikaner und wies mit dem Kopf auf die offen stehende Tür.

Bin Rashid nickte. »Ja, ganz nett.«

»Ihre Stewardess ist jedenfalls ein Hingucker.«

Bin Rashid drehte sich um. Die Stewardess kniete in seinem Salon und richtete die Kissen auf dem Sofa zurecht.

»Yeah«, sagte Carl aus Denver. »Bisschen jung für mich, aber für einen Burschen wie Sie, warum nicht?«

Der Saudi betrachtete die Frau noch ein wenig genauer.

Sie war tatsächlich eine Schönheit. Er fragte sich, ob es in Australien wohl viele Frauen gab, die so gut aussahen. Er war schließlich ein reicher Mann … vielleicht waren dort gewisse Dinge möglich, die ihm wegen seiner Arbeit in Dubai schon seit Langem nicht mehr vergönnt gewesen waren.

Nachdem er die Stewardess eine volle Minute lang angestarrt hatte, während sie in der Ersten Klasse stand, ihm aber den Rücken zukehrte, sagte der Amerikaner: »Jetzt dürfte es perfekt sein, denke ich mal.«

Bin Rashid, der immer noch auf den Hintern der Frau starrte, drehte sich wieder langsam zu dem Amerikaner um. »Wie bitte?«

»Ihr Drink. Sollte jetzt grade richtig sein.«

»Ach so, ja.« Bin Rashid kippte den Wodka hinunter.

Der Amerikaner nippte an seinem Glas. »Wie wär's mit einem zweiten? Wir könnten auf irgendwas anstoßen … sagen wir, auf einen neuen Anfang.«

Der Saudi schüttelte den Kopf. »Nein danke. Ich muss jetzt endlich schlafen.«

Er drehte sich um und ging zur Residence zurück.

»Na, dann schlafen Sie gut«, rief ihm der Amerikaner nach.

Eine Minute später lag bin Rashid wieder in seinem Bett, zog die Schlafmaske über die Augen und versuchte, nicht daran zu denken, wie grandios er mit seiner amerikanischen Operation gescheitert war.

Dreißig Minuten später versuchte er es immer noch.

Doch schon in der einunddreißigsten Minute war ihm sein Scheitern bei der amerikanischen Operation vollkommen egal.

Der Herzinfarkt kam plötzlich, und er war massiv. Bin Rashid schaffte es nicht einmal mehr, sich aufzusetzen. Er krümmte sich nur einfach zusammen, stieß ein kurzes Röcheln aus und fiel tot ins Kissen zurück, die Hände auf die Brust gepresst.

Auch John Clark spürte dreißig Minuten später die Wirkung seiner zwei Wodkas, aber als er auf die Uhr blickte, kamen ihm Zweifel, ob sie mit der Wirkung vergleichbar war, die Sami bin Rashid vermutlich in genau diesem Moment verspürte. Die Pipette mit einem erst jüngst weiterentwickelten Nervengift in das Glas des Saudis zu quetschen, während dieser der attraktiven Stewardess auf den Hintern starrte, hatte nicht nur Schnelligkeit und Geschick erfordert, sondern auch eine Menge Glück. Aber das war nicht mit dem Glück zu vergleichen, das Clark gehabt hatte, als der Saudi plötzlich an der Bar auftauchte, obwohl er doch eigentlich schlafen sollte.

Der ursprüngliche Plan hatte vorgesehen, sich in die Residence zu schleichen und ihm eine Überdosis eines schnell wirkenden Medikaments zu injizieren, um einen Herzinfarkt auszulösen. Natürlich hätte bin Rashid noch ein paar Sekunden lang um sich geschlagen, und man hätte ihm den Mund zuhalten müssen.

Das war sicherlich nicht der beste aller Pläne, aber er war immer noch besser, als das Risiko einzugehen, den Mann in Sydney aus den Augen zu verlieren.

Um den Plan auszuführen, hätte sich Ding Chavez in die Kabine des Saudis schleichen und bin Rashid die Spritze verpassen müssen, während Clark die Stewardess und den Bartender ablenkte. In der engen, stillen Ersten Klasse wäre das eine ziemlich schwierige Operation gewesen, weshalb Clark und Chavez dem Saudi ausgesprochen dankbar waren, dass er ihnen den Job so leicht gemacht hatte. Und so konnten sie die restlichen acht Stunden ihres Fluges ausgesprochen entspannt in der luxuriösen Ersten Klasse genießen.

Natürlich würde eine Stunde oder so vor der Landung ein Schrei aus der Residence zu hören sein. Die Crew würde einigen Stress aushalten müssen, und vielleicht würde es für die anderen Passagiere eine Verzögerung beim Aussteigen geben. Aber ein Flug nach Sydney bedeutete, dass das Flugzeug nirgendwohin umgeleitet werden konnte, weshalb niemand an Bord durch Clarks Aktion größere Unannehmlichkeiten bekommen würde.

Außer Sami bin Rashid natürlich.

Clark hob den Blick von der Armbanduhr. Jetzt war er sich sicher, dass der Job erledigt war. Rasch schaute er durch die abgedunkelte Kabine zu Ding hinüber: auch Chavez blickte gerade auf die Uhr. Die Männer wechselten einen kurzen Blick; Clark zwinkerte, und Ding lächelte zurück. Dann ließen beide Männer ihre Sitzlehnen so weit herab, wie es ging, und schlossen die Augen.